RICHARD NORTH PATTERSON

Eine Frage der Ehre

Buch

In Washington, D.C., wird der Demokrat Kerry Kilcannon als neuer Präsident der Vereinigten Staaten von Amerika vereidigt. Als erste Amtshandlung beruft er die Richterin Caroline Masters zur Vorsitzenden des obersten Verfassungsgerichts – eine hervorragende Juristin mit liberalen Vorstellungen zu kritischen Themen wie Waffengesetzen und Abtreibung. Zur gleichen Zeit nimmt die junge Anwältin Sarah Dash in San Francisco sich der fünfzehnjährigen Mary Ann Tierney an, die im fünften Monat schwanger ist und verzweifelt um das Recht auf Abtreibung kämpft – die Geburt ihres unter einer tödlichen Anomalie leidenden Kindes wäre auch für sie extrem gefährlich. Doch ihre Eltern sind gegen den Eingriff. Es kommt zu einem öffentlichen Prozess, der bis vor das oberste Bundesverfassungsgericht gelangt. Caroline Masters wird gegen ihren Willen in eine wichtige Rolle bei diesem Prozess gedrängt – ihre Stimme wird letztendlich das Urteil entscheiden. Nun muss sich Caroline zwischen ihren Überzeugungen und nicht nur ihrem eigenen politischen Überleben, sondern auch dem des Präsidenten entscheiden ...

Autor

Richard North Patterson studierte an der Universität von Alabama und war viele Jahre lang als Anwalt in Washington und San Francisco tätig. Alle seine Romane wurden zu internationalen Bestsellern.

Von Richard North Patterson außerdem bei Goldmann lieferbar:

Das Maß der Schuld. Roman (43387)
Das Siegel des Schweigens. Roman (42437)
Geschlossene Türen. Roman (44033)
Der Kandidat. Roman (45115)
Tage der Unschuld. Roman (44693)
Verurteilt. Roman (42359)

Richard North
Patterson

Eine Frage der Ehre

Roman

Aus dem Amerikanischen
von Christian Kennerknecht

GOLDMANN

Die Originalausgabe erschien 2000 unter dem Titel
»Protect and Defend« bei Alfred A. Knopf, New York

Umwelthinweis:
Alle bedruckten Materialien dieses Taschenbuches
sind chlorfrei und umweltschonend.

Deutsche Erstausgabe November 2002

Umschlaggestaltung: Design Team München
Umschlagbild: Zefa/Masterfile
Satz: deutsch-türkischer fotosatz, Berlin
Druck: GGP Media, Pößneck
Titelnummer: 41661
Redaktion: Henriette Zeltner
TH · Herstellung: Katharina Storz/Str
Made in Germany
ISBN 3-442-41661-2
www.goldmann-verlag.de

1 3 5 7 9 10 8 6 4 2

Für Katie, Stephen
und Adam
voller Liebe und Stolz

Ich, Kerry Francis Kilcannon, schwöre feierlich,
dass ich das Amt des Präsidenten der Vereinigten Staaten
gewissenhaft versehen werde und mit allen mir
gebotenen Möglichkeiten die Verfassung der
Vereinigten Staaten von Amerika
erhalten, schützen und verteidigen werde …

Der Amtseid

Teil Eins

DIE AMTSEINFÜHRUNG

1

»Ich, Kerry Francis Kilcannon ...«

Mit kräftiger, klarer Stimme und einem leicht irischen Tonfall wiederholte Kerry Kilcannon die historischen Worte, die der Oberste Bundesrichter Roger Bannon ihm vorsprach.

Die beiden Männer standen einander auf der Terrasse an der Westseite des Capitols gegenüber, umgeben von Gästen und Regierungsbeamten und unter den Augen von Tausenden von Schaulustigen, die sich davor versammelt hatten. Es war Mittag, die Luft klar, jedoch eiskalt; über Nacht hatte es kräftig geschneit, und der gefrorene Atem Bannons schwebte zwischen ihnen. Kerry trug den traditionell üblichen Cutaway, während die Menschen um ihn herum sich mit hochgestellten Kragen drängten, die Hände in den Taschen wesentlich schwererer Mäntel vergraben. Der Oberste Bundesrichter in seiner Robe wirkte blutleer, ein alter Mann, der in der Kälte zitterte – das komplette Gegenteil zu Kerry Kilcannon.

Kerry war zweiundvierzig; seine schlanke Erscheinung und das dichte kastanienfarbene Haar ließen ihn erstaunlich jung wirken für dieses Amt. In dem Moment, als er es antrat, stolz und demutsvoll zugleich, standen die drei Menschen, die er am meisten liebte, in seiner Nähe: seine Mutter, Mary Kilcannon; Clayton Slade, sein engster Freund und neuer Stabschef; und seine Verlobte, Lara Costello, eine Fernsehjournalistin, deren Anwesenheit die Aura von Jugend und Vitalität, die Kerrys Ausstrahlung im Wesentlichen ausmachte, nur mehr verstärkte. »Wenn Kerry Kilcannon einen Raum betritt«, hatte ein Kommentator bemerkt, »erscheint er in Technicolor, alle anderen dagegen in Schwarzweiß.«

Und dennoch, wie Kerry zu seinem Bedauern feststellen musste, hatte seine Kandidatur das Land zutiefst gespalten. Seine Wahl zum Präsidenten im vergangenen November war umkämpft gewesen und offen bis zum Schluss: Erst beim Morgengrauen des nächsten Tages, als die Endauszählung in Kalifornien knapp an Kerry ging, wussten die Amerikaner, wer sie von nun an regieren würde. Wenige, vermutete Kerry, waren mehr entsetzt gewesen als der Oberste Bundesrichter Roger Bannon.

Es war ein offenes Geheimnis, dass Bannon, immerhin neunundsiebzig, schon seit langem in den Ruhestand treten wollte: Acht Jahre lang hatte der Oberste Bundesrichter unter Kerrys demokratischem Vorgänger finster entschlossen einer in zwei Lager geteilten Institution vorgestanden. Dabei war er so vertrocknet und blass geworden, dass sein Äußeres, wie Kerry meinte, schon fast wie Pergament wirkte. Was ihn offenbar einzig am Leben zu erhalten schien, war der Wunsch, ein republikanischer Präsident würde einen Nachfolger ernennen, der sein konservatives Vermächtnis weiterführen sollte. Presseberichten zufolge hatte er sich bei einer Dinner-Party zu der Äußerung hinreißen lassen, Kerry sei »rücksichtslos, aufbrausend und einzig dazu qualifiziert, das Gericht zu ruinieren«. Ironie des Schicksals war es, dass der Oberste Bundesrichter – durch sein Amt dazu verpflichtet – die Regierungsgewalt abermals einem Demokraten übertragen musste, einem Mann, der all das verkörperte, was Bannon verabscheute. Wer auch immer der Meinung war, unser System würde von Gesetzen und nicht von Menschen bestimmt, dachte Kerry sarkastisch, der konnte Bannons Gesicht nicht sehen. Aber der Mann war hier, um seinen Job zu tun, auch wenn er vor Kälte zitterte, und Kerry kam nicht umhin, Sympathie und sogar ein wenig Bewunderung für ihn zu empfinden.

»... schwöre feierlich, dass ich das Amt des Präsidenten der Vereinigten Staaten gewissenhaft versehen werde ...«

Der scheidende Präsident sah der Zeremonie von Kerrys linker Seite aus zu. Er wirkte fahl und angegriffen, ein alarmierendes Abbild der Mühen, die auch Kerry erwarteten. Aber in der Nähe befanden sich noch mindestens zwei weitere Personen, die jetzt schon hofften, Kerrys Nachfolger zu werden: sein langjähriger Gegenspieler aus dem Senat, Macdonald Gage, der Führer der republikanischen Mehrheitsfraktion; und Senator Chad Palmer, der Vorsitzende des Justizausschusses, ein weiterer Republikaner, dessen Rivalität mit Gage und Freundschaft mit Kerry seine optimistische Überzeugung nicht verbergen konnte, dass er selbst der entschieden bessere Präsident wäre. Kerry fragte sich, welcher der beiden Männer ihn in den Augen des Obersten Bundesrichters nach vier Jahren ablösen sollte, und ob Bannon dann noch leben würde.

»... und mit allen mir gebotenen Möglichkeiten die Verfassung der Vereinigten Staaten erhalten, schützen und verteidigen werde.«

Energisch, als wollte er sich über das Zögern des alten Mannes hinwegsetzen, sprach Kerry den Eid zu Ende.

In diesem denkwürdigen Augenblick, dem Gipfelpunkt zweier Jahre entschlossenen Ringens, wurde Kerry Francis Kilcannon Präsident der Vereinigten Staaten.

Von unten brandete Jubel herauf. Gequält lächelnd schüttelte ihm Bannon die Hand.

»Ich gratuliere«, murmelte der Oberste Bundesrichter, um dann nach einer kurzen Pause hinzuzufügen, »Mr. President.«

Um zwölf Uhr einunddreißig, ernüchtert und hochgestimmt zugleich, beendete Präsident Kerry Kilcannon seine Antrittsrede.

Es folgte ein Moment tiefer Stille, dann eine anschwellende Welle des Applauses, lange und anhaltend – und für Kerry beruhigend. Er wandte sich den in nächster Nähe Stehenden zu, Lara Costello zuallererst. Dabei blieb sein Blick an Bannon hängen.

Bannon hob die Hand, als wollte er sie ihm entgegenstrecken. Seine Wangen liefen rot an. Die eine Gesichtshälfte zuckte und er verdrehte die Augen. Seine Knie knickten ein, dann brach der Oberste Bundesrichter zusammen.

Noch ehe Kerry reagieren konnte, drängten sich drei Agenten des Secret Service um ihn. Die Menge unten verstummte; die näher Stehenden schrien schockiert und verwirrt auf.

»Er hatte einen Schlaganfall«, erklärte Kerry schnell. »Mir geht es gut.«

Daraufhin ließen die Sicherheitsbeamten seine Arme los, um die Ansammlung von Schaulustigen auseinander zu drängen, die sich um den am Boden liegenden Obersten Bundesrichter gebildet hatte. Senator Chad Palmer hatte Bannon bereits auf den Rücken gedreht und versuchte nun, erste Hilfe zu leisten. Kerry, der daneben kniete, beobachtete, wie Palmers weißblondes Haupt sich gegen Bannons aschfahles Gesicht presste. Chads Wangen bebten bei der Anstrengung, Luft in die Lungen eines Toten zu pumpen.

Schließlich ließ Palmer von ihm ab und murmelte: »Ich glaube, das war's.«

Wie immer in der Gegenwart des Todes spürte Kerry einen Hauch von Schrecken und Mitleid. Chad fasste ihn am Arm. »Sie müssen sich zeigen, Mr. President. Die Leute wollen wissen, dass Sie okay sind.«

Kerry nickte. Er stand da, wandte sich um, sah seine Mutter und Lara. Die Fassungslosigkeit auf ihren Gesichtern spiegelte seine eigene wider. Erst dann fiel ihm auf, wie Chad Palmer, der ihn privat ohnehin, mitunter aber auch in der Öffentlichkeit »Kumpel« genannt hatte, ihn nun angesprochen hatte.

In dem Moment spürte Kerry das Gewicht seiner neuen Verpflichtungen, substantiell und symbolisch zugleich. Er hatte seinem Land gesagt, es könne auf ihn bauen, und nun war es Zeit zu handeln.

Kerry schritt wieder ans Podium. Als er sich umwandte, sah er, wie der Oberste Bundesrichter von Sanitätern zu einem Rettungswagen getragen wurde. Die Menge rannte aufgeregt hin und her.

Kerry blickte nach draußen, innehaltend, um seine Fassung wiederzugewinnen; die Zeit schien stillzustehen für ihn. Es war ein Trick, den er sich bei seinen Ansprachen an die Geschworenen beigebracht hatte, und selbst jetzt verfehlte er seine Wirkung nicht.

Kerrys Stimme drang nach außen, legte sich über das Durcheinander. »Der Oberste Bundesrichter«, verkündete er, »ist zusammengebrochen und wird nun ins Krankenhaus gebracht.«

Die kalte Winterluft trug seine Worte bis ans äußerste Ende der

Menge. »Ich möchte Sie um eine Schweigeminute bitten«, fuhr er fort, »und um ein Gebet für den Obersten Bundesrichter Bannon.«

Ruhe kehrte ein. Respektvolle Stille.

Aber es würde kaum Zeit bleiben, erkannte Kerry, um über Roger Bannons Tod nachzudenken. Seine ersten Tage im Amt hatten eine radikale Veränderung erfahren, und der entscheidende Augenblick stand bereits fest: Er würde dem Senat einen neuen Bundesrichter vorschlagen, der, wenn er denn bestätigt würde, das Oberste Bundesgericht von Grund auf reformieren könnte. Welche Konsequenzen das für sein eigenes Leben haben mochte – und das anderer Menschen, hier und überall im Land –, das entzog sich noch seiner Vorstellung.

2

An einem kalten, verregneten Nachmittag – typisch für San Francisco im Januar – machte sich Sarah Dash auf eine weitere Konfrontation gefasst.

Trotz des schlechten Wetters war das umgebaute viktorianische Gebäude der Bay-Area-Frauenklinik von Demonstranten umringt. Sarah hatte unter dem Vordach Stellung bezogen, ungeachtet der Nässe, die in ihr dunkles, lockiges Haar kroch. Ihre ernsten braunen Augen blickten ruhig und entschlossen, eine Fassade, hinter der sie ihre Anspannung verbarg. Das hier war der erste Test einer gerichtlichen Verfügung, die sie gegen den erbitterten Widerstand von Pro-Life-Anwälten durchgeboxt hatte und die freien Zugang zur Klinik zusicherte. Sarah, die mit ihren neunundzwanzig Jahren ihren Beruf als Anwältin erst seit fünf Jahren ausübte, sollte der Verfügung Geltung verschaffen.

Heute, so schätzte sie, mussten es mindestens zweihundert sein, die meisten immerhin friedlich. Einige knieten auf dem Gehweg, still im Gebet versunken, andere trugen Transparente mit den Abbildungen blutiger Föten, auf welchen Abtreibung als Mord bezeichnet wurde. Zu einigen der regelmäßigen Demonstranten – der ergraute Priester, der Sarah in sanfte Streitgespräche verwickelte, die alte Oma, die ihr selbst gebackene Plätzchen anbot – hatte Sarah eine Beziehung aufgebaut, die auf gegenseitigem Respekt gründete, wenn auch zwischen ihren politischen Ansichten Welten lagen. Unbehagen bereitete ihr der militante Flügel von Christian Commitment. Diese Leute nannten sie »Baby-Killer«.

Fast immer handelte es sich um Männer, oft alleinstehend und zwischen zwanzig und dreißig. Ihr Ziel war es, Abtreibung durch die Erzeugung von Furcht und Scham zu vereiteln. Seit Wochen hatten sie jeden angepöbelt, der die Klinik betrat: zuerst die Ärzte und Schwestern, wenn sie zur Arbeit kamen – die sie mit Namen ansprachen und die sie dazu aufforderten, »ihre Hände vom Blut reinzuwaschen« –, dann die Hilfe suchenden Frauen. Bis Sarah vor Gericht gezogen war, hatten die militanten Abtreibungsgegner den Klinikbetrieb praktisch zum Erliegen gebracht.

Sarahs Auftrag war klar: sicherzustellen, dass jede Frau, die tapfer oder verzweifelt genug war, die Klinik aufzusuchen, diese auch betreten konnte. Der einzige Zugang zur Klinik bestand jedoch lediglich aus einem betonierten Pfad, der vom Gehweg zum überdachten Eingangsbereich führte, in dem Sarah stand. Die gerichtlich festgelegte Schutzzone – ein Ring im Abstand von eineinhalb Metern – würde den Demonstranten gestatten, die Patientinnen so lange zu bedrängen, bis sie das Vordach erreicht hatten. Diesen Spießrutenlauf wollte Sarah unterbinden und hatte sich deshalb einen Plan ausgedacht: Sobald eine Patientin anrief und einen Termin für ihre Ankunft vereinbarte, würde ihr die Klinik einen freiwilligen Helfer in einer grell orangefarbenen Weste als Begleitschutz entgegenschicken. Nun blieb Sarah nur zu hoffen, dass es funktionierte.

Als sie den Blick über die Menge schweifen ließ, fiel ihr die beunruhigende Vielzahl neuer Gesichter auf, Männer, die sie nie zuvor hier gesehen hatte. Ihre Anwesenheit, vermutete sie, war ein weiterer taktischer Schachzug von Christian Commitment: neue Rekruten einzusetzen, die behaupten konnten, die gerichtliche Verfügung würde sie nicht betreffen. Aber die jüngste Welle der Gewalt aus dem Lager der Abtreibungsgegner – die Ermordung eines Arztes in Buffalo, drei weitere Tote in einer Klinik in Boston – hatte Sarah dazu veranlasst, ein Auge auf Fremde zu haben, die weitaus fanatischer und gefährlicher waren als die Leute von Christian Commitment. Das zu beurteilen hatte sie in ihrer Ausbildung nicht gelernt.

Bis zu ihrem Engagement für die Klinik war Sarahs Karriere glatt und problemlos verlaufen: Stipendium in Stanford; Herausgeberin einer juristischen Fachzeitschrift in Yale; Mitarbeiterin einer der angesehensten Juristinnen des Landes, Caroline Masters vom Bundesberufungsgericht. Ihre Position als Teilhaberin bei Kenyon & Walker, einer vierhundert Mitarbeiter starken Anwaltssozietät, war der nächste Schritt auf der Karriereleiter und vielleicht der erste Schritt zur Erreichung eines hoch gesteckten Zieles – Bundesrichterin wie Caroline Masters zu werden. Das einzige freiwillige Engagement, das ihr Terminkalender erlaubte – die Mitarbeit im Pro-Bono-Programm der Kanzlei – wurde von den Teilhabern gefördert und galt als Ausweis sozialer Verantwortlichkeit.

Aber nachdem Sarah Christian Commitment verklagt hatte, spürte sie eine atmosphärische Veränderung. Für Kenyon & Walker war es offenbar problematisch, wenn das ehrenamtliche Engagement einer Anwältin sich plötzlich einer Thematik mit so viel Sprengstoff widmete. Christian Commitment war ein Problem für sich: die besten Anwälte der Pro-Life-Bewegung; populistische Parolen; ein militanter Flügel, der Pro-Choice-Aktivisten und Frauen in Not das Leben wahrlich schwer machte.

Trotz ihres gerichtlichen Erfolgs kursierten Gerüchte, der geschäftsführende Teilhaber würde nach Wegen suchen, Sarahs Engagement zu beenden. Ein Teil Sarahs verurteilte diese Einmischung, ein anderer, der ihr weniger lieb war, räumte ein, dass das am Ende besser für sie wäre. Die besten Entscheidungen für einen trafen halt manchmal andere.

Heute jedoch hatte sie ihre eigenen Entscheidungen getroffen: bestmöglicher Schutz für die Patientinnen; im Notfall ein Anruf bei der Polizei. Die erste Patientin sollte in einer Viertelstunde kommen.

Sarah überblickte die Menschenansammlung. Dabei fiel ihr eine junge Frau auf, die sie von der anderen Seite der Straße aus beobachtete, ein Mädchen eigentlich, extrem abgemagert, mit kurzen roten Haaren. Sie trug ein geblümtes Kleid, unter dem sich, wie Sarah bemerkte, ihr Bauch abzeichnete. Ohne sich zu bewegen, starrte sie auf die Klinik, als wäre diese meilenweit entfernt.

Sarah hatte das Mädchen schon einmal gesehen, vor zwei Wochen, als die gerichtliche Verfügung noch nicht vorgelegen hatte. Damals war die Klinik umringt gewesen von Demonstranten, die den Zugang blockierten. Sie stand kurze Zeit reglos da, wie jetzt, dann wandte sie sich abrupt um, wie in Panik, und lief weg.

Dieses Mal blieb sie.

An die fünf Minuten stand sie wie festgewurzelt auf dem Gehweg. Den Kopf nach vorne geneigt, schien sie zu beten. Dann rannte sie über die Straße, auf die Klinik zu.

Seitlich drängte sie sich in die Masse, die Augen abgewandt. Sie hatte den Betonpfad gerade erreicht, als ihr ein dunkelhaariger junger Mann den Weg versperrte.

Wie ein Bruder legte er beide Hände sanft auf die Schultern des Mädchens. »Wir können dir Kleidung besorgen und eine Unterkunft«, versprach er, »ein fürsorgliches Zuhause für dein Baby.«

Das Mädchen schüttelte den Kopf und schwieg. Nun lief Sarah auf die beiden zu.

Als sie den Ring von Demonstranten durchstieß, drehte sich der Fremde zu ihr um. Sarah drückte ihm eine Kopie des Gerichtsbeschlusses in die Hand. »Sie verletzen eine gerichtliche Anordnung«, sagte sie. »Lassen Sie das Mädchen durch, oder ich rufe die Polizei.«

Der Mann hielt seine Augen auf Sarah gerichtet, starrte sie mit einem verdutzten Lächeln an, von dem seine Augen unberührt blieben. Sanft wiederholte Sarah: »Lassen Sie sie gehen.«

Entschlossen nahm Sarah das Mädchen bei der Hand und führte sie weg. Der Schauder in ihrem Nacken kam nicht nur von der Kälte und der Nässe. Als sie die Klinik endlich erreicht hatten, brach das Mädchen in Weinen aus.

Sarah führte sie in eines der Beratungszimmer und setzte sich neben sie auf das verschlissene Sofa.

Das Mädchen saß nach vorne gebeugt, von Weinkrämpfen geschüttelt. Sarah wartete, bis sie sich beruhigt hatte. Aber das Mädchen nahm die Hände nicht vom Gesicht.

»Wie können wir Ihnen helfen?«, fragte Sarah.

Nach einem Moment blickte das Mädchen zu ihr auf.

Trotz der rot geränderten und geschwollenen Augen war die noch unvollendete Schönheit ihres Gesichts nicht zu übersehen: Stupsnase, rundliches Kinn und Wangenknochen, ein blasser Teint mit ein paar Sommersprossen und blaue Augen, die ihr Innerstes preiszugeben schienen. Mit Ausnahme der Augen, dachte Sarah sehr viel später, sah sie aus wie ein Teenager in Not, nicht wie ein menschlicher Blitzableiter.

»Ich möchte mein Kind abtreiben«, sagte sie.

3

Kerrys schwarze Limousine rollte die Pennsylvania Avenue entlang. Neben ihm saß Mary Kilcannon. Sie winkte den Menschen zu, die sich am Straßenrand und auf den Stufen öffentlicher Gebäude versammelt hatten. Lara war auf Anraten seiner Mitarbeiter nicht bei ihm: Ehe Kerry sie der Öffentlichkeit als First Lady präsentierte, meinten sie, sollte sie erst eine werden. Und es war richtig, dachte Kerry, dass seine Mutter diesen Tag mit ihm teilte.

Sie berührte kurz seine Hand.

»Ich bin stolz auf dich«, sagte sie. »Auch wenn das heißen könnte, alles wäre auch mein Verdienst.«

Er wandte sich zu ihr um, einer noch immer gut aussehenden siebzigjährigen Dame mit stahlgrauem Haar und denselben grünen Augen, die, solange er sich erinnern konnte, Liebe und Treue für ihn symbolisiert hatten.

»Ist es, Ma.«

Mary schwieg und schüttelte den Kopf. In der Öffentlichkeit, sagte diese Geste, musste die Geschichte der Kilcannons als amerikanischer Mythos herhalten: die beiden Immigranten aus dem County Roscommon, ein Polizist und seine Frau, die zusammen einen Präsidenten großgezogen hatten. Im Fond dieses Wagens jedoch konnten sich die Überlebenden des Mythos die Wahrheit eingestehen – dass Kerry sich als Sechsjähriger vor seinem Vater duckte, wenn dieser auf Mary Kilcannon einprügelte, und dass die Brutalitäten kein Ende fanden, bis er, achtzehn geworden und erfüllt von Sorge und Liebe für seine Mutter und einer Wut, die er nie mehr ganz losgeworden war, seinen Vater bewusstlos geschlagen hatte.

»Die dich hassen«, sagte sie zu ihm, »kennen dich in Wirklichkeit gar nicht.«

Auch das verstand Kerry ohne Worte – seine Mutter grämte sich darüber, dass die Wut, die sich in ihm angestaut und die er durch Selbstdisziplin in eiserne Entschlossenheit umgewandelt hatte, von anderen ebenso missverstanden wurde wie die Gründe dafür. Wenn dem so ist, dachte Kerry, soll's mir recht sein: Er hielt nichts von selbst inszenierten Enthüllungs-Storys und schon gar nichts davon, dass das Eindringen in die Privatsphäre seiner Mutter der unabdingbare Preis sein sollte für das öffentliche Amt.

Betont ruhig griff er nach der Hand seiner Mutter, obwohl der Tod Roger Bannons seine Gedanken bestimmte.

Bei Einbruch der Dunkelheit – nachdem er stundenlang von einer kugelsicheren Tribüne aus seiner Inaugurations-Parade beigewohnt hatte, bei welcher sage und schreibe siebenhundertdreißig Pferde, sechsundsechzig Festwagen und siebenundfünfzig Kapellen gezählt wurden – betrat Kerry Kilcannon, erstmals als Präsident, den Westflügel des Weißen Hauses. Dabei hatte er das Gefühl, der Komplex schließe ihn in sich ein: die acht Wachhäuser mit uniformierten Schutzbeamten; die Überwachungskameras; die Bewegungsmelder im Boden; die Insignien der Macht und Staatssicherheit. Schutzmaßnahmen und Vorrichtungen, die nahtlos von einem Bewohner auf den anderen übergingen.

Wie Kerry es sich gewünscht hatte, erwarteten ihn Clayton Slade und Kit Pace, seine Pressesprecherin, im Oval Office.

Den Blick auf die beiden gerichtet, durchquerte er den Raum und ließ sich in einem hohen Lehnstuhl nieder, hinter einem ehemals von John F. Kennedy benutzten Eichenschreibtisch.

»Also«, fragte er, »wie sehe ich aus?«

Kit beäugte ihn und unterdrückte ein Lächeln. »Bei allem Respekt, Mr. President, du siehst aus wie ein Schuljunge im Büro des Rektors. Dein Vorgänger war fünfzehn Zentimeter größer.«

Kerry war nicht allzu erfreut darüber; manchmal ärgerten ihn Anspielungen darauf, dass er, bestenfalls, eins fünfundsiebzig groß war. »Man sagt, Bobby Kennedy trug Schuhe mit Plateausohlen. Vielleicht kannst du ja ein Paar für mich auftreiben.«

Ein verschmitztes Lächeln huschte über Claytons Gesicht. »Das nützt nichts«, riet er seinem Freund knapp. »Trenn dich lieber von dem Stuhl, ehe der Hausfotograf hier auftaucht.«

»›Skandal im Weißen Haus‹«, sagte Kerry sarkastisch, »›Gnom zum Präsidenten gewählt.‹« Dann stand er auf, winkte Clayton und Kit zu einer Couch und nahm ihnen gegenüber Platz.

»Ich gehe davon aus, dass er tot ist«, sagte Kerry.

Kit nickte. »Massiver Schlaganfall.« Leise fügte sie hinzu: »Vielleicht hätte er länger gelebt, wenn er dich nicht so verachtet hätte.«

Kerry nahm das so hin, wie es gemeint war – nicht als Gefühllosigkeit, sondern als Tatsache. »Gibt es eine Stellungnahme?«, fragte er.

Kit reichte ihm ein einzelnes bedrucktes Blatt. Kerry überflog es und murmelte: »Ich halte es für eine Gnade, dass wir in derartigen Momenten selten all das aussprechen, was in uns vorgeht.« Er hielt inne, um dann Kit zu fragen: »Wie geht es seiner Frau?«

»Sie steht unter Schock, wurde mir gesagt. Sein Tod kam nicht ganz überraschend, aber immerhin waren sie zweiundfünfzig Jahre verheiratet. Drei Kinder, acht Enkelkinder.«

»Ich rufe sie an, noch bevor die Inaugurations-Bälle beginnen.« An Clayton gerichtet fragte Kerry: »Was machen wir überhaupt damit?«

»Auf keinen Fall absagen. Tausende deiner Anhänger hier warten auf die Nacht, von der sie einmal ihren Enkeln berichten werden. Ihnen und deinem Land schuldest du einen Neuanfang. Und Carlie« – womit seine Frau gemeint war – »hat ein neues Kleid.«

Kerry lächelte kurz. »Lara auch. Ich muss nur bei jedem Ball die passenden Worte finden, vielleicht nach einer Schweigeminute. Was steht sonst an?«

Clayton lehnte sich zurück. »Zunächst einmal musst du einen neuen Obersten Bundesrichter ernennen.«

Abermals hatte Kerry das Gefühl, das alles sei nicht wahr – zum einen, dass er Präsident war, und dann, dass er so bald auf die Probe gestellt wurde. »Nicht heute Abend, hoffe ich.«

»Aber bald. Die Gewichte im Gericht sind vier zu vier verteilt – die konservative gegen die gemäßigt bis liberale Richtung –, und das bei jeder Menge wichtiger Fälle. Aber natürlich ging niemand von uns davon aus, der Oberste Bundesrichter würde noch allzu lange unter uns weilen – unser Übergangsteam hat bereits eine Auswahlliste möglicher Nachfolger, erste Erkundungen über jeden Einzelnen inbegriffen.«

»Deine Wählergruppen werden auch ein Wörtchen mitreden wollen«, bemerkte Kit. »Hispano-Amerikaner, Schwarze, Gewerkschaften, Abtreibungsbefürworterinnen, Prozessanwälte. Sie alle meinen, du bist ihnen etwas schuldig. Und das zu Recht.«

»Hast du denn das Kabinett nicht gesehen?«, schaltete sich Clayton wieder ein. »Eine Anzahlung haben wir zumindest geleistet.« Er wandte sich an Kerry. »In diesem Fall brauchen wir einen mehrheitsfähigen Kandidaten – die Republikaner kontrollieren noch immer den Senat, und Macdonald Gage sitzt dir im Nacken. Vielleicht auch Palmer, da er jetzt den Auftrag hat, die Hearings sämtlicher Kandidaten zu leiten, die du ihm vorbeischickst. Ich meine, wir sollten uns nach einem gemäßigten Republikaner umsehen.«

»Ist das nicht eine vom Aussterben bedrohte Art?«, fragte er trocken. Dann stand er auf und sagte zu Clayton: »Bring mir die Liste morgen vorbei. Zusammen mit einem neuen Stuhl.«

Kit runzelte die Stirn, als wäre für sie das Thema noch nicht erledigt. »Ohne die Abtreibungsbefürworterinnen hättest du Kalifornien nicht auf deine Seite gebracht, und keiner von uns wäre jetzt hier. Was dir Ellen Penn zweifelsohne bestätigen wird.«

Bei dieser Erwähnung seiner neuen Vizepräsidentin, ehemals Junior-Senatorin aus Kalifornien, tat Kerry, als zuckte er zusammen; möglicherweise hatte er seine Wahl tatsächlich Ellen zu verdanken, und sie würde keine Skrupel haben, ihre Standpunkte auch durchzusetzen. »Verschone mich bitte. Von Ellen höre ich früh genug.«

»Und mit Recht«, beharrte Kit. »Die Pro-Choice-Bewegung ist zutiefst verunsichert – da ist dieser verdammte Protection of Life Act, den die Republikaner gerade verabschiedet haben und gegen den zu votieren dein Vorgänger sich nicht getraut hat. Aber du hast ja bequemerweise bei dieser Abstimmung durch Abwesenheit geglänzt.«

»Die Pro-Choice-Bewegung«, antwortete Kerry, »ist fast nie zufrieden zu stellen. Ich habe für das Präsidentenamt kandidiert, und mich nicht um die Aufnahme in ein Sonderheft *Mutige Amerikaner* beworben. Meine Stimme im Senat hätte das Kraut auch nicht fett gemacht.«

»Exakt. Deshalb haben Abtreibungsbefürworterinnen deinen Sieg ermöglicht, in der Erwartung, du würdest dich ihrer Sache annehmen, wenn du den Posten erst einmal hast. Und gerade das Oberste Bundesgericht ist entscheidend.«

Kerry verschränkte die Arme. »Ich bin seit ungefähr fünf Stunden Präsident. Ich muss bei elf Bällen meine Aufwartung machen und kann mir noch immer nicht merken, was bei einem Atomangriff zu tun ist. Wenn du nichts dagegen hast, Kit, dann kümmere ich mich an meinem ersten vollständigen Arbeitstag um die Ernennung.«

Wie um Kerry zu besänftigen, mischte sich Clayton in den Disput. »Trotz Bannons Tod«, sagte er zu Kerry, »werden die Menschen deine Antrittsrede nicht vergessen. Vorgetragen war sie noch besser als auf dem Papier. CNN nannte sie die beste Rede seit Kennedy.«

Kerry lächelte und registrierte amüsiert, dass er die Bestätigung durch Clayton noch immer brauchte. Kit stimmte sogleich mit ein. »Du warst großartig«, bestätigte sie. »Nur eine Sache hätte besser laufen können. Der Secret Service hätte dich noch vor Palmer zu Bannon durchlassen sollen. So hat er zu viel Sendezeit bekommen.«

Clayton musste lachen. »Der gefährlichste Ort in Washington«, stimmte er zu, »ist der zwischen Chad Palmer und einer Minicam.«

Kerry bedachte beide mit einem Lächeln. Ihm war jedoch klar, dass Clayton und Kit in Chad Palmer seinen schärfsten Rivalen sahen, und dass diese Rivalität die Messlatte war für jede seiner Handlungen. Daran, so gaben sie zu verstehen, sollte sich auch Kerry halten.

»Ist schon in Ordnung«, antwortete er. »Chad soll ruhig den Helden spielen. Das Recht dazu hat er sich erworben, als ich noch auf dem College war.«

4

»Wie heißen Sie denn?«, fragte Sarah.

Das Mädchen sah zu Boden. »Mary Ann.«

Sarah, die neben ihr saß, wartete, bis sie wieder aufsah. Dann fragte sie: »Wie lange ist Ihre Regel überfällig?«

Abermals wandte Mary Ann sich ab, als würde in der Frage Tadel mitschwingen. »Fünfeinhalb Monate«, murmelte sie.

»Und wie alt sind Sie?«

»Fünfzehn.«

Bis dahin, dachte Sarah, war alles so schlimm, wie sie es erwartet hatte. »Leben Sie bei Ihren Eltern?«, fragte sie.

Die Gesichtszüge des Mädchens wurden straffer. Ihre Antwort, ein kurzes Nicken, glich einem Schluckauf.

»Wenn Sie nicht mit ihnen gesprochen haben …«

»Bitte …« Mit einem Schluchzen platzte das Mädchen heraus: »Mit meinem Baby stimmt etwas nicht. Ich fürchte mich davor.«

In dem Moment, als sie das Gesicht der Assistentin sah, wusste Mary Ann, dass etwas nicht in Ordnung war.

Ein Sonogramm war reine Routine, hatte die Frau gesagt – danach gäbe es Bilder zu sehen, und, wenn Mary Ann das wollte, könne man ihr das Geschlecht des Babys sagen. Ihre Mutter, schweigend und aufmerksam, hielt sie bei der Hand: Zuweilen hatte Mary Ann das Gefühl, als sei nicht sie schwanger, sondern ihre Mutter.

Eine Zeit lang hatte sie das Gefühl, alles sei nur ein Traum. Ihr erstes Mal, auf dem Rücksitz von Tonys Auto; sie weinte vor Schmerz; fühlte sich allein, als Tony sie nach einem flüchtigen Kuss an der Ecke absetzte; bereute, dass sie ihre Eltern angelogen hatte, sie würde mit einer Freundin ins Kino gehen. Zu Hause in ihrem Zimmer, nachdem sie sich ausgezogen hatte, betrachtete sie ihren Körper im Spiegel. Dann machte sie das Licht aus. Allein in ihrem Bett fühlte sie sich durcheinander, aber doch stolz, dass ein so viel älterer Junge sie begehrt hatte. Beim Einschlafen wünschte sie, Tony läge neben ihr.

Er rief nie mehr an. Es war, als würde das Geheimnis in ihr wachsen, bis ein Baby daraus wurde. Und ihre Mutter fand sie im Badezimmer, als sie sich gerade erbrach. Dieses Mal konnte sie nicht lügen.

Ihre Mutter ging mit ihr zum Arzt.

Danach saßen sie im Wohnzimmer. Ihr Vater, zu gefasst und sanftmütig, um sie zu tadeln, erklärte, was weiter passieren würde: Mary Ann würde in Saint Ignatius bleiben; ihre Eltern würden sich um sie und ihr Baby kümmern; mit genügend Willenskraft und Opferbereitschaft könnten sie es zu dritt schaffen, dass Mary Ann aufs College ging. Ihre schwer getroffene Mutter schwieg weiter. Tony hatte, in den Augen ihrer Eltern, ein für allemal ausgespielt. Beschämt stellte sich Mary Ann dennoch vor, er würde kommen und sie holen.

Aber Tony scherte sich einen Dreck um sie; ein paar Freundinnen hatten mehr Herz. Und ihre Mutter – deren eisernes Schweigen beim Essen mehr wehgetan hatte als Worte – half ihr letztendlich dabei, das Gästezimmer babygerecht auszustatten, nahm teil an Mary Anns Staunen über das in ihrem Körper sich regende Leben. Mit jeder Kontrolluntersuchung zeigte ihre Mutter mehr Eifer – bis zum Tag des Sonogramms.

Wortlos starrte die Assistentin auf den Monitor. Als ihre Mutter das Bild des Babys sehen wollte, schaltete die Frau ab.

»Was ist los?«, fragte ihre Mutter.

Die Assistentin behielt die Fassung. »Dr. McNally wird mit Ihnen sprechen«, antwortete sie, »sobald er sich die Bilder angesehen hat.«

Während der folgenden vierzig Minuten plauderte ihre Mutter angestrengt vor sich hin, und Mary Ann fragte sich die ganze Zeit, was die Assistentin in ihrem Körper gesehen hatte. Dann führte eine Krankenschwester sie in das Sprechzimmer von Dr. McNally.

Der Arzt saß hinter seinem Schreibtisch. Vor fünfzehn Jahren hatte er Mary Ann zur Welt gebracht. Sein onkelhaftes, irisch zerfurchtes Gesicht war an diesem Tag zutiefst besorgt. »Ich möchte mit deiner Mutter sprechen«, sagte er.

Mary Ann ängstigte sich noch mehr. »Warum?«, fragte sie hartnäckig. »Es ist doch mein Baby.«

McNally sah zu ihrer Mutter, um dann das Wort an Mary Ann zu richten. »Du musst wissen, es gibt ein Problem. Dein Baby hat einen Wasserkopf. Derartige Missbildungen sind oft erst sehr spät erkennbar.« Sein Blick richtete sich auf ihre Mutter. »Das Baby ist lebensfähig, sichere Prognosen gibt es nicht. Aber meist kommt es in derartigen Fällen zu einer Beeinträchtigung der Entwicklung des Gehirns.«

Ihre Mutter erbleichte. »Meist?«, wiederholte sie.

McNally blickte ihr weiterhin in die Augen. »Es gibt eine geringfügige Chance, dass sich das Gehirn normal entwickelt. Aber aufgrund der Missbildung ist es nicht klar erkennbar, so dass ein Sonogramm keine Aussagen über die zerebrale Entwicklung zulässt.« Er hielt inne, und sein Zögern war förmlich spürbar. »Aller Wahrscheinlichkeit nach wird das Baby bald nach der Geburt sterben. Aber ich befürchte, man wird einfach abwarten müssen.«

Mary Ann hatte das Gefühl, als könne sie sich weder bewegen noch sprechen, aber dennoch alles hören. Als sie mit den Tränen kämpfte, rückte ihre Mutter noch näher an sie heran. »Aber sie ist kaum fünfzehn. Ein so großer Kopf …«

»Vertrauen Sie uns. Zu Mary Anns Sicherheit können wir das Kind mit Kaiserschnitt entbinden.«

Mary Ann hörte seine Worte nur mit Verzögerung, wie aus großer Ferne. Sie fühlte, wie ihre Mutter sie auf den Kopf küsste.

»Wird sie wieder schwanger werden können?« Die Stimme ihrer Mutter kam gepresst. »Ich meine, das Risiko der Unfruchtbarkeit?«

Mary Ann senkte den Kopf und schloss die Augen. Mit sanfter Stimme sagte McNally zu ihrer Mutter: »Ich verstehe Sie, Margaret, glauben Sie mir. Aber heutzutage ist das Risiko relativ gering.«

»Wie gering?«

»Fünf Prozent, höchstens. Möglicherweise weitaus niedriger.«

Dann erst ließ Mary Ann ihren Tränen freien Lauf und weinte hemmungslos.

Sarah, die sah, wie die Erinnerung die Augen des Mädchens feucht werden ließ, hatte den Eindruck, sie würde aus einer Art Traum erwachen.

»Wie lange ist das her?«, fragte Sarah.

»Drei Wochen.« Unvermittelt, wie von Angst getrieben, stand das Mädchen auf. »Ich bin ganz auf mich gestellt. Meine Eltern zwingen mich, das Baby zu bekommen, und sonst ist da niemand, der mir helfen könnte.«

5

»Roger Bannon kann einem Leid tun«, sagte Macdonald Gage und reichte Chad Palmer ein Glas Single Malt Scotch. »Wenn es auch noch so gute Gründe gab, er ist einfach zu lange im Amt geblieben.«

Die beiden Männer waren allein im geräumigen Büro des Führers der Mehrheitsfraktion, dessen Sitzmöbel – Walnussholz und Leder – Chad an einen Herrenclub erinnerten. Wie immer war Chad von Mac Gages Höflichkeit fasziniert: Gage vergaß nie, dass Glenlivet seine bevorzugte Marke war, exakt zwei Schuss, serviert mit Eis in einem Cocktailglas. Diese kleinen Aufmerksamkeiten, zusammen mit einem untrüglichen Riecher für Details und einer gerissenen Kenntnis der Denkmuster neunundneunzig weiterer Männer und Frauen, hatten Macdonald Gage zu einer Persönlichkeit im Senat werden lassen.

»Er war schon tot, als ich bei ihm war«, bemerkte Chad. »Da war nichts mehr zu machen.«

Gage setzte eine mitleidige Miene auf und erhob das Glas. »Auf Roger«, sagte er. »Er hat sich um unser Land verdient gemacht.«

Chad sann darüber nach, mit welcher Sorgfalt Mac Gage an seinem Bild als umgänglicher und berechenbarer Zeitgenosse gearbeitet hatte – eine Ansammlung von Klischees, die so nichts sagend waren wie sein grauer Anzug und die gestreifte Krawatte. Die Erfahrung hatte ihn aber gelehrt, dass hinter Gages Verhalten die Absicht steckte, andere von seinem hartnäckigen Wunsch abzulenken, immer einen Schritt voraus zu sein.

Für Gage, das wusste Chad, war er ein Rätsel, ein Mann, den man im Auge behalten sollte. Hinsichtlich Aussehen und Auftreten waren sie das genaue Gegenteil: Gage hatte das glatte, saturierte Aussehen einer Ortsgröße aus der Provinz; Chad dagegen war – mit neunundvierzig – schlank und sportlich, mit einem Hang zu Spontaneität und Respektlosigkeit. Es amüsierte ihn zu wissen, dass Gage ihn heimlich »Robert Redford« nannte, weil er, Lieblingskind der Medien, mit seinen blonden Haaren sehr gut aussah, und dass Kerry Kilcannon ihm den Beinamen »Harry Hotspur« verpasst hatte, nach dem eigensinnigen Kämpfer in Shakespeares Heinrich IV. Gage und Kilcannon wären vielleicht überrascht gewesen, hätten sie erfahren, dass beide Vorstellungen Chads Zwecken sehr wohl entgegenkamen.

»Auf Roger«, antwortete Chad. »Und auf den neuen Präsidenten.«

Wie erwartet reagierte Gage mit einem Stirnrunzeln auf diese Bemerkung.

»Unser neuer Präsident«, antwortete Gage, »hat ein Problem. So wie wir.«

»Ich weiß, wo unser Problem liegt. Wir haben die Wahl verloren. Wo liegt Kerrys?«

»Dass er nur mit einer Mehrheit von ein paar tausend Stimmen gewonnen hat, und dass wir den Senat kontrollieren.« Gage nahm einen Schluck. »Unsere Wählergruppen, darunter konservative Christen, erwarten, dass wir Kilcannon in Schach halten. Die Nominierung eines neuen Obersten Bundesrichters ist unsere Chance, auf den Kurs Einfluss zu nehmen.«

Chad genoss das warme Brennen, wie nur guter Scotch es entfachen konnte. »Kommt darauf an«, antwortete er, »für wen Kerry sich entscheidet.«

»Er hat seine eigenen Wählergruppen, die er zufrieden stellen muss. Somit wird er uns niemanden präsentieren, der uns gefällt.« Gage blickte Chad in die Augen. »Zunächst einmal muss Kilcannon sich nach dir richten. Du bist der Vorsitzende des Justizausschusses. Du nimmst seine Kandidaten unter die Lupe. Du leitest die Hearings. Du entscheidest, ob er es leicht oder schwer haben wird.«

Chad zuckte mit den Schultern. »Ich habe nicht vor, Kerry einen Freifahrtschein zu geben. Aber ich werde weder eine Hexenjagd veranstalten noch den Kandidaten so lange foltern, bis er sich als Anhänger der Evolutionstheorie outet – egal was sich die Ultrakonservativen erwarten. Wir müssen endlich einsehen, dass genau diese Leute ein Grund für unsere ständigen Niederlagen sind.«

»Wenn das wahr wäre«, gab Gage zurück, »hätten wir nie das Gesetz zum Schutz des Lebens durchgebracht. Selbst ein demokratischer Präsident war gezwungen, es zu unterzeichnen.« Zur Betonung richtete er seinen Zeigefinger auf Chad. »Ohne Roger Bannon steht es eins zu eins im Gerichtshof. Die Botschaft an uns ist einfach – keine Justizreformer; keine Verharmloser von Verbrechen; keine Abtreibungsbefürworter.« Er breitete die Arme aus. »Du stehst an vorderster Front, Chad. Soweit wir wissen, präsentiert Kilcannon morgen seinen Kandidaten. Unsere Anhänger erwarten, dass wir vom selben Blatt lesen.«

»Oder aus demselben Gesangbuch singen«, antwortete Chad mit einem Lächeln.

Gage lächelte nur beiläufig, womit er zum Ausdruck bringen

wollte, dass Chad in seinen Augen den gebotenen Ernst vermissen ließ. »Darf ich dir einen Rat geben?«, fragte Gage.

»Du, Mac? Immer.«

»In unseren Reihen wurde Unruhe laut über deine Wahl zum Vorsitzenden.« Gages Stimme wurde vertraulich. »Zwar haben alle Respekt vor dir, und jeder wünscht dir nur das Beste, so dass ich das Schlimmste verhindern konnte, aber einige stören sich an deiner Nähe zu Kilcannon, besonders nachdem ihr beide die Vorlage zu einer Reform des Wahlkampfgesetzes befürwortet habt. Die meisten unserer Leute – meine Wenigkeit inbegriffen – sind der Meinung, eine derartige Gesetzesänderung würde unsere Partei nahezu aus dem Geschäft werfen. Du hast einiges wieder gutzumachen, und hier ist vielleicht deine Chance.«

Die Botschaft war klar genug. Sobald Kerry seine Wahl bekannt gab, richteten sich die Scheinwerfer auf Chad – würde er den Test nicht bestehen, dann wäre auch seine mögliche Kandidatur bei der nächsten Präsidentschaftswahl ernsthaft in Gefahr. Wie immer sah Chad der Herausforderung mit Gelassenheit entgegen.

»Ein Held wird keiner von uns beiden«, erwiderte er, »es sei denn, der Präsident gibt sich eine Blöße, aber er ist kein Stümper. Wäre er einer, dann würde er noch immer mit den anderen Eierköpfen hier herumsitzen.«

Gage zog die Augenbrauen hoch. Damit brachte er zum Ausdruck, dass die Verachtung, die Chad manchen seiner Kollegen gegenüber empfand, fehl am Platze war. »Kilcannon ist natürlich kein Stümper«, konterte Gage, »aber er ist rücksichtslos.«

»Genau das sagt man auch von mir«, erwiderte Chad freundlich. »Und ich habe überlebt. Versteh doch, Mac, ein Liberaler passt mir genauso wenig wie dir ins Konzept. Oder ein neutraler Kandidat, der sich am Ende als Verteidiger der Rechte von Kinderschändern entpuppt. Sollte Kerry wirklich nicht mehr wissen, wo ihm der Kopf steht, und mich um Rat fragen, werde ich das klarmachen.«

Gage lächelte, um anzudeuten, dass er zufrieden gestellt war; aber Chads Instinkt belehrte ihn eines Besseren. »Oh, er wird deinen Rat brauchen, Chad, ganz sicher. Du warst noch nie so wichtig für ihn wie gerade jetzt.«

Oder für dich, dachte Chad.

Dann war es still. Gage fixierte seinen Parteifreund mit misstrauischen Augen. Es gab Zeiten, da wäre Chad erfreut gewesen, derartigen Blicken standzuhalten. Schweigen beunruhigte ihn schon lange nicht mehr: Mehr als zwei Jahre lang war er dazu gezwungen gewesen, oft über Tage hinweg – soweit er überhaupt in der Lage gewesen war, die Tage zu zählen –, ohne den Klang einer menschlichen Stimme zu leben. An diesem Abend jedoch drängte es ihn nach Hause.

»Kann ich dir einen Rat geben, Mac? Was den Präsidenten betrifft.«

Gage lächelte erneut. »Das ist nur recht und billig, und ich brenne darauf, ihn zu hören. Immerhin kennst du ihn um einiges besser.«

Den Seitenhieb ignorierte Chad. »Du wirst Kerrys Entscheidung vielleicht für unklug halten. Aber ich kenne keinen Politiker mit so viel Instinkt wie er, und Kerry meint seine Sache verdammt ernst.« Chad leerte sein Glas. »Du bist länger hier als ich, aber ich glaube, am Ende wird diese Stadt übersät sein mit den Leichen der Menschen, die Kerry Kilcannon unterschätzt haben.«

Gages Lächeln gefror. *Deine Leiche vielleicht*, konnte Chad ihn denken sehen, *aber nicht meine*.

Abrupt stand Chad auf. »Wie auch immer, ich muss nach Hause. Allies Kleid zumachen.«

Gage erhob sich von seinem Sessel. »Wie geht es ihr? Und Kyle?«

Sich nach der Ehefrau zu erkundigen und sich die Vornamen der Kinder zu merken, gehörte zu den Standards im Verhalten von Gage. Vielleicht, dachte Chad, steckte auch hier nicht mehr dahinter.

»Allie geht es blendend. Und Kyle ist mittlerweile auf dem College, sie studiert Modedesign. Mit Erfolg, soweit ich Klamotten beurteilen kann.«

»Gut«, sagte Gage mit fester Stimme. »Wirklich gut.«

Auf der Fahrt nach Hause grübelte Chad darüber nach, warum ihn dieses abschließende Geplänkel mehr beunruhigt hatte als das Gespräch davor.

6

»Wer sind denn Ihre Eltern?«

Das Mädchen verschränkte die Arme, stand starr und schweigend da, dann ließ sie sich auf das Sofa plumpsen. »Mein Vater ist Martin Tierney.«

Mehr sagte sie nicht, brauchte sie auch nicht. Martin Tierney war Juraprofessor an der Universität von San Francisco, wo er Prozessordnung lehrte. Er galt als Spezialist für Ethik und als gefürchteter Vorkämpfer der Pro-Life-Bewegung. Sarah verbarg ihren Schrecken. »Ich weiß, wer er ist«, antwortete sie. »Und was er von der Entscheidungsfreiheit der Frau hält.«

»Es geht noch weiter.« Mary Anns Stimme war brüchig. »Als ich zwölf war, musste ich mit meinen Eltern zusammen an einer Mahnwache vor San Quentin teilnehmen. In jener Nacht wurde ein Mann hingerichtet, der zwei kleine Mädchen vergewaltigt und ermordet hatte. Sie glauben, das Leben ist heilig, und dass niemand das Recht hat zu töten, aus welchen Gründen auch immer.«

»Ist das auch Ihre Meinung?«

Mary Ann biss sich auf die Lippen. »Die Kirche, Mom und Dad, sie haben mir das so vermittelt. Bis dahin habe ich es einfach akzeptiert.« Ihr Blick hob sich wieder, die Stimme zitterte. »Aber was ist, wenn ich das Baby bekomme und danach nie wieder schwanger werden kann? Auch wenn ich verheiratet bin.«

»Was genau sagen denn Ihre Eltern?«, fragte Sarah.

»Er hat gesagt, eine Abtreibung kommt nicht in Frage.« Das Mädchen hielt kurz inne, schüttelte den Kopf. »Und meine Mutter hat nur geweint.«

Sarah schwieg und versuchte, mit ihren Gefühlen klarzukommen. »Bitte«, flehte das Mädchen sie an, »ich brauche Ihre Hilfe.«

Wie oft schon, dachte Sarah, hatte sich jemand in einer Krise an sie gewandt, an ihre vermeintliche Ruhe und ihren gesunden Menschenverstand? Für Mary Ann jedoch gab es keinen Weg, der sie nicht weiter traumatisieren würde, und sicher war nur eines – die Gesetzeslage. Mit einer Missachtung würde man Mary Ann keinen Gefallen tun.

»Es tut mir Leid«, sagte Sarah, »aber möglicherweise sind Sie zu spät dran. Jedenfalls für die Art Hilfe, nach der Sie fragen.«

Mary Anns Augen wurden feucht. »Was meinen Sie damit?«

»Der Kongress hat kürzlich ein Gesetz verabschiedet – sie nennen es Protection of Life Act, also Gesetz zum Schutz des Lebens. Man könnte meinen, das Gesetz wäre extra für Sie gemacht worden ...«

»Warum?«

»Weil Sie unter achtzehn sind, und weil Ihr Arzt sagt, der Fötus ist lebensfähig. Nach diesem Gesetz brauchen Sie für eine Abtreibung die Zustimmung eines Elternteils. Und diese Zustimmung muss auf dem ›fundierten medizinischen Urteil‹ eines Arztes beruhen, dass eine Abtreibung nötig ist.« Die Miene des Mädchens verdüsterte sich, und Sarah zögerte, ehe sie fortfuhr. »Ohne Zustimmung müssen Sie vor Gericht beweisen, dass die Schwangerschaft ein ›gravierendes medizinisches Risiko‹ für Leben oder Gesundheit darstellt. Ich befürchte, dass ein Risiko von fünf Prozent für zukünftige Schwangerschaften kaum ausreichen wird.«

Mary Ann schloss die Augen. »Und wenn das Baby geistig behindert ist?«

»Diese Frage lässt das Gesetz außer Acht.« Sarah hatte Mühe, den Sarkasmus und die Wut in ihrer Stimme zu dämpfen. »Auch darüber werden Ihre Eltern zu entscheiden haben.«

»Aber bis zu diesem Sonogramm wusste ich doch gar nichts darüber.«

»Ich habe Sie schon vor zwei Wochen hier gesehen. Warum sind Sie damals nicht zu uns hereingekommen?«

Mary Anns Schultern zuckten. »Ich wollte ja, aber all die Demonstranten haben mich eingeschüchtert. Unser Gemeindepfarrer war auch unter ihnen.«

Mary Ann Tierney, erkannte Sarah, war zum Spielball des

Schicksals geworden. Vor vier Monaten hatte es noch kein Gesetz zum Schutz des Lebens gegeben; vor zwei Wochen – berücksichtigte man das Stadium dieser Schwangerschaft – hätte ein anderer Arzt die Lebensfähigkeit des Fötus vielleicht noch angezweifelt. Nun war Mary Ann die Gefangene einander widerstrebender Mächte, die sie weder verstehen noch steuern konnte, und Sarah schreckte davor zurück, es ihr noch schwerer zu machen. Immerhin hatte Mary Ann ihren Rat gesucht, wie spät auch immer, und sie hatte ein Recht darauf, informiert zu werden, welche Möglichkeiten ihr noch blieben.

»Eine Chance haben wir noch«, sagte Sarah. »Es ist nicht klar, ob das Gesetz überhaupt gültig ist.«

Es schien zu dauern, bis Mary Ann verstanden hatte. Dann hob sie den Kopf, und in dem Moment empfand Sarah ihre Jugendlichkeit als Last. »Seit dem Entscheid des Obersten Bundesgerichts im Fall Roe versus Wade«, begann sie, »haben Frauen das durch die Verfassung verbriefte Recht auf Abtreibung. Wenn aber der Fötus bereits ›lebensfähig‹ ist, dann kann der Kongress eine Abtreibung verhindern, es sei denn, Gesundheit oder Leben der Mutter stehen auf dem Spiel.

Was das genau bedeutet, weiß niemand, und kein Gericht hat je darüber befunden, ob das Gesetz zum Schutz des Lebens das Recht einer Minderjährigen verletzt, mit der Hilfe eines Arztes zu entscheiden, was sie selbst als ›gravierendes medizinisches Risiko‹ bezeichnen würde.« Sarah zögerte einen Moment, um dann fortzufahren: »Wenn die Gerichte das Gesetz für verfassungswidrig erklären, kann Sie kein Gesetz in Kalifornien davon abhalten, die Entscheidung allein zu treffen.«

Mary Ann starrte zu Boden, als müsste sie das erst einmal verdauen.

»Es ist nur fair, Sie darauf hinzuweisen«, wagte Sarah zu sagen, »was damit auf Sie zukommen würde.«

Mary Ann schluckte. »Sie meinen meine Eltern.«

»Sie werden sich gegen sie stellen müssen. Vor Gericht und außerhalb.« Sarahs Stimme war fest. »Und das ist nur der Anfang. Um Ihre Privatsphäre zu schützen, würde Ihr Anwalt den Fall unter einem Pseudonym vor Gericht bringen. Aber sobald die Sache publik ist, werden sich die Medien darauf stürzen. Das Gericht wird belagert werden von Demonstranten, die Pro-Choice-Aktivisten werden Sie vor ihren Karren spannen. Weil Sie eine Kongress-Entscheidung attackieren, wird das Justizministerium verpflichtet sein, sich gegen Sie zu stellen. Und da die meisten Menschen leichtfertig der Meinung sind, die Zustimmungspflicht der Eltern ist gut, Spätabtreibung dagegen schlecht, könnte der politische Druck enorm werden.«

Mary Ann war den Tränen nahe, dennoch zwang sich Sarah fortzufahren. »Die größten Sorgen mache ich mir um Sie. Könnte doch jeder Tag den endgültigen Bruch mit Ihrer Familie bringen.«

Mit verschränkten Armen begann Mary Ann hin- und herzuschaukeln, als ob ihr Schmerz körperlich spürbar wäre. Ohne große Hoffnung wagte Sarah zu fragen: »Ein Elternteil wäre ausreichend. Besteht die Möglichkeit, Ihre Mutter umzustimmen?«

Mary Ann schüttelte den Kopf. »Verstehen Sie doch. Damit würde ich die beiden auseinanderreißen.«

»Und Ihr Arzt, könnte der helfen?«, fragte Sarah weiter.

»Auch nicht.« Ihre Worte klangen wie erstickt. »Er ist der beste Freund meiner Eltern – sie alle glauben, dass Abtreibung Sünde ist. Nur Sie allein können mir helfen.«

Die Angst in diesen Worten ließ Sarah die letzten Vorbehalte über Bord werfen. Meine Mutter hätte dich in den Arm genommen, dachte sie. Dann hätte sie eine Lösung gefunden.

»Es ist nicht fair«, sagte Sarah, »ich weiß.«

Das Mädchen wandte sich ab, untröstlich, zitterte am ganzen Körper. »Ich glaube, eine Klage ist die einzige Hoffnung …«

Sarah atmete tief durch. »Es wäre ein größerer Fall, Mary Ann. Dazu kommt, ich bin nicht selbstständig und kann ohne die Zustimmung meiner Kanzlei keinen Fall übernehmen, von einem Honorarverzicht ganz zu schweigen.«

Das Mädchen sah zu ihr auf. »Kümmern Sie sich um eine Zustimmung. Bitte.«

Mit einem Mal erkannte Sarah, wie sehr sie mit ihrer Zurückhaltung nicht nur Mary Ann, sondern auch sich selbst schützen wollte. Ebenso plötzlich fühlte sie sich von einer Welle von Selbstbewusstsein und Unabhängigkeit getragen, Gefühle, die sie in ihrer konservativen und streng hierarchischen Anwaltskanzlei oft zu unterdrücken suchte.

»Ich kann zumindest ein paar Telefonate führen«, wich Sarah aus. »Vielleicht findet sich jemand, der den Fall übernimmt.«

Die Offenheit im Gesicht des Mädchens schwand dahin, als wäre sie verraten worden. »Egal.«

Sie stand am Abgrund, sagte sich Sarah. Und sie war erst fünfzehn: Vor dem Gesetz galt sie – selbst angesichts dieses Traumas – als instabil, unberechenbar, unzuverlässig, selbstbezogen. Wie Sarah sich nur allzu gut erinnerte.

»Mary Ann«, sagte sie knapp, »wir sprechen von einem Prozess, der möglicherweise erst vom Obersten Bundesgericht der Vereinigten Staaten entschieden wird. ›Egal‹ ist da fehl am Platz.«

Einsichtig sah ihr das Mädchen in die Augen. »Tut mir Leid …«

Nun fühlte sich auch Sarah hilflos. Schließlich sagte sie: »Wie kann ich Sie erreichen?«

Mary Ann schüttelte verzweifelt den Kopf. »Überhaupt nicht. Meine Mutter hat mir mein Handy weggenommen, nachdem sie erfahren hatte, dass ich schwanger war.«

Mein Gott, dachte Sarah. Langsam begann sie, das volle Gewicht der Verlassenheit dieses Mädchens und ihre eigene mögliche Verantwortung zu spüren. »Ich sage nicht, dass ich Sie vertreten werde, aber Sie können mich morgen anrufen, in Ordnung? Von der Schule aus.«

Abermals füllten sich Mary Anns Augen mit Tränen – Tränen der Erschöpfung und der Hoffnung. Sarah fragte sich, was wohl passieren würde, wenn sie dieses Mädchen abweisen würde.

7

In ihrer Ehe gab es immer noch Phasen, sinnierte Chad Palmer, da liebte er seine Frau so sehr, dass es wehtat.

Allie begutachtete sich kritisch im Spiegel ihres Schlafzimmers, den Kopf mit dem blonden Haar leicht zur Seite geneigt. Diese vertraute Geste löste in Chad eine Kette von Erinnerungen an ihr gemeinsam verbrachtes Leben aus, ein Spiegelsaal, der Allies Gesicht hundertfach reflektierte: das Staunen angesichts neu gewonnener Intimität; das Bild, an das er sich während seiner Gefangenschaft klammerte; die Freude, als er sie wieder in die Arme schließen konnte; fast achtzehn Jahre, in denen Allie Palmer abends oft resigniert die Falten beäugte, die, fast unmerklich, das Vergehen der Zeit markierten. Als Chad sie kennen gelernt hatte, war sie hübsch – kess, blaue Augen, ihr Gesicht strahlend vor guter Laune, ihr Körper schlank –, nun aber, achtundzwanzig Jahre später, empfand er sie als schön. Die adrette Erscheinung war geblieben; was die Zeit in ihr Gesicht eingeschrieben hatte, waren Weisheit, Selbstvertrauen und – schmerzlich für Chad – eine Spur von Trauer. Als sie bemerkte, dass sein Spiegelbild sie beobachtete, ging ein Lächeln über ihr Gesicht.

»Warum beobachtest du mich, Chad?«

Er trat näher an sie heran und küsste ihren Nacken. »Weil du reizend aussiehst. Und weil du vergessen hast, dass ich hier bin.«

»Hm«, sagte sie, ein Ton, der irgendwo zwischen Selbstkritik und Zufriedenheit angesiedelt war. »Wenn ich nur vergessen könnte, dass ich schon sechsundvierzig bin.«

»Warum vergessen?«, fragte Chad und ließ die Hände auf ihre Hüften gleiten.

»Zu spät. In einer Stunde beginnt der Ball, und ich bin ausgehfertig. Ausnahmsweise gehorchen sogar meine Haare.«

Chad grinste. Diese Klagen waren nicht neu. »Vergiss deine Frisur«, sagte er. »Immerhin lebst du mit einem Mann, der von der Zeitschrift *George* zum attraktivsten Senator der Dekade gekürt wurde.«

»Das ist eine Dekade her. Aber wenigstens ruhst du dich nicht auf deinen Lorbeeren aus.« Allie wandte sich um und küsste ihn auf die Wange. »Brauchst du Hilfe mit deiner Krawatte?«

»Wie gehabt. Ich lern das nicht mehr mit diesem verdammten Ding.«

Allie holte eine fertig gebundene Smoking-Krawatte aus der

Kommode und band sie um Chads Hemdkragen. Mit großer Sorgfalt kümmerte sie sich um den perfekten Sitz. Auch dieser Moment stimmte Chad nachdenklich: Als er zu ihr zurückgekehrt war, körperlich und geistig ein anderer Mensch, hatte sie das einfach akzeptiert, mit einer Güte, die darüber hinwegtäuschte, wie sehr die zwei Jahre seiner Gefangenschaft auch sie selbst verändert hatten.

Die Frau, die Chad kennen gelernt hatte, war achtzehn Jahre alt, frisch gebackene Studentin am College von Colorado, deren Ehrgeiz nur darauf gerichtet war, zu heiraten und Kinder zu bekommen; der Mann, den Allie kennen gelernt hatte, befand sich in der Abschlussphase seiner Ausbildung an der Luftwaffen-Akademie, ein selbstverliebter Macho, dessen Ziel einzig darin bestand, die neuesten Kampfflugzeuge so schnell und so weit wie möglich zu fliegen. Sie hatten sich ineinander verliebt und – eher von Optimismus geleitet denn aus Einsicht – geheiratet. Sieben Jahre lang war das für Chad kein Grund gewesen, sich zu ändern. Immer obenauf und dem Whiskey nicht abgeneigt, nahm er sich, wann immer er die Freiheit dazu hatte, die Frauen, die ihn in scheinbar grenzenloser Zahl begehrten. Ernst kannte er nur in der Pilotenkanzel. Nicht die fatalen Folgen der nomadischen Existenz eines Luftwaffen-Offiziers für seine Ehe bedauerte er damals, sondern dass er Vietnam nicht mehr erlebt hatte. Allies Resignation, dass sie das Leben, das sie führten, im Stillen ablehnte: die ständigen Umzüge; die von Chad in Offiziersclubs verbrachten Nächte; seine Lustausflüge nach Thailand – all das zählte wenig für ihn angesichts der Bequemlichkeit, sich in ihrem Leben ein- und auszuklinken, wann immer es ihm gefiel.

Bis er sie nicht mehr erreichen konnte und ihn nur mehr der Gedanke an sie am Leben erhielt.

Eines Nachts in Beirut wurde er, abgefüllt mit Scotch, auf offener Straße von drei Arabisch sprechenden Männern aufgegriffen und verschleppt. Wohin sie ihn brachten, wusste er nicht, in irgendeine dunkle Zelle. Zum ersten Mal, über endlose Stunden und Tage hinweg, stand Allie im Mittelpunkt seiner Gedanken. Die Erinnerung an sie war ihm wertvoller als ihre Gegenwart es je gewesen war, und als er gefoltert wurde, hielt ihn einzig die Hoffnung, sie wiederzusehen, von dem Wunsch zu sterben ab. Der war aber nicht groß genug, als dass seine Häscher ein Wort aus ihm herausgebracht hätten.

Und dann war er frei.

Als Chad Palmer nach Hause kam, glaubte er, seine Frau nicht wiederzuerkennen.

Kyle, ihre Tochter, schlief umgeben von seinen Fotos. Allie jedoch glaubte, dass er tot war. Nun schien sie ihn nicht mehr zu brauchen: Zwei Jahre lang hatte Allie ihr Leben selbst gemeistert.

»Du hast dich verändert«, sagte sie zu ihm. »Und ich auch. Das kleine Mädchen, das ich einmal war, werde ich nie wieder sein.«

Ihre Distanz verletzte ihn. Schließlich sagte er: »Ich glaube nicht, dass du mich so vermisst hast, wie ich dich vermisst habe.«

Sie taxierte ihn mit einem kühlen Blick, den er nie zuvor an ihr gesehen hatte. »Vielleicht gab es weniger zu vermissen«, antwortete sie.

Chad kam zu der Einsicht, dass er in gewisser Hinsicht nun verlorener war als im Gefängnis. Mit einem ernsten Wesen, das ihm keiner zugetraut hätte, war er zu einer gänzlich veränderten Frau zurückgekehrt und zu einer Tochter, die er nicht kannte. Sein Lebensinhalt, die Fliegerei, war dahin: Die Verletzungen verheilten mit der Zeit, aber die an einen Bomberpiloten gestellten Anforderungen konnte er dennoch nicht mehr erfüllen. Zudem war ihm der Mann fremd, der er wie durch Zufall geworden war: eine Berühmtheit, die von den Medien, der Luftwaffe und Politikern, als »Held« gefeiert wurde.

Zusammen mit Allie fand er einen Weg, ihre Ehe zu kitten. Sie zogen ins nördliche Ohio, wo Chad aufgewachsen war, und er wagte den Schritt in die Politik. Beide Parteien versuchten ihn vor ihren Karren zu spannen – aus innerer Überzeugung entschied er sich für die Republikaner. Er war der Traum eines jeden Image-Machers – direkt, aber herzlich, gut aussehend wie ein Filmstar. Nach, wie Chad nicht ohne Ironie sagte, »zehn harten Monaten, in denen ich meine Eignung zur Führerschaft auf nationaler Ebene unter Beweis gestellt habe«, gab er seine Kandidatur bekannt und stürzte sich in das Wanderleben eines Bewerbers um einen Senatsposten.

Wenn auch nicht gerade begeistert, tolerierte Allie seinen Plan, vielleicht weil sie nun ein Zuhause hatte und eine Tochter, die sie brauchte. Und vielleicht, dachte Chad reuevoll, war ihre Zuneigung noch groß genug, um zu wissen – und auch zu schätzen –, dass Chad Palmer sie mittlerweile so sehr liebte, um nicht einmal im Traum daran zu denken, eine andere Frau anzufassen.

Allie war zufrieden mit seiner Krawatte. »Fertig«, sagte sie. »Du siehst gut genug für deine eigene Amtseinführung aus. Gott sei mit uns.«

Chad küsste sie auf die Stirn. »Und du«, frotzelte er, »siehst heiß genug aus, um einen Skandal hervorzurufen.«

»Alle Augen werden heute Abend auf Lara gerichtet sein. Ich frage mich, wie sie sich dabei fühlt, einunddreißig zu sein und von der *Washington Post* tituliert zu werden als ›entweder die schönste First Lady in spe seit Jackie Kennedy oder die geistreichste Geliebte eines Präsidenten seit Marilyn Monroe‹.«

Chad lächelte. »Ich weiß nicht, wie sie sich fühlt, aber vor ein paar Wochen sagte mir Kerry, sie fühlten sich wie ein Teenager-Pärchen mit zweihundertsiebzig Millionen Eltern.«

Allie sah ihn neugierig an. »Meinst du wirklich, er wird sie heiraten?«

»Keine Ahnung – Kerry trägt das Herz nicht gerade auf der Zunge, noch dazu im Umgang mit einem Mann, der in vier Jahren gegen ihn antreten könnte. Viel mehr frage ich mich, ob sie ihn heiraten wird. Manchmal habe ich das Gefühl, da liegt irgendetwas in der Luft, was ich nicht so ganz verstehe.«

»Was die beiden betrifft? Oder schreckt sie einfach vor dem Leben als Präsidentengattin zurück?«

»Ich bin mir nicht sicher. Ein derartiges Leben ist hart, wie wir alle wissen.«

Nach kurzem Zögern drehte Allie sich um. »Hilfst du mir?«

»Klar doch.« Der Reißverschluss war nicht das Problem, dachte Chad – wäre da nicht diese verdammte Häkchenöse.

»Warum wollte Mac Gage dich sprechen?«, fragte sie.

Chad verzog das Gesicht. »In Sachen Oberstes Bundesgericht. Der Chef ist keine drei Stunden tot, und schon versucht Mac mich festzulegen. Entweder ich benutze den Ausschuss, um Kerrys Kandidaten – um wen es sich auch immer handelt – die Daumenschrauben anzulegen, oder Mac macht mir möglicherweise Ärger.«

Allie dachte kurz nach. »Wann«, fragte sie, »bist du je einem Krach aus dem Weg gegangen?«

»Vielleicht«, versprach er ihr, »ist es zum Lernen noch nicht zu spät.«

8

»Was würdest du tun?«, fragte Sarah.

»Ich würde die Finger davon lassen.« Caroline Clark Masters wandte sich vom Herd ab und sah ihre ehemalige Mitarbeiterin ungläubig an. »Der Fall, der dir vorschwebt, ist ein Alptraum – juristisch, politisch und beruflich.«

Sie saßen in der offenen Küche von Carolines Penthouse im Stadtviertel Telegraph Hill. Es war geräumig und geschmackvoll eingerichtet, mit raumhohen Fenstern, die einen Panoramablick auf die Skyline von San Francisco gewährten. Jedes Detail, die moderne Drahtskulptur wie der edle Chassagne Montrachet, den die beiden Frauen schlürften, während Caroline kochte, zeugte von Carolines Geschmack. Die Wohnung wirkte elegant, aber auch kühl – wie die Bewohnerin selbst. Die einzige persönliche Note war das Foto einer jungen Frau mit dunklem Teint, Carolines Nichte, wie sie auf eine Rückfrage hin gesagt hatte. Mehr Worte verlor Caroline darüber nicht: Trotz ihres für eine Juristin ungewöhnlich hohen Bekanntheitsgrades gab sie ihre Distanziertheit, die so manchen auch ärgerte, niemals auf.

Als Frau war sie eine beeindruckende Erscheinung – groß, gerade, anmutig, mit markanter Nase, weit auseinander stehenden braunen Augen, mit einer hohen Stirn und glänzendem schwarzem Haar. Aussehen und die Art zu sprechen entsprachen ihrer Herkunft aus einer Patrizierfamilie aus Neuengland. Den exotischen Touch – das Dunkle an ihr und ein zuweilen süffisantes Lächeln – hatte sie von ihrer Mutter, einer französischen Jüdin, deren Eltern im Holocaust umgekommen waren. Mehrere Jahre zuvor hatte ihr auffallendes Äußeres, unterstützt von einer fast makellosen Diktion und einer natürlichen Autorität, dazu beigetragen, dass sie sich in der Öffentlichkeit einen Namen gemacht hatte. Damals, als Richterin an einem Stadtgericht, war sie Vorsitzende in einem Verfahren gegen Mary Carelli, eine berühmte Fernsehjournalistin, die wegen Mordes unter Anklage stand. Beim Freispruch Carellis, nach einem Verfahren, das Millionen im Fernsehen verfolgt hatten, war Caroline fast ebenso berühmt.

Jeder Karriereschritt, der danach folgte – Teilhaberin bei Kenyon & Walker, dann Bundesrichterin –, war für Sarah selbst ein Ziel, an das sie gar nicht zu denken wagte. Für Caroline war, so sah es Sarah, kein Ziel zu hoch: Ihr Jahr als Protokollführerin hatte einen bleibenden Eindruck von der Integrität und dem scharfen Intellekt dieser Frau hinterlassen. Nach ihrem Vorbild gefragt, würde sie sofort antworten: Caroline Masters.

Weniger klar schien es, warum Caroline ihre gemeinsame Freundschaft aufrechterhielt. Wie eine ältere Schwester, fast wie eine Mutter, nahm sie teil an Sarahs Leben und Karriere. Vielleicht, so dachte Sarah, weil Caroline keine eigenen Kinder hatte und weil sie zu ihrer einzigen Schwester – der Mutter der Nichte – ein eher distanziertes Verhältnis pflegte. Was auch immer die Gründe waren, Sarah war dankbar, die Nutznießerin zu sein.

»Die Finger davon lassen?«, wiederholte Sarah. »Warum? Wegen der Kanzlei?«

»Das ist ein Grund.« Caroline lächelte abermals. »Meine ehemaligen Partner bei Kenyon & Walker werden dafür sorgen, dass du dieses heiße Eisen gar nicht erst anfassen wirst. Und ich kann es ihnen auch nicht verübeln. Den Leuten ist daran gelegen, als die führende Anwaltssozietät der Ostküste zu gelten, nicht als Befürworter von Abtreibungsrechten. Jedes zu dem Zweck angestrebte Verfahren, das Gesetz zum Schutz des Lebens auszuhebeln, wäre der reine Irrsinn. Die Materie ist heikel genug und obendrein emotional besetzt.« Caroline sprach nun mit jener vertrauten Mischung aus Ironie und Entschlossenheit. »Solltest du auch nur im Traum daran denken, hier würde es sich um ein Blitzverfahren zur Legalisierung von ›Kindesmord‹ handeln, dann warte erst einmal, bis die Behindertenverbände dir vorwerfen, du wolltest Föten abtreiben, nur weil diese nicht der Norm entsprechen – ihren Normen, wie auch immer die aussehen.«

Diesen Aspekt, erkannte Sarah, hatte sie bisher nicht bedacht. Caroline nippte an ihrem Wein, um dann mit ruhigerer Stimme fortzufahren. »Ich möchte lediglich, dass du sorgfältig darüber nachdenkst. Politiker und Aktivisten, ganz gleich auf welcher Seite sie stehen, haben alle eine feste Überzeugung und ein langes Gedächtnis. Manchmal bin ich sehr froh, dass ich noch nie in einem Abtreibungsverfahren entscheiden musste.«

Oder, ging es Sarah durch den Kopf, darüber, überhaupt nie eine Meinung über Abtreibung kundgetan zu haben – vielleicht, weil Caroline dachte, leichtfertige Äußerungen zu brisanten Themen seien für eine Richterin politisch unklug. Und ihre Analyse war scharfsinnig und ernüchternd zugleich: Für jemanden mit juristischen Ambitionen konnten Verwicklungen in heiße Themen wie Zustimmungspflicht der Eltern und Spätabtreibung ebenso tödlich sein wie Zweifel an der Todesstrafe. »Ich muss dauernd an die Klinik denken«, sagte sie. »Christian Commitment hat den Betrieb nahezu zum Erliegen gebracht. Neuerdings verkünden die Anhänger von Pro-Life, dieses neue Gesetz sei im ureigenen Interesse Minderjähriger erlassen, und dabei wollen einige von ihnen die Mädchen doch nur bestrafen.

Bei vielen Abtreibungsgegnern fällt es mir schwer, sie nicht zu respektieren; ihnen ist es ernst, und ihre Einwände sind nicht so leicht vom Tisch zu wischen. Christian Commitment jedoch versucht, zweigleisig zu fahren – sachlich in der Öffentlichkeit und dennoch militant. Dieser Typ, der sich gegen Mary Ann stellte, ist typisch für sie – Außenseiter, Einzelgänger, voller Ressentiments gegen Frauen. Ich bin mir sicher, es ist etwas Psychosexuelles: eine tief sitzende Angst, wir Frauen könnten ihnen die Butter vom Brot nehmen, und ihre einzige Verteidigung besteht darin, uns dazu zu zwingen, Kinder zu bekommen. Wenn es nicht so unheimlich wäre, könnten sie einem Leid tun.«

Das Lächeln auf Carolines Gesicht schwand schnell. »Dieser Mann von heute Nachmittag hat vielleicht einfach Pech bei den Frauen. Martin Tierney jedoch ist ein Philosoph.«

»Du kennst ihn?«

»Ich habe ihn in Diskussionsrunden gesehen.« Caroline drehte sich um, warf einen Blick auf den Seebarsch und machte sich an die Zubereitung der Sauce. »Seine ethischen und religiösen Überzeugungen sind konsistent, gut dargestellt und bezwingend. Da kann einer noch so sehr meinen, die Thematik ausreichend durchdacht zu haben – Tierney ist einen Schritt voraus. Hier kommt dazu, dass er der Vater des Mädchens ist, und sich mit ihm vor Gericht anzulegen wäre kein Kinderspiel.«

Es war ein taktvoller Hinweis auf Sarahs Unerfahrenheit: Mit ihren neunundvierzig Jahren hatte ihr Caroline Masters zwanzig Jahre juristischer Praxis voraus und war als brillante Prozessanwältin bekannt. Nun spürte Sarah, wie Stolz, aber auch Sturheit sich ihrer bemächtigten. »Bei Zivilprozessen«, erwiderte sie, »wird Erfahrung oft überschätzt. Worauf es ankommt, sind Können und Planung, um sicherzustellen, dass einen die andere Seite nicht überrumpelt.«

Caroline betrachtete sie, ihr Weinglas an den Lippen. »Tatsächlich stimme ich mit dir überein – mit neunundzwanzig habe ich Bedürftige verteidigt, die wegen Vergewaltigung oder Mord unter Anklage standen. Der Unterschied ist der, dass mich niemand dafür hasste, die Angehörigen der Opfer vielleicht ausgenommen.« Nach einem Schluck Wein schloss Caroline: »Als Richter kann man ein Verfahren nur in Ausnahmefällen ablehnen. Für einen Anwalt gilt das nicht. Du solltest dich von der Maxime leiten lassen: ›Gibt es für mich eine moralische Verpflichtung, diesen Fall zu übernehmen?‹«

Sarah stellte ihr Glas auf der schwarzen Marmorplatte des Küchenblocks ab und beugte sich auf ihrem Hocker mit verschränkten Armen nach vorne: Carolines Rat hatte sie auf den Boden der

Realität zurückgebracht. »Eine Frage«, sagte sie schließlich. »Wie stehen, nach dem Fallrecht, meine Gewinnchancen?«

Caroline winkte ab. »Es besteht die Möglichkeit, wie gering auch immer, dass dieser Fall vor dem Berufungsgericht endet, mit mir im Gremium. Ich würde aber ohnehin möglichen prozessführenden Parteien keinen juristischen Rat geben.«

Zum ersten Mal fühlte sich Sarah entmutigt in dieser Sache. Das Berufungsgericht bestand aus einundzwanzig aktiven Richtern, von denen jeweils drei einem Fall zugewiesen wurden. Die Chancen einer Zuständigkeit für Caroline standen also eins zu sieben. Aber Carolines Berufsethos, das wusste Sarah, gestattete keine Ausnahmen.

Caroline schien ihr die Enttäuschung anzusehen. »Ich wünschte, ich könnte dir mehr helfen«, sagte sie sanft. »Und ich möchte unbedingt wissen, wie du dich letztendlich entscheidest.«

Caroline wandte sich um und widmete sich wieder ihrer Orangensauce. Auf dem Fernsehschirm neben ihr brach, in Zeitlupe, der Oberste Bundesrichter der Vereinigten Staaten zusammen.

»Unglaublich«, bemerkte Sarah. »Was für ein Mensch war er?«

»Ein brillanter Kopf natürlich.« Auf dem Fernsehbild eilte Senator Palmer dem zu Boden Gestürzten zu Hilfe. »Aber auch unnachgiebig, engstirnig und so verbohrt wie ein Richter bei den Marx Brothers. Und er hat kein Hehl daraus gemacht, dass er Kerry Kilcannon verachtet. Sein Tod muss eine niederschmetternde Erfahrung gewesen sein – besonders für ihn.«

Dieser beißende Kommentar passte so sehr zu Caroline – einer Frau, die Sentimentalitäten verachtete –, dass Sarah lächeln musste. Nicht aber Caroline. Den Blick noch immer auf den Fernseher gerichtet, sagte sie: »Das könnte dem Gericht eine neue Richtung geben. Je nachdem, was Kilcannon nun tut.«

»Weil das Gericht gespalten ist?«

»Zum Teil. Aber ein neuer Oberster Bundesrichter kann viel mehr bedeuten als eine zusätzliche Stimme.« Carolines Stimme wurde nachdenklich. »Jeder Jurastudent im ersten Jahr weiß, dass der Fall Brown versus Schulbehörde mit der legalen Rassentrennung an öffentlichen Schulen Schluss machte. Aber nur die wenigsten wissen auch, dass die erste Verhandlungsrunde mit einem Patt unter den Richtern endete, und dass der Oberste Bundesrichter, Vinson, strikt für die Beibehaltung der Rassentrennung eintrat.

Noch vor der Bekanntgabe der Entscheidung erlag Vinson einem Herzinfarkt. Sein Nachfolger war Earl Warren. Der Fall wurde neu verhandelt, und Warren setzte seine ganze Überzeugungskraft ein, um einen Konsens herbeizuführen. Damit kam die Bürgerrechtsbewegung in Gang, und wir waren gezwungen, uns mit dem Thema Rasse auseinanderzusetzen.

Das Thema Abtreibung, noch dazu Spätabtreibung, enthält natürlich mindestens ebenso viel Sprengstoff, und die Härte in der öffentlichen Auseinandersetzung hat um ein Vielfaches zugenommen. Um dieses Problem beneide ich Kilcannon nicht.«

»Kennst du ihn?«

»Den Präsidenten? Nicht persönlich. Ganz klar zu meinem Nachteil.«

Noch nie zuvor war Caroline so nahe daran, den Ehrgeiz einzugestehen, den sie in Sarahs Augen hegte. Ermutigt sagte Sarah: »Aber Ellen Penn kennst du?«

»Das ja. Und der neuen Vizepräsidentin habe ich meinen gegenwärtigen Job zu verdanken.« Caroline fixierte Sarah mit einem rätselhaften Blick. »Bitte, Sarah, du solltest nicht einmal im Traum daran denken.«

Nach einem Moment lächelte Sarah. »Ich werde meine Gedanken im Zaum halten, Caroline. Aber träumen darf ein Mädchen doch, oder?«

9

Kurz nach halb zwei Uhr morgens betraten Kerry Kilcannon und Lara Costello das abgedunkelte Wohnzimmer des Präsidenten. Bis dahin hatte Lara die oberen Räume nie zu Gesicht bekommen.

Andernorts im Weißen Haus, hatte Kerry sie wissen lassen, befanden sich an die fünfzig Menschen – Personal, der Secret Service –, die von ihrer Anwesenheit wussten. »Nun kennst du es also«, sagte Kerry, »mein neues Zuhause. Kronjuwel unter den Strafanstalten des Bundes.«

Lächelnd blickte Lara sich um. Wie Kerry fühlte sie sich klein und fremd. Gediegene Antiquitäten beherrschten das Bild; an einer Wand befand sich eine kleine, von Jacqueline Kennedy angebrachte Plakette: *John Fitzgerald Kennedy bewohnte diesen Raum während der zwei Jahre, zehn Monate und zwei Tage, in denen er Präsident der Vereinigten Staaten war: 20. Jan. 1961–22. Nov. 1963.*

Die Hochglanzmagazine verglichen sie mit Jackie. Dabei entsprach dies keineswegs der Realität: Ihr Vater, Ire und Alkoholiker, hatte seine Familie verlassen, da war Lara gerade acht; ihre Mutter, eine Latina, hatte Lara und ihre Schwestern mit Putzarbeiten durchgebracht; noch bis vor zwei Jahren, als NBC sie der *New York Times* abgeworben hatte, kämpfte sie damit, ihre Mutter zu unterstützen und die Stipendien ihrer Schwestern abzubezahlen. Und sie war nicht mit Kerry verheiratet.

Trotzdem saß sie, in einem atemberaubenden Kleid von Gianfranco Ferre, hier im Weißen Haus, in den Privaträumen des Präsidenten.

Die Hände in den Hosentaschen, stand Kerry am Fenster und sah den Schneeflocken zu. Lara berührte ihn am Ellbogen. »Schwer zu glauben, oder?«

Kerry antwortete nicht. Er hatte einen noch weiteren Weg als Lara hinter sich: der gewalttätige Vater; eine harte Kindheit; die gestörte Selbsteinschätzung als jüngerer, weniger begabter Bruder von James Kilcannon – ein frisch gekürter irisch-amerikanischer Prinz, der bis zu seiner Ermordung Senator in New Jersey gewesen war. Mit dreißig, als zufälliger Nachfolger für den Bruder, war Kerry dazu gezwungen gewesen, seinen eigenen Weg zu finden. Wenige hatten damals geglaubt, er würde je Präsident werden, am allerwenigsten Kerry selbst.

Lara griff nach seiner Hand und betrachtete sein Profil. Das schmale Gesicht mit den feinen Zügen war ihr mittlerweile vertraut, besonders die Augen – die blaue, grün gesprenkelte Iris war bei ihm besonders groß – vermittelten den Eindruck tiefer Intuition und im Inneren verborgener Geheimnisse.

»Wie lange?«, fragte sie. »Ehe ich mich in Stein verwandle.«

»Oh, Clayton hat eine Umfrage in Auftrag gegeben. In Kalifornien verbringst du die Nacht hier. Aber achtundsechzig Prozent der Befragten in Alabama möchten, dass du jetzt und sofort verduftest.«

»Kalifornien hat dich zum Präsidenten gemacht«, erwiderte Lara, »und die Wähler in Alabama wollten nicht einmal, dass du hier allein schläfst.«

Kerry lächelte versonnen. »Das ist wohl richtig. Aber dass unsere Beziehung nicht unproblematisch ist, haben wir schon früher erfahren.«

Clayton Slade hatte Regeln aufgestellt für den Präsidenten und seine Geliebte: Lara und Kerry würden sich verloben müssen; Lara konnte keine offizielle Dinner-Party im Weißen Haus geben und auch sonst nicht die Rolle der First Lady übernehmen; obwohl sie klare politische Überzeugungen hatte, konnte sie mit Kerry nur streng privat darüber sprechen. Und Regel Nummer eins – Lara konnte nicht über Nacht bleiben. In dieser Nacht würde das Personal des Weißen Hauses ganz besonders darauf achten, sie aus der Besucherliste zu streichen.

Die Gründe schienen naheliegend, nahm doch das Weiße Haus eine Sonderstellung im Denken der Amerikaner ein, und der Präsident war noch immer eine Respekt gebietende Persönlichkeit. Es würde Lara und Kerry schlecht bekommen, den Eindruck von Arroganz oder gar Leichtfertigkeit zu erwecken: Von der Washington Post bis hin zur Regenbogenpresse, jedes Blatt gierte nach Details ihrer Beziehung. Und wenn die Kräfte, die Kerry verachteten, keine andere Möglichkeit finden würden, Kerry am Zeug zu flicken, käme Lara ihnen gerade recht.

Das war mehr als genug. Aber es gab noch andere, einige Jahre zurückliegende Gründe, ein Geheimnis, das die Einhaltung der Regeln unabdingbar machte: Damals hatte Lara sich in einen Senator verliebt, der in einer kinderlosen, nur mehr auf dem Papier bestehenden Ehe gefangen war. Kerry war dazu bereit, seine Frau für Lara zu verlassen, aus Liebe jedoch wollte sie seine Chancen als Präsidentschaftskandidat nicht zerstören. Als sie schwanger wurde, hatte Lara das Kind gegen seinen Wunsch abtreiben und sich ins Ausland versetzen lassen.

Nach zwei Jahren Trennung, in deren Verlauf Kerry sich hatte scheiden lassen, fanden sie wieder zusammen. In den Monaten vor Kerrys Wahl zum Präsidenten hatten die Medien und der politische Gegner ihnen das Leben schwer gemacht. Obwohl grundsätzlich für das Recht auf Abtreibung, war Kerry – wie Lara auch – dennoch römisch-katholisch: Dass Kerry an Lara appelliert hatte, das Kind zu behalten, ließ ihn das Thema Abtreibung differenzierter sehen und ihre gemeinsame Vergangenheit – für seine Kandidatur möglicherweise fatal – schmerzlicher und zwiespältiger. Indem sie nichts von all dem an die Öffentlichkeit dringen ließ, hatte Lara den Weg für den Wahlsieg frei gemacht und ihnen beiden die Verpflichtung auferlegt, keinen Verdacht zu erregen oder einander noch mehr Verletzungen zuzufügen.

Somit blieb ihnen in dieser Nacht kaum mehr als eine Stunde. Nicht genug Zeit, um zu klären, was zwischen ihnen lag: sein dringender Kinderwunsch; ihr Unwohlsein angesichts eines Lebens als First Lady wie auch ihrer ominösen Vergangenheit; die für beide unmögliche Zustimmung zu der von Kerrys Medienberater so dringend geforderten Heirat. Gerade Zeit genug, um miteinander zu schlafen.

»Vermisst du manchmal unsere erste Zeit?«, fragte sie.

Er legte den Kopf schräg, eine charakteristische Geste. »Du meinst die Ungestörtheit.«

»Ja, genau. Außer uns gab es niemanden auf der Welt. Nur die Sorge, nicht erwischt zu werden.«

Kerry schüttelte den Kopf. »Das ist eben typisch für eine Affäre. Aber wir beide wissen, das ist nicht das wirkliche Leben.«

Lara berührte sein Gesicht. »Und das hier wird es einmal?«

»Mein wirkliches Leben ist es mittlerweile. Nur dass niemand sonst so lebt.« Sein Lächeln, bemerkte Lara, drückte Besorgnis aus. »Willst du dich so schnell davonmachen? Ich sehe schon jetzt die Schlagzeilen: ›Präsident nach Vereidigung sitzen gelassen‹.«

Sie erwiderte sein Lächeln. »Nein«, antwortete sie. »Ich will nur dich. Und ich war immer der Meinung, du solltest Präsident werden.«

»Dann heirate mich.«

Lara küsste ihn. »Meinst du, ich könnte zuvor das Schlafzimmer sehen?«

Danach hielt er sie in den Armen, ohne ein Wort zu sagen.

Wenn er schwieg, das wusste sie, dachte es in ihm. Wie um das zu bestätigen, sagte Kerry: »Ich habe mir Gedanken darüber gemacht, was nun alles auf mich zukommt. Und über Roger Bannon.«

Auch das war ihr vertraut. Der Gedanke an den Tod und seine Unberechenbarkeit ließen ihn nicht los. Das war mehr als irische Melancholie – es war das Vermächtnis von James Kilcannon.

»Wieso Bannon?«, fragte sie. »Weil er nicht wollte, dass du nun hier bist?«

»Weil er zu lange im Amt blieb und sich dabei kaputtgemacht hat. Und weil sein Tod so sinnlos war. Ich bin nun einmal hier, und ich werde mich hüten, einen neuen Roger Bannon zu berufen.«

»Wen willst du denn berufen, Kerry? Gibt es Pläne?«

»Keine eigenen. Aber Ellen Penn hat mir einen Namen ins Ohr geflüstert.«

»Deshalb also«, erwiderte Lara, »hat sie es gewagt, unseren Tanz zu unterbrechen.«

Die Bemerkung heiterte ihn auf. »Das neue politische Dilemma«, sagte er. »Präsidenten, die mit Vizepräsidentinnen tanzen. Führe ich oder sie? Lässt sie sich überhaupt führen? Werde ich dadurch zum Chauvi und Ellen allzu sehr vizemäßig? Am Ende war es ihr so egal wie nur irgendetwas.«

Laras Reflexe als Reporterin waren vielleicht etwas eingerostet, ihr politischer Instinkt jedoch war noch immer hellwach. »Sie will, dass du eine Frau ernennst, eindeutig.«

»Nicht irgendeine Frau«, sagte er. »Sondern eine ganz bestimmte.«

Teil Zwei

DIE NOMINIERUNG

1

»Caroline Masters«, drängte Ellen Penn, »ist die perfekte Kandidatin.«

Sie saß neben Clayton an Kerrys Schreibtisch im Oval Office. In jedem Fall würde dieses Treffen zeigen, dachte Kerry, wie gut seine Vizepräsidentin und der Stabschef des Weißen Hauses miteinander auskommen würden. Hinsichtlich Aussehen und Temperament waren sie wie Tag und Nacht – Ellen klein, impulsiv, die Augen blitzend; Clayton massig, ruhig und pragmatisch – und ihr Verhältnis zueinander war, gelinde gesagt, gespannt. Clayton hatte ihre Wahl nicht befürwortet: Er hielt Ellen für viel zu selbstbewusst, ein Feuerwerk feministischer Glaubenssätze. Schlimmer noch, Clayton befürchtete, ihre Leidenschaftlichkeit könnte Kerrys Urteil trüben. Nach der Wahl sah er es als seine Mission, wie Kerry amüsiert vermutete, als der einzig vernünftige Freund des Präsidenten diesen vor seinen eigenen, schlimmsten Impulsen zu schützen.

Ihre enge Freundschaft war ein Grund für diesen Einsatz. Vor vielen Jahren hatte Clayton seine Erfahrung als Anwalt an Kerry weitergegeben; Kerry war Pate von Claytons Zwillingen; Clayton hatte sämtliche Wahlkämpfe für Kerry geführt – drei für den Sitz als Senator, einen für die Präsidentschaft. Und nur Clayton wusste die Wahrheit über Kerry und Lara.

Aber, ermahnte sich Kerry, Claytons Motive waren alles andere als selbstlos. Es war klar, dass er der erste schwarze Generalstaatsanwalt werden wollte; danach, vermutete Kerry, strebte Clayton selbst einen Sitz im Obersten Bundesgericht an. Diese Ambitionen hingen von Kerrys Erfolg ab, folglich würde eine von Ellen Penn eingefädelte, gescheiterte Nominierung Claytons Interessen zuwiderlaufen.

Kerry beobachtete Clayton aus den Augenwinkeln heraus und sprach zu Ellen. »Ich erinnere mich an den Fall Carelli«, sagte er. »Caroline Masters hat ihn gut gemeistert. Aber ›perfekt‹?«

»Perfekt«, wiederholte Ellen. »Kalifornien und nicht zuletzt die Frauen möchten jetzt Taten sehen. Zudem hatten wir bisher nur Männer auf diesem Posten.

Sie wird die erste Frau sein. Sie ist vergleichsweise jung, telegen, eloquent und sie kann sich bestens verkaufen – vor vier Jahren, als sie für das Berufungsgericht nominiert wurde, überzeugte sie den Justizausschuss im Sturm und wurde einstimmig gewählt. Chad Palmer und Macdonald Gage votierten beide für sie. Was sollen sie jetzt gegen sie vorbringen – dass sie eine Frau ist?«

»Das würden sie kaum wagen. Der Standpunkt der Republikaner zum Thema Abtreibung hat die Frauen massenhaft abgeschreckt. Das ist der Grund, warum wir gewonnen, sie jedoch verloren haben.« Ellen schnellte auf ihrem Stuhl nach vorne, wie von der Kraft ihres Arguments getrieben. »Chad Palmer weiß das nur zu gut, und wie Gage hat er es auf deinen Job abgesehen. Mit Masters als Kandidatin hättest du ein Mittel, die beiden zu spalten.«

»Warum die Eile?«, warf Clayton ein. »Das ist die wichtigste Ernennung, die ein Präsident machen kann.«

Ellen beachtete ihn nicht. »Das Bundesgericht ist blockiert«, sagte sie zu Kerry, »die Zeit drängt, und umso größer ist der Druck auf Gage und Palmer, den Weg frei zu machen. Und mit Caroline als Kandidatin fehlt ihnen jegliche Handhabe. Das FBI und der Justizminister haben sie für das Berufungsgericht überprüft, ohne auch nur das Geringste zu finden – keine kontroversen politischen Verstrickungen, keine Drogen, keine persönlichen Probleme.

Und sie hat noch einen weiteren großen Vorteil, gerade in der gegenwärtigen politischen Lage.« Ellen wandte sich an Clayton und bedachte ihn mit einem milden Lächeln. »In puncto Abtreibung ist sie ein unbeschriebenes Blatt: keine Artikel, Fälle oder öffentlichen Stellungnahmen. Nichts, was Gage ihr anhängen könnte.«

Kerry registrierte Claytons amüsierten Blick und fragte: »Dass sie keine Drogen nimmt, mag ja stimmen. Vielleicht ist sie ja auch eine vestalische Jungfrau, was das betrifft. Aber wie kommt es, dass sich eine neunundvierzigjährige Frau noch nie zum Thema Abtreibung geäußert hat? Und was sagt das über sie aus?«

Getroffen von seinen Worten, fasste Ellen ihn ins Auge. »Sie ist kein Niemand, Mr. President. Sie setzt sich aktiv für den Umweltschutz ein, für Chancengleichheit am Arbeitsplatz und für die Rechte nach dem ersten Zusatzartikel. Und selbst wo sie mit Bannon nicht konform ging, fand sie immer die Unterstützung vom Obersten Bundesgericht. Und sie hat sich für eine Liberalisierung der Adoptionsgesetze ausgesprochen, damit auch Minderheiten-Kinder ein Zuhause finden. Können sich die Republikaner darüber beschweren?«

Kerry richtete den Blick auf sie, dann auf das helle Viereck, das die Wintersonne auf seinen Schreibtisch warf. »Ich möchte den besten Mann, Ellen, oder die beste Frau. Nicht nur einen Kandidaten, der im Ausschuss die meisten Stimmen bekommt, oder gar einen, der im Volk am meisten Sympathie genießt.

Caroline Masters, wenn ich mich denn für sie entscheiden würde, könnte noch Vorsitzende sein, wenn wir alle schon tot sind. Und ihr Einfluss auf das Leben der Bürger würde noch viel länger dauern. Ich möchte keine blutleere Akademikerin, selbst wenn sie sich als Darling aller Rechtsgelehrten in Amerika entpuppt. Ich möchte einen Topjuristen, dem auch die Welt außerhalb des Gerichtssaals nicht ganz gleichgültig ist.

Vielleicht trifft beides für sie zu. Aber ich muss viel mehr über sie wissen, als du mir bisher gesagt hast.«

»Zum Beispiel«, sagte Clayton sofort, »woher willst du eigentlich wissen, ob sie überhaupt Pro-Choice ist?«

Die Vizepräsidentin verschränkte die Arme. »Sie ist Pro-Choice, Clayton. Glaub mir das.«

»Hast du sie gefragt?«

»Das ist nicht nötig. Sie ist eine selbstständige Frau, Demokratin und Feministin. Nichts lässt darauf schließen, sie würde Roe versus Wade widerrufen oder die Frauen dazu verpflichten, Kinder zu bekommen, die sie nicht haben wollen.«

Clayton sah sie nachdenklich an. »Hat sie selbst denn Kinder?«

»Nein. Aber auch der Präsident hat keine, nur um das klarzustellen.«

Kerrys Blick war wieder auf das helle Viereck gerichtet. Gelassen antwortete Clayton: »Deshalb ist das noch lange kein Plus. War sie schon einmal verheiratet?«

»Nein.«

»Woher wissen Sie dann, dass sie keine Lesbe ist? Mac Gage und seine Freunde sind versessen auf derartige Dinge, geradezu krankhaft versessen.«

Kerry sah Ellen an. Mit leicht angespannter Miene antwortete die Vizepräsidentin: »Ihr Privatleben ist ihr wichtig. Aber ich kenne sie seit fast zwanzig Jahren, und nie gab es auch nur den geringsten Hinweis auf derartige Affären.« Sie fasste Kerry ins Auge und fügte hinzu: »Caroline Masters mag vielleicht keine eigenen Kinder haben, aber dass sie die Werte Ehe und Familie hochhält, zeigt schon, wie sie über Adoption denkt.«

Ellen sprach, als müsste sie sich verteidigen. Vielleicht, dachte Kerry, hatten er und Clayton genügend Druck gemacht; sie war zutiefst überzeugt von Caroline Masters und wollte der neuen Administration ihren Stempel aufdrücken. Und es konnte nicht einfach sein, die eigenen Ansichten unter jene eines Mannes zu stellen, der ihr jüngerer Kollege im Senat gewesen war und dessen Wahl sie unterstützt hatte.

»Ich nehme Masters in die engere Auswahl«, sagte er ihr.

Das war nett gemeint, aber auch als Aufforderung zu gehen. Ellen zögerte und stand dann auf. Clayton blieb sitzen; Kerry sah, wie Ellen die Realität der Machtverhältnisse registrierte – dass Clayton Slade immer die Person sein würde, die bei Kerry Kilcannon allein zurückblieb, und dass niemand wissen würde, was in den beiden Köpfen vorging, es sei denn auf ausdrücklichen Wunsch von Kerry oder Clayton.

»Ich bedanke mich, Mr. President«, sagte sie und ging.

Clayton stand mit verschränkten Armen da. »Das war kein bloßes Lippenbekenntnis?«

»Nein.«

Clayton blickte zur Tür, um sich zu versichern, dass sie geschlossen war. »Ich vertraue ihrem Urteil nicht.«

Kerry zog die Augenbrauen hoch. »Hätte sie ein besseres ›Urteil‹, Clayton, dann hätte sie die Nominierung von Dick Mason unterstützt, als er in den Umfragen dreißig Prozentpunkte vorne lag. Oder vielleicht haben wir ja beide ein besseres Urteil, als du denkst.«

Clayton deutete ein Lächeln an.

»Manchmal.«

»Und was genau gefällt dir nun nicht an ihr?«

»Das Leben dieser Frau. Es ist genau so, wie du sagst – zu steril. Ich gebe dir Recht, für eine Frau mit Familie ist es wesentlich schwerer, in diesem Alter so weit zu sein. Aber was auch immer ihre Gründe sind, sie ist alleinstehend und kinderlos.«

»Das bin ich auch.« Kerrys Stimme war gedämpft. »Ein Nachteil, wie du mir freundlicherweise zu verstehen gegeben hast.«

»Warum also noch Wasser auf die Mühlen gießen? Dieselben Leute, die sich fragen, ob sie lesbisch ist, werden sich fragen, ob du mit ihr schläfst.«

»Diese Möglichkeit habe ich noch gar nicht bedacht.« Kerry lehnte sich gegen die Armlehne seines Stuhls, das Kinn in die Hand gestützt. »Ich habe nur drei Stunden geschlafen letzte Nacht und würde gerne noch wissen, was für sie spricht.«

»Sie ist ohne Zweifel eine geeignete Kandidatin«, antwortete Clayton prompt. »Und sie könnte das Gericht aus der Erstarrung erwecken, in die Bannon es hineinmanövriert hat.«

»Das ist die lange Sicht. Zuerst müssen wir Macdonald Gage überzeugen, der schon jetzt auf seine Chance lauert. Möglicherweise auch Palmer. Ihr früheres Abstimmverhalten spielt keine Rolle – die ehrenvolle Pflicht des Senats, deine Kandidaten zu bestätigen, wird nie so ernst genommen wie im Fall des Obersten Bundesrichters. Und es ist ein kritischer Augenblick für die Leute, die mitentscheiden, ob Gage oder Palmer der Mann ist, der dich aus dem Amt jagen soll. Du setzt also ziemlich viel auf eine Frau, von der du so gut wie nichts weißt.«

»Dann kümmere dich darum, dass sich das ändert.« Kerry

stand mittlerweile. »Das übliche Theater, bei allen Interessengruppen nach möglichen Kandidaten anzufragen, möchte ich überspringen. Wir sagen einfach, hier ist unser Mann oder unsere Frau, Punkt. Wer auch immer es dann sein wird.«

»Man wird uns für naiv halten. Wie Jimmy Carter.«

»Für entschlossen«, erwiderte Kerry. »Zudem würden wir Mac Gage mit seinen reaktionären Komplizen überrumpeln. Daran werden sie erst einmal zu knabbern haben.«

Clayton betrachtete Kerry eindringlich.

Nein, verbesserte er sich, Kerry war nicht naiv. Vielmehr vereinigten sich bei ihm, was selten ist, Prinzipien mit einem instinktiven, aber ausgefuchsten Sinn dafür, wie seine Prinzipien in der Welt der Politik ankommen – und einer manchmal kaltblütigen Art, seine Ziele durchzusetzen.

»Wir werden es schaffen«, sagte Kerry sanft. »Unter uns, Clayton, wir beide zusammen ergeben wenigstens einen vollständigen Menschen. Vielleicht sogar einen Präsidenten.«

Der Kommentar war trocken und herzlich zugleich und, sollte Clayton das brauchen, ein diskreter Hinweis darauf, wer in diesem Büro das Sagen hatte. Mit einem Lächeln antwortete er: »Ich nehme die Sache in die Hand, Mr. President.«

2

Der Leiter des Pro-Bono-Teams der Kanzlei blickte Sarah mit großen Augen an. Darin lagen Faszination, Belustigung und Fassungslosigkeit.

»Wir sprechen von erbosten Klienten«, sagte Scott Votek, »rebellierenden Eltern, demonstrierenden Bibel-Fanatikern, immensen Ansehensverlusten, Sicherheitsproblemen.«

Wenn auch entmutigend für Sarah, kam Voteks Auflistung möglicher Konsequenzen dennoch nicht überraschend. Mit seinen knallig bunten Hemden, seiner Nickelbrille und dem roten Bart gab sich Votek bewusst als Nonkonformist – mit einem subversiven Hang zu liberalistischen Ideen. Sarah zählte ihn zu ihren

Freunden, in der Kanzlei und privat; er gehörte zu den wenigen Menschen, an die sie sich gewandt hatte, als es wenige Wochen zuvor darum gegangen war, ihre Verlobung aufzulösen.

»Sarah«, sagte er klipp und klar, »dieser Fall wird dich auffressen.«

»Und was ist mit Mary Ann Tierney?«

»Glaub mir, ich weiß doch Bescheid. Dieses Gesetz zum Schutz des Lebens ist Unsinn: Ich hätte gern, dass wir diesen Fall übernehmen – gerade unsere Kanzlei.« Bei dem Gedanken musste er kurz lächeln. »Die alten Herren könnten sich nicht mehr sehen lassen im Bohemian Club.«

»Damit kann ich leben, Scott.«

»Wirklich?« Votek atmete tief durch. »Zugegeben, es hat sich einiges getan. Nicht wenige Frauen sind heute Juniorpartner. Aber es sind immer noch die grauen Eminenzen, die dich akzeptieren – oder gegen dich stimmen. Einer allein genügt.«

Sarah starrte auf den Buchara-Läufer. »Können sie sich das noch leisten? Sie haben sich doch nach den anderen Teilhabern zu richten, jene, die ihre Kandidaten wiederum mittragen. Verteidigungstechnisch gesprochen das ›Gleichgewicht des Schreckens‹.«

Votek schüttelte den Kopf. »Übernimm dich nicht. Ich meine es nur gut mit dir. Selbst Caroline Masters – der einzige weibliche Superstar, den wir je hatten – hatte es hier nicht leicht.«

»Aber sie hat überlebt.«

»Sie hat schon als Teilhaberin angefangen, und als Berühmtheit. Für sie war es eine Zwischenstation – ein paar Jahre im Establishment, um Kontakte zu knüpfen und um ihren Lebenslauf abzurunden.« Votek hatte sich warm geredet und lockerte seinen Schlips. »Ein paar Kollegen stehen wirklich auf deiner Seite – ich inbegriffen. Aber uns sind die Hände gebunden, wenn gewisse andere Leute dich nicht haben wollen. Anstatt zu sagen, du bist ›zu politisch‹, werden sie Codewörter benutzen. Wie zum Beispiel ›Urteil‹.

›Abtreibungs-Anwälte‹ können diesen Fall übernehmen, werden sie sagen. Es zeugt von ›schlechtem Urteil‹, wenn du ihn haben willst, und es ist ›schlecht‹ für die Kanzlei. Und sollten wir ihn doch übernehmen, und die Sache geht schief …« Voteks Tonfall wurde lebhafter. »Die alten Herren werden dich nicht an die Luft setzen. Beim Mittagessen in reiner Männerrunde werden sie eine Vereinbarung treffen: Du kannst dich weiter abrackern für sie, als Teilhaberin jedoch wirst du nicht akzeptiert. Weil du ein ›schlechtes Urteil‹ hast.«

Wenn Votek wollte, dass sie paranoid wurde, dann dürfte ihm ein baldiger Erfolg beschieden sein. Sie hatte nicht den geringsten Einfluss auf die Entscheidungsabläufe in ihrer Kanzlei. »Scott«, sagte sie schließlich, »ich bitte dich um deine Hilfe. Wenn wir uns über die wesentlichen Punkte dieses Falles einigen, können wir ihn vielleicht zusammen übernehmen.«

Votek stützte die Fingerkuppen aneinander und betrachtete sie nachdenklich. »Da sind noch andere Überlegungen«, antwortete er. »Wie du weißt, sieht unser Vorsitzender das Pro-Bono-Programm eher als Verpflichtung denn als Vergnügen.

Gute Arbeit konnten wir nur deshalb leisten, weil wir nicht aufgefallen sind – keine öffentlichen Auseinandersetzungen und kein übertriebener Einsatz in der Freizeit.« Votek beugte sich über den Schreibtisch und blickte Sarah direkt in die Augen. »Ihnen gefällt nicht, was im Umfeld der Frauenklinik vor sich geht, und Christian Commitment heizt die Sache immer mehr an. Bis jetzt konnte ich uns noch decken. Aber in dieser Sache kann ich nichts für dich tun.«

»Du ›kannst‹ nicht oder ›willst‹ nicht, Scott?«

Hier begannen sich Voteks Wangen leicht zu röten. Langsam dämmerte es Sarah: Was Votek Sarah prophezeit hatte, betraf größtenteils ihn selber. Das Entgegenkommen der Teilhaber ermöglichte ihm ein beneidenswertes Leben: sechshunderttausend Dollar pro Jahr; Trekking-Reisen nach Nepal; ein Öko-Ferienhaus in der Nähe von Tahoe; Prozesse zum Schutz von Feuchtgebieten und zur Verhinderung neuer Lift-Trassen. Im Gegenzug personifizierte er für Kenyon & Walker deren Eintreten für das öffentliche Gemeinwohl. Vorstellungen wie »Kindesmord« drohten dieses Gleichgewicht zu zerstören.

»Sarah«, sagte er bestimmt, »dies ist ein Fall für den Vorsitzenden. Vorausgesetzt, du bist bereit, so weit zu gehen.«

»Was bedeutet das?«

»Du musst ein Memorandum verfassen, in dem du das Fallrecht darstellst, die Sachlage, die Zeugen, den familiären Hintergrund dieses Mädchens und, am wichtigsten, warum gerade diese Kanzlei diesen Fall übernehmen soll. Ich würde dir raten, über jeden einzelnen dieser Punkte sehr genau nachzudenken, ehe du die Schrift einreichst. Oder dir überhaupt die Zeit nimmst, sie zu verfassen.«

Sarah verschränkte die Arme. »So viel Zeit gibt es nicht. ›Dieses Mädchen‹ wird mit jedem Tag schwangerer.«

»Ein Grund mehr, Sarah, sie weiter zu schicken. Was für dich gut ist, ist auch für sie gut.«

Sarah starrte aus dem Fenster, als das Telefon läutete.

»Sarah? Ich bin es – Mary Ann. Wie haben Sie sich entschieden?«

Die Besorgnis, die sich in ihr angestaut hatte, war aus diesem Wortschwall herauszuhören. »Von wo aus rufen Sie an?«, fragte Sarah.

»Von einer Telefonzelle.«

Mary Anns Stimme klang gepresst. Abermals war Sarah betroffen angesichts der Einsamkeit dieses Mädchens, dann über die Tatsache, dass sie selbst nun ein Teil dieser einsamen Welt geworden war. »Es gibt ein Problem«, wich Sarah aus. »Ich habe noch keine Antwort.«

»Wann wissen Sie mehr ...?«

Sie war am Ende ihrer Kräfte, vermutete Sarah.

»Rufen Sie mich morgen wieder an«, antwortete Sarah. Dann, sie konnte ihre eigene Stimme hören, fügte sie spontan hinzu: »Bitte – geben Sie nicht auf.«

3

»Caroline Masters«, sagte Kerry. »Was weiß man über sie?«

Er saß im Oval Office zusammen mit Clayton Slade und Adam Shaw, dem neuen Berater des Weißen Hauses. Schmal, graue Schläfen und makellos gekleidet, war Adam der Inbegriff eines Hauptstadt-Juristen, mit vielfältigen Kontakten innerhalb und außerhalb der Regierung. Seine Einschätzung Carolines würde zählen.

»Eine Menge«, antwortete Adam. »Sie gehört zu den Richtern, über die die Vorgänger-Regierung für den Fall einer Neubesetzung beständig Buch führte. Die Materialien füllen eine ganze Schublade: Steuererklärungen, Unterlagen über die Vermögensverhältnisse, medizinische Daten, Empfehlungsschreiben.

Bei ihrer letzten Ernennung fand sie starke Unterstützung bei den Frauen, der Arbeiterschaft, bei Umweltgruppen, Minderheiten und Prozessanwälten – der Kern deiner Anhängerschaft. Seitdem hat sie immer so entschieden, dass sich daran nichts ändert. Und die Urteilsbegründungen selbst sind sorgfältig gearbeitet, schön geschrieben und vernünftig – progressiv, aber nicht radikal.«

»Was ist mit Frederico Carreras?«, warf Clayton ein. »Wir kennen ihn alle – er ist Hispano-Amerikaner, Hochschuljurist und gemäßigter Republikaner.« An Kerry gewandt sagte er: »Masters macht den Eindruck einer klassischen Liberalen, und ihr – nicht vorhandenes – Privatleben wird Mac Gage hellhörig werden lassen. Einen Richter kann man auf zwei Arten durch den Senat bringen: einundfünfzig zu neunundvierzig oder einhundert zu null. Warum mit Masters politisches Kapital riskieren, wenn ein Carreras es mit links schafft?«

»Weil Carreras möglicherweise nicht mehr lange unter uns weilt.« Kerry wandte sich an Adam Shaw. »Ist er nicht eben erst operiert worden?«

Adam nickte. »Kehlkopfkrebs. Er ist Raucher. Seine Freunde sagen, die Ärzte können nichts mehr tun für ihn. Aber warum das

Risiko eingehen, dass der Oberste Bundesrichter uns wegstirbt? Außerdem«, fügte Shaw trocken hinzu, »wäre das ein falsches Signal an die Jugend.«

»Ein Argument dagegen, Clayton?«

»Nein. Aber lasst uns wenigstens Carreras' Krankenakte einsehen, ehe wir ihn abschreiben.«

»Es gibt noch einen Grund«, antwortete Kerry. »In manchen Bereichen ›will‹ ich keine Mäßigung – Gewehre zum Beispiel. Die Prozessanwälte haben der Tabakindustrie Millionen abgejagt und nun sind sie dabei, die Waffenhersteller zu verklagen. Ich weiß, dass einige von ihnen so habgierig sind wie die Leute, die sie verklagen, aber wenn sie der Waffenindustrie das Handwerk legen, ist das ein Sieg für uns alle. Ich will nicht, dass mein neuer Oberster Richter sie dabei behindert.«

Shaw musste lächeln angesichts der Direktheit dieser Aussage. »Wenn denn die weitere Verfolgung dieser Händler des Todes ein Kriterium darstellt, Mr. President, dann würde ich für Masters und nicht für Carreras votieren. Es sei denn, er ist wirklich böse auf Joe Camel.«

»Ich zumindest wäre es«, sagte Kerry ruhig, »aber du weißt, wie nachtragend ich bin. Ich habe nicht vergessen, dass die Waffenlobby mehr als drei Millionen Dollar aufgeboten hat, um mich zu schlagen.«

Clayton setzte sich auf seinem Stuhl zurecht. »Je länger ich in der Politik bin, umso mehr fällt mir auf, wie wichtig Persönlichkeit ist. Dieses Gericht braucht eine ausgleichende Kraft, wie Carreras. Masters hat nicht das Zeug zum Vorsitzenden. Sie ist Single, liberal, für das Gericht eine Außenseiterin.«

Kerry wandte sich erneut an Adam Shaw. »Wie sieht es mit ihren schriftlichen Begründungen aus? Stößt sie damit auf Widerspruch?«

»Relativ selten. Obwohl der Neunte Gerichtsbezirk, in dem Masters sitzt, zwischen Liberalen und Konservativen streng geteilt ist.«

»Das lässt auf ein Mindestmaß an sozialer Kompetenz schließen«, sagte Kerry. »Zumindest für eine Frau ohne Geschichte.«

»Oh, sie hat eine Geschichte«, antwortete Adam. »Ihre Mutter starb bei einem Verkehrsunfall, als sie zwölf war – ist eine Klippe hinuntergerast. Ihr Vater war Bundesrichter in New Hampshire und, so scheint es, ziemlich autokratisch. Offenbar hatte sie sich entfremdet von ihm: Mit Anfang zwanzig zog Masters nach Kalifornien, um Jura zu studieren. Sie ging nie wieder zurück.«

»Wir alle haben unsere Väter«, sagte Kerry versonnen. »Ich vermute, die Vorgängerregierung hat das alles überprüft.«

»Natürlich. Und nichts Auffälliges gefunden.«

»Das möchte ich doch hoffen«, warf Clayton ein. »Wenn Masters für dich in Frage kommt, Mr. President, warum nicht als beisitzende Richterin? Und dafür einen der jetzigen Richter befördern, Chilton zum Beispiel. Von ihm wissen wir, dass er auf unserer Seite ist.«

»Und dass er an Verstopfung leidet«, erwiderte Kerry. »Hast du je mit ihm gesprochen, Clayton? Dann würdest du schon auf Erden wissen, was Ewigkeit bedeutet. Und er hat eine Krämerseele. Er ist ein Teil des Problems in dem Laden.« Kerrys Tonfall wurde wieder ironisch. »Es muss dir eine Menge daran liegen, Chilton in Umlauf zu bringen. Du meinst wohl, ich finde Gefallen an der Vorstellung einer Frau auf dem Chefsessel.«

»Ist das so?«

»Noch nicht. Ich bin alles andere als festgelegt auf Caroline Masters. Aber die Ernennung einer Frau wäre ein wichtiges Signal. Daran hätte Gage eine Weile zu knabbern.«

Kerry wandte sich an Adam Shaw und sagte: »Masters soll sich zu einem Meeting hier einstellen – Clayton, Ellen Penn und Sie. Sonst niemand. Strengste Geheimhaltung. Ihr Büro bringt die nötigen Informationen bei. Dann nehmt ihr sie in die Mangel. Wir müssen alles über sie wissen. Und wenn das Treffen mit Masters positiv verläuft, möchte ich sie sehen.«

Claytons Brauen hoben sich. »Sie zu sehen käme einer Entscheidung gleich. Das würde den Prozess erheblich beschleunigen.«

»Deshalb soll alles geheim bleiben. Ich will herausfinden, ob

Masters unsere Frau ist, und ich will nicht, dass Gage oder sonst jemand etwas davon erfährt.«

Clayton hatte sich erhoben. »Ich rufe sie höchstpersönlich an, Mr. President.«

»Hier ist Iowa, Tante Caroline.« Selbst durch das Telefon konnte Caroline sehen, wie Brett Allen das Gesicht verzog. »Das Land ist platt und eiskalt.«

»New Hampshire ist kalt«, erwiderte Caroline. »Du hast dein ganzes Leben in der Tiefkühltruhe verbracht. Deshalb wollte ich, dass du den Creative-Writing-Kurs in Stanford machst. Dort gibt es Palmen.«

»Es wäre zauberhaft gewesen«, pflichtete Brett bei, »und ich hätte dich öfter besuchen können. Aber der Kurs hier ist der beste von allen.«

»Was man nicht alles tut für die Kunst. Diese Kurzgeschichte von neulich war hervorragend.«

»Wirklich?«

»In der Tat. Mein Bedarf an Geschichten ist gedeckt, in denen irgendein entwurzeltes männliches Wesen aus dem Bett steigt, sich die Zähne putzt und über fünf Seiten hinweg darüber nachdenkt, ob er nun ausgehen soll oder nicht. Du bist die literarische Hoffnung deiner Generation, Brett.«

Die junge Frau lachte. »Und du bist voreingenommen, Tante Caroline.«

Caroline lächelte. »Das hoffe ich«, antwortete sie, als ihre grauhaarige Assistentin die Tür öffnete.

»Entschuldigung, Ms. Masters. Aber da ist ein Anruf auf der zweiten Leitung. Aus dem Weißen Haus, sagt er.«

Caroline blickte Helen überrascht an. »Bleib bitte dran, Brett, okay?« Dann sagte sie trocken zu Helen: »Und wer ist wohl ›er‹? Sicherlich nicht schon wieder Präsident Kilcannon.«

»Clayton Slade. Der Stabschef des Präsidenten.«

Caroline spürte, wie sie langsam doch nervös wurde. »Ich übernehme das Gespräch wohl besser«, sagte sie zu Brett. »Kann ich dich gleich zurückrufen?«

»Klar doch. Ich bin zu Hause bis vier Uhr eurer Zeit.«

»So lange wird's nicht dauern«, antwortete Caroline und verabschiedete sich. Mit einem Blick über die Schulter sagte sie zu Helen: »Bitte machen Sie die Tür hinter sich zu.«

Caroline sammelte sich für ein paar Sekunden. Dann griff sie zum Hörer: »Mr. Slade, hier spricht Caroline Masters.«

»Guten Tag, Ms. Masters.« Clayton klang freundlich, aber formell. »Entschuldigen Sie die Störung, aber wir haben über Sie gesprochen heute Nachmittag. Der Präsident würde gerne wissen, ob Sie etwas dagegen haben, wenn er Sie für einen Sitz im Obersten Bundesgericht vorschlägt.«

Caroline schloss die Augen. Es war der Moment, den sie herbeigesehnt und befürchtet hatte. »Als beisitzende Richterin?«, fragte sie.

»Nein, Ms. Masters, als Oberste Bundesrichterin.«

Caroline rang um Fassung. »Wie auch immer«, antwortete sie, »sagen Sie dem Präsidenten, dass ich mich geehrt fühle.«

»Ich werde es ihn wissen lassen. Er hätte gerne, dass Sie so bald wie möglich nach Washington kommen. Sie werden mit der Vizepräsidentin, dem Berater des Weißen Hauses und mit mir zusammentreffen.«

Hinter all dem stand Ellen Penn, erkannte Caroline. Nun wurde es ernst.

Sie begann hin und her zu tigern. »Passt es in drei Tagen?«

4

»Ich habe Ihr Memorandum gelesen«, sagte John Nolan zu Sarah, »aber ich möchte persönlich mit Ihnen darüber sprechen.«

Der Vorsitzende von Kenyon & Walker war ein Mann sorgfältig bedachter Reaktionen. Entsprechend emotionslos war seine tiefe Stimme; seine düstere Miene – fast schwarze Augen, dunkles Haar, breites Gesicht – war undurchschaubar wie eine Maske. Das hatte zur Folge, dass schon der leiseste Sarkasmus sein Gegenüber einschüchterte. Nolan war ein hünenhafter Mann, bekannt für seine gnadenlose Härte und Gefühllosigkeit bei Kreuzverhören; Scott Votek, der neben Sarah saß, wirkte klein und unbedeutend dagegen.

»Vorweg möchte ich sagen«, antwortete Sarah, »die Sache wird nicht zu lange dauern. Ganz bestimmt nicht.«

Nolans Augenbrauen zuckten. »Es sei denn, sie landet vor dem Obersten Bundesgericht.«

Der leicht sardonische Unterton erinnerte sie daran, was eigentlich auf dem Spiel stand. Aber Sarah hatte sich vorbereitet: Sie hatte die Nacht in der Bibliothek von Kenyon & Walker verbracht, um die Rechtslage zu analysieren; hatte sich die verfahrensrechtlichen Regelungen für die drei Instanzen der Gerichtsbarkeit auf Bundesebene bewusst gemacht – das Bezirksgericht, das Berufungsgericht für den Neunten Bezirk und das Oberste Bundesgericht; hatte sämtliche Prozessakten über Abtreibung und elterliche Zustimmungspflicht gelesen. »Selbst dann«, erwiderte Sarah, »verlangt es die Rechtslage, dass das Bezirksgericht innerhalb von zehn Tagen zu einer Entscheidung kommt. Ein Eilverfahren vor dem Berufungsgericht sollte in drei Wochen durch sein. Dasselbe gilt für das Oberste Bundesgericht.«

»Und Miss Tierney ist bereits im sechsten Monat. Bis Sie das Verfahren durchhaben, ist das Kind mindestens siebeneinhalb Monate alt.« In Nolans Tonfall schwang Abscheu mit. »Keine besonders reizvolle Ausgangslage für Sie.«

Sarah hatte das deutliche Gefühl, das alles sei nicht wahr: Sie saßen in Nolans Eckbüro, Panoramablick über die San Francisco Bay, und sprachen abgehoben wie die Olympier über ein schwangeres Mädchen. Ihre Nervosität wandelte sich in Leidenschaftlichkeit.

»In der Tat«, erwiderte sie. »Sie macht deutlich, wie zynisch die Rechtslage theoretisch ist und wie grausam in der Praxis. Der Kongress verhindert, dass ein Mädchen trotz vernünftiger medizinischer und persönlicher Gründe abtreiben kann, und verschleppt das Problem um zwei weitere Monate – weil die Justiz es ›schützen‹ will. Das hat lediglich zur Folge, dass minderjährige Mädchen Kinder bekommen und sich einem erhöhten Risiko aussetzen.

Das Risiko in diesem Fall besteht unter anderem darin, dass Mary Ann Tierney ein schrecklich entstelltes Kind zur Welt bringen wird und dass sie danach mit großer Wahrscheinlichkeit nicht mehr schwanger werden kann. Halten Sie das für richtig? Ich nicht.«

Ein leichtes Stirnrunzeln tat diese Frage als zu emotional ab. »Sie mögen vielleicht wissen, was ›richtig‹ ist. Aber einige meiner Partner sind der Überzeugung, dass der Kongress die Möglichkeiten einer Fünfzehnjährigen, einen lebensfähigen Fötus abzutreiben, begrenzen kann und soll.

Darüber hinaus halten sie es nicht für ›richtig‹, einen Prozess zu finanzieren, der ihrer eigenen Überzeugung zuwiderläuft, nur weil ein Sozius im fünften Jahr sich das in den Kopf gesetzt hat. Noch dazu, wo es Abtreibungsbefürworter gibt, die Ihren Platz nur allzu gerne einnehmen.«

Nolans Kritik war in ihrer Nüchternheit für Sarah umso vernichtender. Sie spürte, wie ihre eigene Stimme sich hob. »Die Eltern dieses Mädchens sind beide Pro-Life-Anhänger. Ich glaube nicht, dass sie durchhält, wenn wir den Fall weitergeben.«

»Wenn dem so ist, wie würden Sie dann auf den Vorwurf bewusster Einflussnahme reagieren – dass Sie ein leichtgläubiges Mädchen seiner Familie entfremdet haben, nur um Ihrer eigenen politischen Ziele willen?«

Damit, wusste Sarah, sollte sie endgültig zum Schweigen gebracht werden. »Wie in allen Fällen, in denen es um Minderjährige geht«, erwiderte sie. »Zuerst würde ich das Gericht darum bitten, einen Prozessvertreter für das Mädchen zu benennen ...«

»Etwa einen Anwalt der Abtreibungsklinik?«, warf Nolan ein. »Jemanden aus der Pro-Choice-Fraktion scheint es ja, wie aus Ihrem Memorandum hervorgeht, nicht zu geben.«

Sarah ignorierte den Einwurf. »Zweitens«, fuhr sie fort, »würde ich durch einen Psychologen nachweisen lassen, dass Mary Ann sich der Dringlichkeit der Lage bewusst ist.

Drittens, wir schalten einen unabhängigen Experten ein – einen Gynäkologen und Geburtshelfer –, der bestätigen wird, dass das medizinische Risiko, diesen Fötus auszutragen, real ist und nicht nur ein Vorwand, um eine unerwünschte Schwangerschaft abzubrechen.

Viertens, wir lassen Mary Ann eine Erklärung abgeben, aus der Folgendes hervorgeht: Wie sie mich kennen gelernt hat, die Gründe für ihren Abtreibungswunsch, und dass sie uns gebeten hat, sie vor Gericht zu vertreten.«

Zum erstenmal, dachte Sarah, schien Nolan sich zu ärgern – über ihre Schlagfertigkeit, aber auch über das Gewicht ihrer Argumente. »Einer der Gründe, warum ich für Kenyon & Walker arbeite«, sagte sie ruhig, »ist unser Pro-Bono-Programm. Auch andere Pro-Bono-Fälle würden bei dem einen oder anderen Partner auf Widerspruch stoßen, würden wir sie denn zur Disposition stellen.« Sie blickte kurz zu Votek. »Scott stört sich ganz bestimmt daran, wenn wir, gegen Bezahlung, Umweltverschmutzer vertreten. Aber wir machen es – auf Grund des Profits, und weil sogar Umweltschweine das Recht auf gerichtliche Vertretung haben.

Egal wie man zu diesem Fall steht, grundsätzlich gilt doch, dass auch ein Teenager das Recht hat, gegen ein Gesetz vorzugehen. Und ihre Machtlosigkeit fordert unsere Berufsehre noch mehr heraus.«

»Grundsätze sind auch mir nicht fremd.« Nolan legte beide Hände flach auf die schwarze Walnuss-Platte seines Schreibtisches, den Kopf wie ein Schiffsbug nach vorne gereckt. »Würden wir unser Pro-Bono-Engagement nicht wirklich ernst nehmen, Sarah, dann hätten Sie nicht so viel Zeit damit zugebracht. Diese Arbeit wird von denselben Partnern finanziert, die grundsätzliche Vorbehalte gegenüber Ihren Grundsätzen haben – und auch von jenen, die überzeugt davon sind, sie hätten das ›Recht‹, Sie davon abzuhalten, unsere Klienten zu brüskieren.«

»Die Teilhaber, die für das Gesetz zum Schutz des Lebens sind«, erwiderte Sarah, »werden durch das Justizministerium angemessen vertreten sein. Und jene, die sich Gedanken machen über brüskierte Klienten, sollten sich fragen: ›Welche Klienten?‹«

Nolans Blick wurde zu einem Starren. »Was meinen Sie damit?«

Sarah zögerte. Im respektvollen Ton einer Untergebenen sagte sie: »Auch ich mache mir Sorgen über Klienten. Weshalb ich Pat Kleiner und andere Teilhaberinnen gefragt habe, welche Folgen eine Ablehnung dieses Falles haben könnte …«

»Wie sollte das nach außen dringen?«

Sarah zuckte mit den Schultern. »Wer weiß? Aber der *American Lawyer* hat uns auf dem Kieker, seitdem es heißt, wir hätten eine Kollegin gefeuert, weil sie eine Affäre mit einem der Teilhaber hatte. Erst vor zwei Wochen – als sie darauf hingewiesen haben, wir seien die einzige Kanzlei in San Francisco, die ihren Partnern immer noch die Mitgliedschaft in frauenfeindlichen Clubs finanziert – haben sie diese Geschichte wieder aufgewärmt. Das schadet unserem Ansehen und macht einige unserer Klienten stutzig.«

Scott Votek rutschte auf seinem Stuhl hin und her, um Sarah zu bedeuten, nicht zu hoch zu pokern. »Welche Klienten«, fragte Nolan, »könnten sich denn daran stören?«

»Unsere drei größten Klienten im Silicon Valley haben politisch aktive Frauen in der Rechtsabteilung. Pat zufolge haben uns diese drei Frauen im letzten Jahr Fälle im Wert von sechsundzwanzig Millionen zugeschanzt. Bei zweien dieser Fälle habe ich eng mit der Hauptanwältin von Worldscope zusammengearbeitet, der die Pro-Choice-Thematik sehr am Herzen liegt.«

Nolan hatte nun jeglichen Ausdruck aus seinem Gesicht verbannt; einzig seine Augen, dunkel und reglos, verrieten Unbehagen. Schließlich sagte er: »Wir wollen die Grundlagen Ihrer Klage durchgehen.«

»Sie beruht auf dem Persönlichkeitsrecht des Einzelnen«, erwiderte Sarah prompt. »Roe versus Wade hat dieses Recht erweitert und den Frauen die freie Entscheidung zugesichert. Aber seit dem Urteil des Obersten Bundesgerichts aus dem Jahr 1992 im Fall Casey kann der Kongress im Fall eines lebensfähigen Fötus die Abtreibungsmöglichkeiten einschränken, es sei denn, Leben oder Gesundheit der Mutter sind bedroht. Im Jahr 2000 hat das Gericht diese Entscheidung im Fall Sternberg versus Carhart bestätigt.«

Sarah hielt inne und bemerkte, wie interessiert Nolan zuhörte.

»Der Knackpunkt ist, ob ›Gesundheit‹ auch seelische Gesundheit mit einschließt. Ein Parallelfall zu Roe – Doe versus Bolton – würde das bestätigen. Die Abtreibungsgegner sind aber der Meinung, dass damit Abtreibung auf Verlangen bis zum Zeitpunkt der Geburt legalisiert würde – unter dem Vorwand ›seelischer Gesundheit‹.«

Sarah lehnte sich zurück. »Das ist der Kern von Mary Anns Dilemma. Das Oberste Bundesgericht hat nie klar festgelegt, ob der Begriff ›Gesundheit‹ auch Gefahren für die *seelische Gesundheit* abdeckt. Ganz zu schweigen davon, ob *physische Gesundheit* ein kleines, aber messbares Risiko späterer Kinderlosigkeit mit einschließt.«

Nolan hob die Augenbrauen. »Was ist mit all den Fällen von Teilgeburtsabtreibung? Decken sie diese Problematik nicht ab?«

Sarah schüttelte den Kopf. »Im Fall Sternberg versus Carhart versuchte Nebraska eine bestimmte Methode der Spätabtreibung, Teilgeburtsabtreibung genannt, zu verbieten. Das Oberste Bundesgericht hob das Gesetz auf, weil es sich auf lebensfähige und nicht lebensfähige Föten bezog; weil die fragliche Methode zu vage definiert war; und weil die Gesundheit der Mutter dabei keine Berücksichtigung findet. Das Gesetz zum Schutz des Lebens ist der erste Versuch des Kongresses, über Carhart hinauszukommen.

Bis dahin gab es kein Gesetz, das es einem Elternteil erlaubt hätte, einer Minderjährigen eine Abtreibung zu verbieten, selbst bei einem schon lebensfähigen Fötus. Es sei denn, es lag eine genau definierte medizinische Notsituation vor, von welcher wiederum seelische Folgeschäden der Mutter oder Behinderungen des Fötus ausdrücklich ausgenommen waren. Nach diesem neuen Gesetz kann ein Gericht die Abtreibung eines lebensfähigen Fötus nur dann zulassen, wenn eine Fortsetzung der Schwangerschaft das Leben der Mutter ›möglicherweise‹ gefährdet oder eine ›schwerwiegende Beeinträchtigung ihrer *physischen* Gesundheit‹ zur Folge hat.

Ein Arzt, der heute ohne elterliche oder gerichtliche Zustimmung eine Abtreibung an Mary Ann Tierney vornimmt, muss mit zwei Jahren Gefängnis rechnen und mit dem Verlust seiner Approbation. Das bedeutet, dass dieses Mädchen keinerlei Handlungsfreiheit hat.« Trotz ihrer Müdigkeit fühlte Sarah neue Energien. »Meiner Meinung nach«, schloss sie, »verletzt es Mary Anns Entscheidungsfreiheit, wenn der Kongress oder ein Elternteil sie dazu zwingt, ihr Kind unter den gegebenen Umständen zu bekommen. Und genau diesen Fall soll unsere Kanzlei bitteschön übernehmen.«

Nolan runzelte die Stirn und blickte ihr streng in die Augen. Sarah zwang sich, seinem Blick standzuhalten – auch diesen Test hatten schon viele vor ihr nicht bestanden.

»Woher nehmen Sie den Geburtshelfer?«, fragte er schließlich. »Und den Psychologen.«

»An der University of California in San Francisco«, antwortete Sarah, »arbeiten einige der besten Spezialisten unseres Landes, die schon bei anderen Abtreibungsverhandlungen als Experten aufgetreten sind. Ich könnte innerhalb weniger Tage Kontakt mit ihnen aufnehmen.«

»Bis dahin dürfen Sie zunächst gehen und keinen Schritt weiter. Danach werde ich entscheiden, ob wir unseren Vorstand mit dieser Materie belasten wollen.«

Er räumte ihr Rückzugsmöglichkeiten ein, wusste Sarah – vielleicht würde sie ja keine Experten finden oder einfach die Nerven verlieren. So wäre die Entscheidung nicht auf ihn zurückzuführen; war er doch gerade deshalb Chef der Kanzlei geworden, weil er sich zwischen widerstrebenden Kräften durchmanövrierte, ohne seine Machtposition zu gefährden. Aber Sarah wusste auch, dass Nolan ihr von diesem Moment an feindlich gesinnt war.

Schulter an Schulter mit Votek verließ sie das Büro. Sie sparte es sich, ihm ironisch für seine Unterstützung zu danken. Sein Job war es gewesen, sie davon abzuhalten, Nolan in seiner Ruhe zu stören, und er hatte versagt; Sarah war klar, dass ihr beiderseitiges Verhältnis nie mehr so sein würde wie früher.

Als sie die Gänge entlangschritten, sagte Votek: »Du machst einen riesigen Fehler.«

»Welchen?«

»Du treibst ihn in die Enge, Sarah. Das wird er nicht vergessen.

Sollten wir diesen Fall tatsächlich übernehmen, besteht deine einzige Überlebenschance darin, ihn zu gewinnen.«

5

Caroline hatte die letzten fünf Stunden in einer Hotelsuite in der Nähe des Weißen Hauses verbracht: In dieser Zeit war sie von einer Freundin, Ellen Penn, und zwei Fremden, Adam Shaw und Clayton Slade, über die intimsten Details ihres Lebens und ihrer Karriere befragt worden. Aber nicht deshalb hatte sie ein ungutes Gefühl.

Es war nun zwei Uhr morgens, und überall im Raum türmten sich Getränkedosen und Service-Tabletts. Caroline wusste längst, mit wem sie es zu tun hatte: Ellen, warmherzig und ermutigend, war ihre Fürsprecherin; Shaw – höflich, glatt und unnachgiebig – war entschlossen, den Präsidenten zu schützen; und Clayton Slade wollte einfach, dass Kilcannon sich für jemand anderen entschied. Seine wenigen Fragen zielten offenbar darauf ab, Einzelheiten aufzudecken, die ihre Chancen als Kandidatin minderten. Dass Ellen angesichts des mangelnden Erfolgs seinerseits zunehmend lebhafter wurde, verstärkte Carolines Unwohlsein nur noch.

»Aus den Unterlagen entnehme ich«, sagte Adam Shaw, »dass Sie für ein verfassungsmäßig verbrieftes Recht auf den Schutz der Privatsphäre des Einzelnen sind.«

»Meine eigene offenbar ausgenommen. Denn sonst wäre ich längst gegangen.«

Der kleine Spaß verursachte ein Kichern bei Ellen, ein Lächeln bei Shaw; Clayton Slade zeigte sich ungerührt. Caroline sah ihm direkt in die Augen. In diesem Marathon-Verhör war »Privatsphäre« ein Codewort für das Recht auf Abtreibung, und ein Ausrutscher könnte ihre Chancen ruinieren. »Besagtes Recht wurde durch den Fall Griswold versus Connecticut etabliert. Ich glaube, das Gericht hat zu Recht gefolgert, dass es etwas wie Privatsphäre gibt, und dass somit der Staat Connecticut verheirateten Paaren den Gebrauch von Kondomen nicht mehr verbieten konnte.

Aber der Begriff ist äußerst vielschichtig, und wie die Redefreiheit ist das Recht auf Privatsphäre nicht absolut. Ob das Recht in einer bestimmten Sachlage greift, hängt davon ab, welche anderen Interessen im Spiel sind.« Nach einer kurzen Pause lächelte Caroline kurz. »Wie ich Senator Palmer wissen lassen werde, sollte ich die Ehre haben, ihn zu sprechen.«

Die trockene Randbemerkung entlockte Slade zumindest einen amüsierten Blick. Als stillschweigende Vereinbarung galt, dass niemand Caroline direkt nach ihrem Standpunkt zum Thema Abtreibung fragen konnte: Sie wollten sie nicht festlegen aus Angst, Senator Palmer könnte ihr bei seiner Befragung diesen Standpunkt entlocken. Zudem waren sie gespannt darauf, ob sie klug genug war, diese Falle von sich aus zu umgehen. Dann fragte Slade unvermittelt: »Haben Sie selbst jemals einen Schwangerschaftsabbruch vornehmen lassen, Ms. Masters?«

Caroline zuckte zusammen. Die Frage, auf den ersten Blick eine reine Unverschämtheit, konnte auf mehrere Dinge abzielen – ihre Überzeugungen; ob sie Geheimnisse hatte, die die Opposition vielleicht aufdecken könnte; ihre sexuelle Veranlagung. »Ihre Frage verführt geradezu zu der Antwort, das alles geht Sie nicht im Geringsten etwas an. Weil ich nun einmal der Überzeugung bin, dieser Preis ist zu hoch für einen Sitz im Obersten Bundesgericht.«

Clayton starrte sie an. »Theoretisch stimme ich mit Ihnen überein, aber ich habe die Regeln nicht geschaffen. Also seien Sie versichert, er ist nicht zu hoch.«

Sein Ton ließ jede Entschuldigung vermissen, so dass sich Caroline abermals nach dem Charakter des Mannes fragte, für den Clayton arbeitete. Und nach ihrem eigenen: Schließlich hätte sie längst gehen können.

»Keine Abtreibungen«, sagte sie schließlich. »Keine einzige.«

»Waren Sie jemals verlobt, Ms. Masters?«

»Nein.« Ihr Lächeln, wusste Caroline, konnte ihren Zorn kaum verbergen.

»Leben Sie in einer Beziehung?«, fragte er. »Im Moment, meine ich.«

Das war genug. »Worauf Sie hinauswollen, Mr. Slade, ist die Frage ›Sind Sie homo oder hetero?‹«

Der Stabschef verschränkte die Arme. »Das ist Ihre Frage, Ms. Masters, nicht meine.«

»Dann werde ich eben beide beantworten«, sagte sie. »Bin ich heterosexuell? Ja. Da ich schon so geboren wurde, blieb mir eine Menge Unsinn von Leuten erspart, die das für die einzige Möglichkeit halten.

Hänge ich es an die große Glocke? Nein. Meine Art ist es, die Türen verschlossen zu halten.«

Ellen, bemerkte sie, blickte kurz zu Slade. »Lebe ich in einer Beziehung? Ja. Leider über eine große Entfernung hinweg – mit Jackson Watts, einem Bundesrichter aus New Hampshire. Wir kennen uns vom College her und sind einander nach Jahren wieder begegnet.«

»Haben Sie vor zu heiraten?«, fragte Clayton.

»Nicht zum gegenwärtigen Zeitpunkt«, antwortete sie. »Wir haben beide unseren Beruf. Das hat den Vorteil, von Ihrem Standpunkt aus gesehen, dass wir nicht fremdgehen können.«

Clayton sah sie mit einem rätselhaften Blick an. Shaw rückte nach vorne, wie um zu signalisieren, dass dieser Wortwechsel lange genug gedauert hatte. »Vor vier Jahren«, sagte Shaw zu Caroline, »gaben Sie Erklärungen ab für das Weiße Haus, die Gerichtsbehörden, für FBI und Justizministerium. Jeder Aspekt Ihres Lebens war davon betroffen – von Ihrer Familie über Ihren Gesundheitszustand bis hin zu der Frage des Drogen- oder Alkoholmissbrauchs. Stimmen die Angaben, die Sie damals gemacht haben?«

»Ja.«

»Und es sind keine grundlegenden Änderungen eingetreten?«

»Es ist alles unverändert.«

»Ehe wir zu einem Ende kommen, Ms. Masters, möchte ich Sie fragen, ob es noch einen Aspekt gibt, den wir nicht angesprochen haben – irgendetwas, das dem Präsidenten schaden würde, wenn er Sie als Oberste Bundesrichterin vorschlägt.«

Es gab keine andere Wahl als zu antworten, wusste Caroline.

Sie hatte Ellen Penn so viel zu verdanken und auch, obwohl sie ihn nicht kannte, Kerry Kilcannon.

Caroline wandte sich an Ellen und atmete tief durch. »Ich möchte mit Ihnen sprechen«, sagte sie. »Unter vier Augen.«

Sarah saß unruhig in ihrem Büro und wartete auf das Klingeln des Telefons.

Während der letzten beiden Tage hatte sie versucht, Mary Ann zu beruhigen; im Verlauf der letzten Stunden war sie in den Pausen aus dem Konferenzraum gerannt, in der Erwartung einer Nachricht von der Universität in San Francisco. Drei unergiebige Telefonate hatten sie zur Raserei gebracht.

Als das Telefon endlich klingelte, griff sie sofort danach.

»Sarah? Hier spricht Allen Parks. Lange nichts voneinander gehört.«

Allen war ihr ehemaliger Professor für Verfassungsrecht, mit dem sie ungefähr einmal im Jahr telefonierte. »Allen, wie geht es Ihnen?«

»Ziemlich unter Druck, eigentlich – ich arbeite neuerdings für Adam Shaw, den Berater des Weißen Hauses.«

War das ein Jobangebot?, fragte sich Sarah. »Sollten Sie anrufen, um zu jammern«, antwortete sie, »ich bin zu beschäftigt, um mitfühlend zu sein. Ich ersticke in Arbeit.«

Allen lachte. »Dann komme ich gleich zur Sache. Zu meinen Aufgaben gehört es, die Akten von Leuten durchzusehen, die für eine Nominierung in Frage kommen oder für einen Ausschuss. Nachdem ich ein paar Schwarten durchgeblättert hatte, bin ich auf Caroline Masters gestoßen.«

»Wofür ist Caroline vorgesehen?«

»Nichts Besonderes, soweit ich weiß. Aber wir haben eine Unmenge von Positionen zu besetzen, und da fiel mir ein, dass Sie ja schon für sie gearbeitet haben. Zudem ein Vorwand, Sie anzurufen.«

Allen war ein vorsichtiger Mann, erinnerte sich Sarah; seine Erklärung, allein der Ton, war übertrieben beiläufig. Aber vielleicht stimmte es ja, was er sagte.

»Okay«, sagte sie, »um zur Sache zu kommen, Caroline ist großartig – begnadet im Ausdruck, eine wunderbare Chefin und die beste Juristin, der ich je begegnet bin. Außer Ihnen, natürlich.«

»Wie ist ihre Einstellung?«

»In Bezug auf was?«

»Ich vermute, uns interessiert das bekannte demokratische Spektrum – Rechte von Immigranten und Arbeitern, Gleichberechtigung der Frau, Wahlkampfreform.«

Sarah überlegte kurz. »Ihr ist nichts vorzuwerfen. Ihre letzten Äußerungen zur Wahlkampfreform lassen darauf schließen, dass sie eine Begrenzung dieser enormen Zuschüsse von Interessengruppen wie der Waffenlobby an die Parteien für verfassungsmäßig hält. Das entspricht der Position des Präsidenten, soviel ich weiß.«

»Ist sie Pro-Choice?«

Sarah zögerte. »Ich bin mir sicher. Jedoch hatte sie nie einen Abtreibungsfall.«

»Wie äußert sie sich privat?«

»Mir gegenüber? Kein Wort.«

Es folgte ein bedeutungsvolles Schweigen. »Kein einziges?«

Seine Verwunderung an dieser Stelle unterstrich die Bedeutung dieser Frage, und in Sarah regten sich erstmals Zweifel über Carolines Ansichten. »Caroline ist insgesamt eher verschwiegen«, antwortete sie bestimmt. »Aber Sie werden keinen Hinweis darauf finden, dass sie nicht Pro-Choice ist.«

Wieder schwieg Allen kurz, um dann zu seinem unverbindlichen Ton zurückzufinden. »Okay, Sarah. Vielen Dank. Und nehmen Sie die Sache bitte nicht allzu ernst – wir haben Hunderte von Namen in der Auswahl und ebenso viele Interessengruppen, die ihren Liebling durchsetzen möchten.«

»Sicher.«

So plötzlich, wie Allen sie aus ihren Gedanken herausgerissen hatte, ließ er sie auch wieder mit ihnen allein.

Besorgt schaute Sarah zum Fenster hinaus und sah zu, wie ein japanischer Frachter, beladen mit Autos, unter der Bay Bridge hindurchfuhr und Kurs auf Oakland nahm. Caroline musste auf der Auswahlliste für das Oberste Bundesgericht stehen. Sarah wusste lediglich, dass in derlei Angelegenheiten ständig neue Namen auftauchten, um nach einem kurzen Flirt mit der Geschichte wieder zu verschwinden. Unter anderen Umständen hätte Sarah sich sofort persönlich bei Caroline darüber erkundigt. Sie würde sich demnächst bei ihr melden – wenn sie auch das Gefühl hatte, ihre letzte Begegnung von vor zwei Abenden hätte in einem anderen Leben stattgefunden.

Das Telefon schrillte.

»Ms. Dash«, sagte die Stimme. »Hier spricht Dr. Flom von der Universität San Francisco. Man hat mir gesagt, es ist dringend.«

6

»Sie hat eine Tochter?«, wiederholte Kerry.

Ellen nickte. »Ja.«

Überraschungen in der Politik gab es für Kerry mittlerweile kaum noch. Aber nichts machte ihn unglücklicher, als im Privatleben anderer Menschen herumzustochern. Kerry war sich seiner eigenen Geheimnisse nur zu bewusst, als dass er die Konsequenzen dieser Neuigkeit nicht gefürchtet hätte. Dennoch konnte und wollte er nicht akzeptieren, dass Ereignisse aus dem Privatleben so sehr ins Gewicht fielen, dass sie über ein Leben entscheiden sollten. Sein Blick schweifte über die im Arbeitszimmer Anwesenden – Ellen, Clayton und Adam Shaw. Alle kämpften sie mit widerstreitenden Gefühlen.

»Die Tochter ist siebenundzwanzig«, fuhr Ellen fort. »Sie glaubt, sie ist Carolines Nichte.«

»Die sie in jenem Mordfall vertreten hat?«

»Ja.«

»Dann hat sie vor vier Jahren einen Meineid geleistet«, sagte Clayton. »Als sie diese Frau auf dem FBI-Formular als ihre ›Nichte‹ bezeichnet hat.«

»Was sie tatsächlich ist«, antwortete Ellen. »Carolines Schwester und ihr Ehemann haben sie adoptiert. Caroline ist auch der Meinung, ihr Vater habe eine neue Geburtsurkunde ausstellen lassen, die ihre ältere Halbschwester Elizabeth als die leibliche Mutter ausweist. Aber ob das stimmt oder nicht, Caroline ist doch, rein rechtlich gesehen, Brett Allens Tante.«

Kerry schüttelte verwundert den Kopf. »Erinnerst du dich an die Szene in *Chinatown*, Ellen? Wo Faye Dunaway zuerst sagt, das Mädchen ist ihre Schwester, dann ihre Tochter, um am Ende zu sagen, sie ist beides? Man kann nur von Glück sagen, dass das kein Inzest ist.« Sein Blick kreiste durch den mit Antiquitäten angefüllten Raum. »Wer ist eigentlich der Vater?«

»Er hieß David Stern und starb bei einem Bootsunfall, ohne zu wissen, dass Caroline schwanger war. Damit war sie mit zweiundzwanzig auf sich allein gestellt.« Ellen sah Clayton an. »Ihre Schwester und ihr Schwager konnten keine Kinder bekommen. Da meinte Caroline, eine Adoption sei das Beste für alle. Dagegen ist schwer was zu sagen.«

Clayton zog die Augenbrauen zusammen. »Warum hat sie dann vor vier Jahren nicht die Wahrheit gesagt?«

»Weil ihre Tochter schon genug durchgemacht hatte. Und weil diese in den Allens seit jeher ihre Eltern sah.«

Mit Blick auf Kerry sagte Ellen: »Caroline meinte, sie könne sagen, was dem Papier nach auch stimmt, und gleichzeitig ihre Tochter schützen.«

»Warum rückt sie dann jetzt mit der Wahrheit heraus?«

»Weil der Einsatz so hoch ist. Sie weiß, dass wir ernsthaft darüber nachdenken, mit ihr erstmals eine Frau zur Obersten Bundesrichterin zu machen. Und sie macht sich Sorgen um uns, sollte die Geschichte publik werden, aber auch um die Allens.« Ellen hielt inne und wandte sich dann den anderen zu. »David Stern hat sich vor dem Wehrdienst gedrückt. Caroline hat davon erst ganz zum Schluss erfahren. Ihr Vater hat ihn verpfiffen, und auf der Flucht vor dem FBI ist er ertrunken. Caroline befürchtet, sie könnte uns damit kompromittieren und ihre Tochter verwirren.«

»Gelinde ausgedrückt«, murmelte Clayton.

»Sie hat natürlich ihren Stolz, und wer sie nicht kennt, hält sie leicht für arrogant. Aber sie hat was auf dem Kasten, beeindruckt als Person und sieht zudem noch gut aus. Ich kann mir gut vorstellen, wie sie die Hardliner in Palmers Ausschuss so dumm und engstirnig aussehen lässt wie sie es tatsächlich sind.«

»Aber ...«, sagte Clayton mit Nachdruck, »... Lüge bleibt Lüge, zumindest im Kontext einer Nominierung für das Oberste Bundesgericht. Ihr Geständnis war richtig, und wir wären verrückt, an ihr festzuhalten. Ich nehme an, niemand in diesem Raum widerspricht mir.«

Adam Shaw, bemerkte Kerry, hatte noch kein Wort gesagt. Nun wandte sich Ellen ihm zu. »Ist das eine Lüge, Adam?«

»Was für den einen Lüge ist, ist für den anderen ein Gewissensakt. Ich habe die von ihr ausgefüllten Formulare durchgesehen, und es liegt nachweislich kein Meineid vor. Vom rein rechtlichen Standpunkt aus hat Masters die reine Wahrheit gesagt.«

Kerry lehnte sich nachdenklich zurück, gespannt darauf, was noch kommen mochte.

»Das mag uns zufriedenstellen«, sagte Clayton. »In unseren Augen ist Mitleid eine Tugend. Macdonald Gage ist da weniger nachsichtig. Du, Mr. President, kennst Gage besser als alle anderen hier im Raum. Ich kann Ihnen sagen, wie er reagieren wird: Wenn sie hier an der Wahrheit gedreht hat, wo dann noch? Welches Beispiel geben wir, wenn wir diese Frau zur Vorsitzenden unseres höchsten Gerichts machen, in einem Rechtssystem, das darauf baut, die Wahrheit zu sagen, die ganze Wahrheit und nichts als die Wahrheit?«

»Sie hat die Wahrheit gesagt«, antwortete Ellen. »Ist es im Sinne der Gerechtigkeit, das Leben eines anderen Menschen zu ruinieren? Oder anerkennt unser Rechtssystem in seiner Weisheit auch ›Gewissensakte‹?«

Clayton schüttelte den Kopf. »Gage würde sagen, dieser Gewissensakt diente allein Masters' Ambitionen. Auf einem anderen Blatt steht, wie wir Moral definieren. Mac Gage ist zutiefst davon überzeugt, dass irgendwann in den sechziger Jahren die Dinge den Bach runtergingen ...«

»Ganz gewiss«, warf Ellen sarkastisch ein, »als auch Frauen

Karriere machen, Schwarze wählen und Katholiken Präsidenten werden durften. Schauen Sie sich um in diesem Raum und Sie sehen, wozu das geführt hat.«

»Das ist die eine Sache, Ellen. Vorehelicher Sex mit einem Kriegsdienstverweigerer die andere. Wir sind die Hüter der Moral in diesem Land, oder sollten es zumindest sein – deshalb die Anstandsdamen für den Präsidenten. ›Wozu gibt es Enthaltsamkeit?‹, wird Gage sagen.«

»Wozu gibt es Adoption?«, konterte Ellen. »Caroline Masters' Verhalten entspricht genau dem, wovon die Abtreibungsgegner träumen – Adoption statt Abtreibung. Um dann ihrer Tochter und deren Adoptivfamilie so viel Liebe und Loyalität zu geben wie nur irgend möglich – unter beträchtlichen Opfern für sie selbst, vermute ich. Das scheint mir die bessere Definition von ›Moral‹ zu sein.«

Mit einem Blick durchmaß Ellen den Raum. »Würden wir alle uns denn besser fühlen, wenn Caroline Masters eine alte Jungfer wäre? Bei einem Mann würden wir uns diese Frage nie stellen. Wäre es nicht überhaupt besser für einen Obersten Bundesrichter, einfach ein Mensch aus Fleisch und Blut zu sein? Vor langer Zeit hat sich Caroline Masters als bewundernswerter Mensch erwiesen. Sie war schwanger, hat nicht abgetrieben und ihr Leben lang zu dieser Entscheidung gestanden – privat und in ihrem öffentlichen Eintreten für die Adoption. Clayton jedoch ist der Meinung, genau das würde sie disqualifizieren ...«

»Wenn es denn unbedingt eine Frau sein soll«, sagte Clayton ruhig, »in diesem Land gibt es ein Dutzend fähiger Berufungsrichterinnen ohne diesen Klotz am Bein. Darauf kann der Präsident in den ersten Tagen im Amt nun wirklich verzichten.«

Hier wandte sich Ellen an Kerry, die Hände flehentlich ausgebreitet. »Nun ist ein Neuanfang angesagt, Mr. President. Im Wahlkampf haben wir uns für Toleranz stark gemacht – dafür, den Menschen als Ganzes zu sehen und uns um öffentliche Belange und nicht um persönliche Schwächen zu kümmern.«

Clayton blickte kurz zu Kerry hinüber und sagte dann zu Ellen: »Das ist richtig. Aber Sie wissen, in welchem Umfeld wir uns bewegen – wenn es die sprichwörtliche Leiche im Keller gibt, dann wird sie auch aufgespürt. Genau darauf hat Macdonald Gage es abgesehen.

Ob es dir gefällt oder nicht, Politiker sind nun einmal Menschen. Die Öffentlichkeit hat vielleicht keinen Sinn für gesetzliche Feinheiten, für persönliche Details interessiert sie sich brennend – und für Sex. Gage wird nicht nur versuchen, Masters im Senat auseinander zu nehmen. Er wird auch den Präsidenten mit hineinziehen.«

Ellen verzog das Gesicht. »Nicht der Präsident hat eine Tochter«, erwiderte sie. »Ich glaube, die Wähler sind helle genug, um das zu verstehen, und fair genug, um uns Anstand und Redlichkeit hoch anzurechnen. Es gehört sogar zu den Stärken des Präsidenten, dass sie genau das von ihm erwarten.«

»Dann würde ich etwas gerne wissen, Ellen. Ist Caroline Masters bereit, ihr Geheimnis aufzudecken? So würde wenigstens unsere Ehrlichkeit Anerkennung finden.« Claytons Ton wurde so zweifelnd wie sein Gesichtsausdruck. »Danach können wir – vielleicht – die anrührende Geschichte eines Mädchens erfinden, das schwanger wurde und sich für das Baby entschied, um dann eine hervorragende Juristin und fürsorgliche Tante zu werden. Wenn aber Gage die Sache publik macht, steht Masters als Lügnerin da. Wie auch immer Adam ›Meineid‹ definiert.«

Ellen runzelte nachdenklich die Stirn. »Ich weiß mir keine Antwort darauf. Sie hütet das Geheimnis seit siebenundzwanzig Jahren. Zudem muss sie auch auf ihre Tochter Rücksicht nehmen.«

»Will sie denn wirklich Oberste Bundesrichterin werden?«, fragte Clayton unwirsch.

»Auf jeden Fall, Clayton. Nur bin ich mir nicht sicher, zu welchem Preis.«

Kerry war hin und her gerissen zwischen Claytons Pragmatismus und Ellens Prinzipientreue. Seine folgende Entscheidung beruhte mehr auf Instinkt denn auf Vernunft. »Ich möchte sie sprechen. Wo ist sie jetzt im Moment?«

»Noch immer im Hay-Adams. Bis morgen früh.«

Clayton hatte sich hingestellt, die Hände in den Hosentaschen.

»Mit Respekt, Mr. President, es ist ziemlich unangemessen, auf diese Weise seine Neugierde zu befriedigen. Sie ist zweifelsohne eine mögliche Kandidatin für den Posten. Wenn du dich nicht für sie entscheidest – wozu ich dir rate –, und die Öffentlichkeit erfährt von der Begegnung, könnte der Eindruck entstehen, du hättest dich kurz vor zwölf anders entschieden.

Das könnte ihr, aber auch uns schaden. Weil eine Erklärung nicht möglich wäre, ohne sie zu verraten.«

»Die Presseleute drücken sich vor dem Westflügel herum«, antwortete Kerry. »Bring sie in einer Stunde über den östlichen Besuchereingang nach hier oben. Keiner wird das bemerken.«

»Und wenn doch«, sagte Clayton spitz, »hält man sie möglicherweise nur für die Freundin.«

Dafür hatte Kerry nur ein müdes Lächeln übrig. »Sie hat uns die Wahrheit gesagt, mit dem Risiko, sich ins eigene Fleisch zu schneiden. Zumindest diese Höflichkeit steht ihr zu.«

Sich Ellen und Adam Shaw zuwendend sagte er: »Danke für die Unterstützung.« Dass Clayton von der Verabschiedung ausgenommen war, überraschte niemanden.

Die beiden Freunde saßen einander gegenüber. Lange Zeit sprach keiner ein Wort.

»Ich verstehe dich voll und ganz«, sagte Kerry. »Und ich weiß deinen Standpunkt auch zu schätzen.«

Unruhig rutschte Clayton auf seinem Stuhl hin und her. »Ich weiß, wie sehr du Lara liebst. Irgendwie seid ihr beide ungeschoren davongekommen – bis jetzt. Aber wenn du das leidige Thema Sexualmoral aufs Tapet bringst, selbst die einer anderen Person, dann befürchte ich, dass die Presse und rechte Eiferer eure Beziehung erneut ins Visier nehmen. Es gibt tausend Gründe, Kerry, warum ich dir das gerne ersparen würde.«

Kerry wurde in diesem Moment einmal mehr bewusst, was Freundschaft heißt: Clayton war der einzige Mensch, der über Lara Bescheid wusste; aus einem Gefühl der Verbundenheit und des Respekts hatte er Clayton von der Verpflichtung befreit, ihn privat mit »Mr. President« anzusprechen; aus derselben Verbundenheit heraus machte Clayton von diesem Privileg nur Gebrauch, wenn sie sich über persönliche Dinge unterhielten.

»Ich weiß«, sagte Kerry schließlich. »Aber ich kann doch nicht selbst wie Mac Gage werden und Masters behandeln, wie Mac Gage mich behandeln würde. Auch Lara würde das nicht wollen.«

Clayton betrachtete ihn eingehend, um dann zu sagen: »Möchtest du, dass Lara zur Symbolfigur wird für Abtreibung auf Verlangen?«

»Caroline Masters«, sagte Kerry nach einer Weile, »gehört möglicherweise zu den wenigen Menschen heute Abend in dieser Stadt – Chad Palmer mit inbegriffen –, die die Größe haben, ihren Ehrgeiz nicht über alles zu stellen. Das verdient meinen Respekt.«

Clayton sah ihm in die Augen, um dann, nach einem Moment, mit den Schultern zu zucken. »Ich gebe dem Service Bescheid, sie einzulassen.«

Kerry hatte sich inzwischen erhoben. »Mach das, alter Junge. Dann geh nach Hause. Und grüße Carlie von mir.«

7

Einer der Berater führte Caroline Masters ins Arbeitszimmer des Präsidenten.

Kerry Kilcannon war schlanker, als sie ihn sich vorgestellt hatte; er hatte die Ärmel hochgekrempelt und die Krawatte gelockert, wie ein junger Staatsanwalt am Ende eines arbeitsreichen Tages. Am meisten jedoch fielen ihr seine Augen auf: Ihr klares Blaugrün vermittelte den Eindruck, dass er weitaus mehr als ihre Worte aufnahm.

»Nun«, sagte er ohne Vorrede, »Sie haben die Nominierung eindeutig spannender gemacht.«

Caroline war überrascht. »Nicht so spannend, wie sie hätte sein können, Mr. President.«

In seinen Augen deutete sich ein Lächeln an. »Für beide Seiten.

Aber was Sie Ellen gesagt haben, war sicherlich nicht leicht für Sie.«

Diesem Mann gegenüber, spürte Caroline, konnte man nur ehrlich sein. »Es war hart«, gab sie zu. »In den letzten vier Jahren gab es kaum einen Tag, an dem ich nicht insgeheim auf einen Sitz im Obersten Bundesgericht spekuliert habe.«

»Ich weiß – als meine Bestrebungen an den Tag kamen, gab es einige Leute, die entsetzt waren. Aber hier bin ich nun.« Er deutete auf eine Couch. »Bitte, setzen Sie sich.«

Als Kilcannon ihr gegenüber Platz nahm, bemerkte Caroline, wie seine direkte Art ihr half, mit der Schwierigkeit der Situation fertig zu werden.

»Eben«, sagte Kilcannon, »habe ich über Ehrgeiz nachgedacht – über die Kosten und die Folgen für einen selbst. Über die Männer, die, angefangen mit meinem Bruder, Präsident werden wollten. Bei vielen waren die Opfer so groß, dass bei einem Scheitern nichts mehr von ihnen selbst übrig blieb. Alles, was am Ende noch ›real‹ für sie war, war der Präsident, der sie gerne geworden wären. Auf Sie, Ms. Masters, trifft das nicht zu. Ich frage mich warum.«

Wieder war Caroline überrascht. Sie spürte die Einsichtsfähigkeit eines Mannes, der von den Umständen dazu gezwungen war, über sein eigenes Leben nachzudenken, und der auch andere durch diese Brille sah.

»Es ist ganz einfach«, antwortete sie. »Ich liebe meine Tochter. Und davor liebte ich ihren Vater. Aus diesen Gründen habe ich mich dazu entschieden, sie zu bekommen, ihr aber nie die Wahrheit zu sagen – bis diese Entscheidungen ein Teil meiner selbst wurden.

Neunundvierzig ist vielleicht nicht ganz so alt, aber immerhin alt genug, wenigstens ansatzweise über sich selbst Bescheid zu wissen, und welche Schlüsse man daraus zieht.«

Kilcannon legte den Kopf schief. »Also haben Sie dieses Opfer nicht meinem großen Kreuzzug gebracht?«

Caroline lächelte kurz. »Ich war Ihnen das natürlich schuldig. Aber ich gebe zu, das war nicht der zwingendste Grund.«

Daraufhin wurde Kilcannons Blick ein wenig verschwommen, und er schwieg einen Moment lang.

»Einmal angenommen«, sagte er schließlich, »Sie müssten sich über all dies öffentlich erklären. In den Augen vieler würden Sie durch Ihre Entscheidung menschlich und anrührend wirken. Selbst die Abtreibungsgegner unter den Republikanern würden in Zugzwang geraten.«

Caroline machte sich daran, sich endgültig von ihren Ambitionen zu verabschieden. »Ich bin zwar keine Politikerin, Mr. President, aber ganz dumm bin ich auch nicht. Also habe ich mit dieser Frage gerechnet.

Ich werde die Grundfesten des Lebens meiner Tochter nicht erschüttern. Zudem habe ich ihren Eltern – was sie de facto auch sind – versprochen, dies nie zu tun.«

Kilcannon betrachtete sie eindringlich. »Dagegen könnte man einwenden, dass Ihre Tochter ein Recht auf die Wahrheit hat.«

Caroline hatte den Eindruck, seine Direktheit würde dieses persönlichste aller Gespräche erträglicher für sie machen. »Könnte man, Mr. President. Schon aus purem Egoismus: Es ist sehr schwer, ein Kind im Geheimen zu lieben und dabei so zu tun, als wäre sie die Nichte. Aber nichts und niemand gibt mir das Recht, daran etwas zu ändern.« Caroline zögerte, um dann abzuschließen. »Auch nicht der Wunsch, Oberste Bundesrichterin zu sein.«

Das würde reichen, vermutete Caroline – es war spät, der Präsident war müde, und die Sache war erledigt. Der Verzicht fiel ihr schwerer als erwartet.

»Und dennoch«, sagte Kilcannon überlegt, »waren Sie mit der Nominierung einverstanden. Was bedeutet, Sie haben das Risiko in Kauf genommen, Ihre Tochter würde die Wahrheit irgendwann herausfinden – solange Sie damit Ihre persönlichen Ehrvorstellungen retten konnten und solange wir bereit waren, das Risiko zu tragen.«

Caroline errötete. Die Analyse war messerscharf. In diesem Moment wurde ihr klar, wie hartnäckig Kilcannon sein konnte und wie schwer zu täuschen.

»Das stimmt«, gab sie zu. »Es ist der reine Irrsinn, vielleicht sogar Heuchelei. Vielleicht wollte ich immer, dass sie Bescheid weiß. Aber mehr als das wollte ich den Job, um alles in der Welt.« Ihre Stimme wurde ironisch. »Warum nicht ich, fragte ich mich ständig. Es ist einfach nicht fair. Das Land verdient meine Talente. Und vielleicht reicht es ja, wenn der Präsident Bescheid weiß. Alles nur Momente der Selbsttäuschung.

Aber die andere Wahrheit ist die – und ich kann nicht gehen, ohne es auszusprechen: Ich wäre eine verdammt gute Oberste Bundesrichterin geworden.«

Kilcannon neigte abermals den Kopf. »Und aus welchem Grund, meinen Sie?«

»Aus all den Gründen, weshalb Roger Bannon nicht gut war. Bannon traf seine Entscheidungen nicht für die Menschen in unserem Land, sondern für Schachfiguren in einem imaginären Spiel. All dieser abgehobene Unsinn, Entscheidungen im Sinne der Vorväter zu treffen – die zum Teil Sklavenhalter waren und ihren Frauen das Wahlrecht verweigerten. Die amerikanische Politik im achtzehnten Jahrhundert war noch nicht von den Massenmedien und der Macht des Geldes bestimmt. Die Sozialwissenschaften waren gerade erst im Entstehen, von der modernen Medizin ganz zu schweigen. Alles Punkte, die für unser heutiges Rechtsverständnis von zentraler Bedeutung sind.«

»Bannon«, konterte der Präsident, »hätte gesagt, Recht und Gesetz brauchen feste Prinzipien. Oder sie werden zum Spielball der Launen intellektuell entwurzelter Individuen.«

Caroline schüttelte den Kopf. »Wir sind Richter, Mr. President. Man erwartet von uns, dass wir das Recht anwenden, nicht dass wir es erfinden. Aber die Fälle kommen nicht in einem Vakuum vor.

Noch 1896 war das Oberste Bundesgericht der Überzeugung, Rassentrennung sei in Ordnung. 1954 dagegen, die verheerenden Folgen der Rassendiskriminierung vor Augen, legten die Richter die Verfassung dahingehend aus, dass keine Gruppe von Staatsbürgern eine andere, unter Berufung auf das Recht, degradieren dürfe.

Damit ist uns eine Lehre erteilt, doch einige von Bannons Sympathisanten scheinen das vergessen zu haben.«

»Okay«, sagte Kilcannon, »ich kann ihnen jemanden schicken, der sie daran erinnert.«

»Darüber bin ich sehr erfreut, Mr. President. Leider werde ich nicht diejenige Person sein.«

»Das tut mir ebenfalls Leid«, sagte Kilcannon. »Habe ich mich doch sogar durch die enorme Personenmappe gearbeitet, die Adam Shaw mir zukommen ließ. Besonders beeindruckt war ich von Ihrer Meinung über eine Begrenzung der Wahlkampfunterstützung. Ich hätte nichts gegen einen Crash-Kurs zu diesem Thema, als Entscheidungshilfe sozusagen.«

Ihr Verzicht ließ sie freier sprechen. »Ihre Position ist mir bekannt«, antwortete sie. »Sie schlagen vor, Interessengruppen oder die Reichen daran zu hindern, sich mit ihren enorm hohen Parteispenden Einfluss zu erkaufen. Rein rechtlich jedoch beißen Sie damit auf Granit. Denn der erste Verfassungszusatzartikel erklärt diese Beiträge zu einem Akt der Redefreiheit, auf den Sie keinen Einfluss haben.

Wir schränken das Recht auf Redefreiheit nicht so leicht ein. Man kann jedoch argumentieren, dass dieser spezielle Zugang für Interessengruppen das Gewicht der Stimmen von Normalbürgern verringert: Wie viele Wähler können denn den Demokraten eine Million Dollar geben, um sicherzustellen, dass Sie zuhören, wenn sie von ihrem Recht auf ›Redefreiheit‹ Gebrauch machen?« In Carolines Gesicht blitzte ein Lächeln auf. »Nicht, dass Sie bestechlich wären, selbstverständlich nicht.«

»Das sind nur die Republikaner«, sagte Kilcannon ironisch. »Ich stehe über diesen Dingen. Die Lehrergewerkschaften und die Prozessanwälte haben keine Ansprüche an mich.«

»Natürlich nicht. Aber einigen Menschen ist das möglicherweise entgangen. Sie sind der Meinung, um sie kümmert sich sowieso niemand, egal welche Partei sie wählen. Sie gehen einfach nicht mehr zur Wahl. Und so geht unsere Demokratie vor die Hunde.

Das ist der Preis dafür, Interessengruppen zu Fackelträgern verfassungsmäßig verbriefter Freiheiten zu machen.« Nach einer

Pause fügte Caroline nachdrücklich hinzu: »Dennoch ist das Problem nicht einfach. Kein seriöser Richter würde Ihnen Versprechungen machen. Wählen Sie auf keinen Fall einen, der es doch tut.«

Der Präsident war plötzlich aufgestanden, die Hände in den Hosentaschen, als hätte er nur mehr seine Belange im Kopf. »Wenn sich das Land ändern soll, muss sich das Oberste Bundesgericht ändern. Ich werde dieses System legaler Bestechung ausrotten, in dem Anteile der Regierung wie Aktien verschleudert werden. Jedoch bin ich dabei auf Hilfe angewiesen.« Plötzlich hielt er inne und blickte Caroline mit einem Ausdruck ironischen Understatements an. »Wie Hamlet, so führe auch ich manchmal Selbstgespräche.«

Wie von ihr erwartet, lächelte Caroline. Dennoch war klar, was er anstrebte, ohne dabei wie Theodore oder Franklin Roosevelt dazu zu neigen, Regierungsinstitutionen – selbst das Oberste Bundesgericht – als Verlängerungen seiner selbst zu sehen. Es war faszinierend und ein wenig beunruhigend.

»Ich mag Selbstgespräche«, antwortete sie ruhig. »Aber die Richter sind nicht die Handlanger Ihrer Politik, und es ist nicht die Aufgabe des Obersten Bundesrichters, einen Wandel zu diktieren.

Wenn es Ihnen gelingt, einen Vorsitzenden zu finden, der dazu beiträgt, die anderen Richter offen für Veränderungen zu halten, haben Sie viel erreicht.«

Einen Moment lang wirkte Kilcannon überrascht. Dann grinste er in reuevoller Selbstbescheidung. »Oh, ich weiß, ich weiß.«

Hierauf war keine Antwort mehr nötig. Das Treffen war zu Ende.

Caroline streckte ihm die Hand entgegen. »Ich bedanke mich, Mr. President. Es war mir eine Ehre.«

»Vielen Dank, Ms. Masters.« Kilcannon zögerte. »Das gegenwärtige politische Klima missfällt mir sehr, gerade weil ich Ihnen begegnet bin. Aber Ihre Äußerungen waren sehr hilfreich.«

Caroline ging in der festen Überzeugung, ihn niemals wiederzusehen.

8

Die zweite Begegnung zwischen Sarah Dash und Mary Ann Tierney fand in einem engen, fensterlosen Büro im allgemeinen Krankenhaus in San Francisco statt.

Es war Samstag, aber die Tragödien eines öffentlichen Hospitals nehmen keine Rücksicht auf Wochenenden. Aidskranke, Drogensüchtige, Obdachlose, Schwerverletzte – Mary Anns erschrockene Augen hatten alles registriert. Auf Sarah wirkte sie wie ein wohlbehütetes Mädchen, vor dem sich ein Abgrund aufgetan hatte, und das sich nun fragte, wo es war.

»Es tut mir Leid«, sagte Sarah. »Ich weiß, es ist schlimm. Aber wir brauchen Zeugen, wenn wir vor Gericht gehen. Und ich wollte, dass Sie sich mit einem Berater hier vor Ort unterhalten.«

Ihre Begleiterin schien das kaum zu verstehen. Den Rest verschwieg Sarah – dass ihre Kanzlei, was auch immer der Psychologe und der Geburtshelfer sagen würden, den Fall nicht übernehmen könnte.

Mary Ann studierte das Blatt Papier, das Sarah ihr vorgelegt hatte. »Soll ich das unterschreiben?«, fragte sie.

Sie klang eher benommen als zögerlich. »Es ist für unsere Kanzlei«, antwortete Sarah. »Und ich brauche es auch.«

Mary Ann sah zu ihr auf. »Warum?«

»Eine Klage einzubringen ist ein großer Schritt, Mary Ann. Wenn ich nicht sicherstelle, dass Sie auch wirklich entschlossen sind, dann sollte ich den Fall lieber nicht übernehmen.«

»Aber ich möchte Sie als meine Anwältin.«

Selbst der wehleidige Tonfall erfüllte Sarah mit Zweifeln. »Bitte«, sagte Sarah, »lesen Sie die Erklärung sorgfältig durch.«

Das tat das Mädchen dann so angestrengt, dass Sarah sich an die Zeit erinnerte, als ihre Eltern sie ermahnten, nicht zu schnell zu lesen. Endlich blickte Mary Ann auf und sagte: »Es stimmt alles. Kann ich jetzt unterschreiben?«

Wieder einmal fiel Sarah auf, wie Mary Ann zwischen Verletzlichkeit und Trotz hin und her schwanken konnte. »Ehe Sie unterschreiben, möchte ich noch wissen, wie es Ihnen geht. Auch das ist wichtig.«

Ihre Augen füllten sich mit Tränen. »Ich habe so große Angst, Sarah. Ich weiß einfach nicht, wo das alles endet.«

»Was ist mit Ihren Eltern?«

»Es ist schwer, mit ihnen unter einem Dach zu leben. Als wären wir Feinde, und sie wüssten nichts davon.«

»Wo vermuten Sie Ihre Eltern denn jetzt?«

»Beim Einkaufen, mit Bridget zusammen. Auf der Suche nach Geburtstagsgeschenken für meine Mutter.«

Sarah unterdrückte ein Seufzen – innerhalb der von ihrem Glauben gesetzten Grenzen schienen die Tierneys ihrer Tochter große Freiheiten zu lassen. Und nun war Sarah daran beteiligt, sie zu hintergehen. Aber die Alternative war, dieses Mädchen zur Leibeigenen der Eltern zu machen.

»Ja, Sie können die Erklärung unterschreiben«, sagte Sarah.

Einige Stunden später, nachdem Mary Ann gegangen war, saß Sarah am selben Konferenztisch, ihr gegenüber die Psychologin Dr. Jessica Blake sowie Dr. Mark Flom, Facharzt für Geburtshilfe, der auch Spätabtreibungen durchführte. Sowohl Flom als auch Blake waren mit der Materie vertraut: beide hatten sie Morddrohungen bekommen, beide waren vor Gericht gezogen, um Schutz zu suchen. Auf das Risiko, als Fürsprecher Mary Ann Tierneys aufzutreten, brauchte sie nicht hinzuweisen.

»Wie sieht es aus?«, fragte Sarah.

Blake, eine schlanke, scharfsinnige Frau mit Goldrandbrille, neigte den Kopf in Richtung Flom. »Sie bitte zuerst.«

Floms weißes Haar, die feinen Gesichtszüge, der nachdenkliche Blick ließen Sarah eher an einen Dichter denn an einen Arzt denken, sein Tonfall jedoch war entschlossen. »Ich verstehe nur zu gut, welche Macht ein Glaubenssystem haben kann«, sagte er. »Aber es ist mir unbegreiflich, wie Dr. McNally bei diesem Sonogramm so optimistisch sein kann.«

»Wie sieht es aus?«

»Ein Wasserkopf – in ausgeprägter Form. Lassen Sie mich das

erklären: In den Gehirnkammern des Fötus befindet sich Wasser. Dies hat zur Folge, dass Gehirngewebe verdichtet und zerstört wird und wir in der Folge nicht mehr in der Lage sind, per Ultraschall festzustellen, ob noch die Chance auf eine normale Gehirn-Entwicklung besteht.«

Er legte die Stirn in Falten. »Wenn jedoch überhaupt kein Hirnrinden-Gewebe auszumachen ist – so wie hier –, dann ist die Prognose für den Fötus düster.«

Sarah nickte. »Ihr Arzt hat in etwa dasselbe gesagt.«

»Jeder Arzt würde sich so äußern. Aber gegen den Strich geht mir die Vorstellung, einen Fötus mit einem Kopf so groß wie eine Bowlingkugel mittels Kaiserschnitt zur Welt zu bringen. Bei einem klassischen Kaiserschnitt wird die Gebärmutter in voller Länge geöffnet. Vom emotionalen Trauma für ein fünfzehnjähriges Mädchen einmal abgesehen, bedeutet dies das Risiko vermehrten Blutverlusts, einer Lungenembolie und in seltenen Fällen, wenn etwas schief geht, einer Totaloperation – zwanzig Mal höher als bei einer normalen Geburt.

Ein weiteres Risiko besteht in der, wenn auch ziemlich niedrigen, Wahrscheinlichkeit eines Gebärmutterbruchs bei späteren Schwangerschaften. Der Fötus würde sterben, und die Gebärmutter müsste vollständig entfernt werden.«

»Mary Anns Arzt«, warf Sarah ein, »schätzt das Risiko auf fünf Prozent.«

»Und das kann man einfach ignorieren?« In Floms Stimme schwang Verachtung. »Die Regierung zumindest scheint damit gut umgehen zu können. Das kommt dabei heraus, wenn sich diese Idioten im Kongress als Mediziner aufspielen – entweder wissen sie nicht, was sie tun, oder dieses Mädchen ist ihnen einfach egal. Oder beides.«

»Gibt es eine Chance, dass ein Richter – im Hinblick auf das Gesetz zum Schutz des Lebens – einem Schwangerschaftsabbruch zustimmt?«

»Kaum, Sarah. Nach diesem Gesetz spielt der Gesundheitszustand des Fötus keine Rolle, entscheidend ist nur, dass er lebensfähig ist – was ich nicht bestreiten kann. Und auch wenn sie zu einem Kaiserschnitt gezwungen wird, könnten wir nicht damit argumentieren, dass damit ein schwerwiegendes medizinisches Risiko gesundheitlicher Folgeschäden einhergehen würde. Nur ein wesentlich erhöhtes.« Flom verschränkte die Finger. »Kein Arzt würde seine Approbation riskieren oder gar eine Gefängnisstrafe. Wenn Sie möchten, dass ich oder ein anderer Arzt hier eine Abtreibung vornimmt, müssen Sie das Gesetz zum Schutz des Lebens zu Fall bringen.«

Genau das hatte Sarah befürchtet. »Jedenfalls hat Mary Ann mir nichts vorgemacht. Sie kennt ihre gesundheitliche Situation.«

Sarah blickte Jessica Blake an. »Sie versteht genug«, bemerkte Blake. »Nicht gerade die reifste Fünfzehnjährige, die mir begegnet ist – wohl behütet, hat ihre Anschauungen zum größten Teil von ihren Eltern übernommen.

Ich glaube, sie ging selbstverständlich davon aus, ein normales Baby zu bekommen, unterstützt von ihrer Religion und einer nicht unerheblichen Dosis Fantasie über das Kind und seinen Vater. Das Sonogramm hat sie aus ihren Träumen gerissen.«

»Ist sie zu einer rationalen Entscheidung fähig?«

»Durchaus, Sarah, die von Mark umrissenen medizinischen Probleme sind unschwer zu verstehen. Schwieriger für sie ist eine Einschätzung ihrer Situation vor dem Hintergrund ihrer Erziehung und der Einstellung ihrer Eltern.« Blake hielt inne, um dann langsam weiterzusprechen. »Sie hat sich einen Weg durch die Demonstranten gebahnt und ist hierher gekommen. Daraus schließe ich, dass sie durchaus rational entscheiden kann.

Ihr größtes Problem ist dieses Gesetz, das eigentlich dazu gemacht wurde, schwangere junge Frauen – die aus Angst und Scham nicht vor Gericht gehen – dazu zu zwingen, Kinder zu bekommen. Eine der Betroffenen muss den Kampf auf sich nehmen, und allem Anschein nach steht genau die Richtige vor Ihrer Tür.«

»Sind Sie dazu bereit, das vor Gericht zu wiederholen?«

»Ja.«

Sarah wandte sich an Flom. »Sind Sie bereit?«

»Ja.«

»Sind Sie auch damit einverstanden, als Nebenkläger aufzutreten – dass ich die Klage für Mary Ann einbringe und für die durch das Gesetz zum Schutz des Lebens betroffenen Ärzte?«

Flom nickte. »Die Menschen müssen verstehen, welche Auswirkungen derartige Gesetze auf Frauen und Ärzte haben.«

Unter ihnen dreien, dachte Sarah, bestand kaum ein Zweifel. Sie wünschte sich, diese Sicherheit auch in Mary Ann Tierneys Gegenwart zu haben.

»Sie werden von mir hören«, sagte sie und verabschiedete sich.

9

Vierundzwanzig Stunden später – er erwartete gerade Senator Chad Palmer – dachte Kerry Kilcannon über den Plan nach, der sich in seinem Kopf abzeichnete.

Wie so vieles war auch das eine Frage des Charakters – Kerrys Einschätzung der Motivationen Chad Palmers. Sie waren Freunde seit Kerrys Einzug in den Senat. Was sie verband, war ein ähnlich gelagerter Humor, ein gewisser Hang zum Nonkonformismus und eine Vorliebe für Offenheit. Im Kampf, den Einfluss des Geldes in der Politik zurückzudrängen, hatte Chad sich mit Kerry verbündet, womit er sich die kaum verhohlene Feindschaft Macdonald Gages und vieler anderer Parteigenossen zugezogen hatte. Dennoch waren Chad und Kerry unweigerlich Rivalen: Beide glaubten sie an sich selbst, und ihrer jeweiligen Lebensgeschichte entsprechend hatten sie unterschiedliche Vorstellungen darüber, was das Land brauchte. Und so war es keine Überraschung, wie Kerry nicht ohne Selbstironie dachte, dass ein jeder sich selbst für den besten Präsidenten hielt, den das Land bekommen konnte.

Seit Jahren hatte es Spekulationen auf ein Kopf-an-Kopf-Rennen zwischen den beiden gegeben. Kerry selbst hatte im Jahr zuvor erwartet, Chad würde gegen ihn antreten: Dass Chad auf eine Kandidatur verzichtet hatte, weckte Zweifel in Kerry, ob er seinen Freund und Rivalen gut genug einschätzte, wenn denn sein Plan funktionieren sollte.

In der Öffentlichkeit gab sich Chad als Mann, der seine Ansichten offen und direkt bekannte: für eine starke Verteidigung; gegen Abtreibung; gegen den Wohlfahrtsstaat; für ein Mehr an persönlicher Verantwortung. Diese Seite seines Charakters, so vermutete Kerry, machte ihn, in seinen eigenen Augen, fit für das Weiße Haus.

Aber Chad Palmer, so wie Kerry ihn sich vorstellte, hatte noch ganz andere Seiten. Hinter Palmers frohgemuter Enthüllung »Ich bin eine ebenso große Medienhure wie jeder andere« verbarg sich ein tiefernster Mann. Die zwei Jahre, in denen er inhaftiert und auf sich selbst angewiesen war, hatten ihn zu einem Menschen mit ganz eigenen Vorstellungen gemacht: Ein gewisser Sinn für Humor war unerlässlich für Chad, was seine Abneigung gegen Macdonald Gage weit besser erklärte als die Konkurrenzsituation, in der sie sich befanden.

Darauf baute Kerry. Es hatte keinen Sinn, Chad Palmer zu täuschen – Chad würde verstehen, welche Aspekte seines Charakters Kerry auszunutzen suchte. Sollte Kerry jedoch Recht haben, würde das möglicherweise keine Rolle spielen.

Chad Palmer stellte sein Weinglas ab.

»Sie möchte diese Geschichte geheim halten?«

Im Esszimmer des Präsidenten hatten sie gerade eine wunderbare Pekingente verspeist, mit der sich, wie Chad vermutete, die Chinesen Zugang zu Amerikas Nuklear-Geheimnissen erkauft haben mussten. »Sie ahnt nicht einmal, dass ich sie immer noch in Betracht ziehe«, antwortete Kerry. »Aber wir beide wissen, dass eure Ausschuss-Akten Geheimnisse bergen, die nie ans Tageslicht kommen. Und auch nicht kommen sollten.«

Chad blickte den Präsidenten offen erstaunt an. »Nicht viele.«

Kerry beugte sich nach vorne. »Sag mir eines, Chad – glaubst du im Ernst, dass Caroline Masters aufgrund ihrer Vergangenheit nicht Oberste Bundesrichterin werden sollte? Oder dass sie besser die Wahrheit gesagt hätte, als sie das Amt als Berufungsrichterin antrat?«

»Ich persönlich? Nein. Masters hat sich ehrenhaft verhalten –

damals und heute.« Chad lächelte. »Ich bin Pro-Life und kann es mir kaum erlauben, vorehelichen Sex zu verurteilen. Gott sei Dank hatte ich etwas mehr Glück in puncto Verhütung.«

Dieses Lächeln wurde von Kerry nicht erwidert. »Wie dem auch sei, sie ist jedenfalls bestens qualifiziert. Ich habe diese Abschuss-Mentalität satt, nach der beide Parteien die Jugendsünden irgendwelcher Leute aufstöbern, um sie für ein öffentliches Amt zu disqualifizieren. Ich weiß, dass auch du dich daran störst.«

Lange Zeit sagte Chad kein Wort. Er ließ die elegante Umgebung auf sich wirken – das gedämpfte Licht, die Kristalllüster, die Ölgemälde und, ihm am Tisch gegenüber, sein Freund, dessen Job er anstrebte. Ein Mann, der sich der Risiken, die er Chad aufbürden wollte, nur zu bewusst war, und der vielleicht hoffte, sein Amt zu behalten, indem er Chad dazu verleitete, so tapfer – und unkonventionell – zu sein wie er selbst.

»Hast du mit Gage gesprochen?«, fragte Chad.

»Natürlich nicht. Ich denke nicht im Traum daran, darüber mit Gage zu sprechen.«

»›Natürlich nicht.‹ Stattdessen möchtest du mich dazu bewegen, eine Tatsache zu verschleiern, über die mein verehrter Vorsitzender im Senat nur allzu gern Bescheid wüsste …«

»Was daraus eine Verschwörung der Anständigen macht«, unterbrach Kerry.

»Und was dich zu Machiavelli macht«, erwiderte Chad. »Indem du mir sagst, du immunisierst dich gegen den Vorwurf, Masters' Vergangenheit zu verheimlichen, während du mich der Kritik meiner Partei aussetzt. Wie um alles in der Welt, Mr. President, kommst du dazu, zu glauben, ich würde mich darum reißen, deinen Schutzschild zu spielen?«

»Ich gebe natürlich zu«, antwortete Kerry mit einem Lächeln, »dass dieser Plan mir Vorteile bringt. Aber dir etwa nicht?

Wem habe ich denn mein Amt zu verdanken, Chad? Den Frauen. Selbst wenn der Plan auffliegt, können wir beide uns zugute halten, wir haben die Politik Politik sein lassen und einer qualifizierten Frau die Position gegeben, die ihr zusteht.«

Chad sah ihn skeptisch an. »Es könnte jemand behaupten, ich hätte schon zu oft die Politik Politik sein lassen.«

Kerry legte den Kopf schief. »Weil dein Instinkt dich eines Besseren belehrt hat. Wie wird Gage denn dastehen, wenn er einer fähigen Frau die rote Karte zeigt, nur weil sie ein ungeborenes Leben gerettet hat? Und welches Licht wirft das auf dich, wenn du gemeinsame Sache mit ihm machst?«

Chad dachte nach. »Wie ist überhaupt ihr Standpunkt in der Abtreibungsfrage?«

Kerry lächelte abermals. »Hältst du mich für dumm genug, sie das zu fragen? Und warum möchtest du die Ernennung der ersten Frau zur Obersten Bundesrichterin zu einer Auseinandersetzung um das Thema Abtreibung machen?«

Chad lehnte sich zurück. »Ich will das nicht, Mr. President. Gage vielleicht schon.«

»Das kann er nicht. Masters hat sich nie über Abtreibung geäußert.«

»Dann ist sie ein Trojanisches Pferd«, sagte Chad. »Okay, du hast die Wahl gewonnen. Aber du hast doch nicht die Absicht, eine Oberste Bundesrichterin zu ernennen, die in der Abtreibungsfrage dieselbe Meinung vertritt wie unsere Seite?«

Einen Moment lang spielte Kerry mit seinem silbernen Serviettenring. »Definiere doch bitte ›unsere Seite‹, Chad. Bist du auf einer Seite mit Gage, wenn es um die Frage Geld in der Politik geht?«

»Kaum.«

»Kaum. Er schwingt das Zepter im Senat, während sein alter Freund und ehemaliger Kollege Mace Taylor Geld einsammelt bei der Waffenlobby, bei Christian Commitment, den Tabakbossen und all den anderen Kunden.

Die beiden wissen, wo der Frosch die Locken hat: Geld schafft Einfluss – und Macht. Gage bedient mit seinen Gesetzesvorlagen die Interessengruppen Taylors und lässt sich sagen, welche Gesetze er blockieren oder zu Fall bringen soll. Taylor wird reich dabei, Gage bekommt horrende Spendengelder von Taylors Kunden, und der Dumme ist am Ende das Land. Du möchtest gegen mich antreten, Chad, aber Mace Taylor und seine Freunde haben andere Vorstellungen. Sie haben ihren Kandidaten schon gekauft – Mac Gage. Da kannst du nur verlieren.«

»Nicht unbedingt ...«

»Du wirst verlieren«, wiederholte Kerry. »Was mir nur recht sein kann, denn mit Gage würde ich viel leichter fertig werden.«

Palmer spürte den Kämpfer in sich. »Du hast einen Schritt übersprungen, Mr. President. Mit deiner Unterstützung werde ich das Gesetz zur Reform des Wahlrechts durchboxen und damit Taylor und Gage den Geldhahn abdrehen.«

Kerry lächelte. »Du bist es, der einen Schritt übersprungen hat. Zunächst nämlich muss mit der Hilfe meiner neuen Richterin darüber entschieden werden, ob deine Gesetzesinitiative verfassungskonform ist – somit auch darüber, ob du eine Chance hast, mich aus dem Amt zu drängen.«

Hier musste Chad lachen. »Sie ist bestimmt Pro-Reform, oder?«

»Davon gehe ich aus.«

Chad dachte über Kerrys Vorschlag nach und über den Mann, der ihn gemacht hatte – eine komplexe Mischung aus Zähigkeit und Idealismus, Leidenschaft und Berechnung. »Ich bin hier ganz vorne an der Front«, sagte Chad schließlich. »Wenn diese Nominierung schief geht und ich innerhalb meiner Partei auf der falschen Seite stehe, verliere ich mehr als du.«

Kerry nickte. »Dem lässt sich nichts entgegensetzen. Darum will ich klarstellen, worum es geht. Ich erwarte nicht, dass du die Kohlen aus dem Feuer holst. Ich bitte dich lediglich darum, Einzelheiten aus Masters' Privatleben geheim zu halten.«

Chad nippte an seinem Weinglas. »Das könnte verdammt schwer werden. Nicht nur weil das FBI hinter ihr her sein wird, sondern wegen Gage und Taylor.«

»Schnüffler.«

»Mhm. Taylor ist der Herr der Unterwelt. Über seine Kundschaft kontrolliert er mehrere Millionen Dollar – genug, um ein ganzes Heer von Spitzeln zu unterhalten. Jene Spione, die Lara während der letzten Wahlen auf den Fersen waren, um dir etwas anzuhängen – das war Taylor.«

Kerry hatte nun den kalten Blick und den gefassten Tonfall, von dem Chad wusste, dass er Wut bedeutete. »Oh, ich weiß, Chad. Es fällt mir schwer, das zu vergessen.«

»Erinnerst du dich, als Frank Nolan als Führer der Mehrheitsfraktion zurücktrat mit der Begründung, er wünschte sich mehr Zeit für seine Familie? Und wie froh wir über Mac Gage als Nachfolger waren?«

»Wie sollte ich nicht? Selbst nach den Regeln dieser Stadt war das derart offensichtlicher Unsinn, dass ich mich für ihn geschämt habe.« Kerry lächelte ihn neugierig an. »Was also hat Taylor ihm angehängt?«

»Prostituierte, flüsterte man sich zu. Einige noch unter achtzehn. Und ich glaube, Taylor und Gage steckten zusammen dahinter.« Chad sah ihm direkt in die Augen. »Wenn wir das versuchen, Mr. President, dann steht Masters' Leben auf dem Spiel. Und das aller anderen, die sie unterstützen.«

»Mein Leben ist ein offenes Buch, Chad. Und deines?«

»Natürlich auch. Immerhin bin ich ein Held.«

Kerry sah ihn lange an. Chad wägte im Stillen Vernunft und Ehrgeiz gegeneinander ab, seine Neigung, Ängste bei Gefahr zu unterdrücken.

»In Ordnung«, sagte Chad schließlich. »Wenn du uns diese Lady vorbeischickst, werde ich mich ihrer annehmen.«

10

Zwei Tage später, an einem kühlen Winterabend, spazierten Kerry Kilcannon und Lara Costello auf das Lincoln Memorial zu.

Es herrschte Frost, und beide trugen schwere Wollmäntel. Der Teich neben ihnen war zugefroren; ihr Atem stand in der Luft; Raureif überzog das Gras; unter ihren Füßen raschelte das Laub. Kerry bemerkte nichts von all dem – nach einigen Tagen als Präsident hatte ihn die Abgeschiedenheit eines Lebens im Weißen Haus eingeholt. Einzig die schemenhaften Formen seiner Beschützer registrierte er, eine ihn begleitende Phalanx.

»Sie haben uns Codenamen gegeben«, sagte er und meinte die Agenten. »›Trampel‹ und ›Bambi‹.«

Lara grinste. »Wer von uns ist ›Trampel‹?«

»Liegt ganz bei mir.«

Lara nahm ihn bei der Hand und sah ihn amüsiert von der Seite an. »Du bist Präsident mit Leib und Seele, stimmt's?«

»Mehr als ich dachte«, gab Kerry zu. »Nach all den Jahren im Senat, den endlosen Diskussionen, sitze ich nun an den Hebeln der Macht. Es ist wie eine Sucht.«

»Und du fühlst dich nicht überwältigt?«

»Dazu fehlt mir die Zeit.« Kerry wandte den Blick vom hell angestrahlten Lincoln Memorial ab. »Nachts denke ich manchmal an all die Entscheidungen, die in diesem Haus schon getroffen wurden, vom Bürgerkrieg bis Hiroshima – an die Opfer und den Gang der Geschichte. Ich beginne mich zu fragen, welche Entscheidungen auf mich warten. Mir wird dann plötzlich klar, dass ich nur auf Zeit hier bin, und dass einige meiner Vorgänger wirklich große Männer waren. Und dass die Politik heute schmutziger, das Privatleben des Einzelnen nichts mehr wert ist. Aber die ›Ehrfurcht gebietende Last der Präsidentschaft‹? Vielleicht spüre ich die im Moment vor dem Einschlafen. Am Morgen jedoch stürze ich mich sofort in die Arbeit. Ich muss also verrückt sein.«

Den letzten Satz hatte er mit einem Lächeln gesprochen, das Lara erwiderte. »Zumindest verrückt genug für diesen Job. ›Mein Verlobter, der Megalomane.‹«

»So bin ich nun mal. Ich glaube, sogar Chad ist beeindruckt.«

Damit machten sie sich wieder auf den Weg. »Du hast dich also entschlossen?«, fragte Lara.

»So gut wie.«

»Weiß Clayton Bescheid?«

»Noch nicht.« Kerry sprach ruhig weiter. »Ich hebe mir die Überraschung auf.«

Lara sah ihn von der Seite an. »Aber du meinst, es ist der richtige Schritt?«

»Sie erfüllt sämtliche Voraussetzungen. Noch dazu verfügt sie über Charakter im Übermaß und ist eine zwingende Persönlichkeit. Ich glaube, Caroline Masters kann dem Bundesgericht neue Perspektiven vermitteln.«

»Und Claytons Vorbehalte …«

»Beziehen sich auf ihr Privatleben. Er hat Angst, es könnte sich zu einem Skandal auswachsen. Das Risiko ist mir klar. Aber ich meine, es besteht ein dringendes Bedürfnis nach einem Präsidenten, der darauf besteht, das Leben eines Menschen mit Nachsicht zu betrachten, und als Ganzes. Ich wünschte, Masters würde uns dabei helfen, das klarzumachen, wenn ich auch ihre Gründe respektiere.«

»Wenn sie jedoch selbst damit an die Öffentlichkeit gehen würde«, antwortete Lara, »und die Reaktion wäre nicht allzu negativ, dann wärst du fein raus.«

»Mehr als das. Es klingt vielleicht hart, jedenfalls was ihre Tochter betrifft, aber ich meine, ihre Geschichte arbeitet für uns, selbst wenn Masters' Gegner sie aufdecken. Ich bin mir nicht sicher, ob Masters das auch so sieht, aber wir alle könnten politisch davon profitieren, selbst wenn sie verliert. Früher oder später müssen wir uns dagegen wehren, dass das Privatleben eines Menschen dazu dient, diesen öffentlich zu demontieren. Es muss ein Ende haben mit dem Skandal als Mittel der Politik.

Ich würde die rechten Fanatiker verlieren, die Schwangere dazu zwingen, ihr Baby zu bekommen, und sie dann als Mütter aus der Nationalen Gesellschaft der Ehrbaren ausschließen. Aber damit kann ich leben.«

Lara zog ihre Hand zurück und ging mit gesenktem Kopf weiter, die Hände in den Taschen vergraben. »Aber da ist etwas, womit du nicht leben kannst«, murmelte sie. »Unsere Vergangenheit. Deshalb gehen wir hier spazieren.«

Kerry berührte sie am Arm. »Wir gehen hier spazieren, weil ich dich vermisse. Und weil ich wissen wollte, was in deinem Kopf vor sich geht.«

Lara schüttelte den Kopf. »Bitte, Kerry – ich habe mich nun einmal entschieden und stelle mich darauf ein. Aber ich möchte nicht, dass du mich in deine Planungen einbeziehst.«

In ihren dunkel leuchtenden Augen lag, für Kerry, eine

schmerzliche Schönheit. »Chad macht sich Sorgen wegen Mac Gage«, antwortete er. »Und über Mason Taylor. Mit Recht.«

»Weil sich schwerlich etwas geheim halten lässt. Nur weiß Chad nicht, wessen Geheimnis du bewahren möchtest.«

Kerry wusste keine Antwort.

»Ich bin ihr nie begegnet«, sagte Lara nach einer Zeit. »Kenne sie nur vom Fernsehen her, der Carelli-Prozess. Sie wirkte wie eine kluge Frau auf mich, elegant und ein wenig hochnäsig – etwas zu elitär, um ihr die Wärme entgegenzubringen, die man für sie zu empfinden scheint. Aber vielleicht täusche ich mich ja auch.«

»Wie meinst du das?«

Lara wandte sich ab. »Nun, sie hat ihr Baby bekommen, oder?«

»Lara, ich bitte dich.« Kerry fühlte, wie es ihm die Kehle zusammenschnürte. »Um Himmels willen, lass diese Sache …«

»Lass mich den Punkt zu Ende bringen.« Sie rückte näher an ihn heran, sah ihm ins Gesicht. »Rein politisch gesehen weiß ich nicht, wie du dich am klügsten verhältst. Ich kann nicht wissen, wie sich eine Entscheidung für sie auf uns auswirkt. Und ich bin mir noch nicht einmal klar darüber, was dich zu diesem Schritt bewegt – Prinzipien oder sehr viel subtilere und auch praktischere Beweggründe, eine Art Schutz für mich. Vielleicht willst du mich retten, indem du Masters opferst, in der Erwartung, die Menschen würden ein für allemal genug von der Praxis deiner Gegner bekommen, private Dinge in die Politik zu zerren. Und nun fragst du dich, ob ich damit leben kann.«

Ihre Voraussicht und ihre Direktheit überraschten ihn auch hier wieder, dachte Kerry. Er berührte ihre Wange. »Ich will dich nicht verlieren, Lara.«

»Dann musst du etwas akzeptieren – die Leute, die dich hassen, werden immer hinter uns her sein, ganz egal was du tust. Es gibt keine Möglichkeit, mich zu schützen – oder uns. Einfluss hast du nur auf dich selbst.«

Kerry betrachtete sie – ehrlich, tapfer und ein wenig wütend. »Sei du selbst, Kerry«, sagte sie leise. »Und stelle mir nie wieder eine derartige Frage.«

Einen Moment lang spürte Kerry das Bedürfnis, sie in den Arm zu nehmen. Dann erinnerte er sich an die Sicherheitsleute, die sie aus der Dunkelheit heraus beobachteten.

»Gehen wir nach Hause«, sagte er.

11

Sie war vielleicht körperlich anwesend, gestand Caroline Masters sich ein, geistig aber fehlte sie unentschuldigt.

Caroline und zehn ihrer Kollegen, alles Männer, saßen in dem mit Marmor ausgekleideten Gerichtssaal des Berufungsgerichts für den Neunten Bezirk. Auf dem Podium vor ihnen versuchte eine Anwältin für den Staat Kalifornien die Klage eines minderbemittelten Gefangenen zurückzuweisen. Dieser hatte behauptet, von seinem Zellengenossen regelmäßig geschlagen und vergewaltigt worden zu sein. Eine Stellungnahme von staatlicher Seite hatte Caroline erzwungen.

En-banc-Anhörungen waren eine Seltenheit: Elf Berufungsrichter waren zur erneuten Anhörung eines Falles zusammengekommen, der zuvor schon von der üblichen, aus drei Richtern bestehenden Jury entschieden worden war. Der Urheber dieser Entscheidung, Lane Steele, hatte den dritten Platz rechts neben Caroline eingenommen. Nach Steeles Ansicht würden die Gerichte durch anrüchige Petitionen von Häftlingen mit zu viel Fantasie und zu wenig Beschäftigung überlastet. Seine Patentlösung bestand darin, in die ungenauen Bundesgesetze bürokratische Anforderungen hineinzulesen, die kaum ein Gefangener ohne Rechtsbeistand erfüllen konnte. So war in dem hier vorliegenden Fall die Klage eines Inhaftierten – auf Schutz körperlicher Unversehrtheit seitens der Gefängnisleitung – abgewiesen worden, ohne zu untersuchen, ob der Missbrauchsvorwurf gerechtfertigt war.

Eigentlich hatte Caroline mit dem Fall gar nichts zu tun gehabt. Einer ihrer Mitarbeiter hatte sie empört darauf aufmerksam gemacht; daraufhin hatte Caroline Steele und seine beiden Kollegen in einem Schreiben höflich dazu aufgefordert, den Fall erneut zu verhandeln und dem Häftling einen Anwalt zur Seite zu stellen. »Wenn es stimmt, dass Mr. Snipes' Klage unbegründet ist, weil er den Gefängnisdirektor und nicht die Wächter verklagt hat, sollte ihm zumindest ein Anwalt dabei behilflich sein, den Sinn derartiger Regelungen zu verstehen.«

Steeles Antwort hatte in einer knappen Ablehnung bestanden. Dass dann eine Mehrheit der Richter einer erneuten Anhörung des Falles zugestimmt hatte, erklärte eindeutig das Maß an Unzufriedenheit, das an jenem Tag Steeles Gesichtsausdruck prägte.

Caroline hatte jedoch keinen Sinn dafür. Dass ihr hohes Ziel, Oberste Bundesrichterin zu werden, gestorben war, hatte sie verstört und deprimiert: Noch am Abend zuvor, als sie versucht hatte, sich auf die vom Rechtsbeistand des Häftlings zusammengestellten Unterlagen zu konzentrieren, hatte sie sich in Erinnerung gerufen, dass eine Enttäuschung keine Entschuldigung für Gleichgültigkeit war. Es hatte nicht viel geholfen – weder an jenem Abend noch jetzt.

Aus einer ungewohnten Distanz heraus beobachtete Caroline, was sich vor ihren Augen abspielte. Nachdem er in Steeles Eröffnungsplädoyer arg gezaust worden war, machte der vom Gericht bestimmte Anwalt des Klägers, ein junger Mann, der seine Ausbildung gerade hinter sich hatte, einen besorgten Eindruck; nun vertrat die Anwältin für den Staat Kalifornien, eine stämmige junge Frau namens Marcia Lang, mit unerschütterlicher Beharrlichkeit ihren Standpunkt. Hinter ihnen saßen zwei schwarze Frauen, wahrscheinlich Schwester und Mutter des Gefängnisinsassen, wie Caroline annahm.

»Wir sind der Meinung«, sagte Marcia Lang, »das Verlangen des Klägers geht zu weit.«

Steele saß nach vorne gebeugt; mit seiner hohen Stirn und der Lesebrille wirkte er auf Caroline eher wie ein Professor für tote Sprachen. »Kurz gesagt«, warf er in gewohnter Präzision ein, »Ihre Position, Ms. Lang, ist die, dass dieses Gericht nicht dazu verpflichtet ist, Gefängnisinsassen einen Rechtsbeistand zu geben, nur um sie zu unterstützen, diesen Staat zu verklagen.«

Lang nickte eifrig. »Korrekt, Euer Ehren. Mr. Snipes besteht nicht nur darauf, seine Klage erneut zu verhandeln, nein, er will auch noch die Beklagten genannt bekommen. Wir dagegen sagen, er ist dazu verpflichtet, sich über die Rechtslage zu informieren, ehe er die Gerichte anruft.«

Das war Steele in Reinkultur, dachte Caroline – ein Puppentheater, in welchem er der von ihm bevorzugten Partei die gewünschten Argumente in den Mund legte. »Und sind Sie auch der Meinung«, fuhr Steele fort, »dass allein die Vielzahl derartiger Petitionen uns dazu zwingt, wenigstens einige Minimal-Standards zu fordern, ehe wir sie anhören?«

»Ich stimme Ihnen zu«, antwortete Lang. »Petitionen, die sich mit den Rechten von Gefangenen befassen, belasten uns und die Gerichte.«

Die Selbstgefälligkeit dieses Wortwechsels riss Caroline aus ihrer Träumerei. »Mit gleichem Recht kann man sagen, dass die Vergewaltigungen für Mr. Snipes eine Belastung sind.«

Überrascht wandte sich die Staatsanwältin an Caroline. »Sie bestehen darauf«, fuhr Caroline fort, »dass Mr. Snipes kein Schmerzensgeld bekommen kann, weil er in seiner Klageschrift die Gefängniswärter nicht miteinbezogen hat. Wo bitte heißt es im Gesetz ›unter Einbeziehung der Gefängniswärter‹ – oder ähnliches?«

Lang zögerte. »Nirgends, Euer Ehren. Aber es ist eine vernünftige Interpretation der Entscheidungen dieses Gerichts.«

»Vernünftig für wen? Ist es vernünftig, die Petition dieses Mannes ohne Begründung abzuweisen?«

»Ich meine«, unterbrach Steele, »wir können uns nicht zum Fürsprecher der einen oder anderen Seite machen. Würden Sie mir nicht zustimmen, Ms. Lang, dass der Häftling genau das verlangt?«

»Dem stimme ich zu, Euer Ehren.«

»Dann würden Sie auch dem zustimmen«, sagte Caroline, »dass dieses juristische Versteckspiel uns von der Untersuchung abhält, ob Mr. Snipes tatsächlich geschlagen und vergewaltigt worden ist?«

»Euer Ehren, es gibt gewisse Standards ...«

»Wessen Standards? Im Gesetz kann ich sie zumindest nicht finden.« Carolines Stimme war kalt. »Nur damit ich und Mr. Steele Bescheid wissen: Ihnen ist nicht bekannt, ob Mr. Snipes' drastische Behauptungen der Wahrheit entsprechen oder nicht?«

Lang zögerte und blickte Steele an.

»Beantworten Sie die Frage«, befahl Caroline.

»Die gegenwärtige Aktenlage lässt das nicht zu.«

»Aber Ihnen ist bekannt, dass in der Klageschrift ausdrücklich vermerkt ist, ein Gefängnisarzt kann die Misshandlungen jederzeit bestätigen?«

»Dem ist so, ja.«

»Und Sie wissen auch um die erbärmlichen Bedingungen in besagtem Gefängnis? Dass es möglicherweise unter Aufsicht des Bundes gestellt wird?«

Langs Kiefer schienen sich zu verkrampfen. »Das ist bislang noch nicht geschehen.«

Caroline lehnte sich zurück. »Dann bleibt diesem Gericht nur zu hoffen, dass es bald passiert, sollten wir Ihre Position übernehmen. Zumindest jene Richter unter uns, für die bei wiederholter Vergewaltigung mehr im Spiel ist als juristische Spitzfindigkeiten.«

Carolines Freund und Mentor, Richter Blair Montgomery, beugte sein weißes Haupt nach unten, um ein Lächeln zu verbergen. Die Feindschaft zwischen Steele und Montgomery war legendär, so dass Carolines ungewohnte Schärfe Montgomery zweifelsohne erfreute.

Steele starrte sie mit unverhohlenem Hass an. »Ist es nicht so, Ms. Lang, dass die fraglichen Statuten ausdrücklich zu dem Zweck erlassen worden sind, die Anzahl der Petitionen zu Gunsten der Rechte von Strafgefangenen zu reduzieren?«

Lang schien sich wieder zu fassen. »Mit Sicherheit, Euer Ehren. Die gesetzliche Entwicklung bestätigt das.«

»Und sollten wir im Zweifelsfall nicht die Gesetze in diesem Sinn auslegen?«

»Absolut.«

Von ihrer erhöhten Position aus sah Caroline, wie die beiden schwarzen Frauen dem Wortwechsel mit Entsetzen folgten. Der Kongress verabschiedet unglücklich formulierte Gesetze, dachte sie, die dann von Richtern interpretiert werden, mit allen menschlichen Vorurteilen und Fehlern. Und dann müssen Männer wie Orlando Snipes mit dem von uns angerichteten Chaos leben. Was auch immer Snipes angestellt hat, sie schuldete ihm eine faire Behandlung.

»Ist es nicht auch wahr«, fragte Caroline in einem vernünftigeren Ton, »dass Mr. Snipes gar nichts wusste von der Möglichkeit, diese Einwände erheben zu können, bis dieses Gericht auf eigene Initiative hin ihm eine neue Anhörung zusicherte und ihm einen Anwalt zur Seite stellte?«

Langs Augen funkelten. »Dem stimme ich zu ...«

»Und dass ohne unsere Intervention seine Stimme heute nicht gehört würde? Oder vielleicht niemals?«

Lang zögerte, stimmte dann mit einem Schulterzucken zu. »Ich glaube, das stimmt.«

Caroline beugte sich nach vorne. »Dann können Sie mir sicherlich erklären, warum ein Verfahren, das Mr. Snipes die Mittel, sich vor sexuellen Übergriffen zu schützen, verweigert, sowie zusätzlich das Recht, diese Verweigerung anzuzweifeln, mit den Prinzipien der Gerechtigkeit übereinstimmt.«

Abermals sah sie, wie Blair Montgomery verhalten lächelte. Montgomery schien sich ebenso sicher wie Caroline zu sein, dass das Gericht die Entscheidung von Steele aufheben würde. Weiteren Jahren mit Lane Steele als Kollegen sah sie allerdings nicht gerade freudig entgegen.

Als sie nach Abschluss der Sitzung den Gerichtssaal verließen, wurde sie bereits von Christine, ihrer Mitarbeiterin, erwartet, die sie höchst besorgt ansah. »Was gibt es?«, fragte Caroline überrascht. »Wir stehen kurz vor einer Abstimmung.«

Christine zog sie zur Seite. »Das Weiße Haus ist am Apparat«, flüsterte sie. »Der Präsident möchte Sie sprechen.«

12

Zwei Häuserblocks von der Saint Ignatius High School entfernt wartete Sarah Dash in ihrem Auto auf Mary Ann Tierney. In wenigen Stunden würde sie vor Gericht erscheinen.

Sarah war mit ihren Nerven am Ende – zu viel Kaffee, zu wenig Schlaf. Die sechs Tage seit ihrem letzten Treffen waren schnell vergangen; sie hatte sich mit Pro-Choice-Gruppen in Verbindung gesetzt, hatte die erforderlichen Zeugen bestellt und – die größte Belastung – um Unterstützung geworben, den geschäftsführenden Teilhaber zu überzeugen. Dabei hatte sie Methoden angewandt, die ihn nur zur Raserei treiben konnten, die ihr jedoch am viel versprechendsten schienen: Sie hatte den Frauen unter den Teilhabern die medizinische Notlage klargemacht, in der Mary Ann sich befand. Das hatte Emotionen aufgewühlt, über die sogar Sarah erschrocken war und die in einem Treffen hinter verschlossenen Türen zwischen den weiblichen Teilhabern und John Nolan gipfelten. Sarah wusste lediglich, dass die Frauen ihren Standpunkt hartnäckig verteidigt hatten, wobei Spannungen zu Tage traten, von denen bis dahin niemand in der Kanzlei etwas geahnt hatte. Als Nolan Sarah in sein Büro rief, um ihr sein Plazet für eine gerichtliche Vertretung Mary Anns zu geben, hatte er kaum Anstrengungen unternommen, seinen Zorn zu verbergen – oder dass er Sarah dafür verantwortlich machte, Unfrieden in das Haus Kenyon & Walker gebracht zu haben.

»Sie haben es geschafft, uns das aufzuzwingen«, hatte Nolan gesagt. »Damit werden wir alle nun eine Zeit lang leben müssen.«

Zwischen ihr und einer Konfrontation mit der Regierung der Vereinigten Staaten stand somit nur mehr jenes hübsche rothaarige Mädchen, das, mit einem kurzen Blick über die Schulter, in Sarahs Autofenster hereinschaute.

Mary Ann saß neben ihr, vor sich die eidesstattliche Erklärung, die Sarah ihr zum Unterschreiben vorgelegt hatte. Sarah konnte sich vorstellen, wie qualvoll die Formulierungen auf sie wirken mussten – dass sie sich in der sechsundzwanzigsten Schwangerschaftswoche befand; dass ihr Baby einen Wasserkopf hatte; dass sie, von einer möglichen Unfruchtbarkeit abgesehen, mit weiteren medizinischen Komplikationen rechnen müsste; dass sie das Kind abtreiben wollte; dass ihre Eltern die Zustimmung verweigerten. Und dass sie, aus diesen Gründen, Rechtsmittel gegen eine Kongress-Entscheidung einlegte.

Mary Ann schien kaum zu atmen. Mit brüchiger Stimme fragte sie: »Was passiert, wenn ich das unterschreibe?«

Das »wenn« war Sarah nicht entgangen. »Wir wollen mit dem heutigen Tag beginnen«, sagte sie. »Eine Stunde bevor ich zum Gericht gehe, werde ich telefonisch das Justizministerium informieren. Gegen drei Uhr nachmittags werde ich ins Büro gehen, die Unterlagen zusammenstellen und einen Termin beim zuständigen Richter vereinbaren.« Sarah hielt ihre Ausführungen bewusst knapp und nüchtern. »Die Behörden werden einen Anwalt vom U. S. Attorney's Office bereitstellen. Zusammen mit ihm werde ich dann beim Richter vorsprechen.

Ich werde ihm Ihr Anliegen darlegen – eine Anordnung, die das bestehende Gesetz für verfassungswidrig erklärt und den Weg frei macht für eine Abtreibung. Er wird dann einen Termin für eine Anhörung festlegen, von heute an gerechnet in zehn Tagen. Ich werde beantragen, dass die Anhörung unter Ausschluss der Öffentlichkeit stattfindet, dass unsere Unterlagen geheim bleiben und Ihre Anonymität gewahrt bleibt ...«

»Werden meine Eltern auch dabei sein?«

»Nicht heute, nehme ich an. Aber das Justizministerium wird sie kontaktieren, sicher – und sei es nur aus dem Grund, weil sie mögliche Zeugen sind.« Sarah hielt kurz inne, überlegte sich die nächsten Worte sorgsam. »Es ist gut möglich, dass Ihre Eltern, wenn Sie heute Abend nach Hause kommen, bereits informiert sind.«

Mary Ann schüttelte den Kopf, als würde sie aus einem Traum erwachen. »Zehn Tage«, murmelte sie. »Wie lange wird die Anhörung dauern?«

»Einige Tage.«

»Und dann entscheidet das Gericht?«

»So ist es. Aber wenn wir gewinnen, wird die Regierung Berufung einlegen, und der nächste Schritt wäre das Oberste Bundesgericht. Das Gesetz zum Schutz des Lebens wurde vom Kongress erlassen, und es ist Pflicht der Regierung, es zu verteidigen.« Sarah senkte die Stimme. »Die Gerichte werden das Verfahren beschleunigen, aber es wird mehrere Wochen dauern. Während all dieser Zeit wird der Fötus sich weiter entwickeln.«

Mary Ann schloss die Augen. »O mein Gott ...«

Sarah berührte sie an der Schulter und sagte ruhig. »Ich gehe davon aus, Ihre Eltern werden Sie dazu drängen, die Klage zurückzuziehen. Wenn Sie sich Ihrer Sache sicher sind, dürfen Sie sich nicht abbringen lassen. Sonst ist es besser, Sie überlegen es sich anders, jetzt und sofort.«

Mary Ann ließ sich in den Sitz plumpsen, offenbar ihre typische Haltung, wenn sie entmutigt oder deprimiert war. Sarah machte sich Sorgen um das schlanke Mädchen, deren Bauch unter einem weiten Pullover verborgen war.

Mary Ann atmete tief durch, um dann Sarahs Hand zu ergreifen.

Überrascht sah Sarah auf die Finger des Mädchens, die sich in ihre eigenen verschränkt hatten. Plötzlich fragte sich Sarah, ob sie sich nicht auch um sich selbst Sorgen machte, und ob nicht Mary Ann, die das spürte, Trost suchen und spenden wollte.

»Es wird alles gut«, sagte das Mädchen.

Senator Chad Palmer schloss die Bürotür hinter sich und nahm das Gespräch des Präsidenten entgegen.

»Lass mich raten«, sagte er zu Kerry. »Du willst es wirklich tun.«

»Ja, heute Nachmittag, im Rosengarten.«

Chad war gespannt und besorgt zugleich. »Heute? Diese Geheimhaltung ist dir gelungen, gratuliere.«

»So war es gemeint, Chad. Keiner im Senat hat auch nur die geringste Ahnung.«

»Nicht einmal Gage?«

»Gerade Gage nicht.« Die Stimme des Präsidenten klang ruhig. »Ich hoffe, sie wird so bald wie möglich bestätigt. Das hängt zu einem Großteil davon ab, wie schnell du sie durch den Ausschuss schleust.«

Mit einem Mal hatte Chad Kerrys Strategie umrissen – eine Überraschungs-Nominierung; ein Sperrfeuer aus Lobeshymnen und guter Publicity; eine gesteigerte Erwartungshaltung angesichts der ersten weiblichen Obersten Bundesrichterin. Und damit einhergehend ein unerbittlicher Druck auf den Senat, abzustimmen, noch bevor mögliche Feinde herausfanden, was Chad und Kerry bereits wussten. Chad bewunderte die Cleverness des neuen Präsidenten: Weil er sich auf ihr verabredetes Schweigen eingelassen hatte, hatte auch er ein Interesse an einem Erfolg der Verschwörung – und einen Preis zu bezahlen, sollte sie fehlschlagen.

»Dagegen wird Gage sich wehren«, antwortete er. »Er wird mich dazu drängen, Zeit herauszuschinden, um sie auseinanderzunehmen.«

»Mac Gage«, antwortete Kerry, »wird sterben, ohne eine erinnerungswürdige Äußerung zu hinterlassen. Das am meisten gefürchtete Erbe eines Politikers.«

Chad war nicht zum Spaßen zumute. »Vielleicht. Aber einer könnte hier auf der Strecke bleiben. Besser du – oder Masters – als ich.«

»Verstehe«, sagte Kerry gelassen. »Aber dein dringendstes Interesse besteht darin, sie zu bestätigen, was das einzig Richtige ist. Es gibt Argumente, die Caroline Masters nützen, ohne dir zu schaden. Das beginnt schon bei deiner tiefen Besorgnis, die Arbeit des Gerichts könnte blockiert werden …«

»Durch die Einmischung des Senats, meinst du? Noch vor nicht allzu langer Zeit warst du einer von uns. Du weißt also, wie sehr wir es genießen, im Licht der Öffentlichkeit zu stehen.« Chad hielt inne, und seine Stimme klang merklich kühler. »Ich weiß deine Empfehlungen zu schätzen, Mr. President. Aber ich leite die Hearings, so wie ich das für richtig halte, vergiss das bitte nicht.«

Es folgte ein kurzes Schweigen, und ein Lachen Kerrys deutete Chad an, dass er ins Schwarze getroffen hatte. »Tatsächlich«, sagte der Präsident, »habe ich die letzten Abende damit verbracht, mein eigenes Denkmal zu entwerfen.«

»Ist es ein Obelisk oder etwas mit Säulen?«

»Beides.« Kerry wurde wieder ernst. »Ich weiß deine Hilfe zu schätzen, Chad. Und ich wünsche mir von ganzem Herzen, dass diese Nominierung für uns beide gut ausgeht.«

Wieder einmal überfiel Chad das dumpfe Gefühl einer Vorahnung. »Das ist doch ein Trost«, antwortete er. »Irgendwann möchte ich dann mein eigenes Denkmal.«

13

Die Zeit kurz vor der Bekanntgabe verbrachte Caroline mit ihrer Familie im Empfangsraum des Weißen Hauses.

Der Präsident und Clayton hatten das Ereignis für Freitagnachmittag anberaumt; bis zum Montag könnte das Weiße Haus die Nachrichtenlage kontrollieren. Während der letzten Stunden hatten sie ihre Verbündeten gedrängt, mit ihrer Zustimmung nicht hinter dem Berg zu halten – Gewerkschaften, Minderheiten, Prozessanwälte, Umweltschützer, Frauengruppen. Um den Republikanern den Wind aus den Segeln zu nehmen, hatten sie eine parteipolitisch ausgewogene Liste von Unterstützern aus den Reihen von Carolines Kollegen, der Anwaltselite, ehemaligen Firmenkunden und Ex-Teilhabern bei Kenyon & Walker zusammengestellt. Das Informationsbüro des Weißen Hauses würde die Presse mit vorteilhaften Storys versorgen – Jurastudentinnen, die sich durch Carolines Nominierung gestärkt fühlten; Opfer von Vergewaltigungen und häuslicher Gewalt, die sie mit ihren Urteilen nicht im Regen hatte stehen lassen. Bis zum Montag würde ein erster Eindruck überwältigender und wohlverdienter Unterstützung in der Öffentlichkeit verankert sein.

Das alles zielte auf Chad Palmer und Macdonald Gage, erklärte Clayton. Behördensprecher würden in die Sonntag-Vormittag-Talkshows ausschwärmen, um klarzustellen, dass beide Senatoren für Masters' Ernennung zur Berufungsrichterin gestimmt hatten. Palmer und Gage kämen um einen Auftritt in ebendiesen Shows nicht herum; beide hätten sie kaum eine andere Wahl, als sich für eine Richterin auszusprechen, die schon am Montag zu den berühmtesten Frauen Amerikas zählen würde.

Sie würde unweigerlich im Mittelpunkt stehen, dachte Caroline. Ausschnitte aus dem Carelli-Verfahren würden durch die Nachrichten geistern; am Sonntag wollte Lara Costello ein Mittagessen für Caroline geben, um sie anderen Frauen vorzustellen; heute, nach der Bekanntgabe, würden sie und Jackson Watts zusammen mit dem Präsidenten und Lara in einem Restaurant in Washington dinieren, und die *Washington Post* würde darüber auf ihrer Lifestyle-Seite berichten. Nichts jedoch war von größerer Bedeutung, hatte Clayton hervorgehoben, als die ersten eindrücklichen Bilder – Kerry Kilcannon im Rosengarten des Weißen Hauses, der Nation die neue Oberste Bundesrichterin präsentierend.

»Es soll wie ein Familienbild aussehen«, hatte Clayton ihr erklärt. »Sie, der Präsident, die Vizepräsidentin, Ihr Freund Jackson Watts und Ihre eigene Familie – Schwester, Schwager und Nichte.«

Dieser Kommentar stieß bei Caroline auf Bedenken, und nicht nur weil Clayton informiert war. Dass Brett dabei im Mittelpunkt stehen sollte, erfüllte sie mit Unbehagen; ihre Halbschwester Betty – eifersüchtig auf Caroline und noch immer voller Angst, sie könnte Brett zurückfordern – würde nur ungern erscheinen. Aber für Caroline, einzig von Kerrys Gedanken erfüllt, ihre alsbaldige Bestätigung sicherzustellen, gab es kein Zurück mehr.

»Ich werde meine Schwester anrufen«, hatte sie versprochen.

Und so hatten sie sich also dort eingefunden, eine typische amerikanische Familie: Bettys Ehemann Larry, ein College-Professor, der, wie Caroline erfahren hatte, einmal ein Verhältnis mit einer Studentin hatte; Betty, die Tochter der ersten Frau ihres Vaters, die Carolines französische Mutter immer nur verachtet hatte; und Caroline selbst. Eine Frau, die manchmal ihrer Jugend nachtrauerte und die sich noch daran erinnern konnte, einmal ein Baby in Armen gehalten zu haben.

»Aufwachen, Dorothy! Du bist nicht mehr in Kansas.«

Erschreckt wandte sich Caroline ihrer Tochter zu, die vor dem Gesetz ihre Nichte war.

Brett lächelte ihr zu; ihr Gesichtsausdruck war dem von Carolines Mutter sehr ähnlich, weshalb sie dankbar war, dass die beiden einander nie kennen gelernt hatten. Selbst wenn Brett ein Bild von Nicole Dessalier zu Gesicht bekommen hätte, hätte sie sich selbst darin gesehen: braunes, gelocktes Haar, ein feines Kinn, ein voller, gleichmäßiger Mund in einem schmalen Gesicht mit hoher Stirn und lebhafte, grüne Augen. Aber hinter Bretts Schönheit verbarg sich mehr Freundlichkeit, als Nicole je hatte aufbieten können – dafür, mutmaßte Caroline, hatte sie Betty und Larry zu danken.

»War ich so weit weg?«

»Eine Million Meilen«, antwortete Brett. »Du siehst aus wie ich, wenn ich eine Kurzgeschichte schreibe.«

Caroline erwiderte das Lächeln. »Wenn ich meine Absencen nur auch so gut zu nützen wüsste. Stattdessen denke ich voller Staunen darüber nach, wozu mein prosaisches Leben sich entwickelt hat.«

»Ich meine, es ist alles ziemlich cool«, sagte Brett in gespieltem jugendlichem Jargon. »Der Präsident ausgenommen, der ist heiß.«

Caroline hatte dieser Wortwechsel erleichtert, hatte sie abgelenkt von den Gefühlen, die sie für Brett Allen empfand. Sie musterte die Menschen, die sich um ihretwillen in dem ovalen Raum versammelt hatten. Larry und Betty lauschten Kerry Kilcannons Worten, der bei öffentlichen Anlässen eine eigentümliche Spannung verbreiten konnte, eine Mischung aus Jugend, Ausstrahlung und unerschöpflicher Energie – »heiß« war da gar kein so schlechter Ausdruck. Jackson Watts plauderte mit Lara Costello. Ihre dunklen, warmen Augen, ihre Schönheit hatten, so meinte Caroline, etwas vom Ernst hispanischer Frauen. Neben ihnen war Clayton Slade zu sehen, ein bulliger Afroamerikaner, der Ellen Penn um Haupteslänge überragte. Sie war Jüdin und die erste Frau im Amt des Vizepräsidenten. Alle zusammen bildeten sie ein Symbol für das neue Amerika.

Kit Pace, die Pressesprecherin des Präsidenten, kam in den

Raum gehuscht und murmelte ihm etwas zu. Kilcannon riss sich von den Allens los, durchquerte den Raum und sagte mit einem Lächeln zu Caroline: »Kit sagt, es ist Showtime. Sind Sie bereit?«

»Bin ich. Und sehr dankbar. Nicht nur für die Ehre, sondern für alles.«

Kilcannons Blick zeigte, dass er verstanden hatte.

»Oh, ich fühle mich geehrt«, sagte er. »Die erste Frau als Oberste Bundesrichterin sollte auch die Beste sein. Und das sind Sie.«

Der Rosengarten war überfüllt mit Honoratioren auf Klappstühlen, Reportern, Galgenmikrofonen, Verstärkern, Kameras. Hinter dem Podium saßen Ellen, Jackson, Caroline, Brett, Betty und Larry. Clayton Slades Familienfoto.

Vom Podium herab pries Kerry Kilcannon ihre Vorzüge. In Carolines Ohren klangen die Worte wie ein Traum.

»Die Anforderungen an eine wirklich große Oberste Bundesrichterin sind vielfältig – sie muss klug sein, unparteiisch, respektvoll ihrem Vorgänger gegenüber, von starkem Charakter und umfassender Bildung. Sie muss sich Menschen vorstellen können, denen sie niemals begegnen wird, denen sie aber mit einem Federstrich eine neue Richtung geben kann. Ist doch der Traum von Gerechtigkeit nicht nur eine Sache von Anwälten oder der Justiz, sondern ein Traum, der zahllose Männer und Frauen in dieses Land getrieben hat, von den ersten Siedlern bis zu der Familie, die gerade in diesem Moment der Unterdrückung zu entkommen sucht.

Wir schulden ihnen Gerechtigkeit, nicht mehr und nicht weniger.«

Das war sehr geschickt, dachte Caroline. Ohne Roger Bannon herabzusetzen, gab der Präsident zu verstehen, dass der neue Geist, den er dem Land versprochen hatte, auch vor dem Obersten Bundesgericht nicht Halt machen würde.

»Ms. Masters«, schloss Kilcannon, »personifiziert dieses Ideal – mit ihren Fähigkeiten und ihrer Menschlichkeit. Deshalb stelle ich hiermit voller Stolz und Freude meine Kandidatin für das Amt des Obersten Bundesrichters der Vereinigten Staaten vor, die ehrenvolle Caroline Clark Masters.«

Mit einem Lächeln geleitete der Präsident Caroline ans Podium. »Ich gratuliere«, sagte er leise. »Uns beiden.«

»Ich danke Ihnen, Mr. President.« Kilcannon zugewandt, lächelte sie. »Heute Morgen, als sie spürte, wie perplex ich war, hat meine Nichte mich darauf aufmerksam gemacht, dass ich mich nicht mehr in Kansas befinde.«

Durch die Menge ging ein anerkennendes Lachen. »Möge es denn genügen, Mr. President, zu sagen, dass ich alles in meiner Macht Stehende tun werde, um Ihrem Vertrauen gerecht zu werden.«

Dann wandte sich Caroline an die Versammelten. »Ebenfalls dankbar bin ich«, sagte sie, »für die Anwesenheit meiner Familie – meiner Schwester, Betty Allen; ihres Ehemanns, Larry; und meiner Nichte, Brett. Denn so gut wie jeder von Ihnen weiß ich, dass nur wenige ihr Ziel allein erreichen – oder scheitern.«

Die Vieldeutigkeit dieser Aussage in ihrem eigenen Fall, dachte Caroline, schloss deren Gültigkeit nicht aus. Der Mythos Familie war so tief wie das Bedürfnis danach – das konnte sie in den Gesichtern vor sich lesen.

»Ich freue mich darauf«, fuhr sie fort, »dem Senat meine Aufwartung zu machen. Längere Erklärungen sollte ich für jene aufsparen, die die Verantwortung tragen, über meine Nominierung abzustimmen.

Darüber hinaus möchte ich mich dem Präsidenten anschließen und die Tatsache nicht weiter betonen, dass ich eine Frau bin. Ich hoffe, wir kommen der Zeit immer näher, in der das Geschlecht eines Menschen nicht weiter bemerkenswert ist.«

Caroline hielt inne, um ihren Blick über das Gelände schweifen zu lassen. »Als ich jedoch heute Morgen dieses Tor passierte, wurde mir klar, dass zu Beginn des letzten Jahrhunderts Ellen und ich davor gestanden haben würden – um für das Wahlrecht zu kämpfen.« Mit einem Blick zu Ellen Penn fuhr Caroline trocken fort: »Ich meine also für die Vizepräsidentin sprechen zu können, wenn ich sage, dass wir dieses Jahrhundert eindeutig vorziehen …«

Ein Lachen ging durch das Publikum, ehe es zu applaudieren

begann. Der Anfang ist gemacht, dachte Caroline, in der Hoffnung, dieses Abenteuer würde so gut enden wie es begonnen hatte.

14

Wenige Minuten nach ihrer Ankunft bei Gericht war Sarahs Strategie zerstört.

Sie war davon ausgegangen, die Prozedur würde wie gewohnt ablaufen: erste Begegnung mit ihrem Gegenspieler; Unterredung mit dem Richter; Festlegung von Zeit und Ablauf der Anhörung; Aushandeln einer Vereinbarung zum Schutz von Mary Ann Tierneys Privatsphäre und – so weit wie möglich – ihrer Intimsphäre. Sarah war davon ausgegangen, ihr Gegenspieler wäre ein Anwalt, der seine Anweisungen vom Justizministerium erhielt – das, unter der neuen Administration, nicht unbedingt auf Konfrontation gehen würde. Beunruhigt war sie schon, als sie beim Betreten der Amtsräume nicht einer einzigen, sondern einer Gruppe von Personen gegenüber stand.

Der Anwalt der Regierungsseite entsprach ihren Erwartungen – ein Mann kaum älter als Sarah selbst, der zunächst Zeit schinden wollte für seine Vorgesetzten in Washington. Neben ihm jedoch stand ein angegrauter, leicht affektierter Jurist, dessen Spezialität es war, den Medien ungehinderten Zugang zu allen Gerichtsverfahren zu sichern. Einige Meter entfernt standen ein Mann und eine Frau; sie wirkten verkrampft und sprachen kein Wort.

Die Frau, schlank und blass, hatte den gequälten Gesichtsausdruck einer Mutter, die sich für den Verlust ihres eigenen Kindes verantwortlich macht. Sarahs Aufmerksamkeit jedoch galt dem Mann. Er war groß und schlank, mit feinen Gesichtszügen, hoher Stirn, grauen, streng zurückgekämmten Haaren und blauen, in ihrer Blässe beinahe durchsichtigen Augen. Sarah fühlte Feindschaft und Nähe zugleich: Diese beiden Menschen waren die Autoritätspersonen – geliebt und gefürchtet –, gegen die sie in Mary Anns Auftrag vorgehen sollte. Sie durchquerte den Raum, um sich vorzustellen. »Ich bin Sarah Dash«, sagte sie schlicht und einfach. »Ich vertrete Mary Ann.«

Margaret wandte sich ab. Die Antwort kam von Martin Tierney: »Wir vertreten unsere Tochter, Ms. Dash. Und unser Enkelkind.« In dieser Höflichkeit klang die Kritik besonders schroff, und Sarah wusste sofort, dass die Dinge einen ganz anderen Verlauf nehmen würden, als sie es sich vorgestellt hatte.

Das Amtszimmer des Richters Patrick Leary, im neunzehnten Stock des Bundesgebäudes gelegen, gestattete einen Panorama-Blick auf San Francisco und bot ausreichend Platz für ein Sofa, zwei Sessel, einen großen Schreibtisch und einen Konferenztisch, an dem, mit Leary an der Spitze, die Parteien Platz genommen hatten.

»Ich habe Ms. Dashs Unterlagen durchgesehen«, sagte der Richter. »Ehe wir voranschreiten, würde ich gerne etwas mehr über die hier anwesenden Personen und ihr jeweiliges Interesse an dem Fall wissen.«

»Mein Name ist Craig Thomas«, antwortete der junge Anwalt. »Ich vertrete den Angeklagten, Generalstaatsanwalt Barton Cutler, nur hier und heute. Bei allen späteren Anhörungen wird der Generalstaatsanwalt durch das Ministerium in Washington vertreten werden.«

Leary winkte ab, als wäre ihm das zu banal. Der Richter war bekannt dafür, dass seiner Meinung nach kein Problem so komplex war, als dass er es nicht innerhalb von fünf Minuten auf den Punkt bringen könnte. »Und Sie, Efrem«, sprach Leary den Medienanwalt an, »was verschafft uns die Ehre?«

Efrem Rabinsky lächelte das selbstzufriedene Lächeln eines Mannes, der in den Gerichtssälen des Landes zu Hause war. »Ich vertrete die Allied Media. Unser Interesse ist es, umfassende Berichterstattung in einem Fall sicherzustellen, der verfassungsrechtliche Dimensionen verspricht.«

»Und ich verwehre mich dagegen«, sagte Sarah prompt, »dass Mr. Rabinsky überhaupt hier ist.« Ihre Anspannung ließ die Stimme höher, die Worte schneller werden. »Ein fünfzehnjähriges

Mädchen steht vor einem tragischen Dilemma. Sie trägt einen behinderten Fötus in sich, sie möchte abtreiben, hat jedoch ihre Eltern gegen sich. Um ihre Privatsphäre zu schützen, läuft dieser Fall unter Doe versus Cutler …«

Leary hob die Hand. »Diese Dinge klären wir später, Ms. Dash.« Dann wandte er sich den Tierneys zu, sagte voller Mitgefühl: »Und Sie, Martin? Welche Rolle streben Sie an?«

Tierney faltete die Hände. »Ich sitze als Anwalt hier, aber auch als Vater. Margaret und ich bitten um die Erlaubnis, in dieses Verfahren einzugreifen.«

Alarmiert blickte Sarah den Richter an. »Ich verstehe Ihren Einwand«, sagte Leary zu Martin Tierney. »Aber gemäß der Erklärung Ihrer Tochter spricht Ms. Dash für sie.«

»Und wer spricht für unser Enkelkind?«, fragte Tierney. »Niemand.«

»Das stimmt nicht«, sagte Sarah. »Seinen Standpunkt vertritt das Justizministerium der Vereinigten Staaten.«

Tierney fixierte sie mit seinem durchsichtigen Blick. »Unser Enkelsohn ist kein ›Standpunkt‹. Er könnte bereits jetzt außerhalb der Gebärmutter überleben.« Zu Leary sagte er: »Ms. Dash fordert das Gericht auf, ein unschuldiges Leben auszulöschen. Wir beantragen, zu Prozessvertretern für das ungeborene Kind ernannt zu werden, mit dem Recht, für seine Verteidigung einzustehen: Zeugen zu berufen, Argumente vorzubringen und alles sonstige in unserer Macht Stehende zu unternehmen, um sein Leben zu retten.«

Das war Sarahs schlimmste Befürchtung – ein Verfahren, bei dem nicht das Justizministerium ihr Gegner war, sondern zwei Menschen, die mit elterlicher Autorität und religiösem Eifer auftraten. »Bei allem Respekt«, sagte sie zu Leary, »ein derart vorgeschädigtes Baby ist kaum lebensfähig – jetzt oder später. Das Ehepaar Tierney kann sämtliche Bedenken als Zeugen vorbringen. Als eine am Prozess beteiligte Partei ist es nicht nur überflüssig – trotz bester Absichten –, nein, es würde auch das Verfahren emotionalisieren und das Trauma der eigenen Tochter nur verschlimmern. Können Sie sich einen Vater vorstellen, der seine Tochter ins Kreuzverhör nimmt?«

»Wer sonst?«, fragte Tierney ruhig. »Wer gibt Ihnen das Recht, für und mit unserer Tochter zu sprechen – und zwei Menschen auszuschließen, die ihre Tochter lieben und sie auch dann noch lieben werden, wenn Sie aus ihrem Leben verschwunden sind? Nachdem Sie im ›besten Interesse‹ eines Mädchens gehandelt haben, das Sie seit gerade zwei Wochen kennen.

Ohne Zweifel haben Sie die besten Absichten, Ms. Dash. Aber die Arroganz von Leuten Ihres Schlages beeindruckt mich immer wieder. Zumal noch nie so tief wie jetzt, da Sie einem Elternpaar gegenüber sitzen und es im Namen der Tochter von einem Verfahren auszuschließen gedenken, das Sie angestrebt haben, um das Enkelkind zu töten.«

Sarah protestierte. »Euer Ehren …«

Leary erhob die Hand. »Ich habe genug gehört, Ms. Dash. Da Besucher von diesem Verfahren ausgeschlossen sind, gestatte ich es dem Ehepaar Tierney, zu Gunsten des ungeborenen Kindes in dieses Verfahren einzugreifen.«

Sarah war umso mehr schockiert, da alles so schnell vonstatten ging. »Gestatten Sie eine Frage, Euer Ehren? Ich würde gerne wissen, wie Mr. Tierney und Mr. Rabinsky eine Stunde nach meinem Anruf beim Justizministerium bereits hier sein können. Insbesondere, wer sie über den Fall informiert hat.«

»Spielt das eine Rolle?«, fragte Leary.

»Sehr wohl. Es legt den Schluss nahe, dass irgendjemand darauf abzielt, das Trauma meiner Patientin so schwer wie möglich zu machen. Ich hoffe nur, dass es sich dabei nicht um das Justizministerium handelt.«

Der junge Anwalt fühlte sich angegriffen. »Sie haben heute Nachmittag eine einstweilige gerichtliche Verfügung beantragt, und ich habe die Tierneys als mögliche Zeugen kontaktiert.«

Abermals fühlte sich Sarah in der Defensive. »Ich frage mich, wie Mr. Rabinsky hierher kommt.«

»Eine rein vertrauliche Angelegenheit«, antwortete Rabinsky gewohnt sicher. »Und völlig irrelevant für das Recht der Medien, über dieses Verfahren zu berichten.«

Tierney hatte eine Pro-Life-Gruppe angerufen, dachte sie, und gemeinsam war man zu dem Entschluss gekommen, durch die Anwesenheit der Medien den Druck auf Mary Ann zu erhöhen. Tierney ins Auge fassend, sagte sie: »Möchten Sie Mr. Rabinsky hier haben? Ist das wirklich zum Wohl Mary Anns?«

Margaret Tierney, den Blick gesenkt, schüttelte den Kopf, und Tierney antwortete: »Nein, wir möchten, dass alles so vertraulich wie möglich über die Bühne geht. Um unserer Familie willen.«

Sarah wandte sich dem Richter zu und sagte: »Soweit stimmen wir überein. Ich möchte strenge Richtlinien für die Medien – kein Zugang zu unseren Unterlagen, die Aussagen Mary Anns erfolgen in einem Raum außerhalb des Gerichtssaals. Reporter, die Namen oder Hintergründe veröffentlichen, werden von der Verhandlung ausgeschlossen. Dieselben Schutzmaßnahmen, wie sie bei allen Verfahren, an denen Jugendliche beteiligt sind, zum Tragen kommen.«

Rabinsky spitzte die Lippen. »Hier handelt es sich nicht um Ladendiebstahl. Natürlich stimmen wir einer Geheimhaltung des Namens zu. Aber wir bestehen auf einem Zutritt zu allen Sitzungen, einschließlich Fernsehaufnahmen ...«

»Fernsehen?« Sarah war erstaunt und wütend zugleich. »Ausgeschlossen.«

»Vor einem Monat«, antwortete er glatt, »hat der National Judicial Council das Verbot von Fernsehaufnahmen in Bundesgerichten aufgehoben. Und bei größeren Kriminalfällen ist das Fernsehen routinemäßig zugelassen.

Hier haben wir einen Fall von wesentlich größerer Tragweite, darunter das elterliche Mitbestimmungsrecht bei familienplanerischen Entscheidungen minderjähriger Töchter sowie Einschränkungen des Rechts auf Abtreibung nach Roe versus Wade.« Zu Leary sagte er, die Stimme gesenkt: »Wenn ich so sagen darf, Euer Ehren, Ihre Entscheidung in diesem Fall gehört möglicherweise zu den wichtigsten Entscheidungen eines Bundesgerichts in den letzten zehn Jahren. Weshalb eine rückhaltlose Aufklärung der Öffentlichkeit über die Hintergründe unerlässlich ist. Die Zulassung von Kameras liegt nun in Ihrem Ermessen.«

Rabinsky war raffiniert, dachte Sarah. Er hatte an zwei von

Learys offenkundigsten Eigenschaften appelliert – sein Selbstbild als das eines scharfsinnigen Richters, der einem mustergültigen Gericht vorstand, und seine Neigung, sich im Gerichtssaal übermäßig herauszuputzen.

»Ich behalte mir eine Entscheidung bis zum Ende der Sitzung vor«, sagte Leary. »Zunächst möchte ich genau wissen, wie dieser Fall gelagert ist.« Zu Sarah sagte er: »Um es gleich vorwegzunehmen, Ms. Dash, jetzt und sofort werden Sie keine Verfügung von mir bekommen. Sie verlangen, dass ich dieses Gesetz vom Fleck weg für verfassungswidrig erkläre, was eine legale Abtreibung dieses Babys zur Folge hätte. Dahin führt kein Weg.«

Das war keine große Überraschung. »Ich verstehe, Euer Ehren. Aber wenn wir das Verfahren nicht beschleunigen, wird Mary Ann irreparable gesundheitliche Schäden erleiden.«

Martin Tierney wirkte schockiert. »Ich bin hin und her gerissen«, sagte er. »Ich mache mir Sorgen um meine Tochter, aber es geht hier auch um meinen Enkelsohn. Dieses gegen legalen Mord gerichtete Verfahren muss in voller Breite durchkämpft werden, egal wie lange es dauert.«

»Nur zu ihrer Information«, erwiderte Sarah, »was Sie als Mord bezeichnen hat einzig und allein den Zweck, psychische und physische Gesundheit Ihrer Tochter zu erhalten. Ich verwehre mich dagegen, in diesem Verfahren weiterhin von Mord zu sprechen, und dagegen, dass Sie Ihre Tochter behandeln wie einen lebenden Brutkasten.«

Zu ihrer Überraschung zuckte Martin Tierney zusammen. Margaret Tierney schloss die Augen, als ihr Mann ihr Handgelenk zart umfasste. »Für uns«, sagte er, »ist Mary Ann keineswegs eine Gebärmaschine. Wenn man überzeugt von etwas ist, lindert das keineswegs die Schmerzen. Was passiert ist, war die Hölle für uns, und nun auch noch dieser Prozess.

Ich bin der Meinung, Ihre Lösung ist legaler Mord, noch verwerflicher als die Todesstrafe. Aber deshalb halte ich Sie noch lange nicht für einen Mörder. Sollte bei Ihnen ein anderer Eindruck entstanden sein, entschuldige ich mich hiermit.«

Diese Art des Entgegenkommens überraschte sie. »Ich entschuldige mich ebenfalls«, sagte sie. »Ich hoffe wir finden einen Weg, einigermaßen menschlich miteinander umzugehen – und nicht länger als nötig.«

»Das hängt auch von Ihnen ab«, warf Leary ein. »Sie haben eine Anhörung in zehn Tagen beantragt. Das lässt sich machen – das Gericht wird nicht warten. Wer also sind Ihre Zeugen?«

»Als Nebenkläger tritt Dr. Flom auf. Als Zeugen eine Psychologin und mindestens eine Frau, die eine Spätabtreibung unter ähnlichen Umständen hinter sich hat ...«

»Wozu?«

»Um zu zeigen, dass das Gesetz eine beträchtliche Anzahl Minderjähriger davon ausschließen würde, sich die Gesundheit mittels einer Notoperation zu erhalten.« Sarahs Stimme war emphatisch. »Ich würde auch gerne eine Mutter in den Zeugenstand rufen, deren Tochter bei einer illegalen Abtreibung zu Tode kam, weil diese Angst davor hatte, die elterliche Zustimmung zu einer legalen Abtreibung einzuholen.«

»Das spielt hier keine Rolle«, sagte Leary gereizt.

»Könnte es aber für jemanden, und zwar sehr bald. Wir fordern, dass dieses Gesetz für ungültig erklärt wird, für Mary Ann Tierney oder, alternativ, für jedes minderjährige Mädchen, das es betreffen könnte.« Sarah hielt kurz inne. »Mary Ann selbst werde ich hoffentlich nicht befragen müssen. Aber möglicherweise habe ich keine Wahl.«

»Wie sieht es bei Ihnen aus?«, sagte Leary zum Regierungsanwalt. »Haben Sie Zeugen?«

»Mir liegen keine Informationen vor. Darüber bestimmt Washington.«

»Richten Sie Ihren Kollegen aus, das binnen zehn Tagen zu regeln – immerhin arbeiten Sie für die größte Anwaltssozietät weltweit.« Tierney zugewandt sagte Leary: »Vielleicht können Sie die Regierung ja unterstützen.«

Tierney zog die Augenbrauen hoch. »Es bleibt viel zu berücksichtigen, Euer Ehren – darunter die schmerzliche Entscheidung, ob nicht wir Mary Ann in den Zeugenstand rufen müssen. Und ich möchte Christian Commitment für den Fall verpflichten: Deren Juristen haben Erfahrung in der Verteidigung ungeborenen Lebens, und sie kennen entsprechende Zeugen. Immerhin baut Ms. Dash auf die Unterstützung von Pro-Choice-Gruppen. Auch wenn sie vor Gericht nicht in Erscheinung treten.«

Sarah konnte nur zuhören. »Sicherlich geht es nicht ohne die Aussage eines Mediziners und die eines Psychologen, der uns über das mögliche, mit der Abtreibung eines lebensfähigen Fötus verbundene Trauma aufklärt. Dazu vielleicht – als Kontrast zu Ms. Dash – die Zeugenaussage von Müttern, die ähnliche Schwangerschaften ausgetragen haben.« Er atmete durch. »Ms. Dashs Forderung hat Konsequenzen, über die sie selbst sich meines Erachtens nicht im Klaren ist. So erwarte ich, dass auch die Behindertenseite gehört wird.«

Genau davor hatte Caroline sie gewarnt. »Aus welchem Grund?«, fragte Sarah.

»Sie propagieren die selektive Abtreibung von Föten, die nach Meinung der Mutter Eigenschaften haben, die weniger ›erwünscht‹ sind als andere.« Tierney hielt kurz inne, schüttelte ungläubig den Kopf. »Wo würden Sie die Grenze ziehen, Ms. Dash? Mädchen abzutreiben, nur weil die Eltern – oder der Staat – Jungen bevorzugen?«

Sarah wandte sich an Leary. »Euer Ehren«, sagte sie, »es handelt sich hier um eine Minderjährige mit einem Baby, das einen Wasserkopf hat, nicht um Erbhygiene.«

Leary machte ein finsteres Gesicht. »Sie fordern die komplette Abschaffung dieses Gesetzes – für jeden. Und Sie begründen Ihre Forderung unter anderem mit dem Argument körperlicher Behinderung. Wenn also jemand für die Behinderten sprechen möchte, werde ich ihn auch anhören.«

»Ich danke Ihnen.« In Tierneys Stimme lagen Dankbarkeit und Schmerz. »Aussagen möchten auch meine Frau und ich. Wir befürchten die psychischen Langzeitfolgen, die damit verbunden wären, wenn unser Kind mit einer Abtreibung sein eigenes Wertesystem untergräbt.«

Sarah begann abzusehen, was auf sie zukommen würde: sich mit Martin Tierney, möglicherweise vor laufenden Kameras, über das Wohl seiner Tochter zu streiten; Argumente auszuhebeln, die ein unmenschliches Gesetz zu einem Bollwerk gegen nazistisches Gedankengut erklärten; mit Christian Commitment zusammenzuprallen, deren Vorgehen – innerhalb und außerhalb des Gerichtssaals – weit radikaler und fragwürdiger sein würde, als Martin Tierney sich das vorstellte; einen herrischen und unberechenbaren Patrick Leary zu ertragen – dessen Sympathie mehr bei den Tierneys lag als bei deren Tochter.

»Euer Ehren«, sagte sie, »darf ich auf die Frage der Medien zurückkommen? Wäre Mary Ann eine Ladendiebin, würde ihre Privatsphäre geschützt werden. Nur weil sie keine Straftat begangen hat, fühlt sich Mr. Rabinsky dazu berechtigt, sie auf CNN zur Schau zu stellen ...«

»Wir können eine Verzögerung von drei Sekunden einbauen«, erwiderte Rabinsky. »Und wir können ihren Namen auspiepsen und ihr Gesicht und das der Eltern unkenntlich machen. Von größtem öffentlichem Interesse sind die Umstände, nicht die Identität der Beteiligten. Die Tatsache, dass Ms. Tierney die Tochter entschiedener Abtreibungsgegner ist, zeigt uns, wie komplex dieser Fall gelagert ist.«

»Was darauf hinausläuft«, sagte Sarah, »Mary Ann für die Gesinnung ihrer Eltern zu bestrafen. In diesem Punkt habe ich jedoch die Eltern auf meiner Seite. Das sollte entscheidend sein.«

»Sicherlich spielt das eine Rolle«, antwortete Leary. »Aber mit einer Öffnung des Gerichtssaals zollen wir nicht nur dem ersten Verfassungszusatzartikel Tribut, nein, wir entmystifizieren dadurch die Arbeit der Justiz. Zudem handelt es sich hier um einen Antrag auf Erlangung einer gerichtlichen Verfügung, über den das Gericht unmittelbar entscheidet. Es geht also nicht um eine etwaige Beeinflussung Geschworener.«

Nein, dachte Sarah, es war sogar schlimmer als das: Das Fernsehen würde Leary dazu verleiten, sich zu produzieren und seine Karriere voranzutreiben. »Wer möchte, kann seine Meinung zu diesem Thema bis spätestens morgen Abend vor Dienstschluss schriftlich kundtun. Aber ich bin dazu geneigt, Mr. Rabinskys Antrag stattzugeben.«

»Euer Ehren«, protestierte Sarah, »die Frist ist zu knapp bemessen, noch dazu zehn Tage vor einer Anhörung.«

»Ms. Dash«, erwiderte Leary gereizt, »das Haus Kenyon & Walker ist fast so groß wie die Regierung. Dort arbeiten mindestens vierhundert Anwälte. Machen Sie den Leuten Beine. Sie selbst haben sich diesen Zeitrahmen ausgesucht. Also beschweren Sie sich nicht.«

Es war klar, dass Learys Aufmerksamkeit erschöpft war. »In Ordnung«, sagte er. »Eine einstweilige Verfügung wird abgelehnt, der Antrag auf Außerkraftsetzung besagten Gesetzes ist angenommen, die Medienfrage noch offen. Keine Verlautbarungen an die Presse ohne meine Einwilligung.

Ms. Dash hat fünf Tage Zeit für ihre Darlegungen, eine Antwort erfolgt in spätestens zwei, die Anhörung in zehn Tagen – beide Parteien haben je drei Tage Zeit, ihren Standpunkt zu begründen.« Er blickte streng in die Runde. »Sonst noch Fragen?«

Niemand sprach ein Wort. »Damit ist diese Zusammenkunft beendet«, sagte Leary.

Beim Hinausgehen mieden Martin und Margaret Tierney Sarah. Wenigstens dafür war sie dankbar; der erste Schlagabtausch war ermüdend und zu persönlich, was noch bevorstand – ungeheuerlich. Sie versuchte sich vorzustellen, was der Abend für die Tierneys, Eltern und Tochter gleichermaßen, bereithalten würde, und ob Mary Ann dem standhalten könnte.

Noch immer betroffen ging Sarah zu einem Telefon, um sie fernmündlich darauf vorzubereiten.

15

Mason Taylor legte die Füße auf den Polsterhocker in Macdonald Gages Büro und betrachtete seine frisch geputzten Schuhe.

»Bis hierher und nicht weiter«, sagte er. »Es ist ein Machtspiel – der kleine Bastard versucht, uns diese Frau unterzujubeln.«

Gage nippte an seinem Bourbon. Hinter seinem gelassenen Äußeren war er wachsam wie ein Bluthund – sein derzeitiger Job und seine Hoffnung auf das Präsidentenamt könnten sehr wohl von den Kräften abhängen, die Mace Taylor repräsentierte. Mehr als jeder andere Mann in Washington personifizierte Taylor die Verbindung zwischen Geld und Macht.

Diese Position hatte Taylor nicht immer gehabt. Noch vor wenigen Jahren war er Senator in Oklahoma ohne Perspektive für die Zeit nach Ablauf der zweiten Amtsperiode. Dann hatte ihn die Partei zum Vorsitzenden des Wahlkampf-Ausschusses im Senat gemacht und seine einzigartige Gabe entdeckt: Taylor war unerbittlich im Herauspressen von Schmiergeldern.

Seine Vorgehensweise war höchst einfach – willst du einen Platz an der Tafel oder nicht? Bevorzugte Spender hatten direkten Einfluss auf die Gesetzgebung; ausgeschlossen waren die weniger Großzügigen. Taylors Parteifreunde zeigten sich zunächst erstaunt, bis sie von den enormen Summen abhängig waren. Nur wenige konnten einer Aufstockung ihres Wahlkampf-Etats widerstehen oder einem Wink Taylors, auf die Forderungen eines Lobbyisten der Waffenindustrie einzugehen. Taylor hatte sich zum Mittelsmann gemacht zwischen jenen, die für ihre Bevorzugung bereitwillig zahlten, und den Volksvertretern, die ihre Position nur mit Geld wahren konnten. Keine der beiden Gruppen, das stellte sich schnell heraus, konnte ohne Mace Taylor auskommen.

Der Prozess hatte auch Taylor selbst verändert. Als Senator war er von dem durch ihn geschaffenen Reichtum ausgeschlossen, doch außerhalb des Senats, ausgestattet mit Geldern von Konzernen und Interessengruppen, konnte er sich die Vermittlung zwischen Senatoren oder Abgeordneten und seinen Kunden bezahlen lassen. Mace Taylor wurde beinahe so reich wie jene, denen er seine Dienste erwies.

Aber das war erst der Anfang. Scharfsinnig wie er war, erkannte Taylor die Möglichkeiten der Skandalkultur: der Kampf unter den Gazetten, Kabelkanälen, Magazinen, Zeitungen um schmutzige private Details, mit deren Veröffentlichung sich die Auflagenzahl steigern ließ. Zusätzlich zu den Pragmatikern, die ihn fürchteten oder brauchten, erschloss sich Taylor eine zweite Einkommens- und Machtquelle: Interessengruppen oder reiche Spinner, die das Ausschnüffeln des Privatlebens unerwünschter Politiker finanzierten. So mancher im Kongress kapierte das zu spät – der frühere Mehrheitsführer, der sich Taylors Instruktionen widersetzte, wurde eines Morgens von einem Anrufer geweckt, der ihm seine Spielchen mit einer sechzehnjährigen Prostituierten schilderte. Tags darauf erklärte er seinen Rücktritt; Macdonald Gage, der keinen blassen Schimmer von Taylors Plänen hatte, wurde Führer der Mehrheitsfraktion, weil Taylor das so wünschte. Diese Lektion hatte Gage nie vergessen.

Aber auch Gage hatte seinen Stolz. Er hatte sich nicht kaufen lassen, redete er sich ein. Er hatte die Bekanntschaft von Kräften gemacht, die jeder Aspirant für das Amt des Präsidenten berücksichtigen muss. Aber Taylor den Rücken zu kehren stand außer Frage. Und so saß Taylor, die Verkörperung eines Politgangsters, in seinem Büro und beobachtete den Fernsehschirm, auf dem eben das Gesicht von Caroline Masters erschienen war.

Ganz bewusst hatte Taylor das Image des biederen Senators aus Oklahoma abgelegt; die Uhr von Piaget, die Schuhe von Ferragamo und der Anzug von Savile Row, so viel wusste Gage, galten als Fingerzeig auf Reichtum und Macht. Aber der Mann war derselbe – schwarzes, pomadiges Haar, ein breites Gesicht, das auf indianisches Blut schließen ließ, listige schwarze Augen, weit besser darin, Verachtung auszudrücken als Wärme – was ohnehin seiner Ausdrucksart entsprach. Auch ohne den Kontext einer Nominierung für das Oberste Bundesgericht hätte Gage den »kleinen Bastard« als Kerry Kilcannon identifiziert, den Taylor so sehr missbilligte wie die Inhalte, für die Kilcannon stand.

»Wie spricht man in Ihren Kreisen über sie?«, fragte Gage.

»Sie gilt als Liberale«, antwortete Taylor. »Die Waffenhersteller haben schon seit geraumer Zeit ein Auge auf sie. Sie rastet schon aus, sobald irgendein Junkie mit einer harmlosen Kanone einen Schnapsladenbesitzer umballert …«

»Ja«, warf Gage bissig ein, »oder wenn irgendein Sportsfreund mit einer AK-47 eine Grundschulklasse niedermäht.«

Taylor sah ihn scharf an. »Werden Sie mir bloß nicht sentimental. Der Bürger muss sich schützen können, und nach dem zweiten Verfassungszusatzartikel ist der Besitz von Schusswaffen ausdrücklich erlaubt. Wie lange könnten Sie denn in Kentucky überleben, würde der Nationale Schützenverband Anzeigen mit der Aussage schalten, Sie wollten den Leuten ihre Waffen abnehmen?«

Gage grinste. »Keine Chance, Mace. Ich will, dass meine Wähler in der Lage sind, jeden Fritzen vom Finanzamt abzuknallen, der ihnen den letzten hart verdienten Dollar abknöpft.« Er breitete die Arme aus. »Die Leute werden sowieso immer Waffen besitzen, und Kontrollgesetze haben noch nie funktioniert. Aber wir bringen Masters nicht zu Fall, nur weil sie eine Polizistenwitwe gegen die Waffenindustrie klagen lassen würde. Was also tun?«

Taylor nahm einen Schluck Makers Mark, den Gage für ihn bereithielt. »Worum es eigentlich geht«, sagte er langsam, »ist die Wahlkampfreform. Aus ihren Äußerungen lässt sich schließen, sagt Christian Commitment, dass sie Chad Palmers Gesetzesvorlage für verfassungskonform hält. Mit der finanziellen Unterstützung dieser Leute haben sie das Gesetz zum Schutz des Lebens durchgeboxt und die Kontrolle über den Senat beibehalten. Sie können ihre Wünsche nicht ignorieren, und was sie eindeutig nicht wollen, ist, dass Chad Palmer oder diese Frau auf ihrem Mitspracherecht nach dem ersten Verfassungszusatzartikel herumtrampeln.«

Gage setzte sich auf. Palmers Gesetz würde Parteispenden in unbegrenzter Höhe verbieten, womit die Geldströme und letztendlich Taylors Rolle in Washington bedroht wären. »Tja«, antwortete Gage, »da haben wir ein Problem.«

Taylor sah ihn eindringlich an. »Ganz gewiss. Unsere Freunde vom Nationalen Schützenverband, der Pro-Life-Bewegung und der Tabakindustrie würden ihre Redefreiheit verlieren, während diese Blutsauger von Prozessanwälten der Waffenindustrie die Hölle heiß machen, und die Gewerkschaften und Minderheiten ihre Anhänger mobilisieren, um den Demokraten zu einer Mehrheit im Kongress zu verhelfen. Wie sollen wir dem gegensteuern?«

Ist das ein Test?, fragte sich Gage. »Wir finden etwas anderes«, sagte er.

»Wie meinen Sie das?«

»Wir bekommen die Öffentlichkeit nicht auf unsere Seite, indem wir erklären, diese Frau dreht uns den Geldhahn zu.« Er dachte kurz nach. »Wie steht sie zum Thema Abtreibung?«

Taylor zuckte mit den Schultern. »Man kann sich denken, dass sie dafür ist. Aber Christian Commitment weiß nichts Konkretes. Wir würden dumm dastehen, wenn wir sie akzeptieren und sie dann unter Berufung auf *Roe* sämtliche Restriktionen aushebelt, die Sie durch den Kongress kriegen. Was sie wahrscheinlich tun wird.«

»Sicher«, pflichtete Gage bei. »Aber das wird sie uns nicht sagen. Bis sie erst einmal vor Palmers Ausschuss steht, haben Kilcannons Leute sie längst abgerichtet wie einen Seehund.«

»Dann müssen Sie die Anhörung hinauszögern, Gage. Bis wir etwas haben, womit wir sie schlagen können.«

»Und was, bitte?«

»Alles. Sie haben ja die Bekanntgabe heute gesehen – kein Mann, keine Kinder. Vielleicht ist sie lesbisch.«

Diese Vorstellung war Gage zutiefst zuwider. Gage selbst war in einer Adoptivfamilie aufgewachsen und fühlte sich eng verbunden mit seinen Eltern und Geschwistern. Die Familie hochzuhalten galt ihm als erstes Gebot. Sein Leben gründete auf dieser Überzeugung, was sich in dreißig Jahren treuer Zuneigung zu Sue Ann Gage – mit der zusammen er ein kubanisches Mädchen adoptiert hatte – und regelmäßigen Telefonaten mit seinen erwachsenen Kindern äußerte. Heute war die traditionelle Familie durch perverses Verhalten und Selbstsucht bedroht; er würde nie zulassen, dass eine Lesbe Vorbildcharakter gewänne, und schon gar nicht die Führung des höchsten Gerichts des Landes.

»Ich glaube, Kilcannon hätte nichts dagegen«, antwortete Gage. »Die Frage ist nur, ob er wirklich so dumm ist.«

»Dumm, nein. So verbohrt vielleicht. Sie wissen, wie rechthaberisch diese Liberalen sein können.«

»Das können wir auch«, antwortete Gage. »Mit dem Unterschied, dass eine zweitausendjährige religiöse Tradition uns Recht gibt.«

Gage nahm einen Schluck Bourbon und sah dabei sein eigenes Konterfei auf dem Bildschirm erscheinen. Er griff nach der Fernbedienung, um den Ton lauter zu stellen.

CNN hatte ihn vor seinem Büro abgefangen. Obwohl Masters' Nominierung ihn überrascht hatte, war Gage zufrieden mit seinem gefassten Auftreten und den gemessenen Worten. »Ich gratuliere dem Präsidenten zu seinem Tempo«, sagte Gage in die Kamera. »Was das Land jedoch braucht, ist ein überlegtes Vorgehen des Senats, besonders was die Anhörungen des von Senator Palmer geleiteten Ausschusses betrifft. Wir haben das Recht auf einen Obersten Bundesrichter mit hervorragendem juristischen Sachverstand, jemand der sich strikt an die Auslegung der Verfassung hält anstatt sich blindwütigem Aktivismus hinzugeben. Ich freue mich, Ms. Masters und ihre Ansichten kennen zu lernen ...«

»Sie haben schon einmal für sie gestimmt, ist das richtig?«

»Für das Berufungsgericht.« Gage lächelte wohlwollend. »Aber nun ist sie kein unbeschriebenes Blatt mehr, und das amerikanische Volk erwartet, dass wir ihre bisherigen Leistungen sorgsam unter die Lupe nehmen, ehe sie Oberste Bundesrichterin wird.«

Gage nahm die Lautstärke wieder zurück und wandte sich an Taylor. »Vielleicht ist sie ja wirklich lesbisch. Aber Sie kennen das Problem, Mace. Sicher ist, dass sie eine Frau ist und die Partei Probleme hat mit den Frauen. Und mit dieser ist, ihrem Äußeren nach zu urteilen, nicht zu spaßen.«

Taylor starrte auf den Bildschirm. »Das sah so aus, als würden Sie sich zurückhalten, Mac – und stattdessen Palmer das Rampenlicht überlassen.«

»Klar. Chad liebt das – ein willkommener Anlass, sich vor dem Land zu zeigen. Unsere Wähler erwarten von ihm, dass er diesen Prozess aufhält, dass er sich tief in ihre Lebensgeschichte und ihre Leistungen vergräbt.

Wir haben Freunde in seinem Ausschuss sitzen, Paul Harshman zum Beispiel, die diese Frau partout nicht mögen werden. Sie werden Druck auf Palmer ausüben, ohne dass ich mich darum kümmern muss. Meine Aufgabe ist es, für die Neutralität unserer Senatoren zu sorgen, bis wir Munition für sie haben.«

»So einfach ist das nicht«, erwiderte Taylor. »Möglicherweise reichen Kilcannon schon Palmer und die so genannten Gemäßigten, um seine Kandidatin mit deren Stimmen durchzubringen.«

Gage ging seine Kollegen im Geiste durch: Wer machte sich Sorgen um seine Wiederwahl? Wer wollte in einen anderen Ausschuss wechseln? Wer hatte ein Liebhaberprojekt, für das er Gages Zustimmung brauchte? Wer war von Taylors Geldern abhängig? »Ich kann sie hinhalten«, sagte er. »Jedenfalls so lange, bis Sie ihr etwas anhängen können, sei es beruflich oder privat. Die Gemäßigten haben zwar ihren eigenen Kopf, aber verderben möchten sie es sich auch nicht mit mir.«

»Ausgenommen Palmer«, sagte Taylor. »Sie hatten ihn noch nie unter Kontrolle. Diese abstruse Heldengeschichte macht ihn unangreifbar.«

»Was er auch weiß«, erwiderte Gage. »Wenn es darum geht, das eigene Image aufzupolieren, hat er die weißeste Weste von allen – einfach unbestechlich.«

Gage hielt inne, um dann sein Glas auszutrinken. »Chad könnte auf die Schnauze fallen, könnte es sich mit den Leuten verscherzen, die er für die Verabschiedung seines blöden Gesetzes braucht. Möglicherweise dient er auch nur seinem Busenfreund Kilcannon – man weiß nie, was die beiden vorhaben.«

»Sie meinen also, Palmer hilft Ihnen dabei, dieser Dame einen Dämpfer zu verpassen. Oder er wechselt das Lager und schneidet sich dabei ins eigene Fleisch.«

»Wie auch immer, ich werde der Gewinner bleiben.«

Taylors kalter Blick und das harte Gesicht erstarrten zu einer Maske. »Das Problem ist letztendlich, dass Palmer nicht so tickt wie ein normaler Mensch. Als hätten ihn die zwei Jahre im arabischen Knast verrückt gemacht. Für mich ist er der gefährlichste Mann in ganz Washington.«

Gage zuckte mit den Schultern. »Und der durchschaubarste. Was Ihnen nicht klar ist, was diese Araber aber bald heraus hatten, ist, dass er alles tut, um sich in seiner Haut wohlzufühlen.«

Die Blicke der beiden begegneten sich. »Nicht ›alles‹, Mac.«

Hier fühlte Gage eine tiefe Abneigung Taylor gegenüber. »Mir ist er nicht sympathischer als Ihnen, Mace. Aber ich hoffe, ihm das nie sagen zu müssen.«

Taylors Gesicht verfinsterte sich. »Vielleicht nicht in diesem Zusammenhang«, antwortete er. »Früher oder später jedoch lässt er uns keine andere Wahl. Und sei es bei seiner Kandidatur für das Präsidentenamt.«

16

Chad Palmer legte den Hörer auf und ging zurück ins Wohnzimmer. »Ihr entschuldigt mich«, sagte er zu Frau und Tochter. »Das war Mac Gage. Die Nominierung von Masters scheint mich zum wichtigsten Mann in ganz Washington gemacht zu haben.«

Er sagte das nicht ohne Ironie. Nichts lag ihm ferner, als gerade Allie und Kyle Palmer zu beeindrucken – noch dazu, wenn beide gerade über eine Mappe mit Kyles Modezeichnungen gebeugt waren. Diese lag aufgeschlagen auf dem Kaffeetisch des Stadthauses der Palmers auf dem Capitol Hill. Allie sah kurz auf. »Was wollte er, Chad – dich über deine Party-Verpflichtungen aufklären?«

Chad sah seine Tochter an. Ihr ovales Gesicht noch immer auf ein selbst gezeichnetes rotes Kleid gerichtet, schien sie, wie oft, unbeteiligt ihm gegenüber. »Ich erzähle dir später alles«, sagte er. »Ich habe noch nicht alle Zeichnungen von Kyle gesehen.«

Dieses Mal hob Kyle den Kopf. »Das macht nichts«, sagte sie mit flacher Stimme. »Wir können es später nachholen.«

Die Angespanntheit ihrer Beziehung, erkannte Chad, stimmte ihn ratlos. Ihr Ton ließ eher Höflichkeit als wirkliches Interesse vermuten – mit Absicht, vermutete er. Es war die Antwort eines Mädchens, das als kleines Mädchen gesagt bekam, wie schön und tapfer ihr Vater sei, zu einer Zeit, als sie nichts mehr brauchte als einen Vater, der ihr ebenso viel Aufmerksamkeit schenkte wie die Welt ihm. Nun hatte er die Wahl, ihr Angebot ernst zu nehmen, oder, indem er auf seinem Interesse an ihrer Arbeit bestand, sie möglicherweise wie einen emotionalen Krüppel zu behandeln. Und sie war immerhin zwanzig Jahre alt.

Allie war seine Rettung. »Schieß schon los, Chad. Kyle hat in letzter Zeit wenig von deiner Arbeit mitbekommen.«

Chad lächelte. »Warum dann also um den heißen Brei herumreden?« Als seine Tochter zurücklächelte, fuhr er fort. »Ausnahmsweise hat Mac Gage mich nicht belehrt, was ein guter Republikaner ist. Schlimmer noch – er tat so, als würde ich ihm ganz selbstverständlich zur Seite stehen.«

Allie betrachtete ihn eingehend. »Wie?«

»Indem ich die Anhörungen unseres Ausschusses verzögere, so dass wir noch Gründe finden können, die gegen Caroline Masters sprechen.«

»Zum Beispiel?«, fragte Kyle.

»Alles Mögliche – zu extreme Urteile, ein ethischer Lapsus, Marihuana in der College-Zeit.« Nach einer Pause zuckte Chad mit den Schultern. »Mac hat sogar die abwegige Idee entwickelt, Kerry würde versuchen, eine Lesbe an uns vorbeizuschmuggeln.«

Kyle rümpfte angewidert die Nase. »Warum zu solchen Mitteln greifen?«

»Mich brauchst du nicht anzuschauen, Liebling. Mir ist das völlig egal.«

Hier musste Allie lächeln. »Du sagst das doch nicht öffentlich, oder? Viele unter den christlichen Rechten würden glauben, du würdest damit einer epidemischen Ausbreitung der Homosexualität das Wort reden.«

Chad lachte. »Das Risiko besteht immerhin. Haben sich doch Schwule und Lesben freiwillig für diese Lebensform entschieden, weil sie so attraktiv ist – Unverständnis, Diskriminierung, familienrechtliche Benachteiligung.« Mit einem gespielten Ausdruck des Bedauerns blickte er seine Tochter an. »Wenn mir nur ein schöner Mann gesagt hätte, ich hätte die Wahl, dann würde ich heute Schwulenparaden anführen, anstatt hier mit dir und deiner Mutter herumzusitzen.«

Kyle ließ sich von seiner Stimmung anstecken. »Es gibt noch Hoffnung für dich, Dad. Du bist nicht annähernd der Reaktionär, der du immer vorgibst zu sein.«

Die Ironie dieser Bemerkung war, wie Chad vermutete, ausnahmsweise echt. Allie kehrte zum Ernst der Sache zurück. »Was gedenkst du zu tun?«

Chad zuckte mit den Schultern. »Nicht gerade das, was Mac sich vorstellt. Ich stehe im Rampenlicht – besonders weil ich kein Jurist bin. Ich könnte so oft im Fernsehen auftreten, wie ich nur wollte. Aber von Nutzen ist das für mich nur, wenn ich Masters fair behandle, was ich in jedem Fall vorhabe. Sie ist nicht unbedingt meine Traumkandidatin, aber immerhin ist Kerry der Präsident.«

Allie taxierte ihn. »Du warst nicht überrascht, oder? Kerry hat dich doch im Voraus informiert?«

Einmal mehr bewunderte Chad ihre guten Antennen. »Stimmt«, sagte er. »Er meint, sie unterstützt meine Wahlkampfreform.«

Mehr wollte er nicht sagen: Die Vereinbarung, das Geheimnis der Kandidatin zu wahren, würde sie nur noch mehr beunruhigen. »Ich weiß, dass du Bescheid weißt«, warnte Allie. »Aber es darf nicht der Eindruck einer allzu großen Nähe zu Kerry entstehen. Einige Wählergruppen könnten sich daran stören.«

Seine Tochter hörte aufmerksam zu, bemerkte Chad. Er wählte seine Worte mit Bedacht. »Wie ein rohes Ei kann ich sie auch nicht behandeln. Ich bin nicht gekauft, und ich möchte auch nicht, dass der Eindruck entsteht. Mit Christian Commitment braucht man sich nur zu treffen, und schon lassen sie durchsickern, man stünde auf ihrer Seite ...« Seine Stimme wurde leiser. »Was auch stimmt«, fügte er hinzu, »in vielerlei Hinsicht. Obwohl es längst nicht mehr um die Sache, sondern ums Geschäft geht – wie bei der Gegenseite natürlich auch. Aber sie sind viel zu radikal, und das schreckt die Frauen ab.«

Allie sah ihre Tochter an, schweigend.

»Es ist immerhin Abtreibung«, sagte Kyle.

Chad fühlte sich angespannt. Dieses Mal konnte er Allie nicht mit einem Seitenblick um Beistand bitten. »Wie auch immer«, sagte er, »die Rechte ist auf der Hut, und der Ausschuss ist gespalten – zehn Republikaner und acht Demokraten.«

»Du wirst also die Anhörung nicht verzögern«, sagte Allie.

Chad schüttelte den Kopf. »Kerry stellt sich einen Zeitraum von einem Monat vor. Ich neige dazu, ihm zumindest hier ein kleines Zugeständnis zu machen.«

»Und was Gage sich wohl so vorstellt?«, fragte Allie. »Ms. Masters' Privatleben ausspionieren?«

Abermals fühlte Chad sich unwohl – das Thema war zu heikel, und er konnte seiner Frau nicht sagen, was er versprochen hatte geheim zu halten. »Du weißt, wie ich darüber denke«, antwortete er. »Wenn private Dinge Einfluss auf den Beruf haben, ist das eine Sache. Eine andere ist es, wegen irgendeines Fehltritts guten Männern und Frauen das Leben immer wieder schwer zu machen. Damit muss Schluss sein.«

Chad war erleichtert, dass Kyle das Thema nicht weiter vertiefte. Sie machte einen viel besseren Eindruck als vor einigen Jahren, dachte er: Ihre Essstörungen hatten sich gebessert; sie war nicht mehr so blass; sie hatte es aufgegeben, ihr weißblondes Haar immer neu zu färben. Und ihre Augen, die jenen Allies so ähnlich waren, wirkten strahlender und glücklicher. Vielleicht hatten sie alle das Schlimmste hinter sich.

»Wie auch immer«, sagte er mit einem Lächeln, »am Sonntagvormittag bin ich in *This Week* zu sehen. Ein großer Moment für Amerika.«

Kyle blickte amüsiert zu ihrer Mutter, um dann ihren Vater anzulächeln. »Du wirst großartig sein, Dad. Und bitte denk dran, unter den Zuschauern sind Frauen – mindestens zwei.«

17

Mary Ann Tierney lag weinend auf ihrem Bett. »Das ist nicht mehr mein Zuhause«, hatte sie gesagt. »Für euch zählt nur, was andere über euch denken, und wie peinlich das alles ist.«

Die Augen ihrer Mutter füllten sich mit Tränen. Ihr Vater antwortete: »Christian Commitment denkt an das Leid, das du über andere Mädchen bringen würdest, und über die ungeborenen Kinder. Uns kümmert dein Leid und das deines Kindes.«

Seine Stimme war zwar fest, aber der klagende Unterton ließ Mary Ann im Innersten erzittern. Sie starrte den Mann an, dessen Gesicht noch vor einem Jahr der Inbegriff von Güte und Weisheit für sie gewesen war. In ihrem Unglück sagte sie: »Ich will nicht, dass es das schon gewesen sein soll.«

Seine Nachsicht und die Vorstellung, dass er sie nicht ganz für voll nahm, machten sie wütender als Strafen oder Drohungen. Plötzlich hatte sie das Bedürfnis, beide zu verletzen. »Du willst dieses Kind doch haben«, sagte sie zu ihrer Mutter. »Was mit mir passiert, ist dir völlig egal.«

Mrs. Tierney stand auf. »Wir haben dich nicht gebeten, mit diesem Jungen zu schlafen, um dann schwanger zu werden ...«

»Oh, nein«, sagte Mary Ann mit zitternder Stimme. »Du willst bloß, dass ich dieses Kind für dich bekomme – dass es behindert ist, ist dir völlig egal.«

Ihr Vater hatte Mühe, die Fassung zu bewahren. »Das ist jetzt kein guter Moment für derartige Gespräche, Mary Ann. Mit deinem Vorgehen hast du uns schockiert und traurig gemacht.«

Die dunklen Augen ihrer Mutter schienen verletzt. »Und was ist mit mir ...?«, fragte Mary Ann.

»Was mit dir sein soll?«, fragte ihr Vater. »In den letzten sechs Monaten hast du zwei Entscheidungen getroffen – schwanger zu werden und zur Tötung deines eigenen Kindes, unseres Enkels, einen Prozess anzustreben. Und du erwartest von uns, beides einfach hinzunehmen.

Davor war alles schön und gut, solange du dir vorgestellt hast, Tony würde eines Tages vor der Tür stehen. Und es war völlig in Ordnung, dass deine Mutter und ich für dich und das Kind sorgen wollten. Dann zerbrach dein Ideal von Vollkommenheit, und seitdem willst du das Kind so schnell wie möglich loswerden.«

Er atmete tief durch, und Mary Ann spürte, wie erschrocken er war – über ihre Entscheidung und über seinen Kontrollverlust. »Das Baby ist kein Spielzeug, Mary Ann, oder eine Fantasie. Es ist kein perfektes Baby aus der Werbung, aber auch kein Monster. Es gehört nicht nur dir oder uns allein. Es ist ein Geschöpf Gottes, und niemand hat das Recht, sein Leben zu beenden.«

Ihr Vater musterte sie und schüttelte den Kopf. »Es ist widernatürlich, dass eine Mutter ihr eigenes Kind tötet. Genau dazu sollen wir unsere Einwilligung geben. Und weil wir uns dagegen wehren, wendest du dich an ein Gericht, damit in der Folge alle Mädchen in einer ähnlichen Situation ihr Kind töten können.« Seine Stimme beruhigte sich. »Ich weiß, dass du Angst hast, und ich kann das nachvollziehen. Aber dein Egoismus und die Unverhältnismäßigkeit deines Vorgehens widern mich an.«

Die letzten Worte trafen Mary Ann wie ein Schlag ins Gesicht. Durch einen Schleier von Tränen sah sie den Mann an, den sie als ersten Mann in ihrem Leben geliebt hatte. »Ich kann hier nicht länger bleiben«, sagte sie mit tonloser Stimme.

Margaret Tierney schüttelte ungläubig den Kopf. Ihr Vater sprach ruhig weiter: »Du brauchst uns jetzt mehr als je zuvor. Ein so verlorenes Mädchen wie dich habe ich noch nie gesehen. Du hast den Kontakt zu deinen innersten Überzeugungen verloren und jedes Gespür dafür, welchen Stein du ins Rollen gebracht hast …«

»Könnt ihr euch überhaupt nicht vorstellen, wie mir zu Mute ist?« Mary Ann weinte. »Ihr sagt mir eiskalt, wie selbstsüchtig ich bin, dass ich nicht weiß, was ich tue. Aber ich weiß das sehr genau. Ich will einfach kein Baby, das kein Gehirn hat. Und was ihr mir auch immer erzählt habt – eine Sünde ist das nicht.«

Ihre Mutter, offensichtlich tief betroffen, starrte sie an; für einen kurzen Moment wünschte sich Mary Ann nichts sehnlicher, als sich in ihre Arme zu werfen. »Ich muss weg von hier«, sagte sie. »Ich kann bei Alice bleiben.«

Ihr Vater saß auf der Bettkante und nahm ihre Hand. Er war bisher immer in der Lage gewesen, in ihr Innerstes zu sehen und sie zu beruhigen. »Das ist dein Zuhause«, sagte er entschieden. »Und wir sind deine Eltern. Was auch immer geschieht, du gehörst zu uns.«

»Damit ihr über mich bestimmen könnt«, antwortete Mary Ann.

»Nein.« Das war die Stimme ihrer Mutter.

Mary Ann sah zu ihr auf. »Ihr fürchtet doch nur, ihr könnt

diese Abtreibung nicht mehr verhindern. Deshalb wollt ihr, dass ich hierbleibe.«

Ihre Mutter zuckte zurück. »Wir wissen nicht, was du tun würdest, Mary Ann. Wie sollten wir, nach all dem, was passiert ist.«

Mr. Tierney legte seiner Frau eine Hand auf die Schulter. »Wir lassen dich jetzt allein«, sagte er zu Mary Ann. »Wenn du möchtest, kannst du in deinem Zimmer zu Abend essen.«

Mary Ann nickte dankbar.

Als wollte er den Bruch zwischen ihnen heilen, griff ihr Vater wieder nach Mary Anns Hand. »Pater Satullo kommt später vorbei. Wir meinen, mit ihm kannst du besser reden.«

Mary Ann erschrak. Eine lebhafte Erinnerung stieg in ihr auf – Pater Satullo, wie er auf dem Bürgersteig vor der Frauenklinik kniete und ihr den Weg versperrte.

Wortlos ließ ihr Vater ihre Hand los. Einzig das Geräusch der Tür, als diese ins Schloss fiel, hörte sie noch.

Mary Ann hatte das dunkle Fenster vor Augen. Wenigstens hatten sie das noch nicht vernagelt.

Sarah Dash starrte auf das Fernsehbild.

»Sollte sie bestätigt werden«, schloss der Nachrichtenmoderator, »wird Ms. Masters die erste Frau auf dem Stuhl des Obersten Bundesrichters sein.«

»Sie hat es geschafft«, sagte Sarah laut.

Voller Freude und Staunen sprang sie auf. Für einen Moment vergaß sie die Sorgen und die Niedergeschlagenheit, die sie nach dem Telefongespräch mit Mary Ann befallen hatten. Sarahs erster Impuls war es, Caroline sofort anzurufen; dann fiel ihr jedoch ein, warum sie den Fernseher überhaupt angestellt hatte – sie wollte sehen, ob die Medien die Berichterstattung im Fall Tierney bereits aufgenommen hatten.

Lange brauchte sie nicht zu warten. »Bei einem Bezirksgericht hat ein schwangeres, fünfzehn Jahre altes Mädchen Klage gegen das Gesetz zum Schutz des Lebens erhoben ...«

Der Türsummer ihres Apartments ließ sie auffahren.

Der erste Reporter, dachte Sarah. Über die Schulter nach dem

Fernsehgerät blickend, ging sie zur Sprechanlage, bereit, jeden wegzuschicken, wer auch immer es sein mochte.

»Wer ist da?«

»Ich bin es.« Die Stimme klang flach, wie außer Atem. »Mary Ann.«

Mary Ann stand gegen die Tür gelehnt, ängstlich und wie um Entschuldigung bittend. »Ich konnte nicht bleiben«, sagte sie ohne Vorrede. »Pater Satullo wollte kommen.«

Diese etwas zusammenhanglose Aussage, dachte Sarah, gab in Kurzform die Konflikte und die Ratlosigkeit der letzten Stunden wieder. Das Mädchen sah blass und mitgenommen aus.

Sarah nahm sie bei der Hand, schloss die Wohnungstür und führte Mary Ann zu der weißen Couch im Wohnzimmer.

»Erzähl mir, was passiert ist«, sagte Sarah.

Während der folgenden halben Stunde versuchte Mary Ann, immer wieder von Weinkrämpfen geschüttelt, der Aufforderung nachzukommen. In ihrem Mitgefühl registrierte Sarah auch, wie merkwürdig das alles war – ein Mädchen, das sie kaum kannte, stand im Zentrum ihres Lebens und beanspruchte, ganz wörtlich, den einzigen privaten Raum, den sie hatte.

Sarah gab ihr Zeit, sich zu beruhigen. Dann sagte sie: »Wir müssen deine Eltern anrufen.«

Mary Ann schluckte und sah sich um – Parkett, farbige Läufer, ein Großbild-Fernseher, eine teure Hi-Fi-Anlage, elegante Möbel. Sie stellt sich selbst in einer derartigen Umgebung vor, vermutete Sarah – vielleicht als eine Frau wie Sarah selbst, als selbstbewusste und unabhängige Rechtsanwältin. Einzig die Stimme eines Nachrichtensprechers war zu hören. Sarah brachte es nicht über sich, ihr zu sagen, dass der Fall schon im Fernsehen war.

»Kann ich bei Ihnen bleiben?«, fragte Mary Ann. »Nur bis ich die Abtreibung hinter mir habe.«

Sarah bemerkte, wie sie selbst tief durchatmete. Zweifelsohne war sie eine Art Zuflucht für das Mädchen, Elternersatz, Vorbild für ein selbstbestimmtes Leben.

»Mary Ann«, sagte sie. »Das ist unmöglich – und würde nur noch mehr Probleme schaffen …«

Das Mädchen senkte den Kopf, schüttelte ihn in einem verzweifelten Anfall von Kummer und Protest. Plötzlich sprang sie auf und rannte durchs Zimmer. Sarah wollte ihr folgen, dann hörte sie, wie die Badezimmertür zuging, und anschließend, wie Mary Ann würgte und sich übergab.

Sarah ging zum Telefon, um die Tierneys anzurufen.

18

Als die beiden Paare das Citronelle betraten, bekam Caroline einen unmittelbaren Vorgeschmack dessen, wie sehr sich ihr Leben verändert hatte. Das Restaurant war großzügig, modern und offen, was einen freien Blick auf neue Gäste ermöglichte. Ein junges Paar an einem Zweiertisch war ihnen am nächsten; die Frau, ihren Mann am Arm berührend, fixierte Kerry Kilcannon mit einem erstaunten und fassungslosen Blick. Dann erkannte sie Lara, die seit ihrer Zeit beim Fernsehen fast so bekannt war wie der Präsident. Als sie Caroline sah, lächelte die Frau ihr zu. Als Caroline zurücklächelte, erhob sich ein anderer Mann von seinem Platz, um dem Präsidenten die Hand zu schütteln, und die Spannung ihrer Anwesenheit erfüllte den Raum – Köpfe wurden gereckt, Ausrufe des Erstaunens machten die Runde, bis schließlich zwei Paare aufgestanden waren und applaudierten. Innerhalb von Sekunden erfasste der Applaus sämtliche Anwesenden.

»Das muss mir gelten«, murmelte Jackson Watts Caroline ins Ohr.

Kerry Kilcannon lächelte sein breitestes Lächeln und reckte sich; sein beherztes Ausschreiten ließ ihn größer wirken als er war. Hände reckten sich ihm entgegen; von der Seite begann ein vom Pressebüro mobilisierter Fotograf von der *Washington Post* ihren Auftritt festzuhalten.

»Wenn es dir gilt«, flüsterte Caroline Jackson zu, »musst du wahrlich berauscht sein. Ich zumindest bin es.«

Nach einigen Äußerungen für die Stilseite der *Post* über den feierlichen Charakter des Diners und die historische Bedeutung dieses Tages begrüßte der Präsident das am Nebentisch sitzende zweitglamouröseste Paar der neuen Administration – den Handelsminister Peter Carey und seine bemerkenswerte Frau, die Dokumentarfilmerin Noelle Ciano. Dann nahmen die beiden Paare an einem Ecktisch Platz.

»Wir überlassen nichts dem Zufall«, sagte Kerry zu Caroline. »Wenn keiner applaudiert hätte, hätten Noelle und Peter den Part allein übernommen.«

Diese ironische Bemerkung schien typisch für Kilcannon. Aber Caroline fühlte sich, als wäre sie eben auf die andere Seite des Spiegels getreten; in der Welt eines Präsidenten waren die scheinbar spontansten Momente Teil einer Vorstellung, in der er immer die Hauptrolle spielte, und deren Vorhang niemals herunterging. Für Lara musste es ziemlich anstrengend sein, so zu leben; dass sie auch berühmt war, meinte Caroline, machte es ihr leichter, dieses immerwährende Rampenlicht zu ertragen. Was Jackson Watts anging – groß und schlaksig, mit einem freundlichen, gedankenvollen Gesicht und grau gesprenkeltem Haar –, so absolvierte er seine Minirolle in jenem ganz besonderen Spiel mit Charme und Humor: nämlich Caroline ein Image als praktizierende Heterosexuelle zu verschaffen.

Als könne er ihre Gedanken lesen, sagte der Präsident über den Tisch hinweg: »Nichts, Caroline, schärft den Sinn für das Absurde mehr als ein Leben in der Öffentlichkeit.«

Caroline lächelte. Es war rührend, wie er sich um ihr Wohl kümmerte – sie beim Vornamen anzusprechen, das erste Mal, schien völlig natürlich. Einmal mehr hielt sie sich vor Augen, wie sehr ihrer beider Geschick ineinander verflochten war; der Präsident hatte sie nominiert, und gleichzeitig beinhaltete diese Nominierung ein Risiko für ihn selbst.

Der Einsatzleiter vom Secret Service, Peter Lake, erschien an ihrem Tisch und beugte sich zu Kilcannon herab. »Sie entschuldigen bitte, Herr Präsident, aber Adam Shaw hat eben angerufen. Er sagt, es ist dringend.«

Sofort schreckte Caroline zusammen – die Angst vor einer Bloßstellung war ein neuer und unwillkommener Begleiter. Aber der Präsident zog lediglich die Augenbrauen hoch. »Gibt es einen sicheren Anschluss?«, fragte er.

»Im Büro der Geschäftsleitung.«

Kilcannon drehte sich um, entschuldigte sich und ging.

Lara verfolgte ihn mit ihren Blicken. »Ich hoffe, er muss nicht unvermittelt weg«, sagte sie. »Offenbar ist der Tag bisher zu gut verlaufen.«

Caroline kaschierte ihre Besorgnis mit einem Lächeln. »Dem kann ich mich nur anschließen. Von solchen Tagen hält das Leben nicht viele bereit.«

Lara betrachtete sie. *Natürlich*, dachte Caroline, *weiß sie Bescheid.*

»Sie haben es verdient«, antwortete Lara. »Kerry ist überzeugt davon, Sie werden eine großartige Oberste Bundesrichterin. Deshalb ist er so hoch gestimmt, doch genau das verstehen manche Leute nicht. Kerry trifft die Entscheidung, die er für richtig hält, dann erst ordnet er sie in die politischen Zusammenhänge ein – nicht anders herum. Dieses Gerede von Unbeherrschtheit macht mich rasend.«

Die letzte Bemerkung war mit ruhigem Nachdruck gesprochen, was Carolines Bild von Lara um eine Facette bereicherte: Hinter der äußeren Maske von Professionalität verbarg sich eine Frau, die Kerry Kilcannon zutiefst liebte und sich, so gut sie nur konnte, um ihn kümmerte.

»Es ist ohne Zweifel nicht leicht«, sagte Caroline, »zu sehen, wie der Mensch, den man liebt, auseinander genommen wird.«

Lara nickte. »Ich sollte daran gewöhnt sein und bin es auch meistens. Aber gerade vorhin habe ich die Druckfahnen eines neuen Buches über ihn gesehen, von dem Kerry selbst noch gar nichts weiß.

›*Dunkler Prinz*‹ lautet der Titel – Psychogeschwätz von einem Magazin-Autor, der ihn nicht einmal kennt. Die zentrale These lautet, Kerry sei nur Präsident, weil sein Bruder ermordet wurde, unter gezielter Ausnutzung der so genannten Romanze der Amerikaner mit dem Tod.« Lara hielt inne und sah Caroline an. »Kerry weiß, dass er ohne Jamie nie in die Politik gekommen wäre – und dass er die Leute immer an seinen Bruder erinnern wird.«

»Das lässt sich nicht vermeiden«, warf Jackson ein. »Aber der Präsident ist eindeutig anders als sein Bruder.«

Lara lächelte. »Wenn ich mit meinen Prominenten-Storys nicht so unterbeschäftigt wäre, würde ich weniger darüber nachdenken.«

Einige Jahre zuvor hatte Lara sich als Journalistin im Kosovo ausgezeichnet; nun, auf Grund ihrer Verlobung mit Kerry von der Nachrichtenberichterstattung ausgeschlossen, war sie selbst zum Thema geworden, zu einem Objekt ständiger Beobachtung. Aber ihr Eintreten für Kerry, dachte Caroline, war auch ein Weg, Sympathie für Caroline zu bekunden, ohne auszusprechen, was sie wusste. Womit Caroline wieder bei ihrer Sorge darüber war, was die Rückkehr des Präsidenten so verzögerte.

Adam Shaw sprach hastig. »Es tut mir Leid, Mr. President. Aber etwas ist im Busch, und ich weiß, dass Reporter hier sind. Ich wollte Sie und Ms. Masters vorbereiten.«

Es muss mit ihrer Tochter zu tun haben, dachte Kerry. Er machte sich gefasst.

»Vor ungefähr zwei Stunden«, erklärte Adam, »hat ein fünfzehnjähriges Mädchen beim Bezirksgericht in San Francisco Klage gegen den Protection of Life Act eingereicht. Es ist der reine Horror – ihre Eltern sind Pro-Life-Aktivisten, ihr Vater noch dazu Juraprofessor. Sie machen sich zum Fürsprecher des Fötus, drohen damit, Christian Commitment einzuschalten. Und was noch schlimmer ist, es sieht so aus, als würde der Prozess in voller Länge im Fernsehen übertragen.«

Kerry war überrascht. »Das ist mehr als ungünstig. Damit haben wir das Thema Abtreibung wieder in den Schlagzeilen, in seinen umstrittensten Aspekten – Spätabtreibung und elterliche Zustimmung. Beide Punkte konnte ich bisher vermeiden.«

»Ich weiß. Aber das Justizministerium muss sich natürlich verteidigen – Schulter an Schulter mit Christian Commitment. Sie werden sicherlich um eine Stellungnahme gebeten, und Ms. Masters werden der Senat und die Medien einen Kommentar abpressen.«

»Dieser Teil ist einfach«, antwortete Kerry. »Das Justizministerium soll Commitment ruhig an die Front schicken im Kampf gegen einen Teenager – in dieser Hinsicht hat sie uns der Himmel geschickt. Ich habe mich nie zu diesem Gesetz geäußert, und jetzt, da es zur Disposition steht, muss ich mich eines Kommentars enthalten. Damit ist Masters in zweierlei Hinsicht gefragt, denn die Sache geht mit Sicherheit ans Oberste Bundesgericht.« Kerry versuchte sich kurz vorzustellen, was passieren könnte. »Informieren Sie mich, Adam, sobald das Gericht entschieden hat.«

Zum ersten Mal musste Adam lachen. »Das wird nicht nötig sein. Ihre Freunde von Pro-Choice werden sich ebenfalls zu Wort melden, darunter solche, die Sie nie gemocht haben, wie Anthony's Legions. Wer auch immer gewinnt, der Jubel aus San Francisco wird nicht zu überhören sein.«

»Ich hoffe, nicht vor dem Dessert«, antwortete Kerry und legte auf.

»Somit ist also der Protection of Life Act in den Gerichten«, sagte Kerry. Caroline musste an Sarah Dash denken.

»Wenn ich mich nicht irre, Mr. President, dann hat die Anwältin früher als Schriftführerin für mich gearbeitet. Ich habe mir einen Rat verkniffen, abgesehen davon, wie riskant ein Prozess für sie sein könnte.«

Lara spielte mit ihrem Weinglas. »Meinen Sie, sie könnte aufgeben?«

»Nicht Sarah. Sie ist stur und sehr gut – die weitaus beste Mitarbeiterin, die ich je hatte.« Zu Kilcannon gewandt sagte sie: »Wenn sie verliert, Herr Präsident, wird sie vor *meinem* Gericht Berufung einlegen, danach gegebenenfalls vor dem Obersten Bundesgericht. Die Sache könnte noch vor mir dort sein.«

Kilcannon dachte darüber nach. »So wie ich die Lage sehe, ist das Stimmenverhältnis im Bundesgericht vier zu vier. Das dauert ewig, bis Ihre Ex-Angestellte eine Anhörung bekommt.«

Gut möglich, dachte Caroline. Was ihrer Nominierung nur noch mehr Brisanz verlieh. »Ein Grund mehr«, sagte sie, »mich auch in Zukunft nicht zu diesem Thema zu äußern.«

Kilcannon warf ihr einen neugierigen Blick zu. *Wie stehen Sie eigentlich dazu?*, stand darin geschrieben. Es bereitete ihr ein entschieden ungutes Gefühl.

»Höchste Zeit, unsere Bestellungen aufzugeben«, sagte er.

19

Als Sarah in das Haus der Tierneys kam, hatte sie das Gefühl, eine andere Welt zu betreten.

Es glich dem Haus, in dem Sarah groß geworden war, wirkte bescheiden und vertraut – ein zweistöckiges Gebäude aus den 50er Jahren neben der Katholischen Juristischen Hochschule, an der Martin Tierney lehrte. Aber für Sarah kam Mary Ann aus einer Tradition, die ihr fremd war: eiserne Regeln; eine paradoxe Mischung aus Mystizismus und Gottgläubigkeit; die Benachteiligung der Frau; die Unterdrückung abweichender Meinungen auf dem Gebiet der Philosophie oder der Wissenschaft. Obwohl sie ein besseres Bild von Martin Tierney hatte, verkörperte er für sie die zweitausendjährige Spaltung zwischen Religion und Ratio, die für so viel Leid verantwortlich war. Sie fragte sich, was wohl die Tierneys von ihr hielten: eine aufgeklärte Jüdin, die, wie ihre Familie, die Vernunft über den Glauben stellte.

Sie nahmen im Wohnzimmer Platz, die Tierneys auf einer Couch, Sarah im Sessel. »Es tut mir Leid«, sagte sie zu Margaret Tierney. »Das ist das Letzte, was ich gewollt hätte.«

Margaret zog misstrauisch eine Augenbraue hoch. Sie hatte die Vierzig überschritten, war schlank, doch trotz des dunklen Haars wirkte sie beileibe nicht mehr jugendlich. Ihr Leben schien zu etwas geworden zu sein, das sie nur mehr ertrug. Vielleicht, dachte Sarah, erwartete sie das auch für ihre Tochter.

»Was hätten Sie denn erwartet?«, fragte Margaret. »Sie haben Sie ja auf diesen Weg gebracht.«

»Das stimmt nicht«, antwortete Sarah. »Sie hat begonnen, sich ihre eigenen Gedanken zu machen, die sie Ihnen nicht mitteilen konnte. Ich habe ihr lediglich die rechtlichen Möglichkeiten aufgezeigt.«

In Margarets Augen zeigten sich Zweifel. Trotz des Vorwurfs tat sie Sarah Leid – sie hatte so genaue Vorstellungen vom Leben ihrer Tochter, dass sie diese neue Realität Sarahs Einfluss zuschrieb. »Sie könnte mit mir über alles reden«, insistierte sie.

Sarah fühlte sich angespannt. »Wenn sie Ihnen alles sagen könnte, warum sind Sie dann vor Gericht erschienen, um Ihrer Tochter Steine in den Weg zu legen anstatt sie zu beschützen?«

»Das Baby ist also ihr Privatbesitz?«, fragte Martin Tierney. »Kein selbstständiges Leben, kein mit einer Seele ausgestattetes Geschöpf Gottes – eher ein Tumor, den sie nach Lust und Laune entfernen kann.« Das gedämpfte Licht ließ seine Augen glänzen. »Sie erinnern sich an das Urteil im Fall Dred Scott, mit dem das Oberste Bundesgericht entschied, dass ein entlaufener Sklave vor der Verfassung keine Person ist und deshalb ›keine Rechte hat, die ein Weißer respektieren muss‹. Roe versus Wade geht noch weiter – danach ist ein ungeborenes Kind Besitzgut, dessen man sich nach Belieben entledigen kann. Und indem Sie Mary Ann helfen, ihr eigenes Kind zu töten, verletzen Sie sie tiefer, als eine Problemgeburt das je könnte.

In den kommenden fünf Jahren wird die gängige Abtreibungspraxis in Amerika mehr Opfer fordern als der Holocaust.« Er beugte sich nach vorne, sprach eindringlich. »Der Unterschied besteht einzig darin, dass unsere Morde von den Müttern begangen werden, Kind für Kind. Sie werfen uns gerne vor, wir würden an längst veralteten Denkvorstellungen festhalten. Dabei hat der langsame, doch unaufhaltsame moralische Fortschritt die Menschheit gelehrt, das menschliche Leben zu schätzen, und die moderne Medizin liefert uns Bilder vom Leben, wie es sich im Mutterleib entwickelt, aber auch Möglichkeiten, es zu schützen, von denen wir früher nur träumen konnten.«

Obwohl er Sarah streng ansah, klang seine Stimme traurig. »Sie sind der Meinung, Mary Ann hat sich zu Ihnen als einer Art Alleinvertreterin der Wahrheit gerettet. Wir glauben, sie kam zu Ihnen, um vor der Wahrheit zu flüchten. Wir versuchen nicht nur, unser Enkelkind zu schützen, wir versuchen unsere Tochter zu schützen – vor Ihnen.«

»Sie werden also Druck auf sie ausüben, bis sie zerbricht.«

»Erwarten Sie etwa, wir sollten neutral sein?«, fragte Margaret Tierney. In der Frage schwang mehr Ungläubigkeit als Feindschaft. Sarah spürte, wie Martin Tierney sie mit seinen Blicken fixierte.

»Nein«, antwortete sie, »natürlich nicht. Das ist ja gerade das Problem bei einem Gesetz, das eine minderjährige Person den Überzeugungen der Eltern unterwirft. Meine Überzeugungen lassen ihr die Wahl.«

»In einer moralischen Gesellschaft ist Mord keine ›Wahl‹.« Tierneys Stimme blieb ruhig. »Unsere Tochter befindet sich in Ihrer Wohnung, von allen, die sie kennt, entfremdet. Das ist der Alptraum aller Eltern. Wir lieben sie, und sie braucht uns. Denken Sie über uns, wie Sie wollen, aber wir möchten, dass Sie sie nach Hause bringen ...«

»Bitte, helfen Sie uns.« Zur Überraschung Sarahs fasste Margaret Tierney ihr Handgelenk. »Wir hätten die Polizei rufen können. Aber stattdessen haben wir Sie hierher gebeten. Wir möchten nicht, dass es für Mary Ann noch schlimmer wird, als es ohnehin schon ist.«

Sarah fühlte tiefes Mitleid mit ihr. »Ich ja auch nicht. Aber verstehen Sie bitte, Mrs. Tierney, ich könnte morgen erneut zum Gericht gehen, zusammen mit einem Psychiater, der bestätigen kann, wie schlecht es für Mary Ann ist, mit Eltern zusammenzuleben, die vor Gericht gegen sie vorgehen. Und dass es das Beste für Ihre Familie wäre, sie bis nach dem Verfahren bei einem Vormund unterzubringen.«

Margaret Tierney zog die Hand zurück. Sie war fassungslos. Sarah lehnte sich zurück, blickte zuerst den Mann an, dann die Frau. »Sehen Sie nicht, was bereits jetzt mit uns allen passiert?

Alle möglichen Menschen haben mir gesagt, wie schwer dieser Fall auch für mich werden wird – dass ich gedemütigt werde; dass ich mir Feinde machen werde; dass Sie beide gegen mich klagen werden; dass ich eventuell sogar meinen Job verlieren könnte. Aber Sie verlieren möglicherweise Ihre Tochter.«

Zum ersten Mal erhob Sarah, wütend und frustriert, die Stimme. »Ich habe sie nicht rekrutiert. Ich habe sie nicht gebeten, heute Abend zu mir zu kommen. Ich möchte nicht, dass mir unbotmäßiger Einfluss vorgeworfen wird. Ich will einfach nicht, dass diese Fanatiker von Christian Commitment mein Haus belagern. Ich will nicht die Stelle ihrer Eltern einnehmen, einer Schwester oder eines Rollenmodells. Aber mir ist nicht egal, was mit ihr geschieht.

Dieses unglaublich dumme, zynische Gesetz reißt Ihre Familie auseinander, ob Sie nun im Gerichtssaal gegen sie vorgehen oder ob Sie ihr zu Hause das Genick brechen.« Sarah machte eine Pause, atmete tief durch, ehe sie sich an Martin Tierney wandte. »Commitment beizuziehen ist ein riesiger Fehler. Sie kennen den Verein vielleicht auf philosophischer oder juristischer Basis – dass sie die besten Anwälte haben, die besten Daten, die besten Experten. Ich aber kenne diese Leute aus der Nähe – es ist ihnen egal, wie sie gewinnen, wie sie zu ihrem Geld kommen oder wessen Leben sie zerstören. Ich bitte Sie lediglich darum, Mary Ann bei Freunden bleiben zu lassen oder bei Verwandten, die Mary Ann möglichst in Frieden lassen.«

»Sehr rücksichtsvoll von Ihnen.« Tierneys Stimme klang erstmals wütend. »An allem, was passiert ist, sind Sie schuld, weil Sie Mary Ann über ihre Rechte aufgeklärt haben, anstatt unsere zu respektieren.«

»Ich habe eine moralische Entscheidung getroffen«, antwortete Sarah. »Wie Sie. Nun kann ich Mary Ann nicht im Stich lassen, es sei denn, sie bittet mich darum. Und ich kann sie nicht guten Gewissens gehen lassen, wenn ich das Gefühl habe, sie steht unter Zwang.«

Schweigen machte sich im Raum breit. Sarah konnte spüren, wie sehr die Tierneys unter der Abwesenheit ihrer Tochter litten – und wie sehr sie als Eindringling empfunden wurde. »Dieses

Mal würden Sie Mary Ann also vor Gericht zerren, um sie sagen zu lassen, sie hält es bei ihren Eltern nicht mehr aus.«

»Das würde ich lieber vermeiden. Aber der Richter muss sie möglicherweise sehen.«

Margaret Tierneys Augen füllten sich mit Tränen. »Wir könnten ihr das nicht zumuten«, sagte Martin Tierney.

Sarah wandte sich an Margaret Tierney: »Ich weiß, dass sie das nur schwer akzeptieren können, aber ich möchte nur das Beste für Mary Ann.«

Margaret Tierneys Blick wurde etwas weicher. »Sie wissen nicht, was es bedeutet, Mutter zu sein«, antwortete sie. »Was mich mehr verletzt, ist die Vorstellung, dass sie meine Gefühle nicht nachvollziehen kann. Das wird sie erst können, wenn sie das Kind abgetrieben hat.«

Vielleicht stimmte das, dachte Sarah. Mary Ann versuchte, sich von dem Fötus zu distanzieren und sich auf ihre physische Gesundheit zu konzentrieren. Sarah konnte verstehen, dass das nötig war für ihre psychische Gesundheit; Margaret Tierney dagegen konnte das nicht nachvollziehen.

»Ihr Kind war gesund«, antwortete Sarah. »Bei dieser Schwangerschaft ist die Gefahr einer gesundheitlichen Gefährdung der Mutter größer als die Überlebenschancen des Fötus.«

Margaret nestelte am Saum ihres Kleides. Zu dem Zeitpunkt fragte sich Sarah, ob Mary Anns Mutter eventuell einlenken würde – und was das für die Ehe bedeuten könnte. »Ich möchte nicht, dass sie mit Fremden lebt«, sagte Margaret, »mit Beratern von der Abtreibungsklinik. Ich möchte sie täglich um mich haben.«

»Gibt es denn keine Freunde?«, fragte Sarah. »Oder Verwandte?«

Margaret schüttelte den Kopf. »Verwandte haben wir hier nicht. Zudem soll die Sache in der Familie bleiben.«

»Im Moment«, erklärte Sarah, »befindet sich Mary Ann in meinem Gästezimmer. Sehen Sie Lösungsmöglichkeiten, die gerichtliche oder polizeiliche Maßnahmen ausschließen?«

Margaret antwortete nicht. Martin sah zuerst seine Frau an, dann Sarah.

»Wir möchten sie in den nächsten Tagen zumindest sehen. Wenn das gut geht, dann kann sie ja für immer wieder nach Hause kommen.«

»Und wo soll sie bis dahin bleiben?«

»Bei Ihnen, wenn Margaret damit einverstanden ist.«

Sarah war erschrocken darüber, wie sehr sie selbst in die Sache hineingezogen wurde. »Ich bin nicht auf eine Mitbewohnerin eingestellt, Professor Tierney, und schon gar nicht bin ich dazu bereit, mich dem Vorwurf unbotmäßigen Einflusses zu stellen. Genau darauf läuft die Geschichte nämlich hinaus.«

»Wir können eine schriftliche Vereinbarung treffen«, antwortete Tierney müde. »Sie kennen wir wenigstens, und der Schutz von Mary Anns Privatsphäre ist uns doch allen wichtig.«

Sarah spürte wieder die Angst davor, sich mit den Tierneys anzulegen – die mit einer offenen Konfrontation verbundene Bitterkeit, der Preis, den sie privat und beruflich zu zahlen hätte. Sie hatte sich getäuscht, als sie annahm, sie hätte alle Risiken abgeschätzt. Aber die Alternative war nur, Mary Ann bei ihren Eltern zu lassen oder am nächsten Tag mit ihr vor Gericht zu erscheinen.

»Geben Sie mir Zeit zum Nachdenken«, sagte sie. »Und die Möglichkeit, mit meiner Klientin zu sprechen.«

Als sie wegging, war Sarah erschöpft. Ihre Freude über den Erfolg Carolines war vergessen. Das Verfahren würde in zehn Tagen beginnen.

Teil Drei

DER PROZESS

1

Bang, aber entschlossen kam Sarah zusammen mit Mary Ann Tierney am Bundesgebäude an.

Die letzten zehn Tage hatte Mary Ann sich geweigert, zu Hause zu schlafen. »Sie machen mich fertig«, sagte sie zu Sarah, »auch wenn sie das nicht beabsichtigen. Ich ertrage es nicht, wie sie mich anschauen.« Trotzdem hatte Mary Ann am Abend zuvor darauf bestanden, zum Gericht mitzukommen.

»Es geht hier um mich«, argumentierte Mary Ann. »Meine Eltern werden hier sein, während ich mich vor meinem eigenen Fall verstecke. Das wäre ein Eingeständnis, dass dieses Gesetz richtig ist.«

Diese Sichtweise, erkannte Sarah, zeugte von erstaunlichem Scharfsinn. Mary Anns Anwesenheit im Gerichtssaal würde deutlich zeigen, dass sie wusste, was sie tat; ihre Abwesenheit würde die Tierneys nur darin bestätigen, im besten Interesse ihrer Tochter zu handeln.

Aber es gab auch Nachteile. Richter Leary war zwar Demokrat, war aber wie die Tierneys auch katholisch und schien ihnen mehr Sympathie als ihrer Tochter entgegenzubringen: Der Anblick von Mary Anns gerundetem Bauch könnte Leary verstärkt darauf hinweisen, wie fortgeschritten die Schwangerschaft bereits war. Das möglicherweise sehr emotional geführte Verfahren könnte sie nur noch mehr traumatisieren oder die Entfremdung von ihren Eltern vertiefen. Oder sie könnte es sich anders überlegen und einen Rückzieher machen.

Und so erklommen Sarah Dash und Mary Ann Tierney die Stufen zum Bundesgebäude. Wie vertraut ihr die Situation eigentlich war, erkannte sie erst, als sie, auf der obersten Stufe angekommen, die Gruppe von Demonstranten sah.

Es war wie an jenem Tag vor der Klinik, als Sarah Mary Ann zu Hilfe geeilt war. Die Transparente waren von brutaler Direktheit: SIE ERMORDEN IHREN SOHN stand auf einem; ein anderes, das die Aufnahme eines Fötus in der Gebärmutter zeigte, war betitelt mit IHR KIND NACH VIERUNDZWANZIG WOCHEN.

Mary Ann zuckte zusammen und wandte sich ab. »Es wird alles gut«, sagte Sarah zu ihr, obwohl sie, übernächtigt und nervös, weit entfernt davon war, das zu glauben. Mary Ann ergriff Sarahs Hand.

Vor der Glastür stand, etwas abseits von den anderen und ohne Plakat, der Mann von der Klinik. Mary Ann erstarrte, als sie ihn sah.

»Geh einfach weiter«, sagte Sarah und führte Mary Ann an ihm vorbei. Er sprach in einem angeregten Plauderton, wie ein Mann, der etwas Interessantes mitzuteilen hat. »Sie werden ihn nicht einfach umbringen. Sie werden seinen Schädel einschlagen, dann werden sie ihm die Arme ausreißen wie einem Hähnchen die Flügel. Er wird stückweise aus Ihrem Körper kommen.«

Die Kiefer aufeinandergepresst, öffnete Sarah die Tür. Als sie in den Lift stiegen, weinte Mary Ann. »Du musst nicht unbedingt dabei sein«, sagte Sarah.

»Doch«, antwortete Mary Ann, »ich muss.«

Im neunzehnten Stock hielt der Fahrstuhl. Auf dem Weg zum Gerichtssaal hallte das Klicken von Sarahs Absätzen durch den Flur.

Auf den Zuschauerbänken wimmelte es von Reportern, und in der Mitte des Saales standen drei Fernsehkameras bereit. In Gedanken verfluchte Sarah Patrick Leary für seine Eitelkeit.

»Nun«, sagte Sarah leise, »es geht los.«

Eine unterdrückte Spannung beherrschte den Raum, das Vorgefühl kommender Ereignisse. Am Tisch der Verteidigung saß Thomas Fleming, ein hartgesottener, grauhaariger Veteran aus dem Justizministerium, und Barry Saunders, ein rotwangiger Texaner und Prozessbevollmächtigter für Christian Commitment. Etwas abseits davon stand Martin Tierney, der seiner Frau gerade etwas zuflüsterte.

Als Sarah und Mary Ann durch die Reporterreihen hindurchgingen, erblickte Tierney die beiden.

Sein Gesicht zeigte einen Widerstreit von Emotionen – Erstaunen, Wut, Schmerz, Liebe für seine Tochter. Er tippte Margaret Tierney auf die Schulter; als sie sich umwandte und ihre Tochter sah, öffneten sich ihre Lippen in stummem Protest. Weiterer Worte bedurfte es nicht, um Sarah zu sagen, dass der fragile Frieden, den sie geschlossen hatten, zerstört war.

»Nimm bitte an dem Tisch Platz«, sagte Sarah zu Mary Ann. »Ich muss mit deinen Eltern sprechen.«

Auf Sarah, die durch den Gerichtssaal auf sie zuging, wirkten sie wie ein Paar aus einer antiken Tragödie – eine geschlagene Mutter, ein Vater, zu Stein erstarrt aus Liebe und Empörung. Mit erstickter Stimme stieß Tierney hervor: »Dass Sie jung sind und eigenwillig, wusste ich. Aber mir war nie klar, wie grausam Sie sein können.« Wut ließ seine Stimme lauter werden. »Wie können Sie es wagen, sie hierher zu bringen. Wie können Sie ihr das antun – und uns.«

Die scharfen Worte trafen Sarah bis ins Mark. »Sie können unmöglich so überrascht sein«, antwortete sie. »Ihre Freunde von Christian Commitment zumindest waren es nicht. Oder ist Ihnen die kleine Show etwa entgangen, die sie für Mary Ann veranstaltet haben?«

Einen Moment lang schien Tierney wie aus dem Gleichgewicht. »Wir sind über das Parkhaus direkt nach oben gekommen. Um unsere Privatsphäre zu schützen. So wie wir davon ausgegangen sind, Sie würden die Privatsphäre unserer Tochter schützen.«

»Pech gehabt«, erwiderte Sarah. »Neben den üblichen Anfeindungen gab es ein Plakat mit einem vierundzwanzig Wochen alten kerngesunden Fötus; anstatt eines Wasserkopfs so groß wie …«

»Hören Sie auf!«, rief Margaret Tierney. Sarah bemerkte, wie Fleming und Saunders, die Verbündeten der Tierneys, aufblickten.

»Sie sind jetzt still«, erwiderte Sarah. »Sie haben diese Leute von Christian Commitment eingeladen. In all Ihrer Heiligkeit sind Sie so blind, dass sie immer noch nicht sehen, mit wem sie es zu tun haben. Christian Commitment schert sich einen Teufel um Sie oder Sarah. Diese Leute sind hier, um Propaganda zu machen und dafür zu sorgen, dass ihre Dollars weiter fließen.«

Tierney errötete; die Schärfe ihrer Worte erstaunte sogar Sarah selbst. »Mary Ann ist hier«, sprach sie in ruhigerem Ton weiter, »weil sie Verantwortung übernehmen will für ihr eigenes Tun. Nun sind Sie an der Reihe. Es steht in Ihrer Macht, die Hunde zurückzupfeifen. Wenn die Demonstranten bis morgen nicht verschwunden sind, schulde ich Ihnen keinerlei Entschuldigung.«

Tierney hatte Mühe, die Kontrolle über sich selbst wieder zu erlangen; die fleckigen Wangen und der starre Blick zeigten, dass er seine Geduld nur mit Mühe hatte bewahren können. »Die ich ohnehin nicht annehmen würde«, antwortete er. »Aber Sie können mir sagen, wie sie darauf reagiert hat.«

»Sie war natürlich den Tränen nahe. Aber wenn ihr nichts anderes übrig bleibt, wird sie die Prozedur morgen wieder durchstehen.«

Margaret Tierney legte ihre Hand auf die ihres Mannes. Er sagte: »Ich werde mit dem Vorstand von Christian Commitment sprechen.«

Sarah wandte sich um und ging an ihren Tisch zurück. Als sie neben Mary Ann Platz nahm, fühlte sich ihr Mund wie ausgetrocknet an.

Besorgt fragte Mary Ann: »Was haben sie gesagt?«

Sarah nahm einen Schluck Wasser. »Dass sie dich lieben, und dass sie nicht mit deiner Anwesenheit gerechnet hatten.«

Mary Ann senkte den Kopf, während Sarah Richter Learys Einzug beobachtete.

»Alles erhebt sich«, rief der stellvertretende Vorsitzende. »Das US-Bezirksgericht für das nördliche Kalifornien ist zusammengekommen, unter dem Vorsitz des ehrenwerten Richters Patrick J. Leary. Gott schütze die Vereinigten Staaten und dieses ehrenwerte Gericht.«

Diese etwas barock anmutende Eröffnungszeremonie, dachte Sarah für sich, war eigentlich obsolet geworden. Aber Leary bestand darauf, und sie zeigte auch Wirkung – ergriffenes Schweigen begleitete seinen Auftritt.

In seine schwarze Robe gehüllt, schritt Leary zur Richterbank und nahm Platz. Einen langen, von Schweigen gekennzeichneten Moment lang blickte er zunächst zur einen, dann zur anderen Partei, gefolgt von einem kürzeren Blick in die Kameras.

»Guten Morgen«, sagte er. »Ehe wir beginnen, möchte ich auf die Verhaltensregeln für Medienvertreter hinweisen, die an diesem Prozess teilzunehmen gedenken:

Eine namentliche Erwähnung der minderjährigen Klägerin oder ihrer Eltern ist zu unterlassen.

Sämtliche Anwesende in diesem Gerichtssaal müssen einen Presseausweis vorweisen können, ausgenommen die Klägerin, ihre Familie und deren Vertreter.«

Dann sprach Leary direkt in die Kameras, als wollte er CNN ermahnen. »In der Liveübertragung im Fernsehen wird der Name der Minderjährigen ausgepiepst, ihr Gesicht unkenntlich gemacht. Dasselbe gilt für ihre Eltern. Unter allen Umständen werde ich das Interesse der Öffentlichkeit und das Recht der Minderjährigen auf den Schutz ihrer Privatsphäre gegeneinander abwägen.«

Unsinn, dachte Sarah angewidert – die Übertragung des Prozesses würde die Stimmung nur ungebührlich anheizen und die Gefahr einer Preisgabe der Identität Mary Anns unverhältnismäßig vergrößern, und sei es nur unmittelbar über biografische Fakten. Alle ihre Argumente dagegen hatte Leary zurückgewiesen; was er dagegen in seinem Sermon nicht erwähnt hatte, waren die Ansprüche seines eigenen Egos.

»Mit Ausnahme des minderjährigen Mädchens und ihrer Familie«, fuhr er fort, »werden alle Zeugen im Geschworenen-Raum sequestriert, bis sie in den Zeugenstand gerufen werden.

Alle Zeugen, die am Prozess beteiligten Parteien und ihre rechtlichen Vertreter nehmen bis auf weiteres von öffentlichen Statements Abstand.

In den Protokollen wird ausschließlich das Pseudonym der Klägerin verwandt. Unterlagen, aus denen Name und Identität der

Klägerin oder ihrer Familie hervorgehen, werden unter Verschluss gehalten.

Medienvertreter, die gegen diese Regeln verstoßen, werden aus dem Gerichtssaal ausgeschlossen.

Für das Verfahren ist eine Dauer von sechs Tagen veranschlagt, gefolgt von den Schlussplädoyers.« Leary hielt inne und ließ seinen Blick durch den Saal schweifen. »Im unmittelbaren Anschluss danach wird das Gericht entscheiden, die Schriftform der Entscheidung folgt binnen eines Tages.«

Dieses Zugeständnis hat er immerhin gemacht, dachte Sarah. Mary Ann war im siebten Monat schwanger, weshalb Eile unerlässlich war.

Abrupt wandte sich Leary an sie. »Bitte rufen Sie Ihren ersten Zeugen, Ms. Dash.«

Damit hatte das Verfahren Jane Doe et al. versus Barton Cutler, Generalbundesanwalt der Vereinigten Staaten, begonnen.

2

Als sie Dr. Mark Flom befragte, versuchte Sarah die Kameras, Learys unruhiges Zappeln sowie Martin Tierneys kritische Blicke einfach zu ignorieren, bis sie das Gefühl hatte, sie und Flom würden in einem Vakuum sprechen.

Schnell hatte sie seine einzigartige Qualifikation umrissen: dass er Facharzt für Geburtshilfe war; dass er einen juristischen Abschluss hatte; dass er zu den wenigen Spezialisten für Spätabtreibungen an der Westküste gehörte. Dann heftete sie das Sonogramm eines Fötus an eine Staffelei.

Der im Vergleich zu den Extremitäten seltsam große Kopf veranlasste sogar Leary stillzusitzen. Mary Ann hielt sich die Hände vor das Gesicht, wie Sarah bemerkte.

»Der Fötus, den Sie hier sehen, hat eindeutig einen Wasserkopf«, erklärte Flom.

»Welche Auswirkungen hat das auf die geistigen Fähigkeiten des Kindes?«

Flom zog seine Krawatte gerade. Mit dem weißen Haar und dem überlegt einfühlsamen Auftreten verkörperte er alles, was Sarah sich nur wünschen konnte: das komplette Gegenbild eines kaltblütigen Baby-Schlächters. »Man kann davon ausgehen, dass das Baby praktisch ohne Gehirn zur Welt kommen würde.«

»Was, Dr. Flom, bedeutet das für das weitere Leben des Kindes?«

»Derartige Babys sterben meist kurz nach der Geburt, obwohl mir ein Fall bekannt ist, in dem das Kind zwei Jahre in einem irreversiblen Koma gelebt hat.« Floms gemäßigter Ton nahm eine leichte, aber vernehmbare Schärfe an. »Das Baby war eine große Last, da die sechzehnjährige Mutter die Kosten nicht tragen konnte. Verständlicherweise wollte den Jungen auch niemand adoptieren.«

»Einspruch.« Martin Tierney hatte sich plötzlich erhoben. »Ich beantrage, dass die letzte Bemerkung des Doktors aus dem Protokoll gestrichen wird. Jegliche Bezugnahme auf Adoption ist in diesem Fall irrelevant, da wir bereitstehen, die Sorge für das Kind zu übernehmen.«

»Kaum.« Sarah ignorierte Tierney und wandte sich an Richter Leary. »In unserem Antrag an das Gericht fordern wir, dass das Gesetz in allen Fällen für verfassungswidrig erklärt wird. Die Abtreibungsgegner sehen in der Adoption eine humane Alternative. Professor Tierney möchte sich dieses Argument zu Nutze machen, ohne sich über dessen Absurdität im Kontext dieses Gesetzes im Klaren zu sein ...«

»Genug«, erwiderte Leary. »Es gibt hier keine Geschworenen. Ich bestimme, was nach Abschluss des Verfahrens für meine Entscheidung relevant sein wird. Fahren Sie fort, Ms. Dash.«

Das war typisch für Leary, dachte Sarah, ungeduldig, selbstgefällig und kurzsichtig; mit dem Vorwand, die Dinge zu beschleunigen, sorgte er für ein längeres, gänzlich ungeregeltes Verfahren. Es würde nicht angenehm werden. »Danke«, sagte sie und wandte sich an Flom. »Welche anderen Defekte könnten sich bei der Geburt zeigen?«

»Mehrere, einige davon weniger ernsthaft nur in Relation.«

Flom begann sie der Reihe nach aufzuzählen: »Möglicherweise fatale Schäden an Herz und Lunge; spastische Lähmung der unteren Extremitäten. Des Weiteren könnten auftreten Klumpfüße, Gaumenspalte, flacher Nacken und Nase, missgestaltete und zu tief angesetzte Ohren. Das schwerwiegendste, weil unlösbare Problem ist jedoch das Fehlen des Gehirns.«

Aus dem Augenwinkel heraus sah Sarah, wie Mary Ann sich wand. »Unlösbar?«, fragte sie Flom. »Welche Möglichkeiten bietet die fötale Chirurgie?«

»Es gab Versuche, etwa im Einsetzen eines utero-ventrikulären Druckregelventils zur Ableitung des Wassers. In weniger als dreißig Prozent dieser Fälle kam es zu einer normalen Entwicklung des Gehirns. In den übrigen Fällen gab es keine Verbesserung, abgesehen davon, dass die Säuglinge etwas länger lebten, möglicherweise unter großen Schmerzen. Aus dem Grund hat unser Professor ein Moratorium für derartige Eingriffe erlassen.«

Sarah hatte den Eindruck, Floms Professionalität flöße ihr Vertrauen ein: Seine Aussage entsprach der Taktik, die sie sich in vielen Stunden zurechtgelegt hatten. »Dann lassen Sie uns zu den möglichen Folgen kommen, die ein Austragen der Schwangerschaft für Mary Ann mit sich bringen würde.«

Flom nickte lebhaft. »Zum Geburtstermin befindet sich ein Fötus mit Wasserkopf fast immer in der Steißlage, ein Problem für sich. Aber die größte gesundheitliche Gefahr für Mary Ann ist der Kopf.«

Sarah ging zur Staffelei und nahm die Vergrößerung des Sonogramms ab; dabei spürte sie das Auge der Kamera auf sich und die gespannten Augen der Herren am Tisch der Verteidigung – Martin Tierney, Barry Saunders von Christian Commitment, Thomas Fleming vom Justizministerium.

Unter dem Sonogramm befand sich die Abbildung eines mit den Füßen voran in der Gebärmutter positionierten Fötus. Abermals war sein Kopf erschreckend vergrößert. »Ist dies, hinsichtlich Position und Proportionen, eine genaue Darstellung des Fötus von Mary Ann Tierney, sollte sie dieses Kind austragen?«

»Korrekt«, antwortete Flom knapp. »Beachten Sie insbesondere den Kopf. Er hat in etwa die Größe einer Honigmelone oder eines Fußballs.«

Leary starrte entsetzt auf den Kopf des Fötus. »Euer Ehren«, warf Martin Tierney ein. »Dr. Floms Wortwahl ist sowohl populistisch als auch unmenschlich. Es handelt sich hier nicht um einen ›Fußball‹, sondern um den Kopf eines lebenden Kindes – unseres Enkels. Hinter dieser Aussage steckt die Absicht, Entsetzen auszulösen, während heruntergespielt werden soll, was Dr. Flom offenbar als geringfügig erachtet, nämlich Kindsmord.«

»Das lebende Kind, um das es hier geht«, sagte Sarah zu Richter Leary, »ist Mr. Tierneys Kind, Mary Ann. Dr. Flom bezeugt hier die Tatsachen der Geburt, zu der Mr. Tierney seine Tochter per Gerichtsbeschluss zwingen will. Und zu diesen Fakten gehört nun einmal – ob er das sehen möchte oder nicht – die Gefahr für Mary Ann, die ein Kopf von der Größe eines Fußballs mit sich bringt.«

Learys milchig-weißes Gesicht ließ nichts von seiner Verärgerung erkennen: Ansprachen von Anwälten widersprachen seiner Vorstellung eines straff geführten Verfahrens mit ihm im Mittelpunkt. »Fußball, Wassermelone oder Geschöpf Gottes, warum kein Kaiserschnitt? Kann man das Baby nicht holen wie Hunderte anderer Babys?«

Für einen Moment wirkte Flom erstaunt, erholte sich aber schnell. »Das kommt darauf an, Euer Ehren, welche Art Kaiserschnitt Sie meinen.

Um dieses Baby zu entbinden, müsste man einen klassischen Kaiserschnitt anwenden, der im Fall eines normal entwickelten Fötus nicht mehr praktiziert wird – er ist in jedem Fall zu radikal und riskant, noch schlimmer für ein fünfzehn Jahre altes Mädchen, dessen Körper vielleicht noch nicht vollständig entwickelt ist.« Mit der Hand schnitt er durch die Luft. »Sie müssten den Uterus in zwei Hälften teilen, Euer Ehren. Das würde das Risiko eines Gebärmutterbruchs bei Mary Anns nächster Schwangerschaft um circa zwölf Prozent erhöhen. Dies wiederum würde, der Prognose ihres eigenen Arztes zufolge, zu einem fünf Prozent hohen Risiko des Verlusts der Gebärfähigkeit überhaupt führen.«

Leary zögerte; auf Sarah wirkte er, als würde er nach einem Ausweg suchen. »Euer Ehren«, sagte sie, »wir haben ein Beweisstück, das diese Aussage erläutern könnte.«

Leary nickte höflich. Sarah entfernte die Abbildung des Fötus. Darunter kam eine leuchtende Farbfotografie zum Vorschein.

Leary erbleichte sichtlich. Mit bewusster Gelassenheit fragte Sarah: »Was erkennen Sie auf diesem Foto, Dr. Flom?«

»Es zeigt eine bei einem klassischen Kaiserschnitt gerissene Gebärmutter. Von der Blutung abgesehen, wird Ihnen auffallen, dass sie offenbar während der Geburt platzte. Was auch tatsächlich der Fall ist.«

Schweigend ließ Sarah seine letzte Bemerkung auf die Zuhörer wirken. Margaret Tierney wandte sich ab.

Was auch für Leary zutraf. »Hier machen wir eine Pause von fünf Minuten. Bitte kommen Sie rechtzeitig zurück.«

Als die Verhandlung wieder aufgenommen wurde, nahm Mary Ann von ihren Eltern keinerlei Notiz.

»Dr. Flom«, sagte Sarah, »Sie als Jurist und Spezialist für Spätabtreibungen, halten Sie es grundsätzlich für legal, den normal entwickelten Fötus eines gesunden Mädchens im Teenager-Alter abzutreiben?«

»Einspruch.« Dieses Mal war es Dr. Fleming vom Justizministerium. »Sie fordern den Zeugen zu einer juristischen Stellungnahme auf, die nur das Gericht abgeben darf. Noch dazu ist sie irrelevant: Immerhin existiert dieses Gesetz.«

»Genau deshalb sitzt Mary Ann hier«, erwiderte Sarah. »Die Frage ist doch, ob es tatsächlich nötig ist, eine Flut von Spätabtreibungen abzuwehren, oder ob das Gesetz nur dazu da ist, minderjährigen schwangeren Frauen einen unerlässlichen medizinischen Eingriff zu versagen.«

Leary nickte. »Die Frage ist zulässig«, sagte er zu Fleming. »Aber es ist schön zu wissen, dass Sie hier sind.«

»Können Sie die Frage noch einmal vorlesen?«, bat sie den Gerichtsschreiber.

»Meine Kollegen stimmen darin überein, dass die Rechtslage

auch ohne dieses Gesetz völlig klar ist«, antwortete Flom. »Es ist verboten, einen normal entwickelten, lebensfähigen Fötus einer gesunden Mutter abzutreiben, unabhängig vom Alter der Mutter.«

Sarah stand neben Mary Ann, eine Hand flach auf dem Konferenztisch. Mary Ann, die neben ihr saß, starrte auf das Bild der gerissenen Gebärmutter an der Tafel. »Sie haben also unter derartigen Umständen nie eine Abtreibung vorgenommen?«, fragte sie Flom.

»Nein. Und ich kenne auch keinen Arzt, auf den das zutrifft.« Flom blickte zum Tisch der Verteidigung. »Die Abtreibungsgegner wollen einfach nicht verstehen, dass nur eine von sechstausend Abtreibungen in diesem Land eine Spätabtreibung ist.

Die Vorstellung, Spätabtreibungen würden routinemäßig als Mittel der Geburtenkontrolle eingesetzt, ist eine Verleumdung meines Berufsstands.«

Sarah stellte die nächste Frage. »Angenommen, Dr. Flom, ein Mädchen im Teenageralter, gänzlich mittellos und im sechsten Monat schwanger, kommt in Ihre Praxis und möchte ihr Kind abtreiben, weil ihr Freund sie verlassen hat.«

Floms fein geschnittenes Gesicht wurde gänzlich emotionslos, und seine jetzt wieder ruhige Stimme ließ vermuten, dass er verstanden hatte, worauf Sarah hinauswollte. »Ich hätte großes Mitleid mit ihr. Aber ich müsste ihr sagen, dass eine Abtreibung in ihrem Fall illegal ist und sie die Möglichkeit einer Adoption in Betracht ziehen sollte.«

»Angenommen, sie wurde vergewaltigt?«

»Ich hätte noch mehr Mitleid, Ms. Dash, aber meine Antwort wäre die gleiche.« Flom breitete die Hände aus. »Nur wenn eine ernst zu nehmende Gefahr für Leben oder Gesundheit der Mutter besteht, oder aber der Fötus missgebildet ist, würde ich eine Spätabtreibung vornehmen.«

Sarah blickte zu Leary. Ihr war nicht klar, was seine gespannte Aufmerksamkeit bedeutete. »Warum kommt es immer wieder vor, dass minderjährige Mädchen ihre Schwangerschaft verheimlichen?«, fragte sie Dr. Flom.

»Weil sie, aus einer Reihe von Gründen, Angst haben.« Flom hielt inne, blickte durch den Gerichtssaal und sprach mit ruhigem Nachdruck weiter. »Das führt uns zu einem sehr häufigen Grund, warum Mädchen Angst haben, der auch für Missbildungen des Fötus verantwortlich ist. Inzest.«

»Sind diese Fälle häufig?«

»Wir sehen sie immer wieder«, antwortete Flom. »Und es ist nicht ganz einfach, darüber mit Mom und Dad zu sprechen.«

In dem darauf einsetzenden Schweigen erhob Martin Tierney seine Stimme. »Euer Ehren«, sagte er bedächtig, »ich anerkenne, dass Dr. Flom es mit sozialen Problemfällen zu tun hat, die tragisch sind und die wir alle bedauern. Dennoch ist ein Fötus ein lebendiges Wesen, und die traurigen Verhältnisse der einen Familie sollten einer anderen Familie, wie der meinen, nicht das Recht wegnehmen, für dieses Gesetz einzutreten.«

Es war ein Versuch, wie kläglich auch immer, die Wucht dieser Aussage abzuschwächen. »Euer Ehren«, sagte Sarah, »dieser Fall hat mit Inzest nichts zu tun, und wir bestreiten nicht, dass die Tierneys fürsorgliche Eltern sind. Aber viele von diesem Gesetz betroffene Mädchen sind nicht in einer derart glücklichen Lage.«

»Fahren Sie bitte fort«, sagte Leary.

An Flom gerichtet, fragte Sarah: »Was jene unglücklichen Familien betrifft, welche Konsequenzen bringt es mit sich, dass für eine Spätabtreibung die Zustimmung eines Elternteils erforderlich ist?«

Nachdenklich legte Flom die Fingerkuppen aneinander. »Lassen Sie mich das am besten mit einer Geschichte beantworten«, sagte er schließlich.

»Letztes Jahr rief mich ein minderjähriges Mädchen an. Sie lebte in einem anderen Staat, war im vierten Monat schwanger, und die Gesetze in ihrem Staat verlangten für eine Abtreibung in jedem Fall die Zustimmung der Eltern bzw. eines Elternteils. Da die Gesetzeslage in Kalifornien anders ist, hatte eine Frauenklinik sie an mich verwiesen.

Schon am Telefon weinte das Mädchen. Aber ich konnte schließlich in Erfahrung bringen, was ihr sonst noch auf dem

Herzen lag. Ihr Vater, ein Alkoholiker, hatte sie vergewaltigt, und sie hatte Angst, das ihrer Mutter zu erzählen.«

Flom biss sich auf die Lippen. »Sie hoffte, jemand von der Frauenklinik könnte sie hierher bringen. Der Kongress hatte jedoch bereits früher ein Gesetz erlassen, wonach es verboten ist, eine Minderjährige ohne Zustimmung der Eltern zum Zweck einer Abtreibung von einem Staat in einen anderen zu bringen. Ich konnte ihr lediglich den Rat geben, zu versuchen, auf eigene Faust hierher zu kommen.

Drei Monate später war sie hier: müde, schmutzig und hungrig, wie die anderen Ausreißer, die wir zu sehen bekommen. Ich fragte sie, was passiert war.« Flom atmete tief durch, und seine Stimme klang wütend. »Dank dieser ›Schutzgesetze‹ war sie gezwungen, sich ihrer Mutter anzuvertrauen. Als diese ihren Ehemann damit konfrontierte, erhängte sich dieser. Woraufhin die Mutter ihre Tochter dafür verantwortlich machte.

Das Mädchen rannte weg. Als sie hier ankam, war sie im siebten Monat schwanger. Ich konnte nur mehr hoffen, dass sich auch in diesem Fall bewahrheiten würde, was für viele Inzestfälle zutraf – dass nämlich der Fötus missgebildet war.

Er war es nicht. Also habe ich das Kind ihres verstorbenen Vaters nicht abgetrieben, sondern zur Welt gebracht. Heute versucht sie, das Kind allein auf sich gestellt großzuziehen.« Abermals richtete er seinen Blick auf Leary. »Als Arzt muss ich mir die Frage stellen, Euer Ehren, warum das nötig war. Der Kongress dagegen hat sich diese Frage nie gestellt. Stattdessen hat man ein Gesetz verabschiedet, dann das nächste. Gott allein weiß, für wie viele Tragödien diese Gesetze noch verantwortlich sein werden.«

Es trat Ruhe ein, und Richter Leary vertagte die Sitzung bis nach dem Mittagessen.

3

Als die Verteidigung das Kreuzverhör aufnahm, stellte Barry Saunders und nicht Martin Tierney selbst die Fragen in Vertretung für den Fötus.

Der Vorsitzende von Christian Commitment war ein groß gewachsener Mann mit kleinen, schlauen Augen, leicht gespitzten Lippen und kahl geschorenem Schädel. In Sarahs Augen wirkte er wie der Prototyp eines Fußballtrainers, rau, aber herzlich, berechnend und bedacht darauf zu gewinnen.

»Handelt es sich bei dem Eingriff, den Sie vorzunehmen gedenken, um eine so genannte Teilgeburtsabtreibung?«

Flom sah ihn eindringlich an. »Für die Medizin gibt es etwas Derartiges nicht. Dieser Begriff wurde von Politikern und radikalen Abtreibungsgegnern erfunden.«

Saunders stemmte die Hände in die Hüften. »Sie meinen also, es kommt nicht vor, dass Babys teilweise entbunden werden, um ihnen dann den Schädel einzuschlagen?«

»Dieses Verfahren kann angewandt werden«, antwortete Flom, »wenn es der einzig sichere Weg ist, Leben oder Gesundheit der Mutter zu retten. In dem hier vorliegenden Fall kann ich darauf verzichten.«

»Können Sie? Dann haben Sie die Absicht, den Fötus zu zerlegen und stückweise zur Welt zu bringen?«

Sarah spürte, wie Mary Ann unter dem Tisch nach ihrer Hand griff. »Nein.« Floms Stimme blieb ruhig. »Machen wir uns nichts vor, Mr. Saunders. Eine medizinische Notsituation, die eine Spätabtreibung erforderlich macht, ist weder einfach noch angenehm. Das zur Diskussion stehende Gesetz verbietet jeden medizinischen Eingriff zur Erhaltung von Mary Anns Gebärfähigkeit, einschließlich den von mir bevorzugten.«

»Wie um alles in der Welt«, fragte Saunders prompt, »wollen Sie dann Mary Ann Tierneys Kind vom Leben in den Tod befördern?«

Flom linste zu Sarah. »Verzeihung«, sagte er höflich, »vielleicht sollten wir beide die Entscheidung anderen überlassen, ob ein Fötus ohne Gehirn ein Leben im herkömmlichen Sinn hat …«

»Darauf werden wir noch zu sprechen kommen«, gab Saunders zurück. »Beschränken Sie sich auf die Beantwortung meiner Fragen.«

Flom verschränkte die Arme. »Eine medizinische Notsituation wie die hier vorliegende, Mr. Saunders, ist eine Tragödie für alle Beteiligten. Die Frage bleibt, welches Verfahren das sicherste für Mary Ann ist. Gestatten Sie mir eine Nachhilfestunde in Geschichte?«

Saunders machte eine wegwerfende Handbewegung, um Hilflosigkeit und Ungeduld anzudeuten. »Machen Sie schon. Offenbar kann Sie ohnehin niemand daran hindern.«

Am Tisch der Verteidigung blickte Martin Tierney mit gerunzelter Stirn vor sich hin. Sarah fragte sich, wie diese Prozedur bei ihm ankam; Saunders' verdeckte Schikanen und sein Anti-Intellektualismus schienen Tierneys Glauben an das Argument und die Kraft der Vernunft diametral zu widersprechen.

»Zunächst einmal«, sagte Flom, »ist es ein Irrglaube anzunehmen, Spätabtreibung gäbe es erst seit Roe versus Wade. Bereits 1716 kursierte in England ein medizinisches Traktat, in dem zur Rettung des Lebens der Mutter vorgeschlagen wurde, das Gehirn des Fötus vor der Geburt zu entfernen.

Im Grunde genommen habe ich dieses Verfahren auch in diesem Fall vor, obwohl davon auszugehen ist, dass der Inhalt der Gehirnschale minimal ist – von Flüssigkeit abgesehen.«

Saunders verzog vor Abscheu den Mund. »Sie wagen kühne Hypothesen, Doktor. Ist es Ihnen möglich, genau zu beschreiben, wie Sie dieses Leben zu beseitigen gedenken, das Sie für so wertlos halten?«

Sarah erhob sich instinktiv, um zu protestieren, setzte sich aber dann wieder. »Kein Leben ist wertlos«, erwiderte Flom scharf. »Aber als Arzt bin ich mir bewusst, dass genau die Art der Missbildung, die diesen Fötus zu einem nahezu hoffnungslosen Fall macht, Mary Anns Chancen bedroht, später normal entwickelte Kinder zu bekommen. Dieses Gesetz hindert mich daran, ihr zu helfen. Und genau dagegen verwahre ich mich als Arzt. Als Arzt, Mr. Saunders, stehe ich vor dem Problem, ein auf unnatürliche Weise vergrößertes, mit Flüssigkeit angefülltes Gebilde, den Kopf des Fötus, durch die Öffnung eines semi-elastischen Behältnisses zu bringen, der Gebärmutter, was jedoch nicht möglich ist, ohne die Öffnung oder das Behältnis selbst zu verletzen.«

Sarah spürte, wie Mary Anns Griff fester wurde. Alle Anwesenden im Saal lauschten gebannt. »Eine Technik«, sagte Flom in Richtung Saunders, »die Sie offenbar ablehnen, besteht darin, das Kind mit den Füßen voraus bis zum Kopf zur Welt zu bringen, um dann das Gehirn abzusaugen. Nach der meines Erachtens sichersten Methode wird das Gehirn abgesaugt, noch bevor der Geburtsvorgang eingeleitet wird.

Ich habe diese Methode exakt dreitausend-einhundert-siebenundsechzig Mal angewandt.« Flom sah an Saunders vorbei und schien Martin Tierney anzusprechen. »Unter all diesen Fällen gab es fünf Klinik-Einweisungen auf Grund von Komplikationen, drei Bluttransfusionen, keine nachträglichen chirurgischen Eingriffe und keine Fälle von Unfruchtbarkeit. Ist der Weg für einen Eingriff erst einmal frei, garantiere ich, dass Mary Ann auch in Zukunft Kinder bekommen kann.«

Martin Tierneys blasse Augen blickten nachdenklich. Wie für sich schüttelte er den Kopf, um dann aufzustehen und Richter Leary zu bitten: »Gestatten Sie einige Fragen an den Zeugen, Euer Ehren. Er schien mich direkt anzusprechen, als Vater, wenn nicht als zukünftiger Großvater.«

»Fahren Sie fort«, ordnete Leary an. »Sie, Mr. Saunders, können sich setzen.«

Ohne Tierney anzusehen, kehrte Saunders zum Tisch der Verteidigung zurück und nahm wieder Platz. Tierney trat näher an Flom heran. »Sagen Sie, ist es irgendwie möglich, dass dieses Kind vielleicht doch mit einem normalen Gehirn zur Welt kommt?«

»Einspruch«, kam es von Sarahs Seite. »Rein theoretisch ist fast alles möglich. Die Frage sollte eher lauten, wie wahrscheinlich ...«

»Sind Sie im Zeugenstand?«, unterbrach Leary, »oder schreiben Sie dem Zeugen vor, was er auszusagen hat? Setzen Sie sich, Ms. Dash. Und Sie, Dr. Flom, beantworten Sie die Frage.«

»Es ist höchst unwahrscheinlich, Euer Ehren.«

»Aber rein medizinisch möglich«, insistierte Leary.

»So ausgedrückt, ja.«

Leary warf Sarah einen triumphierenden Blick zu; sie fragte sich, ob ihn ihr Fall oder ihre Person so erboste, dass er meinte, sie vor ihrer Klientin, ihrem Zeugen und Millionen von Zuschauern demütigen zu müssen. Jedenfalls war sie gewarnt; Flom war nun auf sich gestellt.

»Sie sollten wissen, Dr. Flom, dass mögliche Risiken für die Fruchtbarkeit unserer Tochter meine Frau und mich über alle Maßen belasten. Können Sie das akzeptieren?«

»Natürlich.«

Tierney hielt inne, sackte unter der Last seiner elterlichen Verantwortung in sich zusammen. »Sie setzen dieses Risiko bei fünf Prozent an, korrekt?«

»So ist es.«

»Aber das ist kein verlässlicher Wert?«

»Nein, es ist eine Schätzung. Könnte auch höher oder niedriger sein.«

»Das Risiko könnte also bei vier Prozent liegen, oder drei.«

»Ja.«

»Es gibt sogar Studien, die nur zwei Prozent veranschlagen oder noch weniger.«

Flom zögerte. »Das stimmt«, antwortete er. »Aber für meine eigene Tochter würde ich nicht einmal dieses Minimal-Risiko für akzeptabel halten.«

»Wenn mein Enkel in Ihrer Sichtweise ›normal‹ wäre, aber dasselbe Risiko für Mary Ann bestünde, würden Sie dafür plädieren, ihn abzutreiben?«

Flom runzelte die Stirn. »Es zu tun wäre höchst ungewöhnlich, Professor Tierney. Ich war mit einer derartigen Frage noch nicht konfrontiert.«

»Stellen Sie sich der Frage, Doktor. Ohne dieses Gesetz läge die Entscheidung bei Ihnen.«

Flom zögerte. »Unter diesen Umständen glaube ich nicht, dass ich es tun würde.«

»Ihre Entscheidung gründet also auf der Annahme, dass mein Enkel nicht ›normal‹ ist.«

»Ich halte es für wichtig, Professor Tierney, die Aussichten auf ein menschenwürdiges Leben dieses Kindes gegen die Risiken eines klassischen Kaiserschnitts abzuwägen.«

Tierney trat näher. »Aber haben Sie dabei nicht das Gefühl, Sie spielen Gott? Worauf gründet Ihr Urteil überhaupt?«

»Auf den Standards der medizinischen Ethik …«

»So wie Sie diese auslegen? Angenommen, es besteht kein Risiko für Mary Ann, stattdessen jedoch stellen Sie im sechsten Schwangerschaftsmonat fest, dass ihr Kind am Down-Syndrom leidet. Würden Sie, wenn es dieses Gesetz nicht gäbe, auf Bitten Mary Anns das Kind abtreiben?«

Flom verschränkte wieder die Arme. »Unter diesen Umständen«, sagte er schließlich, »hätte ich bei einem Abbruch ein ungutes Gefühl.«

Tierney zog die Augenbrauen hoch. »Aber es würde sich jemand finden?«

»Das kann ich nicht beantworten, Professor. Aber erklären Sie mir, warum in einem derartigen Fall die Großeltern das letzte Wort haben sollen, anstatt die Mutter entscheiden zu lassen, ob sie in der Lage ist, ein Kind mit Down-Syndrom großzuziehen.« Flom versuchte, die Gewichtung etwas zu verschieben. »Außerdem haben wir es hier nicht mit einem Down-Syndrom zu tun, sondern mit einer ungleich schwerwiegenderen Missbildung, mit möglicherweise verheerenden Konsequenzen für Ihre Tochter …«

»Was in Ihren Augen eine ›medizinische Notsituation‹ darstellt, die eine Abtreibung rechtfertigt.« Tierney hielt inne und sah ihn eindringlich an. »Was hält Sie eigentlich davon ab, Dr. Flom, hinter jeder gewünschten Spätabtreibung eine ›medizinische Notsituation‹ zu sehen?«

Zum ersten Mal reagierte Flom sichtlich wütend. »Meine ethischen Grundüberzeugungen – die mit denen meines Berufsstands übereinstimmen.«

»Wenn wir schon von Ihren ethischen Grundüberzeugungen sprechen«, erwiderte Tierney unbeeindruckt, »habe ich richtig gehört und Sie haben gesagt, die fötale Chirurgie ermögliche es, dass dreißig Prozent aller Föten mit einem Wasserkopf ›normal‹ geboren werden?«

»Grob geschätzt, ja.«

»Aber die Ärzte führen derartige Operationen nicht mehr durch?«

Flom lehnte sich zurück. »Die Ergebnisse bei den verbleibenden siebzig Prozent waren mehr als unbefriedigend.«

»Somit erlauben Ihnen also die ethischen Grundüberzeugungen Ihres Berufsstandes, meinem Enkel die bei dreißig Prozent liegende Chance, dass er ein normales Gehirn entwickelt, zu verweigern. Und ihn stattdessen abzutreiben, weil mit seiner Geburt ein minimales Risiko späterer Unfruchtbarkeit der Mutter verbunden wäre.«

»Professor Tierney«, sagte Flom, »wir sprechen hier über Hypothesen, nicht über Fakten. Wenn Sie mir sagen, die Chancen im Fall dieses Fötus, ein normales Gehirn zu entwickeln, liegen bei fünf Prozent, höre ich Ihnen mit Interesse zu. Aber das können Sie nicht. Stattdessen haben wir dieses Gesetz.«

»Das unsere Tochter schützt«, erwiderte Tierney, »und unsere Familie, von der Sie nichts, aber auch gar nichts wissen. Und dennoch haben Sie vor, unsere Stelle als Eltern einzunehmen.«

»Nein«, antwortete Flom entschlossen. »Ich habe vor, als Arzt zu handeln, nach bestem Gewissen, und eine Entscheidung, was in dieser Tragödie zu tun ist, Mary Ann zu überlassen. Wenn Sie ihr diese Entscheidung wegnehmen, zeugt das von Verachtung der medizinischen Wissenschaft wie auch Ihrer Tochter.«

Hier stutzte Tierney. Fasziniert beobachtete Sarah, wie er als Vater mit dem Dilemma eines Rechtsanwalts konfrontiert war: Hatte er genügend erreicht und würden weitere Schritte nicht mehr schaden als nützen?

Mary Ann, die neben ihr saß, hielt den Atem an. »Keine weiteren Fragen«, sagte Tierney.

Es verging keine Sekunde, und Sarah war aufgesprungen. »Warum nehmen Sie Spätabtreibungen vor, Dr. Flom?«

Flom betrachtete sie; dabei wirkte er müde, aber würdevoll. »Um Leben und Gesundheit der Mutter zu retten.«

»Wie stehen Sie zu diesen Eingriffen?«

»Es ist schwierig, auch für meine Kollegen – manchmal träume ich davon.« Mit einem Blick zu Tierney fügte er hinzu: »Mein ursprünglicher Wunsch war es, Babys zur Welt zu bringen und nicht Problemschwangerschaften abzubrechen.«

»Wie kam es dazu?«

»Die Frauen brauchen mich. Geburtshelfer sind beliebt – Ärzte, die Spätabtreibungen vornehmen, nicht.« Er atmete durch und sagte dann in einem strengeren Ton: »Wissen Sie, warum ich mehr als tausend Spätabtreibungen vorgenommen habe? Weil nur zwei Ärzte in Kalifornien diesen Eingriff vornehmen.«

»Warum so wenige?«

»Weil wir schikaniert werden von Gruppen wie Christian Commitment. Meine Frau wurde im Supermarkt angesprochen, wurde gefragt, warum sie einen Babykiller geheiratet habe …«

»Einspruch!«, rief Saunders. »Das ist Verleumdung, unbegründet und irrelevant …«

Sarah unterbrach. »Sie erheben Einspruch? Ich erhebe Einspruch gegen die Demonstranten, die uns heute Morgen belästigt haben.« An Leary gewandt sagte sie: »Ich bin aufgebracht und entschuldige mich dafür. Aber Mr. Saunders ließ durchklingen, Dr. Flom würde gefühllos, ja sogar gedankenlos handeln. Ich verlange, dass Mr. Saunders ihn zumindest aussprechen lässt.«

Zum ersten Mal schien Leary sie mit einer Art Respekt zu betrachten. »Sprechen Sie weiter«, sagte er zu Flom.

Flom drehte sich um und wandte sich direkt an Saunders. »Es hat Morddrohungen gegeben – gegen mich und meine Frau. Weil bereits Ärzte ermordet worden sind, muss ich sie ernst nehmen.

Unsere Klinik wird jetzt bewacht. Ehe ich hierher kam, habe ich mit meiner Familie gesprochen und die Kollegen in der Klinik informiert. Weil sie selbst durch meinen Auftritt als Zeuge im Fernsehen unmittelbar bedroht sind.«

Langsam wandte er sich an Tierney. »Sie sehen also, Professor Tierney – ich spiele keineswegs Gott. Ich spiele nicht mit dem Leben meiner Patientinnen und auch nicht mit dem meiner Familie oder meiner Kollegen. Ich möchte lediglich in Ruhe gelassen werden, vom Kongress und von Ihren Verbündeten, damit ich als Arzt mein Bestes geben kann.«

Saunders wollte protestieren, doch Tierney fasste ihn am Arm, und anschließend herrschte Schweigen im Gerichtssaal.

»Keine weiteren Fragen«, sagte Sarah.

4

»Wenn wir Ihre Bestätigung nicht durchkriegen«, sagte Adam Shaw zu Caroline, »ohne auch nur eine Frage zum Thema Abtreibung zu beantworten, dann sind wir Amateure.«

Sie saßen um einen Tisch in einem holzvertäfelten Konferenzzimmer im Westflügel. Ihre anderen Gesprächspartner, Ellen Penn und Clayton Slade, lächelten wissend; als Berater hatte Shaw bereits zwei Kandidaten für das Oberste Bundesgericht durch die Prozedur einer Senatsbestätigung begleitet. Er wusste, zu welchem Spießrutenlauf sich das Verfahren entwickelt hatte.

»Eine entgegenkommende Haltung ist riskant«, bestätigte Ellen. »Bob Bork hat versucht, auf die Fragen einzugehen, und es hat ihm das Genick gebrochen.«

Einmal mehr fühlte Caroline, dass sie in eine Grauzone zwischen Politik und Juristerei geraten war, in der Offenheit eine Bedrohung und Ehrlichkeit ein Fluch war. »Also nicht die lange herbeigesehnte Chance zu zeigen, wie brillant ich bin.«

»Es ist deren Chance«, antwortete Shaw. »Ihr Job ist es, zehn von achtzehn Senatoren im Ausschuss und einundfünfzig von hundert im gesamten Senat dazu zu bewegen, Ihnen ihre Stimme zu geben. Je mehr sie labern, während Sie nur zuhören, um so geringer ist die Chance, dass Sie ins Fettnäpfchen treten.« Er warf Ellen Penn einen ironischen Blick zu. »Wie die Vizepräsidentin weiß, werden ihre ehemaligen Kollegen diese Gelegenheit zu einem Fernsehauftritt dankbar beim Schopf ergreifen. Allen voran Chad Palmer.«

»Ich nenne es die Achtzig-zu-zwanzig-Regel«, sagte Ellen zu Caroline. »Wenn die Herren über achtzig Prozent der Zeit das Wort führen, gewinnen Sie. Wenn es nur sechzig Prozent sind, bedeutet das Probleme für Sie. Ist das Verhältnis fifty-fifty, dann sitzen Sie ganz schön in der Patsche.

Diese Leute haben Ihr Schicksal in der Hand. Unsere Aufgabe in den nächsten Wochen wird es sein, aus Ihnen die bestpräparierte Kandidatin zu machen, die Palmer je untergekommen ist. Ob Sie es mögen oder nicht, das heißt die mit den umfassendsten Kenntnissen.«

Clayton nickte bestätigend. »Wir werden Ihnen gebündelte Informationen zu allen möglichen Themen zukommen lassen. Ein Tross von Juraprofessoren wird Sie über die neuesten Entwicklungen informieren. Dann werden wir Sie auf ein Himmelfahrtskommando schicken ...«

»›Himmelfahrtskommando‹?«, fragte Caroline. »Etwas wie Probe-Anhörungen?«

»Himmelfahrtskommando«, antwortete Shaw, »trifft die Sache recht gut. Im Anhörungssaal schweigt die Verfassung, und Palmer und seine Leute spielen sich als Götter auf. Regeln gibt es keine, und einige Ausschuss-Mitglieder halten sich nicht einmal an die Regeln des Anstands. Stellen Sie sich vor, Sie stehen im Mittelpunkt all der schlecht gelaufenen Anhörungen im letzten Vierteljahrhundert.« Shaw fixierte Caroline. »Sie könnten dazu gezwungen werden, Ihr Leben offen zu legen – wie John Tower.

Ihre Vermögenslage wird öffentlich gemacht – wie bei Nelson Rockefeller.

Sie werden mit den Äußerungen konfrontiert, die Sie vor zwanzig Jahren in einer Mittagspause gemacht haben – wie Clarence Thomas.

Die Herren könnten sich dafür interessieren, welche Videos Sie bei Blockbuster ausleihen – wie im Fall von Robert Bork.

Vertrauliche medizinische Unterlagen könnten zerpflückt werden – wie jene von William Rehnquist.

Ihr früherer Umgang mit Drogen oder Alkohol könnte gegen Sie verwendet werden – wie im Fall von Douglas Ginsberg. Und ständig werden der Ausschuss, das FBI und alle möglichen feindlich gesinnten Interessengruppen mehr zu Tage fördern.« Shaw lehnte sich zurück, und seine Stimme wurde weicher. »Unsere Aufgabe ist es, sicherzustellen, dass Ihre Antworten so plausibel und überzeugend und so nichtssagend wie möglich sind. So dass der Ausschuss sich eher zu Beratungen zurückzieht anstatt neue Fragen zu stellen.«

Nichts davon erschreckte oder überraschte Caroline. Was nicht angesprochen wurde und was ihr Sorgen bereitete, war die Sache mit Brett und die zwiespältige Rolle Chad Palmers, der sie gleichzeitig schützen und befragen sollte. »Wann werde ich Senator Palmer vorgestellt?«, fragte sie.

»Bald«, antwortete Shaw. »Zunächst werden Sie jedem Ausschussmitglied einen Höflichkeitsbesuch abstatten, angefangen bei Chad Palmer. Wir werden Ihnen sagen, vor wem Sie sich besser mehr in Acht nehmen ...«

»Aber Palmer spielt die entscheidende Rolle.«

»Das stimmt – aber auch Macdonald Gage. Wir werden versuchen, auch mit ihm einen Vorstellungstermin zu vereinbaren. Am wichtigsten aber ist, dass wir ihm keine Munition liefern.«

Caroline wurde bewusst, dass die Bestätigung ihrer Nominierung und noch mehr von den komplexen Motiven und Ambitionen zweier Männer abhing, die sie nicht kannte. »Sie werden nicht allein an der Front stehen«, sagte Ellen zu ihr. »Unsere Leute werden jeden einzelnen der Senatoren im Auge behalten. Der Führer der Senatsminderheit und der ranghöchste Demokrat im Ausschuss werden darauf achten, dass Ihre Interessen gewahrt bleiben. Wir werden mit den besten Zeugen zur Unterstützung Ihrer Nominierung aufwarten, und mit diversen Empfehlungen, von der ABA bis zum Gewerkschaftsdachverband.« Ellen strahlte Energie und Zuversicht aus. »Und wenn alle Stricke reißen, gibt es immer noch Präsident Kilcannon. Er hat die Bestätigung Ihrer Nominierung zum ersten Test seiner Präsidentschaft gemacht.«

Ellens Worte machten noch einmal deutlich, was für alle Beteiligten auf dem Spiel stand. Caroline sagte trocken: »Ich werde dran denken, wenn es so weit ist.«

Die anderen, sogar Clayton, lächelten. »Aber welche Fragen auch immer kommen«, sagte Adam Shaw ebenso trocken, »werden Sie bloß nicht nervös – Fernsehkameras zeichnen auch Ticks auf. Al Haig wackelte mit den Knien und Kissinger fasste sich an die Nase, wenn es gefährlich wurde.«

»Womit wir bei der Frage der Optik wären«, sagte Clayton. »Wir lassen Plätze reservieren, so dass Ihre Familie und Jackson Watts hinter Ihnen sitzen können.«

Caroline nickte. Sie spürte, wie ihre Vergangenheit der Gegenwart nahe rückte – und welche Gefahren das barg. »Gibt es neue Entwicklungen, die zum Problem werden könnten?«, fragte Clayton.

Caroline überlegte. »Nur eine Sache«, antwortete sie. »Unser Gericht veröffentlicht demnächst einen En-banc-Beschluss im Fall eines Gefangenen namens Orlando Snipes.

Darin könnte Konfliktstoff liegen. Snipes verklagte die Gefängnisverwaltung, weil sie nicht imstande sei, ihn vor den gewaltsamen sexuellen Übergriffen seines Zellengenossen zu schützen. Der ursprüngliche, von Lane Steel zu verantwortende Beschluss verweigerte Snipes das Recht, Klage zu erheben …«

»Steele ist kein Unbekannter für mich«, unterbrach Shaw. »Er sieht sich als der geistige Erbe von Roger Bannon.«

»So ist es. Gleich nachdem ich Steeles Urteilsbegründung gelesen habe, habe ich eine En-banc-Anhörung beantragt.

Das Gericht gab meinem Antrag mit elf gegen zehn Stimmen statt. Elf Richter hörten den Fall erneut und hoben den alten Beschluss mit sechs gegen fünf Stimmen auf. Ich war die treibende Kraft, und beide Male kam mir die entscheidende Stimme zu.«

»Stammt die Schriftform des Beschlusses von Ihnen?«, fragte Clayton.

»Am Tag der Wiederanhörung erreichte mich die Benachrichtigung des Präsidenten, weshalb mein Freund und Mentor Blair Montgomery die Aufgabe übernommen hat, die Begründung des Gerichts zu schreiben. Als Grund gab er an, ich selbst sei überlastet, aber in Wahrheit wollte er verhindern, dass ich bei den Senats-Anhörungen Ärger bekomme.«

»Reicht das aus?«, fragte Ellen. »Wenn Sie die Wiederanhörung veranlasst haben, kommt das auch ans Tageslicht.«

»Sollte es eigentlich nicht. Einige Aspekte – meine Rolle in der Sache und unsere Motive – sollten intern bleiben.« Caroline hielt inne und sah Clayton an. »Blair hat versucht, die Sache so darzustellen, als sei ich nur eine der Stimmen, die seinen Standpunkt unterstützt haben.«

»Hat Steele Widerspruch eingelegt?«, fragte Shaw.

»Hat er. Insbesondere beschuldigte er Blair, ein neues Hobby für Strafgefangene zu kreieren, die, ihrer normalen Beschäftigung beraubt, nun die Wahrheit verbiegen könnten. Lane hält sich für unglaublich sprachbegabt.«

Shaw runzelte die Stirn. »Es klingt so, als hätte Montgomery Ihnen einen Gefallen getan. Aber wir sollten gefasst sein. Wir brauchen Kopien der schriftlichen Urteilsbegründung und von Steeles Widerspruch.«

Caroline nickte. »Kann ich sonst noch was tun?«

»Es geht eher darum, was Sie nicht tun sollten.« Clayton lehnte sich zurück und verschränkte die Arme. »Wie es im Moment aussieht, gewinnen wir. Tun Sie also von jetzt an bis zum Tag der Abstimmung über Ihre Nominierung so, als wären Sie der Bräutigam bei einer Hochzeit. Die Regeln sind dieselben: Verhalten Sie sich ruhig und bleiben Sie im Hintergrund – keine Reden, keine Briefe, keine öffentlichen Auftritte.

Wir brauchen einundfünfzig Stimmen, streben jedoch einhundert an. Wenn Sie nämlich Schwierigkeiten bekommen, und MacGage kriegt Wind davon, lässt er Sie durch rechts stehende Senatoren zu Tode filibustern, um so zu verhindern, dass Sie auch nur zu einer einzigen Stimme kommen.

Nach den Regeln des Senats braucht Gage nur einundvierzig Gegenstimmen, wollte jemand von uns einen Filibusterer ausschalten. Das bedeutet, Sie könnten neunundfünfzig Senatoren auf Ihrer Seite haben, aber dennoch nie zur Vorsitzenden des Obersten Bundesgerichts gekürt werden.«

Ellen schaute ihn erstaunt an. »Das wäre höchst gewagt«, sagte sie. »Gage kann es noch so sehr darauf abgesehen haben, dem Präsidenten das Genick zu brechen, aber das würde den Senat vor eine Zerreißprobe stellen. Gage ist nicht verrückt.«

»Natürlich nicht«, pflichtete Clayton bei. »Aber ich glaube auch nicht, dass er frei entscheiden kann. Es gibt Leute, denen er Rechenschaft schuldig ist.«

Obwohl sie im Mittelpunkt der Unterredung stand, fühlte sich Caroline als Außenseiterin, kurz davor, eine für sie undurchschaubare Welt zu betreten. Für einen Moment verengten sich Ellens Augen nachdenklich. Dann wandte sie sich an Caroline. »Halten Sie sich einfach an die Regeln, Caroline. Wir kümmern uns um den Rest.«

5

Sarah beobachtete, wie Siobhan Ryan den Zeugenstand betrat, und fühlte in diesem Augenblick das ganze Gewicht ihrer Verantwortung. Als Anwältin hatte ihre ausschließliche Sorge Mary Ann zu gelten; als Frau hätte sie Ryan lieber nicht hier gehabt, was offensichtlich auch auf Barry Saunders zutraf.

»Euer Ehren«, sagte er, »Mrs. Ryan ist uns bestens bekannt. Sie tritt professionell als Zeugin für die Seite der Abtreibungsbefürworter auf. Ihre eigenen Erfahrungen hat sie als Erwachsene gemacht, nicht als Minderjährige, und dass sie dieses Gesetz seit jeher bekämpft, ist ebenfalls bekannt. Als Zeugin ist sie somit befangen, und ihre Aussagen sind irrelevant für den Fall Mary Ann Tierney.«

»Sie sind von höchster Relevanz«, erwiderte Sarah, »was Mr. Saunders auch weiß. Das Gericht hat seine Bereitschaft bekundet, alle Zeugen zu hören, und deren Aussagen selbst zu gewichten. Geben Sie der Zeugin das Wort, und die wahren Gründe für Mr. Saunders' Einwände werden offensichtlich.«

Vom Zeugenstand aus beobachtete Ryan diesen Wortwechsel mit einem Anflug müder Resignation, als hätte sie sich längst an derlei Anfeindungen gewöhnt. Sie war Ende dreißig, hatte eine blasse Haut, feine Gesichtszüge, runde, dunkle Augen und schwarzes, kurz geschnittenes Haar. Sarah hoffte, Leary würde sie als das sehen, was sie war: eine zurückhaltende Frau, die sich gezwungen hatte, hierher zu kommen.

»Sollte die Aussage der Zeugin irrelevant sein«, sagte Leary zu Saunders, »kann ich sie selbst unterbrechen.«

Als Sarah auf die Zeugin zuging, war sie sich der Kameras in ihrem Rücken bewusst, deren aufdringliche Präsenz Siobhan Ryans Leben noch mehr verändern würde.

»Wiederholen Sie bitte, für die Unterlagen, Ihren vollen Namen«, begann Sarah.

»Ja«, erwiderte sie. »Siobhan Elizabeth Ryan.«

»Sind Sie verheiratet?«

»Ja.«

Ryans leise Stimme zog die Aufmerksamkeit aller Anwesenden im Gerichtssaal auf sich. Leary beugte sich nach vorne, um jedes einzelne Wort zu verstehen; nur Barry Saunders, der das Gesicht verzog, schien diese Atmosphäre nicht zu passen.

»Wurden Sie religiös erzogen?«, fragte Sarah.

»Ja, meine Eltern sind Iren und katholisch. Ich habe eine Konfessionsschule besucht und bin gefirmt worden.«

»Würden Sie sich auch noch heute als praktizierende Katholikin bezeichnen?«

»Ja.«

»Sind Sie auch Pro-Life?«

»Euer Ehren«, rief Saunders, »ich erhebe Einspruch! Wie aus der weiteren Aussage hervorgehen wird, ist es eine Beleidigung unserer Bewegung und eine Täuschung des Gerichts, wenn Mrs. Ryan sich als Pro-Life bezeichnet.«

Sarah ließ sich nicht dazu herab, ihn anzusehen. »Wir befinden uns in einem Gericht«, sagte sie zu Leary, »nicht in der Kirche des Barry Saunders. Es steht Mr. Saunders nicht an, Mary Ann Tierneys Zeugen zu exkommunizieren oder ihm unerwünschte Aussagen zu zensieren.«

Die Bemerkung veranlasste den Richter zu einem Schmunzeln.

Dieses Mal war das Fernsehen eine echte Hilfe, dessen war sich Sarah sicher; es war unmöglich, dass Leary dieser zerbrechlichen Frau das Wort einfach abschneiden würde. »Lassen Sie Mrs. Ryan aussprechen«, sagte er zu Saunders. »Von Ihnen höre ich noch früh genug.«

Saunders lächelte mit beunruhigender Liebenswürdigkeit und setzte sich; es wäre zu schade, dachte Sarah, wenn er so schlau wäre, seinen Ton zu ändern. Abermals wandte sie sich der Zeugin zu. »Ja«, sagte Ryan entschieden, »ich bin gegen Abtreibung als eine Form der Geburtenkontrolle.«

»Waren Sie schon immer dieser Meinung?«

»So ist es. Meine Eltern sind und waren fest davon überzeugt. Als ich noch ein Teenager war und unser Gemeindepfarrer eine Demonstration gegen eine Abtreibungsklinik organisierte, habe ich daran teilgenommen.« Sie neigte den Kopf nach unten, und ihr Blick schien nach innen gewandt. »Damals war ich nicht sehr tolerant. Als ich neunzehn war, und meine beste Freundin ihr Kind abtreiben ließ, habe ich den Kontakt zu ihr abgebrochen. Das ist etwas, dessen ich mich heute schäme.«

»Glauben Sie noch immer, dass Ihre Freundin falsch gehandelt hat?«

»Ja.« Ryans Stimme wurde noch sanfter. »Aber sie hätte eine bessere Freundin verdient.« Mary Ann Tierney blickte nach unten; Sarah vermutete, dass sie sich die Reaktionen ihrer eigenen Freunde ausmalte. »Gibt es Erfahrungen im Erwachsenenalter, die Sie in Ihrer Überzeugung bestätigt haben?«

Ryan blickte zu Martin Tierney. »Ich bin Kinderkrankenschwester. Fast jeden Tag sehe ich das Wunder des Lebens, und welche Fortschritte die Medizin gemacht hat – von der fötalen Chirurgie bis hin zu den Versorgungsmöglichkeiten Frühgeborener. Meiner Ansicht nach hat uns die Wissenschaft gelehrt, dass ein Fötus nicht nur ein Gewebeklumpen ist, und dass es unsere Pflicht ist, ungeborenes Leben zu schützen.«

Die Aufrichtigkeit dieser Antwort, dachte Sarah, machte Ryans Auftritt noch überzeugender und schmerzlicher. »Kurz nach Ihrer Heirat«, fragte sie, »wurden Sie schwanger?«

Die Erinnerung daran ließ Ryan selbst jetzt innehalten. »Ja.«

»Haben Sie von den Möglichkeiten der pränatalen Diagnostik Gebrauch gemacht?«

»Nein. Natürlich war mir bewusst, welche Tests es gibt. Aber ich war gerade fünfundzwanzig, weit unter dem Risikoalter, und mein Mann und ich würden ein Kind nie abtreiben, nur weil es behindert ist.« Abermals sah Ryan zu Martin Tierney; mehr als Sarah schien sie in Tierney eine moralische Autorität zu sehen. »Insbesondere haben wir darüber gesprochen, ob wir ein Baby mit Down-Syndrom lieben und großziehen könnten, und wir waren sicher, dass das der Fall sei.«

Sarah trat näher an sie heran. »Und dann haben Sie doch ein Sonogramm machen lassen?«

»Im vierten Schwangerschaftsmonat.« Ryan hielt inne. »Alles war in Ordnung. Aber das Geschlecht ließ sich nicht erkennen, und mein Mann konnte nicht dabei sein. Der Arzt war Mitglied unserer Kirchengemeinde und ein Freund unserer Familie. Ich sollte mich sechs Wochen später noch einmal untersuchen lassen.«

»Haben Sie während dieser Wochen irgendwelche Veränderungen Ihres Zustands bemerkt?«

»Nur, dass ich mich schwerer als erwartet fühlte, und dass mein Bauch im Vergleich mit anderen schwangeren Frauen dicker war.« Ryan sprach mit monotoner Stimme, wie um dieser schon oft erzählten Geschichte den Stachel zu nehmen. »Ohne das Sonogramm hätte ich vielleicht gedacht, ich bekomme Zwillinge. Aber so sagte ich mir, es ist alles in Ordnung.«

Aus den Augenwinkeln heraus bemerkte Sarah, wie Saunders nervös herumzappelte; Martin Tierneys wässrige Augen strahlten keinerlei Feindseligkeit aus. »Würden Sie uns bitte sagen«, fuhr Sarah fort, »was nach dem zweiten Sonogramm passiert ist?«

Einen Moment lang schloss die Zeugin die Augen und atmete hörbar durch. »Als wir das Sprechzimmer betraten, starrte Dr. Joyce auf das Sonogramm. Noch nie zuvor habe ich einen Arzt weinen sehen.«

Hier stand Saunders auf, langsamer als zuvor; seine Stimme

war nun auf den Ton mitfühlenden Respekts eingestellt. »Euer Ehren«, sagte er, »was auch immer die Motive sind, diese Aussage ist offensichtlich nur unter Schmerzen möglich. Wenn Ms. Dash auch nur eine Spur von Mitleid für ihre eigene Zeugin hat, dann schlage ich vor, wir einigen uns darauf, dass die Zeugin ihre Aussage unter Ausschluss der Öffentlichkeit zu Protokoll gibt. Die Staatsanwaltschaft sieht keinen Anlass dazu, Mrs. Ryan unnötig zu quälen.«

Die Heuchelei dieses Vorschlags war atemberaubend, dachte Sarah: Ryans Wirkung auf die Zuhörerschaft könnte von großem Schaden für Christian Commitment sein, stimmungsmäßig wie politisch, und Saunders war darauf bedacht, das Schlimmste zu verhindern. Sarah unterdrückte eine wütende Reaktion ihrerseits und vertraute stattdessen darauf, dass Ryan Saunders richtig einschätzen würde. Gelassen sagte Sarah zu Richter Leary: »Ich weiß Mr. Saunders' Vorschlag sehr zu schätzen. Vielleicht sollten wir Mrs. Ryan selbst fragen, wie sie fortzufahren gedenkt.«

Der Richter wandte sich an die Zeugin. »Mrs. Ryan?«

Ryans Augen waren feucht geworden; mit sanfter Stimme sagte sie: »Nun ist es etwas zu spät. Jahre zu spät, um genau zu sein. Ich bin bereit, fortzufahren.«

Diese etwas vage Bemerkung schien für Saunders völlig klar zu sein. Er wirkte wie ein Mann in einem unsichtbaren Käfig, der sich nur allzu bewusst war, was passierte, der aber nicht eingreifen konnte. Nur Wut und Anstand hielten Sarah davon ab, laut loszulachen.

»Ich danke Ihnen«, sagte sie zu Ryan. »Was hat der Arzt Ihnen gesagt?«

»Dass es ein Junge ist.« Ryan neigte den Kopf nach unten und fasste sich an die Augen. »Der Fötus wies schwere Missbildungen auf; so war zum Beispiel die Lunge kaum entwickelt. Nach diesem Moment habe ich nie wieder gespürt, ob sich unser Baby bewegte. Es war, als hätte es selbst zugehört und aufgegeben.«

»Haben Sie aufgegeben?«

»Keineswegs. In den folgenden drei Wochen suchten Mike und ich drei Spezialisten auf dem Gebiet der fötalen Chirurgie auf.

Zwei sagten, es sei aussichtslos. Einer meinte, mit etwas Glück könne er erreichen, dass unser Sohn ein Jahr lang lebt. Es wäre aber sehr teuer.«

»Waren Sie bereit, das auf sich zu nehmen?«

»Ja.« Ryan schien zu schlucken. »Mike und ich hofften entgegen aller Hoffnung, wenn wir ihm nur ein Jahr geben würden, würde sich etwas Neues ergeben. Neue medizinische Fortschritte.«

»Haben Sie sich dieser Operation unterzogen?«

»Nein.« Ryan starrte zur Decke, wie um sich selbst zu distanzieren. »Der Grund, warum ich mich so aufgeschwemmt fühlte, war ein Übermaß an Fruchtwasser. Als der Operationstermin da war, hatte die Gebärmutter einen Umfang, als wäre ich zehn Wochen weiter in der Schwangerschaft, und der Kopf des Kindes hatte begonnen anzuschwellen.«

»Hatte das Folgen für die Gesundheit des Kindes?«

»Für die des Babys und für meine eigene.« Ryan hielt inne, um dann wieder Sarah anzusehen. »Er hatte eine Art Wasserkopf, der möglicherweise die Entwicklung des Gehirns beeinträchtigte. Dr. Joyce hätte ihn nur mit einem klassischen Kaiserschnitt zur Welt bringen können.«

»Und wie hat das Ihre Entscheidung beeinflusst?«

Ryan verschränkte die Finger. »Eine Lunge hätten wir unserem Baby vielleicht geben können, aber nie ein Gehirn«, sagte sie ruhig.

»Wie haben Sie das Problem gelöst?«

Ryan sah weg und zuckte hilflos mit den Schultern. »Als Krankenschwester kannte ich die Risiken eines klassischen Kaiserschnitts. Und Mike und ich wollten noch mehr Kinder haben.«

»Was haben Sie dann getan?«

»Gebetet.« Ihre Stimme zitterte und ihre Augen glänzten wieder von Tränen. »Wir haben beschlossen, das Kind abzutreiben.«

Sarah gab ihr etwas Zeit, um sich zu erholen. »War Ihr Arzt bereit, diesen Eingriff vorzunehmen?«, fragte sie.

Ryan schüttelte den Kopf. »Er weigerte sich, und auch unser Priester war dagegen. Schließlich fanden wir einen Priester, der sagte, es sei keine Sünde, dass Gott uns die Gabe der Vernunft gegeben habe, um etwas damit zu erreichen.«

Martin Tierney schüttelte bedächtig den Kopf; auf Sarah wirkte die Geste unfreiwillig, wie ein Reflex.

»Wie ging es dann weiter?«

»Wir haben einen Spezialisten in San Francisco gefunden. Dr. Mark Flom. Nach dem Eingriff …«

Hier brach Ryan mitten in ihrer Rede ab, richtete den Blick in die Ferne, wo niemand sie erreichen konnte, doch als sie weitersprach, war ihre Stimme klar und fest. »Unser Baby hatte kein Gehirn. Man hat mir den Jungen in den Arm gelegt, mit einer Mütze auf dem Kopf. So konnten wir ihn halten, betrauern und schließlich begraben.«

Sarah gab ihr wieder etwas Zeit. »Haben Ihre Eltern Ihre Entscheidung gebilligt?«

»Nein. Sie haben drei Jahre lang jeglichen Kontakt zu mir verweigert.«

»Was hat sie zum Umdenken bewegt?«

Einen Moment lang schien Ryan in der Vergangenheit gefangen, dann antwortete sie: »Die Geburt unserer ältesten Tochter.«

Über die Schulter hinweg reichte Lara Kerry ein Glas Bushmills auf Eis und küsste seinen Nacken.

»Was siehst du dir an?«

»Den Abtreibungsprozess. So wie es aussieht, zeigt die Anwältin des Mädchens Christian Commitment, was eine Harke ist.«

Lara setzte sich neben ihn auf die Couch. Es war bereits dunkel in Washington; vom Fernseher abgesehen bildete der schwache Schein einer Lampe die einzige Lichtquelle im Raum. Auf dem Bildschirm wandte sich Sarah Dash an die Zeugin.

»Welche anderen Konsequenzen hatte Ihre Entscheidung für eine Spätabtreibung?«

Die Kamera schwenkte zu Ryan. In Großaufnahme waren ihre Augen klar, ihr Ausdruck gefasst. »Keine zunächst. Ich schämte mich geradezu. Dann lernte ich andere Frauen kennen, die sich diesem Eingriff aus medizinischen Gründen unterzogen haben, alle nach gewollten Schwangerschaften. Eine von ihnen sagte mir, dass das Gesetz zum Schutz des Lebens im Kongress anhängig sei. Sie fragte mich, ob ich nicht vor dem Senat über meine Erfahrungen sprechen wolle. Damit begann alles.«

Kerry fühlte sich unwohl beim Zusehen. Obwohl der Wahlkampf in Kalifornien ihn voll und ganz beansprucht hatte, kam es ihm doch auch gelegen, die Abstimmung zu versäumen: Unabhängig davon, wie er abgestimmt hätte, hätte das Gesetz zum Schutz des Lebens ihn die Wahl kosten können. »Barry Saunders würde mir ja Leid tun«, sagte er zu Lara, »wenn er es nur verdient hätte.«

»Welches Ziel verfolgten Sie damit«, fragte Sarah, »vor dem Senat auszusagen?«

Ryan wandte sich wieder Martin Tierney zu. »Wenn ich sechzehn gewesen wäre«, antwortete sie, »anstatt sechsundzwanzig, hätten meine Eltern ihr Veto eingelegt, und die Söhne und Töchter, die ich jetzt habe, würde es möglicherweise nicht geben.

Ich war der Meinung, den Senatoren sei das nicht ganz klar, und dass sie möglicherweise Mädchen im Teenager-Alter die Hoffnung wegnehmen, auch später noch Kinder zu bekommen. Das habe ich dem Ausschuss mitgeteilt.« Ryan hielt inne und fügte dann hinzu: »Sie haben das Gesetz dennoch verabschiedet. Und darum sind wir hier.«

Sarah blickte zu Barry Saunders; beide Hände auf dem Tisch, war er im Begriff aufzustehen und Widerspruch einzulegen. »Hatte die Aussage gegen das Gesetz zum Schutz des Lebens irgendwelche Konsequenzen für Sie und Ihre Familie?«

»Einspruch«, sagte Saunders prompt. »Welche Konsequenzen die Zeugin auch immer anführen mag: Das alles hat nichts damit zu tun, dass das Gesetz eindeutig verfassungsgemäß ist.«

»Alles hat mit diesem Gesetz zu tun«, sagte Sarah zu Leary. »Christian Commitment ist Teil einer Kampagne mit dem Ziel, Frauen einzuschüchtern, die sich offen gegen das Gesetz aussprechen. Und das Gesetz selbst geht auf die Anstrengungen dieser Leute zurück, medizinisch notwendige Maßnahmen unverhältnismäßig hochzuspielen, um das Recht auf Abtreibung generell in Frage zu stellen ...«

»Euer Ehren«, protestierte Saunders, »ich verwahre mich gegen diese Verunglimpfung unserer Motive ...«

»Sie waren schnell dabei, Mrs. Ryans Motive zu verunglimpfen«, erwiderte der Richter. »Setzen Sie sich und akzeptieren Sie, wie diese Verhandlung verläuft.«

Sarah war es unmöglich, Learys plötzliche Stimmungsumschwünge vorherzusehen. Diesen wollte sie sich möglichst schnell zunutze machen. »Gab es Konsequenzen für Ihre Familie?«

»Mehrere«, antwortete Ryan ruhig und gefasst. »Christian Commitment demonstrierte bei der Erstkommunion meiner Tochter. Dann veröffentlichten sie auf ihrer Webpage ein Foto des Grabes unseres Sohnes, zusammen mit einem Angriff auf meine Glaubwürdigkeit vor dem Senat ...«

»Was haben sie gesagt?«

»Dass ich die medizinischen Probleme unseres Sohnes, und meine eigenen, übertrieben habe. Und dass die Ermordung meines Sohnes der Grund dafür sei, warum sie mehr Spenden bräuchten, um das Leben anderer Kinder zu retten.« Ryans Ton war kalt, als sie Saunders direkt ansah. »Ich weiß nicht, wie viel Geld sie mit diesem Trick aufgetrieben haben. Sehr wohl weiß ich jedoch, dass Mike und ich Hassbriefe per E-Mail sowie Drohanrufe bekommen haben. Und dass meine Tochter in der zweiten Klasse von Mitschülern gesagt bekam, wir seien Mörder ...«

»Euer Ehren ...«

Tierney zugewandt, ignorierte nicht nur die Zeugin Saunders. »Ich teile fast alle Ihre Überzeugungen, Mr. Tierney, und ich bezweifle nicht die Ernsthaftigkeit Ihrer Absichten. Aber diesen Leuten liegt nichts an Ihrer Familie, oder der meinen. Wir sind lediglich ein Anlass zu mehr Propaganda und dafür, noch mehr Geld zu kassieren ...«

Plötzlich ertönten gravitätisch Learys Hammerschläge. Als er Sarah ansah, wirkte er weit weniger gravitätisch. Die amüsiert blitzenden Augen erinnerten an einen Iren, der sich an einem hinreißenden Witz erfreute. »Ich glaube, Sie haben Ihren Standpunkt klargemacht, Ms. Dash. Wir machen eine Pause von fünfzehn Minuten. Dann hat die Verteidigung das Wort.«

»Ich bedanke mich, Euer Ehren.«

Als Leary die Richterbank verließ, sah Mary Ann Tierney zu ihrer Mutter hinüber. Martin Tierney nahm Saunders beiseite; er sprach leise, und Saunders hörte geflissentlich zu.

Wenige Minuten später, als Sarah nach draußen trat, um frische Luft zu schnappen, waren die Demonstranten verschwunden.

6

Dass Martin Tierney und nicht Barry Saunders das Kreuzverhör in Vertretung des Fötus eröffnete, überraschte Sarah keineswegs: Eine der entscheidenden Fragen hinsichtlich des weiteren Prozessverlaufs war, wer für die Pro-Life-Seite sprechen würde. Sarah war zu dem Schluss gekommen, Martin Tierney sei prinzipientreuer als Saunders, aber auch raffinierter und gefährlicher. Mary Ann beobachtete ihren Vater mit gemischten Gefühlen, während Siobhan Ryan ihm mit einer Sympathie entgegenblickte, die sie für Saunders nicht empfand. Tierney hielt eine gewisse Distanz gegenüber der Zeugin ein, womit er signalisierte, dass die Umstände schmerzlich für beide Seiten waren.

»Sie sind der Meinung«, begann er, »ein Fötus stellt vom Moment der Empfängnis an menschliches Leben dar?«

Ryan nickte. »Das ist korrekt.«

»Also beabsichtigt meine Tochter, ganz gleich wie sie es begründet, ihren Sohn zu töten.«

Ryan sah einen Moment lang nach unten, um dann wieder Tierney anzublicken. »Ja.«

»Sind Sie der Meinung, Sie haben sich damals in einer vergleichbaren Situation befunden wie Mary Ann heute?«

Ryan war vorsichtig. »Im Allgemeinen oder auch, was die Details betrifft? Es läuft in beiden Fällen auf einen klassischen Kaiserschnitt hinaus.«

Tierney rückte näher an sie heran. »Aber Sie hatten auch ein

Übermaß an Fruchtwasser? War damit Ihre Gesundheit nicht noch mehr gefährdet?«

Ryan nickte. »Zum Schluss. Ich konnte mich weder bewegen noch gehen, und die Flüssigkeit drückte auf meine Lunge. Da ich Atembeschwerden hatte, wagte ich nicht zu schlafen.«

»Anders ausgedrückt, Ihr Zustand war lebensbedrohlich?«

»Ja.«

»Sie möchten damit nicht sagen, dass unter dem Gesetz zum Schutz des Lebens, wären Sie minderjährig gewesen, Ihre Entscheidung gesetzwidrig gewesen wäre? Ist das richtig?«

Sie waren an einem heiklen Punkt angelangt. »Ich habe keinerlei Vorstellung«, antwortete Ryan. »Ich weiß lediglich, dass meine Eltern mich gezwungen hätten, es herauszufinden.«

Tierney verschränkte die Arme und sah zu Boden. Es war ein bescheidener, menschlicher Augenblick; er machte weniger den Eindruck eines unbeugsamen Fürsprechers für das ungeborene Leben als den eines tief besorgten Vaters, der mit einer kompromissbereiten Frau auf einen Nenner kommen wollte. »Stellen Sie sich bitte vor«, fuhr er fort, »Ihre älteste Tochter ist heute fünfzehn und schwanger. Sie würden es doch wissen wollen, oder?«

»Ja, schon allein, um Theresa beizustehen.«

»Angenommen, Theresa wollte ihr Kind abtreiben«, fragte Tierney. »Würden Sie versuchen, sie daran zu hindern?«

»Ich würde es versuchen.«

»Aus welchem Grund?«

»Weil ich glaube, dass Abtreibung auf Verlangen eine Sünde ist. Darüber hinaus glaube ich, dass eine Sünde der Person schadet, die sie begeht.«

»Und würden wir, als Eltern, uns unter diesen Umständen so verhalten, wären Sie der Meinung, wir handelten richtig?«

»Da ich Ihrer Meinung bin«, sagte Ryan vorsichtig, »und da ich Ihre Tochter kenne – ja.«

»Ihre Aussage zugunsten Mary Anns basiert also lediglich auf der Annahme, dass ihre Schwangerschaft medizinische Risiken birgt.«

»Ja.«

»Was ist mit den psychischen und moralischen Risiken? Sind sie nicht für Ihre wie für meine Tochter in Betracht zu ziehen?«

Ryan sah zu Boden und drehte an ihrem Ehering. »Jedes Kind ist anders«, sagte sie schließlich. »Aber nein, ich glaube, prinzipiell gibt es keinen Unterschied. Auch was mögliche psychische Folgen betrifft.«

Die Zeugin und Tierney hatten ihren gemeinsamen Rhythmus gefunden. Sarah malte sich aus, welchen Einfluss das auf die Millionen von Zuschauern hatte und, weitaus entscheidender, auf Leary.

»Sie sagten, Sie sind einer Reihe von Frauen begegnet, die kurz vor einer Spätabtreibung standen. Gab es Fälle, in denen Sie die Entscheidung der Betroffenen nicht billigen konnten?«

Ryan verschränkte die Arme. »In einem Fall«, antwortete sie schließlich. »Obwohl ich die Frau sehr mag. Ihr Fötus hatte schwerwiegende Herzprobleme, weshalb er kaum lebensfähig war. Sie beschloss, es nicht ertragen zu können, ihr eben erst geborenes Baby sterben zu sehen.«

Keine Antwort hätte schlimmer sein können, dachte Sarah; sie konnte nur allzu deutlich sehen, wohin das führte. »Und so ließ sie das Baby noch im Mutterleib töten«, sagte Tierney, »um sich spätere Schmerzen zu ersparen.«

»Ja.«

»Und Ihrer Meinung nach ist das nicht gerechtfertigt.«

»Es widerspricht meinen moralischen Überzeugungen. Ich glaube, Vollkommenheit anzustreben und die Prüfungen, die Gott für uns bereit hält, auszuschalten, ist nirgendwo so falsch wie im Fall ungeborenen Lebens. Auch wird der Schmerz dadurch für mich weniger erträglich – ganz im Gegenteil. Im einen Fall ist es Gott, der handelt, im anderen du selbst.«

»Und ebendiesen Schmerz würden Sie Ihrer minderjährigen Tochter ersparen wollen?«

»Wenn möglich, ja.«

Tierney hielt inne. »Dann wollen wir einmal annehmen, ihr steht eine Kaiserschnittgeburt bevor. Der Arzt, ein Abtreibungsbefürworter, setzt das Risiko späterer Unfruchtbarkeit bei fünf

Prozent an, räumt jedoch ein, es könnte auch geringer sein. Würden Sie dann als Eltern anders entscheiden?«

»Ganz sicher.« Ryan hielt inne, um dann ruhig hinzuzufügen: »Ich empfinde tiefes Mitgefühl für Sie alle.«

»Wie können Sie dann sicher sein, dass Sie, im Falle unserer Tochter, nicht ebenso entschieden hätten wie meine Frau und ich?«

Sarah wollte Einspruch erheben, erkannte aber schnell, dass sie damit nichts erreichen würde. Leary hörte wie gebannt zu, und von seiner Eitelkeit war nichts mehr zu spüren. »Sicher wäre ich nie«, sagte Ryan. »Aber ich bin der Meinung, dass in einem Fall, wo ein Baby so wenig Chancen hat und die Mutter vielleicht keine weiteren Kinder mehr bekommen kann, die Wünsche der Mutter oberstes Gebot sein sollen. Und wenn Sie diese übergehen und gegen Ihre eigene Tochter vor Gericht ziehen, birgt das zusätzliche Gefahren.«

Ryan hielt inne, um Kräfte zu sammeln. »Professor Tierney, ich liebe meine Eltern über alles. Aber wir haben uns überworfen, und unser Verhältnis wurde nie mehr so wie früher. Deshalb mache ich mir große Sorgen über Ihr Verhältnis zu Ihrer Tochter.«

Diese wohl bedachte Ermahnung ließ Martin Tierney verstummen, was die Stille im Gerichtssaal nur noch mehr betonte. Fleming und Saunders blickten starr vom Tisch der Verteidigung zu ihm hinüber. Tierney hatte die Rolle des besorgten Vaters mit der eines Anwalts in einem klassischen Dilemma vertauscht – zu sehr auf das Einvernehmen mit der Zeugin bauend, hatte er eine Frage zu viel gestellt.

Tierney tat das, was auch Sarah getan hätte – er setzte sich.

Allie Palmer lehnte sich zurück und legte den Kopf auf Chads Schulter. Als jedoch Sarah Dash auf dem Bildschirm erschien, hatte Chad den Eindruck, Allie würde von ihm zurückweichen, obwohl sie sich überhaupt nicht bewegt hatte.

»Warum hast du dafür gestimmt?«, fragte Allie.

»Weil ich glaube, dass Abtreibung Mord ist«, sagte er gelassen. »Unsere Ansichten in dieser Sache gehen auseinander; das ist nicht gerade neu und wir haben genug darüber gestritten. Für mich ist die Sache vergessen. Du kannst doch sicherlich nachvollziehen, dass ich für den Vater dieses Mädchens Sympathie empfinde. Zudem möchte ich Präsident werden und habe bereits mit der Reform der Wahlkampffinanzierung die halbe Partei gegen mich aufgebracht. Selbst wenn ich einer Meinung mit dir wäre, was ich ja nicht bin – gegen dieses Gesetz zu stimmen wäre leichtsinnig gewesen. Es reicht, dass Mac Gage mich für leichtsinnig hält.«

Allie lachte freudlos. »Große Jungs und ihre Sandkastenspiele. Was zählt da schon ein Teenager?«

Mit einer sanften Drehung löste sich Chad aus ihrem Arm und verließ das Zimmer.

7

Sarah saß am Schreibtisch in ihrem Schlafzimmer und ging die Notizen zu ihrer ersten Zeugin am nächsten Tag durch, Dr. Jessica Blake.

Es war zehn Uhr abends, und die von einem eisigen Winterregen glatten Straßen vor dem Fenster ihres Apartments im ersten Stock hatten sich beruhigt – ab und an Stimmen; das Geräusch unter Autoreifen wegspritzenden Wassers; Windböen, die an der Fensterscheibe rüttelten, in der hin und wieder die mechanischen Stromabnehmer-Arme vorbeifahrender Straßenbahnen erschienen. Sarah empfand das als Ausgleich zu der hermetischen Spannung im Gerichtssaal, ebenso wie – seltsamerweise – die Anwesenheit Mary Anns, die sich im Gästezimmer mit ihren Schulbüchern beschäftigte. Das Abendessen zuvor mit ihren Eltern hatte sie als »lautlosen Stress« beschrieben. Wenn sie nur hart genug arbeitete, sagte sich Sarah, und Tierney und Barry Saunders weiterhin im Auge behielt, hätte ihre Unerfahrenheit keine negativen Folgen; bis jetzt waren ihre Zeugen gut vorbereitet, und sie hatte keine wirklichen Fehler gemacht. Aber die Angst vor Fehlreaktionen am nächsten Tag ließ sie bis weit nach Mitternacht arbeiten.

Das Telefon auf ihrem Schreibtisch läutete. Hastig nahm sie ab.

»Ist dort Sarah Dash?«, fragte ein Mann.

Sarah zögerte. »Mit wem spreche ich?«

»Bill Rodriguez vom *San Francisco Chronicle.*« Er sprach schnell, abgehackt. »Wir hätten gerne Ihre Stellungnahme zu einem Bericht im *Internet Frontier*, der die Tierneys namentlich erwähnt und deren Engagement für die Pro-Life-Bewegung beschreibt.«

Sarah schreckte zusammen, und es dauerte einen Moment, bis sie antwortete. »Ich habe nichts zu sagen. Bei Fällen, in denen es um Vergewaltigung und sexuelle Belästigung geht, war Ihr Blatt immer bemüht, Minderjährige zu schützen. Dieser Fall ist ähnlich gelagert und jeder Bericht darüber verletzt die Privatsphäre meiner Klientin …«

»Das ist schon passiert«, unterbrach Rodriguez, »und der *Frontier* behauptet, dass die Familie Tierney mit ihrem besonderen Hintergrund zu bedeutend ist, als dass man nicht darüber schreiben könnte. Millionen von Menschen verfolgen das Geschehen bereits im Fernsehen – wenn wir nicht darüber berichten können, sind wir benachteiligt.«

Auf Seiten Sarahs wich das Erstaunen offener Wut. »Der *Frontier* ist also Ihr böser Bruder im Geiste?«, fragte Sarah. »Sie meinen, wenn er sich Anrüchigkeiten leistet, dann könnten Sie das ebenso?«

»Wenn Ihre Klientin alt genug für diese Abtreibung ist«, sagte der Reporter barsch, »dann ist sie doch auch alt genug, um für sich selbst zu sprechen. Holen Sie sie ans Telefon, Ms. Dash. Wir wissen, dass sie bei Ihnen ist.«

Sarah hatte Mühe, die Kontrolle zu bewahren. »Sie möchten also eine Stellungnahme?«

»Das wäre ein Anfang.«

»In Ordnung – ficken Sie sich ins Knie.« Sarahs Herz raste, als sie auflegte.

Sie hatte verloren – Empörung war keine Entschuldigung für unprofessionelles Handeln, und Gewandtheit im Gerichtssaal kein Ersatz für geschicktes Taktieren außerhalb des Gerichts. Die erste Frage, die sich nun stellte, war, wem sie die erste Warnung schuldete – Mary Ann, Martin Tierney oder ihrer Kanzlei.

Nach einem Moment nahm sie den Telefonhörer wieder ab.

Martin Tierney klang müde. »Professor Tierney«, sagte sie, »hier ist Sarah Dash. Ich hoffe, ich habe Sie nicht geweckt.«

»Mich aufwecken?« Er lachte ein kurzes, bitteres Lachen. »Nachdem ich von der Sache im *Chronicle* gehört habe? Aber immerhin nett von Ihnen, dass Sie sich Sorgen machen.«

Er wusste also schon Bescheid. »Im Gegensatz zu Barry Saunders. Der wusste, dass sie hier ist?«, fragte Sarah.

Schweigen am anderen Ende. »Die Leute von Commitment sind Verräter«, sagte Sarah. »Sie haben deren Demonstranten zurückgepfiffen und damit für Verärgerung gesorgt, denn Commitment verlangt Ergebenheit und so viel Publicity wie nur irgend möglich. Was mit Mary Ann geschieht, ist egal ...«

»Hören Sie mit diesen Schuldzuweisungen auf«, unterbrach Tierney, »und stellen Sie sich Ihrer eigenen Verantwortung. Angefangen mit dem morgigen Tag, wenn Efrem Rabinsky wieder vor Gericht erscheint.«

Wie Tierney vorhergesagt hatte, erwartete sie der Anwalt von Allied Media bereits. Die gelassene Selbstzufriedenheit ließ darauf schließen, dass er sich gewappnet hatte, das Recht der Menschen auf Information zu verteidigen. Nachdem sie an Richter Learys Konferenztisch Platz genommen hatten, ergriff Rabinsky sogleich das Wort.

»Die Situation ist uns allen bekannt«, begann er. »Die Identität der Tierneys wurde über das Internet in weite Kreise verbreitet – was zwar bedauerlich, aber eine Tatsache ist. Lassen Sie mich also aus dem Leitartikel des *Internet Frontier* zitieren.«

Rabinsky fischte seine Lesebrille heraus und las von einem Computerausdruck: »›Im Zentrum der Auseinandersetzung stehen nicht so sehr die Rechte ungeborenen Lebens oder die seiner Fürsprecher, auch nicht das Fallrecht oder die Zeugenaussage von Experten.

Die einzige, sich zwingend stellende Frage ist, ob einer der führenden intellektuellen Vertreter der Pro-Life-Bewegung, der zusammen mit seiner Frau auf eine lange Geschichte überzeugten

Widerstands zurückblicken kann, vom Vietnamkrieg bis zur Todesstrafe, das Recht hat, sich auch im Fall seiner fünfzehnjährigen Tochter auf ebendiese Überzeugungen zu berufen. Wenn den Eltern dieses Recht nämlich abgesprochen wird, dann wird die Zustimmungspflicht der Eltern für das Abtreibungsrecht überhaupt nicht mehr relevant sein.‹«

Rabinsky räusperte sich und sah zu Leary auf. »Unabhängig von ihren Motiven ist das doch ein interessantes Argument. Und wenn die traditionellen Medien über diesen Aspekt der Geschichte nicht berichten können, dann werden unsere Leser, Zuhörer und Zuseher das Internet nach entsprechenden Berichten durchsuchen. Anders ausgedrückt, die am wenigsten verlässliche Quelle.«

Leary presste verbittert die Lippen aufeinander. »Diese Leute haben sich über meine Anordnung hinweggesetzt«, sagte er. »Und nun soll ich sie auch noch belohnen?«

»Nicht ganz so«, sagte Rabinsky. »Ich bitte Sie darum, nicht jene zu bestrafen, die sich an Ihre Anweisung gehalten haben und nun benachteiligt sind. Meiner Erfahrung nach ist das Internet eine unkontrollierbare Hydra. Andere Internet-Seiten werden dem Beispiel des *Frontier* folgen.«

»Erlassen Sie eine Verfügung wegen Missachtung des Gerichts.« Zu unterbrechen entsprach nicht Martin Tierneys Charakter, und auch nicht offener Zorn. »Noch heute, gegen jeden, der unseren Namen veröffentlicht hat …«

»Gegen jeden?«, fragte Rabinsky. »Gegen alle? Der Geist ist aus der Flasche und diese kann, ja sollte nicht wieder verschlossen werden. Als Sie die Entscheidung getroffen haben, als Fürsprecher des Fötus aufzutreten, haben Sie sich persönlich in den Mittelpunkt der Geschichte gestellt.

Richter Leary hat keinerlei rechtliche Handhabe, dem gesamten Internet eine Missachtung des Gerichts vorzuwerfen, ganz zu schweigen von einzelnen Bürgern, die die Geschichte an andere weitergeben. Anstatt sich gegen die Medien zu stellen, sollten Sie diese als Vehikel zur Verbreitung Ihrer Ansichten nutzen …«

»Mary Ann Tierney«, warf Sarah ein, »ist kein ›Vehikel‹. Sie ist ein fünfzehnjähriges Mädchen, das mit ihrer privaten Tragödie nicht an die Öffentlichkeit gezerrt werden möchte. Das Geringste, was ihr dieses Gericht schuldet, ist eine Durchsetzung seiner eigenen Anordnungen.«

Leary zog die Augenbrauen hoch. »Mr. Fleming«, fragte er, »was sagt das Justizministerium dazu?«

»Wir haben hier ein verfassungsrechtliches Problem«, antwortete Fleming ernst, »und keinen Anlass zu Schulmeistereien. Unserer Ansicht nach, die der Kinderschutzbund nur bestätigen könnte, würde Mary Ann schwer darunter leiden, wenn man ihre Identität gegen ihren Willen öffentlich bekannt macht.«

»Mr. Saunders?«, fragte der Richter.

Saunders verschränkte die Finger. »Wir sind auf Einladung von Mr. Tierney hier, Euer Ehren, und schließen uns seiner Meinung an.«

Die Loyalitätsbekundung klang nicht sehr überzeugend; in Sarahs Augen war Saunders wie ein Kandidat für ein politisches Amt, der die Dreckarbeit seinen Untergebenen überlässt. Doch Tierney schien damit zufrieden zu sein, als er dem Richter seine Meinung kundtat: »Sämtliche vertretenen Parteien stimmen überein. Einzig Mr. Rabinsky, der sich selbst eingeladen hat, möchte meine Familie noch weiter an die Öffentlichkeit zerren.«

»Dafür haben Sie schon selbst gesorgt«, konterte Rabinsky. Sich an Leary wendend, sagte er: »Mr. Tierneys Gefühle verdienen zwar einen gewissen Respekt ...«

»Mary Ann hat ihre eigenen Gefühle«, warf Sarah ein. »Welchen Preis soll sie denn zahlen für einen Kongress-Entscheid?«

»Genau das ist der Punkt«, sagte Rabinsky seelenruhig. »Das Ehepaar Tierney und deren Tochter, beide Parteien, haben die Gerichte angerufen in einer Angelegenheit von dringendstem öffentlichem Interesse. Dabei ist völlig klar, dass der Fall untrennbar verbunden ist mit den hier vorliegenden Familienverhältnissen. Da die entsprechenden Informationen ohnehin im Internet stehen, hat es keinen Sinn, weiterhin Gesichter unkenntlich zu machen, Namen auszupiepsen oder die Printmedien zu zensieren.«

Mit erhobener Hand forderte Leary Stillschweigen und stierte auf den Tisch, als würden ein paar Sekunden konzentrierten Nachdenkens ausreichen, dieses Dickicht widerstreitender Interessen zu zerreißen. »Die bisher für die Medien geltenden Einschränkungen sind aufgehoben.«

An Tierney gewandt sagte er: »Es tut mir Leid, aber Mr. Rabinskys Position hat nun einmal den Vorteil, dass sie die Realität anerkennt. Ich halte die bisherige Regelung für vierundzwanzig Stunden aufrecht, so dass Sie oder Ms. Dash einen Eilantrag beim Berufungsgericht für den Neunten Bezirk einbringen können. Ich glaube, Lane Steel ist der für die Eilanträge zuständige Richter in diesem Monat.«

Letztere Nachricht ließ Sarah den Schrecken über Learys Entscheidung vergessen. Der Monat hatte gerade begonnen; welche Seite den Prozess auch immer verlieren würde, musste sich an ein Gremium wenden, dem ein Richter angehörte, der in erster Linie für seine Pro-Life-Ansichten bekannt war. Martin Tierney starrte an Leary vorbei.

Dieses Mal verzichtete er auf die formelhaften Worte, mit welchen Anwälte sich nach einem Gerichtsentscheid gewohnheitsmäßig bedankten. Tonlos sprach Sarah die Worte für sie beide.

Im Flur hielt Sarah Martin Tierney auf. Nicht ohne einen bestimmten Unterton sagte sie: »Leary ist ein Idiot. Gott möge uns beistehen.«

Tierney stand das Entsetzen noch ins Gesicht geschrieben. »Schließen Sie sich meinem Eilantrag an?«, fragte er.

»Ja. Aber ich bezweifle, ob Steele es für sinnvoll hält, einzuschreiten, wenn ein Richter der ersten Instanz seine eigene Anordnung aufhebt.« Sarah legte die Hand auf seinen Arm. »Lassen Sie sie gehen, Professor Tierney. Geben Sie Ihre Zustimmung.«

Tierney hielt inne, Angst in den trüben Augen. Dann schüttelte er den Kopf. »Sie haben mich noch immer nicht verstanden«, antwortete er. »Ich kann nicht.«

Er wandte sich von ihr ab und überließ es Sarah, Learys Entscheidung seiner Tochter zu erklären.

8

Als sie Dr. Jessica Blake befragte, war Sarah nervös; die Psychologin wirkte zwar ruhig und gut vorbereitet, aber ihre Aussage war doch von entscheidender Bedeutung. Mit ihren feinen Gesichtszügen, der Nickelbrille und ihrem streng zurückgekämmten Haar strahlte Blake Gelassenheit aus. Aber Blakes Prämisse – dass die elterliche Zustimmungspflicht minderjährigen Mädchen schadet – barg genügend Sprengstoff.

»Sind minderjährige Mädchen«, fragte Sarah, »Ihrer Erfahrung nach reif genug, um zwischen Mutterschaft und Abtreibung wählen zu können?«

»Die meisten ja«, antwortete Blake. »Was die Übrigen betrifft, muss man sich fragen, wie um alles in der Welt ein Mädchen, das nicht zwischen Mutterschaft und Abtreibung entscheiden kann, eine gute Mutter sein soll.«

»Wie beeinflusst das Ihre Sicht der elterlichen Zustimmungspflicht?«

»Es ist einer von mehreren Gründen, warum das Gesetz mehr schadet als nützt«, sagte Blake und wandte sich dabei an Leary. »Unsere heutigen Erfahrungen beschränken sich weitgehend auf Gesetze zur elterlichen Zustimmungspflicht einzelner Staaten. Diese regeln die Abtreibung noch nicht lebensfähiger Föten und gestatten Minderjährigen sehr viel mehr Ausnahmen als das Gesetz zum Schutz des Lebens. Unter diesen Gesetzen kann ein Richter entweder beschließen, dass ein Mädchen reif genug ist, selbst zu entscheiden, oder – falls nicht – dass eine Abtreibung ihren Interessen mehr entgegenkommt als Mutterschaft.

Mit diesen Ausnahmen ist in 99 Prozent aller Fälle, die zur Verhandlung anstehen, eine Abtreibung möglich. Das Problem bei allen Gesetzen zur elterlichen Zustimmungspflicht ist, dass die Mädchen Angst davor haben, zu klagen. Das hat zur Folge, dass sie unfreiwillig zu ledigen Müttern werden, mit allen Schwierigkeiten, die das für die Betroffene wie für das Kind mit sich bringt.«

»Und welche Folgen hat das für die Familien«?, fragte Sarah.

»Äußerer Zweck dieser Gesetze ist die Sicherung des familiären Zusammenhalts. Aber eigentlich bewirken sie das Gegenteil ...«

»Meine Töchter waren auch einmal jung«, warf Leary ein, »und mein Regiment hat ihnen sicherlich nicht immer gefallen. Aber Eltern müssen ihren Kindern dabei helfen, die richtige Entscheidung zu treffen, manchmal durch das Setzen von Grenzen. Nun, da sie selbst Kinder haben, sind sie mir dafür dankbar.«

Blake blickte ihn mit zusammengekniffenen Augen an und wählte ihre Worte mit Bedacht. »Wenn wir über Make-up sprechen, über Ausgehzeiten oder Schularbeiten, stimme ich mit Ihnen überein. Aber wenn Sie Ihrer Tochter in einer im Fernsehen übertragenen Gerichtsverhandlung sagen würden: ›Du bist eine Gebärmaschine für einen Fötus mit nur wenig Hoffnung und kannst auch die Folgen nicht absehen, die das auf deine zukünftige Gebärfähigkeit hat‹, ist sie Ihnen unter Umständen weniger dankbar.«

Sarah registrierte Learys Verärgerung amüsiert und besorgt zugleich; Blake hatte ihn zwar sprachlos gemacht, aber zu welchem Preis!

»Zu welchen Schlüssen sind Sie im Fall Mary Anns gekommen?«, fragte er.

»Dass sie über die ihrem Alter und ihrer Erfahrung entsprechende Reife verfügt«, antwortete Blake prompt. »Und von daher eindeutig in der Lage ist, eine derartige Entscheidung zu treffen.

Minderjährige Mädchen können mögliche Folgen einer Abtreibung fast ebenso gut einschätzen wie junge Frauen mit einundzwanzig oder fünfundzwanzig Jahren. Und eine Befragung unter jungen Frauen, die nach dem dritten Monat abgetrieben haben, hat ergeben, dass nur siebzehn Prozent unter Schuldgefühlen leiden ...«

»Sollten sie das nicht«, warf Leary ein, »nach dem dritten Schwangerschaftsmonat? So weit ist heute auch Mary Ann Tierney.«

Blake blickte unerschütterlich zu Leary auf. »Mary Ann befindet sich heute hier bei Ihnen im Gerichtssaal. Das zeigt eine Charakterstärke, die ihre Fähigkeit, eine Entscheidung zu treffen und damit zu leben, deutlich unter Beweis stellt.

Der verlässlichste Prädikator für seelische Gesundheit nach einer derartigen Entscheidung ist die Fähigkeit, sie selbst zu treffen. Und einer der zwei wichtigsten Prädikatoren für seelische Folgeschäden ist ein nicht stützendes emotionales Umfeld.« Abermals sah Blake zu Martin Tierney. »Was wir in diesem Fall vorliegen haben.«

Tierney sprang auf. »Ich verstehe, dass Experten einen gewissen Spielraum haben«, sagte er zu Leary. »Aber ich verwahre mich gegen die Vorurteile, die Dr. Blake meiner Familie entgegenbringt.

Dr. Blakes Welt ist eine moralische Todeszone, in der die Entscheidung für eine Abtreibung der einzige Gradmesser für seelische Gesundheit ist, und in welcher elterliche Vorbehalte einzig auf eine dysfunktionale Familie verweisen.«

Leary hob die Hand. Blake zugewandt sagte er: »Der Kern von Professor Tierneys Vorwurf ist, dass Sie Standarderklärungen anbieten, bei welchen alles und jeder in vorgefertigte Schemata passt.«

»Vorgefertigte Schemata kenne ich nicht«, antwortete Blake. »Das Bild, das ich im Lauf von sieben Stunden von Mary Ann gewonnen habe, stützt sich auf meine fünfzehnjährige Erfahrung mit Jugendlichen und auf intensive Forschungsarbeit. Entscheidend jedoch sind die Angaben Mary Anns. Als sie von ihrer Schwangerschaft erfuhr, stellte sie sich vor, diese würde problemlos verlaufen und ihren Freund an sie binden. Dieses Verhalten ist weder unüblich noch auf Teenager beschränkt. Nehmen Sie dann noch Mary Anns Respekt vor der Meinung ihrer Eltern dazu, dann ist ihre Passivität kaum überraschend.

Aufgerüttelt wurde sie durch das Sonogramm. Mary Ann erkannte, dass ihr Baby nicht dem Idealbild entspricht, das sich eine Mutter von ihrem Kind macht, und dass sie möglicherweise kein zweites Kind mehr bekommt, wenn sie sich den Wünschen ihrer Eltern fügt. Was mich zu der Frage zurückbringt, ob die elterliche Zustimmungspflicht notwendig oder wünschenswert ist …«

»Ich weiß, dass Sie eine Meinung haben«, unterbrach Leary. »Was ich nicht weiß, ist, worauf diese basiert.«

»Auf Forschungsergebnissen«, antwortete Blake. »In Kalifornien, einem Staat ohne gesetzlich verankerte elterliche Zustimmungspflicht, habe ich zusammen mit drei Kollegen siebenhundert schwangere minderjährige Mädchen befragt. Achtzig Prozent von ihnen haben sich mit der Frage einer möglichen Abtreibung an ihre Eltern gewandt, woraus hervorgeht, dass eine funktionierende Familie keine gesetzliche Bevormundung braucht. In neunundfünfzig Prozent dieser Fälle unterstützten die Eltern die Entscheidung ihrer Tochter, unabhängig davon, wie sie ausgefallen war ... Was all diese Gesetze demonstrieren, ist die schockierende – oder beabsichtigte – Naivität des Gesetzgebers in Bezug auf dysfunktionale Familien. Stellen Sie sich ein Mädchen vor, wie es seiner Mutter erklärt, dass der eigene Vater es geschwängert hat, oder ein Mädchen, das für ihren Fehltritt körperlich misshandelt wird. Uns sind zahllose solcher Fälle begegnet.«

»Was ist mit den Tierneys?«, wollte der Richter wissen. »Eine völlig normale Familie, in der die Eltern ihr Kind und ihr Enkelkind lieben und stützen? Kommt das nicht viel häufiger vor als die Problemfälle, die Sie uns schildern?«

»Wo die Tochter ihr Kind abtreiben möchte«, antwortete Blake, »und die Eltern dagegen sind? Nein. Und das ist auch gut so, stellen doch unerwünschte Kinder von nicht verheirateten Müttern einen unverhältnismäßig hohen Anteil unter Schulabbrechern und jugendlichen Straftätern. Langfristig gesehen, sind Eltern, die zur Elternschaft gezwungen werden, sehr viel weniger häufig auch gute Eltern.

Aber davon abgesehen – die negativen Folgen unerwünschter Schwangerschaften sind unter anderem Depressionen, mangelndes Selbstvertrauen und ein Gefühl der Hoffnungslosigkeit.« Blake sah Mary Ann Tierney an.

»Was ist mit den Möglichkeiten der Adoption?«, warf Leary ein. »Ist es nicht befriedigender, ein Kind in die Hände fürsorglicher Adoptiveltern zu geben, als es abzutreiben? Oder macht das auch Depressionen?«

»Das Kind, um das es in diesem Fall geht, kommt für eine

Adoption nicht in Betracht«, antwortete Blake. »Das ist bei fast allen Spätabtreibungen der Fall. Wenn dem nicht so wäre, Euer Ehren, hätte ich dieselbe Frage gestellt wie Sie. Denn darüber sind wir uns doch einig – keine zivilisierte Gesellschaft zieht Abtreibung einer möglichen Adoption vor.«

Dafür war Sarah der Zeugin dankbar. Mit erstaunlichem Taktgefühl hatte sie einen möglichen Ausweg für Tierney geschaffen und die Debatte entschärft. »Könnten Sie näher darauf eingehen«, fragte Sarah, »wie sich dieses Gesetz auf die Familie Tierney auswirkt?«

»Niemand fragt sich, warum dieses Mädchen überhaupt schwanger wurde, abgesehen davon, dass sie sich offensichtlich in diesen älteren Jungen verknallt hat. Also bin ich der Frage nachgegangen.« Blake sah besorgt in Richtung Mary Ann. »Mary Ann hat mir gesagt, dass sie über das Thema Sex mit ihrer Mutter nicht sprechen konnte. Sie wusste lediglich, dass ihre Eltern aus religiösen und moralischen Gründen gegen Verhütung sind, und konnte sich nur daran erinnern, ihre Mutter habe einmal gesagt, Verhütungsmittel würden die Jugend verderben.«

»Wie wirkt sich diese Haltung auf Mary Ann aus?«, fragte Sarah.

»Mary Ann«, fuhr Blake fort, »fühlt sich von ihren Eltern im Stich gelassen. Und weil sie auch noch darauf bestehen, dieses Kind auszutragen, ist Mary Ann auf beide Elternteile ziemlich sauer.«

Aus den Augenwinkeln heraus beobachtete Sarah, wie unendlich traurig Martin Tierney seine Tochter ansah.

»Gibt es eine Möglichkeit für die Tierneys«, fragte Sarah, »den Schaden wieder gutzumachen?«

Blake runzelte die Stirn. »Es gibt zwei mögliche Auswege, auf die sie keinen Einfluss haben. Einmal, dass das Baby sofort stirbt. Und zum zweiten, dass Mary Ann weitere Kinder bekommen kann – was sich aber erst in einigen Jahren herausstellen wird.

Eine Äußerung Mary Anns gibt mir sehr zu denken. Sie sagte zu mir: ›Ich habe einfach die falschen Eltern, Dr. Blake. Wer bringt schon seine eigene Tochter vor Gericht?‹«

Es herrschte Stille im Gerichtssaal. Eltern und Tochter waren unfähig, einander in die Augen zu sehen.

Sarah gab dem Richter nun Zeit, sich die betroffenen Gesichter zu betrachten. »Keine weiteren Fragen«, sagte er. Dann kündigte Leary eine Pause an.

9

Als Martin Tierney sich erhob, um seine Fragen zu stellen, konnte Sarah die Stille förmlich spüren. Mary Ann starrte teilnahmslos vor sich hin.

Tierneys Wangen wirkten eingefallen – seine Augen waren trübe, die Haltung weniger aufrecht als sonst. Blake beobachtete ihn mit ungebrochener Aufmerksamkeit.

»Welche religiösen Überzeugungen haben Sie, sofern Sie überhaupt welche haben?«

Sarah sprang auf. »Einspruch, Euer Ehren. Die Frage ist unsachlich und verletzt die Privatsphäre der Zeugin.«

»Das ganze Verfahren verletzt unsere Privatsphäre«, erwiderte Tierney zornig. »Dr. Blake hat aus unseren religiösen Überzeugungen den Schluss gezogen, die Familie sei dysfunktional. So ist es nur recht und billig, Dr. Blake zu fragen, woran sie glaubt. Außer an sich selbst.«

»Fahren Sie fort«, sagte Leary zu Blake. »Beantworten Sie die Frage.«

Blake zögerte, um dann Tierney anzusehen. »Meine Eltern haben mich nach den Grundsätzen der Episkopalkirche erzogen«, antwortete sie.

»Und heute?«

»Ich habe keinen formellen Glauben.«

»Glauben Sie an Gott?«

Blake sah zu Sarah hin. Auf eine derartige Attacke waren sie nicht vorbereitet. »Nicht an einen patriarchalischen Gott«, antwortete sie. »Darüber hinaus glaube ich an das Gleichgewicht in der Natur – dass Gutes wieder Gutes hervorbringt und dass das

Böse, das wir anderen antun, auf uns zurückfällt. Aber ob sich daraus die Präsenz eines göttlichen Wesens ableiten lässt, können weder ich noch, mit Verlaub, Sie entscheiden.«

Einen Moment lang sah Tierney sie schweigend an. »Sind Sie der Meinung, dass das Leben vom Moment der Empfängnis an heilig ist?«

Blake zog nachdenklich die Augenbrauen hoch. »Ich glaube, dass ein Fötus potenzielles Leben darstellt, das Respekt verdient, aber nicht unter allen Umständen schutzwürdig ist.«

»Unter welchen Umständen ist es dann schutzwürdig?«

Blake zögerte. »Ohne ein Beispiel kann ich das nicht beantworten.«

»Nun gut. Glauben Sie, dass eine Frau – auch in minderjährigem Alter – das Recht auf Abtreibung hat, wenn sie den Wunsch danach verspürt?«

»Nach reiflicher Überlegung, und solange der Fötus nicht lebensfähig ist, ja.«

»Und ohne reifliche Überlegung, Dr. Blake? Hat sie das uneingeschränkte Recht, aus welchen Gründen auch immer, dieses ›potenzielle Leben‹ auszulöschen?«

Blake verschränkte die Arme. »Ich kann der Begründung möglicherweise nicht zustimmen. Aber ich glaube, das Recht dazu hat sie.«

»Angenommen, eine Frau im achten Schwangerschaftsmonat, mit einem voll lebensfähigen und gesunden Fötus, kommt zu dem Schluss, das Kind bringe zu viel Stress in ihr Leben. Hat sie das moralische Recht, dieses Kind abzutreiben?«

»Einspruch«, sagte Sarah. »Darum geht es in diesem Fall nicht.«

»Möglicherweise doch«, antwortete Tierney. »Ähnlich ihrer Unsicherheit hinsichtlich der Existenz Gottes kann Dr. Blake auch nicht wissen, ob unser Enkelsohn nicht doch ›normal‹ ist.«

»Ich gestatte die Frage«, unterbrach Leary. Sarah fühlte nichts als Ohnmacht und setzte sich.

»Die Sachlage ist eine völlig andere«, antwortete Blake. »Ich müsste über die Hintergründe Bescheid wissen …«

»Aber vom Standpunkt der Moral sind Sie nicht dagegen?«

Es folgte ein langes Schweigen. Dann zuckte Blake mit den Schultern. »Ohne die Frau oder die Umstände zu kennen? Nein.«

»Es scheint, Dr. Blake, Sie können sich überhaupt keine Umstände vorstellen, in denen eine Frau nicht das Recht hat abzutreiben.«

Blake straffte die Schultern. »Niemand findet Abtreibung gut, auch ich nicht. Die Frage lautet nur, was Sie einer Frau antun, wenn Sie sie dazu zwingen, ein unerwünschtes Kind zu bekommen. Aber das werden Sie ja selbst sehen.«

Sarah war erleichtert – Blake konnte sich behaupten. Leise fragte Tierney: »Bezweifeln Sie, dass meine Frau und ich Mary Ann lieben? Oder dass wir als gläubige Menschen unsere Tochter und unseren ungeborenen Enkelsohn lieben?«

»Nein, ich bezweifle weder das eine noch das andere.«

»Und dennoch hat, wie Sie sagen, Mary Ann das Gefühl, wir würden das Kind ihr vorziehen. Ist das eine reife Reaktion?«

Blake schob ihre Brille zurecht. »Ich würde nicht von reif oder unreif sprechen. Unter den gegebenen Umständen würde ich es verständlich nennen.«

Tierney stemmte die Hände in die Hüften. »Und Sie meinen auf der Basis eines siebenstündigen Gesprächs wissen zu können – besser als meine Frau und ich –, welche Folgen für Mary Ann eine Missachtung ihrer religiösen Überzeugungen hätte?«

»So ist es«, antwortete Blake. »Dazu kommt, dass ich mich seit fünfzehn Jahren mit den Problemen heranwachsender Mädchen beschäftige, therapeutisch und wissenschaftlich.«

»Aber im Falle Mary Anns handelt es sich um ein ganz bestimmtes Mädchen, das meine Frau und ich seit fünfzehn Jahren kennen. Haben Sie denn überhaupt versucht, auch uns zu befragen?«

»Nein.«

»Oder ihre Lehrer?«

»Nein.«

»Oder ihre Verwandten?«

»Nein.«

»Oder ihren Priester?«

Nein.« Blakes Stimme wurde etwas lauter. »Mary Ann hat mich mit ihrem Familienleben vertraut gemacht, mit dem Standpunkt ihrer Verwandten und auch mit dem ihres Priesters. Wenn Sie sagen möchten, deren Widerstand würde das Trauma einer Abtreibung nur verstärken, dann ist das eine sich selbst bewahrheitende Voraussage. Für die Sie die Hauptverantwortung tragen.«

Konsterniert schien Tierney sich auf eine neue Attacke vorzubereiten. Sarah hatte den Eindruck, als würde sich sein ganzer Zorn auf Jessica Blake richten. »Stimmt es nicht«, fragte er dann, »dass die psychischen Folgen einer Spätabtreibung wesentlich schwerwiegender sind als die einer Abtreibung in den ersten drei Monaten?«

»Das kann durchaus der Fall sein. Weil der Fötus fast immer schwerwiegende Missbildungen aufweist, in den Fällen, wo es sich um erwünschte Kinder handelt.«

»Wollte Mary Ann ihr Kind denn nicht haben?«

»Vor dem Sonogramm? Sie meinte, es haben zu wollen.«

»›Meinte‹«, wiederholte Tierney spöttisch. »Ein Kind haben zu wollen, ist also eine vorübergehende Empfindung. Könnte auch der Wunsch, es abzutreiben, vorübergehend sein?«

Blake zögerte. »Professor Tierney«, sagte sie, »warum drehen Sie sich nicht um und sehen sich Ihre fünfzehnjährige Tochter an? Sie ist vor Gericht gegangen, gegen Ihren Widerstand, um ihre Gebärfähigkeit zu retten. Nennen Sie das eine ›vorübergehende Empfindung‹?«

Tierney starrte ihr eiskalt ins Gesicht. »Sind Sie der Meinung«, fragte er, »dass eine Abtreibung traumatische Folgen für die Mutter hat?«

»In vielen Fällen ja.«

»Und in den Fällen, wo die Mutter den Fötus tötet, nur um sich selbst zusätzliches Leid zu ersparen?«

»Das wird sich jede Frau gut überlegen.«

»Aber sie hat das Recht dazu.«

Blake zögerte. »Ja, das hat sie.«

»Die Mutter zählt also alles, das ungeborene Leben nichts?«

»Das ist nicht mein Standpunkt«, sagte Blake gereizt. »Und niemand wird sich darum reißen, dieses Kind zu adoptieren.«

»Zwei Menschen sind dazu bereit: meine Frau und ich. Unser Enkel und unsere Tochter liegen uns am Herzen, darum sind wir hier.

Wir lieben unsere Tochter seit dem Tag ihrer Geburt und wir werden sie auch dann noch lieben, wenn Sie das Wenige, das Sie über sie erfahren haben, längst vergessen haben. Deshalb verbitte ich mir ein für allemal die Herablassung, die Sie uns gegenüber an den Tag legen.«

Blake starrte ihm unverhohlen ins Gesicht, während Sarah voller Wut aufstand. »Das ist keine Frage«, sagte sie, »sondern eine Stellungnahme, eine beleidigende noch dazu.«

Tierney ignorierte Sarah; seine vorwurfsvollen Blicke galten Jessica Blake. »Keine weiteren Fragen«, sagte er.

Sarah erhob sich, um die Zeugin abschließend noch einmal zu vernehmen. »Würden Sie sagen, dass religiöse Überzeugungen keinen Platz in der Abtreibungsdebatte haben?«

»Ich meine, sie sind sehr wichtig. Es fragt sich nur, wessen Überzeugungen – meine? Die des Kongresses? Die der Tierneys? Oder sind vielleicht doch Mary Anns Überzeugungen am wichtigsten?« Mit einem Blick in Richtung Martin Tierney sagte Blake fest: »Ich bin zu dem Entschluss gekommen, Mary Ann muss selbst wissen, woran sie glaubt – und welche Rolle dieser Glaube für ihre Entscheidung spielt.«

Damit nahm Sarah ihren Platz wieder ein.

Blake beugte sich nach vorne. »Einen Punkt möchte ich noch hinzufügen.«

»Tun Sie das bitte.«

»Religiöse Überzeugungen schließen oftmals Ungereimtheiten in der Wertschätzung des Lebens nicht aus. In einer unserer jüngeren Studien nahmen meine Kollegen und ich uns die Staaten mit den strengsten Abtreibungsgesetzen vor – viele dieser Gesetze betrafen streng religiöse Bevölkerungskreise.« Blake wandte sich an Leary. »Erwartet haben wir, dass genau diese Staaten zum

Ausgleich Förderprogramme zur Unterstützung der bedürftigsten Kinder bereithalten, Heime für Adoptivkinder unterhalten, Kindergartenplätze bereitstellen und die Adoption älterer Kinder erleichtern.

Tatsächlich war genau das Gegenteil der Fall – die Staaten mit den schärfsten Restriktionen taten am allerwenigsten für ihre Problemkinder. Und dieses Gesetz, mit dem wir es hier und jetzt zu tun haben, sieht überhaupt keine Ausgleichsbestimmungen vor.«

Blake hielt inne, fasste Tierney ins Auge, um dann bedacht weiterzusprechen. »Professor Tierney ist voll und ganz willens, alles für sein Enkelkind zu tun. Aber ich bin misstrauisch, wenn religiös begründete Gesetze sich auf die Wertschätzung ungeborenen Lebens beschränken.«

Das war das perfekte Schlusswort. »Keine weiteren Fragen«, sagte Sarah.

10

Als sie Senator Chad Palmer gegenübertrat, hatte Caroline das ungute Gefühl, dass sie in der Schuld dieses Mannes stand, und als er Ellen Penn, ihre Begleiterin, höflich fragte, ob er sich allein mit ihr unterhalten könne, wuchs ihr Unbehagen nur noch mehr: Sie hatte keinerlei Vorstellung, was sie ihm in Bezug auf Brett erzählen sollte.

Er führte sie durch seine Suite im Russell Building in ein geräumiges Büro; die einzigen Fotos darin zeigten seine Frau und seine Tochter. Als Caroline ihm gegenüber Platz nahm, dachte sie, dass er einer der wenigen Senatoren war, deren Interesse an ihr sich nicht darauf beschränkte, inwieweit sie ihre Ambitionen beeinflussten.

Palmer war ein imposanter Mann, eine jugendlich blonde Erscheinung mit dem lässigen Auftreten eines Menschen, der ohne große Anstrengungen viel erreicht hatte. Caroline wusste jedoch, welchen Preis Palmer für seine stets locker verkündete Erkenntnis bezahlt hatte, dass es Schlimmeres in der Welt gebe, als eine Wahl zu verlieren. Am faszinierendsten für sie waren seine blauen Augen, die auf eine Selbstkenntnis schließen ließen, welche seine offen zur Schau getragene Gelassenheit erst ermöglichte. Nervös wartete sie auf einen Hinweis, warum er sie unter vier Augen sprechen wollte.

»Baseball«, sagte Palmer. »Wie gut kennen Sie sich darin aus?«

Caroline lächelte erstaunt. »Ich weiß eine ganze Menge.«

»Dann werden Sie möglicherweise bestätigt.« Palmer lehnte sich in seinem Sessel zurück, streckte die Arme aus, als er sie, beinahe unmerklich, in Augenschein nahm. »Bork, als er sich vorstellte, war nicht auf Small Talk eingestellt – ich habe mich gefragt, ob er jemals im Kino war. Mit Kennedy jedoch konnte man sich bestens über Baseball unterhalten. Ihnen ist klar, wer von beiden den Job bekommen hat?«

»Ich weiß viel mehr als Tony Kennedy«, sagte Caroline. »Zum Beispiel, dass Ted Williams es 1941 auf 406 Schläge gebracht hat. Seitdem hat keiner auch nur 400 geschafft.«

»Nicht schlecht«, erwiderte Palmer. »Aber wissen Sie, was das Beste ist?«

»Dass er Bomberpilot war?«

»Das kann sogar ich – früher zumindest.« Palmer ahmte den gespielt heroischen Tonfall eines Berichterstatters in den alten Wochenschauen nach. »Am letzten Spieltag des Jahres 1941 – Williams war bei 401 Schlägen – bietet ihm sein Manager die Freistellung an einem Doppelspieltag an, um seinen Schnitt zu halten. Aber Ted Williams lehnt dankend ab und macht fünf weitere Schläge. Die Tat eines echten Amerikaners.«

Trotz seines humorvollen Tons spürte Caroline, dass diese Anekdote nicht ohne Bedeutung für Palmer war; Ted Williams hatte Mumm, seine Leistung konnte sich sehen lassen. Abrupt wandte sich Palmer einem Fernsehgerät in der Ecke des Büros zu. »Haben Sie das verfolgt?«

Auf dem Bildschirm sah Caroline, wie Sarah Dash eine gelehrt wirkende Frau befragte. »Würde ich den Prozess verfolgen, könnte ich mir eine Meinung bilden. Mir wurde aber gesagt, Meinungen seien tödlich.«

Hier lächelte Palmer. »Die Leute des Präsidenten haben Sie also durch ihre Mühlen gedreht? Glauben Sie dennoch, dass diese Verhandlung übertragen werden sollte?«

»Nein. Ganz und gar nicht.«

Er legte den Kopf zur Seite. »Warum nicht? Einer Übertragung des Falles Carelli haben Sie zugestimmt.«

Es war also doch mehr als oberflächliches Geplänkel. »Im Fall Carelli«, antwortete sie, »bestand die Verteidigung auf Fernsehkameras ...«

»Und der Staatsanwalt war dagegen, richtig?«

»Ja. Aber für einen Richter sollte das Recht des Angeklagten auf ein faires Verfahren immer oberstes Gebot sein. Es hätte anders ausgesehen, wenn die Verteidigung dagegen gewesen wäre.«

Palmer lächelte abermals. »Dann hätten wir Sie nie im Fernsehen zu sehen bekommen, Ms. Masters. Und Sie würden vielleicht nicht den Neunten Bezirk leiten – oder hier sitzen.«

»Damals«, räumte Caroline ein, »schien mir eine Übertragung sinnvoll. Ich bin sicher, das ist auch die Meinung von Richter Leary, den ich ziemlich gut kenne.«

»Wie denken Sie über ihn?«

»Er ist ein Mann von ungeheurem Selbstvertrauen, das weder durch Intellekt noch durch berufliche Fähigkeit gerechtfertigt ist. Ich an seiner Stelle würde Kameras scheuen wie Graf Dracula den Knoblauch.«

Hier musste Palmer laut auflachen. »Das ist auch meine Meinung. Und ich habe ihn im Fernsehen gesehen. Aber ich weiß noch immer nicht, warum eine Fernsehübertragung im Fall Carelli richtig war, während sie hier falsch ist.«

Caroline hielt inne, um sich die Antwort genau zu überlegen; anscheinend war Palmer einzig mit Offenheit beizukommen. »Nach dem Fall Carelli«, sagte sie ihm, »bin ich ein wenig in mich gegangen. Tatsächlich hatte meine Entscheidung zu einem guten Teil mit mir zu tun – mit meinem Ego und meinen Interessen ...«

»Aber Sie würden wieder so handeln.«

»Vielleicht. Diesen Fall würde ich allerdings nie übertragen, und wenn Sie mir das Amt des Präsidenten versprechen.«

»Warum nicht?«

Das Thema Brett rückte immer näher. »Soweit ich es sehen kann«, sagte Caroline, »sind alle Parteien dagegen. Das Thema – Religion, Abtreibung und familiäre Beziehungen – ist ein höchst privates. Meiner Ansicht nach sollte das mehr zählen als Patrick Learys Eitelkeit.«

Palmer betrachtete sie eingehend. »Halten Sie das Gesetz für verfassungsgemäß?«

»Ich weiß, dass es das in Ihren Augen ist«, antwortete sie. »Was ich auch respektiere. In meinem Job jedoch versuche ich tunlichst, einen Kongress-Entscheid erst dann zu bewerten, wenn er auf meinem Schreibtisch liegt. Die einzige Schlussfolgerung, die ich aus diesem Fall gezogen habe, ist, dass die Privatsphäre der betroffenen Familie hätte geschützt werden müssen ...«

»Schließt das Recht auf den Schutz der Privatsphäre auch Abtreibungsfälle ein?«

Die Direktheit seiner Frage überraschte sie. Aber sie hatte keine andere Wahl als zu antworten. »Nach Roe versus Wade – ja. Das sagt zumindest das Oberste Bundesgericht. Aber mir geht es um etwas ganz anderes. Unabhängig davon, welche Rechte dieses Mädchen und seine Eltern vor dem Gesetz haben, meine ich, ihr Privatleben gehört ihnen ganz allein.«

Palmer nickte. »Das ist eine faire Antwort, Ms. Masters. Ich bedanke mich.«

Palmer hatte offenbar nicht die Absicht, direkt auf Brett zu sprechen zu kommen. Diese Entscheidung blieb ihr überlassen.

Sie sah, dass es nicht leicht war, die richtigen Worte zu finden. »Der Präsident hat mich darüber informiert«, sagte sie schließlich, »worüber Sie beide gesprochen haben. Ich schulde Ihnen großen Dank, egal ob Sie am Ende für oder gegen mich stimmen.«

Palmer sah sie einen Moment lang schweigend an. »Sie haben richtig gehandelt«, sagte er, »wenigstens nach meinem Dafürhalten. Und ich bin nicht der Meinung, dass Sie oder Ihre Tochter darunter leiden sollten.«

Das waren deutliche Worte. Aber eine Frage drängte sich Caroline trotzdem auf. Welche anderen Berechnungen, politischer wie privater Natur, standen hinter dem Entgegenkommen dieses höchst ehrgeizigen Menschen?

»Ich bin Ihnen sehr dankbar, Senator. Ohne Ihr Verständnis hätte ich nicht diese Gelegenheit.«

Palmer runzelte die Stirn und sah sie eindringlich an. »Ob es ein Gefallen ist, wird sich noch herausstellen«, warnte er. »Es gibt andere Senatoren im Ausschuss, die sich darauf verstehen, jeden einzelnen Stein umzuwenden – oder jede einzelne Geburtsurkunde. Dasselbe gilt für das FBI, die Medien und alle Interessengruppen, die Kerry Kilcannon nicht ausstehen können. Ich kann versuchen, das Verfahren zu steuern, kontrollieren kann es jedoch niemand.« Er beugte sich nach vorne und sagte ruhig: »Wie mein Freund, der Präsident, respektiere ich den Schlussstrich, den Sie gezogen haben. Aber wie die Zeiten, in denen wir uns befinden, ist auch diese Stadt alles andere als gnädig. Es gibt tausend Menschen, die Ihr Geheimnis aufdecken könnten, aus tausenderlei unterschiedlichen Motiven. Wenn sie je dahinterkommen.«

Palmers Blick schien sich nach innen zu wenden; obwohl Caroline ihn nicht kannte, hatte sie das Gefühl, dass diese Warnung zum Teil auch an ihn selbst gerichtet war.

Ein Grund mehr für sie, sich daran zu halten. »Ich weiß«, antwortete sie. »Aber ich musste Ihnen einfach danken. Auch im Namen meiner Nichte.«

Bei dem Wort »Nichte« lächelte Palmer. »Schon gut, schon gut«, antwortete er. »Ich habe auch eine Tochter.«

Caroline sah zu Boden. »Ich jedenfalls«, sagte Palmer, »hätte keine Lust, dieses Verfahren durchzustehen. Also werde ich versuchen, es so human wie möglich zu machen.

Dabei können Sie mir helfen, Ms. Masters. Manche meiner Kollegen wollen nur ernst genommen werden, andere verdienen es tatsächlich. Geben Sie ihnen, was sie brauchen, um zu einer Entscheidung zu kommen.«

Caroline nickte. »Sollte ich sonst noch etwas wissen?«

»Eines noch.« Palmer nahm die Pose gespielter Ernsthaftigkeit ein. »Das Allerwichtigste. Ihr Auftritt könnte sich über mehrere

Tage hinziehen. Sollten Sie also einmal kurz hinausmüssen, fassen Sie sich ans linke Ohr. Ich werde die Anhörung dann unterbrechen.«

Caroline lächelte. »Das ist wichtiger, als Sie denken.«

»Ja, das weiß ich von Allie.« Palmer erhob sich. »Draußen werden Reporter warten. Sollen wir sie füttern gehen?«

Dass sich Chad Palmer selbst gerne als »Medienhure« bezeichnete, war mittlerweile bis zu Caroline durchgedrungen. »Wenn Sie möchten«, antwortete sie. »Ich ziehe es vor, Lots Frau zu spielen.«

»Eine kluge Entscheidung – für eine Richterin. Aber nicht für einen Politiker.« Mit mehr Ernst sagte Chad: »Es war mir wirklich ein Vergnügen, und ich wünsche Ihnen viel Glück. Wenn ich Ihnen irgendwie helfen kann, zögern Sie nicht, mich zu bitten.«

Er schien es ernst zu meinen, dachte Caroline. »Vielen Dank«, sagte sie. »Ich komme gerne darauf zurück.«

Draußen wartete, wie der Senator schon vorhergesagt hatte, eine Schar von Reportern und Minicams. Bob Franken von CNN trat mit einem Mikrofon nach vorne. »Können Sie uns sagen, worüber Sie beide sich unterhalten haben?«

»Familienangelegenheiten«, sagte er. »Und Baseball.«

Später wieder allein in seinem Büro, dachte Chad über die Begegnung nach.

Caroline Masters war beeindruckend, ihre Sorge für Brett Allen bewegend. Aber nicht das Bild ihrer Tochter drängte sich ihm in diesem Moment auf, sondern das seiner eigenen – an einem Freitagabend vor vier Jahren, Allie und Kyle lebten noch in Cleveland, als er zwei Auftritte abgesagt hatte und unerwartet nach Hause geflogen war.

Sein Entschluss war getragen von Sorge um die Tochter. Diese Tochter hatte ihren Eltern so manches erzählt, was sie gar nicht wissen wollten – ihre Hochs waren eine erschreckende Mischung aus Überschwang, Leichtsinn und Größenwahn, in ihren Tiefs versank sie derart in einem Loch aus Lethargie und Depression, dass sie beinahe autistisch wirkte. Über die Ursachen waren sich die Psychiater uneins. Einer erklärte ihr Verhalten als eine Form manischer Depression, ein anderer machte Chads Abwesenheit für ein gesteigertes Bedürfnis nach Aufmerksamkeit eines ohnehin labilen Mädchens verantwortlich. Was auch immer der Grund war, Kyle hatte gelernt, ohne Reue zu lügen und Pillen, Drogen oder Alkohol mit der Gewitztheit einer Diebin zu verstecken.

Therapien, Drogen auf Rezept und Entziehungskuren zeigten keine Wirkung. Chad war es, als würde Kyle seiner Frau und seiner Ehe alle Kraft entziehen. Im Umgang mit einem gefährdeten Kind wurde Vertrauen zum Luxus und das Klingeln des Telefons zu einem Grund, innerlich zusammenzuzucken.

War das der ominöse Anruf?, dachten sie beide fast immer – in Angst vor einer Überdosis, vor einem Autounfall nach zu viel Alkohol oder davor, dass Kyle von zu Hause weggelaufen war. Ihre Tochter war zur Feindin geworden. Chad hatte sich eingestanden, dass er Kyle mehr verabscheute als liebte.

Ein Taxi hatte ihn vor ihrem Haus im Tudor-Stil abgesetzt. Dann war er allein, ein Mann mit einem Kleidersack vor einem verdunkelten Gebäude. Nur das Licht über dem Eingang brannte: Kyle war wohl nicht zu Hause und Allie noch nicht vom Konzert zurück. Chad freute sich schon darauf, sie, die ihn nicht erwartete, zu überraschen.

Er drehte den Schlüssel um, betrat das Haus und blieb stehen.

Er hatte ein besonderes Gespür für die Dunkelheit entwickelt, einen sechsten Sinn – in der Gefängniszelle, in tiefschwarzer Nacht oder mit verbundenen Augen, hatte er immer gewusst, ob seine Häscher anwesend waren. Es war ein Gefühl auf der Haut, im Nacken.

Mit angespanntem Körper knipste Chad das Flurlicht an.

Kyle lag nackt auf dem Boden und starrte ihm überrascht und provokativ entgegen. Auf ihr lag ein Junge mit lavendelfarbenem Haar und einer eintätowierten Schlange auf dem Rücken.

Chad brachte kein Wort hervor. In finsterem Zorn riss er den Jungen an den Haaren hoch.

»Nein!«, schrie Kyle ihn an.

Chad hörte ihre Schreie wie aus weiter Ferne. Als der Junge in anfänglichem Schreck nach Luft rang, schleuderte er ihn gegen die Wand. Seine Augen traten hervor und seine Lippen zitterten. »Wenn du dich hier noch einmal blicken lässt«, sagte Chad fest entschlossen, »dann kannst du dein Leben vergessen.«

Von hinten zerrte Kyle an seinem Mantel. »Bitte nicht …«

Chad riss sich los; durch die offene Tür stieß er den Jungen die Eingangstreppe hinunter. »Auf dem Nachhauseweg«, rief Chad ihm hinterher, »kannst du dir ja neue Klamotten kaufen!«

Als er die Tür schloss, blickte er seiner Tochter in die Augen und fragte sich plötzlich, was er getan hatte. Aber da war es schon zu spät.

11

»Wussten Sie vor der Schwangerschaft Ihrer Tochter von der Zustimmungspflicht der Eltern im Staat Ohio?«, fragte Sarah die Zeugin Abby Smythe.

Smythe, eine vierzig Jahre alte Frau mit Stupsnase und ruhiger Stimme, entsprach dem Bild, das man sich von einer Hausfrau aus einer Kleinstadt im Süden Ohios machte. Die Sorge um das eigene Wohl stand zurück hinter der Sorge um das Gemeinwohl – Familie, Kirche, allgemeine Wohlfahrtspflege.

»Ja«, antwortete sie. »Wir haben in der Kirchengemeinde darüber diskutiert. Mein Ehemann Frank und ich waren der Meinung, dass die Eltern selbst, und nicht die Schule für die Sexualaufklärung ihrer Kinder zuständig sein sollten. Wir glaubten, die Kinder seien ohnehin zu vielen schlechten Einflüssen ausgesetzt, vom Kino bis hin zur Musik, und dass ein Gesetz, das den Eltern und ihren Werten erneut zu Recht verhalf, nur gut sein könne.«

Wie aus seiner Mimik zu entnehmen war, wusste Martin Tierney über die Verhältnisse in dieser Familie Bescheid. Er beobachtete die Frau unterkühlt und distanziert. Mary Ann jedoch, die ebenfalls Bescheid wusste, hörte der Zeugin begierig zu.

»Haben Sie sich in irgendeiner Weise Sorgen um Carrie gemacht?«

»Überhaupt nicht.« In Sarahs Ohren klang das teilnehmend,

aber auch wie eine Entschuldigung. »Sie war Cheerleader, eine ausgezeichnete Schülerin, und sie arbeitete im Wohlfahrtsprogramm der Kirche mit. Es gab nie Disziplin- oder gar Alkoholprobleme.

Andere Mütter erzählten mir immer wieder von den Problemen mit ihren Kindern, und ich sagte dann nur zu Frank« – ihre Stimme wurde plötzlich nachdenklich – »dass Gott uns ein typisch amerikanisches Mädchen geschenkt hat.«

»Wie haben Sie mit Carrie über sexuelle Dinge gesprochen?«, fragte Sarah.

Smythe war jetzt ganz auf Sarah fixiert, als wollte sie den öffentlichen Charakter ihrer Aussage nicht wahrhaben. »Dass man nach dem Willen Gottes damit bis zur Ehe warten sollte. Und dass Sex außerhalb der Ehe eine Sünde ist.«

»Wie hat sie darauf reagiert?«

Smythe hob ihr Kinn etwas an. »Sie hat mir versichert, sie wolle als Jungfrau in die Ehe gehen. Zu Frank habe ich damals gesagt, dass sie als Vorbild für ihre Geschwister überzeugender ist, als ein Erwachsener es je sein kann.« Sie hielt inne, atmete tief durch. »Für mich war es eine Beruhigung. Carrie hatte sich mit einem Jungen aus dem Football-Team angefreundet – Tommy.«

Keine dieser Aussagen überraschte Sarah; sie hatte Smythe sorgfältig vorbereitet, und Smythe spulte die Antworten ab, müde und mit den längst zum Ritual gewordenen Schuldgefühlen. Aber sie bewegten sich auf die Katastrophe zu, die Abby Smythes Leben für immer verändert hatte, und Sarah, wo sie nicht Anwältin war, widerstrebte es, sie dorthin zu führen.

»Hatten Sie je die Vorstellung, dass Carrie sich verändert?«, fragte sie. »Oder dass sich eine Kluft zwischen Ihnen und ihr auftat?«

»Nein.« Smythe schüttelte verwundert den Kopf. »Wie konnte es dazu kommen, so frage ich mich, dass Carrie meinte, mich schützen zu müssen, während ich dachte, ich würde sie schützen?«

Die Antwort ließ Sarah nicht los. Sie hatte die Theorie entwickelt, dass das provokante Verhalten von Teenagern dazu diente, zu unabhängigen Erwachsenen heranzureifen, und dass Eltern, die die Notwendigkeit dieser Trennung nicht einsahen, ihren Kindern schadeten. Aber Abby Smythe schien die Tragödie der Idylle, die ihre Tochter vortäuschte, noch immer nicht ganz zu begreifen: Als sie sich die Fotos in Carries Jahrbuch angeschaut hatten, blond und lachend, sagte sie: »Ja, so war sie wirklich.«

»Wann haben Sie bemerkt, dass Carrie Probleme hatte?«, fragte Sarah.

Bei dieser Frage beugte sich Martin Tierney nach vorne, und Barry Saunders blickte finster drein. Aber Abby Smythe behielt Sarah im Auge.

»An einem Freitag«, antwortete sie, »fragte Carrie, ob sie bei ihrer besten Freundin übernachten könne.

Ich sagte ›in Ordnung‹, natürlich. Als sie an diesem Abend das Haus verließ, habe ich mir nichts gedacht; ich habe lediglich gesagt, dass es kalt sei draußen und sie doch bitte ihren Schal mitnehmen solle.«

Smythe hielt inne, als klammerte sie sich an diesem Detail fest. »Ich war gerade in der Küche«, fuhr sie fort. »Sie waren schon draußen, als Carrie ins Haus zurückgelaufen kam, mich umarmte und sagte, dass sie immer glücklich darüber war, eine so gute Mutter zu haben ...«

Richter Leary rutschte nervös auf seinem Stuhl hin und her.

»Wann haben Sie Carrie dann wieder gesehen?«, fragte Sarah.

»Am nächsten Morgen.« Smythes Tonfall war monoton. »Als Tommy an der Haustür erschien. Er zitterte. Dann sah ich, dass eine der hinteren Autotüren offen stand. Carrie lag auf dem Rücksitz und ihr langes blondes Haar hing zu Boden ... Ich rannte auf sie zu ...« Smythe beugte sich vor, legte die Fingerspitzen an die Stirn und sprach dann lauter, aber mit gepresster Stimme weiter. »Ihr Kleid war überall voller Blut, und den Schal hatte sie zwischen die Beine gepresst. Ihre Augen waren weit aufgerissen, als würde sie unter Schock stehen. Sie konnte nur mehr flüstern ›Ich wollte dir nicht wehtun, Mommy. Ich wollte dir nicht wehtun ...‹ Wenige Stunden später ist sie dann im Krankenhaus gestorben.«

Smythe schluckte und verstummte. Sarah fragte vorsichtig: »Wie ist Carrie gestorben, Mrs. Smythe?«

»An einem Gebärmutterriss. Ich konnte es nicht fassen. Frank drehte durch, er packte Tommy und schlug ihn gegen die Wand, bis er erzählte, was passiert war:

Es war eine Art Verschwörung. Beth deckte Carrie, und Tommy sagte zu Hause, er würde bei seinem Freund Ryan übernachten. Stattdessen fuhr er mit ihr über die Grenze nach Newport, Kentucky. Irgendwie hatte er von einer Frau erfahren, die schwangeren Mädchen aus der Patsche half.«

Hier brach sie unvermittelt ab. Smythes Verwunderung und auch Abscheu darüber, dass es Bereiche im Leben ihrer Tochter und anderer junger Mädchen gab, von denen sie nichts wusste, schien sie vom zentralen Punkt dieses Dramas abzulenken: der Schwangerschaft ihrer Tochter.

»Wie lange«, fragte Sarah, »war Carrie schon schwanger?«

Smythe schwieg einen Moment lang. »Zwei Monate.«

»Wissen Sie, was passiert ist, nachdem Carrie davon erfahren hatte?«

Barry Saunders sprang energisch auf. »Euer Ehren, wir alle nehmen Teil am Schmerz dieser Mutter. Aber diese Aussage ist anfechtbar, aus mindestens zwei Gründen.

Zum einen ist sie irrelevant – sie betrifft das Statut über die elterliche Zustimmungspflicht im Staat Ohio und nicht dieses sorgfältig ausgearbeitete Bundesgesetz, das ausschließlich Spätabtreibungen betrifft. Zum anderen muss gesagt werden, dass die Aussage der Zeugin auf Vermutungen baut. Wenn sie, wie sie sagt, von der Schwangerschaft ihrer Tochter nichts wusste, kann sie auch keine gesicherten Kenntnisse über die Ereignisse haben, die letztendlich zu ihrem Tod führten.«

Über den ersten Punkt ließ sich zumindest streiten, der zweite war rein formal gesehen korrekt. Aber Leary ergriff das Wort noch vor Sarah. »Das Gericht berät ohne die Anwesenheit von Geschworenen und ist sehr wohl in der Lage, die Spreu vom Weizen zu trennen. Mrs. Smythe möge bitte antworten.«

Leary wollte, so sah es Sarah, einer trauernden Mutter im Fernsehen nicht das Wort abschneiden. Saunders nahm Platz. Sein betont neutraler Gesichtsausdruck bildete einen starken Kontrast zu Martin Tierneys gespannter Aufmerksamkeit. Der Gerichtsstenograph wiederholte die letzte Frage. »›Wissen Sie, was passiert ist, nachdem Carrie davon erfahren hatte?‹«

»Sie ging zu Planned Parenthood«, antwortete Smythe. »Nachdem ein Schwangerschaftstest ihre Vermutung bestätigt hatte, setzte sie sich mit einer Beraterin zusammen.«

»Nachdem Sie informiert waren«, fragte Sarah, »sind Sie dann auch zu Planned Parenthood gegangen?«

»Ja, um mich mit der Frau zu unterhalten, die Carrie beraten hatte.«

»Was hat sie Ihnen gesagt?«

Smythe nahm eine aufrechtere Haltung ein, wie um sich vorzubereiten. Ihr Blick jedoch wirkte abwesend. »Dass Carrie mich nicht enttäuschen wollte. ›Es würde meine Mutter umbringen‹, hat sie wiederholt gesagt.«

»Hat die Beraterin IhreTochter darauf hingewiesen, dass sie auch die Gerichte in Anspruch nehmen konnte?«

»Ja.« Die Zeugin richtete den Blick nach unten. »Auch davor fürchtete sie sich. Sie müssen wissen, Richter Clausen ist Mitglied unserer Kirchengemeinde. Aus dem Grund ging sie nach Kentucky ...«

Schmerzlich angestrengt und mit Tränen in den Augen blickte Smythe wieder auf. »Ich hätte ihr geholfen«, sagte sie. »Ich hätte alles für Carrie getan. Eine Abtreibung, alles. Aber davon wusste sie nichts, und so konnte ich ihr nie zeigen, wie sehr ich sie liebte.« Smythe hielt inne, wischte sich mit dem Handrücken über die Augen und sprach mit festerer Stimme weiter. »Aber wenn schon fremde Hilfe in Anspruch nehmen, dann besser ein richtiger Arzt als ein Kurpfuscher. Nein, dieses Gesetz hat uns nicht näher zusammengebracht. Es hat Carrie Smythe nicht geschützt.« An Martin Tierney gewandt, sagte Mrs. Smythe: »Das Gesetz war ihr sicherer Tod.«

12

Zu Sarahs Überraschung erhob sich Tierney und nicht Saunders, um das Kreuzverhör in Stellvertretung des Fötus zu führen: Abby Smythe zu befragen war eine heikle Angelegenheit, und Tierney riskierte, seinen Ruf als schmerzgeplagter Vater zu beschädigen. Mary Ann, die neben Sarah saß, murmelte: »Warum lässt du sie bloß nicht in Ruhe?«

Betont zurückhaltend wandte sich Tierney an die Zeugin. »Ich maße mir nicht an, Ihre Gefühle zu verstehen«, begann er, »aber Margaret und ich empfinden mit Ihnen.«

Smythe schwieg dazu und nickte nur. Tierney fragte behutsam: »Sind Sie der Meinung, Mrs. Smythe, dass Carrie wegen dieses Gesetzes nicht zu Ihnen kam?«

Smythe sah weg. »Nein, das bin ich nicht.«

»Hätten Sie nicht lieber selbst an der Entscheidung Ihrer Tochter mitgewirkt, als dies einer Sozialarbeiterin zu überlassen?«

»Natürlich.«

Tierney starrte sie mit unverhohlenem Erstaunen an. »Und dennoch«, fragte er, »stehen Sie offenbar auf dem Standpunkt, dass meine Frau und ich auf dieses Recht verzichten sollten?«

»Nein«, antwortete Smythe. »Ich behaupte, das Gesetz über die elterliche Zustimmungspflicht hat meine Tochter zu einer illegalen Abtreibung gezwungen.«

»Aber darum geht es hier nicht, oder? Nehmen wir also an, Carrie hätte sich an Sie gewandt. Hätten Sie die Entscheidung ihr überlassen oder hätten Sie versucht, zusammen zu einer Lösung zu kommen?«

Smythe starrte vor sich hin. »Zusammen natürlich. Immerhin sind wir ihre Eltern.«

»Und als ihre Eltern haben Sie Carrie in dem Sinn erzogen, dass Abtreibung vom moralischen Standpunkt aus abzulehnen ist?«

»Nein.«

Tierney betrachtete die Frau einen Moment lang. »Ist es nicht denkbar, dass Carrie noch am Leben wäre, wenn sie geglaubt hätte, dass Abtreibung Sünde ist?«

»Einspruch«, sagte Sarah wütend. »Diese Frage ist rein spekulativ. Und die inhärente Grausamkeit somit überflüssig.«

»Überflüssig?«, erwiderte Tierney gelassen. »Mrs. Smythe brachte zum Ausdruck, dass ein Gesetz zur elterlichen Zustimmungspflicht für den Tod ihrer Tochter verantwortlich ist. Aber der eigentliche Grund war eine Abtreibung.«

»Eine illegale Abtreibung«, konterte Sarah.

»Genug«, unterbrach Leary. »Die Frage ist unzulässig, Professor Tierney. Bitte stellen Sie eine neue Frage.«

Tierney blickte auf einen Notizblock und begann erneut. »Hätten Sie es nicht vorgezogen, diese Beraterin hätte Ihnen gesagt, dass Carrie schwanger war?«

»Natürlich.« Die Verärgerung in Smythes Tonfall war nicht zu überhören, aber sie galt nicht Tierney.

»Dann hätten Sie mit Carrie über alles reden und entscheiden können, was am besten für sie gewesen wäre.«

»Ja.«

Sarah war hin und her gerissen. Ihr war klar, worauf Tierney hinaus wollte und wo das enden würde. Smythe jedoch, die sich vorstellte, wie sie sich für ihre Tochter einsetzen würde, wenn diese noch am Leben wäre, ließ sich von ihm einwickeln. Sarahs Intervention hätte den Widerstand ihrer eigenen Zeugin zur Folge gehabt.

»Und wenn Sie und Carrie nicht einer Meinung gewesen wären«, sagte Tierney, »hätten Sie versucht, in ihrem besten Interesse zu handeln – was auch immer Sie als Eltern dafür gehalten hätten?«

»Das ist richtig.«

»Warum würden Sie dann uns ebendieses elterliche Recht streitig machen?«

Smythe schwieg betreten und überlegte sich ihre Antwort. »Das habe ich nicht vor«, sagte sie schließlich. »Und ich beneide Sie darum, gerade weil sich unsere Tochter, aus welchen Gründen auch immer, nicht an uns gewandt hat.

Wir waren eine gute Familie, Professor Tierney. Was uns passiert ist, kann auch jeder anderen Familie passieren. Sorgen mache ich mir darüber, was passiert, wenn ein Mädchen, das Angst davor hat, sich ihren Eltern mitzuteilen, nur mehr vor Gericht ziehen kann.«

Die einfache Würde der Antwort brachte Tierney zum Verstummen. Sarah sah, wie Mary Ann sich ihm zuwandte, als würde sie eine Antwort einfordern. »Sind Sie bereit einzuräumen«, fragte Tierney, »dass auch unter diesem Gesetz ein Mädchen sich möglicherweise eines Besseren besinnt und sich doch noch an ihre Eltern wendet?«

Smythe zögerte. »Ich kann mir vorstellen, dass das in manchen Fällen so passiert.«

Tierney trat zurück, stemmte die Hände gegen die Tischplatte. »Und dennoch haben Sie den Kampf gegen das elterliche Recht auf Zustimmung zu Ihrer Sache gemacht?«

Smythe sah ihn wieder beruhigt an: Die Frage wurde erwartet, und Sarah hatte sie darauf vorbereitet. »Carries Tod«, antwortete sie, »ist keine Sache. Betroffen davon ist einzig meine Familie, und ich habe versucht, ihm so etwas wie Sinn zu verleihen.«

»Sie sind also jetzt der Meinung, dass Ihre Unfähigkeit, mit Carrie zu reden, anderen Eltern vorschreiben soll, wie diese mit ihren Kindern umzugehen haben?«

Smythe schüttelte den Kopf. »Nein, Professor Tierney. Ihr Verhältnis zu Ihrer Tochter ändert sich nicht. Auch ein Gesetz hat keinen Einfluss darauf, es sei denn einen negativen.«

Tierney hielt inne, anscheinend uneins mit sich selbst. Er fühlte sich in die Ecke gedrängt. »Aber ist es nicht so, Mrs. Smythe, dass Sie das eigene Versagen rationalisieren und den Schmerz über Carries Tod betäuben, indem Sie andere Eltern ihrer Rechte berauben?«

Die Frage war so verletzend und so unverschämt, dass Sarah Smythe nur mit großer Überwindung antworten ließ. »Unseren Schmerz betäuben«, wiederholte Smythe leise, und Sarah spürte, dass Tierney einen schweren Fehler begangen hatte.

»In der Zeit, in der wir begonnen haben, unsere Erfahrung öffentlich zu machen«, sagte Smythe zu Tierney, »hat uns jemand eine E-Mail geschickt mit der Abbildung eines Fötus, der mit einem Drahtbügel umwickelt war. Unser Autofenster wurde durchschossen.« Sie konnte nur unter Tränen weitersprechen. »Das Schlimmste war, als uns jemand Carries Bild aus der Zeitung schickte, mit dem Wort ›Hure‹ auf ihr Gesicht geschrieben. Und da kommen Sie und sagen, mit unseren öffentlichen Auftritten ›betäuben wir unseren Schmerz‹.

Nichts ist dazu in der Lage. Und nichts kann dem, was uns widerfahren ist, den Schrecken nehmen.« Ihre Stimme, die sie im Zorn erhoben hatte, beruhigte sich wieder. »Für uns ist es zu spät, aber nicht für Sie. Ich bin nicht hierher gekommen, um mir zu helfen, Professor, sondern um Ihnen zu helfen.«

Während Sarah die Zeugin noch einmal kurz befragte, brachten zwei Anwälte von Kenyon & Walker einen Eilantrag beim Berufungsgericht ein, der sich gegen die Entscheidung Learys wandte, den Medien künftig die Bekanntgabe der Identität Mary Anns zu gestatten. Schon um fünf Uhr nachmittags wurde verkündet, dass diesem Antrag und auch dem Antrag Martin Tierneys nicht stattgegeben werde.

Das war keine Überraschung. Zwei Stunden lang, während Mary Ann mit ihren Eltern zu Abend aß, bedachte Sarah die möglichen Konsequenzen, und ob sie den Fall am nächsten Tag ruhen lassen oder aber Mary Ann in den Zeugenstand rufen sollte.

Nach ihrer Rückkehr ließ sich Mary Ann in Sarahs Wohnzimmer nieder, die Beine weit gespreizt, um die Last ihrer Schwangerschaft zu lindern. Sie strich ihr Hemdkleid glatt und legte beide Hände auf den dicken Bauch.

»Hat es sich bewegt?«, fragte Sarah.

Mary Ann starrte auf ihre Hände. »Genau das hat mein Vater auch gefragt. Ich habe gesagt, heute habe ich es gespürt – ein wenig.«

Einen Moment lang dachte Sarah über den zentralen Stellenwert dieser Frage nach: intrauterine Kindsbewegungen waren sowohl für Sarah wie für die Tierneys von emotionaler wie rechtlicher Bedeutung. Für Sarah war Mary Anns Antwort auf die Frage ihres Vaters ein weiterer Grund, sie nicht in den Zeugenstand zu rufen.

»Du hast von der Entscheidung des Berufungsgerichts gehört, nehme ich an?«

Das Mädchen nickte. »Ich werde zu einer Berühmtheit«, sagte sie mit flacher Stimme. »Meine Eltern wollten wissen, ob ich weitermachen möchte.«

»Möchten deine Eltern denn weitermachen?«

»Ich habe sie danach gefragt.« In Mary Anns Stimme schwang unterdrückte Wut. »Er hat ja gesagt und mich gebeten, nicht auszusagen.«

Sarah fragte sich, ob das Taktik oder Liebe war. Gleichzeitig wunderte sie sich darüber, wie dieses Gesetz eines der natürlichsten Gefühle komplizieren und pervertieren konnte – den Instinkt eines Vaters, für seine Tochter dazusein.

»Werden sie denn aussagen?«, fragte Sarah. »Sie haben sich zumindest als mögliche Zeugen registrieren lassen.«

Mary Ann rieb sich die Schläfen. »Das werden sie mich nicht wissen lassen«, sagte sie schließlich. »Es ist, als würde er mit meinem Kopf spielen, oder mit unseren Köpfen.«

Das war eine erstaunliche Feststellung: Wie über Nacht erwachsen geworden, hatte Mary Ann ein Interesse an taktischen Überlegungen gewonnen. Schließlich sagte Sarah: »Ich möchte nicht, dass du morgen aussagst.«

Mary Ann sah zu ihr auf. »Warum?«

Die zwingendste Begründung musste Sarah ihr verschweigen: dass sie nämlich befürchtete, Martin Tierney würde als Fragesteller das Vertrauen seiner Tochter so sehr erschüttern, dass sie am Ende gebrochen wäre. Und keine noch so gute Hilfestellung konnte eine Fünfzehnjährige auf einen gerissenen und klug agierenden Mann vorbereiten, der noch dazu seit ihrer Geburt zu den wichtigsten Personen in ihrem Leben gehörte. »Wir entscheiden uns erst, wenn wir einen Überblick über den weiteren Prozessverlauf haben und wissen, ob dein Vater oder deine Mutter in den Zeugenstand tritt.«

Mary Ann zögerte, wie hin und her gerissen zwischen Erleichterung und Sorge. »Wie sieht es mit unserer Beweisführung aus?«, fragte sie. »Haben wir genug getan?«

»Ich glaube schon.« Sarah hielt inne, um dann einzugestehen: »Ich möchte nicht, dass du im Fernsehen erscheinst, ehe wir wissen, wie deine Eltern weiter vorgehen.«

Diese Bemerkung schien Mary Ann einmal mehr zu verdeutlichen, worum es eigentlich ging. Sie war fünfzehn und schwanger und nun kämpfte sie öffentlich gegen ihre Eltern für ihr Recht auf Abtreibung. Voller Mitleid sagte Sarah: »Du musst nicht aussagen, Mary Ann. Du musst auch nicht unbedingt weitermachen.«

Mary Ann schien ihren Bauch und den Fötus darin mit wehmütiger Zärtlichkeit zu betrachten. »Nein«, antwortete sie. »Ich habe das Sonogramm gesehen und ich werde weitermachen.«

13

»Wer ist dran?«, fragte Macdonald Gage zum zweiten Mal.

Der Mann an der Rezeption wiederholte deutlich: »Richter Lane Steele. Vom Berufungsgericht für den Neunten Bezirk.«

Gage sprach den Namen laut nach, zog mit einem Blick zu Mace Taylor die Augenbrauen hoch, und nachdem er einen hastigen Schluck von seinem Morgenkaffee genommen hatte, stellte er das Telefon auf Mithören. »Mr. Steele?«, fragte er.

»Guten Morgen, Senator.« Aus dem Tonfall trockener richterlicher Würde hörte Gage eine gewisse Anspannung heraus. »Es ist schön, von Ihnen zu hören. Sie erinnern sich daran, wir haben uns im letzten Sommer in Bohemian Grove kennengelernt.«

Gage warf Mace Taylor einen Blick zu und verzog das Gesicht zu einem grimassenhaften Lächeln. Taylor rückte näher an den Lautsprecher heran und kniff die Augen zusammen.

»Gewiss doch, Lane.« Gage konnte seinen Südstaaten-Bariton wie eine Stradivari modulieren, worauf er besonders stolz war.

»Eine willkommene Ablenkung von meinen vielfältigen Verpflichtungen. Und natürlich die Gelegenheit, mit Ihnen zu plaudern.«

»Gewiss.« Die trockene Stimme signalisierte verhaltene Freude. »Ganz meinerseits.«

Gages Lächeln wurde noch eine Spur zynischer und er nannte den Namen »Masters« deutlich genug, dass Taylor nickte. »Sie haben also«, sagte Gage anerkennend und spaßend zugleich, »diese Bande von Träumern gut im Griff und unterstützen damit Ihre Brüder – und Schwestern –, die Gebote der Gründerväter aufrechtzuerhalten?«

»Ich wollte, dem wäre so, Senator. Mit den Leuten, die er mir vor die Nase gesetzt hat, hat mir schon der alte Präsident das Leben nicht leicht gemacht. Und ich befürchte, bei diesem wird es nicht besser.« Nach einer kurzen Pause fügte Steele beinahe ehrfürchtig hinzu: »Noch ein paar Leute vom Schlage Roger Bannons könnten nicht schaden.«

Männer wie du, dachte Gage hämisch. Obwohl Steele langsam dahinkam, worauf er hinauswollte, beschloss der Mehrheitsführer, ihm nicht zu helfen; eine abwartende Haltung einzunehmen war höflicher und stärkte Macdonald Gages Position. »Richter wie Roger Bannon sind selten«, sagte er gefällig. »Sie, wie man mir berichtet, natürlich ausgenommen.«

Es herrschte Schweigen. Der routiniert höfliche Umgangston bremste die Unterhaltung und trieb Steele in die Ecke. »Danke«, sagte er schließlich. »In gewisser Hinsicht ist Roger auch der Grund meines Anrufs. Sicherlich haben Sie sich schon Gedanken über seine Nachfolge gemacht.«

Bei diesen Worten wurde Taylors bis dahin amüsierter Gesichtsausdruck ernst.

»Wir sahen uns dazu gezwungen«, antwortete Gage. »Mit ungebührlicher Eile. Dank Kerry Kilcannon.«

Abermals folgte eine Pause. Dann schlug Steele einen offenen und besorgten Ton an. »Offen gesagt, mich hat das ziemlich überrascht.«

Gage lächelte Taylor ein weiteres Mal zu. »Die Eile?«, fragte er gespielt unwissend. »Oder die Ernennung?«

»Beides.« Über den Lautsprecher des Telefons ließ sich ein Räuspern vernehmen. »Normalerweise würde ich mich zurückhalten.«

»Natürlich. Aber hier handelt es sich um den Nachfolger Roger Bannons, den nächsten Obersten Bundesrichter. Es sei denn, der Senat überlegt es sich anders.«

»Keine leichte Verantwortung.« An dieser Stelle schien Steele bewusst zu schweigen. »Ihre Leute möchten doch sicherlich auf dem Laufenden bleiben, welche Urteile in jüngster Zeit gefällt wurden.«

Taylor verhielt sich still, bemerkte Gage, abgesehen von der Angewohnheit, Daumen und Zeigefinger einer Hand ständig aneinander zu reiben. »Meinen Sie ein bestimmtes Urteil?«, fragte Gage.

Er sollte eine Stoppuhr verwenden, dachte Gage, um die Dauer von Lane Steeles Schweigephasen zu messen. »Nächste Woche steht ein En-banc-Beschluss an«, antwortete Steele. »Snipes versus Garrett. Der Beschluss erweitert das Klagerecht eines Häftlings in einem Maße, das meines Erachtens weit über die im letzten Jahr vom Kongress erlassene Regelung hinausgeht. Seine Ungereimtheiten machen deutlich, dass ein Richter einen Kongress-Erlass interpretieren und nicht umschreiben sollte.«

»Insbesondere wenn dadurch Kriminelle begünstigt werden.« Gage kritzelte *Snipes versus Garrett* auf ein Blatt Papier. »Das ist genau jene Art von Abenteurertum«, fügte er genervt hinzu, »die wir von nur allzu vielen Richtern in Ihrem Bezirk schon beinahe erwarten.«

»Genau. Aber nicht, so wollen wir hoffen, vom nächsten Obersten Bundesrichter.«

Taylor lächelte in sich hinein, amüsiert darüber, wie ein karrieregeiler Mensch Zurückhaltung heuchelte. »Verschreien Sie's nicht«, sagte Gage. »Verschreien Sie's nicht, Lane.«

»Sie ist ein Zögling von Blair Montgomery, dem radikalsten Mitglied an unserem Gericht. Montgomery ist für die schriftliche Begründung verantwortlich, aber sie hat die Wiederanhörung beantragt. In meinem schriftlichen Einspruch weise ich auf die manifesten Schwächen ihrer Argumentation hin.« Nach einer kurzen Pause sprach Steele ernüchtert weiter. »Manche Richter gebärden sich wie Gelehrte, anderen fehlt die nötige Distanz. Ihre erste Aufgabe bestand darin, als Pflichtverteidigerin Schwerstkriminelle zu vertreten, und das schien zu ihrer Religion geworden zu sein. Dabei hat sie mit Religion in unserem Sinn wohl nur wenig am Hut.«

»Anders ausgedrückt, eine aufgeklärte Humanistin. Pornografie im Klassenzimmer, aber bloß kein Gebet. Wie steht sie zum Thema Abtreibung?«

»Das lässt sich ziemlich schwer ausmachen, wie so vieles an ihr. Man kann sich ihren Standpunkt gut vorstellen, aber ohne eine Äußerung ihrerseits fehlt uns die Bestätigung.«

Taylor zeigte mit dem Kopf in die Richtung des Fernsehers in der Ecke von Gages Büro. »Was ist mit dem Fall jenes Mädchens«, fragte Gage, »das einen sechs Monate alten Fötus abtreiben möchte? Kommt der nicht demnächst vor Ihr Gericht?«

Wieder folgte zurückhaltendes Schweigen. »Einen Aspekt hatten wir schon hier«, sagte Steele schließlich. »Ich bin Vorsitzender der Abteilung für Eilanträge. Gerade haben wir das Ansinnen ihrer Anwältin, ihren Namen weiterhin aus den Medien herauszuhalten, abgelehnt. Wir sind der Meinung, diese Frage liegt eindeutig im Ermessen des vorsitzenden Richters.« Wieder folgte eine Pause, dann sprach Steele von neuem Eifer beflügelt weiter. »Abtreibung kann noch so widerlich sein, ich bin der Meinung, die Öffentlichkeit profitiert dennoch davon, mit der Realität konfrontiert zu werden – dass wir einem menschlichen Fötus den Schutz versagen, den der Tierschutzverein für jede streunende Katze in Anspruch nimmt. Und eine Frau, die so kurz vor der Geburt vorhat abzutreiben, sollte sich mit diesem Vorhaben nicht verstecken können, auch wenn sie gerade fünfzehn Jahre alt ist.«

»Ist Ihre Kollegin davon in irgendeiner Weise betroffen?«, fragte Gage.

»Normalerweise nicht«, antwortete er vorsichtig, »selbst wenn sie hier am Gericht verbleibt. Das Gericht ist mit einundzwanzig

Richtern besetzt und in der Regel werden die drei für ein Verfahren zuständigen Richter zufällig ausgewählt …«

Seine Stimme verebbte. »Aber?«, fragte Gage.

Gage spürte förmlich, dass Steele sich durch ein sprachliches Minenfeld arbeitete. »Das Mädchen steht drei Monate vor der Entbindung«, antwortete der Richter. »Rein verfahrenstechnisch gesehen, müsste eine Berufung von der Abteilung für Eilanträge gehört werden.«

»Dessen Vorsitzender Sie sind.«

»Ja, bis Ende dieses Monats.«

Gage sah zu Taylor. »Und ein Eilverfahren wird anders behandelt?«

»Laut Vorschrift, ja. Unsere Abteilung kann den Fall selbst übernehmen oder an eine andere weiterleiten.«

Gage lehnte sich zurück und starrte an die Decke. »Aber«, begann er vorsichtig, »selbst wenn der Fall an eine Abteilung verwiesen würde, in der sie auch sitzt – wie auch immer das passieren könnte –, jetzt, da sie sich schon am Ziel sieht, würde sie möglicherweise einen Grund finden, den Fall wegen Befangenheit abzugeben. Aus meiner Perspektive ist es also besser, dass das Gesetz zum Schutz des Lebens bestätigt würde.«

Steele antwortete nicht direkt. »Noch eine Möglichkeit gibt es«, führte er gelassen aus, »dass der Fall dieses Mädchens in ihre Zuständigkeit fällt. Von ihrer möglichen Position als Oberste Bundesrichterin einmal abgesehen.«

»Nach ergangener Entscheidung des Berufungsgerichts kann eine der beteiligten Parteien oder einer der Richter beantragen, dass der Fall en banc erneut angehört wird, von elf unserer einundzwanzig Richter – wie geschehen in dem bereits erwähnten Fall Snipes. Oder, was selten vorkommt, von allen einundzwanzig. Die Wahrscheinlichkeit, dass es dazu kommt, ist gering. Aber in einer so bedeutenden verfassungsrechtlichen Frage nicht ganz so gering.«

»Wie viel Zeit würde die ganze Prozedur in Anspruch nehmen?«

»Bei einem Eilantrag und unter Berücksichtigung dieses speziellen Gesetzes würde eine Anhörung mit darauf folgender Wiederanhörung in etwa einen Monat dauern.«

»Aber Masters könnte sich aus dem Richtergremium zurückziehen?«

»Das könnte sie, ja. Danach bliebe der Verliererpartei nur mehr eine Petition beim Obersten Bundesgericht, das dieses, in eigenem Ermessen, zulassen oder ablehnen kann.«

Taylor griff nach Gages Notizblock, kritzelte »Wie lange würde das wieder dauern?«, darauf und hielt den Satz Gage entgegen.

Gage wiederholte die Frage. »Eine Woche«, antwortete Steele. »Vielleicht auch etwas länger.«

Geräuschlos legte Gage den Notizblock wieder weg. »Würden Sie nicht vermuten, dass es im Obersten Bundesgericht ohne einen Vorsitzenden zu einer Pattsituation kommen würde?«

Steele überlegte. »Es steht mir nicht an zu spekulieren, Senator. Aber ein Patt würde auf dramatische Weise hervorheben, welche Bedeutung der Wahl des nächsten Obersten Bundesrichters zukommt. Allein Ihre Frage zeigt schon die Tragweite dieser Ernennung. Die mich letztendlich, nach reiflicher Überlegung, auch dazu veranlasst hat, zum Telefonhörer zu greifen.«

Abermals lächelte Taylor Gage über den Schreibtisch hinweg zu. Dieser sagte in salbungsvollem Ton zu Steele: »Ich zähle auf Ihren Patriotismus, Lane. Und Sie können auf meine Diskretion zählen.«

Gage deaktivierte die Mithörfunktion des Telefons und sagte zu Taylor: »Erstaunlich – der Name Caroline Masters kam ihm kein einziges Mal über die Lippen. Als würde er mit unsichtbarer Tinte schreiben.«

Taylor zuckte mit den Schultern. »Das war eine Bewerbung, Mac. Er meint, du könntest Präsident werden, und er selbst hätte gerne einen Sitz im Obersten Bundesgericht.«

Gage fühlte sich zwar geschmeichelt, verzichtete aber auf einen Kommentar. »Sie wird keine Fälle mehr übernehmen«, bemerkte er. »Von einem Fall dieses Kalibers ganz zu schweigen.«

»Wichtig ist auch, was Steele über die zeitlichen Fristen gesagt hat«, erwiderte Taylor. »Wenn wir die Abstimmung über Masters hinauszögern könnten, könnte sich dieser Abtreibungsfall als hilfreich erweisen. Und sei es nur, um klarzumachen, dass die neue Frau im Obersten Bundesgericht das Zünglein an der Waage sein könnte.«

»Hier könnte uns Palmer helfen«, sagte Gage, »indem er den Termin für die Anhörung hinauszögert. Bisher hat er sich sowieso ziemlich bedeckt gehalten.«

Taylor runzelte die Stirn, während er einen Schluck Kaffee nahm. »Wenn du noch immer keine schweren Geschütze auffahren willst, dann könnte uns auch dieser Kriminalfall helfen. Die Ausschussmitarbeiter sollen alle ihre Fälle durcharbeiten – gib unseren Verbündeten etwas an die Hand, das sie bei Palmer vorweisen können, während wir uns ihr Leben unter dem Mikroskop ansehen. Ich halte es noch immer nicht für ausgeschlossen, dass sie eine Lesbe ist. Dieses schmale Handtuch von Freund tut da nichts zur Sache.«

Obwohl er zustimmte, hinterließen Taylors Ausführungen ein ungutes Gefühl bei Gage; war doch das Privatleben des Gegners für Mace Taylor eine nur allzu leicht verfügbare Jongliermasse. Wie schon so oft zuvor fühlte sich Gage daran erinnert, dass, wer in der Politik den Tiger reitet, ein eigenes Risiko eingeht.

Nach einem Moment griff Gage wieder zum Telefon. »Lass uns Paul Harshman anrufen«, sagte er. »Er ist unser bester Freund im Justizausschuss.«

»Ich sitze hier mit Mace zusammen«, begann Gage. »Gibt es was Neues über Palmer?«

Der Junior-Senator aus Idaho machte seinem Unmut mit einem Schimpfwort Luft. »Dieser Eigenbrötler überbietet sich selbst. Er behindert die Arbeiten der Ausschussmitarbeiter und nutzt sogar seine Macht als Vorsitzender, um uns die Einsicht in FBI-Unterlagen zu verweigern. Die Gründe dafür kennen, wie üblich, nur Gott und der große Chad Palmer selbst.«

Taylor rutschte mit seinem Stuhl nach vorne. »Auf die Mitarbeiter können wir verzichten, Paul. Wir müssen nur irgendwie an die FBI-Unterlagen herankommen; ich finde dann schon jemanden, der sich damit beschäftigt. Und am Geld soll es auch nicht scheitern.«

Gage sah ihn eindringlich an. Hatte er richtig gehört, dann war Taylor dem Vorschlag gefährlich nahe gekommen, ein Mitglied von Palmers Ausschuss solle Palmer übergehen und selbst versuchen, zum FBI vorzudringen. Paul Harshman am anderen Ende der Leitung schwieg dazu.

»Lasst uns darüber sprechen, wie wir Palmer festnageln können«, warf Gage ein. Dabei warf er Taylor einen warnenden Blick zu. »Und zwar politisch.«

14

Bei seiner Zeugenaussage sprach Mary Anns Arzt, James McNally, mit seinem Freund Martin Tierney wie mit seinesgleichen. Mary Ann machte in Sarahs Augen einen beschämten, aber doch trotzigen Eindruck, wie ein von den Eltern gemaßregelter Teenager. In diesem Fall jedoch stand sie im Mittelpunkt einer Lehrstunde in Sachen Moral für Millionen von Zuschauern; die Kameras waren zwar im Moment auf ihren Arzt gerichtet, doch in der Übertragung wurden ihr Name und ihr Gesicht fortan nicht mehr zensiert.

»Ich habe Mary Ann zur Welt gebracht.« McNally richtete seinen kühlen Blick auf das Mädchen. »Ihr Wohlergehen liegt mir sehr am Herzen. Als Arzt und Geburtshelfer jedoch besteht meine Rolle darin, für Mary Ann und ihr Baby zu sorgen. Ihre Behauptung, eine Abtreibung sei medizinisch notwendig, kann ich einfach nicht unterstützen. Sie ist unvereinbar mit meinen Verpflichtungen als Arzt – moralisch und ethisch.«

Obwohl er keine Zweifel aufkommen ließ, drückte McNallys Ton mehr Trauer als Wut aus, was Leary sehr zu beeindrucken schien. Die beiden Männer sahen sich sogar ähnlich, obwohl McNally älter und kräftiger war. Sarah mochte ihn von Anfang an nicht.

»Wie«, fragte Tierney, »begründen Sie Ihre Entscheidung, dass eine Abtreibung in diesem Fall nicht gerechtfertigt ist?«

»Um aus dem Protection of Life Act zu zitieren«, antwortete McNally, »dieses Baby stellt kein ›gravierendes medizinisches Risiko‹ für Mary Anns Leben oder Gesundheit dar.«

»Worin bestünde denn ein gravierendes Risiko?«

»Bereits bestehende Erkrankungen, in der Regel. Krebs, der während einer Schwangerschaft nicht behandelt werden kann; diverse Herzfehler; hoher Blutdruck, der zu Nierenversagen führen kann; Diabetes mit der Gefahr einer Erblindung oder möglichem Nierenversagen.« McNally sah Mary Ann mit einem Ausdruck von Trauer und Tadel an. »Selbst unter diesen Umständen treiben viele Frauen nicht ab, um erst einmal zu sehen, ob die gesundheitliche Bedrohung auch tatsächlich eintritt. Aber für Mary Ann kommt keines dieser Risiken in Betracht.«

Für Sarah klang diese Sicherheit, mit der er über die Gewissensentscheidungen schwangerer Frauen sprach, viel zu selbstgefällig und patriarchalisch. Diesen Punkt hielt sie fest.

»Wir machen uns aber zusätzlich Sorgen darüber«, sagte Martin Tierney, »ob unsere Tochter auch später noch Kinder bekommen kann.«

Das war keine Frage, sondern eine Aussage; so sehr er die Kameras auch verachtete, war sich Martin Tierney der Rolle des Vaters in einem Familiendrama doch nur allzu bewusst. McNally nickte und sagte: »Ich weiß, Martin. Aber selbst Dr. Flom gibt zu, dass es höchst unwahrscheinlich ist, ein klassischer Kaiserschnitt könnte Folgen für die Gebärfähigkeit Ihrer Tochter haben.«

»Wenn Sie ›höchst unwahrscheinlich‹ sagen ...«

»Schätzungsweise ein Fall von vierzig, meiner Meinung nach.«

Mary Ann wandte sich zu Sarah um und fasste sie am Handgelenk. »Er lügt«, flüsterte sie. Sarah nickte. Sie ließ McNally nicht aus den Augen.

»Denkbar ist auch«, sagte McNally, »dass nach einem Kaiserschnitt auftretende Komplikationen eine Totaloperation nötig werden lassen. Aber diese Fälle machen höchstens ein Prozent aus.«

Sarahs Blick verhärtete sich. Tierney trat näher an den Zeugen heran, wie um die Bedeutung eines wichtigen Punkts hervorzuheben. »Und was haben Sie uns damals in Ihrer Praxis geraten, als es darum ging, ob eine Kaiserschnittgeburt oder eine Spätabtreibung die bessere Lösung für unsere Tochter sei?«

McNally sah mit einem schmerzlichen Blick zu Mary Ann hinüber, um dann auch den Richter wissen zu lassen: »Dass eine Spätabtreibung das größere Risiko für Mary Anns Leben oder Gesundheit berge.

Der von Dr. Flom anvisierte Eingriff ist nicht nur widerlich, nein, auch die Wahrscheinlichkeit einer Verletzung der Gebärmutter oder sonst eines Zwischenfalls ist erheblich größer.«

Leary schien wie gebannt, während Sarah stille Genugtuung empfand; sie berührte Mary Anns Hand und kritzelte »Das war ein Riesenfehler« auf ihren Notizblock. Rein äußerlich ließ sie sich davon nichts anmerken.

»So wie ich Sie verstanden habe, Doktor, haben Sie festgestellt, dass unser Enkelkind behindert sein könnte.«

»Ich habe ›könnte‹ gesagt«, antwortete McNally betont umsichtig, »weil der Wasserkopf, obschon deutlich ausgebildet, nicht die schwerstmögliche Ausprägung aufweist.

Ein Wasserkopf schwerster Ausprägung führt zu absoluter Lebensunfähigkeit. Aber im Fall dieses Babys gibt die bei der Ultraschalluntersuchung festgestellte Dicke der Hirnrinde doch einen gewissen Anlass zur Hoffung. Vielleicht besteht sogar die Möglichkeit, die Flüssigkeit abzuleiten, um so das Leben des Kindes zu retten. Was auch die eigentliche Aufgabe eines Arztes ist.«

»Welchen Anteil bei den Spätabtreibungen stellen die Fälle, in denen das Baby einen Wasserkopf hat?«, fragte Tierney.

»Einen sehr niedrigen, wie ich den Daten entnehme – unter zehn Prozent. Zu den übrigen Fällen gehören Babys mit einer offenen Wirbelsäule, einer mehr oder minder stark ausgeprägten Fehlbildung, die mit den Möglichkeiten der Chirurgie oftmals behoben werden kann. Und zu den Babys mit Down-Syndrom lässt sich sagen: Wie viele Eltern nehmen es gerne auf sich, so ein Kind großzuziehen?« Nun wurde McNallys Ton belehrend. »Dr. Floms

Kritik richtet sich gegen den Kongress. Ich kann nur sagen, dem Himmel sei Dank, dass er seiner Aufgabe nachkommt. Keine gesunde Gesellschaft überträgt der Ärzteschaft die Rolle von Priestern, die darüber zu befinden haben, ob ein Leben als lebenswert gilt oder nicht. Und selbst ein Baby, das bei der Geburt vielleicht stirbt, verdient das Mitgefühl der menschlichen Gemeinschaft und nicht« – hier nahm seine Stimme plötzlich einen warnenden Tonfall an –, »dass man ihm mit Scheren den Schädel durchbohrt.«

Mary Ann zuckte zusammen und wandte sich ab. »Aber wenn wir davon ausgehen, dass ›Normalität‹ der Regelfall ist«, schloss McNally, »dann würde ich die Wahrscheinlichkeit, dass Ihr Enkel normal ist, auf zehn Prozent schätzen. Und dieser Wert ist immerhin höher als Dr. Floms übertriebene Einschätzung der Risiken eines Kaiserschnitts.«

Tierney schien das mit echt empfundenem Schmerz aufzunehmen. »Was bedeutet das für die Fälle, in denen Spätabtreibung erlaubt wird, weil der Arzt vorgibt, damit die physische Gesundheit der Mutter zu erhalten?«

»Dass ›physische Gesundheit‹ im Sinne Dr. Floms ein gewagter Begriff ist, der Spätabtreibung und Abtreibung auf Verlangen gefährlich nahe zusammenbringt. Und dass ›seelische Gesundheit‹ – die immer wieder vorgebrachte Sorge Dr. Blakes – diesen Unterschied gänzlich verwischt.

Hier kann ein Arzt vorgeben, die ›seelische Gesundheit‹ eines Mädchens rechtfertige eine Abtreibung in der dreißigsten Schwangerschaftswoche, nur um ihr das Trauma zu ersparen, das sie erleidet, weil sie nicht mehr in ihr Kleid für den Highschool-Ball passt.« McNally hielt inne, um sich mit einem Ausdruck onkelhafter Sorge Mary Ann zuzuwenden. »Als Arzt und Freund werde ich alle in meiner Verantwortung stehenden Schritte unternehmen, um für das Wohl Mary Ann Tierneys zu sorgen. Aber wir sind heute hier versammelt, weil sie meinte, Geschlechtsverkehr haben zu müssen und schwanger geworden ist. Diese Entscheidung – und dieses medizinische Faktum – haben gravierende Folgen für zwei Leben, nicht nur eines. Mary Ann gibt vor, hier zu sein, um für sich selbst zu sprechen. Wer aber spricht für ihren Sohn?«

Trotz ihrer Abneigung musste Sarah sich eingestehen, dass McNally als Zeuge beeindruckte; die anwesenden Reporter hatten aufgehört zu flüstern; stattdessen hörten sie gebannt zu oder machten sich Notizen. »Um einen Leberfleck aus Mary Anns Gesicht zu entfernen«, sagte der Arzt zu Martin Tierney, »bräuchte sie Ihre Einwilligung. Aber dieser Eingriff hat viel weitreichendere Konsequenzen.«

»In der Tat.« Martin Tierneys ruhige Stimme hatte einen frostigen Unterton. »Beschreiben Sie uns bitte die Prozedur, mittels derer Dr. Flom meinen Enkelsohn töten will.«

»Also gut«, antwortete McNally angewidert. »An den ersten beiden Tagen wird Dr. Flom Dehnsonden in den Gebärmutterhals Ihrer Tochter einführen. Am dritten Tag wird er die Dehnsonden entfernen und die den Fötus schützende Membran durchstoßen.

In dieser Phase entfernen einige Ärzte die Extremitäten des Babys, während andere das Baby mit den Beinen voraus teilweise zur Welt bringen. Dr. Floms Methode ist ästhetisch eindeutig überlegen: Er wird eine ganz normale Geburt einleiten.« McNally hielt inne, machte ein finsteres Gesicht. »Im weiteren Verlauf wird Dr. Flom, während er den Gebärmutterhals anhebt, eine Schere in den Kopf des Babys bohren.

Der nächste Schritt besteht darin, die Schere zu öffnen, um das Loch zu vergrößern. Dann wird er eine Kanüle einführen und das Gehirn absaugen. Zu wissen, was das bedeutet, wird niemand von uns Mary Ann je wünschen.«

Sarah bemerkte, wie Mary Ann bleich wurde. »Vom medizinischen Standpunkt aus«, schloss McNally mit unerträglichem Gleichmut, »besteht der einzige Vorteil dieser Methode darin, sicherzustellen, dass Ihr Enkel – Mary Anns Kind – tot zur Welt kommt. Und dafür habe ich nicht Medizin studiert.«

15

Als Sarah auf James McNally zutrat, versuchte sie sich einzig auf das zu konzentrieren, was sie sich vorgenommen hatte.

»Haben Sie je eine Abtreibung durchgeführt?«, fragte sie.

McNally verschränkte die Arme. »Nein.«

»Weil Sie aus moralischen Gründen Abtreibung ablehnen?«

McNally runzelte die Stirn. »Ich bin Katholik und ich halte mich an die Lehren meiner Kirche. Aber meine Überzeugung gründet sich auch auf die medizinische Wissenschaft und die Verpflichtung eines Arztes, Leben zu retten.«

Sarah blickte ihn fragend an. »Haben Sie als Arzt jemals ein Vergewaltigungsopfer behandelt?«

McNally warf Martin Tierney einen kurzen Blick zu. »Ja«, antwortete er. »Mehrere.«

»Hatten Sie den Eindruck, dass diese Frauen traumatisiert waren? Echt traumatisiert, meine ich?«

Sarah bemerkte, wie McNally den Mund zusammenkniff. »Ja.«

»Haben Sie Patientinnen behandelt, die von einem Familienmitglied sexuell missbraucht wurden?«

McNally schien seinen Körper anzuspannen. »Ja.«

»Und beides zusammen, Doktor – Patientinnen, die Opfer von Vergewaltigung und Inzest waren?«

McNally hielt inne. »In einem Fall.«

»Wie alt war sie?«

»Vierzehn.«

»Konnten Sie feststellen, was diese Erfahrung mit ihr gemacht hat?«

Wieder zögerte McNally. »Sie hatte große Schwierigkeiten, darüber zu sprechen.«

»War sie depressiv?«

»Depressiv? Mindestens. Sie klagte über Schlafstörungen …«

»War sie auch selbstmordgefährdet?«

McNally dachte darüber nach. »Ich muss die Frage wohl mit ja beantworten.«

»Euer Ehren.« Martin Tierney erhob sich. »Ich kann den Zusammenhang nicht sehen.«

Leary wandte sich Sarah zu und zog fragend eine Augenbraue hoch. Sarah ignorierte Tierney und sagte: »Noch eine Frage, Euer Ehren.«

»Fahren Sie fort.«

»Sie haben ein vierzehnjähriges Mädchen beschrieben, Doktor, das in Folge einer Vergewaltigung durch den eigenen Vater die Symptome Niedergeschlagenheit, Schlaflosigkeit und Selbstmordgefährdung aufwies. Hat dieses Mädchen von Ihrem Standpunkt aus – moralisch, religiös und medizinisch – ein Recht auf Abtreibung?«

McNally verzog das Gesicht und rüstete sich zur Gegenwehr. »Nein«, antwortete er. »Die Abkunft ihres Kindes kann noch so schändlich sein. Es ist und bleibt ein Menschenleben.«

»Somit würden Sie also, selbst auf ihre ausdrückliche Bitte hin, keine Abtreibung vornehmen, legal und innerhalb der ersten drei Monate?«

»Nein. Stattdessen würde ich versuchen, ihr zu helfen so gut ich nur kann, ein Gespräch mit dem Vater eingeschlossen.«

»Dafür ist es möglicherweise zu spät, meinen Sie nicht?«

»Ms. Dash«, sagte der Doktor angestrengt, »ich kann Abtreibung nun einmal nicht gutheißen, selbst unter derart tragischen Umständen.«

»Selbst wenn das Kleid für den Highschool-Ball nicht passt?«

»Euer Ehren ...«, protestierte Tierney.

Mit wegwerfender Geste sagte Sarah: »Ich nehme das zurück«, ohne McNally aus den Augen zu lassen. Nun hatte sie sich auf ihn eingeschossen und die Fragen kamen wie von selbst; McNally machte einen Buckel, als wollte er sich verschanzen.

»Anders ausgedrückt, Doktor, kein Trauma – weder Inzest noch der mögliche Verlust der Gebärfähigkeit – rechtfertigt eine Abtreibung.«

»So ist es.«

»Gibt es Ihrer Ansicht nach überhaupt eine Situation, in der eine Abtreibung moralisch zulässig ist?«

»Doch, die gibt es. Sämtliche Fälle, in denen das Leben der Mutter bedroht ist.«

»Auch dann, wenn der Fötus eindeutig gesund ist?«

»Das ist ein schwieriger Fall, Ms. Dash. Aber wenn eine Mutter bereits Kinder hat, die auf sie angewiesen sind, dann würde ich doch vorziehen, das Leben der Mutter zu retten.«

»In diesem Fall«, insistierte Sarah, »würden Sie dann sagen, die Entscheidung liegt bei ihr, und der behandelnde Arzt soll freie Hand haben. Auch wenn das Baby normal entwickelt ist.«

»Ja.«

»Aber nicht, wenn der Fötus möglicherweise kein Gehirn hat, und wenn nur die Gebärfähigkeit, nicht das Leben der Mutter bedroht ist?«

McNally lehnte sich zurück. »Provokative Hypothesen lassen sich immer konstruieren«, antwortete er.

»Ich nehme an, das war ein ›Nein‹. Gesetzt den Fall, das Mädchen wäre Ihre Tochter und sie selbst wollte die Abtreibung?«

Die Frage, obschon naheliegend, löste ein nachdenkliches Schweigen bei McNally aus. »Mir ist klar«, antwortete er, »wie schmerzhaft ein derartiger Konflikt sein kann. Aber ich hoffe, ich wäre konsequent genug, um so wie Martin Tierney zu handeln.«

Mit einer so klugen Antwort hatte Sarah nicht gerechnet: Kurzerhand beschloss sie, es dabei zu belassen. »Angenommen«, fragte Sarah, »ein Gericht räumte Ihrer Tochter, gegen Ihre Einwände, dieses Recht ein. Wären Sie dann trotzdem dafür, dass die Spätabtreibung nach der sichersten Methode und vom besten zur Verfügung stehenden Arzt durchgeführt wird?«

»Im Fall meiner eigenen Tochter?« McNally klang verärgert. »Natürlich. Und nicht nur meiner eigenen.«

»Bestreiten Sie Dr. Floms Aussage, dass er diesen Eingriff, ohne ernsthafte Komplikationen, über dreizehnhundert Mal vorgenommen hat?«

McNallys Wut machte Abscheu Platz. »Das kann ich weder bestreiten noch bestätigen.«

»Unterstellen Sie, Dr. McNally, Dr. Flom würde lügen?«

»Nein.«

»Gut. Gibt es Ihrer Meinung nach eine Methode der Spätabtreibung, die sicherer ist als die von Dr. Flom angewandte Methode, oder einen Arzt mit mehr Erfahrung als Dr. Flom?«

»Speziell auf diesem Gebiet«, antwortete McNally angewidert, »nein.«

»Und dennoch sind Sie dagegen, dass Mary Ann Tierney sich das alles zu Nutze macht?«

»Ja. Weil es barbarisch ist ...«

»Aber relativ sicher.«

»Das ja.« McNally wurde zynisch. »Todsicher für das Baby.«

Sarah ignorierte diese Äußerung. »Und dennoch haben Sie Martin Tierney gegenüber geäußert, dass eine Kaiserschnittgeburt statistisch sicherer ist als eine Spätabtreibung.«

»Unter dem Strich, ja. Der Literatur zufolge.«

»›Der Literatur zufolge‹«, wiederholte Sarah. »Was sagt Ihre eigene Erfahrung, Doktor?«

McNally lehnte sich zurück, den Mund leicht geöffnet; Sarah hatte den Eindruck, dass er langsam nervös wurde. »Wie schon gesagt«, antwortete er ausweichend, »ich habe keinerlei Erfahrung mit Abtreibung.«

»Aber wie sieht es mit Kaiserschnittgeburten aus?«

Nach einem Moment nickte McNally. »Ja, dieser Eingriff ist mir vertraut.«

»Auch der klassische Kaiserschnitt, der erforderlich wäre, um Mary Ann zu entbinden?«

»Ja.«

»Das ist ein wesentlich schwerwiegenderer Eingriff als ein normaler Kaiserschnitt?«

»Ja.«

»Und doch sagen Sie, es ist unwahrscheinlich, dass ein klassischer Kaiserschnitt Folgen hat für Mary Anns Gebärfähigkeit?«

»Das ist meine Meinung.«

»Wie unwahrscheinlich, Doktor? Zwei Prozent?«

»Weniger.«

»Ein Prozent?«

»Vielleicht.«

»Würden Sie im Fall Ihrer eigenen Tochter ein Risiko von einem Prozent akzeptieren?«

»Einspruch!«, rief Tierney.

Sarah, die McNally nicht aus den Augen ließ, winkte ab. »Entspricht es nicht der Wahrheit, Doktor, dass Sie bei Ihrem ersten Gespräch mit Mary Ann und ihrer Mutter fünf Prozent für das Risiko veranschlagt haben?«

»Vielleicht.« McNally verschränkte abermals die Arme. »Zwischenzeitlich jedoch habe ich die Fachliteratur konsultiert.«

»›Die Literatur‹«, antwortete Sarah. »Das hatten wir ja schon.«

Noch bevor Tierney Einspruch erheben konnte, konterte McNally: »In meiner Praxis, Ms. Dash, ist es mir nie begegnet, dass ein klassischer Kaiserschnitt zu einem Platzen der Gebärmutter führt, wie Dr. Flom das beschrieben hat.«

»Er hat es nicht nur beschrieben«, antwortete Sarah. »Er hat Fotos vorgezeigt. Aber das andere von Ihnen erwähnte Risiko bei der Anwendung des klassischen Kaiserschnitts war ein möglicher ärztlicher Kunstfehler, korrekt?«

Der Zeuge sah sie mit verschleiertem Blick an. »Korrekt.«

Sarah fragte vorsichtig: »Sind Ihnen Fälle bekannt, Doktor, in denen ein derartiger Kunstfehler zu einer Totaloperation geführt hat?«

McNally presste die Lippen zusammen. »Ja, die gibt es.«

»Wie viele?«

»Kann ich nicht sagen. Es kommt vor, Ms. Dash – aber nicht oft.«

Sarah rückte näher an ihn heran. »Wie oft«, fragte sie, »ist dieser Fall in Ihrer eigenen Praxis aufgetreten?«

Als sie den Schmerz in McNallys Augen sah, hatte Sarah einen Moment lang Mitleid mit ihm. »Zweimal.«

»Und in beiden Fällen standen Sie wegen eines Kunstfehlers vor Gericht ...«

»Einspruch.« Tierneys wütende Stimme fiel Sarah ins Wort. »Die Frage ist irrelevant und zielt eindeutig darauf ab, den Zeugen öffentlich zu demütigen ...«

»Im Gegensatz zur Aussage des Zeugen«, hielt Sarah dagegen,

»die darauf abzielte, Ihre Tochter öffentlich zu demütigen.« Zu Leary sagte sie: »Der Zeuge hat behauptet, dass eine von Dr. Flom durchgeführte Spätabtreibung ein höheres Risiko mit sich bringt als ein klassischer Kaiserschnitt. In diesem Fall ist es mein gutes Recht, die Glaubwürdigkeit des Zeugen anzufechten.«

Leary nickte. »Es tut mir Leid, Dr. McNally, aber die Frage steht in unmittelbarem Zusammenhang mit Ihrer Aussage.«

Dann wandte sich McNally Sarah zu, um mit einer Ernsthaftigkeit weiterzusprechen, die Sarah viel überzeugender fand als seinen Ton moralischer Überlegenheit. »Ms. Dash, ich bin seit dreißig Jahren Arzt. Ich habe zahllose Kinder zur Welt gebracht und in manchen Fällen habe ich auch Leben gerettet. Aber nichts lindert den Schmerz, den diese Fehler hinterlassen haben.«

»Weder für Sie«, antwortete Sarah, »noch für die betroffenen Frauen, nehme ich an.«

McNally blickte kurz zur Seite. »Wahrscheinlich nicht.«

Sarah nickte. »Ist es nicht möglich, Doktor, dass Sie das gesundheitliche Risiko für Mary Ann unterschätzt haben, weil eine Abtreibung für Sie grundsätzlich nicht in Frage kommt?«

Der Zeuge konzentrierte sich auf seine Hände. »Das lässt sich unmöglich sagen ...«

»Sie behaupten also doch nicht, dass ein von Ihnen ausgeführter klassischer Kaiserschnitt sicherer ist als der von Dr. Flom vorgenommene Eingriff? Oder zumindest genauso sicher?«

Der Zeuge blickte wieder auf, verärgert. »Ich habe Fehler gemacht, Ms. Dash. Das kommt vor bei Ärzten.«

»Oder dass das Risiko einer Unfruchtbarkeit nicht näher bei Ihrer ursprünglichen Einschätzung von fünf Prozent liegt?«

»Nein.«

»Oder dass die Wahrscheinlichkeit möglicher anderer Risiken zwanzig Mal höher ist?«

»Sicher bin ich nicht. Aber ich nehme an, dass die Zahl zwanzig zu hoch gegriffen ist.«

»Und Sie sind sich auch nicht sicher, dass sich bei diesem Fötus eher noch ein normales Gehirn ausbildet als dass Mary Ann unfruchtbar wird?«

»Nein.« McNally verschränkte die Finger. »Was ich sagen möchte ist, dass es Sicherheit nur dann gibt, wenn Mary Ann das Kind austrägt. Und dass ungeborenes Leben unseren uneingeschränkten Respekt verdient.«

»Und dass«, folgerte Sarah, »im Fall Mary Ann Tierneys die Eltern das Mädchen dazu zwingen sollten, die Probe aufs Exempel zu machen, ungeachtet der Risiken.«

»Ich sage lediglich, dass sie sie zwingen können, vom moralischen Standpunkt aus.«

»Selbst wenn Sie sicher wären, dass das Kind kein Gehirn hat?«

McNally zögerte einen langen Moment. »Ja«, sagte er dann. »In meinem Wertesystem ist das Leben des einen Patienten letztendlich wichtiger als das gesundheitliche Risiko des anderen.«

Sarah stemmte die Hände in die Hüften. »Auch wenn dieses ›Leben‹ die Geburt kaum überleben würde?«

McNally überlegte sich seine Antwort genau. »Dafür bin nicht ich zuständig, Ms. Dash, sondern Gott.«

»Abgesehen von den Fällen«, erwiderte Sarah, »in denen das Baby normal entwickelt, aber das Leben der Mutter gefährdet ist. Sollte nicht auch hier Gott entscheiden?«

Der Zeuge zögerte. »Das ist in der Tat ein Dilemma«, räumte er ein. »Ich kann mir nicht vorstellen, Gott würde ein derartiges Opfer aus irgendeinem geringeren Grund in Kauf nehmen.«

»Und so ist es also Gott, der Ihnen – und Mary Ann – keine Wahl lässt?«

»Nicht in dem Sinn, als würde er zu mir sprechen. Den für uns alle gültigen Satz ausgenommen: ›Du sollst nicht töten.‹«

»Ist das Ihre Meinung als Arzt oder lediglich Ausdruck Ihrer religiösen und moralischen Überzeugung?«

McNally sah sich in der Falle, suchte nach einer geschickten Antwort, schien sich aber dann mit der Wahrheit zu begnügen. »Aus meiner gesamten bisherigen Erfahrung, Ms. Dash, geht hervor, dass sich das eine nicht vom anderen trennen lässt. Ungeachtet der Risiken.«

Sarah blickte ihm in die Augen. »Bis sie eintreten«, antwortete sie. »Nur, dass Sie selbst nicht betroffen sind.«

16

Als Caroline Masters in dem mit Edelholz und Leder ausgestatteten Büro des Führers der Mehrheitsfraktion saß, fragte sie sich, woran sie dieses Interieur erinnerte – dabei war sie noch nie hier gewesen, noch hatte sie Macdonald Gage schon einmal getroffen. Aber darüber nachzudenken fehlte ihr die Zeit: Gage forderte ihre volle Aufmerksamkeit.

Seine freundliche und höfliche Art machte sie nervös; sie spürte, dass seine Worte nicht unbedingt Bedeutung tragen, sondern vielmehr die dahinter lauernden Fallstricke verbergen sollten. Selbst sein Auftreten – das Lächeln; die kleinen gewitzten Augen; der mausgraue Anzug mit der Kiwanis-Nadel am Revers – ließ eher an den Bürgermeister einer Kleinstadt denken und nicht an den Zuchtmeister des Senats, einen der mächtigsten Männer Amerikas. Die ersten fünf Minuten bildeten ein Menuett erlesener Gefälligkeiten. Gage schwärmte ihr vor, wie sehr er Kilcannon schätze, ihre Heimat New Hampshire und, nicht ohne Ironie, San Francisco.

»Eine ganze Ecke von zu Hause entfernt«, sagte er. »Was hat Sie denn dorthin verschlagen?«

Weil es dort so viele Homosexuelle gibt, hätte Caroline am liebsten gesagt. Lächelnd antwortete sie: »Weil es eine ganze Ecke von zu Hause entfernt ist.«

Gage lächelte sein automatisches Lächeln. Obwohl ihre Antwort ihm wenig zu sagen schien, kam sie doch der Wahrheit näher als vieles andere bisher Gesagte.

»Eingewöhnungsschwierigkeiten«, bemerkte Gage freundlich. »Ich selbst wollte nie weg aus Kentucky, hatte nie Zweifel, wo ich meine Kinder großziehen würde.«

Das erforderte keinen Kommentar; statt irgendeine Banalität zu äußern, zog es Caroline vor, einfach zu lächeln. Zurückhaltung war eine der Lehren, die sie aus dem Umgang mit Richter Channing Masters gezogen hatte, der alle Gespräche mit der jungen Caroline zu einem Verhör umfunktionierte. Dann fiel es ihr plötzlich wie Schuppen von den Augen: Gages Büro ähnelte nur zu sehr dem Arbeitszimmer ihres Vaters.

Die Erinnerung hatte sie kalt erwischt. »Oberste Bundesrichterin in den Vereinigten Staaten«, bemerkte Gage spaßhaft. »Fühlen Sie sich diesem Posten denn gewachsen?«

Dieses Mal lächelte Caroline nicht. »Ja«, antwortete sie schlicht und einfach, »das tue ich.«

Ihr Entschluss, auf die üblichen Platitüden zu verzichten – welche Ehre das sei, und welche Hochachtung sie empfinde –, schien ihn zu verblüffen, aber nur einen Moment lang. »Das ist gut so«, sagte er nachdenklich. »Sie müssen wissen, Roger Bannon geht mir einfach nicht aus dem Kopf – sein Vermächtnis als Richter, seine wunderbare Familie. Amerikas herausragendster Richter sollte nicht nur ein Ideal für die Jurisprudenz sein, sondern ein Vorbild für alle. Sehen Sie das nicht auch so?«

Die Direktheit der Frage störte sie. Vielleicht lag es an den Gedanken, die ihr durch den Kopf gegangen waren, und an dem Druck, kein falsches Wort zu sagen. »Wenn auch nicht der Inbegriff der Vollkommenheit«, antwortete Caroline, »so doch ohne Zweifel der Menschlichkeit.«

Bei dieser Antwort lächelte Gage nicht mehr ganz so breit. Mit einer Kopfbewegung verwies er auf den leeren Bildschirm und sagte: »Apropos Menschlichkeit, verfolgen Sie den Fall Tierney?«

Die Frage konnte viele Facetten haben – politisch, rechtlich und persönlich. »Nein«, antwortete Caroline. »Aus demselben Grund mache ich keine Prozessbesuche – um jeden Anschein der Parteilichkeit zu vermeiden.«

Obwohl Gage das als Ausflucht sehen konnte, nickte er zustimmend. »In der Tat, Ms. Masters, eine vernünftige Meinung. Zumal Sie Sarah Dash ja offensichtlich kennen.«

Die beiläufige, harmlos klingende Antwort zeigte Caroline, dass Gage ihr Leben ausspionierte. Unausgesprochen blieb, ob er auf Sarahs Zeit als ihre Angestellte anspielte, auf ihre gemeinsame Freundschaft oder ob er ihr ein intimeres Geständnis abringen wollte. »Das gilt für jeden Fall«, antwortete Caroline.

Gage warf ihr einen eindringlichen Blick zu. Dann lehnte er

sich zurück und starrte wie in Gedanken versunken an die Decke. »Und doch«, sagte er, »müssen Sie so perplex gewesen sein wie ich, als dieser Prozess ins Rollen kam. Wer, so fragte ich mich, kann um alles in der Welt für Teilgeburtsabtreibung und gegen ein Mitspracherecht der Eltern sein – selbst wenn man sonst für das Recht auf Abtreibung ist.«

Caroline sagte nichts. Gage senkte den Blick und sah ihr direkt in die Augen. »Deshalb ist es gut, dass Sie von den Möglichkeiten der Adoption so überzeugt sind.«

Hatte das mit Brett zu tun, fragte sich Caroline, oder schweifte er einfach ab vom Thema Abtreibung? Oder war es lediglich ein Hinweis darauf, dass er sich um Carolines Prozessakten so intensiv kümmerte wie um ihr Privatleben? »Nicht geliebt zu sein«, antwortete sie, »ist schlimm. Für ein Kind und vielleicht für uns alle.«

Gage nickte wissend. »Ein warmes Nest«, sagte er, »ist das beste Sozialprogramm überhaupt. Das weiß ich von meiner eigenen Adoptivfamilie her und von dem kleinen Mädchen, das meine Frau und ich an Kindes statt angenommen haben.«

Das konnte entweder ein Versuch sein, ihre sozialpolitischen Ansichten auszukundschaften, oder eine vorsichtige Erinnerung daran, dass Caroline keine eigene Familie hatte, weil eine verborgene Verletzlichkeit sie möglicherweise daran hinderte.

»Familie«, antwortete Caroline, »kann die beste Erfahrung sein, die wir jemals machen dürfen, aber auch die schlechteste.«

Gages salbungsvoller Blick verblasste langsam. »Sagen Sie, Ms. Masters, wie würden Sie Ihre Philosophie als Richterin beschreiben?«

Darauf war Caroline vorbereitet. »Respekt vor bestehenden Urteilen«, antwortete sie. »Richter sollten sich nicht als Gesetzgeber gebärden.«

Gages Nicken täuschte Erleichterung vor. In einem öligen Ton sagte er. »Sie sind also derselben Meinung wie Roger Bannon?«

Caroline tat so, als würde sie über ihre Antwort nachdenken. »Ich kann nur ich selbst sein, Senator. Lassen Sie mich es so sagen: Ein Oberstes Bundesgericht, das mit dem Gesetz nachlässig umgeht, kann dadurch die Achtung vor dem Gesetz in der Bevölkerung herabsetzen. Aber es kommt natürlich vor, dass eine Rechtslage, die für Thomas Jefferson noch völlig akzeptabel war, für uns nicht mehr akzeptabel ist, und es ist irrelevant, ob Jefferson im Jahr 1954 darauf bestanden hätte, dass Sally Hemings den ausschließlich für Schwarze bestimmten Erfrischungsraum benutzt.«

Mit der Auswahl dieses delikaten Beispiels machte Caroline ihre Antwort unanfechtbar – insbesondere durch einen Mann, der, wie Clayton Slade ihr gesagt hatte, in Clubs verkehrte, die Angehörige von Minderheiten nur bedingt, Frauen dagegen überhaupt nicht zuließen. Mit ersten Anzeichen der Verärgerung fragte Gage: »Was halten Sie vom zweiten Verfassungszusatzartikel? Meinen Sie, die Gründerväter haben sich etwas gedacht dabei?«

»Natürlich«, antwortete Caroline prompt. »Zunächst einmal hindert er die Regierung daran, sämtliche Waffen zu konfiszieren. Aber meinen Sie allen Ernstes, Jefferson hätte auch Munition berücksichtigt, die selbst kugelsichere Westen durchbohrt, oder Raketenwerfer in dubiosen Hinterhöfen? In diesem Punkt scheinen uns die Gründerväter wieder einmal allein gelassen zu haben.«

Gage legte die Hände ineinander. »Das trifft Ihrer Meinung nach sicherlich auch auf Gesetze zur Regelung der Wahlkampf-Finanzierung zu.«

Einmal mehr war Caroline Clayton Slade für seine Vorinformationen dankbar: Gages Fragen zu den Themen Abtreibung und Waffen hatte sie pariert – in diesem Umfeld sah er mögliche Geldquellen für seine spätere Kampagne –, und nun sah er sich gezwungen, noch direkter zu sein. »Ich gehe davon aus«, sagte Caroline, »dass Sie in der Urteilsbegründung gelesen haben, wie ich dazu stehe.«

Gage nickte. »In der Tat.«

»Das Urteil lautete dahingehend, dass eine Beschränkung der Wahlkampfspenden im Staat Oregon legal ist. Dagegen enthält es keine Meinung, was nach Ansicht dieses Gerichts nicht legal ist – etwa das wesentlich umfassendere Reformgesetz, das im Senat ansteht. Und auch jetzt kann ich mich, allein aus Gründen der Korrektheit, nicht dazu äußern. Was auch Roger Bannon nicht getan hätte.«

Gage lächelte angesichts der feinen Ironie dieser Worte. »Natürlich nicht. Ich war auch mehr an Ihren grundsätzlichen Überzeugungen interessiert.«

Die Zurückhaltung in seinem Ton stand im Widerspruch zu seinem eindringlichen Blick. »Es ist mehr oder weniger dasselbe«, versicherte ihm Caroline. »Der erste Verfassungszusatzartikel schützt die freie Rede in vielerlei Form. Hatte Jefferson das Fernsehen vor Augen, endlose Wahlkämpfe oder Millionen-Dollar-Spenden? Sicher nicht. Bedeutet das, derartige Spenden sind durch den ersten Verfassungszusatzartikel nicht gedeckt? Nicht unbedingt. Wie jede kluge Richterin warte ich, was auf mich zukommt.«

Gage war perplex und ließ sich Zeit, ehe er lächelte. »Ich bewundere diese Haltung, Ms. Masters. Sie spricht für Sie – als Juristin.«

Das letzte Wort, spürte Caroline, war beileibe nicht zufällig gewählt. Sie hatte ihm zu verstehen gegeben, dass ihr mit Grundsatzfragen schwer beizukommen war; er warnte sie, dass es da noch andere Wege gab. Ihr Lächeln, hoffte Caroline, war angemessen rätselhaft.

»Das war's dann wohl fürs Erste.« Gage war plötzlich aufgestanden. »Und es war mir ein Vergnügen, Sie kennen zu lernen. Aber lassen Sie mich das noch sagen, Ms. Masters. Wir haben unsere eigenen Methoden im Senat. Manchmal sehen wir genauer hin, als es den Kandidaten lieb ist. Manche meiner Kollegen meinen, jeden einzelnen Stein umwenden zu müssen, doch glaube ich, das überlassen wir besser den Gerichten.«

Hinter diesen Worten klang für Caroline eine zweite Warnung durch: Wenn es irgendetwas gab, das sie verbergen wollte und das Gage bereits wusste oder noch in Erfahrung bringen würde, dann sollte sie die Kandidatur besser zurückziehen.

»Ganz meine Meinung«, antwortete Caroline.

»Gut.« Gage ergriff ihre Hand und sah sie mit unverändert kühlen taxierenden Blicken an. »Dann ist ja alles in Ordnung.«

Mit ausgewiesener Höflichkeit begleitete er sie zur Tür. Die Anwesenheit der Presse hatte er bewusst vermieden – ein weiterer Hinweis, dass Macdonald Gage beschlossen hatte, sie zu Fall zu bringen. Vielleicht hatte die Begegnung sich nicht vermeiden lassen, aber die Erfahrung, ihm gegenüberzustehen, hatte Caroline mehr beunruhigt, als sie vermutet hatte.

Als sie allein in ihrem Zimmer war, rief sie Brett Allen in Iowa an, um Hallo zu sagen.

17

Die Aussage von Marlene Brown war über weite Strecken fast so verheerend, wie Sarah schon befürchtet hatte.

Das pummelige, brünette Mädchen, Barry Saunders' Zeugin, war typisch für den ländlichen Mittleren Westen – die Sechzehnjährige trug ein schlichtes Kleid und nur wenig Make-up und beantwortete die Fragen mit bereitwilligem Respekt. »Erzählen Sie uns doch bitte«, begann er, »was passierte, nachdem Sie wussten, dass Sie schwanger waren.«

»Zunächst war es sehr schwer für uns …« Marlene sah verschämt zu Boden. »Mike und ich waren erst fünfzehn, und in unseren Familien hat jeder geglaubt, wir wären zu jung zum Heiraten.«

»Haben Sie eine Abtreibung erwogen?«

Das Mädchen nickte. »Ich habe an alles gedacht. Aber wir haben eine sehr enge Beziehung zu Jesus Christus. Und so musste ich mich fragen, ob Jesus damit einverstanden wäre, wenn ich mein Baby umbringen würde.«

Für Sarah, die Skeptikerin, hatten derartige Äußerungen etwas durchgeknallt Sektiererisches, das der Vernunft keinen Raum ließ. Aber sie hatte sich daran gewöhnt, dass sie mit dieser Einstellung nur allzu oft auf Unverständnis stieß – vielleicht auch bei Mary Ann, die still und mit gesenktem Kopf zuhörte.

»Wie haben Ihre Eltern reagiert?«, fragte Saunders.

Marlene sah weg. »Mir war klar, dass es ein Problem für sie

war, und sie haben mir echt Leid getan. Aber sie haben gesagt, dass Liebe keine Grenzen kennt – dass ihre Herzen sich für mein Baby öffnen könnten, so wie sie sich für mich geöffnet haben. Ich war auch kein Wunschkind.«

Sarah stellte sich die schlichte Herzensgüte vor, die in diesen Worten zum Ausdruck kam. Vielleicht waren sie aber auch als Hinweis darauf zu lesen, dass Marlene Brown sich mit ihrem nicht geplanten Kind identifizierte.

»Haben Sie irgendwann einmal erfahren«, fragte Saunders, »dass es Probleme gab mit Ihrem ungeborenen Kind?«

Marlene schluckte, als wäre die Erinnerung noch wach und lebendig. »Der Arzt hat mir gesagt, es hat Wasser im Kopf – Hydrozephalus haben sie es genannt. Mir war lediglich klar, nach dem Sonogramm, dass der Kopf für den Körper viel zu groß war.«

»Auch für Ihren Körper?«

Die Zeugin nickte. »Ich konnte das Kind nicht auf normalem Weg zur Welt bringen.«

»Ein klassischer Kaiserschnitt?«

»Ja.« Die Zeugin sah in Richtung Mary Ann. »Und dann sagten sie, dass das Baby wahrscheinlich nach der Geburt sterben würde – das Wasser würde eine normale Entwicklung des Gehirns verhindern.«

Saunders nickte mitleidsvoll. »Im wievielten Monat waren Sie?«

»Im sechsten – vielleicht etwas weiter.«

»Hat Ihr Arzt Ihnen gesagt, dass Sie nach diesem Baby möglicherweise keine Kinder mehr bekommen können?«

Die Zeugin schwieg, drehte an ihrer Plastikuhr. »Er hat gesagt, es würde alles gut gehen, aber ein kleines Risiko würde immer bestehen.«

»Wie war das für Sie?«

»Gott sei Dank war meine Mutter da …« Marlene zuckte hilflos mit den Schultern. »Lange Zeit haben wir einfach geweint. In Iowa ist es im Dezember sehr kalt, und die Schulen waren wegen zu viel Schnee geschlossen. Aber Dad ist sofort aus der Fabrik nach Hause gekommen.« Wie in einem Reflex wandte sich Marlene an Martin Tierney. »Sie haben beide neben mir gesessen und meine Hand gehalten. Dann haben sie gesagt, dass Abtreibung nicht ihre Sache ist, aber dass sie mir auch nicht wehtun wollten. Anschließend haben sie vorgeschlagen, wir sollten beten und Familienrat halten. Sie würden dann zu mir stehen, egal wie ich mich entscheide.«

In dem beschriebenen Umfeld – beide Eltern Abtreibungsgegner und eine als lebendig imaginierte Jesusgestalt, die das ungeborene Kind liebt – konnte sich Sarah überhaupt keinen Schwangerschaftsabbruch vorstellen. »Sie haben also gebetet?«, fragte Saunders.

»Ja. Kniend haben wir uns an den Händen gehalten und um Rat gebeten. Und dann haben wir darüber gesprochen, was passiert, wenn das Baby nicht normal ist.«

»Zu welchem Schluss sind Sie gekommen?«

»Dass wir es zusammen schaffen würden. Auch wenn das Baby bald sterben würde, so hätte es doch zumindest eine Chance gehabt.« Der nächste Satz ließ niemanden ungerührt. »Also machten wir Platz in meinem Zimmer für Matthew und warteten, bis er kommen würde.«

»Wann wurde er geboren?«

»Im Juli.« Das Mädchen schluckte wieder. »Sie mussten eine Kanüle in seinen Kopf schieben.«

Saunders drehte sich um und gab einem seiner Mitarbeiter an der Tür ein Zeichen. Mit einer gewissen Feierlichkeit öffnete der Mann die Tür für eine Frau, die ein Baby in den Armen hielt.

Sie schritt zwischen den Reihen der Reporter hindurch, eine sanftmütige Frau mit streng zurückgekämmtem Haar in einem marineblauen Hosenanzug. Überrascht sprang Sarah auf. Auch ohne eine Erklärung wusste sie, dass es sich um die Mutter der Zeugin handelte.

Leary, den Blick auf das Baby gerichtet, hob die Hand. Vielleicht, dachte Sarah, begann er einzusehen, dass er mit der Zulassung von Kameras im Gerichtssaal zu einem Darsteller in einem Schauspiel geworden war, über dessen Ablauf andere bestimmten. »Miss Brown kann das Baby identifizieren«, sagte er zu Saunders. »Das sollte genug sein für ihre Zwecke. Immerhin haben wir keinen Wickeltisch zur Verfügung.«

Saunders nickte selbstzufrieden. Er hatte sie ausgetrickst, dachte Sarah, und die nächsten Minuten würden schrecklich werden. Wie alle im Saal Anwesenden betrachtete Mary Ann das Kind mit einer Mischung aus Faszination und Zärtlichkeit. Als Sarah sich wieder setzte, ergriff sie Mary Anns Hand.

Aber Mary Ann wandte keinen Blick von dem Kind. Saunders winkte die Frau nach vorne. Es herrschte Stille, als sie durch den Gerichtssaal ging und das Baby in die Arme der jungen Mutter legte.

Betont sanft fragte Saunders: »Marlene, ist das Ihr Sohn?«

Das Mädchen, das Sarah so unglaublich jung erschien, sah auf das kleine Gesicht hinab, das ihr aus blauer Wäsche entgegenblickte. »Ja, das ist Matthew.«

Auf pastoral-betuliche Art fragte Saunders: »Und wie alt ist er, Marlene?«

»Gerade sieben Monate, morgen.«

»Krabbelt er denn schon?«

Marlenes mütterliches Lächeln wandte sich nicht von ihm ab. »Er versucht es gerade. Aber er kann sich schon bis zu den Knien hochziehen.«

»Was macht er sonst noch alles?«

Mary Ann betrachtete das Schauspiel mit großen, neugierigen Augen. »Oh, eine ganze Menge«, antwortete sie. »Er greift nach seinem Mobile in der Wiege, und er lächelt, wenn ich ihm etwas vorsinge. Mit seinen Augen verfolgt er immer unsere Katze, als wäre Buster das Lustigste, was er je gesehen hat.«

Zumindest bis ich kotzen muss, dachte Sarah. Aber sie wusste nur allzu gut, welche Wirkung diese Show hatte. Mary Ann schien den Tränen nahe, und Sarah fragte sich, ob nicht Saunders – und die Tierneys – eigentlich beabsichtigten, Mary Ann zu einem Rückzug ihrer Klage zu bewegen.

Glücklicherweise fing Matthew Brown wieder zu weinen an, woraufhin Leary zu Saunders sagte: »Vielleicht sollten Sie ein

Fläschchen für Matthew besorgen. Ich glaube, von uns hat er vorerst genug.«

Durch eine Handbewegung bedeutete Saunders Mrs. Brown, nach vorne zu kommen. Mit geübtem Griff nahm sie das Baby aus dem Arm ihrer Tochter und legte es an ihre Schulter. Matthew hörte sofort auf zu weinen.

Saunders ließ die Szene für sich selbst sprechen: zwei Generationen, harmonisch vereint in der Fürsorge um die dritte. Margaret Tierneys verzückter Blick glich dem einer Erstkommunikantin an Ostern, was in Sarahs Augen das Rührstück nur mehr komplett machte. Als Großmutter und Kind nach einer feierlichen Prozession durch den Gerichtssaal endlich verschwunden waren, fühlte Sarah sich erleichtert.

»Keine weiteren Fragen«, sagte Saunders. Dann brach Mary Ann in Tränen aus.

18

Anstatt das Kreuzverhör vorzubereiten, verbrachte Sarah den größten Teil der Pause im Ruheraum, wo sie Mary Ann tröstete.

Das Mädchen beugte sich weinend über das Porzellan-Waschbecken. »Es ist so, als würden sie sagen, ich hätte das Baby umgebracht ...«

Ja, dachte Sarah, und das im Fernsehen. Sie wusste nicht, wer der Hauptverantwortliche war – die Tierneys, Christian Commitment, Leary oder die Medien. Sarah konnte lediglich darauf achten, dass Mary Ann Tierney, die Hauptfigur, so sympathisch wie möglich erschien.

»Wenn es vorbei ist«, versicherte ihr Sarah, »werden die Menschen begreifen, worum es geht.« Dann trug sie die Last dieses Versprechens in den Gerichtssaal.

Die Aufgabe war durchaus heikel. Marlene Brown war das Unschuldslamm in Person, ein Faustpfand in der Hand von Kräften, die sich ihrer bedienten, die aber dieses Mädchen nie so gerissen und rücksichtslos erscheinen lassen konnten, wie sie selbst es waren. Die Möglichkeiten, die sich daraus ergaben, waren nicht ohne Fallstricke – durfte doch Sarah weder gerissen noch rücksichtslos wirken. Als Sarah auf Marlene zuging, blickte diese ihr mit erwartungsvoller Vorfreude entgegen.

Gelassen sagte Sarah: »Ihre Eltern haben Sie nicht dazu gezwungen, Matthew zu bekommen. Ist das richtig?«

Marlene schüttelte heftig den Kopf. »O nein. Wir haben die Entscheidung in der Familie getroffen.«

Die Zeugin spielte abwesend mit einer Haarsträhne. »Es ist schwer, sich jetzt ein Leben ohne ihn vorzustellen …«

»Aber Sie hätten selbst entscheiden können?«

Schweigen, dann ein schnelles Nicken. »Ja, Ma'am.«

Die Ehrerbietigkeit machte Sarah lächeln. »Sie müssen sich glücklich schätzen, derartige Eltern zu haben.«

»O ja.«

»Dann haben Sie wahrscheinlich auch bemerkt, dass andere Mädchen in der Schule in einer weniger glücklichen Lage sind.«

Der Gedanke ließ Marlenes offenes Gesicht traurig werden. Mit gedämpfter Stimme sagte sie: »Ja.«

»Von welchen Problemen in anderen Familien haben Sie erfahren?«

Hier wurde Barry Saunders unruhig, bemerkte Sarah. »Alkoholprobleme, in erster Linie. Meine Freundin ist von ihrem Vater geschlagen worden und dann ist sie von zu Hause weggelaufen …«

Plötzlich unterbrach sie, in dem Gedanken daran, wer ihr zuhörte; im globalen Dorf, ganz zu schweigen von ihrer Kleinstadt in Iowa, würden sich ihre Worte schnell verbreiten. Sarah beharrte nicht weiter darauf.

»Als Sie vermuteten, dass Sie schwanger waren, Marlene, warum haben Sie sich an Ihre Mutter gewandt?«

Das Mädchen biss sich auf die Lippen. »Sie ist nun einmal meine Mutter. Natürlich war es schlimm, aber …«

»Sie haben mit ihr gesprochen, weil laut Gesetz im Staat Iowa die Zustimmung der Eltern für eine Abtreibung erforderlich ist?«

Zum erstenmal sah das Mädchen sie abwehrend und fragend

an; offenbar wusste sie mit der Frage nichts anzufangen. »Von Gesetzen habe ich keine Ahnung, und mit meinen Eltern habe ich gesprochen, weil ich es wollte.«

»Und Sie haben beschlossen, Matthew zu bekommen, weil sie es wollten?«

»Ja, eindeutig.« Sie schwieg kurz, um dann hinzuzufügen: »Und weil ich der Meinung war, Jesus, der Erlöser, würde es so wollen.«

Barry Saunders, auf der Hut, rutschte auf seinem Stuhl ganz nach vorne, während Martin Tierney Sarah mit kühlem, wissendem Gesichtsausdruck beobachtete. »Matthew wurde also mit einem Kaiserschnitt zur Welt gebracht.«

»Ja, Ma'am.«

»Sind Sie sich über die Folgen bewusst, die ein derartiger Eingriff für Ihre Gebärfähigkeit haben kann?«

Die Zeugin schüttelte den Kopf. »Das kann ich jetzt noch nicht wissen.«

»Hätten Sie denn gerne noch mehr Kinder?«

»Später, wenn ich verheiratet bin.« Einen Moment lang wirkte Marlene verstört, dann wich aller Zweifel aus ihrem Gesicht. »Ich habe mein Schicksal in die Hände des Herrn gelegt. Es war sein Wille, mir Matthew zu geben, und er wird auch entscheiden, ob ich noch mehr Babys bekommen kann.«

Sarah hielt inne und entschied dann, die Gelegenheit beim Schopf zu ergreifen. »Ich habe den Eindruck, Matthew ist fast so etwas wie ein Wunder.«

Wieder zappelte Barry Saunders auf seinem Stuhl herum. Sarah wusste jedoch, dass er dieses Wunder nicht hinterfragen konnte, ohne seine eigene Zeugin zu verunsichern. »Ja, Ma'am«, antwortete Marlene. »Die Ärzte sagen, die meisten Babys, die so sind wie er, schaffen es nicht.«

Sarah sah kurz zu Boden, um ihre Befriedigung zu verbergen. »Sie hatten also wieder einmal Glück.«

»Nicht nur Glück.« Voller Dankbarkeit und Stolz sagte das Mädchen: »Es ist wie mit allen Babys dieser Welt. Gott hat seine heilende Hand über ihn gehalten.«

Hierin war sich Sarah nicht ganz so sicher. Sie hatte den Fall zusammen mit Dr. Flom besprochen; langfristig ließ sich nicht sagen, wie Matthews geistige Fähigkeiten sich entwickeln würden. Aber es hatte keinen Sinn, Wunder zu analysieren oder Marlene Brown gegenüber anzudeuten, dass es grausame Grenzen für dieses Wunder geben könnte. Es würde genügen, dieses Mädchen aufzufordern, ihre Insel der Seligen zu verlassen und sich Mary Anns Situation vorzustellen.

»Würden Sie Mary Ann denn einen Sohn wie Matthew wünschen?«, fragte Sarah.

Das Mädchen sah kurz zu Mary Ann hinüber. »O ja«, sagte sie übereifrig. »Das würde ich.«

»Ich nehme an, Sie wissen, dass er einen Wasserkopf haben wird. Sollte er also so wie Matthew sein und auch ein Gehirn haben, dann wäre dafür ein weiteres Wunder nötig.«

Ein Schatten flog über Marlenes Gesicht. Saunders machte Anstalten aufzustehen, überlegte es sich aber dann anders; nicht ohne Schadenfreude dachte Sarah, dass er in seinem eigenen Rührstück gefangen war. »Ja, Ma'am«, antwortete Marlene schleppend. »Ich glaube, das stimmt.«

»Und wenn nun ihr Baby nicht so wie Matthew wäre, sondern sterben würde, würden Sie ihr dann wünschen, dass sie noch ein Baby bekommen kann?«

»Natürlich würde ich ihr das wünschen.«

Sarah legte den Kopf schräg. »Und wenn das nicht der Fall wäre? Was würden Sie ihr dann sagen?«

»Das wäre schwer.« Das Mädchen versuchte, sich die Situation vorzustellen, und sagte dann mit mehr Bestimmtheit: »Ich würde ihr sagen, dass es der Wille Gottes war.«

Sarah schwieg für einen Moment. »Angenommen, das wäre Ihnen passiert – dass Matthew gestorben wäre und dass Sie keine Kinder mehr bekommen könnten. Was würden Sie dann glauben?«

»Euer Ehren.« Saunders hatte sich erhoben. »Ms. Dash kann Marlene alles fragen, was im Bereich ihrer Erfahrung liegt. Aber wie soll sie auf etwas antworten, was sich ihrer Erfahrung entzieht?«

»Genauso ist es«, sagte Sarah zu Leary. »Ich respektiere Miss Browns Erfahrung. Ich teste lediglich die Grenzen dieser Erfahrung und was das für Mary Ann Tierney bedeutet.«

Einen Moment blickte Leary verwirrt drein, unsicher, worauf Sarah hinauswollte. Schließlich sagte er: »Sie können antworten, Marlene.«

Das Mädchen faltete die Hände, die Augen gesenkt. »Ich würde glauben, dass es Gottes Wille war und es mir nicht ansteht, seine Entscheidung anzuzweifeln.«

»Aber das Wunder ist nun einmal geschehen«, sagte Sarah, »und Matthew geht es gut.«

Marlene strahlte wieder. »O ja.«

Sarah blickte zu Mary Ann. Ihre Klientin hatte eine realistischere Weltsicht als Marlene, dachte sie; obwohl ihre Augen noch immer verquollen waren, verriet Mary Anns Blick erste Anzeichen von Distanz gegenüber der Zeugin. Marlene zugewandt fragte Sarah: »Angenommen, Sie hätten sich für eine Abtreibung entschieden? Wäre das eine Sünde?«

»Ja«, antwortete das Mädchen entschieden. »Eindeutig.«

»Ihre Eltern haben also einen Fehler gemacht, als sie die Entscheidung Ihnen überlassen haben?«

Die Frage schien Marlene aus der Fassung zu bringen und Sarahs Vermutung zu untermauern, dass es diese Entscheidungsfreiheit in Wirklichkeit gar nicht gab. »Einmal haben wir gebetet«, sagte Marlene schließlich. »Da haben wir die Antwort zusammen gefunden. Dass ich Matthew bekommen werde.«

»Ist das nun Ihre endgültige Antwort?«

Marlene hielt kurz inne und nickte dann wieder. »Ja.«

»Wenn nun Ihre Eltern Sie gezwungen hätten, Matthew zu bekommen, dann wäre das moralisch richtig gewesen?«

Saunders beobachtete sie angespannt. Aber es war Martin Tierneys Blick, der ihr sagte, dass sie Punkte machte. »Ja«, antwortete das Mädchen. »Matthew ist der sichtbare Beweis.«

»Also sollten die Tierneys Mary Ann dazu zwingen, dieses Kind zu bekommen. Auch wenn es nie so wie Matthew sein wird.«

Marlene zögerte. Die Antwort kam etwas kleinlaut. »Ja.«

Im Gerichtssaal herrschte Stille. »Was ist mit dem Vater, der Ihre Freundin schlägt? Sollte er auch das Recht dazu haben?«

Das Mädchen sah zögernd zu Saunders. »Einspruch«, sagte er zornig. »Das ist mehr als hypothetisch.«

»Dem Einspruch wird stattgegeben«, sagte Leary.

Sarah hatte getan, was sie konnte. Marlene Brown wirkte hilflos, eine Gefangene ihrer eigenen Gutherzigkeit. Ein Mädchen, dessen Überzeugungen nun zum Maßstab für das Handeln anderer wurden.

»Ich bedanke mich, Marlene«, sagte Sarah. »Das ist alles, was ich wissen wollte.«

19

Allein in Sarahs Apartment, fühlte sich Mary Ann so elend, dass sie nicht einmal weinen, geschweige denn essen konnte.

Alle hielten sie für eine Mörderin, und verstecken konnte sie sich nirgendwo. Wenn sie zur Schule ging, oder nur zum Laden an der Ecke, würde jeder diese Schlampe von Mädchen sehen, die sich auf dem Rücksitz eines Autos vom nächstbesten Jungen schwängern ließ, und die dann ein so süßes Baby, so wie Matthew Brown es war, einfach umbringen wollte. Nun kannte und liebte die ganze Welt Marlene Brown, weil sie Matthew das Leben gerettet hatte, und die ganze Welt hasste Mary Ann Tierney, weil sie nur an sich dachte.

Das war ungerecht. Sie kannten Mary Ann überhaupt nicht. Sarah hatte sie nicht aussagen lassen, und alles, was man sich über sie erzählte, stammte von anderen. Sie wussten nicht, was es bedeutete, bei einem Sonogramm einen angeschwollenen Kopf zu sehen; oder ein Baby in sich zu tragen, das sich kaum bewegte; oder Angst zu haben vor den Folgen eines Kaiserschnitts. Sie wussten nicht, was es bedeutete, Vater und Mutter über das ganze zukünftige Leben entscheiden zu lassen. Sie wussten nicht, was es bedeutete, so hilflos zu sein.

Niemand wusste das. Nicht einmal Sarah.

Mit bitterem Bedauern dachte Mary Ann daran, wie ihr Leben

noch vor sechs Monaten ausgesehen hatte – ihre Freunde, ihr Zimmer, die Kleider, die sie noch tragen konnte, ihr ungebrochenes Vertrauen zu ihren Eltern. All das schien für immer verloren, ein entfernter Traum – zerstört durch ihre eigene Naivität und später durch schrecklichere Dinge, als man sie irgendjemandem wünschen würde. Sie war sich nicht sicher, ob sie noch an einen Gott glauben wollte, der wegen nur eines Fehlers ihr ganzes Leben zu ruinieren schien.

Bei diesem Gedanken überkam Mary Ann die Angst.

Sie fühlte sich so allein.

Es klingelte an der Tür.

Instinktiv duckte sie sich.

Es klingelte noch einmal.

Mary Ann schluckte, kämpfte gegen die Trockenheit in Mund und Kehle an. Vielleicht war es Sarah; vielleicht hatte sie ihren Schlüssel vergessen. Ihr war, als sei Sarah die einzige Freundin.

Mary Ann erhob sich schwerfällig. Ihr Bauch fühlte sich aufgebläht an, Beine und Fußgelenke geschwollen; manchmal schmerzte jede Bewegung, und nun fürchtete sie sich auch noch davor, das Baby in ihrem Bauch zu lieben.

Sie drückte den Knopf der Gegensprechanlage. »Sarah?«

»Mary Ann?«, fragte eine überraschte Frauenstimme. »Ich bin Tina Kwan von Channel Five. Kann ich mich eine Minute …«

»Gehen Sie.«

Mary Ann hielt den Finger noch immer auf den Knopf, als würde sie sich vor ihrer Einsamkeit ebenso fürchten wie vor dieser Stimme. »Nur eine Minute«, drängte die Frau. »Um deinetwillen.«

Mary Ann presste ihr Gesicht gegen die Sprechanlage.

Die Stimme klang jetzt sanft. »Solltest du mich noch hören, Mary Ann, ich möchte dir helfen. Niemand kennt dich wirklich.«

Als Mary Ann die Augen öffnete, stiegen Tränen auf. »Ich weiß«, flüsterte sie. »Ich weiß.«

Als die Scheibenwischer zu quietschen begannen, schaltete Sarah sie ab.

Sie war erschöpft. Bei einem Abendessen mit Freunden hatte sie den Prozess für kurze Zeit vergessen können. Im Büro folgte eine Unterredung mit drei Anwälten ihrer Kanzlei, die die Aussagen des Experten der Tierneys zusammengefasst hatten. Aber dort zu arbeiten, obwohl sie nicht darum herumkam, war eine Plage. Die Medien riefen ständig an. Der Vorsitzende, John Nolan, hielt mit seiner Kritik nicht hinter dem Berg. Ihre Kolleginnen bedachten sie mit wohlmeinenden Ermutigungen.

Mit Sprühregen auf der Windschutzscheibe fuhr sie in die Tiefgarage ihres Apartmentgebäudes. Ihr waren keine Fremden davor aufgefallen. Ihre Telefonnummer war geheim; mit etwas Glück würde es ein paar Tage dauern, bis die Medien und Christian Commitment herausgefunden hatten, wo sie wohnte.

In der Einsamkeit des Aufzugs, bemerkte sie, drängten sich nur allzu viele quälende Fragen in den Vordergrund.

War sie gut genug? Bisher hatte sie gute Arbeit geleistet, aber Anspannung und Übermüdung, die extremen Hochs und Tiefs eines derart ungewöhnlichen Prozesses, zehrten an ihrer Kraft und trübten möglicherweise ihr Urteil. Sarah beneidete Martin Tierney um seinen Mitstreiter, so zuwider ihr Barry Saunders im Übrigen auch war.

Zudem gab es noch andere Zweifel, die sich aber kein Anwalt, der einen Prozess durchzustehen hatte, erlauben konnte.

Wie würde sie sich verhalten, wenn das Baby normal wäre? Sollte eine Frau uneingeschränkte Macht über Leben und Tod eines Ungeborenen haben, obwohl Sarah den Machtanspruch der Tierneys über ihre Tochter verurteilte? Wie verhält es sich mit Martin Tierneys hypothetischem Fall von der Mutter, die ihr Kind abtreibt, nur weil dieses nicht die gewünschte Augenfarbe oder das »Homosexuellen-Gen« aufweist? War Sarah blind für die Implikationen ihrer eigenen Argumente? Und was würde aus Mary Ann letztlich werden, wenn sie den Prozess gewinnen würden?

Freunde waren Sarahs Puffer, ein Prüfstein für die Realität; und Verabredungen waren eine willkommene Ablenkung, mit denen manchmal auch die Hoffnung auf mehr verbunden war. Aber weder für das eine noch für das andere hatte Sarah jetzt Zeit. Sie lebte wie unter einer Glasglocke, und ihre einzige Gesellschaft war Mary Ann. Obwohl die Anwesenheit dieses Mädchens anfangs den Druck nur noch verstärkte, empfand sie es an diesem Abend fast als Segen, nicht allein sein zu müssen.

Sarah verfehlte das Schlüsselloch und fummelte eine Weile herum – ein weiteres Anzeichen dafür, dass sie überarbeitet war. Beim zweiten, gelungenen Versuch atmete sie erleichtert auf. Dann öffnete sie die Tür und blickte in das erstaunte Gesicht einer Fremden.

Als die Frau sich von der Couch erhob, fragte sich Sarah zunächst, warum sie ihr so bekannt vorkam. Aber sie wusste im Nu Bescheid.

Mary Ann blieb sitzen und sah völlig perplex und schuldvoll zu Sarah auf. An ihrem Blusenkragen prangte ein kleines Mikrofon. Neben Sarahs Stereoanlage stand ein Techniker mit einer Minicam im Anschlag.

Die Frau gewann schnell die Fassung wieder und streckte eine Hand aus. »Ich bin Tina Kwan.«

Sarah bebte vor Empörung. Als Kwan durch das Wohnzimmer schlenderte, folgte ihr die Kamera. Für den Bruchteil einer Sekunde stellte sich Sarah die Szene im Fernsehen vor.

Sarah schüttelte der Frau die Hand. »Sarah Dash«, sagte sie, »ich habe nicht gewusst, dass Sie mein Wohnzimmer zum Fernsehstudio umfunktioniert haben.«

Die Frau schien unbeirrt. »Wir möchten unbedingt Mary Anns wahre Geschichte erzählen.«

»Ich erzähle sie Ihnen gerne – unter vier Augen.« Ohne auf eine Antwort zu warten, fasste sie die Frau am Arm und führte sie aus dem Zimmer, während Mary Ann und der Techniker überrascht zusahen.

Sarah führte sie zum Badezimmer; in ihrem Schlafzimmer wollte sie die Frau nicht haben. Sie drängte die Frau hinein und schloss die Tür.

Kwan wich einen Schritt zurück. Sarah warf einen Blick auf ihrer beider Spiegelbild, das Profil zweier Frauen über Sarahs Schminktisch, auf dem ihr Make-up herumlag, eine Tube Zahncreme und – für einen Prozess nicht gerade das beste Timing – eine offene Packung Tampons. »Sie verlieren an der PR-Front«, sagte Kwan. »Sie können diesen Prozess nicht gewinnen, ohne die Medien auf Ihrer Seite zu haben.«

Die Frau sah perfekt aus – akkurat geschnittenes Haar, kurz und von pechschwarzer Farbe; das Gesicht auf eine Art geschminkt, die die exotischen Züge vor der Kamera betonte. Für kurze Zeit fühlte sich Sarah irritiert, als träfen die Behauptungen dieser Frau in jedem Fall zu.

»Hier handelt es sich nicht um einen PR-Krieg«, antwortete Sarah. »Es geht um das Leben eines Mädchens, von dem ich nicht will, dass es zerstört wird.«

Kwan schüttelte den Kopf. »Sie selbst zerstören es«, erwiderte sie, »wenn Sie es zulassen, dass diese Bibelköpfe sie zu einem Monster machen.«

Die Direktheit dieser Frau dämpfte Sarahs Empörung. »Wir werden das Gespräch mit Ihnen suchen«, sagte sie, »wenn wir es für richtig halten. Aber nur, wenn Sie mit allen Filmen herausrücken und dann verschwinden.«

Kwan warf sich in die Brust. »Mary Ann ist bereit, mit uns zu sprechen. Warum lassen Sie das Mädchen nicht selbst entscheiden?«

Die Aggression dieser Frau raubte Sarah den Atem. Als hätte sie das bemerkt, drängte sich Kwan an ihr vorbei, öffnete die Tür und ging zu Sarah zurück ins Wohnzimmer.

Die Kamera war auf die beiden gerichtet. »Mary Ann«, sagte Kwan, »Ihre Anwältin verbietet ein Interview, aber ich möchte, dass die Menschen sehen, wie Sie wirklich sind. Nur Sie können das entscheiden.«

Es war ein Alptraum, festgehalten auf Videomaterial. Sarah hatte die Fassung wiedererlangt. »Sie wollen dich nur ausbeuten«, sagte sie zu Mary Ann. »Ich bitte dich, hab Vertrauen in mich.«

Mary Ann sah zu ihr auf – abwechselnd verängstigt, missmutig, widerstrebend und verwirrt.

Plötzlich stand sie auf.

Sarah war gespannt. Mit der zornigen Teenager-Geste der Totalverweigerung drehte das Mädchen allen den Rücken zu und ging in ihr Zimmer.

Kwan starrte ihr hinterher. »Raus hier«, sagte Sarah. »Sie sind hier widerrechtlich eingedrungen, und ich kann Sie deshalb verklagen, was ich in jedem Fall tun werde, sollten Sie die Kassette verwenden.«

Es dauerte eine Viertelstunde, ehe sie Kamera und Ausrüstung wieder eingepackt hatten. Sarah blieb im Wohnzimmer. Keiner sprach ein Wort.

Sarah öffnete die Tür zu Mary Anns Zimmer.

Mary Ann saß mit verschränkten Armen auf der Bettkante und starrte gegen die Wand. Sarah setzte sich neben sie, in sich einen kaum kontrollierbaren Ansturm von Gefühlen. Sie war fassungslos, weil nicht einmal ihre Wohnung mehr sicher war; sie fühlte sich verraten, weil Mary Ann ihre Privatsphäre verletzt und ihr Vertrauen missbraucht hatte, und nach und nach spürte sie auch etwas von der Verlassenheit dieses Mädchens.

»Warum hast du sie hereingelassen?«, fragte sie.

Mary blickte unverwandt vor sich hin. »Es ist mein Fall, nicht der Ihre. Es ist mein Baby und es ist mein Leben.«

Die trotzigen Worte konnten ihre Furcht nicht verbergen. »Das sind nicht deine Freunde«, sagte Sarah. »Und du bist nicht in der Lage, mit ihnen fertig zu werden ...«

»Nicht in der Lage ...« Mary Ann sprang auf wie der Blitz. »Sie klingen schon ganz wie er – mein Vater. Er stellt mich hin als das Allerletzte, und Sie verbieten mir, mich zu wehren.« Sie brach ab, ihre Worte wurden von einem beginnenden Schluchzen erstickt. »Was sollen nur die Leute von mir denken, Sarah? Wer will denn danach mit mir noch etwas zu tun haben? Habe ich überhaupt noch Freunde?«

Sarah versuchte ihre eigenen Gefühle hintanzustellen. »Am wichtigsten ist«, sagte sie, »was du von dir selbst hältst.«

Mary Ann starrte sie an und setzte sich dann wieder. Leise sagte sie: »Als ich dieses Baby gesehen habe …« Ihre Stimme verebbte.

»Ich habe dasselbe empfunden«, sagte Sarah. »Meinst du, das heißt, du bist im Unrecht?«

Mary Ann sah auf ihren Bauch. »Was, wenn es normal ist,« sagte sie, »und ich es umgebracht habe?«

Sarah dachte über die ungeheure Einsamkeit nach, die sich hinter dieser Frage verbarg. »Das Risiko besteht natürlich bei einer Abtreibung«, sagte sie. »Wie klein es auch ist. Um deinem Vater gegenüber fair zu sein, ich glaube, er möchte dir das ersparen. Ich meine nicht, dass es ihm nur um das Kind geht.«

Lange sagte Mary Ann kein Wort; dann schüttelte sie den Kopf. »Ich muss es tun«, sagte sie. »Für mich selbst, für meinen späteren Mann und die Babys, die wir hoffentlich haben werden.«

In ihrer Stimme schwang Resignation – tiefer Schmerz, aber auch Reife. Die Erleichterung, die Sarah empfand, beantwortete wenigstens eine Frage – wenn Mary Ann bereit dazu war, weiterzumachen, dann wollte Sarah das auch.

»Es ging und geht mir nur darum, dich zu schützen«, sagte Sarah ruhig, »keineswegs wollte ich dich übergehen. Wenn wir uns mit jemandem unterhalten, dann bestimmen wir, mit wem und zu welchen Bedingungen. Sonst ist es kein Interview, sondern ein Hinterhalt.«

Mary Ann nickte. »Okay.«

»Soll ich dir sagen, was mir durch den Kopf ging, als ich diese Leute mit der auf dich gerichteten Minikamera sah?«

Mary Anns Zustimmung war in ihren Augen abzulesen.

»Ich habe an all die Frauen gedacht, deren Interviews ich im Fernsehen gesehen habe. Sie haben mit einem Polizisten geschlafen oder in Notwehr ihren Mann erschossen. Plötzlich sind sie wie durch Zufall berühmt und vergessen dabei, wofür sie berühmt sind. Diese Pseudo-Berühmtheit steigt ihnen zu Kopf und sie machen sich lächerlich.

Du bist keine lächerliche Figur, Mary Ann, und die Welt der Medien entspricht nicht der Realität. Wenn du weißt, welche Qualitäten du hast, kann niemand sie dir wegnehmen.« Sarah legte eine Hand auf Mary Anns Schulter. »Du stellst dich diesem Prozess, um dein Leben zurückzugewinnen. Lass die Geschichte nicht zu deinem Leben werden. Bitte.«

Mary Ann zwinkerte mit den Augen. Dann lag sie plötzlich in Sarahs Armen, drückte sie fest an sich. Die Dankbarkeit, die Sarah nun empfand, zeigte ihr auch, wie müde sie war. Viel zu müde, um zu wem auch immer auch nur ein einziges Wort zu sagen.

20

Als Dr. Bruno Lasch in den Zeugenstand rollte, wünschte sich Sarah, sie hätte besser geschlafen – oder überhaupt geschlafen.

Laschs Referenzen sprachen für sich: Anerkannter Experte auf dem Gebiet der Bioethik, hatte Lasch in Yale gelehrt und war nun Senior Fellow an Amerikas berühmtestem Zentrum zur Untersuchung bioethischer Fragen. Noch Furcht erregender war jedoch seine körperliche Erscheinung. Lasch war von Geburt an ein Krüppel, ohne vollzählig vorhandene Finger und mit nur rudimentär entwickelten Beinen, weshalb er zeitlebens an den Rollstuhl gefesselt war. Am auffallendsten jedoch waren seine Augen, in denen eine messerscharfe Intelligenz flackerte.

Mittlerweile war er zweiundvierzig, und kaum jemand hatte erwartet, dass er so lange leben und sogar, als Schwerstbehinderter, eine derart brillante Karriere machen würde. Das Ansehen, das er bei den Behinderten genoss, wurde einmal mehr durch die Gruppe von Rollstuhl-Demonstranten bestätigt, die Sarah und Mary Ann Schilder entgegengehalten hatten mit der Aufschrift EINE BEHINDERUNG IST NIE EINE TODESSTRAFE.

»Es scheint klar zu sein«, sagte Lasch zu Martin Tierney, »dass der Hauptanlass für den Prozess Ihrer Tochter nicht die extrem niedrige Wahrscheinlichkeit des Verlusts ihrer Gebärfähigkeit, sondern der ›unakzeptable‹ gesundheitliche Zustand des Kindes ist.«

Seine Stimme klang näselnd; in einer Atempause drehte er den Kopf in Learys Richtung. »Wenn dies die Standards sind, nach denen wir uns richten, dann wäre ich nicht auf der Welt, wie mir jetzt einmal mehr schmerzlich bewusst wird. Ich kann nur jeden Tag dankbar sein, dass meine Eltern so viel Herz und Tapferkeit hatten, ihre Träume von Vollkommenheit zu vergessen und mich so zu akzeptieren wie ich bin.«

Seine Stimme zitterte leicht. »Aber ich möchte die Debatte nicht personalisieren, Euer Ehren. Die Frage, die ich Mary Ann Tierney und diesem Gericht stellen möchte, lautet: In welcher Gesellschaft leben wir – und in welcher möchten wir leben?« Er wandte sich an Mary Ann. »Mein Standpunkt ist folgender: Die Behauptung, das Gesetz zum Schutz des Lebens ist insofern verfassungswidrig, als Mary Ann Tierney ihr Kind nicht abtreiben kann, setzt den Wert allen ungeborenen Lebens herab, das als nicht ›normal‹ betrachtet wird, von welchen subjektiven Standards auch immer die Mutter sich dabei leiten lässt.«

Das war keine Zeugenaussage, dachte Sarah, sondern ein Vortrag, gehalten von der uneinnehmbaren Festung aus, die Laschs verkrüppelter Körper nun einmal darstellte. Sich zu widersetzen wäre jedoch respektlos; es führte kein Weg dahin, hervorzuheben, dass Gott Mary Anns Fötus zwar mit Armen und Beinen ausgestattet hatte, aber aller Wahrscheinlichkeit nach nicht mit einem Gehirn, das dem Denkapparat dieses außergewöhnlichen Mannes auch nur entfernt ähnelte. Mary Ann starrte ihn ehrfürchtig an, die Unterlippe zwischen den Zähnen, während ihr Vater seine Fragen so untertänig stellte, als hätte er einen weltlichen Heiligen vor sich.

»Könnten Sie Ihre Bedenken um die mögliche selektive Abtreibung von Behinderten näher erläutern?«, fragte Tierney.

»Sicher.« Wieder schluckte Lasch; offensichtlich hatte er Atemprobleme und sprach manchmal auch in einem gequälten Singsang. »Da ist zunächst das, was ich das expressivistische Argument nenne – dass die Biologie unser Schicksal ist, dass die Besonderheit für das Ganze steht. Oder, auf mich bezogen, dass meine Arme und Beine existenzbestimmend für mich sind.«

Sarah zuckte innerlich zusammen; geschickt gebrauchte Lasch sich selbst als Demonstrationsobjekt. »Vor einigen Jahren«, fuhr er fort, »gab es in Los Angeles eine Nachrichtenmoderatorin, deren Finger nicht vollzählig waren. Sie führte eine gute Ehe und hatte Karriere gemacht. Als sie jedoch schwanger wurde, und es sich herausstellte, dass auch dem Baby Finger fehlen würden, wurde sie von vielen Leuten gefragt, wie sie ein derartiges Kind austragen könnte.

Die Vorstellung eines Babys ohne Finger beunruhigte sie, weil sie ihren Schönheitsidealen widersprach. Aber auch unsere Vorstellung, was als Behinderung gilt, ist subjektiv: Auf der Insel Martha's Vineyard war im 19. Jahrhundert Taubheit so weit verbreitet, dass sich nahezu alle mittels Zeichensprache verständigten. Was den Schluss zulässt, dass die Gesellschaft sich durchaus anpassen und Andersartigkeit zulassen kann.«

Hier machte sich Sarah eilig eine Notiz mit extra Sternchen. So zwingend – und beunruhigend – Sarah Laschs Ausführungen fand, hörte sie doch auch eine gewisse Unbedarftheit heraus, die Lasch wohl selbst schätzte und beabsichtigte. Hier, so hoffte Sarah, könnte sie bei ihrem Kreuzverhör ansetzen.

»Welche anderen Bedenken haben Sie?«, fragte Tierney.

»Eines hat mit unserer Gesellschaft zu tun, Professor – dass wir Kinder mittlerweile als netten Anhang und nicht als Geschenk Gottes verstehen. Nur allzu oft sehen Eltern ihr Kind als Verlängerung ihrer selbst statt als eigenständiges Wesen. Und so sehen sie sich dazu berechtigt, Kinder wie Katalogware zu bestellen – nehmen Sie nur die Paare, die per Internet-Inserat Eizellen jener schwedischen blonden, eins achtzig großen Volleyballspielerinnen suchen, die nebenbei auch noch als Double von Miss Universum auftreten.«

Hier lächelte Richter Leary zustimmend, und obwohl Sarah sich dagegen wehrte, leichtfertig einen Zusammenhang herzustellen zwischen durchgeknallten, reichen Möchtegern-Eltern und diesem vom Schicksal gebeutelten Mädchen neben sich, hingen die anwesenden Medienleute Lasch begierig an den Lippen.

Tierney behielt die Ruhe. »Werden diese Probleme durch die Möglichkeiten genetischer Tests an schwangeren Frauen verstärkt?«

»Ja, und zwar in einem Ausmaß, das mir Angst macht. Die

Tests werden immer ausgeklügelter. Heute kann eine Frau ihr Kind abtreiben, weil es einen Wasserkopf hat – oder weil sie lieber ein Mädchen als einen Jungen hätte.

Morgen kann sie ein Kind abtreiben, weil es blond ist oder nicht in der Lage, Tonhöhen zu unterscheiden, und so die Liebe der Mutter zu Mozart nicht teilen kann ...« Lasch hustete, wobei sein Körper von oben bis unten erzitterte. »Entschuldigen Sie, Euer Ehren. Meine Frage ist die – wie können wir eine Mutter wählen lassen zwischen erwünschten und unerwünschten Eigenschaften oder zwischen ›schlechten‹ und ›weniger schlechten‹? Wollen wir denn am Ende eine Welt von Designer-Babys?«

Learys Augenbrauen, fragend hochgezogen, schienen Zustimmung anzudeuten. »Sie haben von der Mutter gesprochen«, sagte Tierney. »Wo liegt Ihrer Ansicht nach die Verpflichtung des Arztes?«

Lasch wandte sich mit einer ruckartigen Kopfbewegung dem Fragesteller zu. »Die Medizin«, antwortete er, »hat in einem fundamentalen Anspruch kläglich versagt – nämlich dem Anspruch, Leben zu retten.«

Die Anstrengung der Zeugenaussage, bemerkte Sarah, schien Lasch zu ermüden – seine Stimme wurde flacher und enthielt erstmals auch eine Spur Bitterkeit. Aber Sarah ließ kein Mitgefühl aufkommen: Im Gerichtssaal wurde mit harten Bandagen gekämpft, und ein müder und gereizter Zeuge – behindert oder nicht – diente nur ihren Zwecken. »Viele Ärzte«, fügte Lasch hinzu, »raten bei allen nur möglichen Anomalien zur Abtreibung.

Nehmen Sie nur das Down-Syndrom. Ein oft gegebener ärztlicher Rat lautet hier: ›Was möchten Sie denn antworten auf die Frage, wie Sie ein derartiges Kind überhaupt zur Welt bringen konnten?‹

Die Ärzte berücksichtigen einfach nicht, in wie vielen Fällen Eltern und Geschwister ein Kind mit Down-Syndrom willkommen heißen und von der Liebe zu ihm genährt werden, oder all die Liebe und Freude, die so ein Kind zurückgibt.

Uns allen ist irgendwann einmal ein derartiges Kind begegnet. Dank der Hartherzigkeit auf Seiten der Ärzte können immer weniger Menschen diese Erfahrung machen. Für mich ist das mehr als ein Verbrechen – es ist eine Tragödie für uns alle.«

Wie ein guter Zeuge, dachte Sarah, hatte Lasch seine Tonlage geändert, wohlwissend, dass Schmerz und nicht Empörung ihm dabei half, die erwünschte Wirkung zu erzielen. »Im Gegensatz zu Ihnen, Professor, bin ich kein religiöser Mensch – bestenfalls Agnostiker. Aber ich sehe so viele Widersprüche. In meinem Staat kann eine Frau, die auf dem Weg in die Abtreibungsklinik von einem Auto überfahren wird, den Fahrer des Autos für den Tod des Fötus verantwortlich machen. Wenn sie aber ihr Ziel erreicht und abtreibt, hat der Fötus keinerlei rechtlichen Status ...«

Lasch schluckte, um dann fortzufahren. »Aus dem Grund sind so viele Abtreibungsbefürworter gegen Gesetze, die den Fötus vor den schrecklichen Folgen des Drogenmissbrauchs der Mutter schützen sollen – weil diese Gesetze nahelegen, dass ein Fötus mehr ist als der frei verfügbare Besitz der Mutter. Genau diese Sichtweise möchte Ms. Dash dem Gericht aufzwingen – dass ein behindertes Baby einem zu entfernenden Tumor gleichkommt, ausgestattet mit weniger Würde und weniger Rechten als ein Sklave vor dem Bürgerkrieg.«

Nur mit Mühe konnte Sarah sich davon zurückhalten, Einspruch zu erheben. Martin Tierney sprach nun noch sanfter, als mache ihm Laschs Aussage zunehmend mehr zu schaffen. »Wie beziehen Sie Ihre Bedenken«, fragte er, »auf Leben oder Tod meines Enkelsohns?«

Lasch schüttelte bedächtig den Kopf. »Muss Ihr Enkel wirklich sterben, so frage ich mich, weil er möglicherweise behindert zur Welt kommt?

Das überzeugendste Argument ist für mich nicht die Existenz eines Matthew Brown. Es ist der Fall eines Jungen, der heute als ›Wunderkind‹ bezeichnet wird.

Er wurde mit einem Gesicht wie eine unfertige Kinderzeichnung geboren, wie in einer Zeitung zu lesen stand – nur ein, noch dazu ungewöhnlich kleines Auge; die Nase von einer tiefen Spalte durchzogen; keine Finger. Als seine Mutter ihn zum erstenmal sah, hat sie gesagt: ›Ich weiß nicht, was das ist.‹«

Lasch atmete tief durch, als hätte er Mühe durchzuhalten. »Tatsächlich handelte es sich dabei um ein Baby mit einer seltenen Missbildung, dem so genannten Fraser-Syndrom. Der kleine Junge hatte auch nur eine Niere, eine schwere Beeinträchtigung des Hörvermögens und eine gestörte Verbindung zwischen rechter und linker Gehirnhälfte. Schon die Säuglingsschwestern gingen dem Baby aus dem Weg.

Seine Eltern hätten ihn sterben lassen können. Stattdessen erkämpften sie zahllose Operationen für ihn. Heute geht der Junge zur Schule. Er ist ein heller Kopf, hat Sinn für Humor und Freunde. Einfach weil es ihn gibt, haben die Leute gelernt, sein seltsames Äußeres zu übersehen und stattdessen das wahrzunehmen, was so wundervoll an ihm ist. So hat er zu einer Vertiefung der Menschlichkeit und des Verständnisses aller beigetragen, die ihn kennen.«

Es war eine bewegende Geschichte, nicht zuletzt weil Lasch so große Mühe hatte, sie zu erzählen. Sarah war nicht immun dagegen und offensichtlich auch nicht Mary Ann – zu der Bruno Lasch nun sprach.

»Das Opfer, das diese Eltern gebracht haben, war heldenhaft. Aber der Tod des Kindes wäre eine ebenso große Tragödie gewesen – wenn nicht eine noch größere – als der Tod eines Matthew Brown.

Wenn dein Kind, aufgrund des Wasserkopfs, kein Gehirn haben sollte, Mary Ann, dann wird es wahrscheinlich bei der Geburt oder kurz danach sterben. Opfer dieser Art werden von dir nie verlangt werden. Aber wenn er schon sterben muss, dann lass bitte Gottes Wille geschehen, nicht deinen ...«

Lasch bekam wieder einen Hustenanfall, gefolgt von einem Keuchen und Pfeifen, das ihm Tränen in die Augen trieb. »Ich weiß, wie schwer es ist, ein Kind zu bekommen, das sterben wird. Aber wir kommen hier gefährlich weit in die Gefilde der Eugenik, mit schrecklichen Konsequenzen für unsere Welt und alle Kinder, die noch geboren werden. Deine Eltern handeln aus Liebe zu dir und zu deinem Kind. Irgendwann, so hoffe ich, wirst du ihnen noch dankbar dafür sein.«

Hier wandte sich Martin Tierney mit einem liebenden, aber

auch flehenden Blick seiner Tochter zu. »Keine weiteren Fragen«, murmelte er.

MaryAnn starrte auf den Tisch, Sarah auf ihre Notizen, das nackte Gerüst für das Kreuzverhör.

21

Bruno Lasch im Visier, versuchte Sarah, ihre Gedächtnisreserven zu aktivieren – das Ergebnis zweier Nächte, während derer sie in der Woche vor dem Prozess Laschs Veröffentlichungen zum Thema Abtreibung und Gentests an Embryonen gelesen hatte.

»Eine Sache würde mich interessieren«, begann sie. »Hat ein Mädchen, das vom eigenen Vater vergewaltigt wurde, Ihrer Meinung nach das Recht auf Abtreibung?«

Lasch beobachtete Sarah misstrauisch. »Ja«, antwortete er, »in den meisten Fällen.«

»Dann lassen Sie mich ein Beispiel nennen. Angenommen, das Mädchen kauft einen Schwangerschaftstest in der Apotheke, stellt fest, dass sie schwanger ist, und geht in eine Abtreibungsklinik. Sind Sie der Meinung, sie hat das Recht dazu?«

Lasch zögerte. »Ja.«

»Nehmen wir dasselbe Mädchen, mit dem einen Unterschied, dass sie jetzt von ihrem Freund schwanger ist. Hat sie immer noch das Recht abzutreiben?«

Martin Tierney beobachtete Sarah gespannt. Lasch schluckte und murmelte: »Ja.«

Sarah wich einen Schritt zurück. Sie wollte nicht den Eindruck erwecken, einen behinderten Zeugen, der noch dazu im Rollstuhl saß, unter Druck zu setzen.

»Okay. Die Grundsituation ist unverändert – Schwangerschaftstest zu Hause, positives Ergebnis, Abtreibung. Nur mit dem Unterschied, dass die Frau jetzt vierzig ist, verheiratet, Mutter von sechs Kindern und der Meinung, die Familie könnte sich ein siebtes Kind nicht leisten. Hat sie vom moralischen Standpunkt aus das Recht, den Fötus abzutreiben?«

Laschs Augen blitzten. »Offenbar sind Sie eine Kennerin meiner Bücher, Ms. Dash. Wenn das so ist, dann kennen Sie die Stelle, wo ich geschrieben habe, dass Abtreibung, wenn sie dem Erhalt einer sozial schwachen Familie dient, nicht per se unmoralisch ist.«

»Sie würden also wieder mit ja antworten? Aus wirtschaftlichen Gründen?«

Lasch nickte knapp. »So ist es.«

»Dann sind Sie also im Gegensatz zu Professor Tierney nicht gegen Abtreibung generell?«

Lasch wand sich in seinem Rollstuhl, wie um sein körperliches Unbehagen zu lindern. »Für mich«, sagte er in ruhigem Ton, »ist jede Abtreibung eine ungute Sache. Aber zu sagen, jede Abtreibung sei unmoralisch, würde zu weit gehen.«

Leary beäugte den Zeugen perplex. »In Ihrer Aussage«, sagte Sarah, »haben Sie uns das Beispiel von Martha's Vineyard vor Augen geführt, wo im neunzehnten Jahrhundert Taubheit weit verbreitet war. Sind Sie sich bewusst, dass die Hauptursache dafür Inzest unter den Bewohnern war?«

Lasch zwinkerte. »Einer der Gründe«, sagte er.

Sarah versuchte, ruhig und emotionslos zu bleiben. »Und Sie sind der Meinung, dass ein Inzestopfer das Recht auf Abtreibung hat?«

Lasch straffte sich und blickte Sarah direkt in die Augen. In schärferem Ton antwortete er: »Ich habe ausdrücklich gesagt, Ms. Dash, in den meisten Fällen.«

»Sagen Sie uns dann doch bitte, unter welchen Umständen die Frau dieses Recht nicht hat.«

Lasch schluckte. »Ich kann Ihnen keine Liste von Beispielen aufzählen, Ms. Dash. Aber wichtig ist der Beweggrund.«

Martin Tierney hörte angestrengt zu. »Dann lassen Sie uns noch einmal auf das Mädchen zurückkommen, das von seinem Vater vergewaltigt wurde. Wieder der Schwangerschaftstest zu Hause, wieder das positive Ergebnis. Nur dass sie jetzt – um sicherzugehen – einen Arzt aufsucht, der das Ergebnis bestätigt. Das hat keine Konsequenzen für ihr Recht auf Abtreibung? Sehe ich das richtig?«

Lasch verzog das Gesicht. »Nein.«

»Okay. Dann nehmen wir noch eine Bedingung hinzu.« Sarah sprach nun noch ruhiger. »Erweiterte Testmethoden erlauben dem Arzt die Diagnose, dass der Fötus – das Produkt von Vergewaltigung und Inzest – einen Wasserkopf hat. Kann sie das Kind in diesem Fall abtreiben, Dr. Lasch?«

Sarah sah, wie Martin Tierney zu einem Einspruch ansetzte, dann aber einsah, dass er damit nicht durchkommen würde. Lasch schluckte und blickte Sarah verärgert an. Seine Stimme bebte. »Wie ich schon gesagt habe ... ausschlaggebend ist der Beweggrund.«

»Angenommen, die Tests ergeben keinerlei Hinweise auf irgendwelche Fehlbildungen. Hat nach Ihrem Moralverständnis ein Opfer von Vergewaltigung und Inzest das Recht, einen sozusagen ›normalen‹ Fötus abzutreiben?«

Das Gefühl von Stolz schien Laschs Körper aufzurichten und seine Augen aufzuhellen. »Ja«, sagte er schroff. »Das habe ich Ihnen bereits gesagt.«

»Sie kann also einen Fötus wegen vorausgegangenem Inzest abtreiben?«

»Ja.«

»Oder wegen wirtschaftlicher Schwierigkeiten?«

»Ja.«

»Oder weil sie noch nicht volljährig und nicht verheiratet ist?«

»Ja.«

»Oder nur weil sie schwanger ist und das Kind nicht haben will?«

Lasch wand sich hin und her. »Ja.«

»Aus all diesen Gründen«, sagte Sarah mit Nachdruck, »oder keinem. Aber nur solange sie glaubt, das Kind ist ›normal‹.«

Die Verärgerung in Laschs Augen, mutmaßte Sarah, war der Ausdruck lebenslangen Schmerzes, der Annahme – oft zu Recht –, dass die Welt der ›Normalen‹ mit Verachtung auf ihn herabsah. »Meiner Auffassung nach«, sagte er, »sollte Abtreibung nicht als Vorwand dienen, behinderte Föten zu ermorden ...«

»Anders ausgedrückt, Frauen sollten nur dann dazu gezwungen werden, ein unerwünschtes Kind zu bekommen, wenn dieses behindert ist?«

»Nein«, sagte Lasch. »Sie sollten das Mittel der Abtreibung nicht dazu gebrauchen, um Behinderte auszusondern.«

»Eine Frau darf also abtreiben, aus welchen Gründen auch immer, nur der falsche darf es nicht sein.«

»Sie drehen mir das Wort im Munde um, Ms. Dash. Aber im Wesentlichen stimmt das so.«

»Um das sicherzustellen, Dr. Lasch, müssten wir genetische Tests an Föten und, genau genommen, auch sämtliche Ultraschall-Tests verbieten.«

»Das habe ich nie behauptet ...«

»Aber wenn Mary Ann diese Ultraschall-Untersuchung nie vorgenommen hätte, wüsste sie nicht, dass ihr Baby einen Wasserkopf hat – das stimmt doch? Sie würde das Kind einfach bekommen, das dann möglicherweise auch ihr letztes wäre.«

Lasch verschränkte seine Armstümpfe. »Gentests sind durchaus sinnvoll«, antwortete er. »Sie können beispielsweise einer Mutter helfen, sich auf ein behindertes Kind einzustellen.«

»Weil sie das Kind nicht abtreiben darf, sobald sie Bescheid weiß, korrekt?«

Laschs Augenlider zuckten; abermals wirkte er unendlich müde. »Meine Überzeugung ist«, sagte er mit trockener Stimme, »dass selektive Abtreibungen von Behinderten moralisch zu verurteilen und gefährlich für unsere Gesellschaft sind.«

»Und deshalb sollten sie verboten werden.«

»Richtig. Ausgenommen die Fälle, in denen das Leben der Mutter bedroht ist.«

»Das Gesetz zum Schutz des Lebens findet also keine Zustimmung bei Ihnen, richtig? Weil es Eltern das Recht gibt, der Spätabtreibung eines möglicherweise missgebildeten Fötus zuzustimmen?«

»Dieser Aspekt bereitet mir Sorgen, das stimmt.«

»Ihre Überzeugung ist, dass Eltern in keinem Fall das Recht haben sollen, eine Abtreibung zu erwägen, weil der Fötus möglicherweise Missbildungen aufweist?«

»Ja, wenn das der Grund ist.«

»Und Sie unterscheiden auch nicht, was die moralische Schuld betrifft, zwischen der Abtreibung eines Fötus mit blauen Augen und der Abtreibung eines schwer missgebildeten Fötus?«

»Ich wollte lediglich zum Ausdruck bringen ...« Lasch hustete, wobei er seinen Kopf hilflos hin- und herwarf. »Ich wollte zum Ausdruck bringen, dass das eine zum anderen führen kann, und dass beides moralisch falsch ist.«

»Und dennoch meinen Sie, Abtreibung aus ökonomischen Gründen könnte gerechtfertigt sein.«

»In manchen Fällen, ja.«

»Aber nicht, wenn die wirtschaftliche Belastung mit den immensen Kosten zusammenhängt, die sich aus der Erziehung eines behinderten Kindes ergeben.«

Lasch zögerte; sein Körper wurde von oben bis unten von einem Zucken geplagt. Als Sarah dies sah, gestattete sie sich einen Moment des Mitleids: Laschs Anschauungen waren wie die eines jeden Menschen von seinen Gefühlen bestimmt und dadurch auch von ihnen abhängig. Seine Gefühle jedoch saßen tief in den Knochen, und in aller Öffentlichkeit angegangen zu werden, konnte seine körperliche und moralische Pein nur steigern. »Ich sage nicht, dass es nie das Recht dazu gibt«, sagte er schließlich. »Unser Land, die Pro-Life-Bewegung mit inbegriffen, hat in der Unterstützung der betroffenen Familien versagt. In Einzelfällen ist es möglich, dass die Belastung, die ein behindertes Kind mit sich bringt, von einer Familie einfach nicht getragen werden kann.«

»Und wer entscheidet darüber, Dr. Lasch? Die Mutter – oder Sie?«

»Euer Ehren«, unterbrach Martin Tierney. »Das ist die reine Schikane. Der Zeuge hat ohnehin Schwierigkeiten, die Aussage überhaupt durchzustehen, und die hypothetischen Fragen betreffen weder meine Tochter noch meinen Enkelsohn. Diese Taktik ist Dr. Lasch gegenüber zutiefst unfair ...«

»Und hochnotpeinlich für Sie«, erwiderte Sarah und wandte sich dabei an Leary. »Mr. Tierney bedient sich der Behinderten dieses Landes und ihrer moralischen Bedenken, um auf seine Tochter verstärkt Druck auszuüben. Dabei hat er zum einen die Probleme übersehen, die sich aus einer Verallgemeinerung dieser Bedenken ergeben, zum anderen die latenten Brüche in Dr. Laschs Weltsicht. Und nun will er verhindern, dass diese offen gelegt werden.«

Leary nickte. »Sie können antworten, Dr. Lasch.«

Lasch wandte sich wieder Sarah zu. »Nein, Ms. Dash, ich will mich hier nicht zum Richter aufspielen. Es obliegt der Gesellschaft, die entsprechenden Richtlinien zu formulieren.«

»Aber Sie können mir nicht sagen, welche Richtlinien das im Einzelnen sind. Oder wer in der Gesellschaft sie formulieren soll?«

»Das ist Aufgabe des Gesetzgebers. Und entsprechender Berater.«

»Wenn es aber nun diese Berater nicht gibt, Dr. Lasch, dann bleibt doch jeder Frau, die Ihrem moralischen Verdikt entkommen will, nur der einzige Ausweg, allen Sonogrammen und Genuntersuchungen tunlichst aus dem Weg zu gehen. Denn sobald sie von einer möglichen Behinderung ihres Kindes weiß, sind ihre Motive für eine Abtreibung suspekt, unabhängig von den tatsächlichen Gründen.«

»Ich glaube nicht, dass diese Interpretation meines Standpunkts fair ist.«

»Tatsächlich?« Sarah ging zu ihrem Tisch zurück, um einen Blick auf ihre Notizen zu werfen. »Aber Sie haben Ihre Aussage mit dem Satz begonnen, Zitat, ›Es scheint klar zu sein, dass der Hauptanlass für den Prozess Ihrer Tochter nicht die extrem niedrige Wahrscheinlichkeit des Verlusts ihrer Gebärfähigkeit, sondern der ›unakzeptable‹ gesundheitliche Zustand des Kindes ist‹. Klar für wen, Dr. Lasch?«

»Klar«, parierte er, »unter den Umständen …«

»Klar für wen?«, insistierte Sarah.

Lasch zögerte. »Für mich.«

Sarah sah zu Mary Ann hinüber und war gerührt von der Dankbarkeit in ihren Augen. Sie legte eine Hand auf die Schulter des Mädchens und wandte sich wieder Lasch zu. »Klar also für Sie«, wiederholte sie. »Aber Sie kennen Mary Ann nicht?«

»Nein.«

»Sie haben sie also nie nach ihren Motiven befragt?«

»Nein.«

»Dennoch wissen Sie, dass ihr Kind einen Wasserkopf hat?«

»Ja. Und dass die Gefahr für ihre Gebärfähigkeit, wie ich gesagt habe, marginal ist.«

»Marginal für wen?«, fragte Sarah leicht verärgert. »Wieder für Sie?«

»Nein. Für ihren Arzt.«

»In Ordnung, Dr. Lasch. Ich werde mir nicht die Mühe machen, Sie zu fragen, ob das Risiko einer Totaloperation oder späterer Unfruchtbarkeit auch so marginal wäre, würden Sie in der Haut Mary Anns stecken. Aber wir sprechen doch nicht von einem Baby mit blauen Augen, oder?«

»Natürlich nicht.«

»Oder von einem Kind mit Down-Syndrom?«

»Nein.«

»Oder sogar von einem Kind mit dem Fraser-Syndrom?«

»Nein.«

»Wir sprechen von Mary Anns Kind – das, ihrem Arzt zufolge, mit an Sicherheit grenzender Wahrscheinlichkeit kein Gehirn haben wird. Und das, wie Sie selbst sagen, höchstwahrscheinlich nach der Geburt sterben wird.«

Auf Laschs hohlen Wangen zeigten sich rote Flecke. »Ja«, antwortete er mürrisch.

Sarah blieb, wo sie war, neben Mary Ann. »Und dennoch sagen Sie, Mary Ann habe nicht das Recht, die Lebenserwartung dieses Kindes und ihren Wunsch nach weiteren Kindern gegeneinander abzuwägen.«

»Wenn ihr Leben nicht bedroht ist, nein.«

»Aber nicht – Ihrer Ansicht nach –, weil das Baby ›normal‹ sein könnte?«

»Nein.«

»Nein«, wiederholte Sarah. »Sie wollen ihr dieses Recht nicht zugestehen, gerade weil das Baby kein Gehirn haben wird. Das ist nicht das Dilemma, vor dem Ihre Eltern standen, oder?«

Lasch sah zu Boden. Seine verneinende Antwort war kaum vernehmbar.

»Und Sie waren auch keine Gefahr für die Fruchtbarkeit Ihrer Mutter – ist das richtig?«

»Das ist richtig.«

»Und als Sie zur Welt kamen, war diese bereits achtunddreißig Jahre alt?«

Einen Moment lang schwieg Lasch; Sarah konnte förmlich sehen, wie er sich darüber klar wurde, dass sie nicht nur seine Schriften, sondern auch seine Biografie studiert hatte. Im selben Flüsterton antwortete er: »Ja.«

»Vor Ihnen hatten Ihre Eltern noch keine Kinder.«

»So ist es.«

»Obwohl der Kinderwunsch schon seit Jahren bestand.«

Martin Tierney starrte zu Boden. Laschs Kinn war auf die Brust gesunken. »Ja.«

»So wie also die Umstände der Schwangerschaft gänzlich andere waren, waren auch die Umstände bei Ihren Eltern nicht mit dem hier vorliegenden Fall vergleichbar.«

Unter großer Anstrengung hob Lasch den Kopf. »Das betrifft die Personen, nicht jedoch das moralische Prinzip«, antwortete er mit klarer Stimme. »Das mag hart für Sie klingen. Aber eine menschlichere Gesellschaft ist nicht umsonst zu haben, und irgendjemand muss den Preis bezahlen – entweder die Mutter oder das Kind.«

Sarah sah ihn erstaunt an; Leidenschaftlichkeit und Stolz machten ihm neue Kraftreserven zugänglich. »Aber können Sie nicht anerkennen«, fragte sie, »dass eine menschlichere Gesellschaft jedem Leben seinen Wert zugestehen und dabei doch auch einsehen kann, dass das Nichtvorhandensein des Gehirns fatal für die Qualität eines Lebens ist? Und dass der Wert dieses Lebens sich weit vom Wert Ihres Lebens unterscheidet?«

Lasch schwieg und starrte sie an. Dann sagte er mit zitternder Stimme: »Das zu beurteilen steht uns nicht an.«

Es war Zeit, das Kreuzverhör zu beenden. »Dann sollten Sie sich auch kein Urteil über Mary Ann anmaßen«, sagte Sarah und nahm Platz.

22

»Es gibt unangenehme Neuigkeiten im Fall Masters«, verkündete Macdonald Gage.

Chad Palmer saß mit seinen Parteifreunden im Sitzungssaal des Russell Building und schlürfte, wie immer zu dieser Tageszeit, starken schwarzen Kaffee. Es war acht Uhr morgens, und viele der vierundfünfzig Senatoren sahen verschlafen und mürrisch aus der Wäsche. Kate Jarman aus Vermont beugte sich zu Chad und flüsterte ihm ins Ohr: »Mac hat kürzlich erfahren, sie ist der Meinung, wir stammen alle vom Affen ab. Das wird alle hier auf Trab bringen.«

Chad grinste; mit ihrem schelmischen Blick und ihrer unverblümten Art teilte sie – wie die anderen unabhängigen Geister, die sich um Chad scharten – seinen Zynismus in Bezug auf Gage. Aber wie Chad wusste auch Kate nur zu gut, dass Gage diese Versammlung einberufen hatte, nicht nur um gegen Caroline Masters Front zu machen, sondern auch gegen ihn. Umringt von seinen Parteigenossen, warf Gage Chad und Kate einen warnenden Blick zu.

»Gestern«, fuhr er fort, »veröffentlichte ihr Gericht die Urteilsbegründung im Fall Snipes versus Garrett. Das Urteil kastriert den im letzten Jahr ergangenen Criminal Justice Act, weil nun jeder Gewohnheitsverbrecher wegen angeblicher Misshandlungen im Knast die Gerichte belästigen kann.

Masters hat nicht nur dafür gestimmt, nein, wie ich aus sicherer Quelle erfahren habe, war sie sogar die treibende Kraft, die zuvor ergangene Entscheidung zu widerrufen.« Erneut sah er Chad an. »Das heißt, wir können von einer eher verbrecherfreundlichen Haltung bei ihr ausgehen.«

Chad signalisierte Interesse, verspürte aber ein ungutes Gefühl; Gage hatte beschlossen, Caroline Masters' Nominierung zum Anlass einer Machtprobe zu nehmen. »Das ist nur ein Aspekt einer beunruhigenden Entwicklung«, fuhr er fort. »Wir alle werden bombardiert mit Briefen, Fax-Nachrichten und E-Mails über den Fall Mary Ann Tierney. Mit dem Gesetz zum Schutz des Lebens haben wir allen Abtreibungsbefürwortern eine Grenze aufgezeigt: Wenn es uns nicht gelingt, Minderjährige zu schützen oder dieser Schlächterei einen Riegel vorzuschieben, dann sollten wir besser nach Hause gehen.

Nun stellt sich Masters hin und sagt, sie wolle sich dazu nicht äußern, und unsere Freunde im Weißen Haus sagen, was Abtreibung betrifft, hat sie eine weiße Weste. Vielleicht, aber es gibt einen ziemlich viel sagenden Hinweis.« Gage zog seine Hose ein Stück höher und nahm die Haltung eines Mannes ein, den so schnell nichts aus der Fassung bringen kann. »Mary Ann Tierneys Anwältin – eine radikale Feministin namens Sarah Dash – war juristische Mitarbeiterin bei Caroline Masters.«

»Na so was«, sagte Kate Jarman leise. Aber ihre Augen blickten misstrauisch; weitestgehend Pro-Choice, hatte sie für das Gesetz zum Schutz des Lebens gestimmt, in der Hoffnung, ihre angespannte Beziehung mit dem rechten Flügel der Partei zu entkrampfen. Sie fragte Gage: »Gibt es sonst noch was, außer dass Ms. Masters sie in ihrem Büro beschäftigt hat?«

»Ich habe Nachforschungen anstellen lassen, und es sieht so aus, als hätten Masters und Sarah Dash noch immer Kontakt.« Gage blickte in die Runde, wie um die Reaktion jedes einzelnen Senators abzuschätzen, dann wandte er sich wieder an Kate. »Vielleicht geben Sie dieser Frau eine Anstellung, Kate, nichts ahnend. Aber würden Sie sie denn zum Abendessen einladen? Noch dazu eine Woche, bevor Miss Dash diesen aberwitzigen Prozess beginnt? Fragt man sich da nicht zwangsläufig, worüber die beiden gesprochen haben?«

Diese Information hatte er von Taylor, dachte Chad sofort; Taylor hatte das Geld bereitgestellt und Detektive auf Masters angesetzt. Seine Besorgnis wuchs – wenn sie schon wussten, mit wem Caroline Masters zu Abend aß, dann war auch das Geheimnis ihrer Tochter nicht mehr sicher. Kate Jarman war zwar nicht eingeweiht, wirkte aber wesentlich ernster, als hätte sie, wie Chad, gerochen, dass da etwas faul war.

»Wir müssen herausfinden, wie sie wirklich zueinander stehen«, schloss Gage. »Ehe wir diese Frau zur Obersten Bundesrichterin machen, müssen wir eine ganze Menge mehr über sie wissen.«

Macdonald Gage, dachte Chad, *ist hinterhältig wie eh und je.* Gage hatte die Anhörung mit keinem Wort erwähnt: In der Rolle des Mehrheitsführers, der den Senatoren Informationen zukommen lässt, hoffte er, mehr und mehr Druck auf Chad ausüben zu können. Nun stellte Paul Harshman aus Idaho, Chads wichtigster Gegenspieler im Ausschuss, die rhetorische Frage: »Wie sieht es mit der Anhörung aus, Mac? Offenbar liegt darin der Schlüssel zu allem.«

»Oh, das überlasse ich Chad.« In seiner jovialen Art wandte sich Gage ihm zu. »Wie sieht deine Zeitplanung aus, Chad?«

Jedes Detail dieser Zusammenkunft war geplant: Gages Bedenken hinsichtlich Masters; seine Andeutung zukünftiger Entwicklungen; Harshmans Intervention. Gelassen antwortete Chad: »Der Termin hat sich um ein bis zwei Wochen verzögert, Mac. Die Mitarbeiter haben jede Menge an Vorarbeiten zu leisten.«

»Zwei bis drei Wochen?«, fragte Gage ungläubig. »Nicht Monate? Sieht fast so aus, als wäre Caroline Masters schon bestätigt.«

Im Geiste ging Chad die Situation im Ausschuss durch: Alle acht Demokraten waren auf seiner Seite, und unter den zehn Republikanern hatte Paul Harshman vielleicht drei Verbündete. »So wie es bis jetzt aussieht«, antwortete Chad, »ist Masters durchaus geeignet. Ich habe nicht vor, die Probleme unserer Partei mit den Frauen noch zu verschlimmern. Wir schneiden uns ins eigene Fleisch, wenn wir uns hier querlegen.«

»Nicht querlegen«, sagte Gage, »Verantwortung zeigen. Haben deine Mitarbeiter überhaupt schon das Privatleben der Dame inspiziert?«

Weiß er schon von der Tochter?, fragte sich Chad. »Das haben sie«, antwortete er betont gelassen. »Aber wir interessieren uns mehr für ihre juristische Karriere, wie dieser neue Fall, den du erwähnt hast. Dieses überflüssige Herumstochern im Privatleben anderer Menschen kann zu einem Bumerang werden.«

»Von überflüssig würde ich hier nicht sprechen«, warf Paul Harshman ein. »Masters hält nicht nur ihre Beziehung zu Sarah Dash aufrecht, sie war auch nie verheiratet. Wie wissen wir überhaupt, ob sie unsere Werte teilt?«

Chad spürte, wie Kate Jarman unruhig wurde. »Auch Kate war nie verheiratet«, erwiderte Chad, »und niemand zweifelt an ihren Wertvorstellungen. Sollte sich jedoch herausstellen, dass Caroline Masters Mitglied im Verein der Motorrad-Lesben ist, werde ich euch rechtzeitig warnen.«

Harshmans knochige Gesichtszüge verzogen sich zu einem sauren Lächeln; die Augen hinter der Metallbrille verengten sich zu Schlitzen. *Das ist wieder mal typisch*, sagte sein Gesichtsausdruck. »Sie haben auf den FBI-Akten gesessen«, sagte er. »Gibt es da etwa Dinge, die wir wissen sollten?«

Es war eine Zangenbewegung, dachte Chad – sollte Caroline Masters persönliche Probleme haben, gaben ihm Gage und Harshman zu verstehen, dann gehörte es zu Chads Aufgaben, sie ihnen mitzuteilen. »Da ist nichts in den Akten«, gab Chad klipp und klar zu verstehen.

Das entsprach auch der Wahrheit; noch wusste das FBI nichts von Brett Allens Geburt. »Nicht, dass wir dich kritisieren möchten, Chad«, versicherte ihm Gage. »Aber du bist kein Jurist, und das ist deine erste Anhörung als Vorsitzender. Die Ernennung eines neuen Obersten Bundesrichters ist ein schwerer Brocken für den Anfang, und wir möchten dir nur helfen, so gut wir können.«

Dieser Ton milder Herablassung war niemandem entgangen. Chad bemerkte, wie die anderen Senatoren im Raum – neugierig, und nicht ohne Außerachtlassung der eigenen Interessen – zwei Männer beobachteten, die beide Präsident werden wollten. Lächelnd antwortete Chad: »Ich komme zurecht, Mac. Ich glaube, ich komme überhaupt ganz gut zurecht und werde auch die nächste Wahl nicht vermasseln.«

Die pointierte Antwort ließ den Saal verstummen; Chad hatte die Konkurrenzsituation, in der sie sich befanden, thematisiert und in den Raum gestellt. »Es gibt Gerüchte«, sagte Paul Harshman streng, »nach denen Kilcannon ein Verhältnis mit Masters haben soll. Man sagt auch, dass er seiner letzten Frau nicht immer treu war.«

Klar, dachte Chad, *so wie es Gerüchte über dich und beide deiner Exfrauen gibt.* »Worum soll ich mich also zuerst kümmern?«, fragte er amüsiert. »Ihren Verdacht, Masters könnte homosexuell sein, oder das vernichtende Gerücht, dass sie stinknormal ist?«

Harshmans Gesicht versteinerte. Es war ein weiterer Hinweis darauf, vermutete Chad, dass Harshman mehr und mehr entschlossen war, ihm bei der Nominierung seiner Partei einen Strich durch die Rechnung zu machen. »In San Francisco«, erwiderte Harshman, »spielt das vielleicht keine Rolle. Insgesamt werden Sie mir ein wenig zu leichtfertig, Senator.«

»Und die Politik«, erwiderte Chad, »wird mir zu ranzig. Wenn wir uns nicht vorsehen, wird den Wählern schlecht und sie spucken uns alle aus.«

»Moment bitte.« Gage erhob eine Hand und sprach in einem ruhigen Ton weiter. »Paul möchte lediglich, dass wir einen großen Fehler vermeiden. Unter den gegebenen Umständen ist es nicht zu viel verlangt, den Termin für die Anhörung etwas hinauszuschieben.« Sein Ton wurde flapsig. »Joe McCarthy gibt es keinen unter uns, Chad. Und du willst doch nicht, dass jemand wie Paul den Eindruck hat, du stehst Kerry Kilcannon näher als ihm.«

Darauf lief es also hinaus, dachte Chad – ein unterschwelliger Vorwurf mangelnder Loyalität. Und den konnte Chad nur ausräumen, indem er die Anhörung Caroline Masters' verschob. Aber für Chad war das ein Zeichen dafür, dass Gage ihn falsch einschätzte: Vor langer Zeit standen die Aussichten für Chad Palmer wesentlich schlechter …

23

Bis Beirut hatte Chad manchmal den Eindruck gehabt, die Welt sei nur für ihn geschaffen.

Er wurde in einem Vorort von Cleveland geboren, als ältestes von sechs Kindern einer nicht sehr begüterten Familie. Aber Chad fühlte sich nie benachteiligt: Ausgestattet mit einem wachen Geist, fabelhaftem Aussehen und dem sehnigen Körper eines Athleten, war Chad der Erfolg garantiert. Von der Grundschule an gab es immer jemanden – Lehrer, Priester oder Trainer –, der für ihn da war. Im vorletzten Studienjahr, als er seinen Hang zur Fliegerei entdeckte, war der Kongressabgeordnete in seinem Bezirk nur allzu bereit, sich für Chads Aufnahme in die Luftwaffen-Akademie einzusetzen.

Seine Eltern waren dagegen: Mit dem Militär waren sie nicht vertraut und sie träumten von einem Studium an einer Eliteuniversität. Chads erstes Jahr war schwer; aber Stolz und Zähigkeit halfen ihm, monatelangen Drill und Schlafentzug zu überstehen. Bei der Abschlussprüfung war Chad Sechster in seiner Klasse. Aber für Chad war das erst der Anfang; er wollte die Schallmauer durchbrechen.

Das ließ nicht lange auf sich warten. Als überzeugter Kämpfer und mit einem Reaktions- und Koordinationsvermögen ausgestattet, das selbst seine Fluglehrer in Staunen versetzte, durchmaß er die Flugausbildung im Eiltempo. Bald stieg er vom F-4-Bomber auf die neueren Maschinen vom Typ F-15 um. Hin- und herpendelnd zwischen Okinawa und Thailand, abgelenkt von Alkohol und jederzeit verfügbaren Frauen, war er zu sehr mit dem Augenblick beschäftigt, als dass er Allie so geschätzt hätte, wie es ihm eigentlich vorschwebte. Am meisten bedauerte er, dass er Vietnam verpasst hatte.

Er kam zu dem Schluss, dass sein ganzes Leben eine Serie um ein Haar verpasster Abenteuer war. Dann wurde Chad Palmer in den Iran geschickt. Der Schah wollte die Luftwaffe seines Landes auf Vordermann bringen, um die Russen aus Afghanistan zu vertreiben; das eigentliche Problem des Schahs, wie sich bald herausstellte, braute sich im eigenen Land zusammen. Chad befand sich auf Heimaturlaub, als Ayatollah Khomeini den Schah ins Exil trieb. Die darauf folgenden Berichte ließen den Schluss zu, dass einige von Chads Kameraden in der iranischen Luftwaffe gefoltert und anschließend ermordet worden waren.

Das war der Grund, warum Chad Palmer sich in einer verrauchten Bar in Beirut wiedergefunden hatte – um sich zu betrinken, weil sein Glück ihn nicht verlassen hatte …

Noch immer die Bilder aus der schlimmsten Zeit seines Lebens vor Augen, musterte Chad seinen Gegner Mac Gage und dachte dabei an seine Tochter Kyle.

Über den Wert des Lebens zu sprechen war für Chad keine politische Taktik oder religiöses Lippenbekenntnis, sondern etwas sehr viel Tieferes und Persönlicheres.

Was ihn selbst betraf, gab es wenig, worüber Chad sich Gedanken machte, außer seiner Familie, seinem Ehrgefühl und dem Bedürfnis, seinem Leben einen Sinn zu geben. Materielle Dinge interessierten ihn kaum; ein schöner Tag, für andere vielleicht selbstverständlich, erinnerte ihn daran, dass jeder Moment des Lebens wertvoll war. Er war entschlossen, sich von seiner leidvollen Erfahrung innerlich bereichern, aber nicht bestimmen zu lassen, und sein Leben nicht auf die Vergangenheit, sondern auf die Zukunft auszurichten.

Andere sahen einen Helden in ihm. Chad selbst sah sich als leichtsinniger Nachtschwärmer, der sich nie hätte erwischen lassen dürfen, und der, weil es nun einmal geschehen war, seiner Familie unendlich geschadet hatte. Aber trotzdem hatte er getan, was er konnte. Das Wissen darum erfüllte ihn mit einem Frieden, der wohl nur wenigen anderen in diesem Ausmaß vergönnt sein dürfte.

Er sprach nicht gerne über diese Dinge, es sei denn mit Allie. Macdonald Gage hatte einmal zu Chad gesagt, aus Verlegenheit und um einen Kontrahenten zu entwaffnen: »Ich hätte das nie geschafft.«

»Vielleicht hättest du es geschafft«, hatte Chad geantwortet, »vielleicht auch nicht. Aber es ist müßig, darüber nachzudenken, weil du es nie wissen wirst.«

Abermals fragte sich Chad, was Gage wohl wissen mochte, und nicht nur über Caroline Masters. Aber er spürte auch einen gewissen Fatalismus seinerseits und eine Verachtung Gage gegenüber, die er nicht bändigen konnte.

»Also«, sagte Gage betont herzlich, »können wir uns auf dich verlassen, Chad?«

»Immer. Aber die Masters-Anhörung zu verschieben ist keine gute Idee.«

Gages Blick wurde kalt. »Wer sagt das?«

»Ich sage das«, antwortete Chad. »In meiner Rolle als Ausschuss-Vorsitzender.«

24

»Ich bin der Meinung«, sagte Dr. David Gersten, »die gesetzlich verankerte Zustimmungspflicht der Eltern kann schwere psychische Folgeschäden verhindern. Und, Professor Tierney, gerade im Fall Ihrer Tochter.«

Als Sarah das hörte, fühlte sie sich entmutigt. Sie hatte Bruno Lasch nur überlebt, um in der Mittagspause einen Schwächeanfall zu erleiden, aus dem sie unkonzentriert und entkräftet erwachte. Und die ersten wenigen Minuten seines Auftritts ließen bereits ahnen, welchen Eindruck er hinterlassen würde: Als Psychologe, der die Reaktionen minderjähriger Mädchen auf eine Abtreibung untersucht hatte, unterhielt Gersten weder Beziehungen zu einer Pro-Life-Gruppe, noch war er überzeugter Abtreibungsgegner. Und anders als Lasch hatte er sehr wohl mit Mary Ann Tierney gesprochen – fünf Stunden lang, auf Anordnung des Gerichts.

Martin Tierney schien Gerstens Anwesenheit zu beflügeln; seine Stimme war fest, die Haltung gerade. »Könnten Sie die Grundlagen Ihrer Überzeugung darlegen, Dr. Gersten?«

»Gerne«, antwortete Gersten. »Ich beginne mit Ihnen, Professor. Wir haben einige Stunden zusammen verbracht. Sie und Ihre Frau sind beide reife, erwachsene Menschen, Mitte vierzig, mit gefestigten moralischen Überzeugungen und dem ganzen Reichtum an Erfahrungen, der sich – leider – erst mit dem Älterwerden ansammelt.« Er lächelte kurz und klopfte auf seinen ausladenden Bauch. »Wenigstens ein Ausgleich, wo doch das Alter uns sonst in so vielerlei Hinsicht bestraft.«

Sogleich wurde Gerstens Gesicht wieder ernst. »Fünfzehnjährige«, fuhr er fort, »verfügen über keine praktische Erfahrung und auch nicht über die Weisheit, die sich damit einstellt. Deshalb sind die Selbstmordraten bei weiblichen Teenagern so exorbitant hoch. Jede neue Erfahrung ist eine Herausforderung – oft wissen die Mädchen nicht, wie sie damit umgehen sollen, und verzweifeln letztendlich. Oder sie treffen eine Entscheidung, ohne in der Lage zu sein, die praktischen und moralischen Konsequenzen in ihrer vollen Tragweite abzuschätzen.« Nun runzelte Gersten die Stirn; sein waches, von einem Vollbart umrahmtes Gesicht und die klaren Augen ließen seine Aussage menschlich erscheinen. »Dass Heranwachsende Selbstmord begehen aus Gründen, wo ein Erwachsener das nicht tun würde, zeigt, wie gefährlich es ist, wenn Eltern ihre Verantwortung abgeben.«

Margaret Tierney blickte hoffnungsvoll zu Mary Ann. »Wie sehen Sie den Zusammenhang«, fragte Martin Tierney, »zwischen dieser Aussage und Mary Anns Wunsch, ihr Kind abzutreiben?«

Gersten faltete die Hände. »Mary Anns Entscheidung ist, medizinisch wie auch moralisch gesehen, höchst komplex.

Was das Medizinische betrifft, gibt es einige gewichtige Überlegungen gegeneinander abzuwägen. Obwohl es den Anschein hat, dass Mary Ann in einem Punkt – die mit einem klassischen Kaiserschnitt verbundenen Risiken – deutlich überreagiert hat.«

Sarah blickte abrupt von ihren Notizen auf; in zunehmendem Maß empfand sie Gerstens Sicherheit als unsensibel. »Die moralische Dimension einer Abtreibung«, fuhr er fort, »ist eine ganz andere als die einer Mandeloperation – und selbst dafür bräuchte Mary Ann nach dem Gesetz Ihre Zustimmung.«

Gersten sah Mary Ann besorgt an. »Die Entscheidung für eine

Abtreibung ist unwiderrufbar. Quälende Schuldgefühle und ernsthafte Depressionen danach sind da unausweichlich.«

Mary Ann starrte vor sich hin; Sarah, und war sie auch noch so müde, war die Einzige, die für dieses Mädchen sprechen konnte. Es war Zeit, sich zusammenzureißen.

»Findet Ihre Sorge um Mary Ann«, fragte Tierney, »in Ihrer Erfahrung mit heranwachsenden Mädchen eine Bestätigung?«

Gersten nickte. »Zwei Dinge spielen herein: erstens, die Fähigkeit, moralische Entscheidungen zu treffen – und die Konsequenzen zu tragen –, ist bis zum achtzehnten Lebensjahr und darüber hinaus noch nicht voll entwickelt; zweitens, ein Ausschluss der Eltern unterminiert die Eltern-Kind-Beziehung, was zur Folge hat, dass sich die Entwicklung der eigenen Kompetenz, die sich durch die Mitsprache der Eltern vollzieht, verzögert. Das kann wiederum zur Folge haben, dass die Beziehungsfähigkeit generell Schaden nimmt.«

Sarah runzelte die Stirn und machte sich ihre erste Notiz: »Argumentation zu allgemein«, gefolgt von »Inzest – das Spiel für die ganze Familie«. Als wollte er ihr zuvorkommen, fragte Tierney: »Haben Sie die Folgen für Mary Ann bedacht, wenn sie uns aus ihrer Entscheidung ausschließt?«

»Das habe ich. Aber lassen Sie uns auch bedenken, was es heißt, wenn sie sich Ihren Wünschen fügt. Die Behinderungen ihres Babys – soweit vorhanden – haben zur Folge, dass sie das Baby nur für kurze Zeit haben wird. Sollte Mary Ann dagegen ein normales Kind bekommen, dann werden Sie beide als aufgeklärte Großeltern ihr auf jede nur denkbare Art beistehen. In beiden Fällen wird Ihre Liebe zu Mary Ann – ebenso wie Mary Anns Liebe zu Ihnen – den Heilungsprozess fördern.«

Sarah war sich da nicht so sicher; Mary Ann hörte verärgert zu. Aber Gersten fuhr einfach fort. »Auf der anderen Seite könnte Mary Anns Widerstand gegen die Eltern eine Kluft aufreißen, die zu schließen sehr schwer für sie sein wird.

Und dennoch ist gerade dieser Abtreibungsfall so gelagert, dass sie danach umso mehr auf die Eltern angewiesen sein wird. Einer Studie zufolge berichten über die Hälfte der Frauen, die eine Spätabtreibung vornehmen ließen, von gravierenden psychischen Problemen. Besonders trifft das zu, wenn das abgetriebene Kind ursprünglich ein Wunschkind war.«

Tierney zögerte, als ob er seine nächste Frage abwöge. »Wie haben Ihre Gespräche mit Mary Ann Ihren Standpunkt beeinflusst?«

»Sie haben ihn bestätigt.« Gersten sah Mary Ann verlegen lächelnd an. »Ich habe sie gleich gemocht – sie ist blitzgescheit und hat viel versprechende Anlagen, die aber noch nicht allzu weit entwickelt sind.« Tierney zugewandt, fuhr er mit festerer Stimme fort. »Gegenwärtig ist Mary Ann ein eigenwilliges, manchmal unreifes Mädchen, das die Folgen ihrer Handlungen nicht so richtig einschätzen kann. Dass zum Beispiel ungeschützter Geschlechtsverkehr zu einer Schwangerschaft führen kann.«

Tierney wirkte weiter zurückhaltend, als spürte er, dass jede Frage die Distanz zwischen ihm und seiner Tochter nur mehr vergrößern würde. »Welche Rolle spielt Ihrer Meinung nach Sarah Dash für das widerstrebende Verhalten unserer Tochter?«

Sarah legte ihren Stift beiseite und sah Tierney erstaunt an. »Ms. Dash«, antwortete Gersten, »ist nicht wegzudenken.«

Hier wollte Sarah einschreiten. Die Befragung war völlig aus dem Ruder gelaufen – sie war persönlich und alles andere als objektiv. Aber genau diese Gründe hielten sie zurück: Als die Person, um die es ging, konnte Sarah sich nicht beschweren, ohne als empfindlich oder gar abwehrend zu wirken.

»Meiner Ansicht nach«, fuhr Gersten fort, »wäre Mary Ann ohne die Ermunterung durch Sarah Dash unter keinen Umständen hier. Als hätte das Mädchen einen Narren an ihr gefressen.

Ms. Dash ist neunundzwanzig, offenbar sehr begabt und, so könnte man sagen, rücksichtslos entschlossen. Eine besondere Anziehungskraft für Mary Ann scheint davon auszugehen, dass Sarah Dash offenbar mit völliger Gleichgültigkeit darauf reagiert, wenn jemand anderer Meinung ist als sie selbst.«

Sarah griff wieder zu ihrem Stift und fühlte, wie sich ihre Faust um ihn schloss; die von Gersten beschriebene Charakteristik eines Prozessanwalts traf in gleicher Weise auf Martin Tierney zu. Aber Tierney benutzte Gersten, um den Verdacht zu lancieren,

Sarah hätte Mary Ann absichtlich beeinflusst, was verheerende Folgen haben könnte. Von der Richterbank aus beobachtete Leary den Zeugen mit gesteigertem Interesse.

»Aber Mary Ann«, sagte Gersten, »ist nicht Sarah Dash. Wenn diese Verhandlung vorbei ist, wird Mary Ann noch immer die sein, die sie einmal war – ein junges Mädchen, das überzeugt davon ist, dass ein Fötus ein menschliches Wesen ist. Dieses zu töten könnte ihrer Gesundheit ungemein schaden.«

Wütend notierte sich Sarah mehrere Punkte. »Mit dem Gesetz zum Schutz des Lebens«, sagte Gersten zu Martin Tierney, »haben Sie die Chance einzuschreiten. Ihr Mut, es zu versuchen, verdient Respekt.«

»Kein guter Nachmittag für Caroline Masters' ehemalige Mitarbeiterin«, sagte Kerry Kilcannon zu Clayton und Lara.

»Oder für uns«, erwiderte Clayton. »Wenn dieser Fall bis zur höchsten Instanz geht, dann ist Carolines Stimme ausschlaggebend, und jeder ist sich dessen bewusst.«

Laras amüsierter Blick konnte Clayton nicht entgangen sein, vermutete Kerry. Sie war eine entschiedene Abtreibungsbefürworterin und weniger pragmatisch als Clayton, der sich auf eine Frau einstellen musste, die Kerry nahestand wie nicht einmal er. »Wo ist Caroline jetzt?«, fragte Kerry.

»Zurück in San Francisco, an ihrem Gericht.« Clayton sah Lara an, bedacht darauf, sie miteinzuschließen. »Nach allem, was man hört, verlief ihre Tournee durch den Senat so gut wie nur irgend möglich. Aber Gage liegt ohne Zweifel auf der Lauer.«

Kerry nickte und schloss den Gedanken ab. »Weil der Fall Tierney vor Carolines Gericht landen kann, noch bevor sie hier ihre Aufwartung macht. Es sei denn, Chad beschleunigt das Verfahren.«

Clayton nippte an seinem Scotch. »Kein Grund zur Beunruhigung«, antwortete er. »Eilige Fälle am Berufungsgericht gehen an eine Abteilung, die derzeit ein Klon von Bannon leitet. Und selbst wenn dieser den Fall weitergibt und Caroline gegen alle Wahrscheinlichkeit im Richtergremium sitzen sollte, hat sie einen guten Grund, wegen Befangenheit nicht anzutreten – immerhin war Dash einmal ihre Mitarbeiterin.«

Hierauf nahm Kerry auf der Couch Platz; Lara setzte sich neben ihn, Clayton in den Sessel gegenüber. »Liegt vielleicht außer Gage noch jemand auf der Lauer?«, fragte Lara. »Der Anwalt für das Justizministerium im Prozess Tierney sagt kein Wort. Stimmt was nicht mit dem?«

»Das machen die Drogen«, antwortete Kerry mit einem Grinsen. »Unser Emissär von der CIA schmuggelt ihm jeden Morgen einige Quads in den Kaffee ...«

»Worauf eine neue Administration nun wirklich verzichten könnte«, warf Clayton zu Laras Information ein, »ist eine Auseinandersetzung über das Gesetz zum Schutz des Lebens. Das würde Gage Munition liefern und unser gesamtes Gesetzgebungsprogramm gefährden.«

»Ganz unklar ist mir das nicht«, antwortete Lara trocken, »und ich will auch nicht, dass Macdonald Gage auf meinem Liebsten herumhackt. Ich war nur neugierig, wie ihr beide euch den Ausgang dieses Prozesses vorstellt.«

»Das hat mich auch interessiert«, antwortete Clayton ebenso trocken. »Also habe ich unsere Meinungsforscher gebeten, ein paar Zahlen zu ermitteln. Zudem war ich der Meinung, es würde uns helfen, Caroline durch den Prozess zu manövrieren.«

Obwohl eine Überraschung für Kerry, war das doch typisch für seinen Freund. »Was kam dabei heraus?«, fragte er. »Ein Dammbruch?«

»Was man so ungefähr erwarten würde«, antwortete Clayton mit einem Schulterzucken. »Einundsechzig Prozent für die Eltern, neununddreißig Prozent für die Tochter.«

»Die Zahlen liegen näher zusammen, als ich gedacht hätte«, bemerkte Lara. »Vielleicht bringt dieser Prozess die Leute ja zum Nachdenken.«

Clayton wandte sich Kerry zu, als würde er über die komplizierte Chemie zwischen ihm und Lara nachdenken. Mit der Andeutung eines Lächelns erklärte Kerry ihr: »Er bringt sogar mich ein wenig zum Nachdenken; immer, wenn ich Zeit dafür habe.«

25

Wut gehörte nicht zu Sarahs bevorzugten Reaktionsmustern, aber sie hatte ihren Nutzen. Als sie Dr. Gersten gegenübertrat, war ihre Müdigkeit wie verflogen.

»Keine Angst«, sagte sie leise. »Ich komm Ihnen nicht zu nahe. Schließlich will ich nicht als zu rücksichtslos erscheinen.«

Gersten brachte ein müdes Lächeln zustande, das Sarah nicht erwiderte. »Oder war es ›rücksichtslos entschlossen‹?«, fragte sie.

Sein Lächeln verschwand. »Ms. Dash, ich sagte lediglich, dass Sie so wirken.«

Sarah legte den Kopf schräg. »Sind wir einander schon einmal begegnet?«

»Nein.«

»Sie erheben also nicht den Anspruch, mit den Abgründen meiner Seele vertraut zu sein.«

Gersten spitzte die Lippen. »Ich habe davon gesprochen, was Sie für Mary Ann Tierney verkörpern – Selbstständigkeit und Unabhängigkeit.«

»Würden Sie mir beipflichten, Dr. Gersten, dass sich diese Eigenschaften erst mit der Zeit entwickeln?«

»Ganz entschieden.«

»Und dass dieser Entwicklungsprozess in der Kindheit beginnt?«

»Beginnt? Ja.«

»Sie nehmen also nicht an, dass ich auf zauberhafte Weise mit sechzehn oder mit zweiundzwanzig oder im letzten Jahr zu der Person geworden bin, die Sie in mir sehen?«

»Nein. Dazu ist, wie schon gesagt, ein Prozess erforderlich.«

»Und dieser Prozess schließt fünfzehnjährige Mädchen mit ein, richtig? Ich meine, er überspringt nicht einfach das fünfzehnte Lebensjahr.«

Am Tisch der Verteidigung sah Martin Tierney von seinen Notizen auf. Gerstens Lächeln schien matt. »Natürlich nicht, Ms. Dash. Das war nie meine Meinung.«

»Aber Sie sind der Meinung, dass Mary Anns Schwangerschaft ein Zeichen ihrer Unreife ist?«

Gersten überkreuzte die Beine. Vorsichtig sagte er: »Der Schluss liegt zumindest nahe.«

»Ein Schluss drängt sich zumindest auf.« Sarah sprach nun mit mehr Nachdruck. »Sind Sie der Meinung, Eltern sollten ihre Kinder aufklären? Oder sollte das eher dem Zufall überlassen werden?«

Aus den Augenwinkeln heraus bemerkte Sarah, wie Martin Tierney unruhig wurde. Gersten setzte sich zurück und sagte: »Ein Mindestmaß an Informationen ist zumindest angemessen.«

»Ein Mindestmaß? Etwa derart, dass Sex sich meist zwischen Weibchen und Männchen abspielt?«

»Ich weiß nicht, worauf Sie hinauswollen!«

»Ich glaube nicht, dass Mädchen im Teenageralter besonders reif sind. Würden Sie sagen, dass Jungen im Teenageralter, was Sex betrifft, reifer und weitsichtiger sind?«

Gersten lächelte humorlos. »Nein«, sagte er demonstrativ geduldig. »Jungen sind in sehr viel stärkerem Maß triebgesteuert als Mädchen.«

»Tatsächlich?«, sagte Sarah gespielt ungläubig. »In so hohem Maß, dass sie ein Mädchen sogar täuschen würden, nur um mit ihr Sex zu haben?«

Gersten hob die Schultern. »Auch Jungen machen einen Prozess durch, ehe sie sexuell verantwortlich handeln.«

Sarah hielt einen Moment inne und sah bewusst in Richtung Martin Tierney. »Sollten dann nicht liebende Eltern mit ihrem ›Reichtum an Erfahrungen‹ sich mit ihrer Tochter zusammensetzen, um genau darüber zu sprechen?«

Gersten sah ebenfalls zu Martin Tierney. »Es wäre hilfreich, ja.«

»Oder zumindest über das Thema Empfängnisverhütung?«

»Es kommt auf die Familie an, Ms. Dash. Aber es ist sicher ein Bereich, mit dem eine Fünfzehnjährige umgehen kann.«

Martin Tierney biss sich auf die Lippen. »Würden Sie also auch zustimmen«, fragte sie Gersten, »dass ohne Sexualaufklärung seitens der Eltern, in Ihren Worten, sich die ›Entwicklung der eigenen Kompetenz, die sich durch die Mitsprache der Eltern vollzieht, verzögert‹?«

Gersten dachte über die Antwort nach und schürzte dabei die Lippen. »Es gibt Eltern«, sagte er, »die auf Grund moralischer und religiöser Überzeugungen vorehelichen Sex grundsätzlich ablehnen. Was die Gesprächsbereitschaft nicht gerade fördert.«

»Wann sollte also hier die ›Mitsprache der Eltern‹ einsetzen? Nachdem die Tochter schwanger geworden ist?«

Gersten lächelte auch hier wieder gezwungen. »Meiner Ansicht nach kann die Mitsprache der Eltern in jedem Stadium hilfreich sein.«

»Auch wenn eine Fünfzehnjährige dazu gezwungen wird, ein Kind auszutragen, nur weil die Eltern sie nie aufgeklärt haben.«

Wieder wollte Tierney aufstehen. »Das würde wohl von der Familiendynamik abhängen«, antwortete Gersten vorsichtig.

»So weit, so gut. Haben Sie bei Ihren Gesprächen mit den Tierneys diese jemals gefragt, ob sie ihre Tochter aufgeklärt haben?«

»Nein«, antwortete Gersten bedächtig, »das habe ich nicht.«

»Dazu ist es nun ohnehin zu spät, besonders für Mary Ann.«

»Euer Ehren«, sagte Tierney empört, »Ms. Dash verunglimpft unsere Familie ...«

»Ich bitte um Entschuldigung«, sagte Sarah sarkastisch. »Das sollte keine Anspielung auf Dr. Gerstens Bemerkungen über Ihre Tochter – oder über mich – sein.«

»In Ordnung«, sagte Leary zu Sarah, »wenn es Ihnen um die Sache geht, stellen Sie eine Frage. Und Sie, Professor Tierney, können sich setzen.«

An Gersten gewandt, sagte Sarah ruhig: »Sie haben sowohl mit Mary Ann als auch mit ihren Eltern gesprochen. Sind Sie der Meinung, dass die Tierneys Mary Ann dazu gezwungen haben, dieses Kind auszutragen?«

Gersten sah zu Tierney. »Sie versuchen, eine Abtreibung zu verhindern, wenn es das ist, was Sie meinen.«

»Und ihre Einwände sind religiöser Natur, richtig?«

»Ja. Und moralischer Natur.«

»Die Einwände haben nichts damit zu tun, dass die Tierneys besser qualifiziert für eine Entscheidung sind als Mary Ann?«

»Nein. Mit der einen Ausnahme, dass die moralischen Überzeugungen der Tierneys, wie ich schon sagte, wohl bedacht und begründet sind.«

»Begründet genug, dass sie ein fünfzehnjähriges Mädchen dazu zwingen, ein Kind ohne Gehirn zu bekommen.«

Gersten runzelte die Stirn. »Dazu kommt ihre Überzeugung, dass eine Abtreibung Mary Ann psychisch schaden würde.«

Sarah sah ihn mit einem ironischen Lächeln an. »Dr. Gersten, sind Sie als Experte der Meinung, Mary Ann ist sich der Tatsache bewusst, dass ihr Kind wahrscheinlich ohne Gehirn zur Welt kommen wird?«

»Ja.«

»In diesem Punkt steht ihr Verständnis dem ihrer Eltern in nichts nach, richtig?«

»Ja.«

Sarah wartete einen Moment und legte den Kopf schief. »Übrigens, wurde an Ihnen schon einmal ein klassischer Kaiserschnitt vollzogen? Persönlich, meine ich.«

Von den Medienleuten kam ein kurzes Lachen. Zu einem Lächeln gezwungen, antwortete Gersten: »Diese Erfahrung habe ich noch nicht gemacht.«

»Ich auch nicht. Aber sind Sie wie ich der Meinung, dass – wie hoch auch immer man das Risiko veranschlagt – ein klassischer Kaiserschnitt möglicherweise zu Unfruchtbarkeit führt?«

»Ja.«

»Und ist Mary Ann Tierney so gut wie Sie oder ich in der Lage, das zu verstehen?«

Gersten nickte. »Wie schon gesagt, sie ist darauf fixiert.«

»Sie versteht also den medizinischen Aspekt – Wasserkopf und Unfruchtbarkeit – im selben Maß wie ihre Eltern?«

»Ja.«

Sarah drehte sich um und ging zu Mary Ann zurück. »Warum also kann Mary Ann Tierney nicht entscheiden, für ein todgeweihtes Kind keinen klassischen Kaiserschnitt zu riskieren?«

Gersten betrachtete Mary Ann, deren Gesichtsausdruck Zorn und Selbstbewusstsein zeigte. »Der Punkt«, sagte er schließlich, »ist nicht ihr medizinisches Verständnis. Sorgen machen mir die möglicherweise gravierenden psychischen Folgeschäden einer Spätabtreibung, abhängig von ihrer festen Überzeugung, dass ein Fötus menschliches Leben darstellt.«

»Schützenswertes Leben?«, fragte Sarah. »Unter allen Umständen? Die hier gegebenen Umstände sind doch absolut neu für sie.«

»Das stimmt wohl. Aber ihr katholischer Glaube ist unerschütterlich.«

»Wollen Sie etwa allen Ernstes sagen, Doktor, dass Mary Ann von Kindheit an die unumstößliche religiöse Überzeugung hegte, dass fünfzehnjährige Mädchen Babys mit einem Wasserkopf mittels Kaiserschnitt zur Welt bringen müssen – mit welchen Risiken auch immer?«

Gersten rutschte auf seinem Stuhl hin und her. »Wir sprechen von Grundüberzeugungen, Ms. Dash. Und die kommen nun einmal bei dieser Schwangerschaft zum Tragen.«

»Ist denn eine Fünfzehnjährige nicht zu der Einsicht fähig, dass in dieser schwierigen Situation ihre Überzeugungen von denen ihrer Eltern abweichen?«

»Vom Kopf her, ja, zumindest theoretisch. Aber ich mache mir noch immer Sorgen um die seelischen Auswirkungen.«

»Was ist mit den Auswirkungen, die der Zwang, dieses Kind zu haben, mit sich bringt? Wären diese nicht traumatisch für Mary Ann und verheerend für die Familie?«

Gersten nippte nachdenklich an einem Glas Wasser. Währenddessen beobachtete Sarah Margaret Tierney, die ängstlich und mit gefalteten Händen dasaß.

»Kurzfristig«, sagte Gersten, »bleibt dieser Zwang nicht ohne Folgen. Aber ich glaube, dass Liebe und gemeinsame Überzeugungen im Fall der Tierneys alles heilen werden.«

»Kurzfristig? Dann lassen Sie uns doch gleich über ein unmittelbar anstehendes Problem sprechen, nämlich über dieses Verfahren.«

»Wie meinen Sie das?«

»Sie gelten als anerkannter Experte, Dr. Gersten, mit einem empfindlichen Gespür für das Seelenleben heranwachsender Mädchen. Würden Sie nicht sagen, dass Mary Anns Eltern die Beziehung zur eigenen Tochter schwer belasten, indem sie nämlich Sie dazu beauftragen, diese als unreif darzustellen, als bedingt entscheidungsfähig und als Faustpfand ihrer Anwältin?«

Martin Tierney setzte sich aufrecht hin und beobachtete Gersten genau. »Dieser Prozess«, antwortete Gersten, »und eine Stellungnahme zu den von Ihnen vorgebrachten Punkten wurde dem Ehepaar Tierney aufgedrängt.«

»Aufgedrängt? Die Regierung der Vereinigten Staaten war dazu bereit, die Verteidigung in diesem Fall zu übernehmen.«

»Die Regierung der Vereinigten Staaten«, erwiderte Gersten, »sind nicht die Eltern dieses Mädchens. In meinen Augen ist ihre Intervention ein mutiger Akt …«

»Beantworten Sie die Frage«, drängte Sarah. »Ist Ihre Wiedergabe des Bildes von Mary Ann potenziell demütigend für Mary Ann selbst und Gift für die Beziehung zu ihren Eltern?«

Gersten runzelte die Stirn. »Gift? Ich weiß nicht, ob ich das akzeptieren kann. So wie ich nicht akzeptiere, dass ich oder die Tierneys schuld daran sein sollen.«

»Oh? Dann muss es Mary Anns Schuld sein. Oder – noch besser – meine.«

Gersten atmete durch. »Zu diesem Zeitpunkt haben Schuldzuweisungen keinen Sinn. Dieser Prozess wird einfach Narben hinterlassen.«

Sarah nickte. »Dann lassen Sie uns weitermachen. Ist Ihnen bewusst, dass im Jahr 1989 C. Everett Koop, der Gesundheitsminister der Vereinigten Staaten, Präsident Reagan dahingehend beraten hat, dass mögliche psychische Folgeschäden nach einer Abtreibung praktisch ausgeschlossen werden können?«

»Damit waren alle Abtreibungen gemeint …«

»Und dass Koop weiter berichtet hat, sämtliche bis dahin durchgeführte Untersuchungen – einschließlich der Studie, auf die Sie sich beziehen – seien praktisch unbrauchbar?«

Gersten verschränkte die Arme. »Nach meiner eigenen Erfahrung sind Spätabtreibungen ein Sonderfall. Insbesondere wenn es zu Konflikten mit den Grundüberzeugungen der Frau kommt.«

»Könnte nicht das vermeintliche Trauma, wenigstens im Fall von Mary Ann, durch die Hoffnung, noch weitere Kinder zu bekommen, gelindert werden?«

Gersten besah sich seine Fingernägel. Dann sagte er mürrisch: »Möglicherweise. Sicher ist es nicht.«

»Würde nicht weiterhin jedes Trauma minimiert werden, wenn die Tierneys ihrer Tochter beistehen würden – selbst wenn sie sich für eine Abtreibung entscheidet?«

»›Vielleicht‹ kann ich abermals nur sagen.«

»Ihre Befürchtung eines Traumas ist also eine sich selbst bewahrheitende Voraussage, basierend auf dem andauernden Widerstand der Tierneys.«

Gersten sah wiederholt zu Martin Tierney hinüber. »Angesichts ihrer tiefen Überzeugungen wären Verletzungen unausweichlich …«

»Was ist mit den Verletzungen, die sie Mary Ann zugefügt haben?« Sarah hatte eine Hand auf Mary Anns Schulter gelegt. »Haben Sie den Eindruck, die Tierneys lieben ihre Tochter so sehr, dass sie ihr auch vergeben, wenn diese gegen ihre Überzeugungen handelt?«

Betroffen richtete Martin Tierney den Blick auf Mary Ann. »Liebe ist vorhanden«, sagte Gersten schließlich. »Dessen bin ich mir sicher. Aber ob sie in der Lage sind, zu verzeihen, entzieht sich meinem Urteil.«

Mit finsteren Blicken wandte sich Mary Ann ab. »Tatsächlich«, sagte Sarah. »Und dennoch behaupten Sie, das Gesetz zum Schutz des Lebens erfülle einen guten Zweck. Würde das auch zutreffen, wenn die Tierneys ihre Tochter misshandelten?«

»Vielleicht nicht.«

»Oder in Fällen, wo der Vater die Tochter vergewaltigt?«

»Nein, dann ganz sicher nicht.«

»Oder wenn die Eltern religiöse Fundamentalisten sind und ihre Tochter für ihre Sexualität bestrafen wollen?«

Gersten zögerte. »Eine gemeinsame Kultur«, sagte er, »geht oft mit gemeinsamen Werten Hand in Hand ...«

»Der Kongress«, sagte Sarah vorsichtig, »hat diese feinen Unterschiede nicht gemacht. Ist das richtig?«

»Allerdings.« Gersten faltete die Hände. »Aber in jedem der von Ihnen erwähnten Fälle kann die Minderjährige die Gerichte bemühen.«

Wie schon zuvor setzte Sarah eine gespielt überraschte Miene auf. »Also ist eine Minderjährige reif genug, sich einen Anwalt zu nehmen und einen Prozess anzustreben?«

Gersten setzte zum Sprechen an, brach dann aber ab. Schließlich sagte er: »Mary Ann hat das getan.«

»Wirklich?« Sarah lachte sich still ins Fäustchen. »Ich dachte, ich hätte sie hierher geschleppt.«

Gersten starrte sie entgeistert an, unfähig zu einer Antwort. Sarah sah auf ihre Uhr und sagte gelassen: »Entschließen Sie sich, Dr. Gersten. Ich gebe Ihnen so viel Zeit, wie Sie brauchen.«

26

Als Sarah in ihrem Büro auf Martin Tierney wartete, war das eine willkommene Atempause für sie.

Es war schon nach neun; die Flure waren leer, und die hell angestrahlte Bay Bridge setzte sich gegen das nachtschwarze Dunkel darunter ab. Bei ihrer Rückkehr am späten Nachmittag hatten Demonstranten von Christian Commitment das Gebäude umstellt, und eine völlig hysterische Frau hatte sich im Empfangsbereich von Kenyon & Walker an ein Tischbein gekettet. John Nolan hatte eilends einen Sicherheitsdienst engagiert; einige der älteren männlichen Teilhaber waren so wütend, dass sie Sarah ignorierten.

Auf ihrem Schreibtisch stapelten sich die Briefe – das Spektrum reichte von Bewunderung bis hin zu offener Drohung –, und ihre Voice Mail war voll mit Interview-Anfragen und Hasstiraden. In einem vergeblichen, doch gut gemeinten Versuch, diesen Angriffen die Spitze zu nehmen, hatte ihre Sekretärin einen Ausschnitt aus der *New York Times* hinterlassen, in welchem Rechtsexperten sie als einen »neunundzwanzig Jahre alten Superstar im Gerichtssaal« bezeichneten.

Ohne es zu merken, war sie berühmt geworden, vermutete Sarah. Sie hatte auch gar keine Zeit dazu. Ein Prozess erforderte den absoluten Tunnelblick: Introspektion war da bestenfalls eine Zeitverschwendung, im schlimmsten Fall sogar gefährlich.

Das Telefon läutete.

Es war der Wachmann im Erdgeschoss. Martin Tierney befand sich in der Lobby.

Tierney sah sich in ihrem Büro um; mit einem ratlosen Blick bemerkte er die Post auf ihrem Schreibtisch. »Haben Sie dieselbe Flut von Briefen bekommen?«, fragte Sarah.

»Natürlich.« Er nahm Platz, sein feines Gelehrtengesicht schwer gezeichnet. »Ich frage mich, ob Patrick Leary auch nur die geringste Vorstellung davon hat, was er uns antut.«

»Leary«, antwortete Sarah, »hat nur Augen für sich selbst, aber er hat kein Patent auf Grausamkeit.«

Tierneys graublaue Augen waren auf sie gerichtet. »Sie möchten, dass wir das Plädoyer morgen abschließen.«

Sarah antwortete nicht direkt. »Sie ist mittlerweile im siebten Monat«, sagte sie. »Heute Nachmittag habe ich Mark Flom angerufen. Er befürchtet, der mit dem Prozess verbundene Stress könnte zu einer Frühgeburt bei Mary Ann führen. Sie ist eine Gefangene des juristischen Verfahrens, und das ganze Land sieht zu und wartet darauf, dass Richter Leary – oder Sie – sie freilassen …«

»Sie verstehen noch immer nicht«, unterbrach Tierney. »Wir sind alle drei Gefangene einer Totenwache, die weitaus schrecklicher ist als eine Mahnwache bei einer Hinrichtung. Morgen, übermorgen oder am Tag darauf verurteilt möglicherweise Patrick Leary ein unschuldiges Leben zum Tod. Und Sie werden alles tun, um sicherzustellen, dass das Urteil auch vollstreckt wird.

Sie sind der Meinung, wir würden uns stur stellen, als hätten wir die Wahl, für dieses Leben zu kämpfen oder nicht.« Tierney wurde zutiefst emotional. »Aber ich ahne bereits, welchen Preis wir alle bezahlen werden. Am Ende bleibt nur die Entscheidung zwischen Recht und Unrecht, Moral und Unmoral.«

Sarah respektierte ihn in seinem unerschütterlichen Glauben und seiner Gerechtigkeit – wenn es hier um Mord ging, schlicht und einfach, dann war Martin Tierney ebenso gefangen wie Mary Ann. »Nur ein Grund mehr«, sagte Sarah, »morgen nicht auszusagen.«

Tierney faltete die Hände. »Und den Kampf um meinen Enkelsohn mit Dr. Gersten zu beenden.«

»Sie haben es so gewollt«, erwiderte Sarah. »Warum sollte gerade Mary Ann dafür bezahlen.«

»Es war ein Fehler …«

»Ein Fehler?«, echote Sarah. »Vielleicht für Sie. Vielleicht für Ihren Enkel. Aber nicht für Barry Saunders und seine Freunde.

Dieser Prozess kommt ihnen gerade recht – die Fundamentalisten im Land werden ihr Haushaltsgeld an Christian Commitment überweisen, um dem familienfeindlichen Hass, der Mary Anns schwer geplagten Eltern entgegenschlug, Einhalt zu gebieten.« Sarahs Stimme wurde lauter. »Saunders sieht diesen Prozess als Fernseh-Spendenaktion nach dem Motto: ›Unterstützen Sie Barrys Kids‹.«

Tierneys bitteres Lachen, das Bände sprach, erstaunte Sarah zutiefst.

»Der letzte Kick für seine Zuschauerzahlen wäre eine Aussage der Eltern gegen ihre fehlgeleitete Tochter. Vielleicht sollten Sie darüber nachdenken, ob Gersten Sie nicht sogar bewusst, auf Saunders Drängen hin, unter Druck setzen wollte.«

Dass Tierney ihr beipflichtete, verrieten Sarah seine Blicke. »Was auch immer beabsichtigt war«, sagte er, »es ist gelaufen.«

Sarah fühlte sich durch seinen Anblick entmutigt. »Sagen Sie nicht aus, Professor, ich bitte Sie. Sie könnten Mary Ann damit zwingen, ebenfalls in den Zeugenstand zu treten.«

Tierney war keineswegs überrascht. »Sie würden ihr keine andere Wahl lassen.«

»Nachdem Sie möglicherweise ausgesagt haben, sie sei unfähig, für sich selbst zu entscheiden? Mary Ann würde darauf bestehen, selbst ihre Aussage zu machen.«

Tierney sah sie eindringlich an. »Sie bieten einen Deal an. Wenn wir auf eine Aussage verzichten, dann verzichtet auch sie.«

»Ja. Ehe wir alle einen Punkt erreichen, von dem aus es kein Zurück mehr gibt.«

Tierney verfiel in Schweigen. Sarah versuchte, sich die widerstreitenden Personen in ihm vorzustellen: der fürsorgliche Vater; der besorgte Ehemann; der Moralphilosoph, der das Leben seines Enkels retten wollte; der Anwalt, der seine Chancen ausrechnen musste. Der Konflikt war für Sarah so greifbar wie die Festigkeit seiner Prinzipien. »Margaret wird nicht aussagen«, sagte er schließlich. »Ich dagegen schon. Ich muss sogar.

Sie meinen, ich spreche gegen meine Tochter. Für mich ist es die letzte Möglichkeit, zu ihr zu sprechen, an dem einzigen Ort, an dem sie mir noch zuhört.«

Die Traurigkeit dieses Eingeständnisses brachte Sarah zum Schweigen. Aber egal, was Martin Tierney sagte oder tat, es steckte immer etwas dahinter – der Entschluss, selbst in den Zeugenstand zu treten und dies nicht seiner Frau zu überlassen, war auch die kalkulierte Entscheidung eines cleveren Gegners. »Was hält mich davon ab«, erwiderte Sarah, »Margaret als Gegenzeugin aufzurufen? Ich an Ihrer Stelle würde mir um beide Sorgen machen – um Ihre Tochter und Ihre Frau.«

Tierneys Lächeln war ein Hinweis auf seinen Zorn. »Ich habe mir schon gedacht, Sie könnten damit drohen. Oder es sogar tun, um einen Keil zwischen uns zu treiben – worauf Sie ohnehin von Anfang an gehofft haben.« Er hatte sich erhoben. »Sie sprechen von Wahlmöglichkeiten. Diese Wahl ist Ihnen überlassen, und Ihrem Gewissen.«

Sarah stand ebenfalls auf. »Es tut mir Leid«, sagte sie. »Mehr als Sie sich denken können.«

Tierney ließ die vieldeutige Bemerkung im Raum stehen und nickte. »In gewisser Hinsicht glaube ich Ihnen sogar.«

Dann wandte er sich um und verließ sie.

27

Als Martin Tierney in den Zeugenstand trat, blickte er zuerst seine Frau an.

Dieser kurze Moment veranlasste Sarah, über ihre eigenen Eltern nachzudenken. Sie konnten sie, Sarah, noch so sehr lieben. Zwischen beiden existierte ein grundlegendes Einverständnis, eine beiderseitige Zuneigung und Toleranz für die Schwächen des anderen, Geheimnisse, die Sarah nie teilen konnte. Als die Augen der Tierneys einander begegneten, spürte Sarah die enge Verbundenheit, die Frucht von zwanzig Jahren. Aber Margarets nachdenklicher Blick in Richtung Mary Ann war erfüllt von Sorge.

Das Mädchen saß neben Sarah, still und angespannt. Als Mary Ann ihren Vater ansah, spürte Sarah, dass etwas in ihr zerbrochen war. Das Gefühl, bedingungslos geliebt zu werden, war für immer dahin: Mit der Zeit würde Mary Ann das Dilemma ihrer Eltern verstehen, aber im Grunde ihres Herzens würde sie sich immer verraten fühlen. Als ob er das spüren würde, wandte sich ihr Vater ab.

Barry Saunders' Befragung zielte zunächst darauf ab, das religiöse Weltbild Martin Tierneys aufzuzeigen.

»Wie ist Ihre Einstellung zur Todesstrafe?«, fragte er.

»Ich bin dagegen«, antwortete Tierney. »Ich glaube, das Leben wurde von Gott geschenkt, und wir haben kein Recht dazu, es zu nehmen.«

»Und dennoch haben Sie in Vietnam gedient?«

»Ja. Aber als Sanitäter, nicht in der kämpfenden Truppe.«

»Und wie ist es dazu gekommen?«

Tierney faltete die Hände. »Ich bin kein Pazifist, war aber ein entschiedener Gegner dieses Kriegs. Und als Sanitäter hatte ich die Möglichkeit, Leben zu retten, anstatt zu töten.«

Tierney, meinte Sarah, nahm für sich lediglich in Anspruch, dass seine Überzeugungen jenseits aller Beliebigkeit tief verwurzelt waren. »Und Ihre Frau teilt diese Überzeugungen?«, fragte Saunders.

»Lange bevor wir uns kennen lernten.« Tierney lächelte seiner Frau flüchtig zu. »Zusammen wollten wir die Todesstrafe ausrotten. So wie es aussieht, sind wir davon noch ein Stück entfernt.«

In der Ironie dieses Satzes schwang auch Trauer mit: Ihre Ideale waren in der eigenen Familie bedroht und würden dort vielleicht sogar zu Fall kommen. »Und hat auch Mary Ann daran geglaubt«, fragte Saunders, »dass Leben grundsätzlich heilig ist?«

»Seit jeher.« Tierney blieb ruhig und gefasst. »Die Vorstellung der Hilflosigkeit oder dass jemand das Leben eines anderen auslöschen könnte, schien sie tief zu berühren.«

Mary Ann starrte schweigend vor sich hin; beide, Vater und Tochter, konnten einander nicht mehr ansehen. Dass Kameras Zeugen davon wurden, erfüllte Sarah mit Abscheu.

»Wie haben Sie reagiert, als Mary Ann schwanger wurde?«

»Da waren alle möglichen Gefühle.« Tierneys Augen verengten sich, als sei er um eine ebenso vollständige wie ehrliche Antwort bemüht. »Wir waren wütend und fühlten uns hintergangen. Besonders aber empfanden wir tiefe Besorgnis um unsere Tochter. Sie war so blutjung.

Mary Ann stellte sich ein gemeinsames Leben mit dem Vater des Kindes vor. Wir wünschten uns lediglich, dass er sie anständig und mit Respekt behandelt.« Nach einem Blick zu seiner Frau fügte er ruhig hinzu: »Also haben wir mit ihm gesprochen, und mit seinen Eltern.«

Hier blickte Mary Ann auf, nicht weniger erstaunt als Sarah. »Was haben sie gesagt?«, fragte Saunders.

»Die Eltern waren so unzugänglich wie der Sohn, und er wollte nichts mehr zu tun haben mit Mary Ann. Wir haben sie in dem Glauben belassen, wir wollten ihn ausschließen.« Tierney zögerte. »In Wahrheit hat er sich geweigert, sie zu sehen.«

Mary Ann, schockiert und gedemütigt, wurde feuerrot, dann schossen ihr die Tränen in die Augen. Sarah starrte Tierney fassungslos an, während Tierney selbst sie noch immer keines Blickes würdigte.

»Auf dem Weg nach Hause«, sagte er weiter, »fühlten wir tiefstes Bedauern. Sie war in etwas hineingeraten, das sie nicht verstand – worauf wir sie schlicht und einfach nicht vorbereitet haben. Wir brachten es einfach nicht übers Herz, die Sache noch zu verschlimmern, indem wir ihr die Wahrheit gesagt hätten.«

Vielleicht, dachte Sarah, wollte Tierney mit dieser Enthüllung seiner Tochter lediglich sagen, wie sehr er sie liebte; wenn das der Fall war, dann war die offenbare Grausamkeit nur ein Hinweis darauf, wie weit Tierney vom Weg abgekommen war.

»Hat sie jemals von Abtreibung gesprochen?«, fragte Saunders.

»Niemals«, antwortete Tierney. »Mary Ann hatte vielleicht ihre Fantasien diesen Jungen betreffend. Aber ihre Gründe, warum sie dieses Kind haben wollte, waren viel tiefer. Davon hat sie zu keinem Zeitpunkt gesprochen.«

Für Sarah klang das wie die Wahrheit, obwohl sie der Ansicht war, dass die Gründe für Mary Anns Schweigen ganz andere waren. »Und welche Auswirkungen«, fragte Saunders, »hatte dann das Sonogramm?«

»Wir alle waren am Boden zerstört.«

Hier schloss Margaret Tierney kurz die Augen; Sarah kritzelte die erste Notiz auf ihr Blatt – »Angst vor Unfruchtbarkeit«. Saunders ging einen Schritt näher auf Tierney zu. »Und um auf Mary Ann zu sprechen zu kommen ...«

»Sie war am Ende. Sie hat nur noch geweint. Schließlich hat sie uns gesagt, dass sie ein Baby ohne Gehirn nicht haben wolle.«

Plötzlich war Sarah klar, worauf das hinauslief. »Konnten Sie mit ihr sprechen?«, fragte Saunders.

»Nein. Ich glaube, der Schock war einfach zu groß.« Tierneys Stimme wurde immer nachdenklicher; Sarah hatte den Eindruck, seine tief empfundenen Worte waren doch geprobt. »Dies war das erste Mal, dass Mary Ann in ihrer Sorge um unschuldiges Leben schwankte. Das passt so wenig zu ihr, dass sie heute wie ein anderer Mensch wirkt. Ich habe Angst davor, dass sie das Kind abtreiben lässt und dann erst einsieht, was sie getan hat.«

Auch Saunders wirkte besorgt. »Wie lange hat es gedauert, nach dem Sonogramm, bis Ms. Dash diesen Prozess angestrebt hat?«

»Drei Wochen.«

»Und hat in diesen drei Wochen Mary Ann jemals von ihrer Angst vor einer etwaigen Unfruchtbarkeit gesprochen?«

»Nein.« Tierneys Stimme klang melancholisch. »Niemals.«

Damit hatte Tierneys Aussage ihr Ziel erreicht: Mary Ann tötete ihr Kind nicht aus Angst vor Unfruchtbarkeit, sondern weil sie kein behindertes Kind haben wollte – ein Fall von Euthanasie. »Und welchen Schluss legt das für Sie nahe?«

»Dass unsere Tochter nach einem plausiblen Grund sucht. Dass zu viel auf sie eingestürzt ist, als dass sie es verarbeiten könnte.« Nun wandte sich Tierney anklagend an Sarah. »Und dass sie benutzt wird von anderen, deren Überzeugungen sie im Grunde ihres Herzens nicht teilt, und die nie verstehen werden, was sie ihr eigentlich antun.«

»Ist das der Grund, warum Sie eingeschritten sind?«, fragte Saunders.

»Uns blieb keine Wahl. In welcher Welt leben wir denn, wenn Eltern ein moralisches Übel ignorieren, dem nur sie Einhalt gebieten können?« Wieder senkte Tierney seine Stimme. »Aber Prinzipien ohne Liebe sind in einem derartigen Fall kaum ein Trost. Wir lieben unsere Tochter über alles und wir kennen sie. Und so wissen wir, dass tief in ihrer Seele ihr Kind immer als schützenswert gilt. Und dass eine Abtreibung sie für alle Zeiten traumatisieren wird.

Aber es geht nicht nur um ein Leben. Es geht um das Leben, das in großer Zahl geopfert wird, sollte sie dieses Gesetz tatsächlich zu Fall bringen.«

Zuletzt fasste Martin Tierney seine Tochter ins Auge. »Dieser Prozess ist schuld daran, dass Mary Ann nie mehr ein Privatleben haben wird. Und – sollte Ms. Dash daran festhalten –, wird Mary Ann die Last eines jeden ermordeten Kindes zu tragen haben, worunter sie verzweifeln wird.«

Schockiert und wütend spürte Sarah jedes einzelne Wort auf Mary Ann niederprasseln. Als sie sich umwandte, sah sie, wie bei dem Versuch, die Tränen zu unterdrücken, die Unterlippe des Mädchens zitterte.

Ihr Vater starrte sie an, um dann Patrick Leary anzusprechen. »Es sei denn, Sie schieben dem einen Riegel vor«, schloss Tierney.

»Darum bitte ich Sie, Euer Ehren, als ein Vater, der seine Tochter mehr liebt als das eigene Leben.«

28

Als Sarah auf Martin Tierney zuging, hatte sie nur mehr das Bedürfnis, ihn auseinanderzunehmen. Tierney betrachtete sie mit kalter Verachtung.

»Was für eine Rede«, sagte sie. »Das Alte Testament ist nichts im Vergleich. Beginnen wir also mit einem Sündenregister.«

Tierney wartete ab, schweigend. »Was halten Sie von Empfängnisverhütung?«, fragte sie.

»Nichts.«

»Weil es eine Sünde ist?«

Einen Moment lang wirkte Tierney verärgert, gewann aber dann die Fassung wieder. »Weil das Leben ein Geschenk Gottes ist.«

»Und deshalb ist es auch eine Sünde, zu verhüten«, insistierte Sarah.

Tierney zog am Revers seines Mantels. »Ich meine einfach, es ist falsch.«

»Es wäre also auch falsch gewesen, mit Ihrer Tochter über Empfängnisverhütung zu sprechen.«

»Ja.«

»Ist sie selbst auch gegen Verhütung?«

Tierney zögerte. »Davon bin ich immer ausgegangen.«

»Kam sie zu dieser Überzeugung, als sie zehn war?«

»Das weiß ich nicht ...«

»Oder fünfzehn?«

Tierney richtete sich auf. »Ich kann kein exaktes Jahr benennen, Ms. Dash. Je älter man wird, desto tiefer begründet sind natürlich die Überzeugungen, die man hat ...«

»Vielleicht sind auch die Chancen größer, sie zu ändern?«

Tierney lächelte reserviert. »Ich hoffe doch, die Maßstäbe für Recht und Unrecht sind weniger elastisch.«

»Etwa so, wie jemand über Abtreibung denkt?«

»Ja.«

Sarah neigte den Kopf zur Seite. »Berechtigen Ihrer Meinung nach Vergewaltigung oder Inzest zu einer Abtreibung?«

»Nein, ein Fötus stellt in jedem Fall menschliches Leben dar.«

»Ist das auch Mary Anns Meinung?«

Tierney sah seine Frau an. »Davon bin ich ausgegangen.«

Sarah zog die Augenbrauen hoch. »Wirklich? Wann ist sie zu dieser Überzeugung gekommen?«

Tierney faltete die Hände. »Ich kann Ihnen keine Stunde nennen, Ms. Dash, oder einen Tag.«

»Oder ein Jahr?«

»Nein.«

»Sie wissen also nicht, ob Ihre Tochter mit sieben Jahren der Meinung war, Inzest würde keine Abtreibung rechtfertigen?«

»Einspruch!«, rief Saunders. »Hier geht es nur darum, den Zeugen zu schikanieren.«

Sarah erhob eine Hand und ließ Martin Tierney nicht aus den Augen. »Ist Mary Ann auch gegen die Todesstrafe?«, fragte sie.

Wieder hielt Tierney inne, um seinen Mantel glatt zu streichen. »Vehement.«

»Woher wissen Sie das?«

»Weil ich ihr Vater bin«, antwortete Tierney müde. »Ich habe mit ihr darüber gesprochen und ihre Aufsätze zu dem Thema gelesen …«

»Gelesen oder geschrieben?«

»Einspruch!«, rief Saunders.

»Der Einspruch ist gerechtfertigt«, sagte Leary prompt. »Ich bitte Sie um mehr Respekt Professor Tierney gegenüber.«

Den Respekt, den er Mary Ann gezollt hat, wollte Sarah hinzufügen. »Mary Ann hat an Mahnwachen vor San Quentin teilgenommen«, sagte sie zu Tierney. »Wann hat das begonnen?«

»Sie war elf, glaube ich.«

»Geschah das auf Mary Anns ausdrücklichen Wunsch?«

Dieses Mal sah Tierney seine Tochter an. »Margaret und ich haben sie dorthin mitgenommen. Wir waren der Meinung, das würde ihre Moralvorstellungen bilden.«

»Sie nahm also nicht freiwillig an den Mahnwachen teil?«

Tierney runzelte die Stirn. »Wenn ein Kind etwas lernen soll«, antwortete er, »müssen die Eltern lehren. Und Mary Ann war durchaus lernwillig.«

»Schließt in Ihren Augen die richtige Moralerziehung ein Bekenntnis zur Gewaltlosigkeit ein?«

Tierney hielt inne; Sarah vermutete, er frage sich, ob sie seine Schriften gelesen habe. »Ja. Mit wenigen Ausnahmen.«

»Dann gestatten Sie mir eine philosophische Frage. Wenn wir nun das Jahr 1940 hätten, und Sie könnten Hitler beseitigen – würden Sie es tun?«

Tierney sah sie unverwandt an. »Nein«, antwortete er. »So wie ich auch keinen Abtreibungsarzt ermorden würde, trotz meiner Überzeugung, dass das, was er tut, Mord ist. Ich glaube nämlich auch an passiven Widerstand, wie er von Gandhi und Martin Luther King praktiziert wurde.«

»Ich würde mich nicht mit Ihnen streiten, Professor, ob man mit Sit-ins den Holocaust hätte verhindern können. Aber ich stelle fest, dass Ihre Überzeugungen ungewöhnlich starr und rigoros sind. Wann sind Sie dazu gekommen?«

Seiner Mimik nach zu urteilen, wusste Tierney, wohin das führen konnte. »Es begann auf dem College«, antwortete er schließlich. »Und wurde durch die spätere Lektüre theologischer und philosophischer Werke vertieft.«

»Sie sind also nicht im Alter von zehn oder fünfzehn Jahren zu dieser Überzeugung gekommen?«

»Nein.«

»Man darf also mit Recht folgern, Professor, dass Ihr moralisches Weltbild auf Reife, Bildung und persönlicher Erfahrung beruht?«

Tierney verschränkte die Arme. »In meinem Fall ja«, antwortete er. »Aber das ist nicht der einzige Weg …«

»Ist es nicht denkbar«, unterbrach Sarah, »dass Mary Ann angesichts dieser tragischen Situation ihre Überzeugung ausgebildet hat als Ergebnis von Reife, Bildung und persönlicher Erfahrung?«

»Eine vorübergehende Überzeugung …«

»Besonders«, fuhr Sarah fort, »weil sie fünfzehn ist und nicht elf; weil sie Anschauungen kennen gelernt hat, die sich von Ihren unterscheiden; und weil sie mit der Erfahrung konfrontiert ist, ein missgebildetes Kind im Bauch zu haben.«

Tierney erstarrte. »Wie ich versucht habe, darzustellen, Ms. Dash, bilden die Menschen ihre Überzeugungen auf unterschiedliche Weise aus. Ich war als Jugendlicher auf mich gestellt. Aber wir haben Mary Ann geholfen, ihre Überzeugungen von früh an auszubilden. Ihre jetzige Verwirrung ist nicht von Dauer ...«

»Tatsächlich? Warum, Professor Tierney, sollte ein möglicher Verlust der Gebärfähigkeit mit fünfzehn weniger prägend sein als Mahnwachen mit elf?«

Tierney errötete. »Diese Erfahrung ist von zu vielen Emotionen entstellt ...«

»Anders als Ihre Vietnam-Erfahrungen? Haben Sie nicht vielmehr Probleme damit, dass Mary Ann mittlerweile eigene Anschauungen entwickelt?«

»Keineswegs«, erwiderte Tierney schroff. »Ihre Mutter und ich wollen nur das Beste für sie ...«

»Indem Sie vor den Augen der TV-Nation einen Fluch gegen sie ausstoßen – dass nämlich Ihre fünfzehnjährige Tochter ›die Last eines jeden ermordeten Kindes zu tragen haben‹ wird? Machen Sie sich nicht viel mehr Gedanken um Ihr eigenes Trauma als um das Mary Anns?«

»Das ist nicht wahr.«

»Wirklich?«, sagte Sarah zornig. »Ist nicht dieser gesamte Prozess ein überdeutlicher Fall elterlicher Projektion?«

Tierney zwang sich zu einem Schluck Wasser. »Das ist er nicht«, antwortete er demonstrativ ruhig. »Ihre Unterstellung, ich hätte diesen Prozess nur aus Eigennutz geführt, ist eine Beleidigung. Es ist eine Beleidigung, Ms. Dash, dass Fanatiker wie Sie ein liebendes Elternpaar diffamieren können, nur weil diese zufällig eine andere Meinung vertreten als sie.«

Sarah starrte ihn an; dann griff sie zu ihrer nächsten Waffe. »Wollten Sie und Mrs. Tierney ursprünglich mehr Kinder?«

Sarah erschienen Tierneys Augen wie Eissplitter. »Einspruch!«, rief Saunders. »Von welcher möglichen Relevanz soll diese Frage sein?«

»Oh«, sagte Sarah zu Leary, »Professor Tierney weiß Bescheid. Wenn Sie ihm gestatten, die Frage zu beantworten, wird die Relevanz schnell klar werden.«

Leary schien Tierneys Gesichtsausdruck zu studieren. »Sie können antworten, Professor Tierney.«

»Ja, das wollten wir.«

»Warum haben Sie dann nur Mary Ann?«

»Weil Margaret keine Kinder mehr bekommen konnte.«

»Sie meinen, weil ein klassischer Kaiserschnitt an ihr vorgenommen wurde?«

Schweigend sah Tierney zu seiner Frau. »Hat man Ihrer Frau nicht gesagt, dass eine weitere Geburt nach diesem Kaiserschnitt eine Gefahr für ihre Gesundheit darstellen würde?«

Tierney nickte. »Ja«, antwortete er. »Aber die medizinische Situation war eine andere.«

»Wirklich?« Sarah stützte die Hände in die Hüften. »Wusste Mary Ann, dass sie eine Kaiserschnittgeburt war?«

»Natürlich wusste sie das.«

»Wusste sie auch, dass man ihrer Mutter von weiteren Kindern abgeraten hatte?«

»Ja.«

»Das muss schmerzlich gewesen sein für Ihre Frau.«

»Ja, das war es.«

Sarah wartete einen Moment. »Und wie war es für Sie, Professor?«

Einen Moment lang wirkte Tierney verärgert, als hätte seine Tochter sein Privatleben verraten. Dann antwortete er gelassen: »Es war schmerzlich für uns beide.«

»Aber Sie haben mit Nachdruck darauf hingewiesen, Mary Ann fürchte sich vor einem missgebildeten Kind, wohingegen Sie Unfruchtbarkeit als Grund für eine Abtreibung nie erwähnt haben.« Sarah schüttelte verwundert den Kopf. »Dabei war es völlig unnötig, dass Mary Ann mit Ihnen über ihre eigene Furcht vor möglicher Unfruchtbarkeit spricht.«

»Es gab nichts, was sie daran gehindert hätte ...«

»Tatsächlich«, fuhr Sarah fort, »wusste sie von dem Moment an, als sie und ihre Mutter das Sonogramm gesehen haben, dass ihre Mutter sich gleichfalls Sorgen um sie macht. Und sie wusste auch, wie schwer es Ihnen fiel, keine weiteren Kinder mehr zu bekommen.«

Tierney sah zu Mary Ann. »Wir beide haben unser Bestes getan, sie nicht damit zu belasten«, antwortete er.

»Und dennoch haben Sie beide Ihre Tochter gezwungen, ein Baby mit einem Wasserkopf auszutragen. Trotz des Risikos der Unfruchtbarkeit.«

Tierney verschränkte die Arme. »Es gibt Zeiten«, sagte er knapp, »da ist das, was moralisch richtig ist, schwer zu ertragen.«

Sarah starrte ihn ungläubig an. »Hatte Mary Ann nicht einen zwingenden Grund – ihre Angst davor, die traurige Erfahrung der Mutter selbst durchzumachen –, zu einer anderen Entscheidung zu kommen?«

»Sie hat sich kein einziges Mal darauf berufen ...«

»Warum sollte sie? Sie hatte gesehen, welch eine aufwühlende Erfahrung der Anblick des Sonogramms für ihre Mutter war. Und Mary Ann würde, anders als ihre Mutter, nicht einmal ein gesundes Kind bekommen.« Sarah wartete, um dann eindringlich fortzufahren. »Sie wusste von alledem, und dennoch haben Sie beide darauf bestanden, dass sie dieses Kind austrägt. Es war also sinnlos, mit Ihnen über Unfruchtbarkeit zu sprechen, oder?«

Tierney faltete die Hände vor sich. »Wenn Sie meinen, wir hätten nicht gelitten als Eltern, dann täuschen Sie sich gewaltig. Als Eltern liegt uns ihr Wohlergehen am Herzen, weshalb wir langfristige psychische Schäden gegen eine eher vorübergehende Belastung abwägen. Das schließt die schwere Aufgabe mit ein, an einer Grundüberzeugung vom Wert des Lebens festzuhalten, die Mary Ann immer geteilt hat. Und wir sind zuversichtlich, dass sich daran nichts geändert hat.«

»Zuversichtlich«, wiederholte Sarah. »Dabei lebt Mary Ann nicht einmal mehr bei Ihnen.«

»Nur für die Dauer des Prozesses ...«

»Dabei hat Ihr Experte, Dr. Gersten, zu Protokoll gegeben, ein wichtiges Ziel dieses Gesetzes bestehe darin, die Verbundenheit innerhalb der Familie zu fördern«

Tierneys Miene verfinsterte sich. »Gersten meinte damit ›auf lange Sicht‹. Nicht die letzten elf Tage …«

»Stimmt es etwa nicht«, unterbrach Sarah, »dass Ihre Entscheidung, sich auf dieses Gesetz zu berufen, Ihre Familie zerstört?«

Tierney erhob sich halb vom Zeugenstuhl. »Meine Entscheidung?«, fragte er. »Sie haben diesen Prozess doch angestrebt.«

»Es ist nicht mein Prozess«, sagte Sarah barsch, »sondern Mary Anns. Höchste Zeit, ihr zugute zu halten, dass sie ihre Sache in die Hand nimmt.«

Hier waren Tierneys Anstrengungen, die Kontrolle über sich zu bewahren, so überdeutlich, dass Patrick Leary ihn anstarrte. »Eines Tages«, sagte er zu Sarah, »sind Sie vielleicht selbst Mutter. Dann dürfen Sie sich bei mir entschuldigen.«

»Wofür?«, konterte Sarah. »Weil nur reife und liebende Eltern ihrem Kind ein Risiko zumuten, unter dessen Folgen sie selbst so sehr gelitten haben?«

Tierney betrachtete sie eine ganze Weile. »Nein«, sagte er schließlich, »weil Sie einsehen werden, dass Elternschaft nicht mit Nachgiebigkeit gleichzusetzen ist, und Liebe sehr viel komplexer ist, als nur das Recht des Kindes zu respektieren. Dann werden Sie vielleicht auch verstehen – trotz allem –, warum wir wieder eine glückliche Familie sind.«

Sarah war am Ende ihrer Kräfte. Vieles, davon war sie überzeugt, hatte er noch nicht begriffen; darunter die Wahrscheinlichkeit, dass er soeben seine Tochter dazu gezwungen hatte, als Zeugin auszusagen. »Ich hoffe, Sie haben Recht«, antwortete sie. »Wer sich aber entschuldigen muss, glaube ich, sind Sie selbst, und zwar bei Mary Ann.«

29

»Ich kann nur hoffen, dieses Mädchen verzichtet auf eine Aussage«, sagte Vic Coletti. »Die Lage wird zusehends kritischer.«

Der Senior-Senator aus Connecticut – und ranghöchster Demokrat im Justizausschuss – saß mit Kerry Kilcannon im Oval Office. Es war nach sieben Uhr, die Fenster waren dunkel, und alle offiziellen Termine des Präsidenten abgearbeitet. Wie oft in seiner Freizeit, beschäftigte er sich mit der Masters-Nominierung.

»Von der Tragik ganz zu schweigen«, antwortete Kerry. »Dieser Prozess legt die Frage nahe, ob unsere Freunde im Kongress wussten, was sie anrichten.«

»Die Frage erübrigt sich«, sagte Coletti. »Gage zumindest wusste, was er tat – Christian Commitment die Gegenleistung für ihre Zahlungen zu liefern und ein Thema aufzuwerfen, das die Leute interessiert.«

Colettis Sicht der Dinge zeugte wie immer von Klugheit und Pragmatismus. Die Politik war sein Ein und Alles, und sein Ehrgeiz nahm zuweilen komische Züge an. Clayton Slade pflegte zu sagen, Vic würde noch bei seiner eigenen Beerdigung aus dem Sarg schnellen, um seine Bereitschaft zur Wiederwahl zu verkünden. Aber Colettis Überzeugung, dass die Politik ohnehin ein schmutziges Geschäft sei, machte ihn zu einer wertvollen Quelle sonst nicht verfügbarer Informationen.

»Welche politischen Auswirkungen hat der Fall Tierney?«, fragte Kerry.

»Die größte Gefahr ist das Fernsehen, Mr. President. Mit jedem Tag, den dieser Prozess dauert, verstärkt sich der Druck auf Caroline Masters. Sie wissen schon: ›Werden Sie als Oberste Bundesrichterin für die Familie eintreten oder für das Verstümmeln von Babys?‹ oder ›Kann eine Oberste Bundesrichterin ohne eigene Familie das Wohl unserer Familie im Auge haben?‹ Für unsere Sache ist dieser Prozess schlichtweg verheerend.«

Es war ernüchternd, dachte Kerry, in welch hohem Maße der Präsident nicht von sorgfältiger Planung abhängig war, sondern davon, mit dem Unvorhersehbaren fertig zu werden. »Clayton hat eine Umfrage gestartet«, sagte er. »Die Unterstützung für Mary Ann Tierney liegt bei vierzig Prozent.«

Coletti brachte seine Skepsis mit einem Schnauben zum Ausdruck. »Und der Rest ist dafür, dass sie mit einem roten A gebrandmarkt wird – für ›Abtreibung‹. Aber das eigentliche Problem ist Geld. Christian Commitment verschickt seit gestern Broschüren mit Fotos von ihr und dieser anderen Teenie-Mutter, Marlene Brown, in welchen sie um finanzielle Unterstützung bitten. Das bedeutet eine Flut von TV-Spots bei der nächsten Kongresswahl – vorausgesetzt, Gage tanzt weiterhin nach ihrer Pfeife.«

»Er wird also versuchen«, sagte Kerry, »die Anhörungen im Senat hinauszuzögern.«

»Genau. Er geht davon aus, dass der komplette Prozessverlauf im Fall Tierney – Learys Entscheidung, der Gang zu Masters' Berufungsgericht, dann vielleicht zum Obersten Bundesgericht – sich gegen eine zügige Bestätigung von Masters verwenden lässt. Das kann alles rechtfertigen bis hin zu einer regelrechten Hexenjagd, und Sie können kaum etwas dagegen unternehmen.«

»Außer mich auf Chad Palmer zu verlassen.«

Coletti rollte die Augen. »Ein schöner Trost. Wenn man bedenkt, dass Palmer es darauf anlegt, Ihnen den Platz hier streitig zu machen.«

Kerry überlegte sich die Antwort gut. Coletti war der einzige Demokrat in Palmers Ausschuss, der über Masters' persönliches Geheimnis und über Palmers Rolle Bescheid wusste. Aber Coletti konnte über Chads Motive mutmaßen so viel er wollte – Details der Gespräche mit Chad hatte Kerry niemandem anvertraut und schon gar nicht, dass Chad meinte, Caroline als Oberste Bundesrichterin könnte ihm in seiner Rivalität mit Gage dienlich sein. »So lange ich Chad kenne, hat er sein Wort noch nie gebrochen«, sagte Kerry schlicht und einfach.

Hier lächelte Coletti. »Sie meinen nicht, unser Held rechnet damit, Masters könnte sein Wahlkampf-Reformgesetz unterstützen und damit Gage den Geldhahn abdrehen?«

Nein, dachte Kerry, *Vic Coletti ist beileibe kein Narr*. Mit einem Achselzucken erwiderte er: »Ich habe keine Ahnung, was in Chads Kopf vor sich geht.«

»Es wäre zumindest eine Erklärung für die gestrige Sitzung.«

»Sie waren eingeladen?«

Coletti lachte beinahe kindisch vergnügt. »Nein, aber ich habe Freunde.«

Kate Jarman, vermutete Kerry. Es war ein offenes Geheimnis, dass die Senatorin aus Vermont Mac Gage nicht mochte und dass sie und Coletti gelegentlich ihr Stimmverhalten änderten. »Daran habe ich nie gezweifelt«, sagte Kerry scherzhaft. »Was also haben Ihnen Ihre Vertrauten unter den Republikanern anvertraut?«

»Gage hat versucht, Palmer die Daumenschrauben anzulegen, ihn zu einer Verschiebung der Anhörungen zu bewegen. Bis jetzt beißt er damit auf Granit.«

Die Worte »bis jetzt« sprach er entschieden reserviert aus. »Aber?«, fragte Kerry.

»Chad ist in einer schlimmeren Lage als Sie. Als Ausschuss-Vorsitzender steht er mitten in der Schusslinie, und der Fall Tierney setzt ihn zunehmend unter Druck. Insbesondere die Abtreibungsgegner in seiner eigenen Partei drängen auf eine Verschiebung der Anhörung. Und bevor Chad Sie als Präsident besiegt, muss er seinen Rivalen Gage besiegen. Wenn der rechte Flügel sich auf ihn einschießt, kann er die Sache vergessen.«

Kerry zuckte wieder mit den Schultern. »Chad hat Rückendeckung, Vic. Er war immer Pro-Life, ohne Wenn und Aber.«

»Sicher. Aber ist er wirklich mit ganzer Seele dabei? Verfolgen ihn die Ungeborenen bis in seine Träume? Schon wegen der Kohle hat er es sich mit Christian Commitment verscherzt. Stellen Sie sich darauf ein, Mr. President, als Chad Ihnen seine Hilfe zugesichert hat, hat er nicht mit Mary Ann Tierney gerechnet. Oder dass ausgerechnet Masters' ehemalige Mitarbeiterin die Anwältin dieser Kleinen sein würde.«

»Wirklich nicht sehr hilfreich«, gestand Kerry ein. »Deshalb kommt es gerade auf die Männer der Mitte unter den Republikanern an.«

Coletti spitzte die Lippen. »Da bewegen Sie sich auf schwankendem Boden.«

Kerry lächelte. »Sie wissen nicht zufällig, wo Ihre Vertraute Kate Jarman steht?«

Coletti zog die Augenbrauen hoch, als hätte er kapiert, dass auch Kerry Kilcannon kein Narr war. »Kate? Sie hat keinen Standpunkt, Mr. President – sie und der Rest sind auf Tauchstation, warten ab, was Gage und Palmer tun.«

Kerry dachte darüber nach. »Ich verlasse mich auf Chad«, antwortete er. »Aber unterstützen Sie ihn, so gut Sie können.«

»Ich hoffe, ich störe nicht beim Abendessen«, sagte Kerry.

Chad Palmer lachte am Telefon. »Natürlich störst du – es ist normale Essenszeit. Allie gibt dir genau fünf Minuten.«

»Dann werde ich schnell machen. Wie ich höre, versucht Gage, Caroline Masters etwas anzuhängen.«

Chad ließ einen Moment verstreichen, ehe er ätzend sagte: »Nur Masters? Neulich hat dieser Raketenspezialist Paul Harshman behauptet, du würdest mit ihr ins Bett gehen.«

Kerry lachte bitter. »Sag Harshman, sie ist zu groß – aus dem Grund verlege ich sie ins Oberste Bundesgericht.« Dann fügte er hinzu: »Machst du dir je Gedanken über deine Mannschaftskameraden, Chad?«

»Ständig. Aber solange Harshman hinter ihnen her ist und nicht hinter unserem Geheimnis, kann ich damit leben.« Er hielt einen Moment inne. »Ich vermute, du fragst dich, ob ich die Anhörungen verschiebe?«

Kerry tat so, als sei er überrascht. »Tatsächlich?«

»Ich hab dich gewarnt«, antwortete Chad schneidend. »Du hast noch vier Minuten und vergeudest sie.«

Einmal mehr fühlte sich Kerry daran erinnert, wie sehr Chad es hasste, wenn jemand sein Wort anzweifelte. »Es geht nicht um dein Ehrenwort, sondern darum, ob du deine Leute unter Kontrolle hast. Gage macht ihnen sicher die Hölle heiß – dich mit inbegriffen, Chad.«

Diese Bemerkung zielte nicht auf Chads Ehre, wusste Kerry,

sondern auf seinen Stolz. Gelassener antwortete Chad: »Ich habe die Stimmen durchgezählt und bin mir sicher, Coletti hat seine acht Leute hinter sich, und ich habe mindestens die Hälfte von zehn auf meiner Seite. Wenn wir die Masters-Anhörung vorrangig behandeln, dann kostet dich das höchstens eine Woche.«

Kerry rechnete kurz den Prozessverlauf durch. »Bestens.«

»Das habe ich mir gedacht. Aber hab bitte Verständnis dafür, wenn ich in der nächsten Zeit nicht mit dir gesehen werden möchte. Und es muss auch niemand wissen, wie oft wir telefonieren.«

Die neuerliche Schärfe in seiner Stimme war ein Verweis auf den Druck, unter dem er stand. »Das ist mir klar«, antwortete Kerry.

»Aber vergiss nicht zu schlafen.« Chads Tonfall kippte ins Ironische. »Mac Gage hat Recht, Mr. President. Du warst mir immer am nächsten.«

30

Als Sarah nach Hause kam, standen Demonstranten mit Kerzen vor ihrem Apartment-Gebäude. Die Flammen flackerten wie Glühwürmchen im Dunkel. Durch die Windschutzscheibe sah sie nach oben und erblickte Mary Ann im Fenster ihres Apartments im ersten Stock.

Babykiller ...

Skandierten die Demonstranten. Als Sarah an der Einfahrt in die Tiefgarage anhielt, umkreisten sie ihr Auto.

Babykiller ...

Gegen das Fenster an der Fahrerseite presste sich ein Gesicht – der Mann von der Klinik, dachte sie. Als die Garagentür hochfuhr, legten sich Sarah drei Mädchen in den Weg.

Babykiller ...

Der Mund des Mannes begann Worte zu formen. Überall um sie herum flackerten Kerzen, wodurch die Gesichter der Umstehenden verzerrt wurden. Über diesen Menschen konnte Sarah Mary Ann sehen, die Handflächen gegen die Fensterscheibe gepresst.

Babykiller ...

Sarah griff nach dem Autotelefon, um die Polizei zu rufen. Die Menschen links und rechts begannen, ihren Honda zu schaukeln.

Babykiller ...

Ihre Stimme mit Mühe unter Kontrolle haltend, sagte sie dem Mann von der Zentrale, wo sie sich befand. Dann drehte sie die Stereoanlage so weit auf, dass die Carlos-Santana-CD die Rufe draußen übertönte und ihr Trommelfell vibrieren ließ. Das Auto schien in einem schwerfälligen Rhythmus zusammen mit der Musik zu schaukeln, die offenen Münder und verzerrten Gesichter der Menschen wirkten wie ein unheimliches Trugbild. Rotlicht zuckte in Streifen über die Gesichter, und dann durchdrangen gellende Polizeisirenen das Dröhnen des Basses.

Als Sarah sich umdrehte, stellte sie erleichtert fest, es hielten zwei Streifenwagen hinter ihr, dann ein dritter, dann ein Transporter. Sarah atmete auf.

Die Gesichter entfernten sich nach und nach. Sieben Polizisten begannen die steifen Körper, die ihr den Weg versperrten, wegzutragen. Sarah schaltete die Anlage ab.

Der Mann mit den dunklen Augen starrte noch immer ins Wageninnere, wobei durch seinen Atem die Scheibe beschlug. Ein Polizist zog ihn zurück, das Gesicht verschwand.

Zitternd lenkte Sarah das Auto in die Garage.

»Berühmt zu sein ist die Hölle«, sagte Sarah.

Wein trank sie in der Regel nur in Maßen und so gut wie gar keinen, wenn sie in einem Verfahren stand. An diesem Abend hatte sie sich, ehe sie sich auf die Couch fallen ließ, ein großzügig eingeschenktes Glas Cabernet Sauvignon bereitgestellt.

Mary Ann, die ihr gegenüber saß, starrte auf ihren Bauch. Von unten herauf drangen geisterhaft die Sprechchöre gegen das dunkle Fenster.

Babykiller ...

»Hatten Sie Angst?«, fragte das Mädchen.

Sarah schlürfte ihren Wein. »Allerdings. Und die Angst wird noch eine Weile anhalten.«

Sie sagte Mary Ann nichts von dem Telefonanruf ihrer Mutter, in dem sie Sarah gebeten hatte, vorsichtig zu sein, oder dass ihre Mutter zugegeben hatte, Drohanrufe erhalten zu haben. Der Anrufer hatte Sarah im Fernsehen gesehen, ließ er sie wissen, und er machte die Eltern für das Schicksal von Mary Anns Baby verantwortlich. Seine Stimme hatte unnatürlich ruhig geklungen.

Nachdem es ihr gelungen war, die Mutter zu beruhigen, hatte Sarah einen privaten Sicherheitsdienst angerufen. Sie konnte nicht wieder vor Gericht erscheinen, ohne zu wissen, dass sie in Sicherheit waren.

Babykiller ...

»Es tut mir Leid«, sagte Mary Ann. »Ich hätte nie geglaubt ...«

»Wie solltest du auch? Für mich wäre das ohnehin kein Hindernis gewesen.«

Sarah hoffte, dass dies auch der Wahrheit entsprach. Mary Ann zumindest schien es zu glauben, und ihre blauen Augen leuchteten vor Dankbarkeit.

»Ohne Sie«, sagte sie, »wäre ich verloren.«

»Verloren wärst du keineswegs«, erwiderte Sarah. »Vielleicht wärst du zu Hause. Vielleicht wäre dir erspart geblieben, was dein Vater heute durchgemacht hat.«

Mary Ann rieb sich mit Daumen und Zeigefinger einer Hand über die Schläfen. Nach einer Weile sagte sie: »Ich glaube, ich muss aussagen.«

Sarah trank ihr Glas leer; sie fühlte sich schlapp, träge. Die Sprechchöre hielten unverändert an.

Babykiller ...

»Wie wär's mit etwas Frischluft?«, fragte sie.

Die Dachterrasse lag sechs Stockwerke weiter oben. Von der Bucht wehte eine leichte Brise herüber, und die Rufe der Demonstranten waren kaum hörbar.

Sie nahmen auf windsicher festgeschraubten Plastikstühlen Platz. Zu ihrer Linken erstrahlten vereinzelt Lichter in den geräumigen Häusern – Ziegel, Holz oder Stein –, welche die sanft ansteigenden Straßen von Pacific Heights säumten. Eine halbe Meile vor ihren Augen überspannte die Golden Gate Bridge die schmale Grenzlinie zwischen dem Pazifik und dem Schwarz der San Francisco Bay; jenseits davon schimmerte das Lichtermeer in den Hügeln von Marin County. Das Dach war ein ruhiger Ort, an dem Sarah zum Denken zurückfand.

Mary Anns kaum hörbare Stimme unterbrach ihre Träumerei. »Ich kann nicht mehr zusammenleben mit ihnen.«

Der Satz schnitt Sarah ins Herz. Die Tierneys hatten ihrer Tochter schwer geschadet; hätten Sarahs Eltern ihr das jetzt und heute zugefügt – unvorstellbar für Sarah –, dann hätte sie, als Erwachsene, frei entscheiden können, dass das unverzeihlich ist. Aber Mary Ann war hilflos; sie wusste nicht wohin.

»Ich weiß, es fällt schwer, das zu glauben«, sagte Sarah. »Deshalb frage ich mich aber auch, ob du überhaupt aussagen sollst.«

»Er hat ausgesagt.« Mary Ann klang jetzt zornig. »Die große Autorität – St. Martin, der Richter, der vorschreibt, wie ein jeder zu leben hat.«

Sarah dachte über sie nach. Bei einem anderen Mädchen hätte man diese Bemerkung als typisch für einen Teenager abgetan, die Wut als vorübergehend. Nicht jedoch bei Mary Ann. Sarah vermutete, dass – weit vor ihrer Schwangerschaft – die moralische Gewissheit ihres Vaters Mary Ann zunehmend auf die Nerven gegangen war; vielleicht hatte das Sonogramm einen schon vorprogrammierten Bruch lediglich beschleunigt und vertieft.

»Was ist mit deiner Mutter?«, fragte Sarah.

Mary Ann sah weg. Ihre Wut schien sich in Bedauern aufzulösen, vielleicht sogar in Schuld.

»Was wäre, wenn ich sie als Zeugin befrage«, insistierte Sarah. »Wenn ich sie unter Druck setzen würde, würde sie ihn dann immer noch unterstützen? Angenommen, die beiden würden sich trennen …«

»Nein.«

Der unvermittelte Nachdruck, mit dem dieses Nein kam, überraschte Sarah und veranlasste sie, den Ton zu ändern. »Würde sie das nicht wollen? Oder würdest du nicht wollen, dass ich sie in den Zeugenstand rufe?«

Nun wurde auch Mary Anns Ton gelassener. »Ich glaube, sie würde nicht aussagen, Sarah. Und ich möchte nicht, dass Sie es versuchen. Ich kenne ihn – es könnte ihre Ehe ruinieren.«

Sarah war erstaunt, wie viel Gefühl und Verständnis hinter diesem schlichten Satz stand. In der Feuerprobe des Gerichtsverfahrens schien Mary Ann gewachsen zu sein. *So viel Mitleid verdient er nicht*, wollte Sarah ihr sagen – *keiner von beiden verdient das.*

Mary Ann hob die Schultern. Von der Seite her gesehen war sie zierlich, eine Silhouette, die mit dem angeschwollenen Bauch einen qualvollen Anblick bot. »Also«, sagte sie bestimmt, »ich muss einfach aussagen.«

Es gab viele Argumente, mit denen Sarah sie hätte abbringen können – dass sie ihrer Familie nur noch größeres Leid hinzufügte, dass sie gewinnen konnte, ohne selbst das Wort zu ergreifen. Einzig ihr Respekt hielt sie davon ab.

»Ja«, antwortete Sarah. »Ich meine: Du wirst aussagen.«

31

»Wollten Sie denn schwanger werden?«, fragte Sarah.

Mary Ann Tierney saß im Zeugenstand, in einem geblümten Umstandskleid, das die Rundung ihres Bauches teilweise verhüllte und damit auch, so hoffte Sarah, den verstörenden Charakter einer Spätabtreibung. Sarah sah in ihr das, was sie war – ein junges Mädchen, das, von den Ereignissen überrollt, aus seinen Teenager-Träumen herausgerissen wurde und sich nun vor aller Welt erklären sollte.

Im Gerichtssaal war es ungewöhnlich still. Martin Tierney sah seine Tochter durchdringend und doch tieftraurig an. Margaret Tierney beobachtete sie beide mit verwundeten Augen, in denen sich die Sorge um Mary Ann abzeichnete und der Schock, dass sie gegen beide aussagen würde.

»Nein.« Mary Anns Stimme war zart. »Ich hatte eher Angst davor.«

Sarah nickte ihr aufmunternd zu. Dann fragte sie: »Warum haben Sie nicht verhütet?«

Mary Ann starrte zu Boden. »Ich habe nicht gewusst, wo und wie man so etwas bekommt, und Tony hat gesagt, dass es sich nicht gut anfühlt. Als ich mit ihm zusammen war, habe ich versucht, gar nicht daran zu denken, nur an ihn.«

»Sie hätten sich an Ihren Arzt wenden können.«

Mary Ann blinzelte. »Er war ihr Freund, nicht der meine. Auch wenn es da vielleicht etwas gegeben hätte, ich hätte es nirgendwo aufbewahren können.« Mary Ann sah Sarah erschöpft an; bis in die Nacht hinein hatten sie ihre Aussage geprobt, hatten dann vergeblich versucht zu schlafen. Ihre Augen waren so geschwollen, wie Sarahs eigene sich anfühlten. »Meine Mom hat in meinem Zimmer saubergemacht«, erklärte sie zögerlich. »Ich hatte immer das Gefühl, sie schnüffelt herum, selbst in meiner Geldbörse.«

Ob das stimmte oder nicht, dachte Sarah, die Tierneys, die jeden Gedanken und jeden Schritt ihrer Tochter kontrollierten, ließen ihr wenig Freiraum; es sei denn – was bei Tony der Fall gewesen war –, sie erkämpfte sich ihre Freiheit durch Täuschung.

»Waren Sie denn der Meinung, man dürfe nicht verhüten?«, fragte Sarah.

»Ich habe nicht darüber nachgedacht. Ich wusste lediglich, dass bei uns nicht darüber gesprochen wurde.«

»Nachdem Sie erfahren haben, dass Sie im zweiten Monat schwanger sind, Mary Ann, haben Sie dann über Abtreibung gesprochen?«

»Niemals. Mein Vater sah eine Sünde darin, und auch Pater Satullo, meine Lehrer, jeder, den ich kannte ...«

»Und Ihre Mutter?«

»Sie war auch davon überzeugt.« Mary Ann blickte traurig zu Margaret Tierney. »Anfangs war es wirklich hart. Aber nach einer Weile begann sie Babysachen zu kaufen, das Gästezimmer herzurichten. Sogar ein Tagebuch hat sie gekauft. Als ich keine Lust verspürt habe, es zu benutzen, hat sie mir Fragen gestellt, in welchem Maße sich mein Körper verändert, um dann die Dinge selbst aufzuschreiben.«

Sarah hatte letzte Nacht erstmals von dieser Geschichte gehört; sie verstärkte Sarahs Eindruck von einem Mädchen, dessen Leben das Produkt der ehernen Überzeugungen ihrer Eltern und deren Wunschdenken war.

»Waren Sie innerlich bereit, Mutter zu werden?«, fragte Sarah.

»Das hat keine Rolle gespielt«, sagte Mary Ann monoton. »Ich war schwanger und ich wusste, ich würde mein Baby immer lieben.«

Die Antwort war nicht geprobt. Sie erinnerte Sarah daran, dass Martin Tierney, für wie blind sie ihn auch immer hielt, eines wusste: Diese Abtreibung würde nicht spurlos an Mary Ann vorübergehen.

»Was hat Sie zum Umdenken bewegt?«, fragte Sarah.

»Nicht nur das Sonogramm.« Mary Ann sprach noch immer leise. »Der Gesichtsausdruck meiner Mutter, als der Arzt ihr alles erklärt hat. Der Klang ihrer Stimme, als sie fragte, ob ich weitere Kinder bekommen könne. Da wusste ich – sofort und ohne nachzudenken –, dass ich auf dieses Baby verzichten sollte. Weil es sterben würde und ich vielleicht nie mehr ein neues bekommen könnte.«

»Konnten Sie das Ihren Eltern sagen?«

»Nein.« Mary Ann sah auf ihren Bauch hinunter, und Tränen stiegen ihr in die Augen. »Mir war klar, was sie meinetwegen durchgemacht haben, und es erschien mir zu selbstsüchtig, sie damit zu belasten.« Kummer und Protest verdunkelten Mary Anns Stimme. »So hat mich mein Vater genannt, als ich ihm dann doch von meiner Absicht erzählt habe – selbstsüchtig.«

Martin Tierney starrte regungslos auf den Tisch der Verteidigung, als wäre ihm diese Enthüllung peinlich. Sarah fragte ruhig: »Wenn Ihre Eltern gewusst hätten, dass Sie Angst davor hatten, unfruchtbar zu werden, hätte sie das dann umgestimmt?«

Mary Ann schüttelte den Kopf. »Jetzt wissen sie Bescheid«, antwortete sie. »Und Sie sehen ja, wo wir hier sind.«

Leary, mit dem Blick zur Kamera, die auf seine eigene Anordnung hin auf ein fünfzehnjähriges Mädchen gerichtet war, wirkte nachdenklich. Martin Tierney schien in eine grenzenlose Leere zu starren: Sarah vermutete, die Unterstellung, Mary Ann sei auf Vollkommenheit fixiert, tat ihm Leid.

»Was hat Sie dann veranlasst, sich gegen Ihre Eltern zu stellen?«, fragte sie.

»Meine Mutter. Sicher, sie hatte ihre Überzeugungen, aber manchmal war sie einfach so traurig.« Mary Ann hielt inne, wie bewegt von einer unauslöschlichen Erinnerung. »Nach dem Sonogramm fand ich sie im Gästezimmer, wie sie, mit Tränen im Gesicht, nur auf die Wiege starrte. Da war mir endgültig klar, dass ich diesen Weg gehen musste.«

Aus den Augenwinkeln heraus bemerkte Sarah, wie Margaret Tierney die Augen schloss; in ihren Gedanken flehte sie Mary Ann an, nicht hinzusehen. »Woher wussten Sie, an wen Sie sich wenden könnten?«

»Ich wusste gar nichts. Dann erinnerte ich mich, dass Pater Satullo – unser Priester – vor einer Abtreibungsklinik Gebets-Mahnwachen abhielt. Mir fiel nur ein, diese Adresse herauszusuchen.«

»Im wie vielten Monat waren Sie da?«

»Im sechsten.« Mary Anns Stimme zitterte. »Als ich dort hinging, sah ich Pater Satullo, er kniete auf dem Gehsteig ...« Sie hielt abermals inne und ihre Stimme verebbte.

»Sie sind also wieder gegangen.«

»Ja. Danach fühlte ich mich wie in der Falle. Meine Mutter hat mir immer erzählt, wie ich mich in ihr bewegt habe. Ich hatte nur den Gedanken im Kopf, dass mein Baby sich nie bewegt.«

»Ist das der Grund, warum Sie zur Klinik zurückgekehrt sind?«

Mary Anns kornblumenblaue Augen, obwohl weit geöffnet, schienen nach innen gewandt. »Ich musste immer an meine Mutter denken und an ihre Tränen. Sie brauchte etwas, woran sie glauben konnte, so sehr, dass sie litt, indem sie ihm half, mir Leid zuzufügen.«

Mary Ann erstaunte Sarah immer wieder aufs Neue: Ihre Gedanken waren von der Klarheit, der beeindruckenden Weitsicht eines Menschen, der sein Leben in die eigenen Hände nimmt. »Dann sind Sie mir begegnet«, sagte Sarah. »Und haben mir gesagt, dass Sie abtreiben möchten.«

»Genau. Dann haben Sie mir von diesem Gesetz erzählt, was ich zu tun hätte und wie schwer das alles werden würde. Besonders die Konfrontation mit meinen Eltern im Gerichtssaal.« Mary Ann schien sich zu winden, vielleicht weil die Schwangerschaft ihr körperliches Unbehagen bereitete, vielleicht weil sie gegen ihre Eltern auftrat. »Ich wollte nicht vor Gericht ziehen, ich wollte sie nicht zu meinen Gegnern machen.«

Sarah ließ das eine Weile im Raum stehen. »Habe ich Ihnen jemals dazu geraten?«

»Nein. Nur dass eine Klage der einzige Weg ist, legal abzutreiben. Diesen Weg zu beschreiten war meine ureigene Entscheidung.«

Sarah zögerte, um Mary Ann eine kurze Ruhepause zu gönnen; das Mädchen ermüdete sichtlich, und Sarah wollte, dass Mary Ann genügend Kräfte blieben, das Kreuzverhör durchzustehen. »Nachdem Sie die Klage eingebracht haben«, fragte Sarah, »haben Ihre Eltern Sie dazu gedrängt, das Verfahren fallen zu lassen?«

»Ja.« Der Nachdruck in Mary Anns Stimme war nicht zu überhören. »Beide haben sie mich gedrängt.«

Hier schien Margaret Tierney zu erbleichen.

»Was habe ich Ihnen gesagt?«

»Dass ich aussteigen könnte, wenn ich will. Sie haben mich wie einen erwachsenen Menschen behandelt, nicht wie eine Puppe.« Nun sah Mary Ann direkt zu ihrem Vater. Sie sprach klar und deutlich. »Mein Vater hat mich zu diesem Schritt gezwungen. Er ist derjenige, der sagt, ich würde nicht wissen, was ich tue, ich wäre nicht einmal in der Lage zu sehen, was mit meiner Mutter passiert. Aber wenn ich höre, wie er über mich spricht, dann habe ich das Gefühl, er meint gar nicht mich, sondern ein frei erfundenes Phantom.«

Mary Ann atmete tief durch, und ihre Stimme klang tief bewegt.

»Nun behauptet er, mir wäre nur an einem vollkommenen Kind etwas gelegen. Das ist das Allerschlimmste – sie nennen mich noch immer selbstsüchtig, wo ich doch alles getan habe, um ihnen nicht wehzutun.«

Martin Tierney sah seine Tochter mit einem an Verwunderung

grenzenden Gesichtsausdruck an. »Wie konnten Sie vermeiden, Ihre Eltern zu verletzen?«, fragte Sarah.

Mary Ann schien ihre Fassung zurückzugewinnen. »Indem ich darauf verzichtete, über meine Mutter zu sprechen«, sagte sie, entschlossen, zu einem Ende zu kommen. »Meinen Eltern gegenüber nicht und nicht einmal Ihnen gegenüber. Ich habe es nicht getan, bis mein Vater gegen mich ausgesagt hat.«

Als es still wurde im Gerichtssaal, neigte Margaret Tierney ihren Kopf nach unten.

Sarah unterdrückte ihr Bedauern, als sie das sah. »Keine weiteren Fragen«, sagte sie und ging zu ihrem Platz zurück.

32

Sarah kam die Sitzungspause – lediglich zehn Minuten – endlos lang vor.

Sie saß zusammen mit Mary Ann in einem kahlen Warteraum und zählte die Minuten, bis das Mädchen ins Kreuzverhör gehen würde. Dass diese Erfahrung so eng mit dem Trauma ihrer Mutter verknüpft sein würde, stellte für die Eltern wie für die Tochter eine Herausforderung dar, und Mary Ann, die soeben die Wunden ihrer Familie bloßgelegt hatte, wirkte mutlos und niedergeschlagen.

»Du warst großartig«, ermunterte Sarah das Mädchen. »Eine Stunde noch musst du für dich selbst eintreten, dann hast du es geschafft.«

Mary Ann zuckte mit den Wimpern. Sarah konnte spüren, wie ihr schmerzlich bewusst wurde, dass die Beziehung zu beiden Eltern, und die der Eltern untereinander, nie mehr so sein würde wie früher.

Damit sah Sarah sich mit ihrer eigenen Verantwortung konfrontiert. Sie hatte ihre Entscheidungen in ihrer Rolle als Anwältin getroffen, hatte die Sachlage klar definiert und die Schwachstellen in der Argumentation der Tierneys rücksichtslos bloßgelegt. Als Anwältin konnte sie sich also kaum etwas vorwerfen. Aber obwohl Sarah sich sagen konnte, dass der Kongress diesen Konflikt vorprogrammiert hatte, war doch sie diejenige, die einen nicht unerheblichen Beitrag zu dieser Eskalation geleistet hatte. Nun blieb ihr einzig die Hoffnung, dass Saunders oder Thomas Fleming und nicht Martin Tierney das Kreuzverhör führen würden.

Sarah sah auf die Uhr und sagte: »Es ist Zeit.«

Als er an seine Tochter herantrat, blieb er, die Hände in den Hosentaschen, in respektvollem Abstand vor ihr stehen. Sarah, die ihn besorgt beobachtete, zuckte zusammen angesichts der Grausamkeit dieses Moments.

»Mary Ann«, sagte er mit ruhiger Stimme, »ich möchte mich bei dir entschuldigen.«

Mary Anns wachsamer Gesichtsausdruck hellte sich vorübergehend etwas auf. Sarah war erstaunt angesichts des Zerrbilds von Intimität, das sich ihr darbot – ein liebender Vater, der sich der eigenen Tochter so sehr entfremdet hatte, dass er sein Bedauern vor laufender Kamera kundtun musste.

»Du bist niemals selbstsüchtig gewesen«, fuhr Tierney fort. »Offenbar war ich zu emotional, als dass ich gesehen hätte, wie besorgt du tatsächlich um deine Mutter, ja um uns beide warst. Ich, der dich eigentlich besser kennen sollte als sonst jemand. Ausgenommen vielleicht deine Mutter.«

Hoffnung und Misstrauen bekämpften sich auf dem Gesicht seiner Tochter. »Hätte es dich denn umgestimmt?«, fragte sie.

Tierney schüttelte den Kopf. »Mein Herz vielleicht, aber nicht meine Überzeugung. Ich schäme mich dafür, dass ich so blind für deine Besorgnis gewesen bin, und dass ich dich nicht getröstet habe, ist unverzeihlich. Vergib mir, bitte.«

Die Zuschauer im Saal waren wie gebannt – hin- und hergerissen, vermutete Sarah, zwischen Anteilnahme und dem Wunsch, wegzusehen. Vielleicht hatte nur sie genügend Abstand, um zu erkennen, dass hier nicht nur Vaterliebe am Werk war, sondern auch jene Gerissenheit, wie sie nur Eltern zu eigen ist: genau zu wissen, wie er die Entschlossenheit seiner Tochter ins Wanken bringen konnte.

Sarah erhob sich langsam von ihrem Platz.

»Euer Ehren«, sagte sie mit gedämpfter Stimme. »Ich achte Professor Tierneys Gefühle, und sein Bedauern, auch wenn es noch so spät kommt, weiß ich zu schätzen. Aber hier handelt es sich nicht um ein Kreuzverhör. Sollte diese Entschuldigung nicht auch Zustimmung sein, dann befindet sich meine Klientin in einer Falle, und der Prozess wird zu einer Tragödie, die wir schnellstens zu Ende bringen sollten.«

Tierney schaute sie an und erklärte: »Niemandem, Ms. Dash, ist mehr an einem Ende gelegen als Margaret und mir. Aber Sie sind nun einmal Anwältin und darauf bedacht, zu gewinnen – was Ihnen auch zusteht. Wir dagegen, als Eltern, können nicht so zielbewusst vorgehen. Wie auch immer der Prozess ausgeht, unsere Versäumnisse Mary Ann gegenüber können nicht wieder gutgemacht werden.« Nach einer Pause fügte er hinzu. »Aber ich habe jetzt nichts mehr zu sagen.«

Sarah atmete erleichtert auf. Sie nahm an, Martin Tierney würde seiner Tochter das Schlimmste ersparen, doch dann drehte sich Tierney um und sagte zu Leary: »Ich werde meiner Tochter keine unnötigen Fragen stellen.«

Fassungslos trat Sarah nach vorne. »Ein Vater, der seine Tochter ins Kreuzverhör nimmt? Welche Entschuldigung kann das wieder gutmachen?«

»Wer sonst?«, erwiderte Tierney und wandte sich wieder Leary zu. »Wir sind seit fünfzehn Jahren eine Familie. Mit Verlaub, weder Mr. Saunders noch Mr. Fleming – noch Ms. Dash – wissen, welche Fragen ein Vater der eigenen Tochter stellen soll.«

Mary Ann beobachtete diesen Schlagabtausch fassungslos. »Natürlich«, antwortete Leary. »Das ist Ihr gutes Recht, Professor, und, so möchte man meinen, Ihre Pflicht.«

In Learys Stimme schwang Tadel, der nicht Tierney, sondern Sarah traf. Sie hatte keine andere Wahl als sich zu setzen und abzuwarten.

Tierney wandte sich seiner Tochter zu. »Liebst du denn dein Baby, Mary Ann?«

Das Mädchen zwinkerte. Beinahe im Flüsterton antwortete sie: »Ja.«

»Und bevor der Junge ein Teil unseres Lebens war, warst du der Überzeugung, dass es grundsätzlich falsch ist, unschuldiges, ungeborenes Leben zu beenden.«

Mary Ann zögerte, um dann zu antworten: »Ja.«

»Bist du noch immer der Meinung, dass du ein lebendiges Wesen in dir trägst?«

Unwillkürlich blickte Mary auf ihren Bauch. »Ja«, antwortete sie, »aber möglicherweise wird sein Leben nicht lange dauern.«

Hier machte ihr Vater eine Pause. »Mary Ann, willst du dieses Kind nur deshalb abtreiben, weil Gott es möglicherweise mit einer Behinderung ausgestattet hat?«

Wie in Reue starrte Mary Ann zu Boden. »Nein«, sagte sie, »nicht wenn das der einzige Grund ist. Aber er ist es ja nicht.«

»Also befindet sich das Leben deines Sohnes nicht mehr in Gottes Hand, sondern in deinen eigenen Händen? Damit du ihm ein Ende bereiten kannst?«

Nun sah Mary Ann auf. »Die Ärzte sagen, dass mein Baby kein Gehirn hat«, antwortete sie. »Aber mir hat Gott eines gegeben, damit ich Entscheidungen treffen kann. Ich glaube nicht, dass es eine Sünde ist, sich für später Babys zu wünschen, die auch lebensfähig sind.«

Sie kämpft für ihre eigene Sache, dachte Sarah. Aber Tierney schien unbeeindruckt; gewappnet mit dem Wissen eines Vaters, hielt er für jede Antwort eine weitere Frage bereit. »So wie Matthew Brown?«, fragte er.

Mary Ann zuckte zusammen. »Das war ein Wunder«, antwortete sie. »Die Mutter hat das selbst gesagt.«

»Matthews Mutter«, antwortete Tierney, »hat ihr Kind in Gottes Hand belassen. War das deiner Meinung nach falsch?«

Nicht, wenn es ihre freie Entscheidung war, lautete die Antwort, die Sarah Mary Ann in den Mund legen wollte. Aber Mary Ann sah wieder zu Boden. »Nein«, antwortete sie.

Augenblicklich nahm Tierneys Gesicht einen Ausdruck von Mitgefühl und Sorge an. »Angenommen, es kommt zu einer Abtreibung, und es stellt sich heraus, dass das Gehirn normal entwickelt war. Wie würde es dir dann gehen?«

Mary Ann konnte ihn auch jetzt nicht ansehen. »Schrecklich«, sagte sie mit zitternder Stimme. »Schlimmer als das.«

Sarah blickte verärgert zu Margaret Tierney. *Wie können Sie so einfach dasitzen?*, wollte sie fragen. Aber Mary Anns Mutter, so blass sie auch war, beobachtete ihren Mann, ohne eine Miene zu verziehen.

Tierney trat näher an seine Tochter heran. »Du würdest wünschen, du hättest ihn nicht umgebracht, ist es nicht so?«

»Ja.«

»In deinen Augen hättest du eine Sünde begangen.«

Mary Ann zog die Schultern hoch, als wäre ihr kalt. »Nicht absichtlich«, protestierte sie. »Es bedeutet lediglich, dass ich mich für das eine oder andere entscheiden muss.«

»Nein«, erwiderte Tierney. »Das musst du nicht. Verstehst du nun, Mary Ann, dass deine Mutter und ich versuchen, dir die schrecklichen Folgen einer derartigen Entscheidung zu ersparen?«

Langsam sah Mary Ann wieder auf. »Vielleicht stimmt das ja«, antwortete sie. »Aber es geht auch um eure Überzeugungen. Sie sind so fest, und ihr seid so sicher, dass das, was ich glaube, nicht zählt.«

»Und was glaubst du denn, Mary Ann, oder meinst du zu glauben?«

Sie richtete sich auf, griff auf Kraftreserven zurück, mit denen Sarah schon gar nicht mehr gerechnet hatte. »Dieses Baby hat so gut wie keine Chance«, sagte sie. »Und sollte ich es doch bekommen, dann ist es vielleicht das einzige Baby, das ich je haben werde, und ich muss zusehen, wie es stirbt. Niemand außer mir hat das Recht, darüber zu entscheiden.«

So entschlossen Mary Ann auch klang, Sarah hatte dennoch den Eindruck, dass sie am Rande der Erschöpfung stand. »Erinnerst du dich daran, was Dr. McNally gesagt hat?«, fragte Tierney. »Die Wahrscheinlichkeit, dass dein Kind normal sein wird, ist ebenso groß wie die Wahrscheinlichkeit einer möglichen Unfruchtbarkeit. Und dass jedwedes Risiko als äußerst ›niedrig‹ einzuschätzen ist.«

Mary Ann wandte den Blick ab. »Daran erinnere ich mich«,

sagte sie gereizt. Dann sah sie ihm plötzlich in die Augen und platzte heraus: »Ich weiß ebenso gut wie du, was auf dem Spiel steht, auch wenn ich erst fünfzehn bin. Du willst mich dazu zwingen, dieses Risiko einzugehen, das du ›gering‹ nennst.

Um mich geht es hier gar nicht – sondern nur um dich. Um dich und darum, was mit Mom geschehen ist. Und um deine Überzeugungen.

Kann sein, ich treibe das Kind ab und mir geht es dann dreckig. Kann sein, es geschieht ein zweites Wunder. Aber wie wirst du dich fühlen – und meine Mutter –, wenn ich keine Kinder mehr bekommen kann?«

Tierney war verblüfft und reckte sich. »Darum geht es nicht.«

»Hast du dir die Frage etwa nie gestellt? Hast du meine Mutter jemals danach gefragt?«

Die totale Stille, die nun einsetzte, war beklemmend für Sarah. »Doch«, antwortete Tierney. »Wie kannst du etwas anderes denken?«

Margaret Tierney, das Gesicht aschfahl, schloss die Augen. »Vielleicht hast du sie gefragt«, erwiderte Mary Ann, »ich aber habe sie eben gesehen.«

Sarah fühlte sich hilflos und hatte plötzlich das Gefühl, es würden zu viele Wahrheiten ausgesprochen. »Auch ich habe sie gesehen«, antwortete Tierney mit dem traurigen Gefühl der Erinnerung. »Als du geboren worden bist und in all den Jahren danach.«

Mary Ann wandte sich von ihrem Vater ab. Die Scham, zu viel gesagt zu haben, ließ ihren Widerstand verpuffen. »Ich möchte auch später noch Kinder bekommen können«, sagte sie gebrochen. »Bitte.«

Unentschlossen stand Tierney zwischen Tochter und Frau, in deren Gesichtern sich das gemeinsame Leid spiegelte. Er schien die noch verbleibenden Möglichkeiten abzuwägen, die Gefühlsausbrüche, die er riskierte, wenn er weitersprach. »Keine weiteren Fragen«, sagte er schließlich.

Nach einem Moment wandte sich Leary Sarah zu. Zögerlich fragte er: »Haben Sie noch etwas zu sagen, Ms. Dash?«

»Nein«, antwortete Sarah. »Nichts.«

33

Am Vormittag der Entscheidungsverkündung erhob sich Sarah Dash, um ihr Schlussplädoyer zu halten.

Im Gerichtssaal herrschte Stille. Nach dem Nervenkrieg zwischen Vater und Tochter an den beiden vorangegangenen Tagen wirkte Leary weniger fahrig, als hätte sein Geltungsdrang der Last der Entscheidungsfindung Platz gemacht. Mary Ann sah erholt aus, besorgt, aber doch zuversichtlich, nachdem ein leichtes Beruhigungsmittel sie ein paar Stunden hatte schlafen lassen. Martin und Margaret Tierney gaben sich beide betont gelassen, als wollten sie vorgeben, es sei nichts wirklich Schlimmes passiert. Was Sarah betraf, so versuchte sie, den auf ihr lastenden Druck zu ignorieren und sich vielmehr darauf zu konzentrieren, den Richter an Mary Ann Tierneys Erfahrung teilhaben zu lassen.

»Im Zentrum dieses Falles«, begann sie, »steht ein fünfzehnjähriges Mädchen, das – im sechsten Schwangerschaftsmonat – mit einem Sonogramm konfrontiert wird. Das Bild zeigt ein Baby mit einem ungewöhnlich großen Kopf. Beinahe sicher ist, dass es kein Gehirn hat. Und es gibt nur zwei Möglichkeiten, dieses Baby aus ihrem Körper zu holen – Abtreibung oder Kaiserschnitt.

Bei einer Abtreibung wird das Kind sterben, und fast ebenso sicher wird es sterben, wenn es geboren wird. Mit dem einen Unterschied: Bei einer Kaiserschnittgeburt besteht die Gefahr, dass Mary Ann keine weiteren Kinder mehr bekommen kann.«

Leary, der gespannt zuhörte, wirkte verhärmt und unglücklich; Sarah hatte den Eindruck, er identifiziere sich mehr mit den Eltern als mit der Tochter. Entschlossen fuhr sie fort.

»All das hat sie eben erst erfahren. Eines jedoch weiß sie schon ihr ganzes Leben lang: Seit ihrer Geburt kann die Frau, die sie in ebendiesem Moment tröstet – ihre eigene Mutter – keine Kinder mehr bekommen. Und obwohl ihre Mutter durchgemacht hat, wovor sie sich fürchtet, schweigt Mary Ann.«

Nun drehte Sarah sich um und richtete ihre Rede an Martin Tierney. »Die Prinzipien ihrer Eltern kennt sie nur zu gut: Sprich nie über sexuelle Dinge. Sprich nie über Empfängnisverhütung und schon gar nicht über Abtreibung. Und tu deiner Mutter niemals weh, indem du ihr sagst, du fürchtest dich davor, ihr Schicksal zu teilen und unfruchtbar zu werden.«

Tierney erwiderte ihren Blick, wenn auch nur mit großer Überwindung. »Aber sie hat Angst«, sagte Sarah mit ruhiger Stimme. »Also wendet sie sich mit der verzweifelten Bitte an ihre Eltern, abtreiben zu dürfen. Als Antwort schlägt ihr der billige Trost ihrer Prinzipientreue entgegen sowie der herzlose Vorwurf ihres Vaters, sie sei ›selbstsüchtig‹. Und sie findet sich ab mit der traurigsten Wahrheit, die es für ein Kind nur geben kann: dass dieser Konflikt mit diesen Eltern nur bedeuten kann, fortan allein durchs Leben zu gehen.«

Tierney sah zu Boden, um im nächsten Moment seinen emotionslosen Blick wieder auf Sarah zu richten, die sich dem Richter zuwandte. »Nun ist Mary Ann ganz auf sich gestellt. Ihre einzige Rettung ist eine Frauenklinik, von deren Existenz sie nur weiß, weil ihr Priester alles tut, um den Betrieb zum Erliegen zu bringen. Sie sucht diese Klinik auf, sieht ihn dort und ergreift die Flucht.

Es dauert zwei Wochen, bis sie einen erneuten Anlauf unternimmt. Zwei Wochen, um genügend Mut zu fassen, den ein fünfzehnjähriges Mädchen braucht, um einen Kordon von Demonstranten zu durchdringen. Sie erfährt dort, dass erstmals in ihrem Fall das Gesetz zum Schutz des Lebens zum Tragen kommt. Dass sie das Recht verloren hat, ihre psychische und physische Gesundheit zu schützen. Dass ihre einzige Hoffnung darin besteht, sich diesem Gesetz und diesen Eltern in diesem Gerichtssaal zu widersetzen.«

Sarah hielt inne, richtete sich auf. »Sie versucht, sich vorzustellen, was auf sie zukommt. Dass sie sich der Empörung ihrer Eltern stellen muss. Dass sie ein Bundesgesetz anfechten muss. Dass fremde Menschen sie dafür hassen werden. Dass wieder andere sie für ihre Sache benutzen werden. Dass sie einen politischen Grabenkrieg auslösen wird, dessen Hintergründe sie nur erahnen kann.« Wieder senkte Sarah die Stimme. »In einem Punkt jedoch werden die schlimmsten Befürchtungen ihrer Anwältin übertroffen, weshalb diese auch nie mit Mary Ann darüber gesprochen hat: Das Gericht, das Mary Ann zu ihrem Schutz anruft, gestattet die landesweite Fernsehübertragung der Verhandlung.«

Leary errötete. Schnell fügte Sarah hinzu: »Das Gericht hat seine Gründe, ich weiß. Aber Mary Ann hat sich nun einmal schutzsuchend an dieses Gericht gewandt, und ich glaube nicht, dass das Gericht ihre Unabhängigkeit und Entschlossenheit länger anzweifeln kann.

Sollte jedoch ein Rest an Zweifel vorhanden sein, dann möge es bedenken, was Mary Anns Eltern ihr zugemutet haben. Vor den Augen der Fernsehnation haben sie ihre Tochter zum Prügelknaben der unterschiedlichsten Meinungszünfte gemacht: der Abtreibungsgegner, der christlichen Rechten, der Behinderten, der Zu-kurz-Gekommenen.«

Sarahs Tonfall wurde zynisch. »Ganz zu schweigen von Mary Anns Arzt und – was am schlimmsten ist – den Tierneys selbst.

Und wer gibt ihnen das Recht, ihre Tochter mit Beschimpfungen zu überschütten?« Sarah hielt wieder inne. »Das Gesetz zum Schutz des Lebens – dessen Zweck darin besteht, wie sie uns sagen, minderjährige Mädchen besser zu schützen.

Nichts kann dieses Gesetz in stärkerem Maße diskreditieren als die Tierneys mit ihrer Berufung auf ebendieses Gesetz. Es gestattet ihnen, ihrer Tochter den eigenen Willen aufzuzwingen – ungeachtet der gesundheitlichen Risiken.

Und in diese Lage ist Mary Ann aus einem Grund geraten, wie er zufälliger nicht sein kann – wer nämlich ihre Eltern sind.« Abermals sah Sarah zu Martin Tierney.

»Die Zeugen der Tierneys sagen, wie vorbildlich diese als Eltern sind. Dann lassen Sie uns einen Blick werfen auf all die weniger ›vorbildlichen‹ Eltern, denen das Gericht in die Hände arbeitet, wenn es im Namen von Martin und Margaret Tierney dieses Gesetz aufrechterhält.

Väter, die ihre Töchter vergewaltigen oder sie misshandeln. Oder sie aus dem Haus werfen, weil sie schwanger geworden sind. Alkoholiker-Väter, die nicht in der Lage sind, für ihre Kinder zu sorgen. Oder solche« – Sarah brach unvermittelt ab –, »die ihre eigene Tochter ermorden, wenn diese vor Gericht geht.«

Leary schüttelte den Kopf. »Sie gehen zu weit.«

»Der Meinung bin ich nicht«, konterte Sarah. »Der Kongress kann alle möglichen Gesetze erlassen, aber er kann keine Musterfamilien schaffen. Dieses Gesetz wird mehr seelisches Leid schaffen, mehr Fälle körperlicher Misshandlung und mehr Teenagerschwangerschaften ohne medizinische Versorgung. Die Zahl der Mädchen, die ihre eigenen Geschwister zur Welt bringen, wird steigen. Und, ja, auch das, es werden mehr Mädchen zu Tode kommen.

Und warum all dies? Weil der Druck auf minderjährige Mädchen, dem Willen der Eltern zu gehorchen, die Familie näher zusammenbringt? Von den Auswirkungen des Gesetzes auf diese Familie hat sich das Gericht ein Bild machen können. Nähere Ausführungen dazu kann ich mir ersparen.

Also kommen wir zur eigentlichen Rechtfertigung dieses Gesetzes: Der Kongress habe damit einen Ausgleich geschaffen zwischen der Gefahr für Leben und Gesundheit der Frau und dem Interesse der Gesellschaft am Schutz des Lebens, das sie in sich trägt.

Die Fakten sind dagegen folgende: Nur eine von sechstausend Abtreibungen ist eine Spätabtreibung. Sie werden vorgenommen, wenn Leben oder Gesundheit der Mutter ernstlich bedroht sind oder im Falle schwerwiegender fötaler Missbildungen. Und natürlich, wenn beides zusammen auftritt.

Das, Euer Ehren, ist der Grund, warum Mary Ann hier ist.

Am Anfang steht zunächst die Frage, ob ein derartiger Fötus nach allgemein menschlichen Maßstäben tatsächlich als ›lebensfähig‹ bezeichnet werden kann oder ob die Zeit, die das Kind nach der Geburt durchlebt – seien es Minuten, Stunden oder Tage – als Leben in landläufigem Sinn zu betrachten ist. Aber die grundlegendere Frage ist: Wer trifft die Entscheidung und welche Folgen zieht sie nach sich?

Der Kongress?

Das Ehepaar Tierney?

Oder« – Sarah wandte sich Mary Ann zu und senkte die Stimme – »das fünfzehnjährige Mädchen, das mit den Konsequenzen leben muss.«

Als Mary Ann dem Richter entschlossen in die Augen sah, wich er ihr aus. »Eine junge Frau«, sagte Sarah zu ihm, »die gründlich bewiesen hat, dass sie in der Lage ist, diese Entscheidung nach Abwägung aller Konsequenzen zu treffen. Eine junge Frau, die sich unter den Augen von Millionen von Zuschauern vor Gericht rechtfertigen musste wie nie eine werdende Mutter zuvor.«

Langsam wandte sich Sarah Leary zu. »Ein Gesetz, das ihr das Recht auf eine freie Entscheidung verweigert, ist irrational.

Ein Gesetz, das behauptet, ein Kaiserschnitt stelle keine Gefahr für die körperliche Gesundheit dar, ist unmenschlich.

Aus beiden Gründen verletzt dieses Gesetz das Recht auf Entscheidungsfreiheit, wie es nach Roe versus Wade zugesichert wird. Wie jedes Gesetz, so behaupte ich, das der Betroffenen die seelischen Verletzungen eines Bruchs mit den Eltern zumutet und das Risiko eines Lebens ohne eigene Kinder.« Sarah zögerte kurz und sagte dann verächtlich. »Für eine Frau, Euer Ehren, steht dabei mehr auf dem Spiel als die mit dem Umschneidern eines Ballkleids verbundenen Mühen.«

Darauf schwieg Leary, den Blick nicht auf Sarah oder Mary Ann gerichtet, sondern auf seine Notizen. Sarah fragte sich, ob der Grund dafür vielleicht darin zu suchen war, dass er seine Urteilsbegründung schon geschrieben hatte und sich nun getadelt fühlte. Er ließ sich Zeit, ehe er wieder aufsah. Sein Gesichtsausdruck war leer und indifferent.

»Dieses Gesetz«, sagte sie zu ihm, »bringt nichts als Unheil, und Abhilfe kann nur dieses Gericht schaffen.«

Sarah atmete tief durch. »Im Interesse von Mary Ann Tierney und allen anderen minderjährigen Mädchen in Amerika plädiere ich vor diesem Gericht dafür, das Gesetz zum Schutz des Lebens für verfassungswidrig zu erklären.«

34

Sarahs einzige noch verbleibende Frage – wer das Ungeborene vertreten würde – wurde beantwortet, als Barry Saunders nach vorne trat. »Euer Ehren«, begann er, »Martin Tierney wird selbst für seinen Enkelsohn sprechen. Um der Gerechtigkeit willen sollte jedoch auch jemand für das Ehepaar Tierney sprechen.

Um Ms. Dash zu zitieren, in diesem Fall geht es nicht um Vergewaltigung oder Inzest oder um brutale und gleichgültige Eltern. Es geht keineswegs um die Horrorszenarien, die, wie sie uns weismachen will, an der Tagesordnung sind.« Er drehte sich um; mit einer ausschweifenden Handbewegung bezog er die Tierneys symbolisch mit ein. »Es geht um ein Elternpaar, dem das Wohl der Tochter so sehr am Herzen liegt, dass es ihren Zorn billig in Kauf nimmt, nur um ihr Seelenheil zu retten. In der pervertierten Logik von Ms. Dash soll ihr Akt der Liebe als Grund missbraucht werden, anderen Eltern das Recht zu verweigern, sich auf dieses Gesetz zu berufen.«

Sarah blickte besorgt zu Leary; die Argumentation kam auf raffinierte Weise seiner Vorstellung elterlicher Vorrechte entgegen. Saunders fuhr fort mit zur Schau gestellter Überdrüssigkeit. »Natürlich ist Mary Ann sauer. Natürlich sind die Spannungen zwischen diesem jungen Mädchen und ihren Eltern unermesslich. Weil diese, wie alle guten Eltern, sie viel zu sehr lieben, als dass sie ihr in allem entgegenkommen.

Wie vielen von uns, die wir Eltern sind, wurde nicht schon einmal von einem erbosten Sprössling die Tür vor der Nase zugeknallt? Wie viele von uns mussten sich die schrecklichen Worte – ›*Ich hasse dich*‹ – ins Gesicht sagen lassen? Wie viele von uns sehnen den Tag herbei, an dem aus einem pubertierenden Monster ein Erwachsener wird, der, nun selbst in der Elternrolle, so weise ist zu sagen, ›*Mir war nie klar, wie sehr ihr mich wirklich geliebt habt*‹?«

Mary Ann, bemerkte Sarah, wandte ihre Augen von Margaret Tierney ab. »Als Eltern«, fuhr Saunders fort, »beten wir zu Gott, er möge uns den Mut geben, unsere Kinder vor sich selbst zu schützen. Wir halten fest an der höchsten Elternpflicht: unsere Kinder als ganze Wesen dem Erwachsenendasein zu überantworten – unversehrt an Geist, Körper und Seele.

Aber ein so tapferes Elternpaar wie dieses ist mir noch nie begegnet.

Den kritischen Blicken von Millionen von Fernsehzuschauern ausgesetzt, ließen sie sich in ihrer Liebe nicht beirren, auch wenn ihre Motive auf rohe und mehr als fadenscheinige Weise diskreditiert wurden. Und heute verleihen sie dieser Liebe den reinsten Ausdruck, indem sie sagen: ›*Nein*‹.

Sie haben sich diese Situation nicht ausgesucht, und ihr größter Wunsch ist es, sie könnten die Zeit zurückdrehen, um wieder so glücklich zu sein, wie sie an Mary Anns fünfzehntem Geburtstag waren. Aber das ist ihnen nicht vergönnt, und so stellen sie sich ihrem Schicksal und treten vor dieses Gericht, um zu sagen: ›Helfen Sie uns, unser Kind ganz und unversehrt dem Erwachsenendasein anzuvertrauen.‹«

Saunders trat zurück und stellte sich neben Tierney. »Dieser Mann und diese Frau kennen ihre Tochter weitaus besser als Sarah Dash es jemals wird. Wenn diese beiden sagen, dass eine Abtreibung ihrer Tochter mehr schadet als alles andere, glauben Sie ihnen. Euer Ehren, nehmen Sie diese denkbar besten Eltern nicht zum Anlass, andere Eltern ihrer Rechte zu berauben.«

Sarah hatte kapiert, dass sie selbst zum Kern der Auseinandersetzung gemacht wurde – die feministische Anwältin, die sich zwischen die Tierneys und ihre Tochter gestellt hatte. Beunruhigender für Sarah jedoch war das väterliche Einvernehmen, das in den Blicken zwischen Leary und Martin Tierney zum Ausdruck kam.

Tierney fischte eine Lesebrille aus der Tasche und fummelte nervös mit seinen Notizen herum, Gesten, die selbst Sarah anrührend fand. In der Angst, Saunders' geschraubte, aber wirkungsvolle Rede könnte den Richter bereits festgelegt haben, machte sie sich gefasst auf weitere Attacken.

»Im Namen meiner Tochter strebt Ms. Dash ein Ziel an, vor dem einen nur schaudern kann: Abtreibung ohne jegliche Frist und ohne jede Angabe von Gründen.«

Die Aussage war so widersinnig, dass Sarah sich eines Protests nur mit Mühe enthalten konnte. »Ich sage ›Ms. Dash‹«, fuhr Tierney emotionsgeladen fort, »weil ich nicht glauben kann, dass dies der ausdrückliche Wunsch meiner fünfzehnjährigen Tochter sein soll. An ihr ist uns vor allem gelegen, mehr als an einer Beeinflussung der Gesetzeslage. Aber weil der Fall nun einmal in eine bestehende Rechtslage eingebunden ist, muss ich zuerst davon sprechen.«

Mit einer irritierenden Plötzlichkeit – die, so meinte Sarah, Mary Ann immer entmutigt haben musste – wurde aus Tierney, dem liebenden Vater, der kühle und logisch denkende Redner. »Nach *Roe* und den Folgegesetzen«, fuhr er fort, »hat der Kongress das Recht, die Abtreibung lebensfähiger Föten zu regulieren und sogar zu verbieten. Eingriffe in die bestehende Rechtslage sind einzig dann unzulässig, wenn eine Gefahr für Leben oder Gesundheit der Mutter besteht.

Der Protection of Life Act verschärft das Gesetz nicht, sondern kodifiziert es lediglich. Er erlaubt eine Abtreibung in den Fällen, wo ›ein gravierendes Risiko für Leben oder physische Gesundheit der Minderjährigen‹ besteht. Und wenn deren Eltern das Risiko nicht anerkennen, können die Gerichte auf dieser Grundlage eine Abtreibung jederzeit genehmigen.

Worum also geht es Ms. Dash eigentlich? Dass ein mögliches Risiko nicht gravierend zu sein hat, oder nicht einmal eindeutig vorhanden ist. Dass es nicht Sache von Eltern sein sollte, sich in derartige Dinge einzumischen. Dass jedes Gesetz, das eine andere Lösung vorsieht, das Selbstbestimmungsrecht einer Minderjährigen verletzt.«

Jede Nennung ihres Namens ließ Sarah innerlich zusammenzucken, unterstellte Tierney doch damit, dass sie und nicht Mary Ann es war, die das Gericht angerufen hatte. Tierney wandte sich an Sarah und fuhr fort. »Besser als Sarah Dash kennen wir das Leid, das daraus erwächst, keine Kinder mehr zu bekommen.

Aber ein Risiko von nur ein oder zwei Prozent zum Grund für eine Abtreibung zu machen bedeutet Abtreibung auf Verlangen.

Aber mit diesem Schlupfloch gibt sich Ms. Dash noch nicht zufrieden. Ihrer Ansicht nach ist ein Abtreibungsgesetz, das nicht auch die ›psychische Gesundheit‹ der Betroffenen berücksichtigt, nicht nur verfassungswidrig, sondern auch inhuman.«

Tierneys Tonfall verschärfte sich. »Inhuman, Euer Ehren, ist es, dieses barbarische Vorgehen zu sanktionieren – diesen Kindsmord durch Verstümmelung –, sobald ein Arzt erklärt, die Geburt eines Kindes habe negative psychische Folgen für die minderjährige Mutter.«

Tierney fasste sich wieder. »Und das ungeborene Kind ist dem Arzt und der Mutter, die über sein Schicksal verhandeln, schutzlos ausgeliefert. Es hat keinen Fürsprecher.«

Trotz ihrer Wut entging es Sarah nicht, wie geschickt Tierney vorging: Indem er Sarah zur Zielscheibe machte und ihre Argumentation bis zur Unkenntlichkeit verzerrte, lenkte er Leary von Mary Anns Dilemma ab. »Übertreibe ich?«, fragte er hinterlistig. »Dann sehen Sie sich diesen Fall doch noch einmal an.

Einzig auf die Wahrscheinlichkeit, dass unser Enkelsohn kein Gehirn haben wird, kann sich Ms. Dash berufen. Und selbst die ist mehr als niedrig. Aber einen lebensfähigen Fötus zu ermorden, nur weil er nach der Geburt nicht lange leben wird, ist in keinem Fall erlaubt.

Gegen eine derartige Hybris sprechen nicht nur die Moralgesetze, sondern auch die der Wissenschaft.

Täglich retten neue Verfahren Leben und Gesundheit von Föten, für die es sonst keine Hoffnung gegeben hätte. Mit jedem Jahr, das zu Ende geht, bestätigt der wissenschaftliche Fortschritt, wie sehr Gott die Ungeborenen liebt.

Mit unserem Eintreten für den Schutz unseres Enkels schützen wir auch sie – und unsere Tochter.« Tierney schüttelte bekümmert den Kopf. »Wenn eines Tages eine junge Frau in den Spiegel sieht und sich die Frage stellen muss, wie viele Babys auf dem Altar ihrer ›psychischen Gesundheit‹ geopfert wurden, möchten wir nicht, dass diese Frau Mary Ann ist.

Sie ist unsere Tochter und wir kennen sie besser als irgendjemand sonst. Da stellt Ms. Dash sich hin und vergleicht uns mit einem frei erfundenen Heer von Vätern, die ihre Töchter missbrauchen, trinkenden Müttern und brutalen Geschwistern.«

Hier zog Leary, offenbar nicht ganz einverstanden, die Augenbrauen hoch. Entschlossen reagierte Tierney: »Ich bestreite nicht, dass es derartige Tragödien gibt. Ebenso wenig kann Ms. Dash bestreiten, dass es noch viel mehr liebende Eltern gibt. Ich bitte Sie inständig, nehmen Sie diesen Eltern nicht das Recht, im schwierigsten Moment im Leben ihrer Tochter im Namen ebendieser Liebe zu handeln.«

Leary blickte teilnahmsvoll wie zuvor. »Nichts im Leben unserer Tochter«, schloss Tierney ruhig, »sagt uns, dass sie unseren Enkel ermorden kann, ohne ihre eigene Seele mit zu ermorden. Und Gott stehe ihr bei, wenn die Schere der Ärzte den Kopf eines normal entwickelten Kindes durchbohrt.«

Neben Sarah schloss Mary Ann die Augen. In einem absolut stillen Gerichtssaal neigte Martin Tierney den Kopf. »Gott stehe ihr bei«, wiederholte er sanft wie im Gebet. »Sarah Dash wird ihr dann nicht helfen können und auch, so befürchte ich, wir nicht.«

35

Kerry Kilcannon griff gerade zum Telefon, als seine Sekretärin in der Tür zum Oval Office erschien. »Clayton hat mich eben angepiepst, Mr. President. Der Richter gibt seine Entscheidung bekannt.«

»Wo sind sie im Moment?«, fragte er.

»Im kleinen Konferenzraum.«

Kerry eilte durch die Korridore und löste jenen Wirbel aus – erhobene Köpfe, neugierige Gesichter in offenen Bürotüren –, der nun jede kleinste seiner Bewegungen begleitete. Als er in den Konferenzraum kam, fand er Clayton Slade dort vor, Adam Shaw und

Kit Pace, die gebannt in ein Fernsehgerät starrten. Auf dem Bildschirm nahm Patrick Leary gerade seinen Platz ein.

»Gibt es Wetten?«, fragte Kerry.

»Eine«, antwortete Kit. »Die Einschaltquoten werden die höchsten sein seit der Urteilsverkündung im Fall O. J. Simpson, und das halbe Land wird rotieren.«

»Welche Hälfte?«

»Die Abtreibungsbefürworter«, befand Clayton. »Dieser Richter macht Mom und Dad keine Schwierigkeiten.«

Das stimmte, vermutete Kerry. Er selbst hatte seine Laufbahn ja als Anwalt begonnen und sich für die Opfer schwerer häuslicher Gewalt eingesetzt. Dabei hatte er in der Einschätzung von Richtern und Geschworenen ein unbeirrbares Gespür entwickelt, deshalb schätzte er Patrick Leary als einen Mann ein, der an überkommenen Werten festhielt. »Soll uns auch recht sein«, bemerkte Adam. »Je weniger Aufruhr, desto besser für uns.«

Kerry saß neben Kit. Die Gruppe verfiel in Schweigen; überall im Land, vermutete er, ereigneten sich ähnliche Szenen – Gruppen von Menschen, die, aufgewühlt vom Prozess, nun die Entscheidung erwarteten. Kerry war erstaunt, wie gespannt er selbst war.

»Dieser Fall«, begann Patrick Leary, »stellt das Gericht vor eine schmerzliche Entscheidung ...«

Ausnahmsweise einmal, dachte Sarah, fühlte Leary Respekt angesichts seiner Macht über das Leben anderer Menschen; er kokettierte nicht, und seine Stimme klang trocken und rau. Selbst angespannt, fühlte Sarah, wie Mary Anns Finger sich mit den ihren verschränkten.

Martin Tierney, ihnen gegenüber, beobachtete den Richter mit gespannter Aufmerksamkeit. Wie komplex seine Motive auch sein mochten, dachte Sarah, für Tierney ging es in diesem Moment nur um eines – Leben oder Tod seines Enkels. Ihre Hand schloss sich um Mary Anns Finger.

»Mit dem Gesetz zum Schutz des Lebens«, fuhr Leary fort, »sah sich der Kongress mit der schwierigen Aufgabe konfrontiert, das öffentliche Interesse am Schutz ungeborenen Lebens gegen das Recht der Mutter abzuwägen, eigenes Leben und physische Gesundheit zu schützen.

In dieses prekäre Kräftespiel brachte nun der Kongress ein ganz anderes, aber zentrales Anliegen ein, nämlich das Interesse der Gesellschaft an einer Stärkung des Mitspracherechts der Eltern ...«

Sarah hatte ein ungutes Gefühl, als sie das hörte; aus Learys Worten klang eine zu devote Haltung dem Kongress und zu viel Sympathie den Tierneys gegenüber heraus. Leary, der seinen Text ablas, hielt inne, sah aber nicht auf.

»Nach reiflichster Überlegung«, verkündete er, »kam das Gericht zu folgendem Beschluss:

Erstens: Das Gesetz zum Schutz des Lebens tangiert nicht die durch Roe versus Wade geschaffene Rechtslage.

Zweitens: Mögliche gesundheitliche Beeinträchtigungen der Klägerin stellen kein ›gravierendes Risiko für Leben oder physische Gesundheit‹ dar ...«

»Nein«, flüsterte Mary Ann, »überhaupt nicht.«

»Drittens«, schloss der Richter, »Martin und Margaret Tierney sind, indem sie von ihrem elterlichen Mitspracherecht Gebrauch machen, als Personifizierung der Weisheit des Kongresses zu sehen ...«

»Mist«, murmelte Kit.

Damit war sie die Erste unter ihnen, erkannte Clayton, die ihren Standpunkt offen legte. Kerry starrte auf das Fernsehbild und sagte kein Wort.

»Es wäre mehr als anmaßend«, verkündete Leary im Fernsehen, »uns in ihre Entscheidung einzumischen ...«

»Phrasen«, sagte Adam Shaw. »Mom, Dad und Apfelkuchen.«

»Vielleicht«, erwiderte Clayton. »Aber sie werden Caroline mit jeder einzelnen Zeile konfrontieren, als wäre sie in Marmor gehauen.« An Kit gewandt, sagte er: »Wir brauchen unseren eigenen Phrasenschatz.«

»Die ›Herrschaft des Gesetzes‹?«, fragte sie zynisch. »Oder glaubt der Präsident, wie alle guten Präsidenten, an das Gebot, ›in die Gesetzgebung nicht einzugreifen‹ und der Rechtsmaschinerie einfach ihren Lauf zu lassen?«

»Beides«, erwiderte Clayton. Und dann bemerkte er, dass Kerry noch immer gebannt auf das Fernsehbild starrte.

Teil Vier

DIE BERUFUNG

1

Gedankenverloren starrte Caroline Masters auf den Terminkalender vor sich.

Chad Palmer hatte Wort gehalten: In drei Tagen würden die Anhörungen für ihre Bestätigung beginnen, und es gab noch jede Menge zu tun. Aber der Anruf ihrer Schwester hatte sie in den Moment zurückversetzt, als sie ihre kleine Tochter den Armen von Bettys Ehemann anvertraut hatte …

»Sie waren da«, hatte Betty ihr an diesem Vormittag berichtet. »Das FBI.«

In der verbitterten und anklagenden Stimme ihrer Schwester schwang ein Unterton von Paranoia. Bettys ganzes Leben war von Verlusten geprägt – der Tod ihrer leiblichen Mutter; die Heirat ihres strengen Vaters mit Nicole Desalliers; seine Bevorzugung von Caroline, die schon als Kind die Schlauere und ebenso dunkel und exotisch wie Betty blass war; und schließlich Bettys eigene Kinderlosigkeit. Von Anfang an hatte Betty befürchtet, Caroline könnte Brett eines Tages für sich zurückfordern. Dass sie damit Carolines eigentliche Absichten gründlich missverstand, war ein Hinweis auf ihre innere Verfassung: Für sie war Caroline die Verkörperung all dessen, wovor sie sich fürchtete.

»Natürlich mussten sie dir einen Besuch abstatten«, sagte Caroline nicht ohne eine Spur Ironie. »Außer Brett bist du meine einzige noch lebende Verwandte.«

»Mit etwas in dieser Art habe ich ja gerechnet, Caroline. Aber es gefällt mir nicht, dass die Regierung unser Privatleben ausspioniert. Ganz abgesehen von den Schaulustigen, die sich in der Stadt herumtreiben.« Betty zögerte. »Am College muss es noch Leute geben, die sich daran erinnern, wie Larry sie nach Hause gebracht hat …«

»Sie haben keine Ahnung von mir«, unterbrach Caroline. »Und um mich geht es schließlich hier. Das FBI wird Brett nicht grundlos wissen lassen, dass sie adoptiert wurde. Dabei ist mir nicht klar, warum du ihr nie reinen Wein eingeschenkt hast.«

Betty antwortete unbeirrt: »Wir wollten ihr Sicherheit geben.«

Nein, dachte Caroline nicht ohne Mitleid, *besitzen wolltest du sie*. »Erzähl schon«, sagte sie. »Was genau hat unser Vater in Sachen Geburtsurkunde unternommen?«

Betty zögerte. »Es wurde eine neue ausgestellt. Auf Martha's Vineyard.«

»Natürlich mit dir und Larry als den leiblichen Eltern.«

»Ja.«

»Dann seid ihr das auch.« Caroline fühlte, wie ihre Gereiztheit Mitgefühl Platz machte. »Tut mir Leid, dass du belästigt wirst, Betty. Aber die Anhörungen werden bald gelaufen sein, und dann hast auch du wieder Ruhe.«

Aber der Anruf ihrer Schwester hatte an Wunden gerührt, die nie richtig verheilt waren und auch nie heilen würden.

Hier in diesem Raum war sie umgeben von den Insignien der Existenz, die sie sich aufgebaut hatte: die sechs Meter hohe Gewölbedecke, die Buntglasfenster, der Marmorkamin; wesentlicher waren allerdings ihre in gebundener Form vorliegenden Urteilsbegründungen. Beabsichtigt hatte sie diesen Tauschhandel nicht, eine Tochter gegen ein in Urteilssammlungen konserviertes Leben – das sie aber dennoch als wertvoll empfand. Und wenn sie erst einmal Oberste Bundesrichterin sein würde …

Damit wandte sie sich wieder ihrem Terminkalender zu, kurz bevor Blair Montgomery seine Aufwartung machte.

Allein das vertraute Klopfen ihres Mentors, zögerlich und höflich, empfand Caroline als angenehm. Als er eintrat, empfing sie ihn mit einem Lächeln.

Caroline winkte ihn zu einem Stuhl. Während Blair sich setzte, ruhte ihr Blick auf ihm; er fand sich allmählich damit ab, dass sie weggehen und er an Bedeutung für sie verlieren würde. Blair Montgomery war ein feingliedriger Mann mit weißem Haar und

Hornbrille auf der Nase, der, seit er die siebzig überschritten hatte, mit jedem Tag kleiner zu werden schien. Seiner geistigen Größe tat das jedoch keinen Abbruch: Von Präsident Ford ernannt, hatte er dem Gericht ein Vierteljahrhundert lang gedient und sich dabei zu einem hartnäckigen Verteidiger persönlicher Freiheitsrechte entwickelt.

Schon früh hatte er Carolines Fähigkeiten erkannt und sich für sie eingesetzt, indem er ihr Urteilsbegründungen zuschanzte, in denen sie glänzen konnte, während er die heikelsten und umstrittensten Entscheidungen selbst begründete. Seiner tiefen Enttäuschung über den Rechtsruck an ihrem Gericht – und am Obersten Bundesgericht – machte er nur im Privaten Luft. Er würde ihr an diesem Tag keinen Anlass zur Sorge geben, wenn er selbst nicht zutiefst besorgt wäre.

»Wie clever ist deine ehemalige Mitarbeiterin wirklich?«, fragte er vorsichtig.

Namen zu nennen, erübrigte sich in diesem Fall. »Sehr clever«, antwortete Caroline, »was sie meiner Meinung nach ja auch bewiesen hat. Warum?«

»Weil unser Freund Lane Steele sich den Fall Tierney unter den Nagel gerisssen hat.«

Überrascht hielt Caroline inne, um die Abläufe an ihrem Gericht zu rekonstruieren. »Steele leitet in diesem Monat die Abteilung für Eilverfahren?«

»Genau.« Blairs Stimme zeugte zutiefst von Abscheu. »Ms. Dash hat den Antrag gestellt, das Berufungsverfahren zu beschleunigen – die kleine Tierney ist schwanger im siebten Monat, was ihr keine andere Wahl ließ. Steele hat dem Antrag auf Verfahrensbeschleunigung stattgegeben und das Verfahren gleich selbst übernommen.«

Sarah tat Caroline Leid – schlimmer hätte es nicht kommen können, als ausgerechnet auf Steele zu stoßen. »Er braucht einen Verbündeten«, bemerkte Caroline. »Wer ist sonst noch für Eilanträge zuständig?«

Blair runzelte die Stirn. »Klopfer. Und Dunnett. Fragt sich nur, ob Dunnett den Mumm hat, gegen Steele zu stimmen.«

Blair hatte Recht, wurde Caroline schlagartig bewusst: Carl Klopfer, ein strammer Konservativer und ehemaliger Generalbundesanwalt aus Oregon, war in erster Linie für seinen Feldzug bekannt, schwule Literatur aus den öffentlichen Bibliotheken des Landes zu verbannen. »Mit Klopfer ist Steele auf der sicheren Seite«, fügte sie hinzu. »Er wird alles tun, um die Urteilsbegründung an sich zu reißen.«

»Keine Chance. Unser Gericht wird seinen unergründlichen Ratschluss in Form einer weiteren Jeremiade von Lane Steele unters Volk bringen.« Blair schüttelte verbittert den Kopf. »Er kandidiert selbst für das Oberste Bundesgericht, Caroline. Da lässt er sich die Chance nicht entgehen, sich beim Senat lieb Kind zu machen, indem er Pat Learys dürftige Argumentation auffrisiert und den Protection of Life Act zum größten sozialen Dokument seit den Federalist Papers erklärt.«

Caroline lächelte angestrengt. »Vielleicht ist er das auch, Blair. Ich habe zumindest alles getan, um nicht darüber nachdenken zu müssen.«

»Du stehst im Rampenlicht, ist mir schon klar – dieser Fall ist politischer Sprengstoff. Ich nehme an, du hast nicht die leiseste Ahnung, was im Kopf von Ms. Dash vor sich geht ...«

»Nicht die geringste. Ich habe nicht einmal die Fernsehübertragung gesehen. Du etwa?«

»Genug davon jedenfalls. Patrick Leary in *Vater ist der Beste*. Und nun Steele.« Blair faltete die Hände und betrachtete die Terminkalender auf Carolines Schreibtisch. »Sarah Dash hat ein Zeitproblem – ihre Klientin kann jederzeit ein Kind zur Welt bringen, mit welchen Risiken auch immer. Sollte Steele ihren Antrag abschmettern, kann sie eine En-banc-Anhörung an unserem Gericht beantragen, was wertvolle Zeit kostet. Oder sie kann direkt vor das Oberste Bundesgericht ziehen. Keine leichte Entscheidung.«

Plötzlich verstand Caroline die unausgesprochene Absicht ihres Freundes. Er warnte Caroline. Sarah würde möglicherweise versuchen, die Mehrheit der einundzwanzig aktiven Richter zu überzeugen, einer En-banc-Anhörung zuzustimmen – wenn nicht, würde Blair vielleicht selbst eine erneute Anhörung des Falls beantragen. In beiden Fällen müsste Caroline ihre Strategie überdenken.

»Ich an Sarahs Stelle würde eine erneute Anhörung vor unserem Gericht beantragen. Was jedoch Nerven kosten würde.«

Blair lächelte müde. »Ja«, stimmte er zu, »das würde es.«

2

Als sie das Berufungsgericht betrat, versuchte Sarah, sich auf ihre Argumentation zu konzentrieren.

In den Fluren drängten sich die Reporter mit ihren Kameras. Mary Ann war in Sarahs Wohnung geblieben. Dass sie auf dieser Berufung bestanden hatte, war ein Zeichen ihrer Entschlossenheit, aber auch ihrer Angst. Sarah hatte ihr von einer Teilnahme am Verfahren abgeraten: Ihre fortgeschrittene Schwangerschaft könnte das Gremium verunsichern, und Lane Steele würde sie sicher nur noch mehr entmutigen.

Sarah ignorierte die Zurufe der Reporter, als sie sich ihren Weg zu Gerichtssaal II bahnte. An einem anderen Tag wäre sie stehen geblieben und hätte den Anblick genossen, denn in ihren Augen war dies eines der schönsten öffentlichen Gebäude Amerikas. Mit den mächtigen Marmorsäulen, den hohen Gewölben, den Putti, klassischem Maßwerk und Mosaikbildern erinnerte die Architektur an einen Renaissance-Palazzo.

Sarahs Mentor, Caroline Masters, hatte ihr jedes Detail erklärt. Für Caroline, einer Kennerin von Geschichte und Architektur ihres Landes, drückten Erhabenheit und Reichtum dieses Gebäudes jenen Stolz und Optimismus aus, der Amerika an der Schwelle des letzten Jahrhunderts erfüllte. Ein bisschen zu pompös heute, hatte Caroline ernüchtert hinzugefügt, für einundzwanzig untereinander zerstrittene Richter. Der Neunte Bezirk wurde immer wieder von Fehden und Rivalitäten erschüttert, von denen die zwischen Blair Montgomery und Lane Steele schon notorisch waren. Diese Probleme fielen nun auf Sarah zurück.

Als sie den Gerichtssaal betrat, waren Fleming, Saunders und Tierney bereits anwesend. Auf die bei einer derartigen Gelegenheit übliche formelle Begrüßung verzichteten beide Parteien, so tief waren mittlerweile die Gräben. Martin Tierney, abseits und in sich zurückgezogen, war am tiefsten verletzt: Seit Patrick Learys Entscheidung hatte Mary Ann jeglichen Kontakt verweigert.

Sarah, die am Tisch des Berufungsklägers saß, ignorierte das Heer der Reporter in den hinteren Sitzreihen. Der Gerichtssaal II war ein besonderes Schmuckstück: Die Richterbank aus Mahagoni zierten Einlegearbeiten aus rotem Marmor, und den Blickfang an den marmorverkleideten Wänden bildete eine goldene Uhr. An diesem Tag jedoch wirkte der Raum mit den vielen Menschen und dem Stimmengewirr eher bedrückend. Sarah versuchte sich auf die Karteikärtchen an ihrem Ordner zu konzentrieren, auf die sie Stichpunkte ihrer Argumentation gekritzelt hatte.

»Alles erhebt sich«, verkündete der Saalordner.

Mit grimmigen Blicken betraten die drei Richter den Saal und nahmen ihre Plätze ein, Lane Steele in der Mitte, flankiert von Carl Klopfer und Joseph Dunnett, einem Afroamerikaner mit einem runden, unerforschlichen Gesicht. Steeles Blicke, über die Ränder der Halbbrille hinweg, waren Sarah nur allzu vertraut – in ihnen lag das Behagen eines Mannes, der seine emotionalen Bedürfnisse ausdrückte, indem er seine geistige Überlegenheit hervorkehrte.

»Ms. Dash, Sie können anfangen«, sagte er herablassend.

Mit einem flauen Gefühl im Magen, aber dennoch entschlossen, trat Sarah nach vorne.

Ihr standen fünfzehn Minuten zur Verfügung, aber sie hatte ihre Unterlagen noch nicht einmal geordnet, als Steeles Stimme wie ein Peitschenschlag die Stille unterbrach.

»Stimmt es nicht, Ms. Dash, dass das Oberste Bundesgericht im Fall Casey entschieden hat, der Kongress ist befugt, Abtreibungen lebensfähiger Föten zu verbieten?«

Sarah blickte verwirrt auf; sie hatte sich zwar auf harte Bandagen eingestellt, aber nach dem Protokoll stand es ihr zumindest zu, ihr Plädoyer zu beginnen. »Mit Ausnahme der Fälle«, fügte sie hinzu, »in denen Leben oder Gesundheit der Mutter bedroht sind.«

»Ist das nicht genau der Punkt, den dieses Gesetz berücksichtigt?«

»Ja, aber ...«

»Nein, dieses Gesetz geht sogar noch weiter.« Steele hatte sich nach vorne gebeugt, und seine Stimme hatte einen herrischen Tonfall angenommen. »Dieses Gesetz gestattet es den Eltern, nicht nur den Gerichten, einer Abtreibung zuzustimmen, wenn die Gesundheit ihrer Tochter auf dem Spiel steht.«

»Es gestattet den Eltern auch, eine Abtreibung zu verbieten«, antwortete Sarah. »Unabhängig von jeglicher Gefahr für Leben oder Gesundheit der Minderjährigen.«

»Der es in einem solchen Fall frei steht, vor Gericht zu gehen«, konterte Steele. »Der Vorbehalt elterlicher Zustimmung stellt lediglich eine zusätzliche Möglichkeit dar, den Weg für eine Abtreibung freizumachen.«

Besorgt fragte sich Sarah, ob Steele sie überhaupt je würde aussprechen lassen. »Wenn minderjährige Mädchen einzig auf verständnislose Eltern oder die Gerichte angewiesen sind, werden viele ihr Leben oder die Gesundheit aufs Spiel setzen ...«

»Ist das nicht ihre freie Wahl?«

Steeles Ton war ironisch und besonders verächtlich sprach er »freie Wahl« aus. Sarah hatte jetzt nur noch die Wahl, entschloss sie kurzerhand, rigider vorzugehen. »Kaum«, antwortete sie. »Eine Fünfzehnjährige wählt sich einen verbiesterten Vater nicht aus. Eine Fünfzehnjährige kann nicht darüber bestimmen, ob sie den Mut hat, vor Gericht zu ziehen. Zu unterstellen, hier würde es sich um Erwachsene handeln, ist falsch ...«

»Exakt«, unterbrach Steele triumphierend. »Warum sollen sie dann darüber entscheiden können, einen lebensfähigen Fötus abzutreiben?«

»Weil sie mit einer Gefahr für das eigene Leben konfrontiert sind, die ein Arzt festgestellt hat. Es steht ihnen nicht frei, aus jedem Grund abzutreiben ...«

»Wirklich? Nach welchen Kriterien beurteilen wir dann die vage Inanspruchnahme einer Gefahr für die psychische Gesundheit?« Steele erhob die Hand und nahm Sarahs Antwort vorweg. »Lassen Sie mich aus dem Urteil im Fall Casey zitieren: ›*Im Fall lebensfähiger Föten kann der Staat eine Abtreibung erschweren und sogar verbieten, außer in den Fällen, wo eine Abtreibung, nach einem* ärztlichen *Gutachten, zur Abwendung einer Gefahr für Leben oder Gesundheit der Mutter nötig ist.*‹

Es heißt ausdrücklich *ärztliches* Gutachten – nicht psychologisches Gutachten.«

Sarah atmete bedächtig ein und richtete sich auf. »Psychiater sind Ärzte, Euer Ehren, und physische und psychische Gesundheit sind oft nicht voneinander zu trennen.« Sie wandte sich mit ihrer Aufmerksamkeit an Carl Klopfer. »Der Ausdruck ärztliches Gutachten besagt auch, dass ein Arzt, und nicht ein Gericht oder die Eltern das Sagen haben soll ...«

Klopfer zog die Augenbrauen hoch und schien darüber nachzudenken. »Ärzte können uns immer beraten«, unterbrach Steele. »Richter Leary konnte sich zugute halten, medizinisch bestens beraten zu sein. Ebenso wie die Tierneys.«

Mittlerweile war klar, dass Steele nicht die geringste Absicht hatte, Sarahs Argumente überzeugen zu lassen. »Die Entscheidung der Tierneys war moralisch begründet«, sagte sie, »nicht medizinisch. Deshalb sind sie gegen ihre Tochter vorgegangen. Und indem dieses Gesetz von einem ›gravierenden medizinischen Risiko‹ für die physische Gesundheit spricht, setzt es Mary Ann einem messbaren Risiko späterer Unfruchtbarkeit aus ...«

»Wie hoch darf das Risiko denn sein? Lassen Sie uns Ihre Standards in dieser Frage hören.

Wenn ein Arzt das Risiko möglicher Unfruchtbarkeit auch nur bei einem Prozent ansetzt, kann er noch kurz vor der Geburt eine Abtreibung vornehmen.

Wenn sich ein Arzt von der Abtreibung eines gesunden, acht Monate alten Kindes rosigere Zeiten für das Seelenleben der Mutter verspricht, dann darf er diese vornehmen.

Wenn seine jugendliche Patientin an einer möglichen ›Abnormalität‹ des Kindes Anstoß nimmt, dann hat dieses sein Lebensrecht verwirkt.«

»Nein«, protestierte Sarah. »Das ist nicht ...«

»Nein?« Steele war gnadenlos. »Läuft Ihre Argumentation nicht darauf hinaus, dass eine Minderjährige einen lebensfähigen Fötus abtreiben kann, allein wenn sie sich durch die Schwangerschaft belästigt fühlt?«

Sarah sah verzweifelt die zwei anderen Richter an: Klopfer hing ohnehin an Steeles Lippen und Dunnett verzog keine Miene. »Sie haben meine Beweisführung noch nicht gehört«, sagte sie zu Steele. »Mit Verlaub, sie entspricht nicht der Beweisführung, die Sie für mich erfunden haben ...«

»Tatsächlich? Dann muss ich sie wohl fälschlicherweise aus Ihrem Berufungsantrag abgeleitet haben, oder Sie sehen darin einen Hinweis auf meine schwindenden Geisteskräfte.« Plötzlich schien er sich zu beruhigen und nahm einen vernünftigeren Ton an. »Ist Ihnen klar, Ms. Dash, dass ein körperliches Zusammensein manchmal Konsequenzen nach sich zieht? Oder sehen Sie den Zweck dieses Gerichts darin, als ›Pille danach‹ zu fungieren?«

Hier griff Joseph Dunnett dann doch ein. »Sie haben noch fünf Minuten Zeit, um die Punkte vorzubringen, die Sie dem Gericht noch mitteilen möchten.«

Sarah wandte sich an Dunnett. »Ich bedanke mich, Euer Ehren. Der zentrale Punkt ist dieser: Ein Gesetz, das Mary Ann Tierney dazu zwingt, sich den Risiken eines klassischen Kaiserschnitts auszusetzen, weil es die Abtreibung eines behinderten Kindes verbietet, verletzt Roe versus Wade ...«

»Sind Sie denn ganz sicher«, unterbrach Steele, »dass das Kind wirklich behindert ist?«

Wieder bereitete sich Sarah auf eine Antwort vor. Dann bemerkte sie Carl Klopfer, wie er mit einem Nicken Steele beipflichtete, und sie wusste, dass sie verloren hatte.

3

Am Tag, als der Fall Tierney vor das Berufungsgericht kam, erschien Caroline Masters zum erstenmal vor dem Justizausschuss des Senats.

Der traditionsreiche Sitzungssaal des Senats war erfüllt von der Erinnerung an frühere Konfrontationen zwischen dem Kandidaten für dieses Amt und dem Justizausschuss. Caroline hatte an einem Tisch Platz genommen, ihr gegenüber saßen – erhöht und in einer Reihe – achtzehn Senatoren. In ihrem Rücken drängten sich die Medienvertreter; das Unterstützerteam aus dem Weißen Haus; einige Vertreter der Öffentlichkeit. In der ersten Reihe saß, um an ihrer sexuellen Ausrichtung keinen Zweifel aufkommen zu lassen, Jackson Watts.

Gekleidet in einen strengen blauen Hosenanzug, legte sie die für sie typische Gelassenheit an den Tag, verbarg aber in jenem Moment trotz allem eine Anspannung, die selbst die beste Vorbereitung nicht verhindern konnte. Das Weiße Haus hatte sie über jeden einzelnen der Senatoren und deren Vorlieben informiert. Palmer würde sich neutral, aber entgegenkommend verhalten; Vic Coletti, gleich links neben Palmer, würde ihr Fragen zu ihren Stärken und Schwächen stellen; Paul Harshman, der rechts neben Palmer saß, fixierte sie mit einem kalten Blick, der ihn als ihren Hauptgegner auswies. Neben Caroline saß Betsy Shapiro, Senior-Senatorin aus Kalifornien, und sprach die letzten Worte einer salbungsvollen Einleitung.

Nach einer kurzen Ansprache von Caroline selbst würde eine ganze Parade wohlwollender Fürsprecher Carolines Scharfsinn und Menschlichkeit preisen. Keiner von ihnen würde jedoch wirklich ins Gewicht fallen, wenn es Caroline nicht gelänge, in der drei Tage dauernden Anhörung den von anderen Senatoren gegen sie vorgebrachten Argumenten zu widersprechen.

Für Palmer stand, wie sie wusste, fast ebenso viel auf dem Spiel. Er hatte, gegen Gages Widerstand, den Termin für die Anhörung vorgezogen, und er hatte sich zusammen mit dem Präsidenten darauf verständigt, Carolines Geheimnis zu wahren. Mit dem ersten Fehltritt hatte er viele seiner Kollegen vergrault, und der zweite – würde er denn entdeckt werden – könnte seine eigenen Ambitionen für das Präsidentenamt zunichte machen. Rein äußerlich wirkte Palmer jedoch gelassen, und allen seinen Bedenken zum Trotz gaben diese Anhörungen Palmer auch die Gelegenheit, sich der Presse und der Öffentlichkeit als möglicher nächster Präsident der Vereinigten Staaten zu präsentieren. Sollte er wirklich dazu beitragen, Caroline in das Amt der Obersten Bundesrichterin zu hieven, dann wäre möglicherweise beiden gut gedient.

Angespannte Erwartung füllte den Raum. Caroline wandte sich kurz um und tauschte einen flüchtigen Blick mit Jackson aus. Der Ausschuss-Vorsitzende Palmer sah zu den Demokraten zu seiner Linken, dann zu den Republikanern, seinen Parteifreunden, zu seiner Rechten. Dann lächelte er Caroline zu.

»Gibt es eine Stellungnahme Ihrerseits, Ms. Masters?«

In der Höflichkeit der Frage schwang auch Ironie: Caroline hatte fünf eng bedruckte Blätter vor sich liegen, Ausdruck ihrer Zuversicht, gemischt mit der erforderlichen Portion Demut.

»Ja, die gibt es«, antwortete Caroline mit klarer, ruhiger Stimme.

Ihrer Stellungnahme folgte eine Ansprache Palmers, eine klare Beschreibung der Anforderungen an einen Obersten Bundesrichter.

Auch das war Theater, dazu gedacht, das breite Publikum zu beeindrucken und den anderen Senatoren zu versichern, dass er Carolines Bestätigung nicht so einfach zustimmen würde. Und so versuchte Palmer über mehrere Stunden hinweg, sie auf bestimmte Positionen festzulegen, während Caroline höflich, aber bestimmt auf der Verpflichtung eines Juristen bestand, sich die Freiheit des Denkens zu bewahren.

Der Schlagabtausch erreichte seinen Höhepunkt, als Palmer sie über das Abtreibungsrecht befragte. Paul Harshman machte dabei seiner Verärgerung mit einem finsteren Gesicht und wiederholtem Kopfschütteln Luft.

»Es scheint«, bemerkte Palmer schließlich, »Sie haben nicht die Absicht, hinter Roe versus Wade zurückzugehen.«

Caroline hielt inne und wählte ihre Worte bedächtig. »Ich bin der Überzeugung, Senator Palmer, dass es ein Recht auf einen Schutz der Privatsphäre gibt. Wenn ein Richter sich nicht davor hütet, seine Privatmeinung zum Präzedenzfall zu machen, dann werden Recht und Gesetz einseitig. Mit dieser Vorgabe im Kopf muss ich die jeweiligen Fälle auf mich zukommen lassen.«

Palmers leicht amüsierter Blick schien anzuerkennen, dass sie, wie hartnäckig er auch war, ihren Part wie vorgegeben spielte. »So weit, so gut«, sagte er, »wenden wir uns nun der Frage zu, ob Kameras im Gerichtssaal erlaubt sein sollten.

Im Fall Carelli haben Sie einer Übertragung auf CNN zugestimmt. Aber wie liegen die Dinge im Fall Tierney?«, fragte Palmer.

Caroline schüttelte den Kopf. »Nie und nimmer«, antwortete sie. »Das Recht einer Minderjährigen auf Wahrung ihrer Privatsphäre steht über dem Recht der Öffentlichkeit auf Information.«

Hier runzelte Paul Harshman wieder die Stirn: Seinem Moralverständnis zufolge, vermutete Caroline, verdiente Mary Ann Tierney genau das Maß an Beschämung, das ihr zuteil geworden war, und Carolines Mitgefühl deutete möglicherweise auf eine abtreibungsfreundliche Haltung. Mit einem Seitenblick zu Harshman fragte Chad Palmer: »Aber wenn Sie nun Oberste Bundesrichterin wären, Ms. Masters, würden Sie dann auch für die Zulassung des Fernsehens im Supreme Court plädieren?«

Caroline nickte. »Dort ja. Je mehr die Öffentlichkeit darüber weiß, wie unsere Institutionen arbeiten, umso besser ist es. Die Unklarheiten darüber, wie der Supreme Court seine Entscheidungen trifft, sind immens. Es ist Zeit, die Sonne hineinzulassen.«

Palmer nickte zustimmend. »Ich bin ganz Ihrer Meinung«, sagte er freundlich. »Würden Sie mir auch zustimmen, dass es Zeit zum Mittagessen ist?«

Der Nachmittag war schon zur Hälfte vergangen, ehe Harshman mit seiner Befragung beginnen konnte.

Sein Ton war von Anfang an kühl und abweisend. »Senator Palmer, muss ich sagen, war äußerst zurückhaltend bei seiner Befragung. Aber Ihre Antworten hinsichtlich der Rechte ungeborenen Lebens haben mich nicht befriedigt.«

Er unterbrach. Sein Schweigen verlangte, dass Caroline reagierte. »Das kann ich nur bedauern«, sagte sie. »Ich war der Meinung, wir sprechen über das Recht auf Schutz der Privatsphäre.«

Mit verschränkten Armen reckte Harshman den Hals und lugte auf sie herab. »Sind Sie der Meinung, Ms. Masters, dass auch Ungeborene ein Lebensrecht haben?«

»Nach Roe und Casey haben sie dieses Recht«, sagte sie Harshman. »Ist der Fötus erst einmal lebensfähig, kann der Kongress eine Abtreibung erschweren oder verbieten. Es sei denn, es besteht eine Gefahr für Leben oder Gesundheit der Mutter.«

Harshman hob eine Hand. »›Gesundheit‹«, sagte er, »bedeutet für die Abtreibungsbefürworter dieses und jenes. Was verstehen Sie darunter?«

Sie waren gefährlich nahe am Fall Tierney. »In der Frage hatte ich noch keine Entscheidung zu treffen. Und rein ethisch gesehen will ich mir kein vorschnelles Urteil erlauben ...«

»Machen Sie schon, Ms. Masters. Beinhaltet ›Gesundheit‹, der Verfassung nach, auch psychische Gesundheit?«

Caroline konnte den Blick von Clayton Slade fast spüren, der die Befragung über den Kabelkanal C-SPAN verfolgte. Vorsichtig formulierte sie ihre Antwort. »In einer Fußnote zu Doe versus Bolton, einem Parallelfall zu Roe, hielt das Oberste Bundesgericht fest, dass die psychische Gesundheit einer Frau durchaus ein Faktor ist. Aber in den letzten dreißig Jahren hat das Gericht nie mehr darauf Bezug genommen. Aus dem Grund ist diese Frage für mich offen.«

Harshmans Augen verengten sich. »Sind Sie für einen Verfassungszusatzartikel, der Abtreibung generell verbietet?«

Meinst du wirklich, ich bin so dumm, wollte Caroline sagen, *und beantworte diese Frage?* »Ich bin dafür, dass unsere Verfassung für das Wohl der Bürger weiter amendiert wird. Nur so haben die Frauen das Wahlrecht erlangt ...«

»Aber unterstützen Sie eine Gesetzeserweiterung, die ungeborenes Leben schützt?«

»Das ist eine politische Frage, Senator, keine rechtliche. Als Richterin ist es meine Aufgabe, mich an die Verfassung zu halten – inklusive jeglicher Zusatzartikel. Es wäre geradezu ein Widerspruch, würde ich meine persönliche Meinung zum Thema Abtreibung kundtun.«

»Sind Sie der Meinung«, fuhr er verärgert fort, »dass Eltern ein Mitspracherecht haben sollten, wenn ihre minderjährige Tochter abtreiben will?«

Das war zweifelsohne ein Versuch, sie auf den Fall Tierney festzunageln. »Das Oberste Bundesgericht gesteht ihnen dieses Recht zu«, antwortete Caroline. »Es hat das Recht auf Zustimmung eines Elternteils im Fall der Abtreibung eines noch nicht lebensfähigen Fötus nie angezweifelt. Vorausgesetzt, eine Minderjährige, der die Zustimmung verweigert wird, hat das Recht, ein Gericht davon zu überzeugen, dass sie reif genug ist, in dieser Frage selbst zu entscheiden, oder dass eine Abtreibung aus anderen Gründen in ihrem Interesse ist ...«

»Alles Schlupflöcher«, warf Harshman ein, »die den Richtern dazu dienen, Abtreibungen routinemäßig abzusegnen, unabhängig von der Meinung der Eltern der Minderjährigen. Ist damit, Ihrer Meinung nach, ein ausreichender Schutz ungeborenen Lebens gewährleistet?«

Caroline sah ihn gelassen an. »Ich habe lediglich die Rechtslage beschrieben ...«

»Aber Sie sind der Meinung, Ms. Masters, dass der Kongress das Recht hat, einen lebensfähigen Fötus zu schützen. Muss der Kongress dann auch noch besagte Schlupflöcher bereithalten?«

Caroline lächelte. »Gewissen Dingen entkommt man nicht, Senator. Auch wir, die wir hier ganz auf diese Anhörung konzentriert sind. Ich weiß, dass just in dem Moment, in dem wir uns hier unterhalten, ein Gremium an meinem Gericht über die Verfassungsmäßigkeit des Protection of Life Act entscheidet.

Es ist gut möglich, dass der Fall Tierney vor das Oberste Bundesgericht kommt. Darüber hinaus halte ich es für unpassend, meinen drei Kollegen vom Neunten Bezirk einen Rat zu geben, um den sie nicht gebeten haben und den sie auch nicht brauchen.«

Harshman lehnte sich verdutzt zurück, wandte sich aber sogleich wieder an Caroline.

»So neu ist die Frage nun auch wieder nicht. Im Urteil Sternberg versus Carhart hat das Oberste Bundesgericht ein Bundesgesetz annulliert, das die Teilgeburtsabtreibung lebensfähiger Föten verbietet. Heißen Sie das gut?«

Carolines Stimme klang leicht gereizt. »Ob ich das gutheiße oder nicht, spielt keine Rolle. Das Oberste Bundesgericht hat bereits entschieden.«

Harshman ließ nicht locker. »Aber sind Sie der Meinung, eine derartige Entscheidung impliziert, dass der Protection of Life Act ebenfalls zu Fall gebracht werden muss?«

»Nein«, antwortete Caroline kurz und bündig. »Das Gesetz des Staates Nebraska im Fall Sternberg hat die Gesundheit der Mutter nicht berücksichtigt, weshalb das Gericht zu dem Schluss kam, es würde das Recht auf Abtreibung nach *Roe* in unverhältnismäßiger Weise einschränken.

Der Protection of Life Act ist eine Reaktion auf *Sternberg* – sozusagen die zweite Generation derartiger Gesetze.«

Chad Palmer sah Harshman schweigend an. *Gib dich geschlagen,* schien sein Ausdruck zu sagen.

»Vor zehn Jahren, Ms. Masters, haben Sie sich für ein Amt als Bundesrichterin beworben – korrekt?«

Caroline erkannte sofort, worauf Harshman hinauswollte. »Ja«, antwortete sie ruhig.

»Wurde Ihre Bewerbung damals nicht vom Harvey Milk Democratic Club unterstützt, einem Zusammenschluss von Schwulen und Lesben?«

Die Betonung, die er dem letzten Wort beimaß, war besonders plump. »Das ist richtig. Aber auch von der Handelskammer und von Polizistenverbänden ...«

»Heißen Sie einen lesbischen Lebensstil gut, Ms. Masters?«

Caroline unterdrückte ihre Wut. »Meine Rolle als Richterin ist es nicht, irgendwelche ›Lebensstile‹ für gut oder schlecht zu befinden, Senator. Und der Ausdruck ›lesbischer Lebensstil‹ hat für mich nicht mehr Bedeutung als ›Lebensstil der Polizei‹.

Meine Aufgabe ist es, gerecht zu sein. Nicht mehr, aber auch nicht weniger habe ich zu keinem Zeitpunkt versprochen. Und die Tatsache, dass mich so unterschiedliche Gruppierungen unterstützen, bestätigt mich.«

Harshman legte den Kopf schräg. »Sie haben keine Kinder, korrekt?«

Die Direktheit der Frage verblüffte sie. »Ich war nie verheiratet, Senator.«

Gespannt wartete Caroline auf die nächste verhängnisvolle Frage. Am Ende würde er ihr noch die Geburtsurkunde ihrer Tochter präsentieren. Aber sie hatte sich getäuscht. »Wie können Sie dann das nötige Verständnis für die Probleme von Eltern aufbringen?«

»Sie und ich«, antwortete sie, »sind beide keine Farbigen. Aber mir widerstrebt die Vorstellung, uns seien nur jene Erfahrungen nahe, die wir als Weiße gemeinsam haben.«

Dieses Mal war Harshman um eine Antwort verlegen; Carolines Antwort, ein kaum verhüllter Seitenhieb auf seine fremdenfeindliche Haltung, verärgerte ihn ganz offensichtlich. Er sah flüchtig seine Notizen durch und versuchte dann erneut eine Offensive.

»Unterstützen Sie, Ms. Masters, das Recht aller Amerikaner auf Schusswaffenbesitz?«

Sie unterdrückte ihr Missfallen und antwortete: »Ich glaube, dieses Recht wird durch den zweiten Verfassungszusatzartikel gedeckt ...«

»Aber Sie haben die Absicht, dieses Recht zu respektieren. Oder wollen Sie es einschränken?«

Es ist Zeit, die Zurückhaltung aufzugeben, dachte Caroline. »Ich habe kein Verständnis für Extremismus aller Art. Dementsprechend halte ich die Befürworter eines Waffenverbots, die so tun, als gäbe es den zweiten Verfassungszusatzartikel nicht, für ebenso fragwürdig wie jene, die behaupten, ein zweihundert Jahre alter Verfassungszusatzartikel bedeutet, wir müssen uns mit

Munition abfinden, die selbst schusswaffensichere Westen durchdringt.«

»Das Problem sind nicht die Waffen – sondern die Verbrecher, die sie benutzen. Wenn wir erst beginnen, den zweiten Verfassungszusatzartikel anzutasten, wo ist für Sie dann die Grenze?«

Sie konnte ihre Verachtung kaum verbergen, aber auch ihre Erheiterung darüber, dass ein Staat diesen humorlosen und verbissenen Mann zu seinem Repräsentanten machen konnte. »Grenzen zu ziehen«, sagte sie, »ist Aufgabe des Kongresses.«

»Und es wird Ihre Aufgabe sein«, unterbrach Harshman, »diese Grenzziehung zu überprüfen. Sollten Sie das Glück haben, bestätigt zu werden.«

»Stimmt alles«, antwortete Caroline gelassen. »Ich weise lediglich darauf hin, dass das Recht auf Leben nicht mit der Geburt endet. Und dass der Kongress möglicherweise dazu berechtigt ist, nicht nur lebensfähige Föten zu schützen, sondern auch uns, die bereits ›Geborenen‹.«

In ihrem Rücken ertönte plötzlich Applaus. Als Senator Palmer mit seinem Hammer auf den Tisch klopfte, errötete Harshman, und Caroline fühlte sich an ihren Vorsatz erinnert, ihn nicht allzu sehr zu rupfen. »Sie schneiden ein wichtiges Thema an«, fügte sie mit mehr Respekt hinzu. »Pflicht des Obersten Bundesgerichts ist es, jedes neue Gesetz hinsichtlich möglicher Auswirkungen auf die im zweiten Verfassungszusatzartikel garantierten Rechte des Bürgers hin zu untersuchen.«

Aber Harshman schien sich damit nicht zufrieden zu geben. Caroline hatte das Gefühl, so müde sie mittlerweile war, würde ihr gleich die nächste Ungeschicklichkeit unterlaufen, die ihn nur noch weiter auf die Palme bringen würde. Ihren Blick auf Chad Palmer gerichtet, fasste sie sich ans Ohr.

Palmer wandte sich daraufhin an Harshman. »Entschuldigen Sie bitte«, fragte er, »darf ich fragen, wie lange es noch dauert?«

»Stunden«, antwortete Harshman unwirsch. »Vielleicht Tage. Ms. Masters will, dass wir sie zur Vorsitzenden des höchsten Gerichts im ganzen Land küren. Aber ihre gewundenen Antworten werfen ständig neue Fragen auf.«

»Warum vertagen wir uns dann nicht auf morgen Vormittag um zehn, aus Rücksicht auf die zu Befragende und weil es bereits nach halb fünf ist.«

Harshman, offensichtlich gierig darauf bedacht fortzufahren, bedachte ihn mit einem verärgerten Blick. »Ein guter Vorschlag«, warf Vic Coletti besänftigend ein. »Für uns alle war es ein langer Tag.«

Caroline konnte diesem angespannten Wortwechsel nur tatenlos zusehen. Sie fragte sich, ob es nicht doch besser wäre, fortzufahren, und was ihr Paul Harshman – mit einer ganzen Nacht Zeit zum Nachdenken – morgen wohl auftischen würde.

»In Ordnung«, lenkte Harshman nun plötzlich ein. Somit war der erste Tag der Anhörung vorüber.

4

Am nächsten Vormittag um neun brachte ein Bote die Entscheidung des Gerichts in Sarahs Büro.

Sarah schlug die letzte Seite auf und las eher wütend als erstaunt »*Urteil bestätigt*«. Die Entscheidung war einstimmig.

Dann fasste sich Sarah und warf einen Blick auf die Begründung.

Steeles Sprache war kühl, präzise und so ausgefeilt, dass sie jeder Anfechtung standhielt. Spätabtreibungen, befand Steele, werden durch Roe nicht abgedeckt, es sei denn, es besteht eine substanzielle Gefahr für die physische Gesundheit der Mutter. Eine mögliche Unfruchtbarkeit erfüllt diese Bedingung nicht. »Psychische Gesundheit« ist ein Codewort für Abtreibung auf Verlangen. Und die Zustimmungspflicht der Eltern hat den angenehmen Nebeneffekt, die Gesprächsbereitschaft innerhalb der Familie zu fördern; nur wenn eine Familie zu keiner Einigung kommt, ist ein Gerichtsentscheid erforderlich, ob eine Minderjährige einen lebensfähigen Fötus abtreiben kann ... Wirklich happig war nur der letzte Absatz:

»*Es ergibt keinen Sinn*«, schrieb Steele, »*einen Kongressentscheid außer Kraft zu setzen, weil ein fünfzehnjähriges Mädchen sich der Weisung eines vorbildlichen Elternpaars widersetzt, nur weil ihr Kind ihren Wunschvorstellungen möglicherweise nicht entspricht.*

Wenn das unsere Maßstäbe wären, dann hätten wir sämtliche Maßstäbe verloren.«

Sarah tat Mary Ann unendlich Leid und sie fragte sich, wie Mary Ann das wohl aufnehmen würde und wie viel sie überhaupt noch ertragen konnte.

Mace Taylor nahm einen Schluck Kaffee in MacDonald Gages Büro, als ein Angestellter ein Fax hereinbrachte.

Gage empfand eine tiefe Genugtuung, die Ereignisse begannen die Form anzunehmen, die er sich wünschte. »Es ist Steeles Entscheidung«, sagte Gage trocken. »Sein Überraschungsei für Caroline Masters.«

Taylor verkniff sich ein Lächeln. »Gut? Saunders hat mir gesagt, Steele habe es der Anwältin des Mädchens richtig gegeben.«

Gage verlas das Schriftstück ohne aufzusehen. Am Ende angekommen, murmelte er: »Wir sehen besser zu, dass es Harshman bekommt. Er wartet nur darauf, Masters endlich die Daumenschrauben anzulegen.«

Es war Mittag, der zweite Tag der Anhörung Caroline Masters'.

Die ersten beiden Stunden hatten in einer Sackgasse geendet. Entnervt fragte Harshman: »Würden Sie sich als Aktivistin in der Robe bezeichnen?«

»Nein«, antwortete sie schlicht und einfach.

In Harshmans verengten Augen und seiner angehobenen Stimme zeigte sich Verärgerung; offenbar hatte er ein größeres Maß an Verunsicherung erwartet. »Dann erklären Sie mir Ihre Entscheidung im Fall Oregon, wo Sie sagen, eine Gesetzeserweiterung schütze nicht die politische Redefreiheit.«

»Wir haben lediglich ein angemessenes Gleichgewicht angestrebt«, korrigierte ihn Caroline, »zwischen unbegrenzter Redefreiheit für die Reichen – man denke an Millionenspenden an Parteien – und den Bedenken der Öffentlichkeit, der Spender könnte sich Einfluss erkaufen. Damit folgte unser Gericht der Entscheidung des Obersten Bundesgerichts im Fall Missouri ...«

»Die missglückt ist«, erwiderte Harshman, »und längst fällig, revidiert zu werden.«

Sie musste zu einer Entscheidung kommen, wusste Caroline. Worum es eigentlich ging, war Chad Palmers Initiative, derartige Spenden zu verbieten. »›Richterlicher Aktivismus‹«, sagte Caroline gelassen, »würde bedeuten, Entscheidungen des Obersten Bundesgerichts zu ignorieren.«

Palmers flüchtiges Lachen schien Harshman nur noch mehr zum Kochen zu bringen. »Richterlicher Aktivismus«, schloss Caroline, »sieht das Recht als Werkzeug zur Durchsetzung politischer Überzeugungen. Ich stimme mit Ihnen darin überein, dass Richter die Gesetze anwenden und sie nicht neu erfinden sollten.«

Harshman errötete, matt gesetzt durch eine Aussage, gegen die er nicht angehen konnte.

»Am Anfang Ihrer Laufbahn«, fuhr er dann fort, »stand die Verteidigung von Mördern, Vergewaltigern, Einbrechern und Kinderschändern. Oft haben Sie einen Freispruch auf der Grundlage so genannten polizeilichen Fehlverhaltens durchgesetzt – illegale Hausdurchsuchungen und ähnliches. Aber die meisten dieser Leute waren doch schuldig, oder?«

Caroline lächelte gelassen. »Das will ich doch hoffen.«

Ihre mokante Art ließ Harshmans Kopf nach vorne schnellen. »Wie kommen Sie darauf?«

»Weil die meisten von ihnen abgeurteilt wurden.«

Wieder ertönte Gelächter im Saal. »Womit die Arbeit der Polizei bestätigt wäre«, sagte Harshman. »Und Ihre verbrecherfreundliche Haltung obendrein.«

Nun lächelte Caroline nicht mehr. »Die schlichte Wahrheit ist die, Senator, dass die meisten Klienten eines Strafverteidigers in den meisten Fällen schuldig sind. Wenn sie unschuldig wären, dann wären wir hier in Libyen, oder in China.«

Harshman schüttelte angewidert den Kopf. »Und was ist mit dem Fall, in dem Sie einen Kinderschänder freigeboxt haben? Erinnern Sie sich daran?«

Caroline erinnerte sich nur zu gut: Das Gesicht des vermeintlichen Opfers hatte sie jahrelang verfolgt. »Ja, ich erinnere mich, Senator. Der Richter kam zu dem Schluss, dass der Junge nicht glaubwürdig war ...«

»Nachdem Sie dafür plädiert haben.«

Caroline fühlte sich angespannt: Die Crux des Anwaltsberufs bestand darin, auf die Rechte Schuldiger zu pochen, um die Verurteilung Unschuldiger zu verhindern. »Nach der Verfassung«, sagte sie, »verteidigen wir den Angeklagten gegen erzwungene Geständnisse und fadenscheinige Schuldzuweisungen. In manchen Fällen erlangen wir dadurch den Freispruch Schuldiger wie Unschuldiger gleichermaßen. Ich wollte, wir Anwälte wären, als menschliche Wesen, perfekt. Aber das sind wir nun einmal nicht ...«

»Das muss auch der Grund dafür sein«, unterbrach Harshman, »dass Sie diese ewigen Habeas-Corpus-Petitionen unterstützen, die Todeskandidaten jahrzehntelang in der Warteschleife halten.«

Caroline legte ihren Kopf schräg. »Ich bin für die Todesstrafe, solange sie gerecht angewendet wird. Aber in zahlreichen Fällen haben DNA-Tests erwiesen, dass zum Tod Verurteilte unschuldig sind. Typischerweise mittellose Schwarze – oft mit unbefriedigender Verteidigung.« In ihrer Stimme schwang Ironie. »In einem Fall erschien der Anwalt während des ganzen Verfahrens betrunken. Seine glücklichste Stunde hatte er, als er einschlief.

Es hätte nur noch drei Tage gedauert, und sein Klient wäre unschuldig hingerichtet worden. Die Tötung Unschuldiger aber ist Mord, ganz egal ob sie mit einer Axt ausgeführt wird oder durch den Staat Illinois ...«

Harshmans Augenbrauen schnellten nach oben. »Ihr Mitleid ehrt Sie, Ms. Masters. Aber Ihr Einsatz für die Rechte Strafgefangener geht noch viel weiter. Sagt Ihnen der Fall Snipes versus Garrett etwas?«

Natürlich, antwortete Caroline im Geiste. *Überzeugt davon, dass Sie darauf zu sprechen kommen, habe ich mir den Fall letzte Nacht noch einmal angesehen.* »Es handelt sich um einen der jüngsten En-banc-Fälle. Mein Gericht kam zu dem Schluss, dass ein Strafgefangener, der behauptete, geschlagen und vergewaltigt worden zu sein, die Chance haben sollte, das zu beweisen …

Jeder, der die Gefängnisse in Kalifornien kennt, hat Grund zu der Annahme, dass Snipes tatsächlich misshandelt wurde. Die Mehrzahl der Richter schreckte davor zurück, die Klage eines Fast-Analphabeten abzuschmettern, nur weil er die Verfahrensordnung zunächst nicht eingehalten hat …«

»Stellen Sie nicht ein Mindestmaß an Anforderungen an diese Leute, Ms. Masters? Warum soll ein rechtmäßig verurteilter Schwerverbrecher mehr Rechte haben als unsereins?«

Allmählich begann Harshmans hartnäckige Beschränktheit Carolines Geduld zuzusetzen. »Der Mann wurde zu zwanzig Jahren Haft verurteilt. Aber das heißt nicht, dass er im Gefängnis vogelfrei ist.«

Die letzte Bemerkung ließ Harshmans Gesicht rot anlaufen. Die Körpersprache der anderen Senatoren, mit der sie bewusst Neutralität signalisierten, zeigte, dass Harshman keinen Boden gewann. Palmer, Harshman zugewandt, zog fragend die Augenbrauen hoch.

Harshman schien erleichtert, als seine Mitarbeiterin an seiner Schulter auftauchte und ihm einige Schriftstücke vorlegte. Sie flüsterte ihm etwas ins Ohr. Dann, offenbar frisch gestärkt, wandte er sich wieder an Caroline.

»Heute Morgen«, sagte er, »hat Ihr Gericht Learys Entscheidung im Fall Tierney bestätigt. Somit scheint Mary Ann Tierney nur noch die Wahl zu haben, entweder eine En-banc-Anhörung an Ihrem Gericht zu beantragen oder gleich das Oberste Bundesgericht anzurufen.« Harshman lächelte finster. »Sind Sie auch der Meinung, Sie sollten sich aus diesem Verfahren ausschließen?«

Caroline hielt inne, um abzuschätzen, worauf er hinauswollte. »Aus welchen Gründen?«, fragte sie kühl.

»Befangenheit.« Harshmans Ton war anklagend. »Insbesondere Ihre Beziehung zu Mary Ann Tierneys Anwältin.«

Caroline platzte schier vor Wut: Harshman hatte das Wort Beziehung bewusst gewählt. »Sie beziehen sich darauf, dass Sarah

Dash vor drei Jahren meine Mitarbeiterin war. Nach gängiger Regelung würde ich jedoch nur für den Zeitraum von einem Jahr nach dem Ende des Beschäftigungsverhältnisses für befangen gelten – von außergewöhnlichen Umständen abgesehen.«

Wieder zeigte Harshman ein wissendes Lächeln. »Definieren Sie ›außergewöhnliche Umstände‹, Ms. Masters.«

Caroline erinnerte sich blitzartig an ihr Treffen mit Macdonald Gage und seine Anspielung auf Sarah. »›Außergewöhnlich‹ bedeutet zum Beispiel eine verwandtschaftliche Beziehung oder ökonomische Abhängigkeit ...«

»Oder«, warf Harshman lässig ein, als würde er seine Chance erst jetzt sehen, »wenn Richter und Mitarbeiter eine Liebesbeziehung bindet?«

Caroline zwang sich zu einem Lächeln. »Das«, antwortete sie, »würde natürlich ausreichen.«

»Wie sieht es mit dem Anschein einer Beziehung aus, die anderen als zu eng erscheint?«

Was meint er mit Anschein, fragte sich Caroline. *Und welche perversen Schlüsse gedenkt er daraus zu ziehen?* Bei ihrer Antwort klang ihre Stimme gepresster als sie es wünschte. »Die Freunde eines Richters, Senator, sind oft Berufskollegen – Studienfreunde, Soziusse und auch ehemalige Mitarbeiterinnen.« Als sie sah, wie Harshman die Brauen hochzog, wurde ihre Stimme fester. »Aber ich bin Richterin, und zu meinem Beruf gehört es, unparteiisch zu sein. Wenn ich so sentimental wäre und schwach, dass freundschaftliche Gefühle für eine ehemalige Mitarbeiterin mich verunsichern würden, dann wäre ich ungeeignet für diesen Beruf.

Im Fall Tierney habe ich keine Meinung. Ich habe die Fernsehübertragung nicht gesehen, ich habe nie mit jemandem darüber gesprochen. Das ist es, was von einem Richter verlangt wird.«

»Sie sagen also«, bestand Harshman, »es gibt keinerlei persönliche Verstrickung, die ein gerechtes Urteil Ihrerseits verhindern könnte. Weder an Ihrem Gericht, noch als Oberste Bundesrichterin.«

Plötzlich sah Caroline, in welche Falle sie geraten war. Wenn sie einen Rückzieher machte, würde sie ihre »Nähe« zu Sarah eingestehen. Würde sie dagegen mit ja antworten, würde sie Tür und Tor öffnen für eine mögliche Beteiligung an einer En-banc-Entscheidung oder möglicherweise das Zünglein an der Waage bei einem Entscheid des Obersten Bundesgerichts werden – welche Folgen das auch immer für ihre Bestätigung haben würde. Die plötzliche Aufmerksamkeit der anderen Senatoren, insbesondere Palmers, verriet, dass sie dieselbe Sichtweise hatten.

Vorsichtig sagte Caroline: »Nicht, dass mir irgendetwas bewusst wäre.«

»Sie sind sich keiner Gründe bewusst«, fragte Harshman ungläubig, »welche die Annahme einer Befangenheit rechtfertigen würden?«

Caroline richtete sich auf. »Ich bin mir der Fakten bewusst«, sagte sie kurz und bündig. »Ich bin mir bewusst, dass ich nicht befangen bin. Einzig für die Befangenheit anderer kann ich nicht garantieren.«

Harshman lächelte rätselhaft, aber seine Augen strahlten freudig. »Das wär's, Ms. Masters. Im Moment.«

5

Sarah hatte eine schwere Entscheidung zu treffen, als der Vorsitzende von Kenyon & Walker in ihrem Büro erschien.

Ohne lange zu fackeln, sagte John Nolan: »Ich habe das Urteil von Steele gelesen.«

Sarah war überrascht; auch Nolan musste es zugeschickt bekommen haben. »Kein Ruhmesblatt«, antwortete sie.

Nolan setzte sich mit der Selbstverständlichkeit von jemandem, der vorhatte zu bleiben. »Steele ist es gelungen, Sarah, alles Abstoßende an Mary Ann Tierneys Wunsch, dieses Kind abzutreiben, herauszustellen. Was nicht wenige meiner Partner mir zu verstehen gegeben haben.«

Selbst an einem schwierigen Tag wie diesem machte Nolan keine Anstalten, Mitgefühl zu heucheln. Sarah ließ ihn aussprechen und sagte nichts.

»In diesem Stadium ist es angebracht, sich Gedanken über den Ausgang zu machen. Die besten Anwälte überdenken das Endspiel vor dem Anpfiff. Ich spiele jetzt nicht auf die Partner an, die Sie auf die Palme gebracht haben, sondern auf die Konsequenzen für die Pro-Choice-Bewegung.

Heute Vormittag hat der Neunte Gerichtsbezirk das Gesetz zum Schutz des Lebens bestätigt. Somit hat es Gültigkeit für die zwanzig Prozent des Landes, die durch den Neunten Bezirk abgedeckt sind. Wenn Sie vor dem Obersten Bundesgericht verlieren, hat das Gesetz Gültigkeit für die gesamten USA.« Nolan verschränkte die Arme und sprach mit jener Autorität, die seine Kollegen so beeindruckte. »Sie haben sich einen ungünstigen Fall ausgesucht, Sarah – ein Mädchen mit angesehenen Eltern und einem Klagegrund, der zu dünn ist, um damit durchzukommen. Also haben Sie verloren. Wenn Sie das Oberste Gericht dazu zwingen, dieses Gesetz zu bestätigen, hat ein Mädchen mit einem fundierteren Klagegrund keine Chance mehr. Der Richterspruch im Fall Tierney wird dann zum Gesetz für alle.«

Das machte auch ihr große Sorgen, gestand Sarah sich ein. Zu Nolan sagte sie: »Ich vertrete nicht die Pro-Choice-Bewegung. Wenn ich nicht weitermache, dann wird meine Klientin dieses Kind bekommen ...«

»Ein Opfer, das sie davor bewahrt, eine verbindliche Rechtsgrundlage für alle zu schaffen – jedenfalls in den ungefähr vierzig Staaten außerhalb der Zuständigkeit des Neunten Bezirks. Fehlt Ihnen denn jeglicher Sinn für die Tatsachen, Sarah? Wollen Sie wirklich, dass ein fünfzehnjähriges Mädchen dem Obersten Gerichtshof zur Gelegenheit verhilft, einem schlechten Gesetz landesweite Gültigkeit zu verschaffen?«

Was auch immer man ihm vorwerfen konnte, dachte Sarah, berechnend und pragmatisch war Nolan auf jeden Fall; vielleicht half es bei ihrer Entscheidungsfindung, wenn sie ihn ein wenig aushorchte. »Warum glauben Sie, dass ich verliere, John?«

Nolan ärgerte sich über ihre Kurzsichtigkeit. »Caroline Masters ist noch nicht bestätigt. Ohne sie kommt es im Obersten Bundesgericht zu einem Patt von vier zu vier – bestenfalls.

Jemand wie Macdonald Gage weiß das nicht nur, sondern denkt mit Grauen daran, Masters könnte für Sie stimmen, wenn sie erst einmal ernannt ist. Also verzögert er ihre Bestätigung, bis das Oberste Bundesgericht über Ihren Eilantrag entschieden hat. Bei der jetzigen Zusammensetzung des Gerichts werden sie ihn gar nicht annehmen, oder aber – wenn die Abtreibungsgegner eine Mehrheit haben – sie nehmen den Fall an und lassen Sie abblitzen.«

Als Sarah das hörte, dachte sie daran, dass Nolan seine Karriere als Mitarbeiter beim damaligen Senior-Senator von Kalifornien begonnen hatte und noch heute enge Verbindungen mit Washington unterhielt: Entweder beruhte seine Einschätzung auf langjähriger Erfahrung oder auf konkreteren Informationen über Macdonald Gages Absichten. »In diesem Fall«, antwortete Sarah, »sollte ich eine En-banc-Anhörung am Neunten Bezirk beantragen.«

Nolans Gesicht zeigte das gelangweilte Vergnügen eines Mannes, der bereits einen Schritt voraus ist. »Erklären Sie, wozu das führen soll.«

»Alle einundzwanzig aktiven Richter«, antwortete Sarah, »werden über Mary Anns Petition entscheiden. Und viele – vielleicht eine Mehrheit – teilen Steeles Ansichten mitnichten.

Wenn elf von einundzwanzig Richtern für eine erneute Anhörung stimmen, dann werden nach dem Zufallsprinzip elf ausgesucht, über den Fall zu entscheiden. Und wenn ich nicht nur Nieten ziehe, dann habe ich die Chance, sechs auf meiner Seite zu haben. Und mehr brauchen wir nicht.«

Nolan lächelte. »Gehört zu Ihren einundzwanzig aktiven Richtern auch Caroline?«

In den wenigen Stunden nach Erhalt von Steeles Entscheidung hatte Sarah darüber noch kaum nachgedacht. »Wenn sie bis dahin nicht bestätigt wird.«

»Das wird sie nicht werden. Und Ihnen würde ich raten, nicht mehr ans Telefon zu gehen. Ich habe soeben einen Teil der Anhörung im Fernsehen verfolgt. Sie spielen mit Sprengstoff, Sarah.«

»Wie meinen Sie das?«

»Ihr Name wurde erwähnt.« Nolan beugte sich nach vorne.

»Um genau zu sein, Senator Harshman hat Caroline gefragt, ob sie aufgrund der Beziehung zu Ihnen aus Befangenheit zurücktreten würde.«

»Weil ich ihre Mitarbeiterin war?«

»Das hat Harshman offen gelassen. Bei Ernennungen für das Oberste Bundesgericht kennt der Senat keine Gnade. Ihr Fall zieht weite Kreise. Wenn Sie eine Wiederanhörung beantragen, bleibt Caroline nur – von einer Befangenheitserklärung abgesehen –, gegen Sie zu stimmen. Und wenn sie ausgewählt wird, den Fall erneut anzuhören, und zu Ihren Gunsten abstimmt, glaube ich nicht, dass Kilcannon sie dann noch retten kann oder überhaupt möchte.« Nach einer Pause schloss Nolan: »Dass Caroline und ich alles andere als Busenfreunde waren, ist kein Geheimnis. Aber es wäre gut, wenn der neue Oberste Bundesrichter ein ehemaliger Partner von Kenyon & Walker wäre. Und mehr als schade ist es, wenn gerade wir das verhindern.«

Schweigend verdaute Sarah den Schock dieser unerwarteten Konsequenzen: Der Kurs, den sie eingeschlagen hatte, konnte Carolines Chancen gefährden oder, aus genau diesem Grund, Mary Anns Chancen verringern. Ruhig sagte sie: »Ich muss darüber nachdenken. Aber ich glaube, ich befinde mich in derselben Situation wie Caroline. Wie auch immer sie abstimmen wird, sie kann ihren Pflichten nicht entkommen. Und genau das kann ich auch nicht.«

»Überlegen Sie sich das gut, Sarah.« Nolan sprach bedächtig. »Sie sind Teil eines ausgeklügelten Spiels geworden, das Harshman – und möglicherweise Gage – für Sie und Caroline eingefädelt hat. Je nachdem wie Sie und Caroline nun reagieren, verbessern sich ihre Chancen, über den Ausgang des Falls Tierney mitzubestimmen oder Carolines Ernennung zu vereiteln. Politisch gesehen nützt ihnen beides.«

Abermals fragte sich Sarah, ob Nolan genauer über die Vorgänge im Senat Bescheid wusste, als er zugab, und ob er etwa eine Nachricht jener übermittelte, die die Fäden zogen.

»Ich danke Ihnen«, sagte sie schlicht, »und weiß Ihren Rat zu schätzen.«

Mit Tränen in den Augen lag Mary Ann auf Sarahs Couch. Die Blätter des Gerichtsbescheids glitten durch ihre Finger und flatterten zu Boden.

»Ich habe immer geglaubt, er liebt mich«, sagte sie.

»Dein Vater?«

»Tony. Ich wusste doch nicht ...« Mary Ann schüttelte den Kopf. »Meine Eltern. Das Baby. Was dieser Richter von mir sagt. Alles nur weil ich mit ihm geschlafen habe.«

Es hatte keinen Sinn, ihr die eigenen Bedenken mitzuteilen, dachte Sarah. Mary Anns Kummer, zusammengesetzt aus Scham und Fassungslosigkeit, war groß genug – Caroline zu erwähnen oder die Komplexität von Sarahs Rolle, das könnte sie vollends zerbrechen.

»Selbstvorwürfe helfen auch nicht weiter«, sagte Sarah. »Egal welchen Fehler du gemacht hast, du verdienst es nicht, so behandelt zu werden.«

Schweigen machte sich breit; das Klingeln des Telefons ignorierte Sarah. »Du hast noch zweieinhalb Monate«, sagte sie schließlich. »Vielleicht weniger, sollte das Kind früher kommen. Wir müssen entscheiden, was nun passieren soll.«

Mary Ann hatte die Augen niedergeschlagen, ließ sich mit ihrer Antwort Zeit. »Welche Möglichkeiten haben wir denn?«

»Gerade mal drei. Antrag auf eine En-banc-Anhörung, Petition an das Oberste Bundesgericht oder eine Entbindung mittels klassischem Kaiserschnitt.«

Lange Zeit sagte Mary Ann überhaupt nichts. Sarahs Gedanken glitten ab, in eine Welt die nun die ihre war – die Telefonanrufe, von denen viele Caroline betrafen; die Reporter vor ihrem Haus; die Demonstranten mit ihren Transparenten und Slogans.

Dann sah Mary Ann zu ihr auf. »Ich will noch immer, dass Sie mir ... dass du mir hilfst.«

Dann sollte es wohl so sein. Sarah war für sie mittlerweile zur vertrauten Freundin geworden, zur Verbündeten, und sie war natürlich nach wie vor ihre Anwältin. »Bleibt nur das Oberste Bundesgericht«, antwortete sie. »Oder wir versuchen es zunächst mit einer Wiederanhörung.«

»Was gedenkst du zu tun?«

Die Antwort war Sarah jetzt klar. Ohne Caroline am Obersten Bundesgericht hatten sie kaum Chancen zu gewinnen. Mehr versprach sie sich von einer Wiederanhörung, und die gewonnene Zeit könnte ausreichen für Carolines Bestätigung. Die politischen Fallstricke einer Wiederanhörung konnten nicht Mary Anns Sache sein.

»Wir sollten einen Antrag beim Neunten Bezirk stellen«, erwiderte Sarah. »Bald.«

6

Acht Tage später saß Caroline Masters in ihren Amtsräumen und sah den Kabelkanal C-SPAN.

Im Fernsehen wirkte der Senatssaal weniger einschüchternd als in Wirklichkeit. Aber die Anspannung der Anhörung saß ihr noch immer in den Knochen.

Nach außen hin waren die letzten Tage ruhig verlaufen. Das hatte Caroline Chad Palmer zu verdanken: Hinter der Kamera hatte er Paul Harshmans Vorschlag abgeschmettert, Sarah Dash vorzuladen. Wesentlich bedrohlicher war da schon das vom FBI zutage geförderte »Gerücht«, dass irgendwann in den 70er Jahren auf Martha's Vineyard eine junge, Caroline Masters ähnlich sehende Frau ein Mädchen zur Welt gebracht hatte.

Daraufhin konnte Caroline mehrere Nächte lang nicht schlafen. Aber das »Gerücht« blieb eine flüchtige Bemerkung auf einem Stück Papier, das nur zwei Ausschussmitglieder gesehen hatten – Palmer und Vic Coletti. Wie schon zuvor hatte Palmer von seinem Vorrecht Gebrauch gemacht, allen anderen Senatoren, darunter auch Harshman und Gage, die Einsicht in nicht geprüfte Daten des FBI zu verweigern. Um dies sicherzustellen, hatte er dem FBI davon abgeraten, das »Gerücht« weiter zu verfolgen.

Senator Palmers entscheidende Leistung war es, sich dem Druck von Gage und Harshman zu widersetzen, das Anhörungsverfahren zu verzögern. Nun, auf dem Fernsehschirm, blickte er gefasst zu den Republikanern rechts von ihm, dann zu den Demokraten links von ihm. Mit täuschender Gelassenheit wies er den Saaldiener an, die Namensliste zu verlesen.

»Alle, die dafür sind, die Ernennung mit einer positiven Empfehlung an den Senat weiterzuleiten, mögen dies bitte mit einem ›Ja‹ kundtun. Alle, die dagegen sind, tun dies mit einem ›Nein‹ kund.«

Dreizehn Stimmen für uns, hatte Palmer gegenüber Kerry Kilcannon vorhergesagt. Noch während die Abstimmung lief, zählte Caroline mit: Rechts von Palmer stimmten vier von neun Senatoren mit »Ja«, ebenfalls mit »Ja« stimmten alle acht Demokraten zu seiner Linken.

Paul Harshman äußerte ein entschiedenes »Nein«, gefolgt von vier seiner Parteikollegen. Die zehn Republikaner waren in zwei gleich große Lager gespalten, als Palmer ebenfalls mit »Ja« stimmte.

Dann verkündete Palmer nicht weniger gelassen: »Mit einem Abstimmungsergebnis von dreizehn zu fünf leitet der Ausschuss die Ernennung von Caroline Masters zur Obersten Bundesrichterin mit einer positiven Empfehlung an den Senat weiter.« Erst in diesem Moment atmete Caroline erleichtert auf. Nun musste nur noch Macdonald Gage, in seiner Rolle als Mehrheitsführer, eine Abstimmung im Senat anberaumen.

Als ihr Privatapparat klingelte, nahm sie selbst ab.

»Meine Gratulation«, sagte Clayton Slade unvermittelt und ohne für Caroline erkennbare Freude.

Ist mir etwas entgangen?, wollte sie fragen. Stattdessen sagte sie: »Ich bedanke mich bei Ihnen. Und beim Präsidenten.« Nach einer Pause fügte sie hinzu: »Bitte richten Sie auch Senator Palmer meinen Dank aus.«

»Palmer hatte die Republikaner in seinem Ausschuss wirklich unter Kontrolle«, bemerkte Clayton. »Das war nicht leicht. Aber wenn es in der Endabstimmung zu einer ähnlichen Aufsplitterung kommt – wovon nach Lage der Dinge auszugehen ist –, dann werden Sie gerade einmal mit fünfundsiebzig zu fünfundzwanzig Stimmen bestätigt. Nicht gerade überwältigend, aber gut genug.«

»Lässt sich das Ergebnis verbessern?«

»Nein. Die Frage ist, was es verschlechtert.« Clayton sprach ruhig weiter. »Ihr Pochen auf Unparteilichkeit war gut. Aber für Gage und Leute wie Harshman stehen Sie in dem Verdacht, eine Liberale zu sein. Alles, was sie sich wünschen, ist mehr Zeit, um tiefer in Ihr Privatleben einzudringen. Wenn Sie also irgendwelche Kontroversen auf sich zukommen sehen, welchen Sie aus dem Weg gehen können, dann tun Sie das.«

Die Botschaft war klar: Unterstützen Sie keinesfalls Mary Ann Tierney, wenn Sie Oberste Bundesrichterin werden wollen. Caroline vermutete, dass der Präsident diese Mahnung abgesegnet hatte und Slade als Mittelsmann benutzte.

»Wenn ich Ärger auf mich zukommen sehe«, antwortete Caroline vage, »wird dieser mich erst finden müssen.«

Als sie auflegte, war ihre Erleichterung über das Abstimmungsergebnis geschwunden.

»Ich gratuliere«, sagte Blair Montgomery mit unverhohlener Freude. Aber sein Lächeln war gezwungen, und obwohl er das Glas zum Anstoßen erhob, wirkte er wie abwesend.

Sie saßen an einem Ecktisch im Ovation, einem sorgfältig ausgestatteten Restaurant mit der Eingangstür eines Clubs zur Zeit Edwards VII. und ausreichend Freiraum zwischen den Tischen. Der Vorschlag, sich hier zu treffen, war von Blair gekommen.

Caroline prostete ihm zu. »Danke«, erwiderte sie, »vielleicht ist das Schlimmste jetzt vorüber.«

Mit der letzten Bemerkung hatte sie ihn auf die Probe gestellt – was ihr Mentor, wie sein Blick ihr sagte, auch erkannt hatte. Schließlich sagte er: »Steele hat den Antrag Mary Ann Tierneys auf eine Wiederanhörung natürlich abgewiesen. Das heißt, es wird geschlossen über ihren Antrag abgestimmt.«

Caroline stellte ihr Glas ab und starrte versonnen auf die Gedecke auf dem Tisch. »Wie lange wird es dauern bis zur Abstimmung?«

»Nicht sehr lange. Ein Notfall, berücksichtigt man den Zustand des Mädchens.« Montgomery nippte an seinem Bordeaux, um dann sarkastisch hinzuzufügen: »Eher wie die Petition eines Todeskandidaten zwei Tage vor der Hinrichtung. Wenn es auch in diesem Fall eine Frage des Standpunkts ist, wer das Opfer sein wird.«

Caroline war sich absolut sicher, dass Blair Montgomery alles tun würde, um Mary Ann Tierney zu einer zweiten Anhörung zu verhelfen. Sicher war sie sich auch, dass ihn an diesem Abend etwas anderes bewegte.

»Du meinst also«, sagte Caroline, »wir stimmen über ihren Antrag ab, noch bevor der Senat über mich abstimmt?«

»Das weiß ich.« Montgomery schwenkte bedächtig seinen Wein im Glas. »Wenn ich ihm eine böse Absicht unterstellen wollte, dann würde ich behaupten, Lane Steele hat nur deshalb so schnell entschieden, um dir eine Falle zu stellen. Es sei denn, eine unerwartete Sympathie für das Dilemma der kleinen Tierney steckt dahinter.«

»Oh«, sagte Caroline mit einem Lächeln, »ich habe schon immer Mr. Steele für den Vater des Kindes gehalten.«

»Ich hab eine Idee.« Das Lächeln über ihre Antwort war sofort verschwunden. »Jene, die auf der Seite von Ms. Tierney stehen, sollten gar nicht so sehr Steele angreifen, sondern vielmehr damit argumentieren, ihre Petition würde Fragen von nationaler Bedeutung aufwerfen, über die ein größerer Kreis unseres Gerichts abstimmen sollte. Damit verhelfen sie Mary Ann noch am ehesten zu einer Wiederanhörung. Aber in jedem Fall steht die Abstimmung vor der Tür.«

Es war ihr Tag für unterschwellige Ermahnungen, dachte Caroline. Blairs Mahnung war zweigeteilt: dass Carolines Stimme ausschlaggebend sein könnte und dass sie sich deshalb entscheiden müsse zwischen ihren eigenen Interessen und ihrer Sympathie für Mary Ann. Caroline fügte dem eine weitere Überlegung hinzu: Die Abstimmung über die Petition Mary Anns würde nicht öffentlich sein. Nur wenn die Richter für eine Wiederanhörung plädierten, und Caroline zufällig in das En-banc-Gremium geschickt würde, könnte der Fall Tierney sie in Schwierigkeiten bringen.

»Um die Wahrheit zu sagen«, sagte sie freiheraus, »ich weiß nicht, wie ich mich entscheiden würde. Ich habe die Fernsehübertragung nicht gesehen, die Unterlagen nicht gelesen. Nur Steeles Urteilsbegründung kenne ich.«

»Was hältst du davon?«

»Typisch. Aber das bedeutet in diesem Fall nicht, dass er im Unrecht ist.«

Blairs Lächeln war mehr als frostig. »Das stimmt, aber du musst bedenken, was auf dem Spiel steht.«

Caroline trank ihren Wein aus und enthielt sich einer Antwort. Das Gespräch hatte den von ihr gewünschten Punkt erreicht: Ihr Freund akzeptierte das und wandte sich anderen Themen zu.

Erst nach dem Dessert griff er in seine Mappe. »Gestern ist mir etwas zwischen die Finger gekommen«, sagte er beiläufig. »Eine der Urteilsbegründungen, die seit jeher zu meinen Favoriten zählen, Pierce versus Delamater – juristisches Argumentieren vom Feinsten. Jedenfalls im Jahr 1847.«

»Worum ging es?«

Blair lächelte. »Ob ein gewisser Greene Bronson, nachdem er an ein Berufungsgericht versetzt wurde, über seine eigenen Fälle neu entscheiden durfte.«

Caroline zog die Brauen hoch. Wie von selbst schien dieses Gespräch immer wieder auf den Fall Tierney zurückzukommen. »Und wie ist die Sache ausgegangen?«

Montgomery setzte seine Brille auf und begann in gespielt feierlichem Ton zu lesen:

»›Keinesfalls unehrenhaft ist es, wenn ein Richter seine eigenen Fälle neu verhandelt. Vorausgesetzt, er verfügt über Eigenschaften, die ein Richter haben sollte – klug genug, um zu wissen, dass er nicht unfehlbar und deshalb immer bereit ist, dazuzulernen; aufrichtig genug, um von allen Dünkeln abzulassen und der Wahrheit zu folgen, wohin der Weg auch immer führt; und mutig genug, die eigenen Irrtümer einzugestehen …‹« Nach einer Pause warf Montgomery ein: »Und jetzt kommt der Clou – ›dann ist er sogar am besten geeignet, die eigenen Fälle neu zu verhandeln. Wenn er anfangs Recht hatte, wird er sich in seiner Meinung bestätigt finden; und wenn er sich geirrt hat, wird er den Irrtum ebenso gut aufdecken wie jeder andere …‹«

»So kann nur ein Mann argumentieren«, sagte Caroline trocken. »Wer hat die Urteilsbegründung verfasst?«

Blair grinste breit. »Greene Bronson – der in der Folge sein eigenes Urteil bestätigt und somit alle Zweifel an seiner Rechtmäßigkeit ausgeräumt hat.« Blairs Augen funkelten angesichts dieses Musterbeispiels juristischer Abwegigkeit. »Der arme Kläger, Mr. Pierce, hat sich eine Petition beim Obersten Bundesgericht verkniffen. Vielleicht hat er befürchtet, das hätte Bronsons Beförderung zum Obersten Bundesrichter nach sich gezogen.«

Caroline lachte herzlich. »Ein Oberster Bundesrichter Bronson, aufrecht wie er war, hätte sich seines Falles bedenkenlos erneut angenommen.«

»Ohne Zweifel. Zum Glück gilt dieses Gesetz nicht mehr, aber ich wollte dir diese amüsante Kuriosität nicht vorenthalten.«

Und eine nützliche obendrein, dachte Caroline, mit ihrem indirekten Hinweis auf einen zusätzlichen Ausweg für sie selbst: die Möglichkeit nämlich, sich in allen eigenen Fällen für befangen zu erklären, die ihr später als Oberste Bundesrichterin möglicherweise erneut vorgelegt würden.

»Danke«, sagte Caroline. »Eine Kuriosität in der Tat.«

7

»Blair Montgomery«, sagte Steele, »drängt auf eine Wiederanhörung, und zwar en-banc. Damit sitzt Masters in der Klemme.«

Steeles Stimme klang zurückhaltend; obwohl Macdonald Gage dem Richter versichert hatte, dass niemand sonst anwesend war, machte Gages Gegensprechanlage diesen eindeutig nervös.

»Das kommt mir gerade recht«, sagte Gage genüsslich. »Aber welches Maß an Dummheit kann man ihr zutrauen?«

»Dumm ist sie keineswegs, Senator. Aber unsere Abstimmung über die Petition ist nicht öffentlich. Und ihre Arroganz und ihre Egomanie sind keineswegs zu unterschätzen.«

Oder deine, dachte Gage. »Oh, damit habe ich ausreichend Bekanntschaft gemacht«, sagte er. »Und die Chancen, von Paul Harshman in diesem Jahr eine Weihnachtskarte zu bekommen, hat sie sich auch vermasselt. Aber wie stehen denn nun die Chancen, dass dieser Petition stattgegeben wird?«

Gage spürte Steeles Zögern; der Richter rückte zunehmend ab von der Rolle des zurückgezogenen Juristen. Angestachelt von Ehrgeiz und ideologischer Verblendung, ließ er sich mehr und mehr in Gages Pläne hineinziehen. »Soweit ich sehe«, sagte Steele schließlich, »sind wir genau zweigeteilt, abgesehen von ein oder zwei Stimmen. Aber selbst wenn sie mitabstimmt – und auch wenn der Petition stattgegeben wird –, werden nur elf von einundzwanzig Richtern für eine Anhörung ausgewählt.«

Gage linste auf die Notizen auf dem Schreibtisch und überdachte die Nachforschungen seines Stabschefs. »Helfen Sie mir auf die Sprünge«, sagte er. »Es ist Jahre her, seit ich als Jurist tätig war, und das war in Kentucky. Aber gilt in Ihrem Gerichtsbezirk nicht die Regelung, dass En-banc-Anhörungen von allen aktiven Richtern vorgenommen werden?«

»Diese Fälle sind extrem selten.« Steele brach abrupt ab, als hätte er erst jetzt kapiert, was Gage eigentlich meinte. »Ich erinnere mich nur an drei oder vier. Dazu kommt, dass eine En-banc-Anhörung vor dem vollzähligen Richtergremium nur nach einer En-banc-Anhörung vor elf Richtern möglich ist.«

»Aber«, fragte Gage vorsichtig, »könnten Sie nicht das Elfergremium umgehen und sofort das vollständige Gericht einberufen?«

Steele dachte einen Augenblick nach. »Ein Argument wäre, dass der Zeitdruck in diesem Fall keine zwei En-banc-Anhörungen gestattet und dass die Brisanz des Falles eine Anhörung vor dem kompletten Gremium erfordert.«

»Aber wenn einer der Richter einen entsprechenden Antrag stellen würde«, sagte Gage nachdenklich, »dann weiß Masters von vornherein, dass sie gezwungen ist, den Fall Tierney mitanzuhören, sollte dem Antrag stattgegeben werden. Es sei denn, sie erklärt sich für befangen, nehme ich an.«

Als Steele nicht gleich antwortete, widmete er sich wieder seinen Notizen. »Also denken Sie weiter mit mir darüber nach«, fuhr er fort. »Sieht so aus, als müsste Masters sich für befangen erklären, wenn sie sich Unannehmlichkeiten ersparen will. Oder sie stimmt dagegen. Ist das richtig?«

»Ja.«

»Aber wenn sie sich nicht für befangen erklärt, und die Wiederanhörung findet vor vollständigem Richtergremium statt, sitzt sie fest. Dann muss sie entweder für eine Aufrechterhaltung Ihrer Entscheidung stimmen oder sie erklärt den Protection of Life Act für verfassungswidrig. Womit, das versichere ich Ihnen, die Situation hier bei uns eine grundlegend andere für sie wäre.«

»All das stimmt«, sagte Steele nach einer Weile.

Gage sah auf seine Uhr: Es war beinahe Mittag in Washington, neun Uhr vormittags in San Francisco. Steele hatte somit den ganzen Tag Zeit, um über die Sache nachzudenken.

»Dann bedanke ich mich«, sagte er freundlich, »dass Sie mir sämtliche Möglichkeiten aufgezeigt haben. Allein darüber nachzudenken ist spannend genug.«

Kurz bevor Air Force One in Newark landete, schaute Kerry Kilcannon aus dem Fenster.

Die Privilegien des Präsidentenamts brachten ihn noch immer zum Staunen. Als Senator war er zwischen New York und Washington Economy geflogen; etwas anderes wäre für den Sohn irischer Immigranten, der seine Wurzeln nicht vergessen hatte, auch nicht in Frage gekommen. Aber die Umstände seiner jetzigen Ankunft in Vailsburg, der Stätte seiner Kindheit, erschienen ihm merkwürdig und fremd. Der Luftverkehr war gänzlich eingestellt, das Rollfeld geräumt worden. Es standen bereit: Secret Service, die Presse, Lokalpolitiker, die um seine Aufmerksamkeit buhlten, die Reihe schwarzer schusssicherer Limousinen, die Polizeieskorte. Es war berauschend und Besorgnis erregend zugleich, und Kerry fragte sich, wie es wohl sein würde, wenn seine Macht mit all ihren Insignien von heute auf morgen verpuffen würde.

Clayton Slade setzte sich unmittelbar neben ihn. »Erinnerst du dich, als ich neulich mit dir geflogen bin?«

»Klar. Nach Michigan.«

Clayton nickte bestätigend und lächelte. »Ich bin als Erster aus dem Flugzeug gestiegen, und da waren all die wartenden Menschen. So berauscht war ich von dem Anblick, dass ich beinahe angefangen hätte, zu winken. In letzter Sekunde erinnerte ich mich daran, dass sie ja nicht mich erwarteten.«

Kerry sah ihn eindringlich an. Sie kannten sich schon so lange und so gut, dass sein Freund die unheimliche Gabe hatte, Kerrys Stimmung zu erspüren. »Dann betrachte dich doch einfach als Newarks zweiten Favoriten.«

»Aber der erste in Carlies Herzen, hoffe ich. Obwohl sie dich komischerweise immer gemocht hat, bedenkt man den Aufruhr, den du verursachst.«

Kerry lächelte. Es war selten, dass er und sein Stabschef zusammen reisten, auch wenn beide Männer es genossen; Clayton hatte sich ihm aus dem Grund angeschlossen, weil er und Carlie, die Frau, mit der er seit fünfundzwanzig Jahren verheiratet war, noch keine gemeinsame Wohnung in Washington hatten. Das war eines der vielen Opfer, die Kerrys Ambitionen den Slades abverlangte – er hatte Glück, dachte Kerry, dass Carlies Sympathie für ihn so weit ging. »Ich habe Carlie immer gemocht«, sagte Kerry feixend. »Aber sie war schon besetzt. Also habe ich beschlossen, Präsident zu werden.«

Als wäre ein Schalter umgelegt worden, brachte dieses Stichwort Clayton zu dem eigentlichen Grund zurück, warum er Kerrys Sinnieren unterbrochen hatte. »Ich mache mir Sorgen um Masters«, sagte er.

Sofort war Kerry hellwach. »Und warum?«

»Ich habe ihr die Botschaft gestern untergejubelt.« Er sah sich um, ob sie weiterhin ungestört waren. »Nicht, dass sie sie nicht verstanden hätte. Aber ihre Reaktion war, wie soll ich sagen, reserviert.«

»Würdest du nicht genauso reagieren? Wenn ich sie richtig verstanden habe, dann ist Caroline Richterin mit Leib und Seele.«

Clayton runzelte die Stirn. »Da kann ich nur hoffen, dass sie nicht zu weit geht. Warum soll jemand seine Glaubwürdigkeit und fünfundzwanzig Jahre als Oberste Bundesrichterin aufs Spiel setzen für ein fünfzehnjähriges Mädchen?«

Die Frage, vermutete Kerry, war gerade in ihrer Unverblümtheit mehr als Ermahnung gedacht: gar nicht so sehr rhetorisch als vielmehr nachforschend. Clayton hatte begonnen, über Kerrys eigene Sympathien im Fall Tierney nachzudenken, und erinnerte seinen Freund daran, diese im Zaum zu halten. »Das sollte sie auf keinen Fall«, sagte Kerry kühl. »Aus vielerlei Gründen. Das fängt schon an mit der Tatsache, dass sie in meiner Schuld steht. Allein deshalb wird sie nicht unüberlegt vorgehen.«

»Ich kenne ihn seit ewigen Zeiten«, sagte Clayton in jener Nacht zu seiner Frau. »Ich bin so dumm, mache mir noch Sorgen um ihn, und er schneidet mir einfach das Wort ab.«

Sie lagen im Dunkeln, im Schlafzimmer ihres geräumigen Tudor-Hauses in South Orange, das so eng verknüpft war mit dem Geschick ihrer Familie – dem Lachen der Zwillingstöchter, dem Unfalltod ihres einzigen Sohnes –, dass sie wenige Stunden zuvor beschlossen hatten, sich nicht von dem Haus zu trennen. »Wie denn?«, fragte Carlie ihn.

»Allein sein Gesichtsausdruck, als er es gesagt hat. Er mag Masters wegen ihrer Unbescholtenheit. Was er möglicherweise nicht mag, ist das Gesetz zum Schutz des Lebens – auch wenn er sich nicht dazu äußert.

Er hat zu viel auf sie gesetzt. Und er hat sich auf den Punkt genau überlegt, warum sie sich durch den Fall Tierney nicht wird beirren lassen: weil sie um ihre Tochter fürchtet. Und das beruhigt ihn schon.«

»Überrascht dich das? Fast immer, wenn ich ihn sehe, möchte ich ihn in die Arme nehmen und drücken. Und manchmal sehe ich sogar, wie der kleine einsame Junge in ihm zum Vorschein kommt, der seine Mutter über alles geliebt, der seinen Vater gefürchtet und der im Schatten seines Bruders gestanden hat. Manchmal aber erschrecke ich auch über ihn.«

Clayton, den Kopf auf dem Kissen direkt neben Carlies Kopf, fiel in Schweigen, was hieß, er war ihrer Meinung. »Und trotzdem ist er noch unser Freund«, sagte er schließlich.

»Allerdings.« Carlie lachte trocken, wie es nur eine Ehefrau darf, der es auch zusteht, die Wahrheit zu sagen. »Weil wir ihn lieben, so wie er ist. Und weil du einen eigenen Sitz im Obersten Bundesgericht anstrebst.«

Am nächsten Vormittag tauchte Blair Montgomery in Carolines Amtsräumen auf. Besorgt fragte sie. »Was gibt's denn?«

»Noch eine Perle juristischer Argumentationskunst, weitaus weniger amüsant als die letzte. Lane Steeles Antrag auf Anhörung durch das volle, einundzwanzigköpfige Gremium. Sofort.«

Den Fall brauchte er gar nicht zu nennen. Schweigend starrte Caroline auf das Schriftstück. »Etwas Derartiges ist mir noch nicht untergekommen«, sagte sie zu guter Letzt.

»Ich bin seit 1975 an diesem Gericht, und wir haben immer zuerst die normale En-banc-Anhörung abgehalten.« Montgomery nahm unvermittelt Platz. »Steele stützt sich wie ich auf die überwältigende Brisanz des Falles. Aber für ihn geht die Bedeutung so weit, dass – sollte es zu einer Wiederanhörung kommen – statt der elf zufällig ausgewählten sofort alle einundzwanzig Richter sich dem Fall widmen sollten.«

»Bizarr«, sagte Caroline. »Du meinst, er würde sich nur gegen dich richten.«

»Aber in dem Fall würdest du dich nicht zu der Entscheidung gezwungen sehen, teilzunehmen oder dich für befangen zu erklären.« Montgomery runzelte die Stirn. »Das lässt sich natürlich nicht beweisen. Und es ist die einzige Erklärung, obwohl ich ihm mehr Integrität zugetraut hätte.«

Caroline beugte sich nach vorne und stützte ihre Stirn auf die Fingerspitzen der einen Hand. Sie unternahm keinerlei Anstrengung, ihren Schreck zu verbergen.

»Kurz vor unserem gemeinsamen Abendessen hat Slade mich angerufen, um mich zu warnen. Er hat auch erwähnt, dass Gage die Abstimmung verschleppen würde.«

»Folglich glaube ich, dir nicht erklären zu müssen, wie der Hase läuft.«

»Das nicht.« Caroline sah ihn noch immer nicht an. »Wie wird wohl über die Petition Tierneys entschieden werden?«

»Du meinst eine En-banc-Anhörung im Gegensatz zu einer Anhörung vor vollem Haus? Ich vermute mal zehn zu zehn – wovon auch Steele ausgehen wird.«

»Ohne meine eigene Stimme?«

»Ja.« Montgomery hielt inne. »Steele kompliziert die Sache. Jetzt stehen morgen zwei Abstimmungen an – über meinen eigenen Antrag und über seinen.

Wenn unsere Kollegen, die für eine Wiederanhörung sind, zu der Überzeugung gelangen, die auch die meine ist, würden sie vielleicht für meinen Antrag stimmen. Aber es ist eine haarige Sache, einem Kollegen zu unterstellen, er mische sich in Angelegenheiten des Obersten Bundesgerichts ein. Und in Sachen Steele kommen sogar meinen treuesten Anhängern Zweifel an meiner Objektivität.«

»In deiner Rolle als Richter«, sagte sie aufrichtig besorgt, »wie würdest du entscheiden?«

Nun wirkte auch Blair wie unter einer schweren Last. Den Blick auf den Boden gerichtet, verfiel er in Schweigen. Dann sah er zu ihr auf.

»Als Richter an diesem Gericht«, sagte er klipp und klar, »hätte ich gerne, dass du für Mary Ann Tierney stimmst.

Als jemand, dem etwas gelegen ist an der Zukunft unseres höchsten Gerichts, möchte ich, dass du Oberste Bundesrichterin wirst.« Seine Stimme wurde sanfter. »Und als dein Freund wünsche ich mir, dass du die Entscheidung triffst, mit der du selbst am besten leben kannst.«

Caroline hatte das Gefühl, etwas schnüre ihr die Kehle zu. Schließlich sagte sie: »Ich meine, ich sollte mir zumindest die Unterlagen ansehen. Immerhin habe ich genau eine Nacht, um mich zu entscheiden.«

8

Kurz nach acht Uhr abends trank Caroline ihre für diesen Tag letzte Tasse schwarzen Kaffee.

Sie saß in ihrer Küche, auf der marmornen Anrichte überall Papier. Ihre Gedanken sprangen wie wild hin und her zwischen dem aktuellen Fall und der Zukunft, die, greifbar und verlockend, vor ihr lag.

Sie konnte so viel Gutes bewirken. Bereits während ihres Studiums hatte sie sich eine Berufung an das Oberste Bundesgericht erträumt. Ihr Leben, ohne eigene Familie, hatte sie dem Anspruch gewidmet, zunächst als Anwältin, dann als Richterin ihr Bestes zu geben.

Und nun war der Traum schon fast wahr geworden: Möglicherweise über ein Vierteljahrhundert hinweg konnte Caroline dazu beitragen, Gesetze für Generationen zu schmieden.

Und wer sollte besser dafür geeignet sein?, dachte sie ohne falsche Bescheidenheit. Sie konnte ihr ganzes juristisches Wissen, ihre ganze Lebenserfahrung einbringen, von der viele nichts wussten. Und obwohl manche in ihr die feine Ostküsten-Lady sahen, hatte sie ihre ersten Schritte als Anwältin auf eher unfeinem und ungangbarem Terrain unternommen – als Verteidigerin jener, die auf der Schattenseite des Lebens standen. Sie konnte sich das Oberste Bundesgericht nicht als hehre Halle vorstellen oder den Akt der Rechtsprechung als bloße intellektuelle Übung. Dazu waren ihr die Auswirkungen von Recht und Gesetz auf das Leben normaler Bürger viel zu sehr bewusst.

Und genau das war das Problem dieses Schriftsatzes.

Die geschliffene Sprache vermittelte das Bild eines fünfzehnjährigen Mädchens, das aufgrund der bindenden Kraft von Gesetzen andere Mädchen repräsentieren würde. Aber Mary Ann Tierney war völlig unbeabsichtigt zum Spielball viel größerer Kräfte geworden – der Präsident, Macdonald Gage und die widerstreitenden Interessen, die sie repräsentierten –, die alle darauf gerichtet waren, ob Caroline Masters Oberste Bundesrichterin werden sollte oder nicht. Und nun lag die vielleicht einzige noch verbleibende Hoffnung dieses Mädchens in Carolines Händen.

Konnte Caroline überhaupt zu einer gerechten Entscheidung kommen? Es war ein schwieriger Fall, und Caroline, ob sie es wollte oder nicht, verübelte es Sarah, dass sie ihn überhaupt so weit gebracht hatte. Sarah war nicht auf den Kopf gefallen: Sie würde die Konsequenzen für Caroline durchaus sehen. Und obwohl die Risiken, die Sarah auf sich genommen hatte, beträchtlich waren, war das Risiko, das sie Caroline zumutete, übergroß.

Aber Sarah hatte nicht anders gehandelt, als Caroline selbst auch gehandelt hätte, wäre Mary Ann Tierney zu ihr gekommen. Sarah hatte ihre Rolle als Anwältin erfüllt, und nun bat sie Caroline, ihre Rolle wahrzunehmen – als Richterin. Vor vier Jahren war Caroline Masters als Richterin am Berufungsgericht für den Neunten Bezirk vereidigt worden. Die Verärgerung, die sie Sarah gegenüber empfand, war in Wahrheit die Verärgerung gegenüber den Pflichten, die sie übernommen hatte und, umgekehrt, dem Wunsch, sich diesen zu entziehen. Und aus diesem Dilemma heraus stellte sie ihre Objektivität als Richterin in Frage.

Im Grunde hatte sie keine anderen Gründe, dem Fall Tierney aus dem Weg zu gehen. Caroline konnte zwar vorgeben, Harshmans Fragen allein würden schon den »Anschein« von Befangenheit erwecken, den sie meiden sollte. Und obwohl sie behaupten konnte, sie würde den Fall als Oberste Bundesrichterin erneut vorgelegt bekommen, bewegte er sich doch sehr viel schneller durch die Instanzen, als Carolines Bestätigung vorankam.

Das war der Punkt, an dem Brett Allen ins Zentrum des Denkens ihrer Mutter rückte.

Caroline wusste nicht, welche Gefahren für Brett der Fall Tierney bereithalten könnte. Immerhin hatten Carolines Ambitionen ihr mächtige Feinde verschafft, die der Präsident und Chad Palmer nicht ohne eigenes Risiko in Schach gehalten hatten. Stellte sie sich auf die Seite Mary Ann Tierneys, würden ihre Feinde rasen vor Wut, und ihre Freunde wären möglicherweise nicht mehr länger willens, sie – oder Brett – zu schützen.

Aber damit lag Bretts Zukunft in ihrer Hand. Caroline wusste nicht, wie sie mit der Wahrheit umgehen würde. Aber Carolines damalige Entscheidung für die Adoption hatte zu einem lebenslangen Täuschungsspiel geführt, dessen Regeln außer Kraft zu setzen nun Caroline nicht das Recht hatte. Wie hätte sie gehandelt, so fragte sie sich nun, hätte sie das alles schon bei der Geburt Bretts Allens vorausgesehen?

Sie war noch nicht einmal zweiundzwanzig gewesen und allein. Dieser Gedanke jedoch brachte sie zurück zu Mary Ann Tierney.

Das Mädchen war viel jünger und ihr Dilemma ein ganz anderes. Fest stand nur, dass Mary Ann, von Sarah abgesehen, auch allein war. Und das bewegte Carolines Gewissen.

Auf seine Art hatte Harshman Recht: Kein Richter kommt unvoreingenommen zu einer Entscheidung, sei es Caroline oder Lane Steele. Caroline hatte versucht, ihren Gegenspieler aus dem Senat, und in gewisser Weise auch sich selbst, darüber hinwegzutäuschen. Dieser Fall machte ihr das sonnenklar – ihr Ehrgeiz zog sie in die eine, ihre Lebensumstände in die andere Richtung.

Was den Fall selbst betraf, war der Weg zu einer gerechten Entscheidung keineswegs so klar vorgezeichnet, wie es Blair Montgomery schien. Vom moralischen Standpunkt aus gab es zahlreiche Einwände beide Seiten betreffend. Aus ihrer eigenen Entscheidung für ihr Baby, die sie keineswegs als Vorbild für alle Frauen sah, war eine stille Liebe erwachsen, die, rückblickend, Abtreibung unmöglich machte. Darüber hinaus fragte sich Caroline ernsthaft, ob nicht eine Abtreibung, in ihren Augen zweifelsohne ein Tötungsakt, der zu einer Verhärtung des Gewissens beitrug, die mit der Zeit den Wert allen Lebens schmälerte. Keine dieser Überlegungen jedoch konnte den Punkt in Frage stellen, in dem Blair Montgomery zweifelsohne Recht hatte: Der Fall war wichtig – im Zentrum dessen, wie wir unsere Werte definieren –, und Lane Steeles abschließende Erklärung wurde den eigentlichen Fragen nicht gerecht. Der Neunte Gerichtsbezirk war dem Land Besseres schuldig.

Vielleicht, sagte sich Caroline plötzlich, bauschte sie die Geschichte unnötigerweise zu einem Melodram auf. In diesem Fall ging es nicht um sie, und mit etwas Glück würde Steele mit seinem Vorschlag einer Anhörung vor versammelter Mannschaft durchfallen. Und Caroline war überhaupt nicht entschlossen, mit Blair Montgomery zu stimmen – selbst wenn sie, schlimmstenfalls, zu einer Anhörung des Falls herbeigezogen würde. Wenn nicht, dann konnte sich eine Entscheidung für Blairs Vorschlag – eine Wiederanhörung vor dem halben Gremium – am Ende als für sie folgenlose Gewissensentscheidung herausstellen, mit der sie ihre Selbstachtung und ihre glorreiche Zukunft am Obersten Bundesgericht zu retten vermochte.

Aber warum sollte sie die Chance überhaupt ergreifen, wenn die Geschicke so vieler – ihr eigenes, das des Präsidenten, Chad Palmers und vor allem Bretts – auf dem Spiel standen? Nur weil sie war, was sie bewusst geworden war: eine Richterin.

Ihre Entscheidung traf sie erst am nächsten Morgen, in der Stille ihrer Amtsräume.

Um vier Uhr nachmittags erhielt Caroline einen Anruf vom Enbanc-Koordinator, dessen Aufgabe es war, die aktiven Richter bei derartigen Abläufen auf dem aktuellen Stand zu halten.

»Wir haben ein gemischtes Ergebnis«, sagte John Davis. »Richter Steeles Antrag auf Wiederanhörung durch alle aktiven Richter wurde mit zwölf zu neun Stimmen abgelehnt.«

Ihr Anteil daran war kaum erkennbar, dachte Caroline; sie vermutete, Blair habe mit ihr gestimmt, um Lane Steeles Antrag abzuschmettern. »Und der Vorschlag von Richter Montgomery?«

Davis zögerte, denn als Beobachter des Gerichts wusste er sehr wohl um die Bedeutung dieser Entscheidung. »Ms. Tierney bekommt ihre Anhörung. Mit einem Ergebnis von elf zu zehn.«

Wieder allein, schloss Caroline die Augen; es war ihr gerade noch gelungen, Davis für seinen Anruf zu danken.

Die ganze nächste Stunde quälte sie sich unentwegt mit allen möglichen Fragen, bedachte ihre Verpflichtung gegenüber Kilcannon, Palmer und Brett Allen. Aber für eine Befangenheitserklärung war es zu spät: Carolines Ja-Stimme hatte das Schicksal von

Mary Ann Tierneys Petition besiegelt. Nun konnte sie nur mehr hoffen, nicht in das En-banc-Gremium berufen zu werden.

Um kurz nach fünf rief Davis wieder an, um ihr den Zeitplan für die Wiederanhörung im Fall Tierney zu übermitteln. Unter ihren zehn Kollegen befanden sich Blair Montgomery und Lane Steele.

»Du hast sicherlich gegen Steeles Antrag gestimmt«, sagte Caroline. »Um mich aus der Sache herauszuhalten.«

Blair Montgomery, der in Carolines Büro saß, wirkte sehr alt und sehr müde. »Ich war mir nicht sicher, ob du überhaupt abstimmen würdest«, sagte er.

»Ich wollte nicht in die Sache hineingezogen werden, Blair. Aber eine Befangenheitserklärung erschien mir wie Feigheit.«

Ihr Mentor lächelte kurz. »Vieles, was dir als Feigheit erscheint, ist für andere ganz normal. Was du getan hast, ist bewundernswert.«

Selbst dieses Kompliment, fand Caroline, drückte ihre Stimmung noch mehr. »Nein«, antwortete sie, »ich war dumm, ich habe verloren. Oder besser, ich habe den Preis zurückgegeben.«

»Noch nicht.« Blair nahm eine gerade Haltung ein und sprach mit viel festerer Stimme weiter. »Normalerweise liegt mir so etwas fern. Aber ich will dir sagen, was nicht zu deinen Pflichten gehört.

Erstens: bei der Anhörung überhaupt ein Wort zu sagen. Im Gerichtssaal wird es wimmeln von Presseleuten, und ich habe mehr als genug Fragen, um Martin Tierney zu beschäftigen.«

Trotz ihrer Niedergeschlagenheit lächelte Caroline. Ganz im Gegensatz zu Montgomery: In seinen Augen lag etwas Bestimmendes, das ihre Aufmerksamkeit einforderte. »Und bei der Konferenz danach«, fuhr er lebhaft fort, »hältst du dich ebenfalls zurück. Du sagst einfach, du würdest nachdenken und es vorziehen, die gesammelte Weisheit deiner Kollegen zu hören.

So kannst du dir nach und nach ein Bild davon machen, wie das Ergebnis aussehen wird. Wenn die kleine Tierney sowieso verliert, dann stimme gegen sie – dann zählt nur mehr deine Pflicht,

Oberste Bundesrichterin zu werden. Mit einem Ja zum Protection of Life Act würdest du Gage und Konsorten den Wind vollends aus den Segeln nehmen.«

Damit hatte er Recht, dachte Caroline. »Und wenn das Ergebnis unentschieden ausfällt? Was würdest du mir dann raten?«

Blair sah zu Boden. »Vielleicht bist du bis dahin überzeugt davon, dass fragliches Gesetz rechtens ist.«

Damit gab er ihr zu verstehen, spürte Caroline, dass er sie nie kritisieren würde. Niemand würde sagen können, ob sie aus Überzeugung oder Eigeninteresse gehandelt hatte. Und wenn Caroline nicht für eine Wiederanhörung gestimmt hätte, wäre Mary Ann Tierneys Petition ohnehin gescheitert.

»Selbst wenn du zu der Überzeugung gelangst, das Gesetz weist Mängel in Bezug auf den Fall dieses Mädchens auf, kannst du immer noch den Tag abwarten, an dem du entscheidest, ob es Gültigkeit für alle minderjährigen Mädchen haben soll. Eine allein auf Mary Ann begrenzte Entscheidung lässt sich so leicht nicht rückgängig machen.«

Caroline fasste sich. »Womit ich nur die Wahl habe, entschieden dafür zu stimmen, dieses verdammte Gesetz abzuschaffen.«

Blair zog es vor, weder zu antworten noch sie anzusehen. Nach ein paar Momenten sagte er ruhig: »Ich kann dir nicht raten, wie du dich am klügsten verhältst. Klar ist nur, dass du, solange hier keine Entscheidung gefallen ist, vor dem Senat eine weiße Weste hast.«

Caroline fühlte einmal mehr ihre enge Verbundenheit mit Blair Montgomery. Ein Großteil dieser Unterhaltung war mit seinen Prinzipien als Richter nicht vereinbar, und übermäßiger Dank dafür würde ihn eher beschämen.

»Apropos«, sagte sie stattdessen, »ehe wir so weit sind, Blair, muss ich das auch Clayton Slade erklären. Und natürlich dem Präsidenten. Vielleicht hast du ja eine Idee, wie wir das am besten anstellen.«

9

Kerry Kilcannon schaute erstaunt, dann begann er zu lachen. Gesichtsausdruck und Tenorstimme wechselten zwischen Bedauern und bitterem Vergnügen angesichts der eigenen Fehleinschätzung.

»Was anderes habe ich nicht verdient«, sagte der Präsident zu Clayton. »Genau das habe ich an ihr gemocht – diese schrullige Vorstellung, über den eigenen Ambitionen zu stehen. Selbst über den eigenen Ängsten.«

»Wir können immer noch beten«, sagte Clayton, »dass sie sich gegen das Mädchen und für das Gesetz entschieden hat. Das würde sie mit einem Ergebnis von hundert zu null bestätigen.«

Kerrys amüsierter Blick schwand. Es war neun Uhr abends; im gedämpften Licht seines Arbeitszimmers sah er so müde aus wie gegen Ende des Wahlkampfs. »Das glaube ich nicht«, sagte er schließlich. »Vielleicht weiß sie noch nicht, wie sie stimmen wird, ich aber schon – jedenfalls wenn es zu einem Unentschieden kommt. Sie hat die Möglichkeit einer Befangenheitserklärung nicht sausen lassen, nur um dann ein paar Republikaner mehr auf ihre Seite zu bringen oder um uns aus der Patsche zu helfen.

Hier geht es um Carolines Selbstbild. Genau darum hat sie auch Ellen Penn von ihrer Tochter erzählt.« Kerry lachte ironisch. »Wenn sie dafür stimmt, den Protection of Life Act zu kippen, wird sie ihren Rücktritt ankündigen. Es wäre uns viel erspart geblieben, wenn sie uns diesen schon früher angeboten hätte.«

»Als die Welt noch in Ordnung war?«, fragte Clayton. »Vor deinem Kuhhandel mit Palmer, der am Ende für die Katz war. Oder vor ihrer Entscheidung im Fall Tierney, mit der sie die Abtreibungsfrage neu anheizen wird, und die dich möglicherweise mehr kosten wird, als du dir leisten kannst.«

Diese letzte Bemerkung machte Clayton klar, wie wütend er selbst auf Masters' Arroganz war und wie besorgt um Kerry. Denn sollte Lara Costellos Abtreibung publik werden, würde ihn das Kopf und Kragen kosten. Kerrys Antwort war ein durchsichtiges Schweigen, hinter dem seine tiefsten Gedanken oft zu verschwinden schienen.

»Was ist mit Gage?«, fragte er schließlich.

»Er hat die Selbst-Liquidierung Masters' eingefädelt. Auf seine Veranlassung hat Harshman sie mit den Themen Sarah Dash und Befangenheit in die Ecke getrieben.«

Der Präsident zuckte mit den Schultern. »Harte Bandagen. Was anderes hätte man von ihm nicht erwartet. Und die Christian Commitment ihm auch zweifelsohne abverlangt.«

»Gut und schön«, erwiderte Clayton. »Aber jetzt kommt's noch dicker: Zuerst reißt sich dieser Steele den Fall Tierney selbst unter den Nagel und dann macht er einen Schwenk und schreit nach einer Anhörung vor vollem Haus. Sieht so aus, als wäre wieder Gage der Strippenzieher.«

Als Kerry darüber nachdachte, verfinsterte sich sein Gesicht. »Das Leben kann lang sein, eine Ewigkeit«, antwortete er. »Sollten wir das je beweisen können, werde ich dafür sorgen, dass Gage die Engel pfeifen hört.«

Um zehn Uhr abends, inmitten einer Debatte über das neue Telekommunikationsgesetz, die bis weit nach Mitternacht anzudauern drohte, fing Macdonald Gage Chad Palmer auf dem Gebäudeflur ab.

»Wir müssen uns unterhalten«, sagte Gage unvermittelt.

Chads Ansicht nach konnte nur eine Sache so drängen: Caroline Masters' Ernennung. Er wartete auf eine Erklärung und fragte sich, ob jemand vom FBI das »Gerücht« von der Geburt einer Tochter hatte durchsickern lassen. Aber Gage sprach kein Wort, bis sie die unterirdische Verbindung zwischen dem Kongress und dem Russell Building erreicht hatten.

»Wir wollen in dein Büro gehen«, schlug Gage vor. »Da entdeckt uns die Presse nicht so leicht.« Aber obwohl das Medieninteresse an der Debatte groß war, war der Tunnel in den Eingeweiden des Kongresses leer.

»Was ist los?«, fragte Chad. »Hat Paul Harshman herausgefunden, dass Masters eingetragene Republikanerin ist?«

Wie gewöhnlich runzelte Gage die Stirn angesichts der Leichtfertigkeit seines Senatskollegen. »Im Fall Tierney wurde eine Wiederanhörung genehmigt. Und Masters wurde in das Gremium berufen.«

Vielleicht war es doch nicht die Tochter, dachte Chad erleichtert. »Wann soll das gewesen sein, Mac? Ich habe nichts darüber gehört.«

Gage zögerte. »Noch nicht publik gemacht«, antwortete er knapp.

Woher weißt du dann Bescheid?, wollte Chad fragen. Stattdessen gab er sich weiter arglos. »Wie konnte Masters das zulassen?«

»Vielleicht weil sie eine wahrhaft Gläubige ist, wie Paul gesagt hat.« Gages Tonfall wurde schroffer. »Jene Sorte von Liberalen, die meinen, sie müssten die Kinder vor den Eltern schützen.«

Instinktiv zuckte Chad vor dieser Vereinfachung zurück. Er erinnerte sich daran, dass jene Hau-drauf-Rhetorik bei Gage oft eine tiefere Absicht verbarg. »Es sei denn, Masters stimmt in unserem Sinn«, erwiderte Chad.

»Nur so«, sagte Gage unverblümt, »wird sie je bestätigt werden. Das Gesetz zum Schutz des Lebens ist für die Basis unserer Partei unerlässlich.«

Und für die finanzielle Basis, dachte Gage. Die Unterstellung war zynisch, sie beide hätten ein gemeinsames Interesse daran, Christian Commitment ruhig zu stellen und dabei die komplexen Realitäten, die sie trennten, zu ignorieren. Noch vier Jahre, und Gage würde die Gelder von Christian Commitment benötigen, um Chad bei der Nominierung durch die Partei zu schlagen und Kilcannon aus dem Amt zu jagen: Im Dienste der Verhinderung Masters' beabsichtigte er, dass Chad sich an der Destruktion der eigenen Person beteiligte. »Manchmal«, bemerkte Chad, »ist es schwer, ›Basis‹ und Anker voneinander zu unterscheiden.«

Gage spitzte die Lippen: Die Bemerkung legte mehr oder weniger offen nahe, dass Christian Commitment und Gage an einer Niederlage bei den nächsten Wahlen schuld sein würden. »Christliche Eltern«, sagte Gage, »haben das Recht, ihren Kindern die Tötung ungeborenen Lebens zu untersagen.«

Bei ähnlichen Gelegenheiten hatte Chad nicht ohne Verachtung gedacht, Gage habe die Seele eines russischen Apparatschiks, der seine endlosen Machenschaften hinter einem Schwall frommer Redensarten verbarg. Aber speziell dieser Satz und Gages Entschlossenheit, seine Ziele mit sämtlichen zur Verfügung stehenden Mitteln durchzusetzen, erinnerte Chad daran, wachsam zu sein. In einem wieder höflicheren Ton fragte er: »Was, schlägst du vor, soll ich tun?«

Gage wandte sich ihm zu. »Sie nicht länger decken«, sagte Gage freiheraus. »Wenn sie falsch abstimmt, musst du mir helfen, ihr den Boden unter den Füßen wegzuziehen. Um deinetwillen und um unserer Partei willen.«

Das kam so plötzlich, dass Chad sich abermals fragte, was Gage wissen mochte. »Ich kann mir nicht vorstellen, dass sie das tut«, sagte er. »Sie hat ihren Stolz, sicher, aber Caroline Masters ist viel zu schlau, als dass sie uns eins auswischen würde.«

Gage zuckte mit den Schultern, und seine Augen hinter den Brillengläsern verengten sich. »Wir werden sehen, Chad.«

Es war Nachmittag, und Sarah Dash holte Mary Ann von der Schule ab; erst am Vormittag hatte sie erfahren, dass ihre Petition durch war.

Sie saßen in Sarahs Auto. Mary Ann öffnete die Lippen, als sie die Nachricht erfuhr; ihr Gesichtsausdruck schwankte zwischen Hoffnung und Sorge. »Was passiert nun?«, fragte sie.

»In drei Tagen wird unser Fall gehört werden. Danach werden die Richter so schnell wie möglich zu einer Entscheidung kommen.« Sarah fasste das Mädchen sanft am Handgelenk. »Dr. Flom meint, du solltest dich ruhig verhalten und im Bett bleiben. Er will nicht, dass etwas schief geht, solange wir auf die Entscheidung warten.«

Schweigend sah Sarah, wie Mary Ann dieses Paradox verarbeitete: die Gefahr einer Frühgeburt ohne Abtreibungserlaubnis; das Ruhegebot, um ihrem Kind das Leben zu nehmen. Noch nie war ein gerichtlicher »Sieg« so schmerzlich und zwiespältig gewesen.

10

Als Sarah das Gerichtsgebäude betrat, war ihr klar, dass der Fall Tierney in die Geschichte eingehen würde.

Der Prachtbau wurde umlagert von Fernsehleuten und Demonstranten – manche in Rollstühlen. In der Großen Halle auf dem Weg zu Gerichtssaal I drängten sich noch mehr Reporter. Wie bereits vor zwei Wochen, so füllte auch heute der Widerhall ihrer Zurufe das hohe Gewölbe. Aber der Präzedenzfall dieses Tages, entscheidend für das Schicksal Mary Ann Tierneys und ihres Babys, würde möglicherweise auch darüber entscheiden, ob Caroline Masters hochrangigste Juristin ihrer Zeit werden würde oder bloß eine klägliche Fußnote der Geschichte – die Frau, die ihren Traumjob verspielt hatte.

Sarah selbst war sich bewusst, dass ihr Fall zwar umstritten, aber nicht aussichtslos war. Mehrere der elf Richter, darunter Caroline, schwankten noch. Um sie zu überzeugen, musste Sarah die ihr zur Verfügung stehende Zeit entschlossen nutzen, das Schicksal Mary Ann Tierneys in ihrem Bewusstsein zu verankern. Sarah war ausgeglichen und ruhig wie nur irgend möglich: Allgemeine Feindseligkeit und die richterlichen Rundumschläge von Patrick Leary und Lane Steele hatten in ihr eine nicht gekannte Entschlossenheit und Widerstandskraft wachsen lassen.

»Sarah«, rief jemand, »welche Erwartungen haben Sie?«

Mein Bestes zu tun, dachte sie. Wortlos betrat sie den Gerichtssaal.

Caroline Masters nahm ihre schwarze Robe vom Haken. Sie war als Letzte gekommen. Unter den bogenförmigen Lampen warteten die anderen Richter, schweigend. Die witzigen Bemerkungen und das leise Gemurmel, Vorausgeplänkel selbst zu den umstrittensten Anhörungen, fehlten an diesem Tag. Die beinahe klösterliche Stille war weniger auf das Getümmel vor dem Gericht zurückzuführen als vielmehr darauf, dass sämtliche Richter sich der einzigartigen Bedeutung dieses Falles und der Rolle Carolines bewusst waren. Lane Steel saß am Konferenztisch, das Kinn in die Hände gestützt, und starrte auf poliertes Walnussholz, als würde er Energie und Intellekt in Stellung bringen. Nur Blair Montgomery schien mehr oder weniger ausgeglichen.

Caroline blickte auf die Wanduhr. Es war zehn Uhr. Der vorsitzende Richter Sam Harker, ein umgänglicher Mann in den späten Sechzigern, sah in die Runde. »Bereit?«, fragte er. Als niemand widersprach, nickte er Blair Montgomery zu.

Langsam öffnete sich die Tür, und die elf Richter betraten den Gerichtssaal.

»Alle erheben sich«, verkündete der Saaldiener.

Als Viertjüngste saß Caroline auf der linken Seite der unteren von zwei Bänken. Sarah Dash starrte an dem für sie reservierten Tisch gerade vor sich hin.

Caroline wusste aus eigener Erfahrung, welcher Blick sich Sarah darbot. An ihre einzige En-banc-Anhörung als Anwältin erinnerte sie sich noch. Damals wie heute hatten die Anwälte zwei Reihen schweigender Richter vor sich; die untere Bank war mit acht Richtern gefüllt, während in der oberen nur drei saßen: der vorsitzende Richter, flankiert von den beiden ältesten Richtern – einer von ihnen in diesem Fall Blair Montgomery.

Der Gerichtssaal selbst ließ nichts an Prachtentfaltung zu wünschen übrig. Marmor-Mosaiken, korinthische Säulen und Figuren und Blütenornamente aus Stuck glänzten im goldenen Licht der Buntglasfenster und ließen den Betrachter vor Ehrfurcht erschauern. Die obere Richterbank trug die Spuren eines spektakulären historischen Zwischenfalls – Einschusslöcher aus dem Jahr 1917, als ein Angeklagter einen Belastungszeugen erschossen hatte. Zeuge der jüngsten in diesem Saal gemachten Geschichte waren zwei Kameras, die auf Antrag von Lane Steele das ganze Land an der Anhörung teilnehmen ließen.

Steele, der drei Stühle links von Sarah saß, blickte auf seine Notizen, dann zu Sarah. Ihre Gegenspieler präsentierten sich in der unterschiedlichsten Form: Thomas Fleming, grau und in sich gekehrt, wirkte wie ein Diplomat, der so wenig Aufmerksamkeit wie möglich erregen wollte; Barry Saunders personifizierte die steife Ehrerbietigkeit eines Anwalts, bemüht, seinen Respekt zum Ausdruck zu bringen; Martin Tierney wirkte müde und nur mehr wie ein Schatten seiner selbst.

Ganz ähnlich wie Sarah, vermutete Caroline, wusste auch sie nicht, was passieren würde. Als die Parteien Platz nahmen, bemerkte sie, dass ihre Hände unter der Bank fest verschränkt waren.

»Ms. Dash«, sagte der vorsitzende Richter höflich, und die Anhörung begann.

Nach Sitzungsende, sie stand noch immer unter der Einwirkung des Adrenalinstoßes, der sie die Anhörung wie einzelne Traumsequenzen hatte erleben lassen, ließ Sarah die lebendigsten Eindrücke noch einmal Revue passieren.

Steeles Gesicht und Stimme hatten sich ihr eingeprägt. Während der ersten zehn Minuten stellte er ihr in schneidendem Tonfall Frage um Frage:

»Angesichts des medizinischen Fortschritts, Ms. Dash, ist doch ein Kaiserschnitt in naher Zukunft kaum problematischer als eine Mandeloperation?«

Dann:

»Verlangen Sie etwa, wir sollten ein Menschenleben auf dem Altar der psychischen Gesundheit der Mutter opfern?«

Dann:

»Führt eine fötale Anomalie automatisch zu seelischem Stress seitens der Mutter?«

Dann:

»Wenn alles, worauf wir uns stützen können, eine nicht verifizierbare Angst ist, fordern Sie dann das Gericht nicht dazu auf, Eugenik zu sanktionieren?«

»Wir reden hier nicht der Eugenik das Wort«, hatte Sarah eingewandt. »Uns geht es darum, die Gebärfähigkeit einer Minderjährigen zu erhalten ...«

»Zumindest ein Prozent davon«, warf Steele bissig ein. »Wie würden Sie uns gegenüber reagieren, wenn das nach vollzogener Abtreibung tote Kind doch normal entwickelt ist?«

»Entschuldigen Sie bitte die Unterbrechung.« Blair Montgomery hatte einen bewusst höflichen Ton gewählt, der seine Abneigung noch hervorhob. »Wenn ich Sie in kollegialer Verbundenheit daran erinnern dürfte: Das Gremium ist mit dem Tenor Ihrer Urteilsbegründung bestens vertraut. Deshalb sind wir hier.

Ich zumindest bin interessiert an einer neuen Perspektive. Vielleicht sogar an der von Ms. Dash.«

Der Angriff kam so unvermittelt, dass Steele Mühe hatte, seine Antwort nicht so giftig ausfallen zu lassen wie seine Blicke. Zu Sarah sagte Montgomery mit einem ermutigenden Lächeln: »Ich bin mir sicher, in Ihrem Plädoyer findet sich Platz für eine Antwort. Wir und das ganze Land sind jedenfalls gespannt darauf, Ihre Argumente zu hören.«

Offenbar hatte dieser eindeutige Bezug auf die Kameras seinen Gegner endgültig zum Schweigen gebracht, und Sarah konnte mit ihrem Plädoyer beginnen.

Martin Tierney würde sich, vermutete Sarah, in erster Linie an Blair Montgomery erinnern.

Im Gegensatz zu Steele wartete Montgomery den rechten Augenblick ab. Seine erste Frage, Tierney hatte gerade ein paar Minuten gesprochen, kam unerwartet.

»Würden Sie sagen, Professor Tierney, der mögliche Verlust eines Arms stellt ein ›gravierendes Risiko‹ für die physische Gesundheit einer Mutter dar?«

Tierney, der von der Frage eindeutig überrascht war, zögerte. »Das Gesetz zum Schutz des Lebens«, antwortete er, »bietet genug Spielraum, dass die Eltern – oder ein Gericht – darüber entscheiden.«

»Aber sind Sie nicht auch der Meinung«, fragte Montgomery, »dass zumindest manche Frauen lieber einen Arm als ihre Gebärfähigkeit verlieren würden?«

Tierney stockte wieder. Sarah hatte sich gefragt, ob er dabei an seine eigene Frau dachte, und ob Blair Montgomery das beabsichtigt hatte. »Das kann sein«, antwortete Tierney. »Aber Angst ist eine Sache, die Realität eine ganz andere. Wenn eine Minderjährige schwanger wird, kann ein Elternteil oder ein Gericht darüber befinden, ob eine mögliche Gefahr für die Gebärfähigkeit gravierend oder marginal ist …«

»Dann lassen Sie mich eine Frage aus dem wirklichen Leben stellen: Sollte eine vom Ehemann misshandelte Frau darüber entscheiden, ob ihre minderjährige Tochter das Kind ihres eigenen Vaters austragen soll? Oder legt die zusätzliche Tatsache, dass es sich hier um Inzest handelt, nicht vielmehr nahe, dass dem Urteil des Mädchens und ihres Arztes eine größere Rolle beigemessen werden sollte?«

Tierney, der sich in die Ecke getrieben sah, antwortete: »Sicher kommen solche Scheußlichkeiten vereinzelt vor. Aber nach Maßgabe dieses Gesetzes kann das Mädchen in dem Fall vor Gericht gehen.«

»Vor Gericht gehen?«, wiederholte Montgomery fassungslos. »Die dreizehnjährige Tochter einer Familie, in der Gewalt und Inzest an der Tagesordnung sind?

Wirklich, Professor, ich frage mich, ob das Leben immer dem Idealbild entspricht, das Sie uns vorgaukeln: liebende Eltern, wohlwollende Richter und Mädchen, die zu unreif sind, um über eine Abtreibung zu entscheiden, aber doch reif genug, sich einen Anwalt zu nehmen und vor ein Bundesgericht zu ziehen.«

»Euer Ehren«, erwiderte Tierney, »jede Regelung, die Tragödien verhindert, schafft auch solche, in seltenen Fällen und ungewollt. Ich pflichte Ihnen bei, dass der Schutz eines lebensfähigen Kindes weitaus weniger tragisch ist als die von Ihnen skizzierten Ausnahmefälle.«

Montgomery lehnte sich zurück. »Die ›Ausnahmefälle‹«, bemerkte er, »stammen aus einem Milieu, das Ihnen absolut fremd ist und das Sie auch nie kennen lernen werden. Aber fahren Sie bitte fort, Professor Tierney.«

Sarah fragte sich, wie wohl Caroline Martin Tierneys Demontage aufnehmen mochte. Aber Caroline verzog keine Miene. Schweigend sah sie zu, wie ihre Kollegen zunächst Tierney, dann Sarah befragten.

Dann war plötzlich alles vorbei und Caroline und die anderen hatten sich der Reihe nach in den Beratungsraum zurückgezogen.

Die Zuschauer gaben untereinander ihre Kommentare und Spekulationen ab. Inmitten des Stimmengewirrs versuchte Sarah sich vorzustellen, welche Überlegungen nun einsetzten, das Hin und Her der Argumente unter den Richtern. Alle bis auf Caroline Masters hatten mindestens eine Frage gestellt: Obwohl Sarah ihre Gründe verstand, konnte sie nicht umhin, sich verraten zu fühlen.

Im Oval Office wandte sich Clayton vom Fernseher ab.

»Nicht gerade eine Meisterleistung unserer Obersten Bundesrichterin in spe. Aber wenigstens hat sie die Tugend des Schweigens gelernt.«

Der Präsident zuckte mit den Schultern. »Das Fernsehen«, sagte er schlicht und einfach.

»Wenn es ihre Absicht war, Gage auflaufen zu lassen, ist ihr das prächtig gelungen. Wie, meinst du, entscheiden sie sich?«

Kerry stand auf. »Zwei Richter werden mit Montgomery stimmen«, sagte er, »und zwei mit Steele. Aus dem Rest bin ich nicht so ganz schlau geworden.«

»Du solltest hoffen, sie sind auf Steeles Seite, Kerry. Für uns wäre das am allerbesten.«

Der Präsident antwortete nicht. Stattdessen ging er zum Fenster und schaute hinaus auf das von der Wintersonne matt angestrahlte Gras.

Nach einiger Zeit fragte Clayton den Präsidenten, worüber er nachdenke.

Kerry antwortete zunächst nicht, doch dann sagte er: »Ich habe mich gefragt, warum ich der ganzen Sache mit so gemischten Gefühlen entgegensehe. Und wie es Caroline wohl dabei geht.«

11

Der Beratungsraum stammte aus den 30er Jahren des letzten Jahrhunderts und strahlte etwas beunruhigend Autoritäres aus, ein Eindruck, der durch die vergoldeten Adler an den Wänden und – zu Carolines zunehmender Verwunderung – die swastika-artigen

Embleme an der Decke nur mehr verstärkt wurde. Die Wirkung war asketisch und streng: Bei greller Beleuchtung saßen die elf Richter um einen langen Tisch aus Walnussholz. Entsprechend ernst war ihr Gesichtsausdruck. Ein jeder von ihnen musste, wie Caroline, von einer Patt-Situation ausgehen, und dass seine Stimme den Ausschlag geben würde.

Die Verfahrensweise stand durch lange Tradition fest. Die Richter würden in der Reihenfolge ihrer Berufung an das Gericht das Wort ergreifen, der mit dem niedrigsten Dienstalter zuerst. Ergebnis dieses Austauschs war eine vorläufige Abstimmung, die, wenn sie gültig war, den dienstältesten Richter der Mehrheitsgruppierung dazu berechtigte, den Entwurf einer Urteilsbegründung zu schreiben. Diese würde den einzelnen Richtern dann vorgelegt, und, sollte sie noch immer mehrheitliche Zustimmung finden, innerhalb von achtundvierzig Stunden in der vorliegenden Form oder modifiziert veröffentlicht werden.

»Nun«, sagte der vorsitzende Richter Sam Harker trocken, »da wären wir also.« Der jüngsten Richterin zugewandt, sagte er: »Mary?«

Mary Wells – blond, adrett und von den Demokraten ernannt – war bekannt für ihre Knappheit und, da sie erst ein Jahr am Gericht war, für ihre Untertänigkeit. »Ein schwieriger Fall«, sagte sie. »Aber er zeigt, wie problematisch es ist, den Ärzten die Entscheidung aus den Händen zu nehmen.

Da die physische Gesundheit als mögliche Ausnahme zu wenig berücksichtigt wird, haben wir zu viele Probleme. Die Tatsache, dass wir uns darüber streiten, ob das Unfruchtbarkeits-Risiko bei einem oder bei fünf Prozent liegt, zeigt das. Was ist denn ausreichend – zehn Prozent oder zwanzig? Und wer bestimmt das?« Wells hielt inne, um dann entschlossen weiterzusprechen. »Das Gesetz schränkt das Recht auf Abtreibung nach Roe und Casey unverhältnismäßig stark ein. Wie Mary Ann Tierney auch, halte ich das Gesetz für verfassungswidrig.«

Caroline war weniger über Marys Standpunkt denn wegen ihrer Schärfe überrascht – das Gesetz zum Schutz des Lebens ganz auszuhebeln war die kühnste und umfassendste Lösung. Mary hatte die weitere Richtung der Diskussion festgelegt. Lane Steele, der Caroline gegenüber saß, wirkte angespannt.

»José?«, fragte Sam Harker.

José Suarez war in seiner Einschätzung dieses Falles ein Rätsel: Er galt als Befürworter der Rechte der Frau, war aber auch ein frommer Katholik und konnte seine Gespaltenheit nicht verbergen.

»Ich würde nicht so weit gehen«, begann er vorsichtig. »Ms. Tierneys Wohlergehen bereitet mir Sorgen; Sorgen bereitet mir aber auch, einen Kongressentscheid außer Kraft zu setzen, der ausdrücklich zum Schutz lebensfähiger Föten durchgesetzt wurde. Ich plädiere dafür, das Gesetz zum Schutz des Lebens aufrechtzuerhalten und die ›physische Gesundheit‹ betreffende Ausnahmemöglichkeit so zu interpretieren, dass ein mögliches Infertilitätsrisiko mit abgedeckt ist. Damit könnte Mary Ann Tierney abtreiben.«

Stimmt, dachte Caroline. Aber rein rechtlich gesehen verheerend: Mit dem Versuch, so eng wie möglich zu entscheiden – begrenzt auf Mary Ann Tierney –, dehnte er das Gesetz auf eine Weise aus, die vom Kongress sicherlich nie beabsichtigt war.

»Richter Bernstein?« Der vorsitzende Richter wählte die förmlichere Anrede mit dem Titel, womit er zu verstehen gab, dass Marc Bernstein der Einzige in der Runde war, den er absolut nicht ausstehen konnte. Mit dieser Meinung stand Harker nicht allein da. In Bernsteins Augen berechtigte ihn sein messerscharfer Verstand zu ätzender Schärfe.

»Der Kongress«, begann er, »weiß vielleicht nicht immer, was er tut. Aber er hat ohne Zweifel beabsichtigt, dass Mary Ann Tierney dieses Baby bekommt, wenn ihre Eltern das wünschen.

Hier handelt es sich um ein Gesetz gegen Abtreibung, verpackt in hinterhältige Platitüden wie ›Stärkung des familiären Zusammenhalts‹. Dann lasst es uns doch auch als das behandeln, was es ist, anstatt es umzuformulieren. Der Kongress will die Rolle der Medizin übernehmen – und scheitert dabei. Und das ganze Gesäusel von ›Familie‹ ist ein Schlag ins Gesicht der Realität. Dieses Gesetz ist verfassungswidrig und muss weg.«

Das war, gestand Caroline sich ein, eine durchaus schlüssige, wenn auch einseitige Verurteilung des sozialpolitischen Anspruchs, der hinter dem Gesetz stand. Letztendlich forderte Marc Bernstein Caroline, die er als ebenbürtig anerkannte, dazu auf, es ihm an Klarheit und Mut gleichzutun. Dass sie damit als Oberste Bundesrichterin erledigt sein würde, war zweifelsohne der Grund für Bernsteins nervöses Lächeln.

»Caroline?« Sam Harkers Aufforderung kam eher zurückhaltend. »Sie sind an der Reihe.«

Mit stockender Stimme sagte Caroline einfach: »Ich passe zunächst, Sam. Ich würde gerne noch mehr Stimmen hören.«

Sofort riss Lane Steele den Kopf nach oben, die Augen hellwach, ein skeptisches Grinsen auf den Lippen. »Passen? Den einen oder anderen Gedanken, Caroline, haben Sie doch bestimmt für uns übrig.«

Caroline spürte, wie sie errötete. »Oh, Gedanken gehen mir genug durch den Kopf, Lane. Im Moment kann ich Ihnen lediglich sagen, dass ich mich für Josés Beitrag sehr interessiere.«

Lane Steele starrte sie mit unverhohlener Skepsis an, als versuchte er ihre Strategie zu erahnen. Aber Steele hatte wenig Zeit, darüber zu rätseln: Dem Dienstalter nach waren nun die Konservativen an der Reihe, ihren Standpunkt zu vertreten.

Das, so wusste Caroline, gehörte zu den Widersprüchen im Leben eines Bundesrichters. Die elf Richter in diesem Raum waren eigentlich unparteiisch. Aber alle waren von einem Präsidenten berufen worden in Übereinstimmung mit seiner Partei und den Interessengruppen, die sie unterstützten.

Die Demokraten waren fast durch die Bank Befürworter des Rechts auf Abtreibung, während die Republikaner in überwältigender Einstimmigkeit den Schutz des ungeborenen Lebens propagierten. Diese Spaltung hatte sich der Gerichte bemächtigt und würde nun Mary Ann Tierneys Schicksal besiegeln, als Reaktion auf ein Gesetz, das erlassen wurde, um die Republikaner im Kongress zusammenzuschweißen und – da selbst viele Abtreibungsbefürworter die elterliche Zustimmungspflicht für gut, Spätabtreibung dagegen für verabscheuungswürdig hielten – den demokratischen Gegner zu schwächen. Wortführer und Dienstältester der von den Republikanern ernannten Richter war Lane Steele, der nur zu gut wusste, welche Wellen ihre Entscheidung im Senat schlagen würde.

»Sie sind an der Reihe«, sagte der Vorsitzende Richter zu Klopfer. Dieser sagte lediglich: »Ich war von Anfang einverstanden mit Lanes ursprünglicher Entscheidung und das bin ich immer noch. Also schließe ich mich ihm an.«

Der vorsitzende Richter machte sich darüber eine Notiz. Drei zu eins für Mary Ann Tierney, dachte Caroline, wenn auch José Suarez noch schwankte.

Die beiden nächsten Republikaner – Mills Roberts und Joe Polanski – schlugen sich auf Steeles Seite. Das Verhältnis lag jetzt bei drei zu drei. »Lane?«, fragte Sam Harker.

Steele ordnete die Blätter vor sich, das Rückgrat seiner Argumentation. Aber es war klar, dass er ohne diese Stütze auskam.

»Das Gesetz«, sagte er, »ist verfassungskonform, und es zu kippen würde bedeuten, unsere Grenzen zu überschreiten.

Roe ist ein schlampiges Beispiel richterlicher Gesetzgebung, weil darin ein schwammiges ›Recht auf Schutz der Privatsphäre‹, das in der Bill of Rights nirgendwo vorkommt, ausgewalzt wird. Aber selbst nach Roe kann der Kongress die Abtreibung lebensfähiger Föten reglementieren.

Genau das hat der Kongress in diesem Fall getan. Und genau so funktioniert Demokratie: Wem das Gesetz nicht passt, der kann mit einer Kongress-Petition auf seine Abänderung drängen.« Sein Ton wurde schärfer. »Kongress – nicht das Gerichtswesen mit selbst ernannten Philosophen-Königen als Richtern. ›Ungeschickt‹ – selbst wenn sie das Gesetz dafür halten – bedeutet nicht ›verfassungswidrig‹.

Die Frage, ob ›verfassungswidrig‹ oder nicht, stellt sich hier nicht einmal: Das Gesetz sieht Ausnahmen bei Gefahr für Leben oder psychische Gesundheit der Mutter vor, während der Begriff ›psychische Gesundheit‹ so unspezifisch ist, dass er am Ende Abtreibung auf Verlangen sanktioniert. Und dagegen sind selbst Roe und Casey, nachdem der Fötus erst einmal lebensfähig ist.«

Caroline hörte ihm mit Respekt zu: In seinen besten Momenten konnte Steele fesseln und überzeugen. Blair Montgomery dagegen, der am Ende des Tisches saß, verbarg seine Abneigung hinter einer Maske aus Gleichgültigkeit.

»Wenn das Recht auf Schutz der Privatsphäre diese Folgen hat, dann sollten wir ganz darauf verzichten.«

Damit schloss Steele seine Ausführungen. Der vorsitzende Richter ließ einen Moment verstreichen und hielt das Stimmenverhältnis fest. Es stand vier zu drei gegen Mary Ann Tierney und für das Gesetz zum Schutz des Lebens.

»Franklin«, sagte Sam Harker zu Franklin Webb, »möchten Sie sich dem anschließen?«

Webb, ein grauhaariger Afroamerikaner und von einem Demokraten ernannt, erwiderte das Lächeln des vorsitzenden Richters. »In meinen Gedanken war ich gerade beim Angeln«, antwortete er. »Lachs, aber auch Regenbogenforelle.«

Der Scherz löste nervöses Lachen aus, dem sich weder Caroline noch Steele anschlossen. »Sobald wir hier fertig sind«, antwortete der vorsitzende Richter, »können Sie losziehen. Aber zuerst wird abgestimmt.«

»Ach, diese Sache.« Webb runzelte die Stirn. »Offen gesagt, ich bin hin- und hergerissen. Ich habe Verständnis für Ms. Tierney, aber auch für Lanes Argument, dass wir nicht die Legislative sind – oder Gott.

Einen Ausweg hat José aufgezeigt. Ein anderer besteht darin, das Gesetz begrenzt auf den Fall Mary Ann Tierney für verfassungswidrig zu erklären – weil es ein nachgewiesenes Infertilitätsrisiko ihrerseits nicht berücksichtigt –, es aber nicht ganz und gar in den Orkus zu verbannen.

Damit besteht das Gesetz fort, und dem Kongress steht es frei, das Problem der Unfruchtbarkeit aufzugreifen, wenn es ihm passt.« Mit einem Blick zu Caroline lächelte Webb. »Ich meine, unsere Freunde am Obersten Bundesgericht wissen unsere Zurückhaltung zu schätzen, sind sie doch ebenso gespalten wie wir.«

Sam Harker nickte. »War's das von Ihrer Seite?«

»Ja. Zumindest im Moment.«

Wenn auch nicht gerade eine analytische Glanzleistung, dachte Caroline, zeigte der Vorschlag doch eine der vielen Tugenden Franklin Webbs – Pragmatismus. Aber dieser stückweise Ansatz würde auch für Verwirrung sorgen.

Wie dem auch sei, Mary Ann hatte eine Stimme dazugewonnen, und der Stand war vier zu vier. Somit blieben noch drei Richter: Blair Montgomery, der vorsitzende Richter – und Caroline selbst.

»Blair?«, sagte der vorsitzende Richter.

Montgomery beugte sich nach vorne und sprach Franklin Webb an. »Ich schätze Ihre Bedenken, Franklin. Aber Sie haben einige wichtige Prinzipien unklar gelassen. Lassen Sie mich ein paar ansprechen.«

Obwohl aufgrund seines Alters angestrengt, war Montgomerys Stimme doch fest. »Ich beginne mit dem Recht auf Schutz der Privatsphäre. In diesem Punkt muss ich Lane widersprechen.

Ein Recht auf Schutz der Privatsphäre existiert, auch wenn exakt diese drei Worte in der Bill of Rights nicht enthalten sind. Es gibt Bereiche, in denen die Regierung nichts zu suchen hat. Denn wenn ein Gericht eine Minderjährige dazu zwingen kann, ein schwer missgebildetes Kind zu bekommen – ungeachtet der Risiken für die Mutter –, kann es auch eine Abtreibung anordnen. Und das würde keiner von uns für gut befinden.

Lane mag zwar sagen, die Regierung ist befugt, ›Leben‹ zu schützen, darf aber nicht töten, doch zu welchem Preis? Die Bill of Rights sagt kein Wort darüber, ob die Regierung minderjährige Mädchen willkürlich sterilisieren lassen darf, und doch wissen wir, dass sie es nicht darf. Warum also kann die Regierung die Gebärfähigkeit einer Minderjährigen gegen deren Willen aufs Spiel setzen?«

Trotz ihrer Besorgtheit musste Caroline ein Lächeln unterdrücken. Man konnte mit Blair Montgomery einer Meinung sein oder nicht, seine Fähigkeit, ganz neue Gedanken anzuregen, überraschte immer wieder.

»Die Regierung sollte das nicht tun«, fuhr Blair fort. »Und ein Gesetz, das das vorsieht, wird eine Vielzahl weiterer Entscheidungen beeinflussen, die man besser den betroffenen Mädchen und ihren Ärzten überlassen sollte.

Nicht, möchte ich hinzufügen, ihren Eltern. Gesunde Familien mögen viele Vorzüge haben, die allerdings vom Kongress nicht geschaffen werden können.« Mit einem ironischen Lächeln wandte sich Blair an Lane Steele. »Was die nicht von der Hand zu weisenden Tugenden von Professor Tierney betrifft, Lane, so liegen diese wohl eher im Bereich der Morallehre. Möglich dagegen ist, dass moralischer Eifer den besten Mann blind für Ungerechtigkeiten machen kann – selbst in seiner unmittelbaren Umgebung. Die Tatsache, dass einem anderen Vater das auffallen würde, zeigt die Willkürlichkeit dieses Gesetzes. Und warum es nicht gerettet werden kann.«

Somit stand es fünf zu vier für Mary Ann.

»Nun«, sagte Sam Harker mit echter Demut, »das ist wirklich ein schwerer Fall, von einem Kaliber, für das ich offensichtlich zu alt bin. Besonders weil ich mich gerade an meine Fehler am besten erinnern kann. Aber«, fuhr er zögernd fort, »ich kann nicht anders, als mit Lane übereinzustimmen.

Wir können nicht die Aufgabe der Legislative übernehmen. Wenn es Widrigkeiten gibt, dann sollte sich der Kongress darum kümmern. Das ist meine Grundüberzeugung.«

Und so war es auch, dachte Caroline. Sam Harker war ein Mann schöner Überzeugungen, aber tiefschürfender Gedanken hatte ihn nie jemand bezichtigt.

Nun lag es an Caroline.

Die versammelte Runde fasste sie ins Auge. Sie spürte, wie ihr Herz schneller schlug.

Sie nahm einen Schluck Wasser und wandte sich an José Suarez. »Wie sieht's denn nun bei Ihnen aus, José? Noch alles im Fluss oder schon gesetzt?«

Suarez lächelte sie steif an. »Ich bin wie Don Quichotte«, antwortete er, »auf der Suche nach einem ehrlichen Kompromiss.«

Caroline nickte, wandte sich dann Franklin zu. »Und Sie, Franklin?«

Inmitten der allgemeinen Nervosität brachte Webb ein Lächeln zustande. »Noch immer im Fluss«, sagte er. »Hoffentlich schlagen die Wellen nicht über mir zusammen und ich ertrinke.«

Keine Hilfe von dort. Am Ende würde sie für das verantwortlich sein, was geschah. Wie sie es schon immer geahnt hatte.

Caroline atmete tief durch. »Das Problem«, sagte sie zu Webb und Suarez, »stellt sich für mich so dar:

Sie beide versuchen, das Gesetz auf einer sehr schmalen Basis zu retten – indem Sie einen bestimmten Passus interpretiert oder vom Kongress geklärt sehen möchten. Aber darauf wird sich das Gericht nicht einigen. Wir haben fünf Richter, die das Gesetz in der vorliegenden Form gut heißen, und drei, für die das Gesetz aus unterschiedlichen Gründen nicht zu retten ist. Und selbst Franklin meint, dass es, den Fall Mary Anns betreffend, nicht zu retten ist.«

Webb nickte zustimmend, während José Suarez sie offenbar misstrauisch anblickte. »Das heißt?«, fragte Suarez.

»Das heißt«, antwortete Caroline, »um zu einer Mehrheit zu kommen, muss sich einer von Ihnen oder beide dafür entscheiden, mit welcher Sichtweise er am wenigsten unglücklich ist: Blair Montgomerys oder Lane Steeles. Andernfalls bekommen wir jene Zweideutigkeiten, mit denen das derzeitige Oberste Bundesgericht von sich reden macht – eine Pluralitätsentscheidung mit so vielen einander widersprechenden Stimmen, dass am Ende niemand mehr weiß, wie die rechtliche Situation sich nun darstellt.«

Hier beugte sich Franklin Webb nach vorne, die Augen vor Neugierde blitzend.

»Das mag ja alles richtig sein«, sagte er. »Aber wenn Sie mit Lane stimmen, dann fallen unsere mickrigen kleinen Stimmen gar nicht ins Gewicht. Wir hätten sechs Stimmen für das Gesetz und gegen Ms. Tierney, und ich könnte tatsächlich angeln gehen.«

Caroline wurde es eng um die Brust.

Sie sah Webb in die Augen und brachte die halbwegs vernünftige Kopie eines Lächelns zustande. »Ich glaube, ich habe eines nicht erwähnt«, antwortete sie. »Ich stimme für Mary Ann Tierney. Also meine ich, wir sollten ein Wörtchen miteinander reden.«

12

Zwei Stunden später, nach einer hitzigen und kontrovers geführten Debatte und einem Abstimmungsergebnis von sechs zu fünf, hatte Caroline angenommen, der dienstälteste Richter der Mehrheitsgruppierung würde die Niederschrift der Urteilsbegründung übernehmen. Umso überraschter war sie, als Blair Montgomery verkündete, er wolle über die Aufgabe nachdenken. Gar nicht überrascht dagegen war sie, als nach ein paar Momenten des Nachdenkens ihrerseits ihr alter Freund in der Tür erschien.

Trotz der ernsten Miene brachte er ein Lächeln zustande. »Wenn nicht so viel auf dem Spiel stünde, würde ich dir für den amüsantesten Moment in meiner fünfundzwanzigjährigen Laufbahn als Richter danken. Lane Steeles Gesicht bot eine einzigartige Charakterstudie.«

»Eine Studie der Gegensätze«, antwortete sie. »Anfängliche Empörung wurde abgelöst von blankem Entzücken angesichts der Vorstellung, dass ich nun wohl auf meinem Stuhl hier sitzen bleibe. Zudem meint er, uns beiden nun das Leben für die nächsten Jahre verbittern zu können.«

Blair setzte sich. »Von Jahren ist in meinem Fall nicht zu sprechen – ich kaufe schon keine grünen Bananen mehr. Aber noch nie war es so sonnenklar, dass du eine großartige Oberste Bundesrichterin abgegeben hättest.«

»Warum die Vergangenheitsform? Bin ich etwa schon gestorben?« Dann sagte sie nachdenklich und ohne gezwungene Leichtigkeit. »Rückblickend muss ich sagen, dass ich nie eine wirkliche Chance hatte. Ich weiß, es ist eitel von mir, aber ich komme von meinen richterlichen Idealen nicht los. Niemals würde ich um der eigenen Karriere willen die Gesundheit dieses Mädchens aufs Spiel setzen.«

Blair sah sie lange an. »Auch andere von uns denken so«, antwortete er. »Aber im Senat kann dich das Kopf und Kragen kosten. Bleibt nur die Frage, wie du darauf reagierst.«

»Gar nicht, glaube ich. Ich werde meine Kandidatur zurückziehen und erwarte, dass der Präsident das Angebot annimmt. Gerade ein paar Wochen im Amt, kann er auf allzu scharfe Auseinandersetzungen verzichten. Ganz zu schweigen von einer Palastrevolution.«

»Vielleicht. Aber ich würde gern alles in meiner Macht Stehende tun, um dir zu helfen.«

Caroline lächelte ob seiner Zähigkeit. »Dazu ist es wohl zu spät«, sagte sie trocken. »Oder soll ich meine Entscheidung etwa rückgängig machen?«

»Nein, ich schlage vor, du schreibst die Urteilsbegründung. Wenn du schon in den Orkus geschickt werden sollst, dann um deiner Worte willen, nicht um meiner.«

Caroline fehlten zunächst die Worte. »Vielleicht sollte ich wirklich«, sagte sie mit einer Spur Humor. »Um die Wahrheit zu sagen, ich war immer der Meinung, du bist viel zu sehr ›Aktionist in der Robe‹.« Nach einem Lächeln ihres Mentors wurde Carolines Ton wieder ernst. »Ich bin dir dankbar, wirklich. Für vieles und auch dafür.«

Nachdem Blair gegangen war, lehnte sich Caroline zurück und schloss die Augen. Aber nur kurz, denn es gab eine Menge zu tun.

Zuerst würde sie Clayton Slade anrufen, um ihn zu warnen und um dem Präsidenten ihren Rücktritt anzubieten.

13

Kurz vor acht Uhr abends machte sich Caroline frei von allen anderen Bedenken – ihre Angst um Brett; ihr Rücktrittsangebot – und schrieb die ersten Passagen ihrer Urteilsbegründung:

»Ob der Kongress im Fall Minderjähriger die Abtreibung lebensfähiger Föten, ohne ein gravierendes Risiko für Leben oder Gesundheit der Mutter, generell verbieten kann, ist zunächst eine Frage des Standpunkts. Ebenfalls eine Frage des Standpunkts ist es, ob diese wichtige Entscheidung von einem Elternteil oder einem Gericht statt der werdenden Mutter selbst oder ihrem Arzt getroffen werden kann.«

Caroline unterbrach und dachte an eine andere junge Frau, die gegen den Willen ihres Vaters ein Kind geboren hatte, und an die quicklebendige Frau, die aus dem Kind geworden war. Die Mutter jedoch, rief sie sich mit Nachdruck ins Bewusstsein, war heute Richterin.

»*Beginnend*«, fuhr sie fort, »*halten wir zwei Kernpunkte fest: »Erstens steht es dem Kongress zu, ohne Rücksicht auf Leben oder Gesundheit der Mutter die Abtreibung lebensfähiger Föten zu verbieten, und zwar für minderjährige wie für erwachsene Mütter gleichermaßen.*

Zweitens, gemäß bestehender Präzedenzfälle des Obersten Bundesgerichts, kann der Kongress auf der Zustimmung eines Elternteils zu einer Abtreibung bestehen, vorausgesetzt das entsprechende Gesetz hält den Rechtsweg für die Minderjährige offen ...«

Zweiunddreißig Stunden später hallte Lane Steeles empörte Stimme aus Macdonald Gages Telefonanlage. Gage schlürfte Kaffee und sah Mace Taylor an.

»Sie beginnt damit«, berichtete Steele, »ob die Klausel ›gravierendes Risiko für die physische Gesundheit‹ Roe versus Wade verletzt. Hören Sie sich das an:

›*In der Regel sollten sich die Richter einem Kongressentscheid beugen; ganz sicher sollten sie es vermeiden, dem Kongress ihre eigenen Ansichten aufzudrängen. Im Gegenzug darf der Kongress fundamentale Rechte nicht beschneiden, es sei denn aus einem besonders zwingenden Grund.*

Zu diesen Rechten gehören nicht nur jene in der Bill of Rights ausdrücklich genannten, sondern auch andere, für deren Wahrnehmung fundamentale Rechte. Dazu gehört das Recht auf den Schutz der Privatsphäre. Und nirgendwo ist der Schutz der Privatsphäre von größerer Bedeutung als im Bereich menschlicher Fortpflanzung ...‹«

»Immer das gleiche Lied«, warf Gage ein. »Das Abschlachten von Kindern ist Sache der Frau, nicht unsere.«

»Genau«, pflichtete Steele bei. »Aber sie hat ihr Anliegen geschickt verpackt. So geht's weiter:

›Schutz der Privatsphäre bedeutet mehr als das Recht einer Frau, zu entscheiden, ob überhaupt und wann sie ein Kind haben möchte. Darin enthalten sein muss auch das Recht der Frau, ihre Gebärfähigkeit zu bewahren.

Keine humane Definition physischer Gesundheit kann die Fortpflanzungsfähigkeit ausschließen. Und wenn der Arzt einer Frau ein erkennbares Infertilitätsrisiko diagnostiziert, dann obliegt es der Frau und ihrem Arzt – nicht dem Kongress – zu entscheiden, ob das Risiko für sie tragbar ist …‹«

»Ab und an ködert sie uns wohl mit einem Stück Zucker«, sagte Gage. »Lesen Sie mal weiter vor.«

»›Abtreibung auf Verlangen eines lebensfähigen Fötus wird durch Roe nicht abgedeckt. Der Kongress sollte aber nicht ermächtigt werden, Mary Ann Tierney – oder jede andere Minderjährige – zu zwingen, dieses Risiko zu tragen.

Dass der Kongress hier aber dennoch so gehandelt hat, steht außer Zweifel. Nach derzeit gültigem Recht schränkt der Passus ›gravierendes medizinisches Risiko‹ die Zahl der Abtreibungen auf die Fälle ein, die ›nötig sind, um den Tod der minderjährigen Mutter zu verhindern oder die Wahrscheinlichkeit einer schwerwiegenden und irreversiblen Beeinträchtigung der physischen Gesundheit zu verringern. Nach dieser ›Wahrscheinlichkeitsmaßgabe‹ scheint eine Abtreibung für Mary Ann Tierney ausgeschlossen, da das Infertilitätsrisiko zwar besteht, aber nicht ›wahrscheinlich‹ ist …‹«

Gage fiel ein, dass, wenn es jetzt sieben Uhr in Washington war, es in Kalifornien vier Uhr morgens sein musste. Er stellte sich Steele im Schlafanzug vor, wie einen mürrischen Großvater, der sich gezwungen sah, eine besonders banale Gutenachtgeschichte vorlesen zu müssen. Auch Gage hegte eine tiefe Abneigung gegenüber der Urteilsbegründung, aber sie enthielt auch den Schlüssel für seinen brennenden Ehrgeiz: Caroline Masters zu schlagen, Kerry Kilcannon dabei anzuschwärzen und der Präsidentschaft einen Schritt näher zu kommen. »Wie«, fragte Gage, »will sie es verhindern, dieses Gesetz gänzlich in den Wind zu schreiben, zu Gunsten jeder kleinen Göre, die sich schwängern lässt?«

»Ganz einfach, sie baut auf ihre Erfindungsgabe. Hier ein Vorgeschmack:

›*Zugegeben, hier handelt es sich um einen schwierigen Fall. Die Prognose für den Fötus ist düster, allerdings nicht hoffnungslos; Unfruchtbarkeit unwahrscheinlich, aber möglich. Doch ein noch schmerzlicherer Fall, in dem der Fötus normal entwickelt erscheint, ist durchaus denkbar. Oder der abstoßende Fall, in dem die Mutter ein relativ niedriges Infertilitätsrisiko dazu benutzt, ihre Abneigung dem Geschlecht des Kindes gegenüber zu bemänteln.*

Vorstellbar ist zudem der Fall, in dem keine Hoffnung für den Fötus besteht, und die Wahrscheinlichkeit einer Unfruchtbarkeit nicht bei fünf, sondern bei zwanzig Prozent liegt. Und auch damit wird uns der medizinische Fortschritt zwangsweise konfrontieren: Eine schwangere Minderjährige mit Infertilitätsrisiko, aber in der Hoffnung, die Missbildungen ihres Kindes können mit den Möglichkeiten fötaler Chirurgie beseitigt werden, wird durch dieses Gesetz dazu gezwungen, den Fötus abzutreiben, noch bevor er lebensfähig ist.

Ein Gesetz, das derartige Konflikte vorprogrammiert – zu entscheiden, ob das Leben des Fötus oder die Gesundheit der minderjährigen Mutter gerettet werden soll –, kann keinen Bestand haben.‹«

Steele unterbrach und sagte sarkastisch: »Ihre literarische Fantasie ist beeindruckend. Aber mit juristischem Argumentieren hat das nichts zu tun.«

»Emotionaler Schwachsinn«, erwiderte Gage. »Das ist es. Warum nicht gleich Oprah Winfrey nominieren?« Mit einem Blick zu Taylor fragte er: »Können Sie mir das zufaxen, Lane?«

Steele zögerte – *heuchelt Tugend wie der Pianist im Puff*, dachte Gage. »In Ordnung«, sagte Steele schließlich. »Ich hab ein Faxgerät hier stehen.«

»Sie sind ein wahrer Patriot«, sagte Gage mit einem Seitenblick zu Taylor.

»Keine Ursache, Senator. Alles eine Sache des Gewissens.«

Gage beendete das Gespräch unverzüglich.

»Palmer«, sagte Taylor sofort.

»Du hast Recht.« Gage stellte seine Tasse ab. »Bevor die Presse ihn ausquetscht, sollten wir das tun.«

Im Oval Office studierten Kerry und Clayton die Kopie, die Caroline ihnen gefaxt hatte. »Schlimmer hätte es nicht kommen können«, sagte Clayton. »Der absolute Irrsinn.«

Kerry zuckte mit den Schultern. »Was sagt sie über die Eltern?«, fragte er.

Clayton überschlug ein paar Seiten, und Kerry begann zu lesen:

»›*Eingangs stellen wir fest, dass der Protection of Life Act zwei Klassen Minderjähriger schafft: die, deren Eltern einer Abtreibung zustimmen, und die, deren Eltern die Zustimmung verweigern. Erstere kommen in die Obhut eines Arztes, Letzteren bleibt nur der Weg an ein Bundesgericht.*

Jene, die auf den Rechtsweg angewiesen sind, sehen sich mit Hindernissen konfrontiert, die sie einem höheren Risiko aussetzen. Nach verweigerter Zustimmung muss die Minderjährige – in offener Provokation ihren Eltern gegenüber – zu einem Rechtsanwalt und schließlich vor Gericht gehen, das noch dazu oftmals weit von ihrem Wohnort entfernt ist. Die Wahrscheinlichkeit ist groß, dass viele Mädchen Gesundheit oder gar Leben aufs Spiel setzen, weil ihnen dieser Weg als nicht gangbar erscheint.

Einigen, gerade den sozial Schwächsten wird dieses Hindernis als unüberwindlich erscheinen …‹«

»Stimmt alles«, sagte Kerry, »von der ersten bis zur letzten Zeile.«

Clayton knurrte. »Mag sein. Aber sie hat bereits eingestanden, dass das Oberste Bundesgericht die Gesetze zur elterlichen Zustimmungspflicht bestätigt hat.«

Kerry überflog die Urteilsbegründung, legte dann den Finger auf einen bestimmten Absatz und sah Clayton fragend an:

»›*Während einige dieser Nachteile auch bei Bundesgesetzen zur elterlichen Zustimmung zum Tragen kommen, die dennoch vom Obersten Bundesgericht bestätigt wurden, besteht doch ein fundamentaler Unterschied. Die Bundesgesetze beziehen sich auf die Abtreibung nicht lebensfähiger Föten und sollen lediglich dazu beitragen, dass die Minderjährige zeigt, die erforderliche Reife für eine derartige Entscheidung zu besitzen.*

Dieses Gesetz dagegen spricht von einer medizinischen Notsituation, in der die Gesundheit der Minderjährigen zur Debatte steht. Aus diesem Grund muss die Zustimmungsklausel besonders überzeugend begründet sein.

Unter anderem wird die Zustimmungsklausel damit begründet, das Gesetz würde den familiären Zusammenhalt stärken. In der Praxis jedoch ist es höchst unwahrscheinlich, dass der Kongress in einer Zeit der Krise jene Nähe erzwingen kann, die schon in den Jahren zuvor nicht vorhanden war. Ohne Zweifel liefert der Fall der Familie Tierney kein überzeugendes Gegenbeispiel.

Dass sogar das Gegenteil der Fall ist, belegt der öffentlich vollzogene Bruch mit ihrer Tochter Mary Ann …‹«

Hier fragte sich Kerry, inwieweit die Richterin geformt war vom Menschen, der dahinter stand: Carolines eigener Bruch mit ihrem Vater war nie verheilt. Aber genau das hatte Kerry sich gewünscht – eine Richterin, deren Umgang mit dem Gesetz durchdrungen war von ihrem eigenen Leben.

Er las weiter.

»›*Die Zustimmungsklausel wird weiter mit dem Anspruch gerechtfertigt, das Gesetz diene dem Schutz Minderjähriger. Den Experten zufolge, die zu Gunsten Mary Ann Tierneys ausgesagt haben, ist das Gegenteil der Fall. Die erforderliche Zustimmung trifft jene Mädchen besonders hart, die das Opfer von Missbrauch und Inzest wurden. Dagegen wird für die Mehrzahl der Mädchen, die aus intakten Familien stammen, kaum die Einmischung des Kongresses erforderlich sein, um sich Rat suchend an die Eltern zu wenden …‹«*

Hier erinnerte sich Kerry an das Elend seiner eigenen Kindheit und an seinen ersten Fall häuslicher Gewalt, den er als Anwalt übernommen hatte. Wieder richtete er einen Finger auf die entsprechende Stelle. »Sie hat es auf den Punkt gebracht.« Sein Ton wurde nachdenklich. »Und du weißt, wovon ich spreche.«

»Gut und schön«, sagte Clayton kühl. »Sie ist eine bewundernswerte Frau und sie hat eine Lebensstellung in San Francisco. Aber damit ist sie noch nicht bestätigt.

In weniger als vier Stunden, Kerry, ist in dieser Stadt die Hölle los. Caroline Masters muss gehen.«

Gage knallte das Bündel Papier auf Palmers Schreibtisch. »Deine Busenfreundin Caroline Masters«, sagte er schroff, »hat dir einen Tritt in die Eier verpasst.«

Hinter der Maske der Empörung, bemerkte Chad, sah ihn Gage durchdringend an. Zweifelsohne fragte er sich, ob ihn Kilcannon gewarnt hatte. Er hatte natürlich keine Ahnung davon, dass der Präsident Chad angerufen hatte, sobald er Bescheid wusste.

»Für solche Fälle trage ich einen Protector«, antwortete Chad. »Was ist das?«

»Liberales Gefasel.« Gages herrischer Tonfall konnte nicht darüber hinwegtäuschen, dass er Chad noch immer taxierte. »Ich dachte, besonders interessiert dich vielleicht, was sie zur elterlichen Zustimmung zu sagen hat.«

Mit kühler Entschlossenheit, die so gar nicht zu seiner wütenden Pose passte, begann Gage zu blättern. »Hier, einige Passagen habe ich für dich angestrichen.«

Noch dazu in Rot, dachte Chad, falls ihm ihr Stellenwert entgehen sollte. Er begann zu lesen:

»›In der Anfechtung wird festgestellt, die Tierneys seien fürsorgliche und liebende Eltern. Das sind sie zweifelsohne. Aber Richter Steeles Argument beweist zu viel: Wenn ein Gesetz die Rechte einer Minderjährigen, deren Eltern die besten Absichten haben, unverhältnismäßig stark einschränkt, dann wird es im Fall zerrütteter Familienverhältnisse zwangsweise Tragödien heraufbeschwören. Der Irrsinn, eine Minderjährige dazu zu zwingen, ihren Vater um Erlaubnis zu bitten, dessen eigenes, durch Inzest entstandenes Kind abzutreiben, kann und darf nicht im Namen Mary Ann Tierneys gerechtfertigt werden …‹«

»Sie zäumt das Pferd von hinten auf«, sagte Gage. »Weil es auch schlechte Eltern gibt, werden guten Eltern ihre Rechte verweigert. Ich garantiere dir, das wird eine Welle der Empörung auslösen.«

Damit hatte er Recht, dachte Chad besorgt.

Im Stillen las er weiter.

»*Die Tierneys könnten, hätten sie denn die Absicht, ihre Tochter legal nicht dazu zwingen, das Kind abzutreiben. Können sie dann ein Austragen des Kindes erzwingen, weil das in ihren Augen das Beste für ihre Tochter ist? Mary Anns Aussage macht deutlich genug, dass sie ihre Situation in medizinischer wie in moralischer Hinsicht einzuschätzen weiß und auch in der Lage ist, damit fertig zu werden.*

Ein zentrales Paradoxon dieses Falles besteht darin, dass Mary Ann Tierney, ohne die Zustimmung eines Elternteils, alle möglichen anderen Maßnahmen zum Erhalt ihrer Gesundheit selbstständig einleiten könnte. Sie könnte sich behandeln lassen bei psychischen Schwierigkeiten, Drogen- und Alkoholproblemen, Geschlechtskrankheiten ...«

»Kaum jemand hat sich für das elterliche Zustimmungsrecht so stark gemacht wie du, Chad. Du weißt, warum das so nicht stehen bleiben kann.«

Chad nahm den Schriftsatz in die Hand, blätterte ihn durch bis zum Resümee. Aber er las gar nicht mehr richtig; stattdessen dachte er an eine Sache, von der Gage nie erfahren durfte. Chads kalkulierte Allianz mit Kerry Kilcannon hatte sich in nichts aufgelöst.

»Eines ist mittlerweile klar«, sagte Gage zu ihm. »Entweder lässt Kilcannon sie fallen, oder wir müssen dafür sorgen, dass sie fällt.«

Sarah, die das Urteil voller Freude, aber auch Fassungslosigkeit las, blieb hängen bei der Fußnote »psychische Gesundheit«:

»›*Da wir das Gesetz aus anderen Gründen für verfassungswidrig erklären, brauchen wir die umstrittene Frage nicht zu klären, ob auch eine mögliche Gefährdung der psychischen Gesundheit zur Rechtfertigung einer Spätabtreibung ausreicht. Wir teilen die Besorgnis, dass damit Abtreibung auf Verlangen ermöglicht wer-*

den könnte: Weshalb nur nachweisbare und schwere seelische Folgeschäden zur Begründung einer Spätabtreibung herangezogen werden sollten ...‹«

Selbst hier, dachte Sarah, hatte Caroline mehr Mut als nötig gezeigt.

Mary Ann, die neben ihr auf dem Sofa saß, hörte ihr fasziniert zu. »Was sagt sie sonst noch?«

Sarah begann weiterzulesen:

»›Professor Tierney behauptet, eine Abtreibung in diesem Fall sei von einer eugenischen Maßnahme nicht mehr weit entfernt, von vielleicht in Zukunft möglichen Abtreibungen aufgrund der falschen Augenfarbe, fehlender musikalischer Talente oder einer möglichen homosexuellen Veranlagung. Wir können lediglich hoffen, dass die Justiz – und das Moralverständnis unserer Gesellschaft – vorbereitet ist, wenn diese Probleme, was unvermeidlich sein wird, sich stellen werden. Aber wir sollten zukünftigem Leid nicht vorbeugen, indem wir in der Gegenwart Leid schaffen.

Wir tun gut daran, uns bei der Diskussion dieser Thematik daran zu erinnern, dass im Zentrum dieses Falles ein Mensch steht, ein fünfzehnjähriges Mädchen. Sie redet nicht der Eugenik das Wort. Sie strebt keine Abtreibung auf Verlangen an. Sie strebt nicht einmal an, diesen Fötus nur aufgrund seiner Missbildung abzutreiben. Vielmehr sucht sie sicherzustellen, in ihrem späteren Leben als Erwachsene ein Kind mit besseren Lebenschancen bekommen zu können.‹«

Sarah atmete tief durch und las die abschließende Entscheidung:

»›Hat Mary Ann Tierney dieses Recht? Nach der Verfassung ja. Ebenso wie jede andere Minderjährige, die mit einer so fundamentalen und weit reichenden Entscheidung konfrontiert ist.‹«

Als Sarah sich umsah, betastete Mary Ann ihren Bauch. Ihr liefen Tränen über die Wangen.

Aber Caroline blieb vorbildmäßig bis zum Ende, wenn es auch nicht leicht für Sarah war, dies Mary Ann zu erklären.

»*Aufgrund der Gewichtigkeit der Thematik*«, hatte Caroline

geschrieben, »*und der Endgültigkeit eines Schwangerschaftsabbruchs verfügen wir, dass Mary Ann Tierney eine Abtreibung frühestens nach Ablauf von zweiundsiebzig Stunden nach Erlass dieser Entscheidung vornimmt. In dieser Zeit können die Regierung oder das Ehepaar Tierney beim Obersten Bundesgericht der Vereinigten Staaten einen weiteren Aufschub beantragen.*«

Mary Ann war erstaunt und konnte nur fragen: »Dann haben wir es doch noch nicht geschafft?«

»Nicht, wenn sie sich mit einer Petition an das Oberste Bundesgericht wenden. Aber Caroline Masters hat eine famose Begründung geschrieben, und das Oberste Bundesgericht könnte die Petition deiner Eltern zurückweisen. Sie haben jetzt einen schweren Stand.

Die Stimme eines Richters genügt, um ihnen einen Aufschub bis zur Prüfung ihrer Petition zuzusichern. Aber das ist eine Sache von ein paar Tagen, höchstens. Danach kann das vollständige Gremium einen weiteren Aufschub nur dann gewähren, wenn das Gericht gleichzeitig entscheidet, den Fall anzunehmen ...«

»Meine Eltern werden sich nie geschlagen geben«, sagte Mary Ann verzweifelt. »Sie werden alles tun, um die Sache am Laufen zu halten, bis das Baby geboren ist.«

»Das können sie nicht – sie haben eine Woche oder höchstens zwei, und dann muss das Gericht eine Entscheidung treffen.« Sarah zögerte, dann sagte sie ihr auch den Rest. »Zurzeit besteht das Gericht nur aus acht Richtern – sie haben keinen Vorsitzenden. Die Stimmen von nur vier Richtern genügen, um einen Fall anzunehmen; dagegen sind fünf Stimmen nötig, um dir eine Abtreibung zu verweigern. Ohne diese fünf Stimmen für einen Aufschub steht Carolines Entscheidung. Und deine Eltern können nichts dagegen unternehmen.«

Mary Ann schluckte und sah sie verwirrt an. »Du meinst, das Gericht kann den Fall annehmen«, fragte sie, »und ich könnte doch abtreiben, noch bevor sie eine Entscheidung dagegen treffen?«

»Ja. Sollte das der Fall sein, dann haben wir gewonnen, egal was passiert.«

Sarah bemerkte, dass Mary Ann sich vorstellte, wie immer mehr Menschen sich öffentlich gegen sie verschworen. Aber genau dieses Potenzial war es auch – ein angeknackstes Oberstes Bundesgericht bloßzustellen –, das Carolines Lage verschlimmerte. Selbst wenn Sarah mit Mary Ann fühlte, so war ein Teil ihres Herzens doch auch bei Caroline.

Das Land stand vor einer Zerreißprobe.

Teil Fünf

DIE ABSTIMMUNG

1

Eine Stunde nach Veröffentlichung der Urteilsbegründung wurde das Weiße Haus bombardiert mit Faxmeldungen und E-Mails und sämtliche Telefonleitungen waren blockiert. Führende Pro-Life-Aktionisten forderten Kerry Kilcannon dazu auf, die Nominierung von Caroline Masters zurückzuziehen, und Christian Commitment hatte eine Demonstration vor dem Weißen Haus angekündigt. Als Antwort darauf hatten mehrere Vertreterinnen der Abtreibungsbefürworter, die Carolines Entscheidung »mutig« nannten, vom Präsidenten verlangt, ihre Ernennung erneut zu bestätigen. Dagegen hatte eine Blitzumfrage auf MSNBC ein Ergebnis von zwei zu eins gegen die Entscheidung ermittelt, und mehrere führende demokratische Senatoren hatten ihre besorgte Haltung gegenüber Clayton Slade zum Ausdruck gebracht.

»Solange sie im Rennen ist«, sagte Clayton zu Kerry, »wirst du dich genau damit abfinden müssen.«

Sie saßen im Oval Office – der Präsident, Clayton und Ellen Penn – und warteten auf Chuck Hampton, den Minderheitsführer im Senat. »Wo bleibt denn Chuck?«, fragte Ellen.

»Ein Termin mit Gage«, antwortete der Präsident. »Ich glaube, Mac hat uns etwas zu sagen.«

Es war ein Moment, dachte Macdonald Gage, in dem die Macht auf der Kippe stand, und Präsident und Mehrheitsführer gleichermaßen auf die Zerreißprobe gestellt waren. Eine Menge jedoch hing von einem dritten Mann ab, dem Minderheitsführer Chuck Hampton, der seinerseits eigene Interessen verfolgte.

Gage und Hampton konnten zurückblicken auf vier gemeinsame Jahre erbitterter Auseinandersetzungen und zäher Kompromisse, Jahre, in denen Gage mit der Mehrheit im Rücken auch die

Oberhand hatte; er kontrollierte die Ernennung von Ausschussvorsitzenden und den Sitzungskalender, belohnte die eigenen Wählergruppen, während er Hampton und die Demokraten an der kurzen Leine hielt. Chuck Hampton kämpfte um die Mehrheit und um die fünf Sitze, die ihm dazu fehlten, mit all der Leidenschaft eines Konkurrenten, der erfahren hatte, dass, solange dieses Ziel nicht erreicht war, jede Niederlage wie Galle schmeckte. Und Mac Gage wusste das nur zu gut.

Hampton, schlank und eher gelehrtenhaft, saß ihm gegenüber. Er wollte, dessen war Gage sich sicher, jede Auseinandersetzung um die Masters-Nominierung vermeiden, wohl wissend, dass ein derartiger Streit den Demokraten teuer zu stehen kommen könnte.

»Chuck«, sagte Gage wohlmeinend, »Sie müssen unseren alten Freund daran erinnern, dass zwischen dem Schwierigen und dem Unmöglichen ein breiter Abgrund klafft. Möglicherweise hat er vergessen, wen er zurückgelassen hat.«

Hamptons Augen blitzten. Gages Kommentar war eine stillschweigende Erinnerung daran, dass Kilcannons Wahl zum Präsidenten keinerlei Folgen hatte für die Demokraten im Senat – am Vorsprung der Republikaner, fünfundfünfzig zu fünfundvierzig, hatte sich seit November nichts geändert. »Einige von uns«, antwortete Hampton, »hielten es für unmöglich, dass Kerry Präsident werden würde. Auch das hat er nicht vergessen.«

Obwohl gereizt, lachte Gage anerkennend. Bei den Vorwahlen der Demokraten hatte Hampton Kilcannons Gegner unterstützt, die amtierende Vizepräsidentin, und nun musste er mit einem Präsidenten zusammenarbeiten, der ein gutes Gedächtnis hatte. »Und doch wartet noch so manche Lektion auf ihn«, antwortete Gage. »Die jetzt anstehende können Sie ihm ersparen.«

»Wer soll sie ihm erteilen?«

Gage beschloss, auf den Punkt zu kommen. »Ich hatte nicht die Zeit zu zählen, Chuck, aber ich kriege die Stimmen zusammen, um sie zu schlagen ...«

»Auch die von Palmer?«

Es war ein kluger Vorstoß. »Chad weiß, was er zu tun hat«, antwortete Gage entschlossen.

Hampton beobachtete ihn und ihm fiel auf, dass Gage nicht gerade von Palmers Entschlossenheit überzeugt war. »Ich bewundere Ihre Zuversicht.«

Gage gab sich weiterhin gelassen. »Chad hat Ambitionen. Kein Republikaner mit Ambitionen macht sich gegen die Eltern unseres Landes und für Babyschlächter stark. Und auch kein halbwegs vernünftiger Demokrat. Um es kurz zu machen: Sie bringen nie und nimmer fünfzig Stimmen für Masters zusammen. Warum es dann überhaupt versuchen?«

Hampton sah ihm in die Augen. »Und das, möchten Sie, soll ich dem Präsidenten klarmachen?«

»In Palmers Fall ist er sich noch nicht sicher«, sagte Chuck Hampton dem Präsidenten. »Vielleicht ist das der Grund, dass er sie lieber im Vorfeld loswerden möchte.«

»Wo steht Palmer denn nun wirklich?«, fragte Ellen.

»Noch weiß ich das nicht«, antwortete der Präsident. »Aber bald.« Sein Ton legte nahe, dass für Palmer nur er und sonst niemand verantwortlich war. »Solltest du von ihr abkommen«, fragte Hampton vorsichtig, »spielt dann Palmer eine Rolle? Und warum meinst du nun, du kannst ihn bei der Stange halten?«

Diese Frage war nicht allein rhetorisch, wusste Kerry; Hampton ahnte, dass er und sein potenzieller Rivale eine Vereinbarung getroffen hatten, und er wollte Genaueres darüber wissen. Statt zu antworten, fragte der Präsident: »Wie war Gage drauf?«

»In Bestform – zuversichtlich, entspannt, offenherzig. Was bedeutet, auch er macht sich Sorgen. Er glaubt zu gewinnen, ist sich aber nicht sicher, ob er wissen möchte, was auf dem Weg dorthin alles passieren könnte.«

»Er wird sich gegen sie aussprechen«, prophezeite Kerry. »Noch heute. Wenn ich sie dann fallenlasse, machen er und seine Mannschaft Punkte, ohne ganz frauenfeindlich zu wirken. Das ist Gages Lieblingstaktik: andere dazu zu bringen, sich für seine Sache ans Bein zu pissen …«

»Du pisst dir nicht selbst ans Bein«, warf Clayton ein. »Das hat Masters schon für dich besorgt.«

Diese Direktheit, die sich nur Clayton gestatten konnte, verschlug den anderen die Sprache. »Du bewunderst ihren Mut«, fuhr Clayton fort. »Und ihre Urteilsbegründung bestätigt, dass du damit gar nicht so falsch gelegen hast. Aber Gage hat Recht: Damit ist niemandem genützt. Am allerwenigsten uns.

Du hast eine Menge vor, Mr. President, und hast die Kurve im letzten November gerade so gekratzt. Die meisten Menschen hier im Land sind nun einmal wie Gage der Meinung, dass Elternschaft heilig und Spätabtreibung Mord ist.« Claytons Ton wurde ätzend. »Ich kann es kaum erwarten, bis wir dafür auch noch Reklame machen. Welchen Slogan wollen wir denn verwenden: ›Es ist kein Baby, solange es nicht geboren ist‹?«

»Solange nicht Mom und Dad sagen, es ist eins«, brummelte Kerry vor sich hin. »Was besonders nett ist, wenn Daddy der Vater ist.«

»Das Inzest-Argument«, erwiderte Clayton genervt. »Darum geht es nicht, Mr. President. Rein praktisch geht es darum, dein politisches Kapital zu bewahren für Dinge wie Gesundheitsvorsorge, Wahlkampfreform, soziale Sicherheit. Dafür sind wir hier, nicht für Spätabtreibung.« Clayton war aufgestanden. »Es ist Bockmist, zu sagen, wenn wir hier einknicken, knicken wir überall ein. Und an wen sollen die Pro-Choice-Leute sich in Zukunft wenden – an Mac Gage? Selbst sie werden Verständnis für uns haben ...«

»Wofür sollen sie denn Verständnis haben?«, warf Ellen Penn ein. »Dass Caroline Masters Roe angewandt und die Gesetze eingehalten hat? Dass, wenn Gage und der rechte Flügel uns zurückdrängen, Roe als Gesetz faktisch nicht mehr besteht? Dass wir nur hier sind, weil Pro-Choice-Frauen uns ihre Stimme gegeben haben?« Ellens sturzbachartige Rede ließ keinen Zweifel daran aufkommen, dass sie es ernst meinte. »Sie hat für diese Frauen Stellung bezogen, und wir sollten für sie Stellung beziehen ...«

»Hier geht es nicht um sie«, warf Clayton ein, »sondern um diesen Präsidenten hier. Sie ist von ihm abhängig und nicht andersherum.«

Schweigend wandte sich Kerry Ellen zu: Claytons Argument

war entscheidend, und er wollte ihr das sagen. »Ich verstehe das alles«, sagte sie mit ruhiger Nachdrücklichkeit. »Aber die Pro-Choice-Gruppen werden Tag und Nacht für dich ackern. Sie werden auf Senatoren Einfluss nehmen, Kundgebungen veranstalten, Anzeigenkampagnen starten, wenn du das willst …«

»Alles mit Vorsicht zu genießen«, sagte Clayton zu Kerry. »Nicht wenige Menschen hassen sie, und die Pro-Choice-Frauen können dir nie die Stimmen verschaffen, die du im Senat für sie brauchst. Das kannst nur du.« Clayton hielt inne und sah Hampton an. »Damit möchte ich Chuck nicht zu nahe treten. Aber selbst die Senatoren auf unserer Seite haben ihren Preis – ein kleiner Staudamm hier, ein paar Subventionen für die Landwirtschaft da. Doch auch das reicht noch nicht. Um alle Demokraten bei der Stange zu halten, musst du Bürgerrechtsgruppen mobilisieren, die Prozessanwälte, die Gewerkschaften. Und hier handelt es sich um deine Freunde, wohlgemerkt.«

Kerry lächelte finster. »Womit wir bei Palmer wären, nehme ich an.«

»Genau so ist es. Du brauchst einundfünfzig Stimmen, Mr. President. Selbst wenn ihr beide, Chuck und du, jeden demokratischen Senator bei Laune halten könnt, macht das erst fünfundvierzig. Also müssen mindestens sechs Republikaner sich gegen Macdonald Gage stellen, und der Preis dafür wird hoch sein – Kompromisse hinsichtlich eines Großteils deines Wahlprogramms und Lizenzen zum Bau von Rüstungsgütern, die das Pentagon nicht haben will, so dass die U-Boote letztendlich im Großen Salzsee kreuzen.

An den Raten dafür zahlst du ewig. Und jeder Gefallen, den du deinen Feinden tust, entfremdet dir deine Unterstützer. Und das alles für die Richterin, die uns diese Suppe eingebrockt hat.«

Mehr hatte Clayton dazu nicht zu sagen, und es breitete sich Schweigen aus. Kerry las in ihren Gesichtern: Claytons Bedenken waren zutiefst ernüchternd, wie die Aufgabe, die vor ihnen lag – über das Schicksal einer Kandidatin für das Oberste Bundesgericht zu entscheiden sowie, abhängig davon, über den Charakter einer neuen Administration.

Kerry fasste Clayton ins Auge und sprach, als wären sie unter sich. »Du sagst also, ich soll sie einfach ziehen lassen. Schnell und sauber, mit dem Ausdruck tiefen Bedauerns und großem Respekt angesichts ihrer Entscheidung, dem Land diese Erschütterung zu ersparen.«

»So ist es am besten«, antwortete Clayton unbeirrt. »Zwei Tage und die Sache ist vorüber. Oder du belässt sie in dieser Position – und verlierst.«

Kerry lächelte, aber nur mit den Augen. »Sie nicht aus dem Verkehr ziehen. Lediglich verlautbaren lassen, dass wir nicht auf Sieg spielen und dass unsere Freunde in eigenem Interesse für sich entscheiden. Auf diese Weise verbauen wir uns nicht die Zukunft, und wir können sagen, es war Gage und nicht wir, der eine mutige und qualifizierte Frau zu Fall gebracht hat.«

Clayton zuckte mit den Schultern. »Für diese Lösung spricht einiges, das muss ich zugeben. Für den Versuch, sie zu halten, spricht allerdings nichts.«

Kerry schwieg: Weil sie nicht allein waren, hatte Clayton das Schlimmste nicht erwähnt – nicht Carolines Geheimnis, sondern Kerrys eigenes. Aber Kerry sah, was in ihm vorging.

»Mach's nicht«, sagte Clayton noch einmal. »Das führt zu nichts Gutem.«

2

Caroline Masters sah aus dem Fenster ihrer Penthouse-Wohnung auf die zerklüftete Skyline von San Francisco.

Die Vormittagssonne drang durch Nebel und Dunst, und die Türme der City schienen weit entfernt, eine Fata Morgana. Sie war allein und alles war still; einzig das monotone Gebrabbel eines Nachrichtensprechers erinnerte sie daran, dass wegen ihr eine Welle des Protests das Land überrollte.

»Zu dieser Stunde versammeln sich die ersten Demonstranten vor dem Weißen Haus. Die Pressesprecherin Kit Pace hat verlautbaren lassen, Masters genieße weiterhin das Vertrauen des Präsi-

denten. Dieser enthalte sich jedoch bis zu einer Durchsicht der Urteilsbegründung aller Kommentare.«

Was bedeutete, dass ihre Zukunft an einem seidenen Faden hing. Vielleicht sollte sie in Würde auf ihrem Rücktritt bestehen statt ihn nur anzubieten. Dafür wäre Kerry Kilcannon zweifelsohne dankbar.

Das Telefon läutete.

Die Medien, dachte Caroline sofort. Dann kam ihr der Gedanke, dass es Clayton Slade oder der Präsident selbst sein könnten. Sie ging in die Küche und antwortete mit einem knappen »Hallo«.

»Tante Caroline? Ich bin's.«

Caroline brauchte einen Moment, um sich zu orientieren. Erleichtert sagte sie: »Ich dachte schon, es ist ein Reporter. Gut, dass ich doch hingegangen bin.«

»Finde ich auch. Ich wollte nur hören, wie es dir geht.«

Schlecht, wollte Caroline schon sagen. *Ich halte an einer falschen Hoffnung fest und kann nicht davon lassen.* Und dann kam ihr plötzlich, dass sie jetzt keine Seelenbeichte ablegen wollte. »Ziemlich lebendig für eine Leiche«, antwortete sie trocken. »Als Jackson anrief, um mir zu sagen, wie tapfer ich gewesen bin, hatte ich schon das Gefühl, ich bin auf meiner eigenen Beerdigung.« Caroline versuchte ein wenig zuversichtlicher zu klingen. »Ich tue mein Bestes, damit mir all diese Aufmerksamkeit nicht zu Kopfe steigt.«

Brett konnte darüber nicht lachen, und ihre Stimme war sanft. »Du versuchst um alles in der Welt so zu klingen, als würde dir das alles nichts ausmachen. Aber ich weiß, dass das nicht geht.«

Sie klang teilnehmend, aber auch enttäuscht, weil ihre Tante in ihrer Zurückhaltung so unerreichbar für sie war. »Es macht mir sehr wohl etwas aus«, sagte Caroline schließlich, »sehr viel sogar. Aber ich kann überhaupt nichts tun.«

»Kann ich denn etwas tun?«

Mich besuchen, dachte Caroline. Aber Brett war nicht ihre Tochter, war es nie gewesen. Sie hatte ihr eigenes Leben.

»Dein Anruf hat mir schon geholfen«, sagte Caroline. »Und du könntest mir eine weitere Kurzgeschichte schicken.«

»Schon im Fall ihrer Tochter«, sagte Ellen Penn zu Kerry, »hat sie sich absolut integer verhalten. Erst recht gilt das für ihre jüngste Urteilsbegründung. Erlaube mir also eine Frage: Bist du der Meinung, dass das ein Fehler war?«

Als Clayton unterbrechen wollte, hob Kerry die Hand, die Augen auf die Vizepräsidentin fixiert. »Nein«, räumte er ein. »Das bin ich nicht.«

Ellen atmete auf. »Gut. Sie hat sich also stark gemacht für unsere Verfassung. Und dafür wollen wir sie fallen lassen. Weil es taktisch klug ist?« Mit einem Blick zu Chuck Hampton sagte sie: »Chuck kann sagen, wenn ich mich irre. Aber Reagan hat es nicht geschadet, an Robert Bork festzuhalten. Und ich meine, unsere Senatoren sind gespannt darauf, zu sehen, als welche Art Präsident du dich entpuppst. Ein Gewissensentscheid ist für sie nicht das Problem, solange du das Signal dazu gibst.«

»Ein Gewissensentscheid ist eine Sache«, warf Clayton ein. »Aber dieser Fall ist wie das Thema Schwule beim Militär. Ein absoluter Blindgänger, politisch gesehen. So sehr wir die Sache vom Prinzip her auch befürworten.«

»Noch nie waren wir uns darin so einig«, sagte Ellen. »Wenn wir dieses Prinzip richtig formulieren – Einstehen für eine integre Frau –, können wir die Frauen und Wechselwähler auf unsere Seite bringen.

Gib Caroline jetzt den Laufpass, und wir enttäuschen unsere Freunde, und vom politischen Gegner müssen wir uns sogar sagen lassen, wir hätten keinen Mumm.« Sie wandte sich wieder Kerry zu. »Selbst wenn sie verliert, machen wir immer noch Punkte. Lasst uns doch einfach sehen, ob Gage wirklich dazu bereit ist, einen Dschihad anzuzetteln oder sich als der Chauvi hinzustellen, den nicht geheiratet zu haben jede Frau erleichtert aufatmet.«

»Das ist kein Hahnenkampf«, sagte Kerry. »Wenn nicht mehr als eine Niederlage dabei herausspringt, passe ich.«

»Ich glaube, wir können gewinnen.« Ellen hielt inne, wies mit dem Kopf auf Clayton. »Ich verstehe Claytons Einwände bezüglich der Gewerkschaften. Aber dass Gage die Kontrolle über den Senat hat, wäre das Letzte, was sie sich wünschen.«

»Mag sein. Aber damit sind wir wieder bei Palmer. Von den Gewerkschaften lässt er sich schwerlich beeindrucken.«

Zum erstenmal mischte Chuck Hampton sich ein. »Ich suche nicht unbedingt Ärger, Mr. President. Aber Chad weiß, dass Wahlen in der Mitte gewonnen werden, und er will auf deinen Stuhl. Ich bezweifle, ob er meint, er würde das schaffen, einfach indem er Gage blind folgt, und ich bin mir ziemlich sicher, dass er das auch gar nicht will. Wenn du es schaffst, Palmer neutral zu halten, haben wir vielleicht noch eine Chance, Masters durchzuboxen.

Sind Palmer und Gage erst einmal gespalten, ist es leichter für uns, die noch fehlenden Stimmen abzukassieren – Republikaner aus unentschiedenen Staaten.«

Kerry verbarg seine Überraschung. Er war davon ausgegangen, Hampton würde ihm raten, die Segel zu streichen; nun fragte er sich, ob der Minderheitsführer seinen Mut zu beweisen suchte – oder vielleicht Kerrys Beziehung zu Chad Palmer auszuloten.

»Um Chad dazu zu bewegen, ein derartiges Risiko einzugehen«, antwortete Kerry, »müsste uns das Unmögliche gelingen. Einen Stimmungsumbruch im ganzen Land herbeizuführen.«

»Wir können dem Beispiel Sarah Dashs folgen«, schlug Ellen prompt vor. »Dem Thema Spätabtreibung ein menschliches Gesicht geben. Wir präsentieren wirkliche Frauen, die darüber sprechen, wie ihnen eine Spätabtreibung die drei Kinder, die sie danach bekommen haben, erst ermöglicht hat, oder wie eine Spätabtreibung bereits vorhandene Kinder vor dem Schicksal bewahrt hat, Waisen zu werden. Und dabei ist Rücksichtslosigkeit durchaus angesagt – wir bringen sie ins Weiße Haus, setzen sie in Talk Shows und nehmen auch die Ehemänner nicht aus. Wir können ihnen sogar eine eigene Website einrichten.

Es ist eine Sache, über das Verstümmeln von Babys zu sprechen, eine andere ist es, fürsorgliche Mittelklasse-Eltern vor eine Kamera zu setzen und sie Amerika in die Augen blicken und sagen zu lassen: ›Wir wissen, wie schwer das ist – weil wir es am eigenen Leib erfahren haben.‹« Hingerissen von ihrer Fantasie und Improvisationsgabe fügte die Vizepräsidentin hinzu: »Hier würde Lara sich bestens machen.«

Kerry spürte Claytons warnende Blicke. »Das kann nur sie allein entscheiden.«

»Dann sprich mit ihr. Wir brauchen sie. Zusätzlich könnten wir religiöse Führer anheuern, die erklären, dass es keineswegs unmoralisch ist, Leben, Gesundheit und Fortpflanzungsfähigkeit einer Mutter zu retten und dabei noch dazu beizutragen, dass bestehende Familien intakt bleiben. Damit würden wir Gage bis ins Mark treffen und Palmer bei der Stange halten.

Aber denkt daran, ihr müsst die Sache vor ein Zweihundertsiebzig-Millionen-Publikum bringen, ehe ihr ihn damit erreicht: Chad Palmer.« Ellen sah sich um und schloss die anderen in ihren Redefluss ein. »Ein Teil seines Charmes besteht nicht zuletzt darin, dass er offen ist für Argumente – besonders wenn sie seinen Interessen dienen. Und was unsere Interessen betrifft: Bedenkt bitte, was für euch herausspringt, wenn wir gewinnen.«

Kerry lächelte. »Und was ist das genau? Du hast so verwirrende Möglichkeiten aufgezeigt, dass ich es ganz vergessen habe.«

Ellen sah ihn ernst an. »Du bekommst Caroline als Oberste Bundesrichterin, und du, und nicht Gage, bestimmst die Schicksale dieses Landes.«

»Erinnerst du dich an deinen Rat zum Thema Geschworene?«, fragte der Präsident. »Damals, als ich noch ein blutiger Anfänger war?«

Die beiden Männer waren wieder allein, und Clayton hatte nur darauf gewartet, dass sein Freund laut denken würde.

»Ich hab dir so manchen Rat gegeben«, antwortete Clayton schroff. »Nur zugehört hast du nicht immer.«

»Ich habe immer zugehört«, sagte Kerry. »Damals hast du gesagt: ›Versuche nicht jemand zu sein, der du nicht bist.‹ Und du hast Recht gehabt. Ein schwarzer Tag im Wahlkampf war es, als ich die Abstimmung über den Protection of Life Act geschwänzt habe. Ich stand da wie ein Kind, das man beim Lügen ertappt hat.«

Clayton zuckte mit den Schultern. »Es war notwendig.«

»Ich pflichte dir bei. Aber es war auch ein Moment, in dem

Gage mich genau verstanden hat. Weil ich gehandelt habe, wie er an meiner Stelle gehandelt hätte.« Kerry setzte sich zurück. »Und wenn ich Caroline Masters absetze, wird Gage das wieder verstehen. Weil es ganz klar um meinen Vorteil geht.

Aber dafür haben mich die Menschen nicht gewählt. Sie erwarten, dass ich meine Versprechungen einhalte und aus innerster Überzeugung handle.« Kerrys Ton wurde entschiedener. »Damit kann ich Macdonald Gage das Fürchten lehren. Weil er dann meine Motive und die Folgen für ihn nicht einschätzen kann. Einen offenen Krieg mit einem so unberechenbaren Gegner wird er nicht wagen.«

»Und wenn er ihn doch wagt?«

»Kann sein, dass ich gewinne. Wenn nicht, dann sorge ich dafür, dass er den Preis für seinen Sieg zu zahlen hat – indem ich dem Land sein wahres Gesicht zeige.«

»Sie werden sich für das wahre Gesicht aller Beteiligten interessieren«, sagte Clayton. »Eine wackelige Nominierung ist ein Magnet für sämtliche Skalpjäger in den Medien. Sie werden wie Aasgeier über alles herfallen, was die Akten des Justizausschusses und FBI-Verlautbarungen nur hergeben, und jeden Aspekt aus Carolines Privatleben ausspionieren ...«

»Alles Dinge«, schloss Kerry, »die eine Gefahr sind für ihre Tochter. Und für Palmer.«

»Natürlich. Palmer hält ohnehin schon das ›Gerücht‹ unter Verschluss, dass Caroline eine Tochter hat. Dein ›offener Krieg‹ lässt die Chancen ins Unermessliche steigen, dass Palmer in die Knie geht und die Akten vor Harshman offen legt oder dass irgendeine rechte Gruppierung sie sich unter den Nagel reißt.«

»Vielleicht. Aber das ist Carolines Problem. Und Chads.«

Clayton sah ihn einigermaßen erstaunt an. »Das ist dir egal?«

»Ein gutes Stück mehr als es den beiden selbst ist. Ich habe ihr versprochen, sie zu schützen, was ich auch getan habe. Aber Caroline hat eine ›Entscheidung fürs Leben getroffen‹, wie Gage so gerne sagt. Wenn sie mich gelassen hätte, hätte ich die Sache selbst publik gemacht.«

»Das war vor der Anhörung«, erwiderte Clayton. »Erinnere

dich doch an Harshmans Frage – ›Wie können Sie eine Familie verstehen, wenn Sie keine eigenen Kinder haben?‹ Man wird sagen, sie hat ihn angelogen.«

Kerry zuckte mit den Schultern. »Lass sie. Sollen sie doch die Anhörung wiederholen. Wenn ein alter Knacker wie Harshman ihr daraus einen Strick drehen will, zieht er den Kürzeren. Und sie erklären zu lassen, warum sie ein talentiertes Mädchen mit funktionierender Hirnrinde nicht abgetrieben hat, wäre ein willkommener Themenwechsel.«

Claytons Blick verengte sich zu einem Starren. »Und wenn sie alle dabei hochgehen, geht Gage mit hoch.«

Kerry nickte. »Es ist wie das berühmte Spiel mit dem Feuer: Ein kluger Mann geht auf Abstand.«

»Sag mir, dass du das nicht tun wirst.«

»Ich bin noch unentschlossen. Bis morgen früh, denn mehr Zeit habe ich nicht.«

Clayton schüttelte bedächtig den Kopf. »Dein Instinkt hat dich selten getäuscht, Kerry. Aber dieses Mal mache ich mir Sorgen um dich. Es ist wirklich ein Hahnenkampf, und das ist riskant für einen Präsidenten. Noch dazu einen frisch gewählten.«

Kerry betrachtete ihn, dankbar für seine Bedenken, ungewiss, wer von ihnen beiden Recht hatte. »Dieser Präsident«, sagte er ruhig, »hat die volle Absicht, auch wie ein solcher zu handeln. Macdonald Gage hin oder her, ich habe Masters nun einmal zur Obersten Bundesrichterin ausersehen.«

»Du kannst deine Entscheidung revidieren«, erwiderte Clayton hartnäckig, »wie jeder andere Präsident vor dir.«

Plötzlich fühlte Kerry das Gewicht der eigenen Entscheidung, aber auch die Wärme von Claytons Loyalität. »Glaube nicht, ich würde mir deine Warnung nicht zu Herzen nehmen.«

Clayton schwieg einen Moment. »Wenn du darüber nachdenkst«, sagte er schließlich, »vergiss Lara nicht.«

3

»Nur Sie können dem Trauerspiel ein Ende bereiten«, sagte Sarah.

In der Enge seines Büros saß sie Martin und Margaret Tierney gegenüber, und obwohl der Campus der Universität von San Francisco weitläufig und von Bäumen gesäumt war, empfand Sarah den Raum wie eine Gefängniszelle.

»Indem ich auf eine Berufung verzichte?«, fragte Tierney ruhig.

»Genau. Noch sechsunddreißig Stunden, dann läuft der Aufschub aus.« Sarah sprach ihrerseits leise.

Margaret Tierney, die neben Sarah saß, starrte auf den gefliesten Fußboden. Die räumlich bedingte Nähe war Sarah unangenehm, aber alle anderen möglichen Treffpunkte – das Haus der Tierneys, Sarahs Wohnung, die Büroräume von Kenyon & Walker – wurden von den Medien und von Demonstranten belagert. Carolines Urteil, dachte Sarah, schien Kräfte entfesselt zu haben, die sich so niemand von ihnen vorgestellt hatte.

»Ganz so einfach ist es nicht«, sagte Tierney. »Selbst wenn wir einlenken, wird das Justizministerium Berufung beim Obersten Bundesgericht einlegen. Es handelt sich hier um einen Kongressentscheid, und diesen zu verteidigen ist Pflicht der Regierung – ganz gleich, was der derzeitige Präsident denkt.«

Sarah warf Margaret Tierney einen Blick zu, die ihren Mann nun mit schmerzlicher Eindringlichkeit beobachtete. »Eine Möglichkeit gibt es noch, die Sache zu beenden«, sagte Sarah. »Wie schmerzlich auch immer für Sie.«

Tierneys Augen fixierten sie mit einem trostlosen Blick. »Einer Abtreibung zustimmen?«

»Ja. Das würde die Luft aus dem Fall nehmen – und die Regierung kann ohnehin nichts und niemand von einer Berufung abhalten.« Sarah wandte sich Margaret Tierney zu. »Ihre Tochter ist jetzt schon für ihr Leben gezeichnet. Nun steht sie im Zentrum der Auseinandersetzungen um eine Ernennung für das Oberste Bundesgericht. Entweder ist sie der Grund für einen Rücktritt

Caroline Masters', oder aber der Präsident entscheidet sich zu kämpfen – was heißt, dass es Krach geben wird.«

»Was mit dem Präsidenten passiert«, unterbrach Tierney abrupt, »oder mit Ms. Masters, interessiert uns nicht.«

»Dafür Mary Ann umso mehr«, erwiderte Sarah. »Wenn Sie der Geschichte nicht ein Ende bereiten, ist ihre Ruhe für immer dahin. Ihr wird es gehen wie Patty Hearst, nur zehnmal schlimmer. Noch nach zwanzig Jahren wird irgendein Trottel auf irgendeiner Titelseite über sie schreiben: ›Das Mädchen, das Rechtsgeschichte machte – Wo ist sie jetzt?‹«

Sarah hielt inne, sah von Mr. zu Mrs. Tierney. »Wo sie jetzt ist«, schloss Sarah, »nämlich in meiner Wohnung, wartet sie nur darauf, dass Sie beide ihr vergeben. Und dass Sie ihr zugestehen, mit ihrem Körper so umzugehen, wie sie es für richtig hält.«

Hier wandte sich Margaret Tierney mit bebender Stimme an Sarah: »Wie geht es ihr?«

Sarah versuchte, so ehrlich wie möglich zu antworten. »Fertig, am Boden zerstört. Gegen alle Hoffnung, aber immer noch hoffend, ihre Eltern würden sich eines Besseren besinnen.

Ein Teil von ihr denkt noch immer an die Zeit, bevor sie schwanger wurde. Manchmal, sagt sie, wacht sie auf und ist wieder genau jenes Mädchen. Dann wird ihr klar, dass es kein Zurück gibt. Niemals.« Sarahs Stimme wurde sanfter. »Ich weiß, dass Sie sie lieben. Aber haben Sie eine Vorstellung, wie sehr Sie ihr wehgetan haben?«

»Oh, ein wenig schon«, antwortete Margaret traurig. »Wir sind die Eltern, die sie nicht abtreiben ließen, und ich bin die Mutter, die nie ein Aufklärungsgespräch mit ihr geführt hat. Was nur leider nicht wahr ist …«

Sarah verkniff sich überrascht eine Frage.

»Ja«, sagte Margaret. »Ich habe wesentlich mehr verlautbaren lassen als nur ›Sag einfach nein‹. Wahrscheinlich hat sie das schlichtweg vergessen, was auch verständlich ist. Und wer glaubt schon einer Mutter, die den Fluch der eigenen Unfruchtbarkeit an die Tochter weitergeben will?« Sie schloss die Augen, wie um Tränen wegzudrücken. »Wir sind die Erwachsenen, und sie ist das

Kind. Das ich mehr liebe, als Sie – oder Ms. Masters – sich je vorstellen können.«

»Wenn Sie Ihre Tochter lieben«, sagte Sarah daraufhin, »müssen Sie Ihre Überzeugungen hintanstellen. Es reicht, wenn einer von Ihnen zustimmt und der andere vergibt.«

Margaret zögerte. »Überzeugungen zu haben ist schwer«, sagte sie schließlich. »Sie zu verraten ist schlimmer.«

Das Telefon auf Tierneys Schreibtisch läutete.

Tierney starrte unentschlossen auf das Blinklicht. Dann, mit spürbarem Zögern, nahm er ab.

»Ja?«

Den Hörer am Ohr, schien er zusammenzusacken. »Ich kann jetzt nicht sprechen. Wir haben eine Unterredung mit Ms. Dash.«

Durch das Telefon hörte Sarah eine aufgebrachte Stimme, blechern und unverständlich. Offensichtlich erregt, hörte Tierney einen Moment zu.

Schließlich unterbrach er. »Barry«, sagte er gepresst, »ich rufe zurück.«

Ohne eine Antwort abzuwarten, legte Tierney auf.

Margaret Tierney beobachtete ihren Mann, die Stirn angespannt in Falten.

»Sie werden nie Ruhe vor diesen Leuten haben«, sagte Sarah. »Nicht bevor Ihre Familie nicht zerstört ist. Es sei denn, Sie machen dem Trauerspiel ein Ende.«

Schweigen erfüllte den Raum. Dann antwortete Martin Tierney: »Unserem Enkelsohn, wollten Sie eigentlich sagen. Dabei sind wir die einzigen Mitspieler, die beide retten wollen.« Er schüttelte den Kopf. »Lassen Sie uns bitte allein, Sarah.«

In einem schweigenden Appell wandte sich Sarah an Margaret Tierney.

Einen Moment lang ließ der Schmerz in ihrem Gesicht Sarah hoffen. »Bitte«, sagte sie leise.

Ohne ein weiteres Wort machte sich Sarah davon.

4

Kerry lag im Bett. Er hörte das Geräusch fließenden Wassers; Lara duschte. Vom Fernsehschirm blickte ihm Caroline Masters entgegen.

Christian Commitment hatte ausgewählte, bei der Anhörung gemachte Fotos benutzt und in körniges Schwarzweiß verwandelt, um Caroline anmaßend und kalt wirken zu lassen. Der Text für den Dreißig-Sekunden-Spot war eindeutig genug.

»*Neunzig Prozent aller Amerikaner*«, sagte die Frauenstimme, »*sind gegen die barbarische Prozedur namens ›Spätabtreibung‹.*

Diese Frau ist dafür.

Lassen Sie Präsident Kilcannon wissen, dass eine Frau, die für Kindsmord eintritt, nicht dazu geeignet ist, vorsitzende Richterin unseres höchsten Gerichts zu werden.«

Commitment musste den Spot noch vor Bekanntgabe der Entscheidung fertig gestellt haben, vermutete Kerry – zweifelsohne aufgrund einer undichten Stelle am Gericht selbst. Nun wollten sie ihn dazu zwingen, Caroline Masters aufzugeben: Clayton zufolge wurde der Spot auf NBC – Laras Arbeitgeber – und den drei großen Kabelkanälen stündlich wiederholt.

Besorgt griff Kerry zum Telefon und drückte auf Wahlwiederholung. Nach drei Signaltönen meldete sich die Stimme Allie Palmers und wiederholte die Nachricht, die Kerry an jenem Abend schon auswendig konnte.

»*Hier ist der Anschluss Palmer ...*«

Nach dem Pfeifton sagte Kerry: »Chad, hier ist noch mal Kerry. Ruf mich bitte zurück, egal wie spät.«

Als Kerry auflegte, war ein anderes Bild zu sehen.

Live auf CNN wurde eine Lichter-Mahnwache am Lincoln Memorial übertragen. Die Kamera blendete ein handgemaltes Transparent ein: LINCOLN HAT DIE SKLAVEN BEFREIT – BEFREIT IHR DIE UNGEBORENEN. Wie auf einem unheimlichen, beinahe religiösen Tableau drängte sich die Menschenmasse wie Erstkommunikanten vor dem Denkmal: einem ernst dreinblickenden, massigen Lincoln, der, gelb-bronzefarben angestrahlt, hinter weißen Säulen saß.

Kerrys Feinde, das wusste er, würden nichts dem Zufall überlassen. Und sie würden zu jeder nur verfügbaren Waffe greifen.

Er hatte sich diesen Kampf nicht ausgesucht, und ausgerechnet dafür die Präsidentschaft aufs Spiel zu setzen, sei der helle Wahnsinn, wie Clayton nicht müde wurde zu beteuern. Das beherrschende Thema der angespannten Gespräche jenes Tages war denn auch Kerrys Stand als Präsident. Aber nun, als er allein war, dachte er über all jene Menschen nach, von denen er, Lara ausgenommen, tagsüber wie von Schachfiguren gesprochen hatte: Caroline Masters, die als Richterin sich einer Frage gestellt hatte, die ihre ehrgeizigen Pläne durchkreuzen konnte. Ihre Tochter, deren Leben dadurch eine schmerzliche Wende nehmen könnte. Chad Palmer, der sich darauf eingelassen hatte, dies zu verhindern, und nun möglicherweise den Zorn von Kerrys Feinden herausforderte. Und Lara, die zu verlieren Kerry mehr fürchtete als zu scheitern.

Aber da gab es auch noch andere. Mary Ann Tierney, die Caroline Masters wenigstens für gewisse Zeit davor bewahrt hatte, einen, wie Kerry glaubte, schweren Fehler zu begehen. All die namenlosen Mädchen, die missbraucht und misshandelt wurden. Der Anblick der blutenden Nase seiner Mutter, ihre Schreie aus dem Schlafzimmer und der damit verbundene Schock hatten ihn für sein Leben lang gezeichnet; wie schrecklich das auch für ihn war, wusste Kerry doch, dass sein Charakter dadurch entscheidend geprägt wurde. Denn wie Macdonald Gage könnte er niemals sein, der glaubte, sein eigenes Wohlergehen sei eine Bestätigung seiner Tugendhaftigkeit.

Auch Caroline Masters war anders als Macdonald Gage.

Sie hatte das unter Beweis gestellt – mit ihrer Entscheidung zugunsten des schikanierten Häftlings, und nun zugunsten Mary Anns. Die Richter am Obersten Bundesgericht, das Kerry von Grund auf verändern wollte, würden wissen, dass eine Justiz ohne Menschlichkeit schwerlich Gerechtigkeit herstellen könnte. Deshalb hätte er sich nicht besser entscheiden können als für Caroline; und wenn er sich dazu entschlossen hatte zu kämpfen, dann war das der Grund.

Kerry selbst wusste nur zu gut, dass auch ihm, wie Gage, Rücksichtslosigkeit und Gefühllosigkeit zu Gebote standen; sonst wäre er nicht Präsident geworden. Aber Macht allein reichte Kerry nicht. Er brauchte die Überzeugung, dass er für die Zukunft eines Landes arbeitete, mit dessen Idealen Kerry, der Sohn von Einwanderern, aufwuchs, um sein Führer zu werden. Und deshalb, gestand er sich ein, gäbe es auch wenig, was er nicht tun würde, um Caroline Masters zur neuen Obersten Bundesrichterin zu machen.

Auf dem Bildschirm flackerten die Kerzen vor dem Denkmal, das elektronische Abbild einer Realität, die nicht einmal eine Meile entfernt war. Ginge er zum Fenster, könnte er sie beinahe sehen. Stattdessen starrte er auf den Bildschirm und fragte sich, wie sein weiterer Kurs aussehen würde.

Spätestens morgen früh würden er und sein Land Bescheid wissen.

Noch während Kerry darüber nachgrübelte, öffnete sich die Badezimmertür.

Der Schatten einer nackten Frau huschte durchs Zimmer, machte Halt vor dem Fernseher. Sie warf einen Blick auf die kerzenbeleuchtete Szenerie, um sich dann zu ihm umzudrehen.

»An?«, fragte sie. »Oder aus?«

Kerry lächelte im Dunkeln. »Aus.«

Lara ging zum Bett und zog die Decke zurück. Dann legte sie sich mit einer gleitenden Bewegung neben ihn, so dass ihre Nippel seine Brust streiften, und der schlanke Umriss ihres Körpers ihn berührte.

Kerry schloss die Augen. Bis zu jener Nacht, in der sie zu Liebenden geworden waren, so überraschend und doch auch, wie es jetzt schien, unvermeidlich, hatte er vergessen, dass er einen Menschen so lieben konnte, dass es wehtat. Das Gefühl war sicherlich etwas anderes als die Liebe zu einem Kind, aber doch auch ähnlich – so viel aufs Spiel zu setzen, die Kontrolle zu verlieren, so dass das Leben eines anderen Menschen aus dem eigenen nicht wegzudenken ist. In seiner Kindheit hatte Kerry die Schmerzen der Liebe erfahren; er hatte gelitten darunter, seine Mutter zu lieben und doch nicht beschützen zu können. Aber gerade diese Verletzlichkeit hatte ihn zu dem gemacht, der er war, so anders als sein kühler und selbstbezogener Bruder. Und Lara war es, die ihn hatte wissen lassen, dass am Ende er und nicht Jamie das bessere Los gezogen hatte.

Sanft küsste sie seinen Nacken. »Was wirst du tun?«, fragte sie.

»Im Moment? Einfach bei dir sein.«

Sie lachte wissend. »Es sei denn, Chad ruft an.«

»Timing«, antwortete er, »ist alles.«

Mit dem freien Arm streifte er die Bettdecke zurück, so dass sie beide nackt dalagen.

Er küsste sie, dann, mit geöffneten Lippen, noch einmal. Sein Mund glitt zu ihrem Hals und wanderte genüsslich ihren Körper entlang, über die Brüste, den Bauch ...

»Tut mir Leid, Chad«, hörte er sie flüstern, »er ist beschäftigt.«

Danach lagen sie, heiß und verschwitzt, im Dunkeln; minutenlang sprach keiner ein Wort.

»Was gedenkst du zu tun?«, fragte Lara.

»Weiß ich noch nicht.« Nachdenklich starrte er zur Decke. »Hängt auch zum großen Teil von Chad ab.«

Lara schwieg eine Weile. »Und von mir?«, fragte sie schließlich.

Genau diesem Thema, so unausweichlich es war, versuchte Kerry auszuweichen. Dass ihr Geheimnis seine Karriere kaputtmachen könnte, erregte in Lara Besorgnis und Unmut zugleich, eine explosive Mischung, die ihrer Beziehung zum Verhängnis werden könnte. Wie komplex Liebe doch war, dachte er, ein Gespinst von Selbstlosigkeit und Selbstsüchtigkeit. Er machte sich Sorgen um Lara und wollte sie doch auch nicht verlieren.

»Das letzte Mal haben wir auf unserem Spaziergang zum Lincoln Memorial darüber gesprochen«, sagte er. »Soweit ich mich erinnere, kam nicht viel dabei heraus.«

»Du meinst wohl«, antwortete sie belustigt, »weil ich leicht zickig reagiert habe.«

»So habe ich das Gespräch gar nicht in Erinnerung. Du hast lediglich gemeint, wir sollten die alten Geschichten endlich vergessen. Und, was Masters betrifft, sollte ich tun, wozu ich Lust hätte.«

Sie behielt ihren ironischen Ton bei. »Und das war nicht klar genug?«

Den Blick noch immer zur Decke gerichtet, atmete Kerry heftig durch. »In der Zwischenzeit hat sich, durch ihr Zutun, das Gleichgewicht verschoben. Nun ist die Abtreibungsfrage das beherrschende Thema …«

»Weshalb dich heute Abend eine Horrorvorstellung umtreibt. Ich bin in der *Today Show* und plaudere über mein Vera-Wang-Brautkleid, bis Katie Curic plötzlich mit der Frage herausplatzt, ob ich das Kind des Präsidenten abgetrieben habe – als er noch Senator war und ich ihn für die *Times* porträtiert habe. Und alles, was ich sagen kann, ist: ›Kerry war dagegen.‹«

Das Thema ließ sich nicht vermeiden. »Wenn nicht Katie die Frage aufwirft«, antwortete Kerry, »dann jemand anders. Schon während des Wahlkampfs waren sie verdammt nahe dran. Und Gage und Christian Commitment spielen auf Gewinn oder Verlust.«

»Ein ›Triple Play‹ sozusagen: Sie schlagen Masters, dich und die liberale Presse. Alles durch mich.«

»Ja«, sagte Kerry zögerlich. »So in etwa.«

»Von diesem Desaster abgesehen«, fuhr Lara fort, »kriegst du es mit den Abtreibungsgegnern zu tun, die Pressekonferenzen und Demos abhalten, Talk-Radios und sämtliche Interview-Shows in ganz Amerika blockieren werden. Anti-Masters-Propaganda-Sendungen werden massenhaft die Briefkästen verstopfen, eine Welle des Protests wird durch das Internet schwappen, und die Bischöfe, Erzbischöfe und Kardinäle des Landes werden geschlossen das Tierney-Urteil und unterschwellig auch dich rügen, weil du ein verkommener Katholik bist. Und die nächsten Fernsehspots zum Thema Spätabtreibung werden noch eine ganze Ecke blutrünstiger.« Hier hielt sie inne, um dann ruhiger weiterzusprechen. »Natürlich hat dir Clayton das alles schon gesagt. Und du –

wie ich dich kenne – hast dich bereit erklärt, das alles in Kauf zu nehmen. Wer dich noch zurückhält, sind einzig und allein Chad und ich.«

Die Zusammenfassung, so treffend sie auch war, entlockte Kerry ein unfrohes Lachen. »Du möchtest also meine Meinung hören.«

Kerry schwieg; einer Antwort bedurfte es auch nicht.

»Als wir das erste Mal über Caroline Masters gesprochen haben, habe ich gesagt, sie kommt mir vor wie eine arrogante Ostküsten-Ziege.

Natürlich kannte ich sie damals noch nicht, aber warum sollte mich das auch hindern? Und ich war natürlich ein gemeines Stück.« Zu Kerrys Erstaunen küsste sie ihn. »Weshalb ich mich jetzt auch entschuldige.«

»Warum?«

»Weil Caroline wirklich eine tolle Frau ist. Und weil sie sich weit vorgewagt hat für irgendein kleines Mädchen, ungeachtet der Folgen für ihre eigene Tochter. Und für sie selbst.

Wie, Kerry, soll ich mich denn fühlen, wenn du sie meinetwegen fallen lässt? Und welche Konsequenzen hat das für uns beide?« Sie lehnte ihre Stirn gegen seine. »Ich liebe dich, mehr als alles auf der Welt. Aber ich kann nicht leben in dem Gefühl, dir ständig etwas schuldig zu sein. Solltest du also zu dem Entschluss kommen, dich von ihr zu trennen, dann sei dir bitte klar darüber, dass du diesen Schritt um deinetwillen machst, nicht um meinetwillen.«

Kerry streichelte ihre Wange. »Und um unseretwillen?«

»Ich weiß, der Gedanke, First Lady zu werden, hat mich irritiert, vielleicht zu sehr. Also lass mich einen Satz, den ich vor einem Jahr schon einmal gesagt habe, ein letztes Mal wiederholen.« Lara presste seine Hand gegen ihr Gesicht. »Auch wenn das Schlimmste passiert, ich kann mir meinen aufrechten Gang bewahren – solange du das kannst. Immerhin war es meine freie Entscheidung.«

Es gab nichts, was Kerry noch hätte sagen können. Oder tun. Außer sie zu umarmen.

»Du solltest es noch einmal bei Chad probieren«, sagte sie schließlich. »Es ist schon spät.«

5

Chad Palmer lag neben Allie; das Telefon ignorierte er. »Egal wer dran ist«, sagte er zu Allie, »ich will nichts hören. Außer es ist Kerry, um mir zu sagen, dass er sie von einer Brücke gestoßen hat.«

Allies Nachttischlampe brannte. Beide konnten sie nicht schlafen. »Wirklich eine blöde Situation.«

Chad nickte. »Es sei denn, Kerry macht einen Rückzieher. Gage will, dass ich das Anhörungsverfahren wieder aufrolle und ein Moralstück daraus mache, mit Masters in der Rolle des Babykillers.«

Seitlich aufgestützt, betrachtete ihn Allie mit grün gesprenkelten Augen. Sie drückten die Sorgen einer Frau und Mutter aus, die sich mit ihr unverständlichen Kräften konfrontiert sah. »Wird es denn neue Anhörungen geben?«

»Nicht, wenn ich es vermeiden kann. Es wäre ein Alptraum – schon die letzten waren riskant genug. Wir hatten größte Mühe, den Fanatikern die Akteneinsicht zu verweigern.« Chad wurde zynisch. »Wenigstens dieses Geheimnis ließ auf Sex mit einem Mann schließen. Harshmans neuester Idee zufolge sind Masters und Sarah Dash verbandelt, und ihre Entscheidung zugunsten Mary Ann Tierneys war in Wirklichkeit ein Verbrechen aus Leidenschaft. Stell dir eine derartige Befragung im nationalen Fernsehen vor.«

Allie presste angewidert und besorgt zugleich die Lippen zusammen. »Aber du bist doch der Vorsitzende. Kannst du ihn nicht abhalten? Oder wenigstens davon abhalten, Masters selbst zu befragen?«

»Nicht mit Gage als treibender Kraft. Ich habe zu Vic Coletti gesagt, dass der Präsident sie zurückpfeifen soll. Schon allein um eine Niederlage zu vermeiden, aber auch die unvermeidliche Demütigung für beide.«

»Und ist Vic deiner Meinung?«

»Das hoffe ich. Auf alle Fälle ist ihm klar, warum ich keine weiteren Anhörungen will, und nicht nur weil er weiß, dass ich sie gedeckt habe. Wenn ich das Verfahren erst einmal neu aufgerollt habe, müssten wir sie mit einer positiven oder einer negativen Empfehlung an den Senat zurückschicken, oder ganz ohne Empfehlung. Es sei denn, ich versuche die Ernennung schon im Ausschuss zu Fall zu bringen – eine Lösung, die möglicherweise Gage sogar anstrebt.« Chads Stimme wurde hart. »Auf diese Weise klebt ihr Blut an meinen und nicht an seinen Händen.

Die Pro-Choice-Gruppen haben das längst kapiert, weshalb sie verlangen, dass ich ihm die Stirn biete. Schon den ganzen Tag höre ich ein und dieselbe Litanei: Gage war schon immer rechts außen, aber ich doch nicht, und ich solle die Rolle des Frauenfeinds ruhig ihm überlassen. Einige republikanische Pro-Choice-Frauen ließen sogar durchblicken, sie würden mich als Kandidaten für das Präsidentenamt favorisieren. Als hätte Gage sich gerade das nicht schon immer gewünscht, ich als ihre Galionsfigur.«

»Und die Pro-Life-Leute?«

Es hatte keinen Sinn, Allie irgendetwas zu verschweigen. »Äußerten sich deutlich genug«, sagte Chad. »Sie wollen wissen, warum ich eine familienfeindliche Propagandistin unterstützt habe, und mir geben sie zu verstehen, dass ich das Präsidentenamt vergessen kann, sollte sie an die Spitze des Obersten Bundesgerichts kommen. Um die Sache auf den Punkt zu bringen, hat mir Barry Saunders schon mal schwarze Lilien geschickt. Fragt sich nur, an wessen ›Tod‹ er dabei gedacht hat – den von Mary Ann Tierneys Baby oder meinen.«

Allie nahm seine Hand. »Diese Leute haben mich schon immer abgeschreckt, Chad. Aber mittlerweile machen sie mir Angst.«

Chad sah auf ihre Hände, eng ineinander verklammert, und spürte, was beide befürchteten, ohne es auszusprechen. »Mit gutem Grund«, sagte er ruhig. »Wer immer ihnen im Weg steht, wird kaltgestellt, und zwar mit allen zur Verfügung stehenden Mitteln.«

Unwillkürlich, so schien es Chad, blickte Allie auf Kyles Foto. »Sehen deine Freunde denn keinen Ausweg?«

»Sie sind natürlich ausschließlich auf die Politik konzentriert. Tom Ballinger meint, Christian Commitment verliert an Boden. Kate Jarman dagegen sagt, ich werde nie und nimmer nominiert, wenn ich Commitment nicht helfe, Masters kaltzustellen.« Chads Ton wurde ätzend. »Kate hat eine Frage gestellt, die mich nicht loslässt: Was passiert mit mir, wenn die kleine Tierney abtreibt, und das Kind am Ende doch ein funktionierendes Gehirn hat?«

Einen Moment lang wirkte Allie verblüfft. »Das würden sie rauskriegen?«

»Versuchen würde es Commitment auf alle Fälle, um die Sache dann an die Presse weiterzugeben. Wenn ich nicht eindeutig gegen Masters Stellung beziehe, wäre das mein sicherer Ruin.«

Obwohl Allie regungslos dalag, konnte Chad die Anspannung in ihrem Körper sehen. Hin- und hergerissen zwischen Hoffnung und Zweifel, sagte sie: »Dieses Risiko würde auch Kerry nicht eingehen.«

Chad schüttelte den Kopf. »Sei dir da bloß nicht zu sicher. Nimm nur einmal an, das Baby hat wirklich keine Chance. Dann haben wir Masters gekippt, weil sie sich für das Wohl dieses Mädchens stark gemacht hat. Was Kerry uns nie verzeihen würde.

Ich kenne ihn – er hat darüber schon nachgedacht. Vielleicht sieht es im Moment nicht gut aus für Masters, aber Kerry ist ein zäher Bastard. Niemand in der amerikanischen Politik kann die Wogen der Empörung so hochpeitschen wie er – pro oder contra. Und er weiß nicht, was das für uns bedeuten könnte.«

Ängstlich fragte Allie: »Wie kannst du das vermeiden?«

»Am besten ist es, sich gegen sie zu stellen, um dann Gage zu überzeugen, so schnell wie möglich im Senat über sie abstimmen zu lassen. Anstatt die Nominierung in meinen Ausschuss zurückzuschicken. Gage wird einsehen, dass es besser ist, sie im Schnellverfahren zu exekutieren. Wenn er die Sache nämlich zu sehr in die Länge zieht, sieht er sich mit einem Baby ohne Gehirn anstatt mit Matthew Brown konfrontiert.«

Allie sah ihn eindringlich an. »Ich weiß«, beruhigte sie Chad. »Wir beide hoffen um dieses Mädchens willen, dass ihr Kind nicht zu retten ist. Aber egal wie die Sache ausgeht, sie wird nicht allein

Mary Anns private Tragödie sein. Wir müssen uns auf eine politische Landmine einstellen, mit Splittern in allen Richtungen. Mehr als zu versuchen, uns in Sicherheit zu bringen, kann ich nicht tun.«

Allies Gesicht wurde sanft. »Es tut mir Leid, Chad.«

Chad lächelte. »Du meinst, zumindest der Politiker tut dir Leid.«

»Zumindest, Chad.« Allie streichelte sein Gesicht. »Du hast gewusst, eines Tages könnte es dir zum Verhängnis werden. Und doch war dir unsere Tochter wichtiger.«

Der Moment hatte sich in Chads Gedächtnis eingebrannt: Der nackte Junge, der über den Rasen stolperte und sich nach Chads Tochter umdrehte, die ebenfalls nackt war und vor Angst und Zorn zitterte. Er konnte den Wein in ihrem Atem riechen.

»Du Scheißtyp.« Kyle lallte. »Ich liebe ihn. Ihn, nicht dich.«

Schlagartig wurde Chad plötzlich der ganze Schrecken dessen, was hier passierte, bewusst. »Kyle«, sagte er gepresst, »du bist betrunken. Geh und zieh dich an.«

Hinter ihm war plötzlich ein Geräusch. Aus dem abgedunkelten Wohnzimmer starrte Kyle in Richtung Haustür.

Chad drehte sich um und sah seine Frau. Sie wirkte fassungslos, versuchte zu begreifen, was vor sich ging.

»Eric, dieser Bastard«, sagte Chad. »Ich habe sie auf dem Läufer erwischt ...«

»Du hast mich gedemütigt!«, kreischte Kyle.

»Halt endlich den Mund.« Chad stand kurz davor, die Fassung zu verlieren. »Ich überrasche dich hier beim Vögeln in unserem Wohnzimmer, wie die letzte Schlampe, bis oben hin besoffen. Du hast uns gedemütigt – und dich selbst noch dazu. Dieser Junge ist der letzte Dreck ...«

Hysterisch wirbelte Kyle herum und griff nach einer Vase auf dem Couchtisch. Als sie den Arm hob, ging Allie dazwischen.

»Hört auf!«, schrie sie. »Beide!«

»Eric liebt mich. Er ist der Einzige, der mich liebt.«

»Er würde jede lieben«, sagte ihr Vater, »die nur die Beine breit macht für ihn.«

Allie ging auf ihn zu. »Schluss jetzt, Chad.« Ihre Stimme klang mühsam beherrscht. »Hört endlich auf.«

Chad konnte die Verzweiflung in ihren Augen sehen und die instinktive Entschlossenheit einer Mutter – irgendwie würde sie die Situation retten, wenn nur endlich Ruhe wäre. Chad ließ die Schultern sinken.

Allie wandte sich an Kyle und sagte leise: »Geh nach oben und zieh dich an. Ich komme gleich nach.«

Unentschlossen starrte Kyle ihre Eltern an, schwankend zwischen Scham und Wut. »Geh schon«, wiederholte Allie.

Auf der Treppe musste sie sich am Geländer festhalten. Nach ein paar Schritten drehte sie sich zu ihrem Vater um: »Du hast alles zerstört«, sagte sie.

Allie machte schweigend Licht und sah ungläubig auf Erics Sachen auf dem Wohnzimmerteppich. »Du hast ihn nach draußen befördert«, sagte sie verwundert. »Nackt ...«

»Sozusagen«, erwiderte Chad. »Ich glaube nicht, dass seine Eltern sich bei uns beschweren werden.«

»Was ist mit Kyle ...?«

»Mit Kyle?« Chad fühlte plötzlich, welches Elend Kyle über sie gebracht hatte – Lügen, Drogen, ihre Ichsucht. »Sieh doch nur, was sie uns angetan hat, was sie uns antut. Sie ist zu wie ein Strudel, der uns beide mit in die Tiefe reißt.«

Allie packte ihn an der Schulter. »Hör auf!«, schrie sie. »Kein Wort mehr!« Nach einem Moment fuhr sie mit ruhigerer Stimme fort. »Sie ist immerhin unsere Tochter, und wir müssen einen Weg finden.«

Als er seine Frau ansah, ihr aufgewühltes Gesicht, überfiel Chad eine schreckliche Müdigkeit. »Und wie?«, fragte er. »Ein neuer Psychiater? Oder nur diese endlose, aussichtslose, hoffnungslose Geduld, die uns, die Eltern, zu Sozialarbeitern degradiert und die ihr keinerlei Verantwortung abverlangt.«

»Ich weiß es auch nicht.« Allie hatte Mühe, sich zu beherrschen. »Ich weiß lediglich, dass ich gerade mal drei Stunden weg war, um dann nach Hause zu kommen und dich hier vorzufinden und ein größeres Chaos, als Kyle allein je hätte anrichten können.« Allie hielt inne, versuchte ihre Stimme unter Kontrolle zu halten. »Warum bist du überhaupt hier, Chad? Ich dachte, du wärst in Washington.«

»Das war ich auch.« Chad erinnerte sich an seinen spontanen Flug nach Hause, an seine Freude bei dem Gedanken an Allies Freude, und ihm war klar, wie dumm seine Worte waren. »Ich wollte dich überraschen.«

Allie schloss die Augen. »Das ist dir gelungen, Chad. Eindeutig. Weshalb du auch gleich wieder verschwinden kannst.«

Chad zuckte zusammen. Die Ungerechtigkeit traf ihn hart, das seit seiner Freilassung erstmals wieder erlebte Gefühl, überflüssig zu sein. »Wenn sie unsere Tochter ist«, antwortete er, »dann muss ich wohl der Vater sein. Du kannst mich nicht einfach vor die Tür setzen – falls du das vorhast.«

Allie hielt ihn am Revers seines Mantels fest. »Nein, Chad, das habe ich nicht vor. Ich brauche lediglich Zeit, bevor ihr beide einander noch mehr verletzt. Bitte.«

Am nächsten Morgen hatte Chad das Haus verlassen. Als er seine Tochter wiedersah, war sie schwanger.

Kyle saß am Küchentisch. Er beugte sich nach unten und küsste sie auf die Stirn. Sie sah ihn weder an, noch sprach sie ein Wort.

Dann bemerkte Chad, wie Allie mit dem Kopf in Richtung Wintergarten zeigte. Er folgte ihr.

Er schloss die Glastür, und sie setzten sich auf das Sofa. Es war ein heller Frühlingsmorgen: Durch das Fenster sah Chad zwei Eichhörnchen über den Rasen und schließlich den Stamm einer Eiche hinauflaufen. Ein durchgescheuertes Seil erinnerte an die Stelle, an der Kyles Schaukel einst befestigt war; Chad hatte noch im Ohr, wie sie vor Vergnügen kreischte.

»Was nun?«, sagte er zu Allie. »Was nun?«

Sie sah ihn gefasst an. »Eine Abtreibung, Chad.«

Sein Blick drückte Entschlossenheit aus. »Ich bin prinzipiell dagegen ...«

»Politik ist die eine Sache, Chad. Hier geht es um Kyle.«

»Es geht nicht nur um Politik. Ich bin nun einmal der Meinung, dass es sich hier um menschliches Leben handelt, auch wenn der Vater des Kindes evolutionstechnisch gesehen eine Sackgasse ist.« Chad fühlte plötzlich eine unglaubliche Wut im Bauch. »Wo ist denn der gute alte Eric überhaupt? Hat er seine Klamotten noch nicht vermisst? Hat er überhaupt den Mumm, hier aufzutauchen? Oder lässt er sie jetzt im Regen stehen?«

»Genau das.« Allie klang müde. »Er hat sie fallen lassen, wie du schon vorausgesagt hast. Kyle ist am Boden zerstört.«

»Wofür sie mich verantwortlich macht, nehme ich an.«

Obwohl sie ihm direkt in die Augen sah, sagte Allie kein Wort.

»Was auch immer sie von mir denkt«, sagte Chad schließlich. »Es geht hier nicht um eine Blinddarmoperation. Wenn ich in Gefangenschaft eines gelernt habe, dann dies. Nichts ist so wertvoll wie das Leben selbst, und wir sollten uns nicht anmaßen, über Tod oder Leben zu entscheiden.

Ich bin ebenso besorgt um Kyle wie du. Aber hier geht es darum, welchen Wert wir dem Leben beimessen, und wie wir – Kyle mit inbegriffen – Verantwortung übernehmen für das, was wir tun. Auch Kyle war einmal ein Fötus.«

Allies Stimme nahm einen anklagenden Ton an. »Sie war auch erwünscht.« Wenigstens *damals*, wollte sie sagen, doch das brauchte sie nicht hinzuzufügen.

Chad ergriff ihre Hand. »Ich will sie nicht bestrafen, glaube mir bitte. Ich wollte, sie wäre gar nicht schwanger. Aber entweder wir kümmern uns um das Kind oder wir finden gute Adoptiveltern – es gibt da draußen weiß Gott genug traurige Paare, die seit Jahren versuchen, das zustande zu bringen, was Kyle und Eric im Handumdrehen gelungen ist.« Seine Stimme wurde sanfter. »Wenn es eine Lösung gibt, dann diese. Abtreibung wäre lediglich ein weiterer grausamer, unverantwortlicher Akt und obendrein mit uns als Helfershelfer.«

Allie biss sich auf die Lippen. »Nein, Chad. Wie auch immer du denkst, für unsere Tochter wäre es am besten. Wenn sie stark genug wäre, um die Schwangerschaft durchzustehen, dann wäre es vielleicht eine Lösung. Aber sie steht bereits jetzt am Abgrund – kurz davor, sich etwas anzutun. Im Stich gelassen zu werden und dann auch noch schwanger, das würde sie nur noch mehr hineinreißen. Und eine Adoption hätte traumatische Folgen …«

»Für wen?«, fragte Chad. »Geht es hier einzig um Kyle und sonst nichts?«

»Für mich kann es nur so sein.« Ihre Stimme klang jetzt flach. »Ich liebe sie, Chad, und sie kam zu dieser Entscheidung nach stundenlangen Gesprächen mit mir – und Dr. Blevins.

Kyle versteht sehr wohl, was das heißt. Aber hier geht es auch um das Kind eines Mädchens, das Drogen und Alkohol konsumiert hat und das eine Adoption nicht verkraften kann. Und Dr. Blevins befürchtet, dass unser Verhältnis zu ihr einen nie wieder gutzumachenden Schaden erleidet, sollten wir sie dazu zwingen, das Kind zu bekommen.«

»Dr. Blevins«, antwortete Chad, »mag ja glauben, dass es gut ist für Kyles seelische Entwicklung wie für die Menschheit im Allgemeinen, einen Fötus wie einen Blinddarm zu behandeln. Aber ich stimme ihm da nicht zu – in keinerlei Hinsicht.«

Allie straffte die Schultern. »Das weiß ich. Aber wir sind hier in einer Familie, nicht auf einer Klausurtagung von Christian Commitment, und niemand setzt Abtreibung mit einer ›Blinddarmoperation‹ gleich. Sie will abtreiben, und ich als ihre Mutter glaube, dass es das Beste für sie ist …«

»Ich spiele also wieder einmal keine Rolle. Und meine besten Absichten als Vater bleiben außen vor.«

»Das habe ich nicht gesagt.«

»Allie«, sagte Chad, »diese hohle Phrase kommt immer dann, wenn jemand genau meint, was er gesagt hat. Also lass uns das verbale Vorspiel überspringen, um auf deine Pläne zu sprechen zu kommen.«

Allie verzog keine Miene. »Es gibt ein Gesetz zur elterlichen Zustimmungspflicht, Chad. Ich habe vor, unsere Tochter zu unterstützen und dir den Rücken frei zu halten. Ungeachtet meiner Bedenken werde ich das fragliche Formular unterschreiben …«

»Egal, wie ich darüber denke.«

»Mehr als ein Elternteil ist nicht erforderlich, und ich werde diesen Part übernehmen.« Allie sprach ruhig weiter. »Dr. Jacoby kenne ich noch von der Highschool. Es wird alles vertraulich gehandhabt, und sie hat größtes Verständnis für unsere Belange.«

Chad war aufgestanden. »Glaubst du etwa, das ist es, was mir Kopfzerbrechen macht?«

»Nein.« Allie war jetzt völlig ruhig. »Aber ich glaube einfach, es ist nicht fair, wenn du den Preis für meine Unterschrift bezahlst.«

»Sehr großzügig.« Chad spürte eine neue Welle von Wut und Enttäuschung in sich aufsteigen. »Andere, sollten sie je dahinterkommen, werden mich nicht so einfach aus der Verantwortung entlassen. Aber wie schon gesagt, die Politik spielt für mich die geringste Rolle.«

Allie, die nun ebenfalls stand, legte die Hände auf seine Arme. »Aber für mich nicht«, sagte sie.

Chad schüttelte den Kopf. »Deine Freundin kann das Formular in ihren Akten verstecken. Aber Halbwüchsige können den Mund nicht halten. Eric wird plaudern – so wie ich ihn kenne, ist er sogar stolz auf sein Produkt. Noch dazu ein Produkt, für das er nicht die geringste Verantwortung zu tragen hat.«

Allie senkte den Kopf. »Du hast Recht. Und es tut mir Leid. Garantien gibt es nun mal nicht. Nicht einmal die Garantie, dass eine Abtreibung das Beste für sie ist.«

Hier spürte Chad, wie der Widerstand in ihm schwand. »Mir tut es auch Leid.«

»Dann tu mir bitte einen Gefallen. Sag Kyle, dass du sie noch immer liebst.« Allie sah wieder zu ihm auf. »Bitte, Chad. Auch wenn du es nicht glaubst, das würde mehr für sie bedeuten als alles, was ich sagen könnte. Oder tun könnte.«

Chad sah sie an. »Es gibt etwas, was ich mir wünsche von dir«, sagte er schließlich.

»Was denn?«

»Ich möchte, dass ihr nach Washington zieht, und zwar ihr beide.«

Allie sah ihn offen erstaunt an. »Und warum, bitte?«

»Es wäre ein Neubeginn für Kyle – und für uns.« Er sprach ruhig und klar. »Du sagst zwar, wir sind eine Familie, dabei bin ich ein Wochenendvater – ich bezahle für die Familie, gehöre aber nicht dazu. Und das Argument, hier zu bleiben, sei gut für sie, zählt nicht mehr.«

Allie runzelte die Stirn. »Das ist mehr als neu, Chad.«

»Nicht für mich. Schon nach meiner Freilassung hätte ich euch darum bitten sollen. Stattdessen habe ich da weitergemacht, wo ich aufgehört habe – obwohl ich kein Leben als Pendler mehr führen wollte. Ich habe es satt, an meiner eigenen Nutzlosigkeit mitzuwirken.«

Er berührte sanft ihr Gesicht. »Wir werden ein Team sein, Allie. Nichts wünsche ich mir mehr. Aber ihr müsst mich in meiner Rolle als Vater akzeptieren, mehr als nur dem Namen nach.«

Allie lehnte ihren Kopf an seine Brust, atmete tief ein. Als sie wieder aufsah, schimmerten Tränen in ihren Augen. »Dann geh zu ihr. Bitte.«

Das tat Chad auch.

Es war nicht einfach, was es auch nie wieder so richtig wurde.

Nach ihrer Abtreibung hatte Kyle gute Tage und andere, an denen ihre Depression sie an den Rand des Selbstmords brachte. Nach dem Umzug kümmerte Allie sich um alles – ein neuer Therapeut, eine neue Privatschule und ein oder zwei neue Freundschaften. Langsam schien Kyles Stimmung sich aufzuhellen, und ihre Anwesenheit in der gemeinsamen Wohnung verlor den Charakter einer tickenden Zeitbombe. Chad hatte das Gefühl, sie könnten endlich aufatmen.

Kyle würde ihm nie so nahestehen wie Allie. Dennoch entwickelte sich zwischen Vater und Tochter eine Art friedliches Einverständnis, und Chad, der sich immer neu in Geduld übte, stützte die Familie, indem er einfach da war.

Seine Beharrlichkeit, fand Chad, musste geholfen haben. Noch nach Jahren litt Allie, wenn Kyle das Haus verließ, weil sie befürchtete, irgendein Unglück würde sie wieder in Verzweiflung oder in Selbstmordgedanken stürzen. Kyle trank zwar noch gelegentlich, aber immer seltener, und mit Drogen hatte sie überhaupt nichts mehr am Hut. Aus welchen Gründen auch immer schien der Umzug nach Washington von Erfolg gekrönt zu sein.

Aber sie nahmen nichts für selbstverständlich. Chad fühlte sich durch ihren neuen Erfolg gebunden: Obwohl dazu gedrängt, sich für die soeben von Kerry Kilcannon gewonnene Präsidentschaftswahl aufstellen zu lassen, hatte Chad sich geweigert – es war zu früh, meinte er, sich von seiner Familie abermals zu trennen oder Kyle ins Rampenlicht zu stellen.

»Sie ist sich deiner Bedenken bewusst«, sagte Allie zu ihm. »Weshalb sie sich deiner Liebe zu ihr jetzt sicher ist. Was früher nie der Fall war.«

Wenn dem so war, dachte Chad, dann hatte er schon viel erreicht. Viel erreicht hatte ganz sicher seine Tochter. Sie ging jetzt aufs College, studierte Modedesign, und Chad Palmer war stolz auf jeden ihrer Erfolge, und wenn sie auch noch so klein waren.

Auch in seinem Innersten hatte Chad sich verändert. Er war weiterhin Pro-Life, eine Überzeugung, die zu tief verwurzelt und für sein Überleben als Republikaner nötig war. Trotzdem schlug er die Trommel nicht mehr so laut – aus eigenem Interesse und aus Rücksicht auf Kyle. Was dieses Thema betraf, konnte er auf Aufmerksamkeit verzichten. Aber ihm immer und überall auszuweichen war unmöglich: Christian Commitment hatte bereits begonnen, an seiner Standhaftigkeit zu zweifeln.

Deren Schnüffelarbeit bestärkte ihn in einer anderen Überzeugung: dass das Privatleben einer im öffentlichen Leben stehenden Person nur ihm – oder ihr – gehört. Das war es auch – noch mehr als Kerry Kilcannons Überredungskunst –, was ihn in seinem Beschluss bestärkt hatte, Caroline Masters zu decken. Und die Tatsache, dass Caroline sich so verhalten hatte, wie es sich Chad von Kyle gewünscht hatte, ließ ihm kaum eine andere Wahl.

»Worauf es im Leben wirklich ankommt«, hatte er zu Allie gesagt, »geht über das Politische weit hinaus.«

Aber nun stand Caroline im Mittelpunkt eines Feuersturms, und er musste nach einem Ausweg für sie beide suchen.

»Hier ist der Punkt«, sagte er zu Allie, »an dem Abtreibungspolitik und Schnüffelpolitik zusammenkommen. Jeder, nicht nur Caroline Masters, wird zur leichten Beute werden.

Unsere Tochter hat eine Abtreibung hinter sich, und ich stehe als Heuchler da – für die Pro-Choice-Anhänger, weil ich weiterhin Pro-Life bin, und für die Pro-Life-Anhänger, weil ich zum Weichei geworden bin. Und Gott bewahre, wenn Macdonald Gage mir auf die Schliche kommt.« Er schüttelte den Kopf. »Ich will auf keinen Fall, dass Kyle die nächste Mary Ann Tierney wird. Sie ist zu zerbrechlich.«

Allie berührte sein Handgelenk. »Die Akten sind geheim«, sagte sie. »Wie sollten sie je dahinterkommen?«

»Akten werden gestohlen oder es gibt undichte Stellen.« Ihren besorgten Blick vor Augen, zögerte Chad, ehe er hinzufügte: »Eric gibt es auch noch, Allie. Wenn er meint, es ist an der Zeit auszupacken, können wir nichts dagegen tun.«

Allie öffnete die Lippen. »Kannst du nicht als Ausschussvorsitzender zurücktreten?«

Daran, dachte Chad, ließ sich das ganze Ausmaß ihrer Angst ablesen. »Zu dem Zeitpunkt?«, fragte er. »Der Entschluss, auf die Präsidentschaftskandidatur zu verzichten, war die eine Sache, aber zurückzutreten würde sämtliche schlafenden Hunde wecken. Mir bleibt lediglich, stillschweigend mit meinen Freunden auf gemeinsamen Kurs zu gehen und zu hoffen, dass Caroline Masters bald verschwinden wird.«

Allie schwieg, die Hand weiterhin auf Chads Handgelenk. »Es ist zu dumm«, sinnierte Chad laut. »Auch wenn ich mit Masters nicht übereinstimme, mag ich sie doch ziemlich. Dasselbe mit Kerry. Mehr und mehr neige ich dazu, die Menschen, die nicht meiner Meinung sind, mehr zu mögen als die, die es sind. Christian Commitment hat mich nachdenklich gestimmt – einige dieser Fanatiker wollen einfach nicht verstehen, wie komplex das Leben sein kann. Sie kennen nur gut oder schlecht.«

Allie brachte ein Lächeln zustande. »Du bist gut, Chad. Weil du komplex bist.«

Chad sah in ihr Gesicht und fühlte die ganze Wucht der Realität. »Ernüchtert«, sagte er, »das ist es, was ich bin. Du strampelst dich ab, den Preis vor Augen, und dann wirst du plötzlich zu der Einsicht gezwungen, wie egoistisch und blind dich die Politik machen kann. Gestern noch war ich der mächtige Vorsitzende des Justizausschusses. Und nun …«

Seine Stimme verebbte.

Neben ihnen läutete das Telefon.

6

»Ich hab dich schon für tot gehalten«, sagte Kerry witzelnd. »Normalerweise tauchst du doch nicht so lange unter.«

»Ich war damit beschäftigt«, antwortete Chad, »Gespräche von Masters' neuen Bewunderern entgegenzunehmen. Von beiden. Ich nehme an, Coletti hat dir gesagt, wie ich denke – dass du besser den Stecker ziehen solltest.«

»Weil sie Recht hat?«

»Sie hat nicht Recht.« Über das Telefon klang Chad gereizt. »Und es ist egal, ob sie Recht hat oder nicht.«

Kerry spürte Laras Hand auf seiner Schulter. »Es bedeutet sehr wohl etwas, Chad. Für alle Frauen dieses Landes und für mich.«

»Bei allem Respekt«, entgegnete Chad, »auf dich kommt es überhaupt nicht mehr an. Die Sache wird schmutzig werden, und du und Masters, ihr könnt nur verlieren. Es sei denn, du machst jetzt einen Rückzieher.«

Kerry sprach ruhig weiter. »Vor ihrer Entscheidung im Fall Tierney war sie die bestmögliche neue Oberste Bundesrichterin. Das ist sie noch immer. Du verlangst aber von mir, dass ich sie fallen lasse aufgrund einer einzigen Entscheidung …«

»Eine Entscheidung mit verheerenden Folgen. Spiele nicht den Pfadfinder, Mr. President. Hier geht es nicht nur um dich und deine Vorstellungen.« Chad sprach überdeutlich. »Du hast mich engagiert, sie zu decken. Aber nicht unter diesen desaströsen Umständen.«

Betont ruhig fragte Kerry: »Willst du etwa dein Wort brechen?«

Schweigen am anderen Ende der Leitung. Schließlich sagte Chad: »Du stehst in dieser Sache bei mir in der Kreide, verdammt noch mal. Wenn du den Bogen überspannst, wird publik, was in den Akten steht. Dadurch erhöht sich die Gefahr für mich.«

Kerry drehte sich um; Lara sah ihn mit hochgezogenen Augenbrauen an. »Gut möglich«, sagte er zu Chad, »aber das kann ich der amerikanischen Öffentlichkeit nicht erklären – oder Gage. Sie würden nur sehen, dass ich Masters fallen gelassen habe.«

»Dann ist das der Preis für Ehrenhaftigkeit ...«

»Der Preis für Ehrenhaftigkeit«, erwiderte Kerry, »besteht darin, auch in schwieriger Situation sein Wort zu halten. Oder willst du die Tochter selbst bloßstellen?«

Chad lachte zynisch. »Du weißt, dass ich das nicht kann – nicht ohne dass jemand sich fragt, wann ich zum erstenmal davon erfahren habe. Also lass den Unsinn, Mr. President ...«

»Dasselbe gilt für dich. Deiner Partei laufen die Frauen davon, und du willst Präsident werden. Egal, wie du mit dem Thema Abtreibung umgehst, möchtest du doch keineswegs zur Symbolfigur eines Kreuzzugs werden. Nicht, wenn du es auf meinen Job abgesehen hast.«

»Aber was bitte schlägst du dann vor?«, fragte Chad unbeeindruckt.

Sie befanden sich in einem Nervenkrieg, das wusste Kerry; wenn Chad sich entschloss, sich gegen Caroline zu stellen, gab es keine Möglichkeit, sie zu retten. »Ich habe vor, sie zu halten«, sagte Kerry gelassen.

»Du würdest einen Erdrutsch riskieren? Nur einfach so? Das glaube ich nicht, sonst hättest du mich nicht schon dreimal angerufen.«

Kerry fühlte, wie ihm eng um die Brust wurde. Ruhig sagte er: »Ich will gewinnen, Chad. Ich will Masters am Obersten Bundesgericht sehen. Und ich werde alles tun, damit ich mein Ziel auch erreiche.«

Als Chad das hörte, erschrak er. Wenn Kerry wirklich einen Feldzug führen sollte, dann wäre jeder Versuch einer Schadensbegrenzung zwecklos.

»Das ist doch der reine Wahnsinn«, sagte Chad. »Unmöglich zu gewinnen.«

»Oh, ich werde gewinnen«, antwortete der Präsident. »Wie, das hängt von dir ab. Wenn du nicht offen gegen sie Stellung nimmst, dann hat sie eine Chance. Wenn du es aber doch tust, dann stehst du wie Gage da – jemand, der der religiösen Rechten hinterherhechelt und eine couragierte und qualifizierte Frau zu Fall bringt.«

Chad versuchte unverzüglich, Kerry Kilcannon neu einzuschätzen. Aber von seinem Grundcharakter her war Kerry schwer fassbar. Kilcannon liebte das Risiko und ging keiner Kontroverse aus dem Weg. Nun, als Präsident, erachtete er es vielleicht als nötig, Gage frontal anzugehen.

Und so fragte Chad ruhig: »Und welche Rolle ist mir in diesem Szenario zugedacht?«

»Die der loyalen – und gemäßigten – Opposition. Ich erwarte nicht, dass du sie unterstützt. Aber solltest du weiterhin gegen Masters sein, dann bitte im Geheimen.«

»Gage will, dass ich die Anhörung neu aufrolle.«

»Schön«, sagte Kerry erstaunlich gelassen. »Das gibt dir die Ausrede, den Staatsmann zu spielen – als Ausschussvorsitzender solltest du dich nicht zum Fürsprecher des Mobs machen. Und Caroline hätte die Gelegenheit, sich selbst zu verteidigen ...«

»Kompletter Unsinn. Damit würde die Sache nur unnötig in die Länge gezogen – und die Skandalpresse hätte ungleich größere Chancen, die Tochter bloßzustellen, von unserem Techtelmechtel ganz zu schweigen.« Chad erhob die Stimme. »Wenn es das ist, was du vorhast, dann werde ich sie auf alle Fälle vorher abschießen ...«

Auf Kerrys Stirn zeigten sich Schweißperlen. Lara rückte näher an ihn heran.

»Weitere Anhörungen sind ein Risiko«, räumte er ein, »aber sie könnten dir als Deckung dienen, außerdem hätte ich mehr Zeit, um Unterstützung für Caroline zu werben. Und ich bin mir nicht sicher, ob damit nicht Gage am Ende der Gelackte wäre ...«

»Wach endlich auf«, sagte Chad. »Gage versucht möglicherweise, mich zu zwingen, sie schon im Ausschuss zu erledigen, so dass sie nie eine Chance hätte, bis ins volle Haus vorzudringen.«

»Was also schlägst du vor?«

»Ihr den Laufpass geben.«

Kerry umfasste den Hörer fester. »Andere Vorschläge.«

»Du verlangst, dass ich die Tochter weiterhin unterschlage«, sagte Chad. »Du verlangst, dass ich mich nicht an die Spitze der Opposition setze. Du verlangst verdammt viel, ehrlich gesagt.«

Kerry wartete auf weitere Einwände, doch Chad war fertig. Gelassen fragte Kerry: »Und um was geht es *dir* bei der ganzen Angelegenheit?«

Chad atmete hörbar aus. »Bring deine Leute dazu – besonders im Senat –, weitere Anhörungen abzulehnen. Dann verlange von Gage, unverzüglich eine Senatsabstimmung anzuberaumen.«

Kerry dachte kurz darüber nach. »Ich brauche Zeit, um für Unterstützung zu werben. Andernfalls verliert sie ...«

»Andernfalls«, unterbrach Chad, »werde ich verdammt noch mal mein Möglichstes tun, um dich zu schlagen und die Zustimmung meiner Partei zu gewinnen.

Das ist der Preis, den ich verlange, Mr. President – keine neue Anhörung, schnellstmögliche Abstimmung. Dann kannst du es mit Macdonald Gage allein ausfechten.«

Kerry zögerte, gerade lang genug, um zurückhaltend zu wirken. »Alles klar«, sagte er.

Kerry drehte sich auf den Rücken und atmete auf.

»Er hat dir geglaubt?«, fragte Lara.

»Ja«, antwortete er. »Wenn nicht, dann hätte ich Masters zurückgezogen.« Kerry griff nach ihrer Hand und gestattete sich die Wahrnehmung der eigenen Befürchtungen. »Aber er hat mich missverstanden. Jetzt müssen wir sehen, was dabei herauskommt.«

7

»Erinnern Sie sich«, fragte Kerry Carl Barth, »als Sie bei den Vorwahlen Dick Mason unterstützt haben?«

Der führende Leitartikler der *New York Times* schwieg einen Moment. »Natürlich, Mr. President, ich habe den Leitartikel selbst geschrieben.«

»Damals haben Sie gesagt, ich würde mich nicht genügend stark machen für die Pro-Choice-Bewegung. Aber nun kämpfe ich für Caroline Masters. Ich brauche Ihre Hilfe.«

Barth zögerte. »Tatsache ist«, sagte er, »dass wir einen Artikel dazu in Planung haben.«

»Wann wird er erscheinen?«

»Das steht noch nicht fest. Vielleicht übermorgen.«

»Morgen wäre sicher besser. Wenn Sie nicht schnell genug sind, könnte sie den Boden unter den Füßen verlieren.« Kerry sah auf seine Notizen. »In einer Stunde wird Ihnen Katherine Jones von Anthony's Legions ein paar Zeilen zufaxen, in denen sie die Behauptung von Christian Commitment zurückweist, dass Spätabtreibung zur Geburtenkontrolle eingesetzt wird. Ich hoffe, Sie können die Sache dem zuständigen Redakteur schmackhaft machen.«

»Ich kümmere mich darum, Mr. President«, versprach Barth.

Damit beendete Kerry das Telefonat.

Er blickte auf das Doppelbogenfenster seines privaten Wohnzimmers; darin erschien die von der Wintersonne angestrahlte neobarocke Fassade des alten Abgeordnetenhauses wie ein überdimensionaler, von Kinderhand gebackener Lebkuchen. Dann überflog er die Namensliste neben sich.

Die Liste bestand aus mehreren Spalten: »Medien«, an erster Stelle die *Times*, die *Washington Post* und *CNN*; »Senat«, darunter Mitglieder von Chads Ausschuss und die gemäßigten Republikaner, die er davon abbringen musste, mit Gage zu stimmen; und »Interessengruppen«. Als sein Blick das tonlose Fernsehbild streifte, sah er den Anti-Masters-Spot auf MSNBC. Eilends suchte er unter »Interessengruppen« nach einem bestimmten Namen und markierte die dazugehörige Telefonnummer.

In Los Angeles war es noch vor sieben Uhr morgens. Nach mehrerem Läuten meldete sich eine schlaftrunkene Stimme. Kerry registrierte den gewichtigen Wie-können-Sie-es-wagen-Ton eines Mannes, der sich für den Mittelpunkt der Welt hielt.

»Guten Morgen, Robert«, sagte der Präsident entschlossen. »Noch zu früh, um Klageschriften einzureichen?«

Kerry hatte das Bild von Robert Lenihan vor Augen: die chaotischen blonden Locken und der Bauch einer Kropftaube, sich darüber klar werdend, dass er soeben die Stimme des Präsidenten der Vereinigten Staaten vernommen hatte. Seine Verblüffung jedoch, wusste Kerry, war lediglich Vorgeplänkel: Lenihan würde schnell folgern, dass mit diesem Anruf sein unangefochtener Rang unter den Zivilanwälten Amerikas einmal mehr bestätigt wurde.

»Mr. President?«

»Kein Geringerer. Ich rufe an, um Sie zu bitten, Ihren Einfluss in einer gerechten Sache geltend zu machen. Innerhalb der nächsten Stunden, so hoffe ich, werden Sie zwei Millionen Dollar auftreiben für eine Kampagne zur Unterstützung von Caroline Masters.« Kerrys Ton war scherzhaft, aber doch nicht ohne einen gewissen Nachdruck. »Für Sie, Robert, bedeutet das lediglich einen oder zwei Telefonanrufe. Es sei denn, Sie stellen den Scheck gleich selbst aus.«

»Zwei Millionen?« Kerry hörte Verwunderung angesichts der Summe, aber auch, wie Lenihan den eigenen Vorteil ausrechnete und sich schon darüber freute, den Präsidenten in seiner Schuld zu sehen. »Ein teurer Spaß.«

»Nicht für jemanden wie Sie. Aber mit Ihren Prozessen gegen die Tabakindustrie haben Sie doch eine halbe Milliarde gemacht und sind nun, mit noch größeren Summen im Spiel, hinter den Waffenherstellern her.« Kerrys Ton war freundlich, aber auch forsch. »Villela-McNally in New York schneidet die Spots für uns, und sie müssen bis spätestens morgen früh auf Sendung gehen.«

»Nicht gerade viel Zeit, würde ich sagen …«

»Mir bleibt auch nicht viel Zeit. Christian Commitment sendet seit zwei Tagen unaufhörlich, und meine Demoskopen sagen, die Spots zeigen bereits Wirkung.«

Das kurze Schweigen führte Kerry auf sein eigenes Unvermögen zurück, Robert Lenihans unersättlichen Geltungsdrang besser zu befriedigen. Aber die Zeit war knapp, und Lenihan um Geld zu bitten war unangenehm genug.

»Ich muss darüber nachdenken, Mr. President.« Jede Silbe triefte vor Selbstbezogenheit. »Vor Ihrer Entscheidung für Masters war mein Rat weniger erwünscht. Andernfalls hätte ich Sie gewarnt vor einer Anwältin, die über weite Strecken ihrer Karriere hinweg große Konzerne verteidigt hat. Offen gesagt, Sie haben Anlass zur größten Besorgnis gegeben.«

»Das spielt jetzt keine Rolle.« In Kerrys Gespür für den rechten Umgang mit Robert Lenihan mischte sich unüberhörbar Ärger. »Sie haben vor, die Waffenbosse auf Schadensersatz zu verklagen, und Mac Gage plant ein Gesetz zur Verhinderung Ihrer Aktion.«

»Wogegen Sie Ihr Veto einlegen können, Mr. President.«

»Das ja, laut unserer Verfassung. Ohne ein wohlgesonnenes Oberstes Bundesgericht also bin ich die einzige Instanz zwischen Ihnen und Gage. Vorausgesetzt ich bin der Meinung, ein Veto dient dem allgemeinen Interesse dieses Landes.«

Lenihan klang nun leicht gereizt. »Sie sind ebenso gut wie ich gegen Schusswaffen.«

»Mehr als Sie. Aber nicht jeder glaubt, dass Prozesse die Antwort sind.

Bei den Präsidentschaftswahlen haben Sie mich unterstützt, weil Sie mussten. Aber in den Vorwahlen haben Sie für Dick Mason Geld gesammelt – und zwar eine Menge. Aus dem Grund gebe ich mich keinerlei Illusionen hin, ich hätte es mit einem loyalen Gegenüber zu tun.« Kerrys Ton wurde ruhiger. »Hier ist Ihre Chance, das zu ändern, Robert.«

Dieses Mal, vermutete Kerry, signalisierte sein Schweigen echte Verärgerung.

»Bis morgen«, wich Lenihan aus, »ist verdammt knapp.«

»Nicht für uns. Wir haben die Werbeagentur, das Skript und einen Zeitplan für die Ausstrahlung der Spots. Ihnen bleibt lediglich, die Gruppierung ›Anwälte für ein vernünftiges Amerika‹ zu bilden, diese mit zwei Millionen Dollar auszustatten, und schon geht Caroline Masters auf Sendung. Dann können wir Dick Mason getrost dem Mülleimer der Geschichte überantworten.«

Darauf folgte ein letztes kurzes Schweigen. »Einverstanden«, antwortete Robert Lenihan. »Wir sind auf Ihre Freundschaft angewiesen, Mr. President.«

Als Kerry das Telefon weglegte, dachte er über mögliche Konsequenzen eines derartigen Gesprächs nach.

Gegen Gages Gesetzesvorlage wollte er ohnehin ein Veto einlegen, ob mit oder ohne Robert Lenihans Hilfe. Es ging um Grundlegenderes. Kerry verabscheute den Einfluss des Geldes in der Politik generell, die Verlogenheit dreißigsekündiger Fernsehspots. Aber mit dem Problem müsste er später ins Reine kommen – Christian Commitment ließ ihm keine Wahl. Die Gelder für deren Anti-Masters-Kampagne flossen in unbegrenzter Höhe. So kam es zunächst darauf an, sie zu bestätigen, und das Kräftemessen zu bestehen, von dem so vieles abhing.

Als er auf seine Uhr sah, stellte Kerry fest, dass es zehn war.

Im Ostzimmer leitete Ellen Penn eine Pressekonferenz. Vorgestellt und von Kerrys Medienberatern in Szene gesetzt wurden katholische Abtreibungsgegner, die dennoch der Meinung waren, dass Mary Ann Tierney sich in einer medizinischen Notsituation befand; Frauen, denen eine Spätabtreibung das Leben gerettet hatte; und eine Mutter aus Ohio – Zeugin im Fall Tierney –, deren Tochter angesichts der elterlichen Zustimmungspflicht eine illegale Abtreibung vornehmen ließ und dabei verblutete. Um ihnen jedoch die maximale Aufmerksamkeit zu sichern, war sein persönliches Erscheinen unerlässlich.

Kerry führte zwei weitere Gespräche – mit dem Minderheitsführer Chuck Hampton und mit Senator Vic Coletti –, um dann zum Ostzimmer zu gehen.

Der Raum war elegant, aber spärlich möbliert, und das Eichenparkett sowie die böhmischen Kristalllüster machten ihn zum idealen Veranstaltungsort für Bälle und Empfänge. An diesem Tag jedoch beherbergte er eine Neuauflage des Tierney-Prozesses; Ellen Penn schützend neben dem Podium, sprach ein Mädchen im Teenageralter vor einer Masse von Reportern, die auf Klappstühlen Platz genommen hatten oder sich stehend im hinteren Ende des Raumes drängten.

Kerry bezog, offenbar unbemerkt von dem Mädchen, direkt neben Ellen Stellung.

»Ich wurde von meinem Vater vergewaltigt«, begann sie beinahe flüsternd.

Seine Leute hatten sie ausfindig gemacht, wurde Kerry bewusst – das fünfzehnjährige Vergewaltigungsopfer, das Dr. Flom bei der Verhandlung erwähnt hatte; sie war dünn und blass und hatte Ringe unter den Augen. Ellen Penn, eine Hand auf der Schulter des Mädchens, sprach einige für Kerry unhörbare Worte mit ihr. So schmerzlich der Auftritt für die Zeugin auch war, dachte Kerry, Macdonald Gage zumindest würde wenig Freude daran haben.

Das Mädchen hatte die Augen niedergeschlagen und sprach nur stockend. »Meinem Vater musste ich versprechen, keinem etwas davon zu sagen. Sonst würde er mich umbringen …« Sie schluckte, um dann mit brüchiger Stimme weiterzusprechen. »Nachdem er sich erhängt hatte, bin ich weggelaufen …

Es war zu spät, sagte der Doktor. Weil ich und mein Baby gesund waren, wie sie gedacht haben.«

Im Raum herrschte Stille; die Reporter, zu professionell, um wegzusehen, starrten sie wie gebannt an. *Wie tief ist die Politik nur gesunken?*, fragte sich Kerry; betroffen wie die anderen, sah er zu. »Mein Baby ist geistig zurückgeblieben«, sagte sie leise. »Zurückgeblieben und blind …«

Das Mädchen schüttelte den Kopf, unfähig fortzufahren. So wie sie den Blicken der Reporter auswich, wich sie auch Ellen aus.

Stattdessen fiel ihr Blick auf den Präsidenten. Sie zögerte und ging dann zu ihm.

Es tut mir Leid, wollte er sagen. *Wir hätten dir das nicht zumuten dürfen.*

Aber noch bevor er das Summen der Kameras und das Klicken der Auslöser hörte, wusste der Präsident, dass dieses Bild sämtliche Nachrichtensendungen und Titelseiten beherrschen würde. Vielleicht war es *das*, was er wollte.

»Es tut mir Leid«, sagte er. »Ich werde dich nicht im Stich lassen.« Diesen Satz hielt eine Reporterin in ihrem Notizbuch fest.

8

Auf CNN schloss das Mädchen die Augen, ihr Gesicht gegen Kerry Kilcannons Schulter gepresst.

»Es gibt Tage«, sagte Macdonald Gage, »da kann ich es einfach nicht fassen, dass auch nur irgendjemand diesen Schrott kauft.«

Mace Taylor äugte auf den Bildschirm. »Seine Lieblingstaktik – das politische Spiel mit dem Opfer. Eine Art Gruppentherapie, bei der dessen Schmerz für uns alle fühlbar wird. Bis zur nächsten Wahl gibt sich das wieder.«

»Möglich. Aber er beherrscht das Spiel.« Gage wandte sich angewidert vom Fernsehschirm ab und widmete sich seinem ehemaligen Kollegen, der mit einem Glas Eistee in der Hand auf dem Sofa saß. »Wenn er so weitermacht, bekommen wir möglicherweise ein Image-Problem. Wir sollten besser auf Nummer sicher gehen und sie von Paul Harshman niedermachen lassen.«

Taylors Blick war noch immer auf den Fernseher gerichtet. »Lass doch unsere Spots die Drecksarbeit tun – wir haben Geld genug von Commitment und der Waffenindustrie, um sie bis zum Jüngsten Tag laufen zu lassen.«

»Kilcannon wird mit eigenen Spots zurückschießen«, antwortete Gage. »Irgendwie wird er das Geld schon auftreiben, und sei es bei diesen Blutsaugern, die vorhaben, mit der Hilfe unseres geliebten Präsidenten die Waffenhersteller zu verklagen.

Die Leute, die ihn hassen – auf die können wir bauen. Aber es gibt ein ganzes Heer von Wählern da draußen, die sich um nichts kümmern als um den Dow Jones – hinzu kommt, dass dreißig Jahre sexueller Freizügigkeit uns langsam das Wasser abgraben.« Er zeigte auf das Fernsehbild – der Präsident, wie er dem Mädchen, beinahe Stirn an Stirn, Trost zuspricht. »Noch bevor die Kleine vom Bildschirm ist, werden eine Menge Leute vergessen haben, wie Mary Ann Tierney überhaupt schwanger wurde. Oder dass das eigentliche Opfer ihr Baby ist.«

Taylor schlürfte seinen Tee. »Du brauchst Palmer«, sagte er.

»Zunächst einmal«, erwiderte Gage, »sollten wir uns nicht allein auf das Thema Abtreibung fixieren. Wir können Kilcannon ausstechen, indem wir den Leuten weitere Gründe an die Hand geben, warum Masters nicht in Frage kommt. Warum nicht Sarah Dash miteinbeziehen und den Fall Tierney zu einer allgemeinen Moraldiskussion ausweiten – darüber, dass Masters in diesem Berufungsfall nie hätte mitentscheiden dürfen, darüber, dass diese Frau sie in ihrer Wohnung besucht hat.« Gage machte ein angewidertes Gesicht. »Wer weiß, was die beiden dort getrieben haben. Den Fall im Bett besprochen vielleicht?

Fakt ist, dass wir das nie wissen werden, was die Sache anrüchig und zu einer Frage der Moral macht. Und eine unmoralische Richterin – obendrein vielleicht auch Lesbierin – als Nachfolgerin von Roger Bannon ist in jedem Fall untragbar.«

Taylor wurde zunehmend ungehalten. »Wie schon gesagt«, wiederholte er, »du brauchst Palmer.«

Gage dachte kurz darüber nach, was dieser wohl meinte. »Palmer zufolge«, sagte er, »sollten wir so schnell wie möglich abstimmen. Sie zu Fall bringen, noch bevor Kilcannon für sie werben kann und bevor sich herausstellt, dass dieses Baby kein Gehirn hat. Noch haben wir die Umfrageergebnisse auf unserer Seite.«

»Und du meinst, Palmer hat Recht?«, fragte Taylor zynisch.

»Nein. Eine baldige Abstimmung würde den Eindruck einer gewissen Willkür erwecken. Ich habe Chad das gesagt, und ich habe noch keine einundfünfzig Stimmen zusammen …«

»Du hast einundvierzig, richtig?«

Damit wollte Taylor, das spürte Gage, ihm in erster Linie vor Augen halten, wie begrenzt seine Möglichkeiten letztendlich waren. Aber Taylor interessierte sich ausschließlich für Geld und was er damit bewirken konnte; Gage dagegen, der Präsident werden wollte, musste bei der Durchsetzung seiner Interessen auch auf eine gewisse Eleganz achten. »Die Obstruktionsmethode«, antwortete Gage kalt. »Eine schöne Idee, Mace – mit den Stimmen von nur einundvierzig von hundert Senatoren Caroline Masters die Zustimmung zu verweigern. Damit würde ich als knallharter Politiker dastehen, der eine bierernste Angelegenheit auf einen billigen parlamentarischen Trick reduziert hat. Nur um eine Frau in die Schranken zu weisen.

Kilcannon könnte damit gut leben, fast als ob seine Kandidatin gewonnen hätte. Bei den nächsten Wahlen würde er mir die Sache dann schon entsprechend heimzahlen.«

Taylor zeigte den Anflug eines Lächelns. »Dann muss halt das Anhörungsverfahren neu aufgerollt werden. Alles im Leben dieser Dame muss inquisitionsmäßig ans Licht gebracht werden.

Harshman ist doch jetzt schon scharf drauf, mit allem, was dazugehört – Drogen, College-Sex, lesbische Liebe. In seinen Augen ist sie eine moralisch gefährdete, familienfeindliche Babyfresserin, die mit den Gute-Nacht-Geschichten ihrer Geliebten die Justiz korrumpiert hat.« Taylor nahm einen Schluck Tee, die Lippen gespitzt, den Blick in die Ferne gerichtet. »Du kannst dich raushalten, Mac. Erst wenn Harshman dieses Szenario unters Volk gebracht hat, meldest du, der Staatsmann, dich beiläufig zu Wort und rettest das Land vor Kilcannon. Zuerst jedoch«, schloss Taylor, »brauchst du Chad Palmer.«

Die Hartnäckigkeit, mit der er diesen Satz fast wie ein Mantra wiederholte, machte Gage langsam nervös. »Und Palmer will keine neue Anhörung«, wiederholte er seinerseits.

Taylor zuckte mit den Schultern. »Wie hieß dieser Film gleich wieder – *Dead Man Walking*? Das habe ich nämlich vor Augen, wenn unser heldenhafter Freund sich in Pose wirft: einen Toten. Er ist längst tot und weiß nichts davon.«

Gage starrte ihn an. »Diesen Schuh will ich mir nicht anziehen«, sagte er schroff. »Egal wie ich über Palmer denke. Und es könnte am Ende auf uns zurückfallen.«

Taylors Augen waren ohne jedes Gefühl. »Dann mach ihn zu Harshmans Liebessklaven, etwas in dieser Richtung. Auf diese Weise lebt er etwas länger.«

»Ich mag ihre Entscheidung nicht«, sagte Chad Palmer, »aber ebenso verhasst ist mir der Gedanke, ihr ganzes Leben auszuschlachten.« Über den Schreibtisch hinweg reichte er Macdonald Gage den Ausdruck einer Internet-Klatschspalte, verfasst von einem unbedeutenden Journalisten namens Charlie Trask. »Hast du das gesehen, Mac? Ohne konkret zu werden unterstellt er, dass Dash und sie ein Paar sind.«

Gage ließ Chad nicht aus den Augen. Gelassen antwortete er: »Vielleicht sind sie es.«

Palmer spürte Besorgnis in sich aufsteigen: Der Grund für seine Zweifel – sein Wissen um Carolines Tochter – könnte schlafende Hunde wecken. »Und wahrscheinlich sind sie es doch nicht«, antwortete er. »Nicht, dass dieser Schmutzfink irgendetwas wüsste oder sich Gedanken machen würde. Weshalb Trask auch das bevorzugte Sprachrohr für derlei Unsinn ist.«

Gages Schweigen signalisierte Verärgerung. »Du meinst, es ist egal, ob unsere Oberste Bundesrichterin eine Lesbe ist?«

Chad wog die Antwort sorgfältig ab. »Wir hatten in der Vergangenheit zu viele dieser Schmutzkampagnen – die Öffentlichkeit fühlt sich angewidert davon, gute Leute kommen unter die Räder, und für uns alle machen sie die Politik zu einer Schlangengrube.« Mit einem Fingerzeig auf die ausgedruckte Seite fragte er: »Hast du vielleicht irgendeine Ahnung, woher das kommt?«

Die kaum verhohlene Beschuldigung rief ein ausdrucksloses Starren hervor. »Nein«, antwortete Gage. »Aber nun, wo es schon einmal draußen ist, erwarten unsere Wählergruppen zweifelsohne, dass dein Ausschuss der Sache nachgeht. Hältst du es nicht für merkwürdig, dass Dash sie allein in ihrer Wohnung besucht hat?«

Bei der Verleumdungskampagne hatte Mace Taylor die Finger im Spiel, vermutete Chad angewidert. Aber er sah darin auch eine Warnung: Mit dem Übergriff auf Masters' Privatleben sollten weitere Übergriffe durch Chads Ausschuss erzwungen werden;

sollte Chad sich dem widersetzen und damit den Unmut von Taylor und Gage erregen, wäre auch Chads eigenes Privatleben nicht mehr sicher. »Du und ich, wir beide sind jetzt allein«, erwiderte er. »Hinter verschlossenen Türen. Meinst du, es könnte jemand auf die Idee kommen, wir beide hätten ein Verhältnis?«

Gages Augen blitzten auf. »Das wäre ein Schlag ins Gesicht deiner Familie, Chad. Masters dagegen hat keine Familie.«

Chad wurde zunehmend besorgt – zunächst um Kyle und dann um Brett Allen. »Deshalb ist sie noch lange nicht homosexuell, Mac. Und auch nicht, weil sie Freundinnen hat.«

»Angenommen, sie hat schon auf dem College mit Frauen rumgemacht? Das würde ein ganz anderes Licht auf ihre ›Freundschaft‹ mit Dash werfen.« Sein Blick war wachsam, als würde er irgendwelche Hinweise auf Chads Gesicht suchen. »Das Amt des Obersten Bundesrichters ist auch mit einer moralischen Verpflichtung verbunden, und unsere Wählergruppen erwarten, dass ein Richter – oder ein Senator – unsere Wertvorstellungen trägt ...«

»Indem sie eine Hexenjagd veranstalten.«

»Keine Hexenjagd.« Gage erhob die Stimme. »Es geht um ethisch und moralisch verantwortbares Verhalten. Auch wenn wir ein sexuelles Verhältnis nicht nachweisen können, so hat Dash doch zumindest für Masters gearbeitet.«

Wie, fragte sich Chad, konnte er nur hoffen, eine neue Anhörung zu vereiteln. »Das liegt mehr als drei Jahre zurück ...«

»Alles Teile eines Puzzles«, erwiderte Gage. »Angestellte, Freundin, möglicherweise mehr. Und du willst, dass wir die Köpfe in den Sand stecken.«

Chad zügelte sich. »Fünf Richter des En-banc-Gremiums haben mit Caroline Masters gestimmt. Sie sind nicht alle fünf Teil einer homosexuellen Verschwörung – sie haben sich schlicht und einfach geirrt.

Genau das ist unser Argument: Die Urteilsbegründung ist falsch und spricht für sich selbst. Der Senat soll geschlossen über die Nominierung abstimmen, ohne Neuanhörung und versteckte Anspielungen. Wir können sie mit ihren eigenen Waffen schlagen.«

Ich kann dich nur warnen, dachte Gage zunehmend verärgert. *Bring dich in Sicherheit.*

»Chad«, sagte er, »du bist ein selbstbewusster Mensch mit eigenen Vorstellungen von Integrität, und ich schätze das. Aber mach hier bloß keinen Unsinn.«

Zum erstenmal zögerte Chad. »Du hast meine Stimme«, antwortete er, »und ich werde mich im Senat gegen Masters aussprechen. Niemand wird mir daraus einen Strick drehen können – oder dir.«

»Sie werden es trotzdem tun, Chad. Sie drehen uns beiden einen Strick. Die Abtreibungsgegner hassen Masters sowieso, die Gruppen, die sich mit ihren Geldern Einfluss bei uns erkaufen, hassen sie wegen geplanter Reformen im Bereich der Wahlkampffinanzierung, und die Bevölkerungsgruppen, denen der allgemeine moralische Verfall Sorgen bereitet, fragen sich, wer und was sie ist.« Gage blieb weiterhin ruhig. »All diesen Leuten ist klar, dass wir die Richtung für diese Themenbereiche wie für zahllose andere festlegen. Auch über unsere eigene Zukunft bestimmen wir damit. Abgesehen von der Stimmenverteilung im Obersten Bundesgericht bleibt noch eine weitere Frage zu beantworten: Sollen wir oder Kilcannon im Senat das Sagen haben?«

»Wenn du ihm hilfst, diese Frau zu decken, bist du illoyal. Ich habe die Stimmen durchgezählt, Chad: Wenn du dich auf die Seite der Demokraten stellst, verhinderst du möglicherweise, dass ich die erforderlichen einundfünfzig Stimmen bekomme, um Masters zurück in deinen Ausschuss zu schicken. Aber ich werde dafür sorgen, dass du richtig abstimmst, vor Gott und der Welt – einschließlich unserer Geldgeber. Sie würden dir nie verzeihen, und das wäre das Ende für deine Kandidatur.«

Die Offenheit dieser Drohung ließ Palmer überrascht und nachdenklich innehalten. »Wenn wir ein Autodafé daraus machen«, antwortete Chad schließlich, »könnten wir selbst hineingezogen werden. Erinnerst du dich an Anita Hill? Angenommen, wir werden nicht fündig und Masters verbrennt als heilige Johanna ...«

»Nicht, wenn du es richtig angehst«, unterbrach Gage. »Du

leitest kein Femegericht, sondern eine seriöse Untersuchung zur moralischen und ethischen Eignung einer Richterin ...«

»›*Seriös*‹?«, erwiderte Palmer. »Paul Harshman ist dazu bereit, ein blutiges Hemd in der Luft zu schwingen. Dabei ist es nur noch eine Frage der Zeit, bis Mary Ann Tierney abgetrieben hat. Wie will Harshman denn reagieren, wenn für das Baby so wenig Hoffnung besteht, wie die Ärzte voraussagen? Was sagt das amerikanische Volk, und was sagt Kilcannon in diesem Fall über uns?« Nach einer Pause beugte sich Palmer nach vorne. »Wir könnten alle in die Luft gehen, Mac, alle, die damit zu tun haben. Um Himmels willen, vergiss diese Lesbengeschichte.«

Gage hatte Mühe, die eigenen Zweifel zu unterdrücken und Palmer kühle Entschlossenheit zu zeigen. »Und wenn nicht? Bist du bereit, mir die Stirn zu bieten?«

Palmers Blick war nun verschleiert. Gage war fasziniert von der Vorstellung, einen Mann vor sich zu haben, der die eigene Karriere und die Zukunft seiner Familie ungewollt aufs Spiel setzte; der Moment löste in ihm Verachtung für Palmers Hochmut, aber auch Mitgefühl aus. Dann blickte ihm Palmer mit der gewohnten Direktheit in die Augen. »Wenn du bereit bist, deinen Untergang zu riskieren, Mac. Also schlage ich vor, wir nehmen uns einen Tag Bedenkzeit ...«

Palmers Sprechanlage summte.

Gereizt sah er auf den Hörer, dann nahm er ab. »Ich habe Mac Gage hier«, sagte er.

Der Anrufer zeigte sich offenbar wenig beeindruckt. »Wie viele Tage?«, fragte Palmer. Nach einer weiteren Pause legte er mit ernster Miene den Hörer auf.

»Richter Kelly vom Obersten Bundesgericht«, sagte er, »hat einen Aufschub im Fall Tierney beantragt. Damit ist eine Abtreibung aufgeschoben, bis das vollständige Gremium darüber entscheidet, ob Martin Tierneys Petition stattgegeben wird. Wenn ja, müsste ein weiterer Aufschub gewährt werden.«

Gage fühlte eine Welle der Befriedigung. »Das gibt uns Spielraum und wirft gleichzeitig ein Schlaglicht darauf, was für das Bundesgericht auf dem Spiel steht.«

»Und für uns«, antwortete Palmer.

»Ein Aufschub in eigener Sache?« Gage grinste sarkastisch. »In Ordnung, Chad. Wir sprechen uns morgen wieder.«

Clayton Slade stürzte ins Oval Office. »Wenn es um Richter Kelly geht«, sagte er, »dann weiß ich schon Bescheid.«

Kerry schüttelte den Kopf. »Chad Palmer hat mich angerufen. Er macht sich Sorgen. Er befürchtet, Gage wird über eine Neuanhörung im Ausschuss abstimmen lassen und möglicherweise damit durchkommen. Was eine unbestimmte Anzahl von Anhörungen bedeuten würde.«

Clayton wirkte wenig überrascht. »Mit welchem Vorwand – ein Seminar über die Schrecken der Spätabtreibung?«

»Zum Teil«, antwortete Kerry. »Aber unsere Freunde haben eine neue Richtung eingeschlagen – Carolines Moral. Insbesondere ihr Verhältnis zu Sarah Dash.«

Clayton brummte angeekelt. »Davor hätte ich Masters warnen können, was ich eigentlich auch versucht habe.«

Kerry grinste amüsiert. »Aber hast du ihr auch gesagt, dass sie lesbisch ist?«

»Sie sehen es aus diesem Blickwinkel?«

»Oh, sie werden zunächst ganz harmlos von ›Freundschaft‹ sprechen. Aber worauf sie hinauswollen, ist eine lesbische Affäre.«

Clayton ließ sich in einen Sessel plumpsen. »Damit«, sagte er schließlich, »hätten wir dann doch ein Problem.«

9

»Mr. President«, sagte Frank Lenzner am nächsten Morgen zu Kerry, »es gibt eine sensible Angelegenheit, die wir mit Ihnen besprechen möchten. Niemand hier will Ihnen damit in den Rücken fallen.«

Die Stimme des Herausgebers der *New York Times* passte zu der aus seinen Worten herausklingenden Zurückhaltung. Kerry schwieg: Seit Laras Abtreibung hatte er einen derartigen Anruf unbewusst immer irgendwie erwartet.

»Worum geht es denn?«, fragte Kerry.

»Es betrifft Caroline Masters.« Kerry empfand Erleichterung und Sorge zugleich. »Ein Großteil der Berichterstattung wurde von Julia Adams erledigt. Darf ich Sie dazuschalten?«

Handelte es sich um die jüngsten Gerüchte?, fragte sich Kerry; in den zwei Tagen seit Erscheinen des Internet-Berichts hatten sie sich verbreitet, ohne Eingang in die großen Zeitungen zu finden. »Selbstverständlich«, antwortete er.

Kerry hörte ein Klicken, als Adams eine weitere Leitung dazuschaltete. »Guten Morgen, Mr. President«, sagte Julia Adams forsch. »Vielen Dank für Ihre Gesprächsbereitschaft.«

»Ist mir eine Ehre. Meine ich zumindest.«

Adams ließ das so stehen. Leicht nervös sagte sie: »Wir gehen davon aus und werden das auch drucken, dass Caroline Masters eine Tochter hat.«

Kerry reagierte sekundenschnell.

»Mit welcher Begründung?«

»Eine vertrauliche Quelle. Die fragliche Person ließ uns wissen, das FBI habe ›Gerüchte‹ zutage gefördert, denen zufolge Masters, nach ihrem College-Abschluss, auf Martha's Vineyard ein Kind zur Welt gebracht hat.«

Adams wollte sich wohl einen Zweikampf mit Kerry liefern. »Sie drucken doch keine Gerüchte, Julia«, gab er zurück.

»Die Krankenschwester haben wir innerhalb einer Stunde ausfindig gemacht«, erwiderte Adams. »Nach ungefähr einer weiteren Stunde sind wir auf Unterlagen gestoßen, aus denen zweifelsfrei hervorgeht, dass Masters Patientin im Krankenhaus auf Martha's Vineyard gewesen ist. Das Datum deckt sich mit dem Geburtsdatum der angeblichen Tochter ihrer Schwester, Brett Allen. Unserem Informanten zufolge ist sie in Wirklichkeit Masters' Tochter.«

Diese Feststellung, wusste Kerry, war in den von Palmer zurückgehaltenen FBI-Akten nicht enthalten – der Hauptgrund dafür, warum das FBI nicht in der Lage war, eine Verbindung herzustellen zwischen dem Gerücht und dem Zeitpunkt von Brett Allens Geburt. »Und warum«, fragte Kerry, »ist die *Times* der Meinung, diese Geschichte – selbst wenn sie wahr ist – habe Nachrichtencharakter?«

»Eine ganze Reihe von Gründen.« Nun sprach Adams in dem ihrem Charakter eigenen Tonfall; immer am Ball und aggressiv, gehörte sie zu den gründlichsten Journalisten Washingtons. »Möglicherweise hat Masters den Kongress getäuscht. Und Sie gleich mit.«

Kerry stand. Er hatte wenig Zeit, über seinen Kurs nachzudenken, aber seine lange Erfahrung als Politiker riet ihm zur Offenheit. »Nun gut«, sagte er, »was ich Ihnen jetzt sagen werde, können Sie erst verwenden, wenn ich Ihnen meine ausdrückliche Zustimmung gebe. Einverstanden?«

Adams zögerte kurz. »Ja.«

Kerry begann, auf und ab zu tigern. Ein falscher Schritt, und der Streit, der schon jetzt um Caroline Masters entbrannt war, wäre nichts im Vergleich zu dem, was kommen würde. »Ich wusste von Anfang an Bescheid«, sagte er schlichtweg. »Masters hat mich noch vor ihrer Nominierung in Kenntnis gesetzt. Als ich mich dennoch entschlossen habe, an ihr festzuhalten, hat sie mich gebeten, Brett Allen zu schützen.

Es gibt nichts, was man ihr vorwerfen könnte. Beide waren wir der Meinung, dies alles würde nur sie als Privatperson betreffen und habe nichts zu tun mit ihrer Eignung für das Oberste Bundesgericht.« Kerrys Stimme klang ruhig, aber entschieden. »Sollte also diese vermeintliche Täuschung der Anlass für Sie gewesen sein, Masters zu vernichten – oder ihre Tochter –, dann müssen Sie sich umorientieren.«

»Da gibt es auch noch Senator Palmer, Herr Präsident.«

Die Dinge nahmen ihren Lauf, dachte Kerry. »Was ist mit ihm?«

»Unseren Informanten unter den Ausschussmitarbeitern zufolge hat er den Zugang zu den Akten verweigert.«

Woraus hervorging, dachte Kerry, dass die fragliche Quelle nicht unter den Mitarbeitern des Ausschusses zu suchen war; also musste das FBI selbst unter der schwindenden Zahl der möglichen Informanten sein. »Was für einen Unterschied macht das?«

»Einen großen«, erwiderte Adams. »Weil man daraus schließen kann, dass auch Palmer Bescheid wusste. Möglicherweise, wie Sie, noch bevor das FBI fündig wurde. Vielleicht hatte er die Information ja auch von Ihnen.«

Kerry war zunehmend erschreckt – er wollte nicht, dass Chad hineingezogen wurde.

»Worauf wollen Sie hinaus, Julia? Dass Chad Palmer ein anständiger Mann ist? Das dürfte ja wohl keine Schlagzeile wert sein.«

»Nein. Aber eine Schlagzeile wert ist es, wenn ein demokratischer Präsident und ein potenzieller Kandidat der Republikaner gemeinsame Sache machen und Informationen zurückhalten, die viele andere Senatoren durchaus interessant fänden.«

Kerry hatte Mühe, die Geduld zu bewahren. »Ich kann nicht für Senator Palmer sprechen, selbst in diesem vertrauten Rahmen. Was sagt er denn selbst?«

Adams zögerte. »Wir haben ihn noch nicht erreicht.«

»Dann lassen Sie mich eine andere Sichtweise ins Spiel bringen. Sie deuten an, Chad Palmer und ich hätten uns zusammen ›verschworen‹, etwas zurückzuhalten – weshalb dieses ›etwas‹ für Sie zur Sensation wird. Aber spielt es für Sie überhaupt eine Rolle, was wir angeblich zurückhalten, oder wen Sie mit einer möglichen Veröffentlichung verletzen?« Kerrys Ton wurde scharf. »Es ist heute viel zu sehr üblich geworden, das Privatleben eines bekannten Mitmenschen an die Öffentlichkeit zu zerren. Diese ›Verschwörung‹, die Sie vermuten, ist ein Rückzugsgefecht gegen die Schamlosigkeit – in diesem Fall Ihre.«

»Mr. President«, sagte Adams mit unbeabsichtigter Schärfe, »wollen Sie etwa sagen, diese Geschichte würde Ihren politischen Interessen nicht entgegenkommen?«

Kerry begann langsam misstrauisch zu werden. »Wenn ich die Sache publik machen wollte«, erwiderte er, »warum fordere ich Sie dann auf, eine Veröffentlichung zu unterlassen?«

An der Stelle musste Adams lachen. »Vielleicht, weil Sie uns richtig einschätzen. Sie wissen ohnehin, dass wir die Story bringen.«

»Verdammter Mist«, sagte Chad Palmer am Telefon.

»Das FBI«, sagte Kerry. »Wer sonst könnte dahinterstecken.«

»Wer sonst?«, antwortete Chad. »Jeder, der davon wusste.«

Abermals fühlte sich Kerry verunsichert. »Sicher nicht ich.«

»Dann zieh sie endlich zurück, verdammt noch mal. Das ist die einzige Möglichkeit, diese Story zu stoppen.«

Kerry starrte aus dem Fenster. »Ich bin überzeugt, dazu ist es zu spät. Und wenn ich sie zurückziehe, sieht es so aus, als würde ich vor den Kräften der Reaktion kapitulieren.«

»Das wollen wir doch alle nicht«, erwiderte Chad. »Stattdessen also wirfst du mich den Hunden zum Fraß vor – den Pro-Life-Senator, der sich mit dem Antichrist zusammengetan hat. Was möglicherweise auch deinen langfristigen Interessen dient.«

Kerry zögerte. »Ich hab dich nicht im Stich gelassen. Die *Times* weiß nicht einmal, dass wir gesprochen haben.«

»Wirklich nicht? Fällt dir nicht auf, dass sie verdammt gut informiert sind? Ich werde den Journalisten nichts vormachen. Es wäre dumm, es auch nur zu versuchen.«

Kerry überlegte. Chad Palmer war unverwüstlich, heute jedoch wirkte er müde. »Nicht jeder in deiner Partei«, sagte Kerry, »wird Masters *dafür* an den Pranger stellen wollen.«

»Nein«, erwiderte Chad. »Mich werden sie an den Pranger stellen, wenn es nach Mac Gage geht. Ich habe unsere Freundschaft verraten für eine zügellose Babyschlächterin. Da ich gerade von ihr spreche, ist sie eigentlich bereit, das alles durchzustehen?«

»Wir versuchen sie zu Hause in ihrer Wohnung zu erreichen, aber niemand geht ran.«

»Große Frage warum.« In Chads Ton mischte sich Entschlossenheit mit Resignation. »Zeit für mich, das Erschießungskommando zu erwarten. Und du würdest dir einen Gefallen tun, auch für sie eines bereitzustellen, besteht doch die einzige Möglichkeit, für meine Sünden zu büßen, darin, Mac Gage zu helfen, dich zur Strecke zu bringen.«

Genau das hatte Kerry befürchtet. »Verstehe«, sagte er. »Aber wir wollen abwarten, wie die Situation sich darstellt, sobald die Story draußen ist.«

»Das kann ich mir lebhaft vorstellen«, sagte Chad nicht ohne Bitterkeit. »Dagegen weiß ich noch nicht, wer uns verraten hat.«

Ehe Kerry antworten konnte, kam Clayton ins Büro. »Masters«, sagte er, »auf der zweiten Leitung.«

»Sie ist auf der anderen Leitung«, sagte Kerry zu Chad. »Ich verabschiede mich dann mal.«

»Genau das sollte sie auch tun«, antwortete Chad und legte auf.

Kerry drückte auf die Taste mit dem Blinklicht. »Caroline?«

»Entschuldigung, Mr. President.« Carolines Stimme klang angespannt. »Aber ich muss Sie zurückrufen. Im Moment spreche ich mit meiner Tochter.«

10

Caroline hatte sich diesen Moment tausendmal vorgestellt – angstvoll, hoffnungsvoll, verzweifelt. Nicht vorgestellt dagegen hatte sie sich das Ausmaß ihrer eigenen Unzulänglichkeit.

»Bist du meine Mutter?«, fragte Brett.

»Ja«, sagte Caroline sanft, »das bin ich.«

Brett klang wie benommen, als würde sie sich der Gefühle von Verwirrung und Verrat erst langsam bewusst. »Als ich es erfahren habe, war mir klar, es muss stimmen. Es erklärt so vieles zwischen dir und mir. Dabei wusste ich nicht, wen ich anrufen sollte – dich oder Betty.« Ihre Stimme wurde bitter. »Du erinnerst dich an sie, ›Tante Caroline‹. Die Frau, die ich bisher nur als Mom gekannt habe.«

Caroline schloss die Augen. »Es tut mir Leid …«

»*Es tut mir Leid.*« Der Andrang der Gefühle ließ Bretts Stimme erzittern. »Ich habe eben erfahren, dass die Grundlage meines bisherigen Lebens – siebenundzwanzig Jahre – eine Lüge ist. Dass mein Vater nicht mein Vater ist …

Meine Mutter ist meine Tante, die Tante ist die Mutter, und ihr drei, alle zusammen, habt euch diesen Alptraum ausgedacht und dann gelogen und gelogen und gelogen.« Brett unterbrach sich – um ihre Tränen zu unterdrücken, vermutete Caroline. »Die Wahrheit musste ich von irgendeiner Reporterin erfahren. Warum nicht von euch?«

Durch Schmerz und Scham hindurch fühlte Caroline eine tiefe Wut auf die unbekannte Person, die die *Times* informiert hatte. »Manchmal wollte ich …«

»Manchmal? Nicht einmal gesehen haben wir uns seit zwanzig Jahren.«

»Du hattest bereits eine Mutter. Und einen Vater.« Caroline hielt inne, fühlte neu den mit ihrem damaligen Opfer verbundenen Schmerz. »Nichts ist mir je so schwer gefallen, wie dich wegzugeben. Ich hatte Angst davor, dich zu sehen und dich zurückzufordern, Angst davor, dir am Ende doch die Wahrheit zu sagen. Nicht im Traum hätte ich daran gedacht, dass die *New York Times* in die Bresche springen würde. Ich war egoistisch«, sagte sie. »Ebenso egoistisch war es, mit diesem Amt zu spekulieren und zu wissen, alles könnte auffliegen.«

»Aber du hast es doch versucht.« Die Stimme ihrer Tochter verriet eine leise Wut. »Und dafür hat man mir das angetan.«

»Ja.«

»Und was hast du nun vor zu tun? Nun, da unser neu zusammengesetzter Stammbaum zum Gemeingut geworden ist?«

Caroline schwieg; sie versuchte mit dem Ansturm der eigenen Gefühle klarzukommen. Ihr Wunsch, Oberste Bundesrichterin zu werden, war so groß, dass nicht einmal dieser hinterhältige Anschlag ihn in die Knie zwingen konnte. Aber sie wollte nicht, dass Brett noch weiter in diese Auseinandersetzung hineingezogen würde. »Ich habe mit allem Möglichen gerechnet«, sagte sie, »aber nicht damit. Ich meine, ich sollte zurücktreten …«

»Warum?«, fragte Brett. »Wegen mir? Hast du mich nicht genügend geschützt?«

Caroline zuckte zusammen. »Nicht nur wegen dir, Brett. Gründe gibt es genug. Man wird sagen, ich hätte gelogen …«

»Dann ist das dein Problem«, unterbrach Brett. »Aber die Gedanken darüber, wie es mir dabei geht, kommen wohl zu spät. Du hast dich nun einmal dafür entschieden. Was auch immer du für mich bist, und was du auch sonst noch getan hast, ich bin hier, weil du dich damals für mich entschieden hast. Ich weiß nicht, ob ich je in der Lage sein werde, das alles zu verstehen, aber ich weigere mich, ich weigere mich entschieden, eine Mitverantwortung dafür zu übernehmen, dass deine Gegner dich los sein wollen. Das wäre keine Hilfe für mich.«

Caroline fühlte siebenundzwanzig Jahre angestauter Emotionen in sich anbranden und wünschte sich nichts mehr, als endlich allein zu weinen.

»Ich liebe dich«, sagte sie. »Ich habe dich immer geliebt. Aber du solltest nun wirklich deine Mutter anrufen …«

»Setz dich«, sagte der Präsident kühl.

Mit wachsamen Augen nahm sein ältester Freund schweigend ihm gegenüber Platz.

»Willst du allen Ernstes behaupten«, fragte Kerry, »das FBI habe die *Times* informiert?«

Claytons Blick war fest. »Die Frage, würde ich sagen, erübrigt sich. Du wirst dich möglicherweise dafür zu verantworten haben, weil du die Antwort darauf weißt.«

Unverzüglich verstand Kerry die Skepsis der Reporterin, ihre Andeutung, er spiele ein zynisches Spiel. »Siehst du denn nicht, was man diesen Leuten angetan hat – jedem Einzelnen von ihnen?«

»Zur Hölle mit diesen Leuten.« Obwohl es hart war, was er sagte, war der Tonfall Claytons monoton. »Hier geht es nicht um Caroline Masters oder Chad Palmer, sondern einzig und allein um dein Überleben.«

Kerry spürte, wie er trotz seiner Wut allmählich verstand. »Englisch ist nicht meine Zweitsprache. Wenn ich Palmer, Masters und deren Tochter hätte bescheißen wollen, dann hätte ich das geradeheraus gesagt.«

Clayton sah zu Boden, um sich dann wieder dem Präsidenten

zuzuwenden. »Willst du nun über die Vorteile sprechen oder nicht?«

»›Vorteile‹«, wiederholte Kerry. »Worin sollten die denn liegen?«

»Los geht es damit – die Tochter, die du versteckt hast, ist jetzt dein bestes Pferd im Stall.« Clayton lächelte grimmig. »Brett Allen aus dem Schrank zu holen macht aus Masters, der ehemaligen Schranklesbe, ein Sympathieobjekt – eine Frau, die sich dafür entschieden hat, ihr Kind zu bekommen, statt es abzutreiben.

Wenn Gage ihr daraus einen Strick drehen will, untergräbt er seine eigene Propaganda. Und den Profis unter den Abtreibungsgegnern verschlägt es vollends die Sprache. Das war dir immer bewusst.« Clayton sah ihn unverwandt an. »Möglicherweise sind da noch andere Gründe. Aber darüber zu sprechen würde dir weniger leicht fallen.«

Kerry stützte das Kinn in eine Hand. »Ich höre«, sagte er.

»Die Rechten sind jetzt erst einmal bedient – mit der geheim gehaltenen Tochter. Sie müssen sich überlegen, was sie daraus machen, und sind somit abgelenkt.« Clayton beugte sich nach vorne und sprach bedächtig. »Ohne Ablenkung – und bei ihren Angriffen auf Masters einzig auf das Thema Abtreibung fixiert – steigt die Wahrscheinlichkeit, dass sie die Wahrheit über Lara herausfinden. Und damit dich ruinieren.«

»Caroline wurde also zu meinem Schutzschild ...«

»Nicht nur ein Schutzschild. Eine Waffe.« Claytons Ton war kühl. »Mit einer ins Wanken geratenden Lesbentheorie ist Gage gezwungen, sie als Lügnerin und als ungeeignet für dieses Amt hinzustellen, weil sie sich – zweimal – schützend vor ihre Tochter gestellt hat. In Sachen christliche Nächstenliebe verdient er sich damit kaum einen Blumentopf.

Und wer tritt tatsächlich für die christlichen Ideale ein – Masters' Fürsprecher, der sich stark macht für Adoption, Familie und christliche Werte. Nämlich *du*.« Clayton wurde ironisch. »Du rettest sie vor der Vendetta der Rechten. Du wehrst dich dagegen, das Privatleben prominenter Personen in den Schmutz zu ziehen. Du appellierst an das Gewissen der amerikanischen Öffentlichkeit, aufzustehen gegen jene, die einen jugendlichen Ausrutscher dafür verwenden, einer durch und durch ehrenwerten Frau das Genick zu brechen.« In einer Verschnaufpause sah Clayton Kerry durchdringend an. »So machst du dich im weiteren Verlauf immun gegen einen Angriff auf Lara. Das amerikanische Volk ist viel nachsichtiger als ein Mace Taylor oder ein Macdonald Gage – nach dieser Geschichte hat jeder hier im Land von Anrüchigkeiten und Schmutzfinken aller Art die Nase bis oben voll.«

Kerry starrte ihn an. »Und jeder wird denken, Gage und seine Freunde haben die Geschichte publik gemacht. Während ich mich zurücklehne und den Streich genieße. Unter dem auch Palmer zu leiden hat.«

»Ich weiß, du würdest so etwas nie tun«, sagte Clayton. »Aber so wie die Dinge stehen, wird Palmer dir beipflichten müssen, dass ein Privatleben privat bleiben sollte – dazu hat er sich verpflichtet, als er sich bereit erklärt hat, Masters' Geheimnis geheim zu halten. Und mit Masters und ihrer Tochter als die Opfer reaktionärer Gehässigkeit hast du immer noch eine Chance, sie zur Vorsitzenden des Gerichts zu machen.

Natürlich musst du vorsichtig sein, wie du damit umgehst – wenn der Hinweis, wie du meinst, aus dem Weißen Haus kam, könnte die *Times* ihren Informanten nennen. Dann solltest du ins Spiel bringen, der Tipp komme von Masters' Feinden.

Aber wenn am Ende du als der für den Tipp Verantwortliche hingestellt wirst – und das wirst du, wenn du dumme Fragen stellst –, dann ist nicht Macdonald Gage, sondern dann bist du der große Verlierer.«

Es war eine Analyse, wie Kerry sie sich nicht schärfer hätte vorstellen können, und sie traf den Nagel auf den Kopf. Wenn Kerry sein Amt nicht aufs Spiel setzen wollte, dann saß er fest. Sein engster Freund hatte ihn gefangen in einer ebenso amoralischen wie raffinierten Strategie. Was auch hieß, dass es zwischen ihnen beiden nie mehr so sein würde, wie es einmal gewesen war.

Clayton schien sich dessen bewusst zu sein, als er ihn ansah. »Ich kenne dich, Kerry«, sagte er. »Wenn du willst, ist diese Geschichte nicht mehr als pure Magie für dich. Wenn du jedoch nach einem Verantwortlichen suchst, dann trete ich zurück. Dieses Risiko ist Teil meines Jobs.«

Der Präsident kämpfte gegen einen Wirrwarr von Emotionen an – Schmerz, Wut, entsetztes Erstaunen angesichts der Anmaßung seines Freundes. »Weil du mir nicht trauen kannst, ist das der Grund? Ohne dich, der du meine Seele verkaufst, bin ich meinem Job wohl nicht gewachsen.« Kerry ging um seinen Schreibtisch herum, baute sich vor seinem Stabschef auf. »Durch welchen Rollentausch bin ich eigentlich zu deinem Mündel geworden?

Wenn meine Präsidentschaft schon einen Pakt mit dem Teufel erforderlich macht, dann entscheide ich darüber und sonst niemand. Ich habe mir schließlich dieses Amt erkämpft. Egal, wie du darüber denkst.« Kerrys Ton war nun kalt wie Eis. »Du trittst zurück, wenn es meinen Interessen dient. Aber im Moment würde das zu viel Staub aufwirbeln. Ich bin, wie du sagst, der Präsident. Also spielst du den loyalen Soldaten, bis ich dir sage, dass du zu gehen hast.«

Clayton, der immer noch saß, starrte zu ihm hoch. Ärger und Verletztheit blitzten in seinen Augen, aber er protestierte nicht. »Wirst du ihr sagen, was du vermutest?«, fragte er.

Kerry verschränkte die Arme. »Nein«, sagte er, »das wäre nicht besonders hilfreich. Immerhin gilt es, eine Nominierung zu retten.«

»Wie ist es gelaufen?«, fragte der Präsident.

Caroline suchte nach Worten. »Es war schwer«, sagte sie schließlich. »Unsagbar schwer.«

»Geht es ihr gut?«

»Inwiefern?«

Beide schwiegen. »Es tut mir Leid, dass das passiert ist«, sagte der Präsident schließlich. »Aber ich hoffe doch, Sie geben jetzt nicht klein bei. Wenn Sie das vorher nicht disqualifiziert hat, wie dann jetzt? Ich will Sie in dieser Position, und es ist Zeit, Flagge zu zeigen.«

Caroline dachte an die letzten Worte Bretts. »Möglicherweise verliere ich«, sagte sie schließlich. »Aber mehr können sie mir nicht antun. Ich habe meine Urteilsbegründung geschrieben, und sie haben meine Tochter bloßgestellt. Es steht nichts mehr zu befürchten.«

»Sie müssen eine Erklärung abgeben«, sagte der Präsident. »Ich schalte Clayton zu.«

11

»Masters gesteht geheime Tochter«, titelte die *Times* am nächsten Tag. Aber die Ereignisse überstürzten sich dermaßen, dass schon am späten Vormittag zwei Kabelkanäle Blitzumfragen gestartet hatten, Macdonald Gages Büro mit Faxmeldungen und E-Mails überflutet worden war, während Gage selbst Mühe hatte, zwischen zahllosen Anrufen von Senatoren, Reportern und Parteigängern überall im Land eine Stellungnahme seinerseits zu skizzieren. Um sich Luft zu verschaffen, nahm er das Telefon nicht mehr ab, obwohl das permanente Geklingel ihm noch mehr zusetzte.

»Die Meldung hat die Kuppel des Kapitols gesprengt«, sagte Gage zu Mace Taylor. »Meine Leute ringen um festen Boden unter den Füßen, und dieser Hurensohn Palmer hat von Anfang an alles gewusst.«

»Es ist also höchste Zeit.«

Gage antwortete nicht. Stattdessen fragte er: »Wo kam das bloß her?«

Gage sah die Berechnung in Taylors Augen; Wissen bedeutete Macht, und selbst Gage gegenüber dachte Taylor nicht im Traum daran, das ganze Ausmaß der Machenschaften seiner Klientel zu enthüllen. »Nicht von unserer Seite, und auch nicht aus Palmers Ausschuss. Unser Freund hat sich das Gewächshaus-Prinzip zugute gemacht – uns alle im Dunkel belassen und uns mit Mist füttern. Er und Kilcannon: eine gemütliche, kleine Verschwörung.«

Taylors Leugnen jeglicher Komplizenschaft klang verbittert genug, um daraus zu schließen, dass etwas Wahres dran war. »Chad würde das nie publik machen«, sagte Gage freiheraus. »Nun, da die Bombe geplatzt ist, würden ihn einige unserer Parteifreunde am liebsten kastrieren. Ganz zu schweigen von unseren Anhängern.«

Wieder läutete das Telefon. »Was ist mit Kilcannon?«, fragte Taylor. »Einer seiner Leute gibt einen Hinweis an die *Times*, die zur Geheimhaltung ihrer Informanten verpflichtet ist. Und dann attackiert Kilcannon die ›intoleranten Spießer‹.«

Gage lächelte gequält. »Das«, sagte er, »wäre die Tat eines echten Profis. Diese Lawine lostreten und dann indirekt uns dafür verantwortlich machen. Niemand könnte das je beweisen.«

»Darum ist es ja gerade so perfekt«, sagte Taylor. »Er hat Sendezeit auf allen vier Kanälen reserviert – neun Uhr.« Mit einem Blick auf den Stapel von E-Mails und Faxnachrichten auf Gages Schreibtisch fragte er: »Was sagen die Leute so?«

»Es geht querbeet durch alle Reihen. Einige sagen, sie ist die typische Achtundsechzigerin – hemmungslos, kein Anstand, keine Moral. Andere wiederum sagen, für eine ledige Mutter hat sie sich vorbildlich verhalten. Ein paar der Zuschriften erinnern mich daran, dass sie gehandelt hat wie meine leibliche Mutter. Natürlich war das noch vor Roe versus Wade, und sie hatte noch nicht die Möglichkeit, mich einfach mit einem Vakuumschlauch absaugen zu lassen …«

»Oder«, unterbrach Taylor, »dich in Stücke reißen zu lassen, falls du zu groß gewesen wärst, um dich so effektiv zu ermorden. Ich weiß sicher, dass Christian Commitment sich nicht verrückt machen lässt; dasselbe gilt für den Nationalen Schützenverband und alle, die sie aufgrund der Reform der Wahlkampffinanzierung hassen …«

»Ist mir auch nicht neu«, sagte Gage ungeduldig. »Unser Kurs sieht in etwa so aus: Masters hat sich anständig verhalten, nachdem sie schwanger geworden ist – was wir natürlich anerkennen. Aber Schwangerschaft außerhalb der Ehe ist das totale Gegenteil der Botschaft, die wir unseren jungen Leuten vermitteln möchten. Wir können keine Kehrtwendung machen und sie für ihr Verhalten mit dem Amt der Obersten Bundesrichterin belohnen.«

Gage nahm den Entwurf der Stellungnahme in die Hand und schwenkte ihn wie eine Waffe. »Aber«, sagte er, »wir müssen die richtigen Worte finden, um deutlich zu werden: Sie ist eine Frau mit Geheimnissen, eine Frau, die Kind gegen Karriere eingetauscht und dann gelogen hat. Und Kilcannon und Palmer haben sie gedeckt. Hier geht es nicht um menschliche Schwächen oder den Schutz der Privatsphäre, sondern um richterliche Integrität.«

»Alles gut und schön«, sagte Taylor. »Aber du brauchst weitere Anhörungen, Zeit, um den Fall aufzubauen. Du brauchst ein Heer von Juraprofessoren, die sagen, dass ihr Verhalten Verrat war und wir nicht bloß ein paar rechte Moralapostel sind.

Wir werden Leitartikel in der Presse lancieren, für einen Stimmungsumschwung sorgen. Dann wird sich herausstellen, wer sie wirklich ist. Eine fast dreißig Jahre zurückliegende Schwangerschaft beweist noch lange nicht, dass sie nicht doch mehr auf Mädchen steht. Ich meine, warum zieht es Frauen wie sie und Sarah Dash nach San Francisco? Wegen des Wetters?«

»Wegen der Schwesterlichkeit«, sagte Gage sarkastisch. »Du hast Recht, was neue Anhörungen betrifft. Es ist Zeit, meine Plauderei mit Senator Palmer fortzusetzen …«

»Es ist Zeit«, sagte Taylor scharf, »ihm endlich mit der Tochter zu kommen.«

Gages Gedankenstrom verlangsamte sich unverzüglich. »Die Sache ist hochexplosiv«, warnte er. »Näher als auf fünf Meilen würde ich mich da nie heranwagen.«

»Brauchst du auch nicht. Es genügt, wenn du vorbereitet bist.« In Taylors Stimme schwang keinerlei Emotion. »Dass seine eigene Tochter abgetrieben hat, macht aus Palmer einen frommen Heuchler.

Es wäre aus mit ihm, Mac – keine Rolle mehr im Präsidentenpoker, ein Eunuch im Ausschuss. Uns beiden gänzlich aus dem Weg.« Er redete plötzlich, als hätte er Kreide gefressen, lallte beinahe vor Vergnügen. »Eine Granate, so weit entschärft, dass er bei den Leutchen in Ohio darum betteln wird, seinen Job behalten zu dürfen.«

Gage starrte schweigend an ihm vorbei. Zwar verachtete er

Chad Palmer, aber Taylor kostete das zu sehr aus – der Teufelskreis der Destruktion, erst einmal in Gang gesetzt, verselbstständigte sich allzu leicht.

Taylors Stimme riss ihn aus seinen Gedanken. »Sieh ihn dir an!«, rief er. »Sieh ihn dir bloß an!«

CNN zeigte Palmer, in der Rotunde des Kapitols, vor einer Schar von Reportern. »Den ganzen Vormittag über«, sagte er gerade, »wurde mir nur die eine Frage gestellt: ›Haben Sie davon gewusst?‹«

Die Reporter fielen in Schweigen. Palmer sah in die Kamera. »Ja«, sagte er schlicht und einfach, »ich habe alles gewusst.

Vor siebenundzwanzig Jahren hat Caroline Masters eine persönliche Entscheidung getroffen: ihr Kind nicht abzutreiben. Vor Beginn der Anhörung hat sie mir das unter vier Augen anvertraut. Ich habe ihre Aufrichtigkeit bewundert und den Entschluss selbst – ein Bekenntnis zum Leben.

Ich an der Stelle von Ms. Masters hätte vielleicht anders gehandelt. Aber Masters war mir gegenüber völlig offen. Und ihre Angaben in den Papieren dienten nicht nur dazu, ihrer Tochter unnötigen Schmerz zu ersparen, sondern entsprachen darüber hinaus, ganz wörtlich, auch der Wahrheit: Rein rechtlich gesehen ist diese junge Frau tatsächlich ihre Nichte ...«

»Diese Ahnentafel möchte ich sehen«, warf Taylor bissig ein. »Kein Baum, sondern ein Kreis ...«

»Es gibt gute Gründe, gegen Ms. Masters zu sein«, fuhr Palmer fort. »Aufgrund ihrer Entscheidung im Fall Tierney bin ich gegen sie.« Palmer hob den Kopf und sprach langsam und emphatisch. »Aber an alle, die meinen, sie hätte das Risiko einer Verletzung ihrer Tochter eingehen müssen, geben Sie ihr nicht die Schuld. Geben Sie mir die Schuld.«

»Mac«, sagte Taylor mit gesenkter Stimme, »ich habe dieses heldenhafte Gebaren satt. Mir wird schlecht angesichts dieser geheuchelten Offenheit. Er hat dir alles verheimlicht, und nun wird die Presse ihn wie immer hochstilisieren – der letzte ehrenwerte Mann Amerikas. Und wir wissen, dass alles erstunken und erlogen ist.

Wir wissen seit Jahren Bescheid – wir haben das Formular; wir haben den drogensüchtigen Freund der Tochter ausfindig gemacht. Es ist Zeit, die Bombe platzen zu lassen.«

Gage konnte der Versuchung kaum widerstehen, aber er erinnerte sich auch daran, dass er den Ruin seines Rivalen, des vormaligen Mehrheitsführers, ebenfalls Mace Taylor zu verdanken hatte.

»Mace«, sagte Gage kalt, »ich werde mit Palmer auf meine Weise fertig. Er kann sich auf CNN noch so selbstgefällig geben, aber neuen Anhörungen kann er sich schlicht und einfach nicht widersetzen.«

Selbst gemessen an den jüngsten Ereignissen waren die letzten achtundvierzig Stunden verheerend für Sarah. Begonnen hatten sie mit dem Aufschub von Mary Anns Abtreibung durch Richter Kelly; seitdem hatte Mary Ann ihr abgedunkeltes Zimmer nicht mehr verlassen, um eine vorzeitige, stressbedingte Geburt zu vermeiden. Ein Internet-Kolumnist namens Charlie Trask hatte die erste von mehreren Anfragen gestellt, diese per E-Mail: Er sei sich bewusst, las Sarah auf ihrem Bildschirm, dass sie und Caroline Masters ein Paar seien, und er hoffe, sie beide würden die Beziehung in seiner Kolumne öffentlich machen. Angewidert zog sich Sarah in ihre Wohnung zurück. Dort erfuhr sie zu ihrem Erstaunen, dass Carolines Nichte – die auffallend schöne Frau auf dem Foto – in Wahrheit ihre Tochter war. Und als wäre das alles nicht genug, musste sie auch noch den Einspruch gegen Martin Tierneys Petition beim Obersten Bundesgericht verfassen.

Dabei blieb kaum Zeit, über die tieferen Geheimnisse der Caroline Masters nachzudenken, oder ihrer Wut darüber freien Lauf zu lassen, dass ihr freundschaftliches Verhältnis benutzt wurde, um Caroline auf Grund ihrer Entscheidung im Fall Tierney zu verleumden. Dass ihre Freundschaft nicht darunter leiden sollte, hielt sie kaum für möglich.

Ein Gefühl jedoch hatte sich in Sarah festgesetzt: eine tiefe Verachtung des öffentlichen Lebens, wie es sich jetzt darstellte. Aber das Schauspiel der Auseinandersetzungen um Masters war zugleich von schrecklicher Faszination, vereinte sich doch darin die

Brutalität der aktuellen Politik mit der unaufhaltbaren Erosion der Privatsphäre. Vor mittlerweile vierundzwanzig Stunden, vermutete Sarah, hatte irgendein Agent der Rechten des Landes den Entschluss gefasst, Caroline Masters zu vernichten. In Schwindel erregender Abfolge standen nacheinander Caroline, Palmer, Macdonald Gage – der erst vor wenigen Momenten Caroline für ungeeignet erklärt hatte – und schließlich Präsident Kilcannon im Rampenlicht, dessen Stellungnahme nun kurz bevorstand.

Sarah griff nach der Fernbedienung und stellte den Ton lauter.

Einige Minuten später öffnete sich die Tür ihres Gästezimmers. »Ist etwas passiert?«, fragte Mary Ann Tierney.

Sarah blickte zu ihr auf.

»Der Präsident«, sagte sie schlicht, und im nächsten Moment war Kerry Kilcannon auf dem Bildschirm zu sehen.

12

Unmittelbar vor Beginn seiner Rede sah Kerry Kilcannon in die Kameralinse.

Dieses Gefühl, isoliert zu sein, war ihm unangenehm; am besten war er, wenn er Gesichter vor Augen hatte, auf die Reaktionen eines Publikums eingehen konnte. Selbst im Oval Office hatte es etwas Künstliches, gegen ein Stück Glas anzureden.

Aber sei's drum, er konnte nichts daran ändern. Die Leidenschaft, mit der er für Caroline Masters eintrat, war getrübt von dem Wissen, dass der jüngste Angriff auf sie vom Weißen Haus ausgegangen war, und von dem Zynismus, mit dem er anderen die Verantwortung in die Schuhe schob. Aber der Riss in seinem Selbstwertgefühl ging noch tiefer. Siebzehn Jahre lang hatte er Claytons absolute Loyalität für selbstverständlich hingenommen; sie war eine Konstante, der Standard, an dem er Freundschaft definierte. Was auch immer die Menschen an ihm faszinierte, der wahre Kerry Kilcannon war ein einsamer Mann – seine Liebe und sein Vertrauen waren tief, aber nur wenigen wurden sie zuteil. Und genau das schmerzte ihn.

Vor Wochen, erinnerte er sich, hatte Lara ihn gefragt, ob er die Einsamkeit der Macht empfinde. Damals war er leichtfertig darüber hinweggegangen. Nun hätte die Masters-Nominierung – die damit verbundenen Risiken, die Selbstzweifel, der Bruch mit Clayton – seine Antwort weitaus anders ausfallen lassen.

Aber es blieb kaum Zeit zur Selbstreflexion. Er hatte diesen Job gewollt, und nun gab es Millionen Menschen, die auf ihn bauten. Davon, dass er Recht hatte – in Bezug auf Caroline Masters, den Fall Tierney, die Skandalpresse – war er überzeugt. Ebenso überzeugt war er, dass nicht Macdonald Gage, sondern er an die bessere Seite seiner Landsleute appellierte. So vergingen die Sekunden, und er wandte einen Trick an, der immer funktionierte, wenn er sein Publikum nicht sehen konnte: sich die Gesichter derer vorzustellen, an die – oder für die – er sprach.

An jenem Abend tauchten ausschließlich Frauengesichter vor seinem inneren Auge auf: das Mädchen von der Pressekonferenz; Mary Ann Tierney; Caroline Masters. Und ganz besonders deutlich deren Tochter Brett.

In diesem Moment wünschte sich Caroline Masters, ihre beiden engsten Freunde wären nicht Richter. Beide hatten zwar mehrmals angerufen, aber Jackson Watts leitete einen Mordprozess in New Hampshire und Blair Montgomery hatte Fälle in Seattle zu verhandeln. In dem Wissen, ihre Zukunft würde von den Reaktionen auf die nächste halbe Stunde abhängen, verfolgte sie somit Kilcannons Ansprache allein.

»Worum es geht«, begann Kilcannon, *»ist klar: Wird der Senat Caroline Masters ablehnen, weil sie enormen Mut bewiesen hat – einmal als Richterin, das andere Mal vor siebenundzwanzig Jahren als junge Frau …«*

War das Mut?, fragte sich Caroline. Ihre Liebe war so groß – für David, für sein Kind, das sie in sich trug –, dass sie das Gefühl gehabt hätte, eine Auslöschung dieses Lebens käme dem Tod der eigenen Seele gleich. Eine Erklärung dafür gab es nicht, und sie hatte auch nie eine gesucht. Aber jetzt war sie Brett eine schuldig. So, wie sie versuchen musste, das Unglück zu lindern, das ihr

Ehrgeiz über ihre eigene Schwester gebracht hatte; trotz ihrer Schwächen und Eifersüchteleien hatte Betty doch nichts getan, was dieses Trauma gerechtfertigt hätte.

»Ihre Qualifikationen als Richterin«, fuhr Kilcannon fort, *»sind hervorragend. Noch vor zwei Wochen hat der Justizausschuss mit überwältigender Mehrheit beschlossen, dem Senat die Bestätigung ihrer Nominierung als erste Frau im Amt des Obersten Bundesrichters zu empfehlen.*

Was ist passiert?« Kilcannons Ton brach ins Ironische ab. *»Vor drei Tagen hat Masters mit den Stimmen von fünf richterlichen Kollegen beschlossen, dass der Protection of Life Act die Verfassung der Vereinigten Staaten verletzt.*

Etwas Schlimmeres, um ihre Nominierung zu gefährden, hätte Masters nicht tun können.

Sie wusste, diese Entscheidung würde auf Widerspruch stoßen.

Sie wusste, ihre Gegner könnten sie gegen sie verwenden.

Sie wusste, dass über die Themen Spätabtreibung und elterliche Zustimmungspflicht weitgehend Unkenntnis herrscht.

Sie wusste, dass der Fall Mary Ann Tierney im ganzen Land Wellen geschlagen hatte.

Alles das wusste sie, um dann folgende Entscheidung zu treffen: dass ihre Verpflichtungen als Richterin – einem fünfzehnjährigen Mädchen Gerechtigkeit widerfahren zu lassen – mehr bedeuten als ihre eigenen Ambitionen.

Deshalb«, sagte Kilcannon verächtlich, *»haben ultrarechte Kräfte – deren Mitgefühl eng begrenzt, deren Zynismus aber unbegrenzt ist – beschlossen, sie mit allen nur möglichen Mitteln zu schlagen.*

Sie wissen, dass Caroline Masters – als Richterin – nicht für sich selbst sprechen kann. Und so bauen sie darauf, sie durch Schmutzkampagnen und eine verzerrte Wirklichkeitssicht zu Fall zu bringen. Also werde ich für sie sprechen …«

Caroline setzte sich zurück. Was auch immer geschehen mochte, Kerry Kilcannon hatte nicht die Absicht, sie zu opfern. Wenn, dann würden sie zusammen untergehen.

»Er lässt es darauf ankommen«, sagte Gage. »Der kleine Bastard lässt es tatsächlich darauf ankommen.«

»Der kleine Demagoge«, berichtigte Paul Harshman. »Wann immer ich seine Version der ›Wahrheit‹ höre, muss ich an Orwell denken. Und die Leute nehmen es ihm ab.«

»Dieses Mal nicht«, versprach Gage. Er bemerkte, wie die anderen, eine kleine Gruppe Gleichgesinnter in seinem Büro, diesen Wortwechsel registrierten. Chad Palmer fehlte bezeichnenderweise, aber Gage hatte eine potenzielle Abweichlerin – Kate Jarman – eingeladen, um sie in ihrer Loyalität festzulegen. Sie sah gespannt auf den Bildschirm.

»Nur eine von sechstausend Abtreibungen«, sagte Kilcannon, *»ist eine Spätabtreibung.*

Nicht betroffen davon sind – in allen fünfzig Staaten – gesunde Föten gesunder Mütter. Eine Spätabtreibung ist vielmehr der letzte Ausweg aus einer medizinischen Notsituation. Und nur bei einem Bruchteil Frauen, die sich mit einer derart tragischen Situation konfrontiert sehen, handelt es sich um Mädchen wie Mary Ann Tierney – Minderjährige, die bei ihren Eltern leben.

Und für genau jene ist dieses Gesetz gedacht.

Ich bezweifle nicht die guten Absichten derer, die es verabschiedet haben ...«

»O nein«, sagte Gage zynisch. »Wir sind nur herzlose Angehörige einer rechten Verschwörung gegen einen Haufen inzuchtgeschädigter Kinderschänder mit fliehender Stirn und hohlen Augen.«

Kate Jarman lächelte ihm nervös zu. »Sind das bei euch in Kentucky nicht jene Leute, die Wahlen entscheiden?« Harshman starrte unverwandt auf das Fernsehbild.

»Aber«, fuhr Kilcannon fort, *»der Fall Tierney hat ernst zu nehmende Fragen aufgeworfen:*

Wird in einer funktionierenden Familie – die große Mehrheit der Familien dieses Landes – gesprochen, weil der Kongress das vorschreibt? Sollte eine Minderjährige dazu gezwungen werden, ein Kind zu bekommen – und sei es noch so behindert und chancenlos – mit dem Risiko, ihre Gebärfähigkeit zu verlieren?

Sollte ein Inzest- und Vergewaltigungsopfer gezwungen werden, das missgebildete Kind seines eigenen Vaters zur Welt zu bringen?« Kilcannons Stimme wurde weicher. *»Und was würden Caroline Masters' Verleumder zu dem fünfzehnjährigen Mädchen sagen, das ich hier im Weißen Haus im Arm gehalten habe, nachdem sie uns allen geschildert hat, wie sie gezwungen wurde, einen blinden und schwer zurückgebliebenen Sohn zu bekommen, der auch ihr Bruder war …«*

Kate Jarman lächelte nicht mehr. »Es wird dir vielleicht nicht gefallen«, sagte sie zu Gage, »aber es macht Wirkung.«

»Die Wahrheit«, fuhr Kilcannon fort, *»ist oft schwer zu ertragen. Aber sie ist unerlässlich, um sich ein Bild von Caroline Masters zu machen. Und genau aus dem Grund wollen ihre Gegner sie verschweigen.*

Vor zwei Tagen«, fuhr Kilcannon fort, *»habe ich Frauen ins Weiße Haus eingeladen, die die Erfahrung einer Spätabtreibung selbst durchgemacht haben, und Mädchen, die unter den nicht beabsichtigten Konsequenzen der Gesetze zur elterlichen Zustimmungspflicht zu leiden hatten.*

Alle diese Frauen wollten Kinder. Keines dieser Kinder hätte überlebt, wie auch einige der anwesenden Frauen. Zwei stellten sich die Frage, wer sich denn um die bereits vorhandenen Kinder gekümmert hätte. Und eine andere Frau, die ihre Tochter über alles geliebt hat, trauert nun um sie, weil diese, um die Mutter nicht zu enttäuschen, ihr Kind illegal und heimlich abgetrieben hat …«

»Ein wahrer Wohltätigkeits-Marathon«, sagte Harshman verächtlich. »Kennt er denn keine normalen Bürger? Man möchte meinen, wir sind ein Land von zweihundertsiebzig Millionen Opfern.« Aber Kate Jarman ignorierte ihn – ein Hinweis darauf, sollte Gage noch einen benötigen, dass es im Senat noch zu Problemen kommen könnte.

»Wieder ein anderes Mädchen«, fuhr Kilcannon fort, *»konnte überhaupt nicht kommen. Und auch ihre Mutter konnte nicht für sie sprechen.*

Sie hieß Dawn Collins. Sie wurde als Dreizehnjährige von ihrem Vater vergewaltigt.« Kilcannon sprach stakkatoartig. *»Aus*

Scham versucht sie das Schreckliche geheim zu halten. Die Schwangerschaft kann sie aber nicht geheim halten.

Also bittet sie ihre Mutter darum, einer Abtreibung zuzustimmen – wie das die Gesetze in Idaho verlangen. Und dann presst ihr die Mutter das Geheimnis ab.

Während Dawn sich in ihrem Zimmer versteckt, stellt ihre Mutter den Vater zur Rede. Er ist betrunken. In einem Wutanfall erschießt er seine Frau. Dann, wie er ihr schon angedroht hatte, falls sie ihn verrät, ermordet er Dawn.« Kilcannons Stimme beruhigte sich wieder. »*Und nachdem ich das gehört hatte, habe ich beschlossen, niemals wegzusehen und mich der Wahrheit zu stellen, ehe ich ein Gesetz unterschreibe.*

Das war die Wahl, vor welcher auch Caroline Masters stand. Vielleicht stimmen Sie mit ihrer Entscheidung nicht überein; das verlange ich auch nicht. Stattdessen frage ich Sie: Ist es richtig, wenn der Senat unserem Land ihre Dienste vorenthält, nur wegen einer einzigen mutigen Entscheidung?

Und noch dazu diese.« Die Stimme des Präsidenten wurde schneidend. »*Wie um alles in der Welt konnte es dazu kommen, dass diese Frage überhaupt gestellt wird?*

Die Antwort, befürchte ich, ist jener Tag, an dem das Thema Abtreibung von einer Frage der Moral zu einem Politikum wurde. Der Tag, an dem Gruppen wie Christian Commitment nicht mehr länger ihr Anliegen vertraten, sondern zu Spendenbeschaffern wurden für rechte Politiker …«

»Mein lieber Scholli«, sagte Kate Jarman vor sich hin, und Paul Harshmans Gesicht wurde rot vor Zorn.

»*Auf der Jagd nach Geld und Macht*«, fuhr Kilcannon fort, »*haben Masters' Gegenspieler die Moral pervertiert.*

Man kann durchaus darüber diskutieren, welche moralischen Probleme mit dem uneingeschränkten Recht auf Abtreibung innerhalb der ersten drei Schwangerschaftsmonate verbunden sind. Aber dieses Recht steht allen Frauen vom Gesetz her zu – ein Gesetz, das die meisten Amerikaner respektieren.

Und so, um Masters auszuschalten, erhält die Rechte dieses Landes eine Lüge aufrecht – dass gesunde Kinder von grausa-

men Ärzten und selbstsüchtigen Müttern bis kurz vor der Geburt abgetrieben werden.« Kilcannon sprach mit besonderem Nachdruck. »*Dabei handelt es sich schlichtweg um eine Lüge mit verheerenden Konsequenzen: In keinem anderen Bereich der Medizin werden Ärzte – wie mit diesem Gesetz – kriminalisiert, nur weil sie die Gebärfähigkeit von Minderjährigen und damit deren Hoffnung auf spätere Kinder erhalten. Weil unsere Gesellschaft selbst heute noch von mangelndem Gespür den Frauen gegenüber durchdrungen ist …«*

»Womit wir als Sexisten abgestempelt sind«, sagte Harshman. Abermals, bemerkte er, reagierte Kate Jarman nicht.

»*Im Jahr 1954*«, fuhr der Präsident fort, »*entschied das Oberste Bundesgericht im Fall* Brown versus Unterrichtsbehörde, *dass legalisierte Rassentrennung unserer Verfassung widerspricht. Würde heute ein Richter* Brown *in Frage stellen, führte das zu einem allgemeinen Aufschrei. Und ob wir Roe gutheißen oder nicht, hat die Entscheidung doch allgemeinen Gesetzescharakter.*

Masters' Gegenspieler ignorieren das einfach; ignorieren die Tragödien, denen sie sich in Ausübung ihres Berufes stellen musste; ignorieren die hervorragenden Qualitäten, die sie dem Gericht zur Verfügung stellen würde. Es ist an der Zeit, zu fragen, warum ein derart ungerechtes Verhalten – dieser Frau und allen Frauen gegenüber – noch immer akzeptiert wird.

Gänzlich inakzeptabel«, sagte Kilcannon, »*ist es für mich.«*

»Er hat uns nicht freiheraus als Sexisten bezeichnet«, sagte Gage zu Harshman. »Jedenfalls nicht wortwörtlich. Aber der Abend ist ja noch jung …«

»*Ich habe Masters' Begründung sorgfältig gelesen. Und ich habe gelernt daraus. Ich kann einfach nicht mehr akzeptieren, dass es Sache der Regierung sein soll, einer Minderjährigen zu sagen, ihre Meinung spiele keine Rolle.«* Kilcannon hob den Kopf, eine Geste, die in ihrer kühlen Entschlossenheit wie eine Kampfansage wirkte. »*Aus diesen Gründen habe ich heute den Generalstaatsanwalt angewiesen, im Fall Tierney keine Berufung beim Obersten Bundesgericht der Vereinigten Staaten einzulegen …«*

»Wir haben dieses Gesetz erlassen«, sagte Paul Harshman. »Es ist seine Pflicht, dafür einzutreten.«

Hier brach Kate Jarman ihr Schweigen. »Ich fass es nicht«, sagte sie leise. »Er hätte sich begnügen können mit einem ›egal, ob richtig oder falsch, bloß bestraft sie nicht aufgrund nur einer Entscheidung‹.«

Gage war so überrascht, dass ihm zunächst die Worte fehlten. Der Präsident hatte sich mit seiner moralischen Autorität klar hinter Caroline Masters gestellt und somit alles auf eine Karte gesetzt.

»Da soll noch einer behaupten«, teilte er seinen Parteifreunden mit, »der kleine Bastard hätte keine Nerven.«

»Das ist wirklich gut«, sagte Sarah. »Der Präsident hat eben gesagt, dass dein Vater im Unrecht ist.«

Mary Anns Hand schloss sich fester um die Sarahs. »Bringt uns das weiter?«

»Psychologisch gesehen, ja. Auch die Richter am Obersten Bundesgericht sind Menschen.« Und es hilft mir, fügte Sarah nicht hinzu; zum erstenmal seit Tagen fühlte sie sich weniger müde.

»Aber da gibt es noch etwas zu sagen. Heute hat die New York Times *bekanntgegeben, dass Caroline Masters eine Tochter hat.*

Innerhalb weniger Stunden hat sie der Mehrheitsführer im Senat, Macdonald Gage, für ›moralisch ungeeignet‹ als Oberste Bundesrichterin erklärt. Ohne sie um eine Erklärung zu bitten. Ohne mich zu fragen, was ich darüber wisse. Ohne auch nur einen Moment innezuhalten und sich zu fragen, ob er ihr damit gerecht wird. Er nahm den einen Ausschnitt aus dem Leben dieser Frau und beschloss, sie zu verdammen.

Ich meine, es gibt eine andere Sichtweise.« Kilcannon schwieg kurz. *»Stellen Sie sich Caroline Masters vor«*, sagte er ruhig, *»nicht als die ausgezeichnete Richterin, die sie heute ist, sondern als junge Frau von zweiundzwanzig.*

Es wäre ein Leichtes für sie gewesen, die Schwangerschaft abzubrechen, aber das konnte sie nicht. Sie war der Meinung, damit würde sie über ein Leben bestimmen, das nicht das ihre ist.

Sie hatte dem Kind kaum mehr zu bieten als diese Überzeugung.« Kilcannon ließ das Bild kurz wirken. *»Aber etwas hatte sie dem Kind doch zu geben: eine Schwester und einen Schwager, die sich nichts sehnlicher wünschten als ein Kind. Wenige Wochen vor der Geburt ihrer Tochter baten sie darum, das Kind adoptieren zu dürfen. Sie konnten dem Kind richtige Eltern und ein Zuhause bieten. Dafür wollten sie aber das Kind als ihr eigenes aufziehen. Das entsprach nicht Masters' ursprünglichen Vorstellungen, aber dennoch akzeptierte sie die Forderung. Und sie wusste, es war besser, ihr Kind in Sicherheit zu wissen. Drei Tage nach der Geburt kam ihr Schwager, um das Baby abzuholen.«*

»Das erklärt so vieles«, sagte Sarah weniger zu Mary Ann als zu sich selbst. Das Mädchen starrte wie gebannt auf den Bildschirm.

»Also begann Caroline Masters ein neues Leben«, fuhr der Präsident fort. *»Über das, was davor lag, konnte sie nie sprechen; das hatte sie ihrer Schwester versprochen. Sie konnte ihr Kind nie richtig kennen lernen. Aber sie wusste, dass es dem Mädchen gut ging, und dass seine Eltern es liebten.*

Dieses Wissen rechtfertigte für Caroline Masters ihr Opfer und ihr Schweigen …«

Gage beobachtete Kate Jarman, deren Blick auf das Fernsehbild geheftet war, als hinge ihr Leben als Politikerin davon ab.

»Siebenundzwanzig Jahre lang«, fuhr der Präsident fort, *»hat sie ihr Wort gehalten.*

Sie hat ihre Tochter und die Adoptivfamilie geschützt.

Als ich sie für die zu besetzende Position in Betracht gezogen habe, hat Caroline von Anfang an klargemacht, dass sie diese Familie nie zerstören würde, nur um Oberste Bundesrichterin zu werden. Dieser Preis war ihr zu hoch.

Dem hatte ich nichts entgegenzusetzen. So wie ich überhaupt Caroline Masters' Verhalten und dem der Adoptiveltern ihrer Tochter nichts entgegenzusetzen habe.

Ich habe diese Tochter kennen gelernt. Sie ist eine intelligente und vielseitige junge Frau.« Kilcannons Stimme wurde härter.

»Und sie ist ein überzeugendes Argument für die Vorteile der Adoption, die Masters' Gegenspieler so oft ins Feld führen, die sie selbst uns jedoch vorgelebt hat ...«

»Jetzt ist sie also Pro-Life«, bemerkte Gage. »Erstaunlich.«

»Und nun, innerhalb weniger Stunden nach dieser schmerzlichen Enthüllung, erklärt Senator Gage, gerade die Existenz dieser Tochter würde Masters disqualifizieren. Ich kann nur annehmen, dass Senator Gage nicht auf Masters' Mut anspielt, das Kind zu bekommen und es dann wegzugeben – da doch der Senator selbst immer wieder darauf hinweist, bei Adoptiveltern aufgewachsen zu sein ...«

»Kerry«, sagte Gage ruhig, »du weißt wirklich, wie man einen Mann verletzt ...«

»Vielleicht«, fuhr Kilcannon fort, *»hält er Masters ja für untauglich, weil sie vor siebenundzwanzig Jahren denselben Fehler gemacht hat, den viele junge Menschen machen.«* Hier hielt der Präsident inne, und seine Stimme nahm eine ironische Färbung an. *»An Senator Gage und seine Brüder im Geiste gerichtet sage ich: Ein Leben frei von Fehlern ist nicht die Grundvoraussetzung für ein öffentliches Amt. Und wenn Caroline Masters' Feinde doch darauf bestehen, stellen sie den Senat vor eine Wahl – zwischen Masters' Würde und Rang und der eigenen Heuchelei und Scheinheiligkeit ...«*

Kate Jarman wandte sich vom Bildschirm ab. Trocken sagte sie: »Was meinst du, Mac? Klingt so, als stünden die Chancen eins zu eins für dich, oder?«

»Eine Lügnerin ist sie«, warf Harshman ein. »Sonst nichts.«

»Da sind jene«, fuhr der Präsident fort, *»die vorgeben, Caroline Masters habe sie getäuscht. Warum? Weil sie behaupten, sie wäre es ihnen schuldig gewesen, obwohl sie rein rechtlich gesehen nichts als die Wahrheit gesagt hat, ihr Versprechen zu brechen und ihrer Familie wehzutun, indem sie die intimsten Details des Lebens dieser jungen Frau an die Öffentlichkeit zerrt.*

Stattdessen«, betonte der Präsident, *»hat sie ihr Geheimnis mir anvertraut.*

Für mich stand fest, dass sie nur ihrer Familie gegenüber und sonst niemandem verpflichtet ist. In dem Sinne halte ich es mit Senator Palmer: Wenn jemand verantwortlich ist, dann ich …«

»Natürlich«, sagte Harshman. »Versteck dich ruhig hinter deinem Kumpel Chad. Er steht darauf.«

»Ich für meinen Teil«, fuhr der Präsident fort, *»bin stolz auf diese Nominierung – auf die Person, die sich vom Moment der Empfängnis an hinter die eine junge Frau gestellt hat, auf die Richterin, die sich ohne Rücksicht auf eigene Ambitionen hinter andere gestellt hat. Ihr Urteil im Fall Tierney ist Ausdruck der ehrwürdigsten Rechtstradition und der höchsten Werte ihres Lebens. Mehr kann sich kein Präsident wünschen.*

Und, wie ich glaube, auch Sie nicht. Sie an den Fernsehschirmen, das weiß ich, sind besser als jene, die sich gerne mit Schmutzkampagnen und Unterstellungen die Macht erschleichen würden. Sie, nicht jene, repräsentieren ein Land, dessen hervorragende Merkmale Toleranz sind, Verständnis und Versöhnlichkeit.«

Nein, dachte Gage, leicht würde es nicht werden. Worauf es jetzt ankam, war geschicktes Taktieren, ein Kampf um jede Stimme. Wie Kilcannon sah er, was tatsächlich auf dem Spiel stand, und er war entschlossen, ihm die Kontrolle zu entreißen.

»Somit appelliere ich an den Senat«, schloss er, *»Caroline Masters als Oberste Bundesrichterin zu bestätigen. Und ich bin mir sicher, mit Ihrer Unterstützung wird er das auch tun.«*

13

Die nächsten zwölf Stunden, dachte Gage, waren eine ernüchternde Lektion in Sachen präsidialer Macht.

Bis Mace Taylor auf ein gemeinsames Frühstück in sein Büro kam, hatte eine von CNN-Times gestartete Nachtumfrage bereits ergeben, dass von den geschätzten fünfzig Millionen Erwachsenen, die Kilcannons Rede verfolgt hatten, zweiundfünfzig Prozent Masters' Nominierung unterstützten, dreiunddreißig Prozent dagegen und ein Rest von immerhin fünfundzwanzig Prozent unentschlossen waren. Aus einigen kurzen Anrufen bei seinem Geschäftsführer ging hervor, dass es Kilcannon gelungen war, potenzielle Abweichler festzulegen: Gages optimistischsten Schätzungen zufolge hatte er einundvierzig Stimmen, wobei er noch nicht wusste, woher die nächsten neun oder zehn kommen sollten. Und von den Demokraten im Senat hatte sich keiner öffentlich gegen den eigenen Präsidenten gestellt.

»Die einundvierzig Gegenstimmen«, sagte er, »sind fest. Aber einige von ihnen sind gegen eine Obstruktionspolitik. Ich kann sie also nicht einfach ausschalten, und eine Abstimmung vorzunehmen ist riskant; außerdem weiß Kilcannon das auch. Je länger sich die Sache hinzieht, um so mehr kann er für sie werben: Kundgebungen von Frauen, ganze Heerscharen von Adoptivkindern.« Gage breitete frustriert die Hände aus. »Der schlechte Geschmack der Amerikaner ist, in dieser Zeit öffentlicher Bekenntnisse, nicht zu unterschätzen. Caroline Masters und den neuerdings stolzen Vater der Tochter kann ich mir problemlos wiedervereint bei Jerry Springer vorstellen. Wer auch immer er sein mag.«

Mit erstaunlicher Pingeligkeit, die Handgelenke umspielt von gestärkten Umschlagmanschetten mit silbernen Manschettenknöpfen, setzte Taylor die Kaffeetasse an die Lippen. »Der Vater«, sagte er, bevor er einen Schluck nahm. »Das einzige Detail, das uns Kilcannon erspart hat.«

»›Privatsache‹«, antwortete Gage. »Aber irgendjemand muss ihn doch kennen.«

»Wir werden Ermittlungen anstellen – nur für den Fall, dass die beiden in ihrer Turtelphase auf LSD waren.« Taylor setzte die Tasse ab. »Wir wissen lediglich, dass sie auf dem College Verabredungen mit Watts hatte, dass sie nie mit Drogen oder Händchen haltend mit einem anderen Mädchen gesehen wurde. Fragt sich, wie wir das Baby übersehen konnten.«

»In der Tat«, sagte Gage spitz. »In der Tat.«

Taylor sah zu ihm auf. »Gib nicht uns die Schuld, Mac. Wenn, dann schon eher Palmer. Du hast die Zügel zu sehr schleifen lassen.« Seine Stimme wurde leiser, eine unterschwellige Warnung.

»Ich weiß, Leute wie Barry Saunders sind dir ein Begriff. Sie wollen, dass diese Dame verschwindet, ehe Kilcannon uns das Licht ausbläst. Sieht mir nach einer letzten Bewährungsfrist aus. Für dich und für Palmer.«

Mehr und mehr sah Gage seine Felle davonschwimmen. Für eine Abstimmung war es noch zu früh, und doch war die Zeit sein größter Feind. Ebenso wenig hatte er eine Plattform wie Kilcannon, oder dessen Talent, einen Umschwung in der öffentlichen Meinung herbeizuführen. Und der Fall Tierney stand kurz vor der Entscheidung – schlimmstenfalls mit dem Ergebnis, dass das Baby tatsächlich kein Gehirn und somit keine Überlebenschance hatte.

»Ich habe einen Plan«, sagte Gage. »Ob so oder so, Palmer wird sich noch eines Besseren besinnen.«

»Wir brauchen weitere Anhörungen«, verkündete Paul Harshman seinen Parteifreunden.

Alle fünfundfünfzig Republikaner waren im Old Senate Chamber zusammengekommen; für Macdonald Gage am interessantesten waren die Reaktionen von Chad Palmer und Kate Jarman, Wortführer der Gemäßigten innerhalb der Partei.

»Wir haben es mit einer Frau zu tun«, fuhr Harshman fort, »die sich in ihrem jüngsten Urteil für Abtreibung ausgesprochen hat, deren Privatleben dubios und deren Moral fragwürdig ist, und die uns in all diesen Punkten belogen hat. Und wir haben all das einfach geschluckt ...«

»O nein«, sagte Chad Palmer. »Ich habe alles geschluckt. Sie, Paul, haben sich das nicht bieten lassen. Ich kann meinen Fauxpas nur bedauern und mich fragen, was wäre, wenn?«

Bei Harshman, dachte Gage, schien er sich damit keinen Blumentopf zu verdienen. »Sie mögen Promiskuität und Lügen ja vielleicht harmlos finden, Senator. Meine Wählergruppen tun dies jedoch nicht, das dürfen Sie mir glauben.

Wir sind hier fünfundfünfzig in diesem Raum. Ich bin überzeugt davon, die große Mehrheit ist dafür, die Anhörungen im Ausschuss wieder aufzunehmen – nicht zuletzt deshalb, weil die Kandidatin und Sie uns so einiges verschwiegen haben.«

Chad zuckte mit den Schultern. »Sie haben meine Gründe gehört. Wir alle wissen, wie schmutzig die Politik geworden ist, und wir können, versammelt in diesem hermetisch abgeschlossenen Raum, auch noch so Recht haben. Aber es hat doch den Anschein, als würde ein Großteil unserer Landsleute mit Kilcannons Rede übereinstimmen – zumindest was den Schutz der Privatsphäre betrifft. Wenn wir allen möglichen Interessengruppen, die ihren Kopf fordern, willfährig entgegenarbeiten, verscherzen wir es uns womöglich mit allen.« Er hielt inne und blickte sich um. »Sind wir wirklich davon überzeugt, die Öffentlichkeit will diesen Schaukampf ...«

»Sie will die Wahrheit«, unterbrach Harshman. »In diesen Zeiten der moralischen Indifferenz geht vielleicht Meineid bei so manchen Landsleuten als Kavaliersdelikt durch, selbst der Meineid einer Kandidatin für das Amt des Obersten Bundesrichters. Aber der Kern unserer Anhänger weiß noch, was sich gehört.«

Palmer rollte mit den Augen. Für einen Toten wirkte er bemerkenswert unbußfertig, und das machte Gage Sorgen – ein paar seiner Kollegen fanden Chads Was-kümmert's-mich-Haltung nicht unattraktiv.

»Ich meine«, warf Gage ein, »alles in allem stimmen Sie beide doch überein – Caroline Masters muss gehen. In diesem Punkt fühlt Chad seine Verantwortung so deutlich wie jeder von uns.«

Gage, der nun vor seinen Zuhörern stand, sprach mit gespielter Feierlichkeit. »Das ist einer der seltenen Momente«, begann er, »in dem einer Abstimmung verfassungsmäßige Bedeutung zukommt. Der Präsident hat uns herausgefordert. Jeder von uns ist dazu aufgerufen, darüber zu entscheiden, welchen Stellenwert er ungeborenem Leben beimisst, der Wahrheit, dem Obersten Bundesgericht und nicht zuletzt uns als Senatoren.

Die Abstimmung über Masters muss eine Gewissensentscheidung sein. Wir haben es mit einem Gegner zu tun, der uns in die Schranken weist, noch ehe wir abgestimmt haben. Weshalb ich Ihnen, die Sie ohnehin vor einer schweren Entscheidung stehen, nicht auch noch zusätzlich Druck machen möchte.«

Gage ließ seinen Blick über die neutralen Gesichter der versammelten Politiker streifen. Sie schienen seinen gespielten Ernst zu akzeptieren, aber vormachen konnte er ihnen nichts: Sie wussten, was auf dem Spiel stand für Gage und Palmer, und sie wussten auch, dass Gage sich an jedem Einzelnen von ihnen rächen konnte, ohne auch nur ein Wort zu sagen. Kate Jarman, den Kopf im Nacken, blickte versonnen lächelnd an die Decke.

»Aber Paul hat Recht«, sagte Gage. »Seit der Ausschuss die Nominierung abgesegnet hat, sind viele offene Fragen aufgetaucht, und unsere verfassungsmäßige Pflicht ist es, diese restlos zu klären.« Gage ging nun auf und ab und sprach schneller. »Noch vor zwei Monaten war Kerry Kilcannon einer von uns. Dann wurde er mit knapper Mehrheit zum Präsidenten gewählt. Aber das macht ihn noch lange nicht zum Halbgott, vor dem wir im Staub kriechen. Unsere Pflicht ist es, und unsere Wähler erwarten das auch von uns, dass wir seinen Exzessen Einhalt gebieten.

Treten wir nicht mehr für den Schutz ungeborenen Lebens ein? Lassen wir mögliche Charakterschwächen außer Acht, nur weil Caroline Masters eine Frau ist?« Gage wandte sich an Chad. »Wenn wir das tun, machen wir uns zu Komplizen einer Verschwörung, in die wir nicht einmal eingeweiht sind.«

Diese Bemerkung, eine kaum verhohlene Anspielung auf Chads Eintreten für die Kandidatin, entlockte Chad ein müdes, wenn auch trotziges Lächeln. »Was auch immer wir unternehmen«, sagte Gage, »sollten wir geschlossen durchziehen. Deshalb habe ich diese Sitzung einberufen – um über weitere Anhörungen abstimmen zu lassen.«

Dafür, dachte Gage, hatte er genügend Stimmen; wovon, seinem skeptischen Blick zufolge, offenbar auch Chad überzeugt war. »Gibt es irgendwelche Einwände deinerseits, Chad? Immerhin würdest du neue Anhörungen leiten.«

Chad lächelte wieder. »Nicht, wenn ich es vermeiden könnte.« Mit einem weit ausschweifenden Blick wandte er sich den anderen zu. »Ich mache mir keine Illusionen über die Stimmung hier oder über den Druck, den wir alle fühlen«, sagte er nüchtern. »Trotz der verstärkten Anstrengungen Macs, uns zu verschonen.

Ich bezweifle ebenfalls nicht, dass einige von Ihnen meine Einschätzung in Bezug auf Masters in Frage stellen. Damit muss ich wohl leben.

Keiner von uns jedoch, so glaube ich, wird mit neuen Anhörungen leben können.« Er linste zu Harshman. »Paul und ich hatten das Vergnügen, Masters im Vorfeld kennen zu lernen. Dabei haben wir offenbar unterschiedliche Erfahrungen gemacht.

Bei mir hinterließ sie den Eindruck einer höchst einfallsreichen und extrem klugen Frau. Dagegen ist sie keine Frau, die lange fackelt.« Sein Ton wurde trocken. »Aber es liegt an uns, wie wir damit umgehen.

Wenn wir es wagen, sie anzugehen, weil sie ihre Tochter geschützt hat, oder sie offen als Lesbe hinstellen, dann ist sie so frei und macht uns politisch so geschickt fertig, dass die Öffentlichkeit auch noch froh darüber ist. Und dann müssten wir im Senat versuchen, sie abzuwählen.« Chad hob die Stimme. »Da ist es besser, sie gleich abzuwählen. Es ist eine Sache, gegen sie zu stimmen, eine andere ist es, sie zur Märtyrerin zu machen.

Wir alle haben ihre Begründung im Fall Tierney gelesen. Wir wissen, dass sie eine Tochter hat, und dass Sarah Dash für sie gearbeitet hat. Was sonst müssen wir noch wissen?

Ein Zeitaufschub verbessert unsere Lage nicht, und die Entscheidung im Fall Tierney – als brutales Faktum – wird sie möglicherweise verschlechtern.« Abermals wandte sich Chad an Gage. »Meine Gegenstimme hast du, Mac. Kümmere dich um die wenigen Stimmen, die dir noch fehlen, und dann lass uns zur Abstimmung im Senat schreiten.«

Gage war verärgert; er spürte, wie für die anderen eine Ahnung langsam zur Gewissheit wurde – ihm fehlten noch Stimmen, um Masters' Nominierung abzulehnen. »Ich bin nicht überzeugt, Chad, ob neue Anhörungen Masters wirklich mehr nützen als schaden.«

»Lasst uns einfach darüber abstimmen!«, rief Harshman.

»Warum nicht?«, sagte Gage prompt. »Wie sieht es aus? Wer ist für eine Zurückverweisung in den Ausschuss?«

Während er sich im Raum umsah, beobachtete er, wie, zunächst zögerlich, mehr und mehr Hände in die Höhe gingen, bis schließlich, wie Gage erhofft hatte, alle bis auf vier Senatoren die Hand erhoben hatten: Chad Palmer, Kate Jarman und zwei weitere.

Palmer blickte in die Reihen. Mit einem Hauch von Resignation sagte er: »Das ist wohl ziemlich eindeutig. Wenn wir also morgen über eine Zurückverweisung abstimmen, sollten wir das einstimmig tun. Keine Abweichler in den eigenen Reihen.«

Zufrieden blickte Gage sich um. »Sind damit alle einverstanden?« Als keine Reaktion kam, fügte er hinzu: »Wir sind also bereit.«

Damit löste sich die Zusammenkunft auf. Gage fasste Palmer am Arm und zog ihn zur Seite.

»Das war gekonnt«, sagte Chad.

»Wir müssen uns unterhalten«, sagte Gage schroff.

Sie saßen in Chads Büro. Gelassen sagte Chad: »Wir können das Theater auch sein lassen. Du willst, dass ich sie im Ausschuss fertigmache.«

Gage gelang es, seine Überraschung zu verbergen: Niemals, ermahnte er sich, sollte Chads kaltlächelnde Art ihn von der knallharten Intelligenz dieses Mannes ablenken. »Das bist du mir schuldig«, antwortete Gage. »Uns allen.«

»Weil ich diese unmoralische Person gedeckt habe?«

»Genau.« Gages Ton war sachlich. »Ich habe dich kaum zum Vorsitzenden ernannt, und schon verkaufst du mich an Kilcannon.

Über deine Gründe kann ich nur spekulieren, Chad. Aber die Getreuen in der Partei haben die Nase voll.« Gage hielt Daumen und Zeigefinger hoch, mit nur einem Millimeter Zwischenraum. »Auf nationaler Ebene bist du so nahe daran, allen Boden in der Partei zu verlieren. Wenn du jetzt nicht Flagge zeigst, werden dir die Leute, die bei der Kandidatenkür das Sagen haben, das nie verzeihen.«

Über den Schreibtisch hinweg beobachtete ihn Palmer mit der kalten Gelassenheit, die Gage so irritierte. »Keine schlechte Strafe, Mac. Ich bin Senator seit meinem fünfunddreißigsten Lebensjahr, und in all der Zeit habe ich nie erlebt, dass der Justizausschuss eine Kandidatur noch vor der Abstimmung im Senat zu Fall gebracht hat.

Ich weiß gar nicht, ob das jemals schon der Fall war. Eine negative Empfehlung – sicher. Aber zu Masters einfach zu sagen, ›*Tut uns Leid, wir lassen Sie nicht bis in den Senat vor*‹? Unerhört.«

»Wirklich? Warum ging es dir dann so leicht von der Zunge?«

Palmer griff nach einem Füller, spielte damit und ließ dabei Gage nicht aus den Augen. »Ich kenne dich, Mac. Du bist dir nicht sicher, ob du im Senat gewinnst. Und wenn du verlierst, lassen dich die ›Getreuen‹ in der Partei fallen wie eine heiße Kartoffel. Was also ist das Zaubermittel? Sie ohne eine Abstimmung zu Fall zu bringen.

Dabei willst du allerdings keine Fingerabdrücke hinterlassen, und wir sind es, denen Kilcannon den Garaus macht. Aber die Mehrheitsverhältnisse im Ausschuss sind zehn zu acht für uns. Und wenn nicht Jesus persönlich auftritt und für sie aussagt, rechnest du dir aus, Harshman und sieben weitere Parteifreunde stimmen in jedem Fall gegen sie. Damit bleiben Kate Jarman und ich.«

»Du allein bleibst übrig«, sagte Gage gleichmütig. »Ein Verhältnis von neun zu neun würde die Nominierung schon zu Fall bringen. Damit hast du eine Chance, Führungskraft zu beweisen und vieles wieder gutzumachen. Meine Unterstützung hast du.«

Chad war gegen diesen Schritt und hasste es obendrein, gedrängt zu werden. Aber er sah auch der Realität ins Auge. Er hatte sich mit Kilcannon verbündet – und nun gab es Ärger in der eigenen Partei.

»Ich werde darüber nachdenken«, sagte er. »Aber ich kann nicht versprechen, sie zu Fall zu bringen, noch bevor wir sie gehört haben. Ich muss sehen, wie sie dann dasteht.«

Gage konnte seinen Ärger kaum zurückhalten. Es stand in seiner Macht, diesen Mann zu zerstören, und nur Mitleid und eine gewisse Rücksicht hatten ihn bisher davon abgehalten. Aber Mitleid könnte bald zum Luxusgut werden, und die Macht, das zu verhindern, könnte Gage entgleiten.

»Wir sind keine Freunde, Chad.« Gage sprach jedes Wort bedächtig aus. »Und werden es auch nie sein. Trotzdem meine ich es gut mit dir.

Ich habe dich bereits zweimal auf die Sache angesprochen, beide Male vergeblich. Ich kann das, auch in meiner Rolle als Mehrheitsführer, nicht auf Dauer akzeptieren. Versteh das bitte.«

Palmer sah Gage eindringlich an. Darin lag das Eingeständnis, dass sie nie zuvor miteinander so gesprochen hatten, und vielleicht auch das Eingeständnis der Furcht, die Palmer spüren musste angesichts der Kräfte, die gegen Masters in Position gebracht wurden.

»Ich verstehe«, sagte Chad.

14

Bei ihrer Rückkehr nach Washington wurde Caroline von einem ganzen Pulk aggressiver und aufdringlicher Presseleute empfangen. Sie überschütteten sie mit Fragen nach Brett, während sie hoch erhobenen Hauptes und schweigend durch das Flughafengebäude ging. Von den Titelseiten der Blätter *Times*, *Newsweek*, *People* und *U. S. News and World Report* blickte ihr das eigene Gesicht entgegen. Die *Washington Post* brachte auf Anregung des Weißen Hauses eine Serie über Adoption. In der *Tonight Show* hatte Jay Leno den Justizausschuss charakterisiert als »eine Frau und siebzehn Männer, die froh sind, dass Männer durch vorehelichen Sex nicht schwanger werden«. Und zu Carolines Erstaunen hatte Lara Costello begonnen, durch Auftritte in ausgewählten Talk Shows den in der Ansprache des Präsidenten unternommenen Vorstoß fortzusetzen.

Obwohl es nur noch zwei Tage dauerte bis zum Beginn der Anhörungen, war Carolines Terminkalender voll. Verteilt zwischen den vorbereitenden Sitzungen lagen ein Empfang im Weißen Haus sowie diverse Wohltätigkeitsauftritte; ein Treffen mit mehreren demokratischen Senatorinnen und Chuck Hampton, dem Minderheitsführer im Senat; ein Frühstück mit einer Gruppe Republikanerinnen, alle Pro-Choice, die mit ihrer Partei gebrochen hatten; ein Mittagessen mit Lara Costello und anderen Medienfrauen. Die eine Frau, die fehlte – weil Caroline sich weigerte, sie einzuladen – war Brett Allen.

Carolines erster Termin war gleichzeitig der symbolträchtigste: ein Spaziergang mit Präsident Kilcannon vor dem Weißen Haus, entsprechend in Szene gesetzt von den Fotografen des Weißen Hauses und der Masse von Reportern, die ihre Objektive und Minicams durch die Eisenstangen des Zauns hindurchsteckten. »Es gehört so viel Theater dazu«, sagte der Präsident beim Gehen. »Reagan war nicht der einzige Schauspieler unter den Präsidenten, nur der Einzige mit Leinwanderfahrung.«

Seit der Tierney-Entscheidung war es das erste Mal, dass sie ihn sah. Obwohl er sich nichts anmerken ließ, waren doch die aufgrund des Schlafmangels geschwollenen Augen nicht zu übersehen, und gealtert schien er schon etwas. Caroline ging vorsichtig Schritt für Schritt; die letzten Märztage waren zwar mild, doch war der Boden aufgeweicht. »Ich habe nichts gegen eine Nebenrolle in einem Stummfilm«, sagte sie. »Aber in Stöckelschuhen ein Sturz auf den Hintern wäre doch zu komisch. Ich habe Ihnen schon genug Ärger bereitet.«

Der Präsident blieb stehen, lächelte leicht. »Das reine Honiglecken war es nicht. Aber immerhin gibt es so etwas wie Redefreiheit. Nur die Opposition scheint das nicht ganz so locker zu sehen.«

Caroline schüttelte den Kopf. »Trotzdem bin ich überrascht, zu lesen, die Zukunft Ihrer Amtszeit würde von mir abhängen. Schlimmer hätte es nicht kommen können.«

Der Präsident schob die Hände in die Manteltaschen. Sein Blick war ernst und fragend. »Schlimmer als das, was Ihnen passiert ist?«

Caroline sah zu Boden. Seit der Enthüllung hatte Brett sich zurückgezogen; sie ging allen Medien aus dem Weg und weigerte sich, Caroline oder Betty zu treffen, bis sie mit sich selbst im Reinen war. Einzig auf dem Titelblatt von *US Magazine* hatte sie Brett unlängst gesehen. Das verschwommene Foto zeigte Brett, als sie frühmorgens den Müll vors Haus brachte. »Vielleicht«, sagte Caroline. »Aber sie ist noch schlimmer dran.«

Der Präsident schwieg. »Es tut mir Leid«, sagte er. »Ich wollte Sie beide schützen.«

Caroline begegnete seinem Blick; plötzlich sah er viel besorgter aus, als sie erwartet hätte. »Nun gut«, sagte sie. »Ich kann nicht sagen, Sie hätten mich nicht gewarnt. Es ist so passiert, weil ich diesen Job haben wollte.«

Kilcannon schwieg wieder. Er sah angestrengt zu Boden, als überlegte er sich, ob er etwas sagen sollte. »Wir sollten lieber weitergehen«, sagte er. »Sonst sehen wir aus wie ein Paar in einer Ehekrise. Außerdem wirken Sie ebenso groß wie ich, wenn Sie neben mir stehen. Kit Pace ist sehr pingelig, was das betrifft.«

Lächelnd setzte sich Caroline wieder in Bewegung. »Wie ist das jetzt? Mit Brett«, fragte der Präsident.

»Für mich? Schwer. Ich habe diese selbstsüchtigen Fantasien ...« Plötzlich blieb Caroline stehen. »Was sie betrifft, stelle ich mir eine junge Frau vor, die ihr bisheriges Leben Revue passieren lässt – wie Betty von mir sprach oder auch nicht; meine Entfremdung von ihrem Großvater; Spannungssituationen, in denen sie wusste, irgendetwas stimmt nicht. Warum die Familienalben keine Fotos meiner Mutter enthielten – deren Ähnlichkeit mit Brett mich jahrelang verfolgt hat.

Sie ist eine sensible und, wie ich meine, auch kluge junge Frau.« Caroline sah zu den Fotografen, die das Gelände des Weißen Hauses umringten. »Sie stützt sich auf ihre Freunde, vermute ich, ehe sie ihrer Familie wieder in die Augen sehen kann. Ihr Leben wird nie mehr so sein wie früher, und ich meine, sie will jetzt keinen Fehler machen.«

Der Präsident an ihrer Seite nickte. Obwohl sie ihn nicht wirklich kannte und er relativ wenig gesprochen hatte, spürte Caroline doch sein Mitgefühl.

»Ich glaube, es hat wenig Sinn, darauf hinzuweisen, dass diese Anhörungen problematisch werden könnten.«

Zwar schien das ein Themenwechsel zu sein, aber nicht für Caroline. »Ich kann es mir vorstellen, Mr. President. Zu meinem Bedauern, wenn auch nicht Erstaunen, habe ich festgestellt, dass Senator Palmer nicht auf meiner Liste steht.«

Das schien den Präsidenten nachdenklich zu stimmen. »Chad kann Sie nicht sehen«, sagte er. »Er hat Ärger mit seiner Partei – Ihre Gegenspieler sehen ihn mit uns zusammen unter einer Decke. Selbst mit mir spricht er nicht.«

Kilcannons Bedauern klang so persönlich wie professionell. »Ich frage mich noch immer«, sagte Caroline, »aus welcher Ecke dieser Tipp kam.«

Der Präsident zuckte erneut mit den Achseln und blinzelte in die Nachmittagssonne. »Sinnlos, darüber nachzugrübeln, Caroline. Geschehen ist geschehen.«

Nach einer Weile nickte Caroline. »Ich meine, wir haben es einfach probiert. Was auch auf Senator Palmer zutrifft, aber er tut mir zunehmend Leid.«

»Mir auch«, sagte Kilcannon. »Das können Sie mir glauben.«

Caroline sah ihn von der Seite an; zum erstenmal fragte sie sich, ob der Präsident mehr wusste – oder vermutete – als er zugab. Aber sie musste ihrem Gefühl trauen; sie glaubte einfach nicht, dass Kerry Kilcannon das Versprechen, das er ihr und Palmer gegeben hatte, brechen würde.

»Ich vermute«, sagte der Präsident, »Brett wird nicht herkommen.«

»Ich habe sie nicht darum gebeten, Mr. President. Was ich auch weiterhin nicht vorhabe.« Caroline hielt inne, dämpfte ihren Ton. »Wie auch immer sich die Sache entwickelt, ich will eine Beziehung mit ihr. Da kann ich nicht wieder sofort die eigenen Interessen in den Vordergrund rücken.«

Sie blieben erneut stehen, dieses Mal am Rosengarten, während der Präsident so tat, als würde er sie auf einige Neuanpflanzungen für den Frühling hinweisen. »Vielleicht kommt sie ja von sich aus«, sagte er.

Trotz ihrer festen Absichten spürte Caroline einen Hoffnungsschimmer, den sie entschlossen unterdrückte. »Dann kann ich das nicht ändern. Aber ich hoffe von ganzem Herzen, sie kommt nicht.«

Hier lächelte der Präsident leicht. »Wirklich?«

»Wirklich.«

Kilcannon schien sie eindringlich zu betrachten. »Und wenn ich sie frage?«

Caroline richtete sich auf. »Bloß nicht«, sagte sie. »Bitte. Es wäre nicht das Beste für sie.«

Der Präsident legte den Kopf schräg. »Aber ist das nicht gerade das Problem? Alle haben immer beschlossen, was das Beste für sie ist, außer ihr selbst.«

Caroline sah ihn gleichmütig an. »Ich will es nicht unnötig schwer machen, Herr Präsident. Aber was Brett betrifft, gehen unsere Interessen doch auseinander.

Ich habe eine Tochter, die ich liebe, und die ihre Liebe zu mir hoffentlich entdecken wird. Sie stehen Ihrer Kandidatin für das Amt des Obersten Bundesrichters gegenüber, der ein schmutziges Anhörungsverfahren bevorsteht, bei dem es nicht zuletzt auch um Ihr Prestige geht. Und da können Sie natürlich nicht umhin, sich vorzustellen, um wie viel besser es wäre, wenn Brett hierher käme und dem Senat und der Welt sagen würde, wie sehr sie das Geschenk des Lebens schätzt, das sie durch mich, in einem Akt der Liebe, erhalten hat.

Ich hoffe, sie gelangt zu der Überzeugung. Das aber kann sie nur von sich aus. Und wenn Sie bei ihr anrufen, dann meint sie, das käme von mir. Oder wir handelten beide aus taktischen Gründen.«

Kilcannon studierte die Rosenbüsche. »Vielleicht aber auch nicht«, sagte er. »Manchmal kann das Politische dem Privaten auf die Sprünge helfen.« Kilcannon sah sie an, die Stimme noch immer leise. »Das ist das Wunderbare daran, Präsident zu sein, finde ich. Manche zweifeln vielleicht meine Motive an, aber unterhalten wollen sich alle mit mir. Und gelegentlich hören sie sogar zu.«

»Zur Hölle mit ihm«, sagte Harshman unvermittelt.

Gage sah von den Ergebnissen einer vom Landesverband der Republikanischen Partei durchgeführten Umfrageserie auf, nach denen die Masters-Nominierung das Land stark polarisiert hatte. »Mit wem? Kilcannon oder Palmer?«

»Martin Tierney. Saunders sagt mir, er weigert sich, ohne eine Vorladung auszusagen. Stattdessen sagt er, seine Familie hat genug gelitten.«

»Und das jetzt?«, zischte Gage verächtlich. »Wo seine Unschuld nun wirklich verloren ist?«

Harshman setzte sich. »Tierney hat sich immer gegen eine Fernsehübertragung gewehrt, so dass Commitment hinter seinem Rücken aktiv werden musste. Saunders sagt, er war immer schwierig – für ihn sind die Prinzipien unseres guten Professors nur schwer nachvollziehbar. Wie auch immer die aussehen, unvereinbar mit ihnen ist die Teilnahme an einem Medien-Blitzkrieg gegen Masters oder selbst eine freiwillige Aussage vor dem Ausschuss. Und Palmer ist nicht ans Telefon zu kriegen.«

Mit zunehmender Verärgerung dachte Gage an Palmers jüngste Entgleisung. »Wenn Chad ihn schon nicht anruft«, fragte Gage, »ist er dann wenigstens bereit, ihm eine Vorladung zu schicken?«

»Nein, auch das nicht. Er sagt, das wäre Schikane, und die Familie habe in der Tat genug gelitten. Und sonst noch irgendwelchen Unsinn über die Privatsphäre, die doch zu schützen ist – als hätten die Tierneys überhaupt noch eine.«

Gage machte ein finsteres Gesicht. »Wenn der Mann seine feste Meinung hat, ist eine Vorladung vielleicht nicht das Beste. Ich vermute, du willst, dass ich ihn anrufe?«

Ohne zu antworten, fischte Harshman einen Streifen Papier aus seiner Hemdtasche und schob ihn über den Tisch. Darauf stand der Name »Martin Tierney« und sowohl die private Nummer wie die Büronummer.

Auf beiden Nummern meldete sich nach dem ersten Läuten der Anrufbeantworter. »Professor Tierney«, sagte Gage in beiden Fällen, »hier spricht Senator Macdonald Gage. Ich möchte Sie bitten, mich wenn irgend möglich zurückzurufen. Die Tageszeit spielt keine Rolle.«

Er wiederholte sowohl Privat- wie Büronummer, um dann den Hörer aufzulegen. »Mehr kann ich nicht tun, Paul.«

Harshman zog die Mundwinkel nach unten. »Wir brauchen ihn unbedingt.«

Auf dem Bildschirm sah Gage den Präsidenten und Masters im Rosengarten; sie unterhielten sich angeregt und Kilcannon hatte sogar eine Hand auf ihre Schulter gelegt. »Ich weiß«, sagte Gage.

Um elf Uhr an jenem Abend hatte Martin Tierney noch nicht zurückgerufen. Mac Gage war mittlerweile zu Hause.

Oder, verbesserte er sich gerne, was man so ein Zuhause nennen konnte. Es war ein möbliertes Mini-Apartment in Crystal City; seine Frau hatte Washington nie gemocht, und Gage fuhr an jedem Wochenende nach Lexington, wo sie ihre Kinder großgezogen hatten und wo mittlerweile auch ihre Enkelkinder lebten. Einer der Enkel war afroamerikanischer Abstammung; es war paradox, selbst für Gage, dass seine Familie, angefangen mit der unbekannten Frau, die seine Mutter gewesen war, nun über drei Generationen hinweg Adoptivkinder aufzog. Nachdenklich schaute Gage auf die Fotos an der Wand, der einzige Schmuck in einem Raum, der kaum besser als eine Studentenbude war. Gage hatte sein Amt nie dazu benutzt, um sich zu bereichern; wer nach seinen Reichtümern suchte, pflegte er zu sagen, fand sie an dieser Wand.

Als er sich auf dem Bett ausstreckte, tauschte er, wenn auch widerwillig, die Gesichter seiner Enkelkinder gegen jene seiner Senatskollegen aus. Im Geiste ging er sie alle nacheinander durch, versah die Gemäßigten und jene, die kurz vor ihrer Wiederwahl standen, mit einem Fragezeichen. Eine Hand voll Senatoren schwankte zwischen Kilcannon und ihm selbst – oder verhandelten mit beiden Seiten. Fünfundvierzig Stimmen hatte er mittlerweile sicher und drei Sympathisanten dazu. Aber selbst wenn er diese zählte, waren die drei letzten benötigten Stimmen noch immer unsicher. Von den Demokraten war keiner abgefallen – wenn auch, wie bei den Republikanern, zehn unbestimmt waren. Und diese zwanzig Neutralen zusammen, dessen war Gage sich sicher, würden die Anhörungen genauestens verfolgen, ehe sie sich festlegten.

Die Anhörungen würden darüber entscheiden. Und wenn Palmer seine Schuldigkeit tat, hätten die Neutralen keine Ausrede mehr, und um Caroline Masters wäre es geschehen.

Was ihn zu Martin Tierney zurückbrachte.

Tierney könnte Palmer Deckung geben und ihnen allen helfen – ein schmerzgeplagter liebender Vater als Kontrast zu den Inzestopfern und Filmstars, die Kilcannon unterstützten. Gerade als Gage darüber nachdachte, klingelte das Telefon.

Gage vermutete, dass es Martin Tierney war, und er wartete einen Moment, ehe er abnahm, um sich seiner Überredungskunst und Tücke vollends zu besinnen.

»Senator Gage?« Die Stimme des Mannes war vom Fernsehen her vertraut.

»Professor Tierney«, antwortete Gage in dem herzlichen Ton, den seine Frau als »Southern Comfort« bezeichnete. »Ich habe mir so sehr gewünscht, Sie kennen zu lernen, zögerte aber, bei Ihnen anzurufen. Ich weiß, wie schrecklich das alles für Sie sein muss.«

»Ja«, antwortete Tierney. »Es war schrecklich und ist es immer noch.«

Er sprach mit besonderem Nachdruck, als ahnte er, worauf Gage hinauswollte.

»Nun«, sagte Gage, »ich weiß nicht, ob Ihnen das hilft, aber Sie haben die Bewunderung und den Dank von Millionen Amerikanern. Meine Wenigkeit mit inbegriffen.«

Tierneys Stimme klang etwas nachgiebiger. »Danke, Senator. Aber ich habe auch eine Frau, die entsetzlich unter all dem leidet, und eine Tochter, die so gut wie nicht mehr mit uns spricht.«

»Das ist ein hoher Preis«, sagte Gage anerkennend. »Allein eine Stunde lang oder ein Tag lang. Ehrlich gesagt, ich weiß nicht, ob ich es ertragen könnte. Umso beeindruckender, dass Sie es können.«

»Mit unseren Ansichten«, antwortete Tierney, »hatten wir keine andere Wahl. Aber es gibt Tage, an denen ich mich frage, als Vater und als Ehemann, ob ich vor Gericht hätte ziehen können, wenn ich das alles vorausgesehen hätte. Und ich frage mich, warum Gott uns das auferlegt hat.«

Gage überlegte sich, ob er hörbar über die Unwägbarkeiten des Glaubens, über das Geheimnis Gottes nachdenken sollte, verwarf diesen Ansatz aber als unbrauchbar. Tierney klang zu müde und misstrauisch. Schließlich sagte Gage: »Ich vermute, Sie wissen, warum ich anrufe, Professor?«

»Ja.«

Gage fühlte die in ihm ansteigende Spannung; das knappe Ja war keineswegs ermutigend. In mitfühlendem Ton sagte er: »Zuweilen muss Ihnen die Last doch untragbar scheinen. Jetzt so kurz vor Schluss.«

»Von Anfang an.« Tierneys Stimme war ruhig. »Ich sehe mich nicht als Märtyrer, der um eines Prinzips willen leidet, Senator. Ich sehe meine Tochter und meine Frau.«

»Das verstehe ich.« Gage gab sich weiterhin verständnisvoll. »Aber zurzeit ist das Land mit anderen Dingen beschäftigt. Das Hauptaugenmerk des Präsidenten und seiner Kandidatin liegt nicht so sehr auf Ihrer gesunden und liebevollen Familie als auf alkoholkranken Vätern, gleichgültigen Müttern und bemitleidenswerten Töchtern. Und Ihr Enkelsohn ist gänzlich aus ihrem Interesse verschwunden.

Sie haben so viel in Kauf genommen. Aber nun geht es um die Zukunft des Obersten Bundesgerichts und der Pro-Life-Bewegung. Und natürlich immer noch um Ihre Tochter und deren Baby.« Gage hob die Stimme. »Wir alle, Professor – Sie und die Bewegung –, stehen vor der Gefahr, alles zu verlieren.«

»Die Bewegung«, antwortete Tierney ruhig, »ist für den Fernsehauftritt meiner Familie verantwortlich. Oder meint hier jemand, mir wäre das entgangen?«

Gage war überrascht und hatte Mühe, Ruhe zu bewahren. »Hier kann ich nicht mitreden, Professor. Ich weiß nicht, welche Zerwürfnisse zwischen Ihnen und Christian Commitment bestehen. Nach meiner Erfahrung zumindest handelt es sich dabei um die anständigsten und ehrenwertesten Leute, die man sich nur vorstellen kann ...«

»Wie schön für Sie«, antwortete Tierney gereizt, mäßigte aber dann seinen Ton. »Sie sind im Begriff, mich darum zu bitten, alle persönlichen Antipathien hintanzustellen und stattdessen zuerst unsere gemeinsame Sache zu sehen.

Das habe ich getan – vor Gericht. Aber ich werde den Teufel tun und im Senat – noch dazu vor laufender Fernsehkamera – den Stab über meine Tochter brechen. Oder Ms. Masters attackieren.« Die Härte schwand aus seiner Stimme und machte einer tiefen Müdigkeit Platz. »Möglicherweise hat sie das Todesurteil für meinen Enkel unterzeichnet. Aber nun, da ich ihre Geschichte gehört habe, kann das Maß der Feindseligkeit gar nicht so groß sein, als dass es mich blind machen würde vor dem weiteren Unheil, das ich anrichten würde.

Ms. Masters hat schon genügend Unheil angerichtet. Die einzige Hoffnung, die für meinen Enkel noch besteht, liegt beim Obersten Bundesgericht.«

Gage fühlte seine Schläfen pochen. »Wie Sie selbst gesagt haben, geht es nicht nur um dieses, sondern um alle Babys. Sollte Masters bestätigt werden, dann hat das nicht nur verheerende Konsequenzen für das Oberste Bundesgericht, sondern für die ganze Pro-Life-Bewegung. Das ist ein epochaler Moment, Professor. Ich bitte Sie, das zu berücksichtigen.«

Darauf folgte langes Schweigen. »Tut mir Leid«, antwortete Tierney ruhig. »Meine Familie hat genug für die Bewegung getan. Den Rest überlassen wir Ihnen.«

Gage zögerte. »Ich würde zwar davon Abstand nehmen«, begann er, »aber andere würden Sie auch vorladen …«

»So dass die Demokraten dann ihrerseits Mary Ann vorladen?« Tierneys Stimme war kalt. »Sagen Sie den ›anderen‹ dies: Wenn sie mir eine Vorladung schicken, werde ich erscheinen und meine Überzeugungen kundtun wie bisher. Aber ich werde auch eine Pressekonferenz einberufen und öffentlich erklären, dass ich Sie ausdrücklich darum gebeten habe, von einer Vorladung Abstand zu nehmen. Sie und Mr. Saunders können entscheiden, ob das Ihren Zwecken dient.«

»Vielleicht«, sagte Gage, »sollten Sie mit Ihrer Frau darüber sprechen. Oder vielleicht sollte ich …«

»Auf Wiederhören, Senator.« Er hatte aufgelegt.

15

Zwei Stunden vor Beginn der Anhörungen frühstückte Caroline Masters allein in ihrer Suite im Hay-Adams.

Sie stellte sich auf einen langen und emotionsgeladenen Tag ein. Es waren zahlreiche Morddrohungen eingegangen; zu ihrer Sicherheit hatte Präsident Kilcannon zwei Agenten des Secret Service bereitgestellt. Unten wartete ein kleines Heer von Reportern und Minicams auf sie, und auf dem Capitol Hill versammelten sich Tausende, um für oder gegen ihre Bestätigung zu demonstrieren.

Plötzlich klopfte es an der Tür. Überrascht fragte sich Caroline, wer das wohl sein mochte. Dann ordnete sie ihren Morgenmantel und öffnete.

Das erste Gesicht, das sie sah, war das von Peter Lake, dem Einsatzleiter der präsidialen Schutztruppe; neben ihm stand ihre Tochter.

Brett musterte sie mit einem vorsichtig tastenden Blick; von einem Moment auf den anderen war ihr klar, dass Brett ihr zum erstenmal in dem Wissen gegenübertrat, wer sie wirklich war. Caroline fühlte, wie sich ihr Magen zusammenkrampfte.

»Vielen Dank«, sagte sie zu Peter Lake. Brett betrat den Raum.

Schweigend standen sie einander gegenüber.

»Der Präsident?«, fragte Caroline, obwohl sie hoffte, dass dem nicht so war.

»Ja. Er hat mich angerufen und dann *Air Force One* geschickt.« Bretts Stimme klang monoton. Sie bewegte sich keinen Zentimeter.

»Es tut mir Leid«, sagte Caroline.

Damit drückte sie vieles aus: Sie bat um Entschuldigung für die frühe Trennung; für die lebenslange Täuschung; dafür, dass Kerry Kilcannon der Grund für Bretts Kommen war. Caroline hätte ihr auf jeden Fall davon abgeraten zu kommen, oder sie hätte ein privateres und nicht so dramatisches Treffen arrangiert: Auf CNN wurde jetzt zweifelsohne Bretts Ankunft gezeigt.

»Es tut mir Leid«, wiederholte Caroline, »für alles.«

Brett sagte kein Wort, und auch Caroline schien um weitere Worte verlegen zu sein. Siebenundzwanzig Jahre lösten sich in nichts auf: Sie durchlebte den Moment noch einmal, als sie das Neugeborene zum letzten Mal im Arm hielt, ehe sie es Larry übergab.

»So viel zu sagen – und so wenig Zeit. So habe ich es mir nicht vorgestellt.«

Brett sah ihr ins Gesicht. »Dasselbe hat der Präsident gesagt. Aber er hat auch gesagt, dass du mich brauchst.«

Caroline atmete tief ein. »Persönlich?«, fragte sie. »Oder politisch?«

»Beides.«

Caroline sah zu Boden. »Dann weißt du auch, wie sehr du deiner Mutter damit wehtust. Du, im Fernsehen, auf dem Weg zu mir.«

»Ja.« Bretts Stimme war sanft, aber kontrolliert. »Ich habe ihr den Anruf des Präsidenten erklärt, so gut ich konnte. Und dass deine Bedürfnisse offenbar drängen.«

Caroline war beschämt. »Wie hat sie das aufgenommen?«

»Schwer zu sagen. Sie bricht am Telefon zusammen, und ich versuche, sie zu verstehen. Aber es ist schwer, irgendetwas aus ihr rauszukriegen – wie sie sich gefühlt hat, was ihr durch den Kopf ging, warum sie mir nicht wenigstens sagen konnte, dass sie mich adoptiert hatte.«

»Ich meine, Brett, die Verletzungen deiner Mutter gehen tiefer als meine. Vielleicht zu tief, um sie zu erklären.«

Brett sah sie nur an, war aber, in Carolines Augen, so gierig nach einer Erklärung, dass sie meinte, es versuchen zu müssen. »Ich war als Schwester nie einfach«, sagte Caroline. »Unser Vater hat meine Mutter sehr geliebt, und in mir hat er immer sich selbst gesehen. Ich galt als die Klügere und wurde vorgezogen, bis es mir, wie unserem Vater, zur Gewohnheit wurde, meine Schwester links liegen zu lassen.

Betty hatte ihre Mutter verloren und dann ihren Platz in der Familie. Sie hat sich verzweifelt nach einem eigenen Kind gesehnt und konnte doch keins bekommen.« Carolines Stimme wurde sanfter. »Wer immer gesagt hat ›das Leben ist ungerecht‹, muss Betty im Kopf gehabt haben.«

Brett sah sie schweigend an. Selbst jetzt, bemerkte Caroline, konnte sie nicht ohne Herablassung von Betty sprechen. »Du brauchst mir nur zuzuhören«, sagte sie, »und du spürst, wie verletzend ich ihr gegenüber noch heute bin. Immer wenn ich Mitgefühl zeigen will, kommt am Ende nur Mitleid heraus.«

Brett lächelte ironisch. »Das muss auch der Grund sein, warum du nie Selbstmitleid zeigst. Du sparst dir das Mitleid für geringere Zeitgenossen.«

Das Ausmaß der Einsamkeit, das diese Worte in letzter Konsequenz auch andeuteten, ließ Caroline erschauern. »Ich wollte es dir immer sagen, Brett. Aber die Menschen sind das, was sie leben. Betty war immer deine Mutter und du ihre Tochter. Nun kann ich nur hoffen, du bist mir nicht böse, dass sich der Knoten auf diese Art und Weise löst.«

Noch als sie das sagte, dachte Caroline daran, dass sie nicht mehr allzu viel Zeit für sich allein hatten – in einer guten Stunde hatte sie ihren Termin vor dem Senat der Vereinigten Staaten. Brett sah ihr in die Augen, ohne Vorwürfe oder Sentimentalität. »Aber es ist noch immer dein Traumjob – Oberste Bundesrichterin.«

Wenn Brett der Wahrheit schonungslos ins Auge sehen konnte, beschloss Caroline, dann musste sie das auch können. »Ja«, antwortete sie. »Wie ich schon gesagt habe, die Menschen sind das, was sie leben. Vor siebenundzwanzig Jahren hörte ich auf, deine Mutter zu sein. Stattdessen wurde ich Anwältin, dann Richterin.«

Caroline hielt inne; ihre Blicke begegneten einander. »Aber mehr als alles andere, Brett, wünsche ich mir, dass du mich trotz allem liebst.«

Brett schloss die Augen. Es war ungewöhnlich, dass Caroline sich so verletzlich zeigte. Ebenso leise antwortete sie: »Wie du siehst, bin ich hierher gekommen.«

Eine Stunde später gingen Brett und Caroline – begleitet von Geheimagenten und umringt von Reportern – die wenigen Schritte vom Hotel zu einer kugelsicheren Limousine.

Das Fahrzeug fuhr in Richtung Capitol Hill, wo es vor dem Russell Senate Office Building anhielt. In der klaren Morgensonne warteten schon die nächsten Kameras auf sie und natürlich eine Phalanx von Geheimagenten, die zu ihrem Schutz bereitgestellt waren. Die Wagentür öffnete sich. Als sie ausstiegen, Brett zuerst, brach eine Kakophonie von Stimmen und Zurufen über sie herein.

Caroline hatte das Gefühl, die Zeit bliebe stehen. Dann betraten die beiden, flankiert von Agenten, das Gebäude.

16

Ein weiteres Mal saß Caroline Masters vor dem Justizausschuss des Senats.

Vieles war unverändert – die Reihe von achtzehn Senatoren samt Mitarbeitern; die Fernsehkameras; die Masse von Reportern im Stehbereich. Der Unterschied bestand einzig in der angespannteren Atmosphäre und in den Gründen für Carolines erneute Anhörung. In Schach gehalten wurden Carolines Gegenspieler nur durch Brett Allens wachsame Präsenz in der ersten Reihe.

Es war elf Uhr. Gleich zu Beginn befragte Chad Palmer sie bezüglich ihrer Entscheidung im Fall Tierney und überließ somit die Themen Brett und Sarah Dash anderen. Palmer hatte hartnäckig, aber fair gefragt, deshalb fasste Caroline ihren Standpunkt gleichmütig zusammen.

Kurz vor elf Uhr dreißig übergab Senator Vic Coletti das Wort an Senator Harshman.

Sie drehte sich zwar nicht um, dennoch spürte Caroline intensiv die Anwesenheit Bretts und die gesteigerte Spannung im Raum. Caroline atmete tief durch, ihre Stirn war feucht.

Auf die Ellbogen gestützt, äugte Harshman von der erhöhten Sitzreihe der Ausschussmitglieder auf sie herab.

»Sie haben ein Kind«, sagte er unvermittelt.

Caroline faltete die Hände, atmete lautlos aus. »Eine Tochter«, antwortete sie. »Die durch Adoption rechtmäßig als meine Nichte anzusehen ist.«

Harshmans Blick streifte unwillkürlich Brett Allen. »Sie waren nie verheiratet, ist das richtig?«

»Richtig.«

»Sie haben das Kind also unehelich geboren.«

Wieder spürte Caroline tiefstes Bedauern, nicht um sie selbst, sondern um Brett. »Das«, antwortete sie knapp, »ist die logische Konsequenz daraus.«

Harshmans Kopf schnellte nach vorne. »Wissen Sie, wer der Vater ist?«

Senator Coletti wandte sich zur Seite und starrte seinen Kollegen angewidert an. Senator Palmer, der zwischen beiden saß, starrte anhaltend auf die Papiere vor sich. Caroline setzte sich gerade.

»Ja«, antwortete sie. »Das weiß ich.«

»Können Sie uns den Namen nennen?«

Caroline hielt inne. »Nein.«

Palmer riss unvermittelt den Kopf hoch. »Warum nicht?«, insistierte Harshman.

Caroline begegnete seinem Blick. »Ich bin hier, um Ihre Fragen zu beantworten, Senator. Aus diesem Geist heraus bin ich durchaus gewillt, auch über persönliche Dinge zu sprechen. Aber ich bin nicht davon überzeugt, dass speziell dieser Vorstoß in meine Privatsphäre – und in die der jungen Frau, die Sie hinter mir sehen – in irgendeiner Hinsicht relevant für diese Untersuchung ist. Dieses Thema betrifft allein meine Nichte und mich und sonst niemanden.«

Hier wandte sich Palmer an Harshman. Ein geflüsterter Wortwechsel, der Harshman eindeutig verärgerte, hinterließ finstere Gesichter. Für Caroline unschwer zu erraten, was passiert war – Palmer hatte Harshman zu verstehen gegeben, dass er sie nicht zu einer Antwort zwingen würde.

Nach einem Moment nahm Harshman die Befragung mit mehr Ruhe wieder auf. »Ist es wahr«, sagte er, »dass Sie diese Frau nie als Ihre Tochter anerkannt haben?«

»Das ist wahr, ja.«

»Und im Zusammenhang mit Ihrer Nominierung für das Berufungsgericht haben Sie die eigene Tochter in den FBI-Formularen als Ihre ›Nichte‹ bezeichnet.«

»Ja.«

Harshman hob die Stimme. »Und später, als es für Sie darum ging, Oberste Bundesrichterin zu werden, haben Sie wieder geschrieben, Brett Allen sei Ihre ›Nichte‹.«

Caroline blickte ihm unverhohlen ins Gesicht. Die anderen schienen zurückzuweichen; der Wortwechsel schien hier sehr persönlich und instinktgesteuert. »Was sie auch war – und immer noch ist. Kurz nach ihrer Geburt wurde sie von meiner Schwester und deren Mann adoptiert. Jeder von uns war der Meinung, das sei das Beste für alle ...«

»Besonders«, warf Harshman ein, »für Sie.«

Caroline verbarg ihre Wut hinter einem Schulterzucken. »Einerseits ja, andererseits nein.« Ihre Stimme wurde nachdrücklicher. »Ich habe beschlossen, dass eine Adoption das Beste für Brett sei. Wir beide, Senator, Sie und ich, treten für die Adoption als sozialpolitisches Instrument ein. Sicherlich haben Ihnen viele der Mütter, die Sie getroffen haben, davon berichtet, wie schwer es ist, ein Kind aufzugeben.«

Harshman lehnte die Fingerkuppen aneinander. »Einige von ihnen haben sich, im Gegensatz zu Ihnen, auch öffentlich dazu bekannt, dass sie ihr Kind weggegeben haben.«

»Das stimmt. So wie sich, aus unterschiedlichen Gründen, viele andere nicht dazu bekennen.«

»Kurz gesagt, Ms. Masters, Sie haben den Senat der Vereinigten Staaten nicht belogen.«

Caroline atmete tief ein. »Ich nehme an, nein, Senator. Ich zumindest weiß, dass ich nicht gelogen habe.«

Harshman errötete. »Streiten Sie sich doch bitte nicht mit mir herum, Ms. Masters. Ich werfe Ihnen Falschaussage vor. Sie haben die Mitglieder dieses Ausschusses bewusst in die Irre geleitet.«

Caroline fasste sich. »Nein«, wiederholte sie. »Das habe ich nicht. Ich habe die Wahrheit gesagt. Larry und Betty Allen waren von Anfang an die rechtmäßigen Eltern meiner Nichte …«

»Das ist pure Sophistik«, warf Harshman ein. »Wenn das die Standards sind, die Sie unseren Gerichten vorgeben …«

Caroline hob die Hand. »Lassen Sie mich ausreden, Senator. Es stimmt, ich habe nicht angegeben, dass meine Nichte auch meine leibliche Tochter ist. Aus gutem Grund: Noch bis vor fünf Tagen wusste sie selbst nichts davon, und in diesen fünf Tagen hat sie Dinge durchgemacht, die man seinem schlimmsten Feind nicht wünschen würde.

Sie können meine Entscheidung kritisieren, Senator Harshman. Und Sie haben sicherlich das Recht, diese Fragen zu stellen. Aber auch ich möchte Ihnen eine einfache Frage stellen: Wie hätten Sie gehandelt?

Würden Sie Ihre Tochter – oder Ihre Nichte – der Öffentlichkeit aussetzen, die Sie mit Ihren Fragen schaffen?«

»*Ms. Masters*«, unterbrach Harshman zornig.

Caroline erhob die Stimme, was wiederum als Ausdruck ihrer Wut zu werten war. »Würden Sie einen Menschen, den Sie lieben, einer Demütigung aussetzen, wie sie diese junge Frau zu ertragen gezwungen war?

Würden Sie sie zum Spielball der Medien und politischer Gruppierungen machen?« Caroline mäßigte ihren Ton. »Ich habe formell kein Recht auf eine Antwort. Aber ich bin ernsthaft daran interessiert, Senator, wie Sie gehandelt hätten.«

Harshmans Kiefer waren in Bewegung, seine Stimme jedoch war ruhig und bestimmend. »Dann lassen Sie es mich sagen, Ms. Masters. Ich an Ihrer Stelle hätte einer Nominierung durch den Präsidenten nicht zugestimmt, und an seiner Stelle hätte ich Sie nicht nominiert.

Sie haben nun einmal ein Kind zur Welt gebracht. Wenn Sie darüber nicht die Wahrheit sagen konnten – die ganze Wahrheit und nichts als die Wahrheit –, dann sind Sie nicht würdig, an der Spitze eines Rechtssystems zu stehen, das auf dieser Verpflichtung zur Wahrheit ruht.«

Es war eine gute Antwort; Caroline bedauerte es unverzüglich, ihn unter Druck gesetzt zu haben. »Ich habe die Wahrheit gesagt«, insistierte sie, »und alles, wozu ich nur irgend verpflichtet gewesen bin …«

»Als Mitglied des Senats«, sagte Harshman, »widerspreche ich ausdrücklich. Ich glaube sogar, Sie sind mir gegenüber zu einer Entschuldigung verpflichtet.«

Diese Unterbrechung war ein Geschenk des Himmels, dachte Caroline; in dem Moment, als er sie abgewürgt hatte, war Harshman zu weit gegangen.

»Ich bedaure Ihre Befindlichkeit«, antwortete sie. »Ich für meinen Teil bin zu der Überzeugung gekommen, dass – unter diesen Umständen – Privatangelegenheiten meiner Familie auch privat hätten bleiben sollen.

Wenn Sie aus diesem Grund gegen mich stimmen, ist das Ihr gutes Recht. Aber ich fürchte, Sie müssen das ohne eine Entschuldigung meinerseits tun.«

Das Bild im Fernsehen war beeindruckend: die gefasste und würdevolle Richterin; die schöne junge Frau direkt hinter ihr, den Blick auf den Gegenspieler ihrer Mutter gerichtet.

»Der Schlusssatz war ein Ausrutscher«, sagte Clayton dem Präsidenten. »Aber sie hat sich wacker gehalten. Und zusammen sind die beiden mehr wert als tausend Dreißig-Sekunden-Spots.«

Sie waren allein im inneren Konferenzraum. Kerry drehte sich um und sagte streng: »Das ist überhaupt kein Grund zur Freude. Die Sache haben wir zu verantworten, ohne dass die beiden davon wissen.« Clayton begegnete dem Blick des Präsidenten. Seitdem es zum Bruch zwischen ihnen gekommen war, hatten sie kaum miteinander gesprochen, und einfach so zu tun, als wäre nichts geschehen, hätte, in Kerrys Augen, ihrer Freundschaft den Todesstoß versetzt.

»Was das Zwischenmenschliche betrifft«, antwortete Clayton, »tut es mir sehr Leid – um dich und um sie. Politisch gesehen meine ich, ist Masters gerade dabei, Paul Harshman in die Wüste zu schicken. Sie könnte das nicht, wenn sie Bescheid wüsste …«

»Vor siebenundzwanzig Jahren«, fuhr Caroline fort, *»habe ich*

eine alles in allem richtige Entscheidung getroffen. Mir war es vergönnt, das Privatleben meiner Familie zu schützen – gnädigerweise so lange, bis aus der jungen Frau, die wir alle so sehr lieben, jene Erwachsene geworden ist, die Sie heute vor sich sehen.

Womit ich auf sie zurückkomme und auf Mary Ann Tierney. Beiden wurde die Privatsphäre voll und ganz genommen und beide wurden sie als Faustpfand benutzt.« Caroline faltete die Hände und richtete ihre Worte konzentriert an Harshman. *»Die Entscheidung unseres Gerichts im Fall Tierney stützt sich, wie Roe, auf das verfassungsmäßige Recht auf den Schutz der Privatsphäre. Dieses Recht ist lange etabliert. Aber ob Sie damit übereinstimmen oder nicht, die Übertragung des Verfahrens im Fernsehen bedeutet eine Tragödie für dieses junge Mädchen.*

Sie musste nicht nur mit einer Fehlgeburt rechnen, nein, sie war auch dazu gezwungen, öffentlich Wiedergutmachung zu suchen. Weil, so scheint es, genau jene Kräfte, die vorgeben, sie zu schützen, beschlossen haben, an ihr ein Exempel zu statuieren.

Dasselbe, so scheint es, haben sie mit meiner Nichte vor.« Carolines Stimme war fest. *»Ich weiß nicht, wie Sie dazu stehen, Senator, aber das widerspricht meiner Vorstellung von öffentlichem Anstand …«*

»Bingo«, sagte Clayton.

»Demagogie«, sagte Gage voller Abscheu. »Lügen als die höchste Moral.«

Mace Taylor ließ den Bildschirm nicht aus den Augen. »Lange lässt sich Paul das nicht mehr bieten.«

Gage war frustriert; er fragte sich mehr und mehr, wohin das noch führen sollte. »Und was kommt dann?«, fragte er gereizt. »Deine Leute konnten nichts über sie herausfinden. Nicht einmal, vom wem der Hinweis auf die Tochter kam.«

Caroline blickte Harshman in die Augen. Der Raum schien stickig und eng. »Wo wir gerade von Anstand sprechen«, sagte Harshman mit einem dräuenden Unterton. »Kennen Sie eine Rechtsanwältin namens Sarah Dash?«

Caroline wappnete sich. »Ja, Senator. Sie war Mary Ann Tierneys Anwältin.«

»In der Tat«, sagte Harshman steif. »Und sie war auch Mitarbeiterin in Ihrer Kanzlei.«

»Ja. Vor drei Jahren.«

»Und Sie beide verbindet eine Freundschaft.«

»Ja. Auch das habe ich schon gesagt.«

Harshmans Augenbrauen schnellten hoch. »Eine enge Freundschaft?«

Caroline begegnete seinem Blick. »Ich bin mir nicht sicher, ob man das so nennen kann. Der Altersunterschied ist immerhin nicht unbeträchtlich.«

»Aber die Freundschaft geht doch so weit, dass Sarah Dash Sie zu Hause besucht.«

Für den Bruchteil einer Sekunde hatte Caroline den Eindruck, Detektive würden ihr Leben auskundschaften. »Von Zeit zu Zeit.«

Harshman verschränkte die Hände. »Allein?«, fragte er. »Nur Sie beide?«

In diesem Moment bemerkte Caroline, wie Chad Palmer sich angewidert von Harshman distanzierte. »Manchmal«, antwortete Caroline trocken. »Ich koche leidenschaftlich gerne, Senator. Sollte ich je das Glück haben, in Washington zu wohnen, verspreche ich Ihnen eine *Piccata milanese*.«

Amüsiert und neugierig darauf, wie er reagieren würde, wandte sich Vic Coletti Harshman zu. Verärgert sagte Harshman: »Welcher Art waren diese Besuche, Ms. Masters? Ging es nur darum, Rezepte auszutauschen?«

Caroline spürte, wie ihre Stimme schneidend wurde vor angestauter Wut. »Ms. Dash ist, glaube ich, keine so passionierte Köchin. Insofern haben wir gar nichts ›ausgetauscht‹.«

Harshman zögerte. Über die sechs Meter hinweg, die sie trennten, kreuzte sich ihr Blick. *Ich warne dich*, sagte Caroline für sich. Aber wie sie schon vermutet hatte, ließ Harshman seine Unterstellung im Raum stehen.

»Kam es denn zu einem Gedankenaustausch?«, fragte Harshman. »Über den Fall Tierney?«

Caroline gewann ihre Fassung wieder und ging die vorbereitete Antwort gedanklich kurz durch. »Seit der Klageerhebung im Fall Tierney habe ich Ms. Dash weder gesehen noch gesprochen. Somit lautet die Antwort nein.« Caroline sprach mit neuer Kraft weiter. »Der Vollständigkeit halber sollte ich jedoch sagen, dass, bei unserem letzten gemeinsamen Abendessen, Ms. Dash von ihrer Begegnung mit Mary Ann Tierney gesprochen hat. Da ein möglicherweise von ihr angestrengtes Verfahren auch mein Gericht hätte betreffen können, habe ich mich damals auf kein Gespräch eingelassen.«

Harshman starrte sie skeptisch und erstaunt an. »Und Sie behaupten, damit war die Sache für Sie erledigt?«

»Nicht ganz.« Carolines Stimme war kühl. »Ich habe ihr gesagt, dass man diesseits und jenseits der ideologischen Grabenkämpfe um das Thema Abtreibung ein langes Gedächtnis habe, und dass sie besser ganz die Finger davon lassen sollte. Obwohl ich nie daran gedacht hätte, es könnte irgendjemand jemals eine Schlussfolgerung daraus ziehen wie Sie heute Morgen.«

Es herrschte Schweigen im Raum. Harshman beugte sich nach vorne und riss das Mikrofon wütend an seinen Mund. »Ich bin mehr als berechtigt, Ihnen Befangenheit zu unterstellen, Ms. Masters, wenn Sie private Tête-à-têtes mit der Anwältin von Mary Ann Tierney haben. Und Tatsache ist«, fuhr Harshman fort, »dass Sie für eine En-banc-Anhörung von Ms. Dashs Petition gestimmt haben.«

»Ms. Tierneys Petition«, korrigierte Caroline. »Nach den Regeln unseres Gerichts ist diese Abstimmung geheim, weshalb ich gerne wüsste, woher Sie Ihre Informationen beziehen. Aber Tatsache ist, dass ich für eine Neuanhörung gestimmt habe.«

»Um dann die Begründung zu schreiben, mit der das Gesetz zum Schutz des Lebens für nichtig erklärt wird.«

»Ja. Ich bin davon ausgegangen, das sei der Grund unserer Zusammenkunft hier …«

»Und all das haben Sie getan«, sagte Harshman in anklägerischem Ton, »auf Geheiß einer Freundin, die Sie regelmäßig zu Hause besucht – alleine.«

Mittlerweile waren auch Kit Pace, Adam Shaw und Ellen Penn ins Weiße Haus gekommen. Adam und Kit hatten sich neben den Präsidenten gesetzt; Ellen – zu angespannt um zu sitzen – stand neben Clayton.

Caroline, die auf dem Bildschirm zu sehen war, hatte ihre Fassung zurückgewonnen. »*Wie ich schon beim letzten Mal angemerkt habe, hat jeder Richter nun einmal Freunde. Ich lebe und praktiziere seit mehr als zwanzig Jahren in San Francisco, und so sind die meisten meiner Freunde Juristen.*

Im Fall ehemaliger juristischer Mitarbeiter besagt die Regel, dass wir für den Zeitraum von einem Jahr nach Beendigung der Zusammenarbeit von einer Anhörung ihrer Fälle Abstand nehmen. Es gibt viele ehemalige Mitarbeiter, die an unseren Gerichten auftreten; wäre besagte Karenzzeit länger, würde das unsere Gerichte blockieren.

Ich kenne keinen Richter, der angesichts eines Verhältnisses mit einem ehemaligen Mitarbeiter das Gebot der Unparteilichkeit verletzen würde. Schon bei der letzten Anhörung haben Sie genau diese Frage gestellt.« Caroline hielt inne. Sie blieb gefasst, beinahe professorenhaft. »*Eine andere Verpflichtung besteht darin, den Anschein der Parteilichkeit zu vermeiden. Wir sind der Meinung, eine Karenzzeit von einem Jahr kommt dieser Erfordernis entgegen.*«

»*Selbst in einem so bedeutenden Fall wie diesem*«, sagte Harshman, »*mit einer Anwältin, die mit der Richterin obendrein befreundet ist?*«

Kerry beobachtete aufmerksam den Bildschirm. Leise sagte er zu Caroline: »Es ist Zeit.«

»*Selbst in einem Fall wie diesem*«, antwortete sie. »*Am besten, Senator, kann ich Ihnen mit einem Vergleich auf die Sprünge helfen, der Ihnen vertraut sein müsste: die Senatsregel, nach der ein ehemaliger Senator ein Jahr nach seinem Ausscheiden Einfluss auf andere Senatoren nehmen darf.*«

Kerry hörte Ellen Penns fröhliches Lachen. »*Zum Beispiel wurde mir bekannt*«, fuhr Caroline fort, »*dass Ihr ehemaliger Kollege aus Oklahoma, Senator Taylor, als Vertreter von Chris-*

tian Commitment versucht, Mitglieder dieses Hohen Hauses dazu zu bewegen, gegen meine Nominierung zu stimmen.

Offensichtlich ist niemand hier der Meinung, Senator Taylors Lobby-Arbeit verbiete sich auf irgendeine Weise, oder jene Senatoren, die möglicherweise gegen mich stimmen, würden sich dabei nicht ausschließlich von ihrem Gewissen leiten lassen …«

»Schnapp ihn dir«, sagte Kit Pace. »Er sieht ohnehin schon so aus, als hätte er mit Essig gegurgelt …«

»Oder«, fuhr Caroline freimütig fort, *»dass Taylor mit seiner Tätigkeit als Spendensammler für die Partei nicht ausschließlich von seinem im ersten Verfassungszusatzartikel festgelegten Recht auf Redefreiheit Gebrauch machen würde.*

Wäre dem nicht so, Senator, hätten Sie sich doch sicherlich an vorderster Front dafür stark gemacht, jene Regeln zu ändern, die Taylor gestatten, hier zu verkehren …«

Chad Palmer, der neben Harshman saß, wandte sich zur Seite, offenbar in dem Versuch, ein Lachen zu unterdrücken.

»Sehr witzig«, sagte Mace Taylor in Richtung Bildschirm. »Wirklich sehr witzig, Chad.« Gage, bestürzt und wütend, sagte kein Wort mehr.

»Zweifeln Sie etwa meine Integrität an?«, fragte Harshman aufrichtig empört.

»Im Gegenteil«, sagte Caroline, *»ich glaube, Sie haben meine Integrität angezweifelt.*

Ich hoffe, ich kann Sie zum Umdenken bewegen, wenn ich es auch nicht glaube. Abgesehen davon kann ich nur hoffen, dass alle neunundneunzig Ihrer Kollegen die Chance haben, mich nach eigenem Ermessen zu beurteilen …«

»Kilcannon hat Lunte gerochen«, sagte Gage. »Er hat sie präpariert. Sie haben kapiert, dass wir versuchen, ihr schon im Ausschuss den Laufpass zu geben.«

Taylor runzelte ungläubig die Stirn. »Unsinn, Mac. Palmer hat es ihm gesteckt – oder ihr.«

»In Ordnung, Ms. Masters«, fuhr Harshman fort. *»Lassen Sie uns Ihr Tierney-Urteil genauer betrachten …«*

17

Die Senatssitzung an jenem Abend hatte sich in einer Debatte über eine Begrenzung des Schusswaffengebrauchs festgefahren, und so nutzten Chad Palmer und Kate Jarman die Gelegenheit für ein schnelles Dinner im Oval Room.

Sie hatten einen Ecktisch, und das gedämpfte Licht und die elegante Umgebung vermittelten eine beinahe private Atmosphäre. Nach einem kurzen Blick über die Schulter fragte Kate leise: »Was gedenkst du mit ihr zu machen?«

Chad brauchte nicht zu fragen, wen Kate meinte. Sie beobachtete ihn, und ihr schmales Gesicht und die klaren blauen Augen verwiesen auf eine wache Intelligenz, die Chads Dilemma im Kern erfasste – er galt als möglicher Präsidentschaftskandidat, hin- und hergerissen zwischen Parteibasis und eigenen Wertvorstellungen. »Sag, wie es gelaufen ist heute«, erwiderte er, »vielleicht weiß ich es dann.«

Kate lächelte. »Ich war froh, dass ich meinen Platz nicht neben Paul, sondern fünf Plätze weiter hatte.«

»War es so schlimm?«

Sie lächelte fragend. »Du hast doch neben ihm gesessen. Was war für dich der schlimmste Moment: als Harshman sie in Gegenwart der Tochter gefragt hat, wer denn nun der Vater ist, oder als sie ihn mit Mace Taylor überrumpelt hat?« Sie sprach leiser. »Im Senat gegen sie zu stimmen ist die eine Sache. Aber ich höre, Mac will sie schon im Ausschuss zu Fall bringen.«

Chad gab sich nicht die Mühe, das zu bestreiten. Er nippte an seinem Stolichnaya on the rocks. »Hast du gehört, dass er von dir gesprochen hat?«

Kate lächelte nicht mehr. »Er hat gut reden, muss sich nicht um eine Wiederwahl in Vermont bemühen, wo es jede Menge Schwulenverbände gibt und einen ausgewiesenen Sozialisten als Kongressabgeordneten. Wenn ich mit der äußersten Rechten paktiere, bekomme ich mein Ticket nie und nimmer erneuert.

Was die Tochter betrifft, meine ich, hat Masters eindeutig die besseren Karten – ich glaube nicht, dass es funktioniert, sie in dieser Sache als Lügnerin hinzustellen.« Kate spielte mit dem Strohhalm in ihrem Gin Tonic. »Was den Fall Tierney betrifft, ist sie möglicherweise mehr im Recht als im Unrecht. Aber für jemanden in unserer Partei ist es ein Risiko, das zu sagen.«

Senatorin Jarman fixierte Chad. »Kilcannon hat alles herausbekommen«, sagte sie, »auch was Gage vorhat. Mac hat ihn unterschätzt – ich befürchte, die Geschichte endet in Mord und Totschlag.«

Seine eigene Lage, reflektierte Chad, wurde mit jeder Stunde gefährlicher. »Was würdest du also sagen?«

»Ich könnte vielleicht damit leben, im Senat gegen sie zu stimmen. Aber ich würde sie nicht im Ausschuss kaltstellen, ohne dich an meiner Seite zu wissen. Und auch dazu wäre ich nur schwer zu überreden.«

Wenn auch entmutigt, lächelte Palmer doch: Kate hatte ihn frühzeitig gewarnt, so dass er weitere Schritte daran ausrichten konnte. »Ich danke dir für deine Offenheit, Kate.«

Sie sah ihn mit unverhohlener Neugier an. »Was gedenkst du zu tun?«

»Abwarten.« Er sah sich kurz um. »Ich meine, das Problem wird sich von selbst lösen. Vielleicht macht ja Gage einen Rückzieher.«

Kate schüttelte den Kopf. Bedächtig sagte sie: »Du vergisst, wer die Strippen zieht. Ich glaube nicht, dass Mac hier sein eigener Herr ist – auch wenn er das meint. Ich an deiner Stelle würde mich in Acht nehmen.«

Vier Tage später, nachdem er ein aus Juraprofessoren und Ethikspezialisten bestehendes Kolloquium über die rechtliche Definition des Begriffs Falschaussage geleitet hatte, versammelte Chad Palmer die Republikaner aus dem Justizausschuss in seinem Büro: Jim Lambert aus Alabama; Cotter Tian aus Indiana; Jerry Deane aus Georgia; Frank Fasano aus Pennsylvania; Bill Fitzgerald aus Florida; Dave Ruckles aus Oklahoma; Madison Starkweather aus Mississippi. Kate Jarman, bemerkte er, hatte sich so weit wie möglich von Harshman weggesetzt.

»Da wären wir also«, bemerkte Chad. »Wir stimmen am Montag ab, und die Entscheidung des Obersten Bundesgerichts im Fall Tierney steht noch aus.«

»Wir wissen genug«, sagte Harshman prompt. »Diese Frau hat gelogen; sie kann auf einen unsittlichen Lebenswandel zurückblicken; sie wurde gekauft von den Prozessanwälten; ihre Moral ist mehr als fragwürdig; und zuletzt hat sie sich als radikale Abtreibungsbefürworterin geoutet. Somit hat sie nichts zu suchen am Obersten Bundesgericht.«

Chad bemerkte, wie er lächeln musste. »Du überraschst mich, Paul. Was also tun?«

Harshman blickte in die Runde, dann wieder zu Palmer. »Wir stimmen dafür, sie nicht vor das volle Haus zu schicken, Senator, und machen damit diesem Trauerspiel ein Ende.«

Chad wollte einmal nicht an vorderster Front stehen. Sein Blick zu Kate Jarman war ein Signal – es war Zeit, ihm Schützenhilfe zu leisten.

»Eine Ernennung für das Oberste Bundesgericht schon im Ausschuss abzublocken«, sagte sie zu den anderen, »wäre höchst ungewöhnlich. Abgesehen von Masters' jüngster Aussage vor dem Ausschuss gibt es nichts Neues: Die Juraprofessoren haben sich gestritten, ohne den Begriff Falschaussage im rechtlichen Sinn zu definieren; die Interessengruppen sagen das, was sie schon immer gesagt haben; und die Urteilsbegründung im Fall Tierney ist wie sie ist.

Wir hatten alle ausreichend Gelegenheit, uns in extenso öffentlich darüber zu äußern. Erreicht haben wir damit nichts – abgesehen von einem Stimmungsumschwung gegen uns.« Sie sah in die Runde. »Ich bin sicher, Mac hat mit jedem von uns gesprochen. Mit mir hat er das zumindest. Meine Reaktion war, dass ich nicht bereit bin, mich auf ein Selbstmordkommando einzulassen.«

Harshman starrte sie entsetzt an. »Mac sagt, er wird uns Rückendeckung geben.«

»Das ist zwar ein Trost«, antwortete Kate trocken, »der mir aber in Vermont wenig helfen wird.«

Harshman sah in die Runde. »Nicht jeder von uns kommt aus einer Volksrepublik.«

»Das stimmt«, antwortete sie mit einem Lächeln. »Aber selbst in einer Volksrepublik dürfen Frauen wählen.«

Die Gruppen formierten sich, sah Chad, wie er es immer befürchtet hatte. Sechs ihrer sieben Kollegen kamen aus konservativen Staaten; der siebte – Frank Fasano aus Pennsylvania – war ein überzeugter Abtreibungsgegner, dessen politische Zukunft ausschließlich von Christian Commitment abhing. Keinesfalls war auch nur einer von ihnen bereit, Macdonald Gage die Stirn zu bieten.

»Chad«, sagte Fasano, »ich zähle acht Stimmen gegen Masters: wir alle außer Kate – und du. Mehr als neun brauchen wir nicht.«

Gage hatte alles minutiös vorbereitet, dachte Chad. »Was du jetzt noch tun musst«, sagte Harshman, »ist, mit uns zu stimmen. Ausnahmsweise.«

Er saß in der Falle. So gelassen wie möglich antwortete Chad: »Was du vorschlägst, Paul, wäre vielleicht noch vor vier Tagen möglich gewesen. Ehe du dich dazu entschlossen hast, sie fertigzumachen …«

»Die Frau war einfach arrogant«, sagte Harshman.

»Und nun genießt sie alle Sympathie. Viel mehr als du, offen gesagt. Oder irgendeiner von uns Kerlen, die sich gegen sie verschworen haben und nun planen, ihr in einer Art Hinterzimmer-Strategie den Todesstoß zu versetzen.

Das wäre ein gefundenes Fressen für Kerry Kilcannon. Und noch der nächste republikanische Präsident hätte darunter zu leiden – sollte je wieder einer gewählt werden.

Wenn wir Masters die Zustimmung verweigern wollen – in Ordnung, machen wir das. Aber in der Öffentlichkeit, vor dem vollen Plenum, mit den Stimmen von allen hundert Senatoren. Und nicht so.«

Harshman starrte ihn verächtlich an. »Rache ist immer unberechenbar. Aber wenn es schon so schlimm ist, ersparen wir doch unseren Freunden im Senat die Abstimmung.«

»Ich meine, damit werden sie fertig«, sagte Chad ruhig. »Dafür werden wir gewählt.« Wieder sah er in die Runde. »Ich bin bereit, den Anfang zu machen. Ich werde dafür stimmen, sie mit einer negativen Empfehlung ins Plenum zurückzuschicken.«

Wie verabredet schloss Kate sich ihm an. »Ich auch.«

Harshman lachte verbittert auf. »Wie steht es mit den anderen acht?«

»Du hast keine Mehrheit, Paul. Da wären deine acht Leute, die ihr den Weg in den Senat blockieren, dann Kate und ich und schließlich alle acht Demokraten, die – wie Vic Coletti mir sagt – für eine positive Empfehlung stimmen. Lieber würde ich mich ihnen anschließen, als Sturm zu ernten.« Obwohl es ihm nicht leicht ums Herz war, erwiderte Chad Harshmans Lächeln. »So gesehen, biete ich dir einen Deal an und Gage eine Waffe. Eine negative Empfehlung mit einer Mehrheit von zehn zu acht.«

Harshmans Stirn zeigte die charakteristische Röte; eines Tages, dachte Chad, würde der Mann einen Schlaganfall bekommen. Als würde er sich lieber auf die Zunge beißen, knurrte Harshman: »Sieht wohl ganz danach aus, als hätten wir uns festgefahren.«

18

Wenige Stunden nachdem der Justizausschuss die Nominierung von Caroline Masters in den Senat zurückverwiesen hatte, kam Clayton in das Oval Office.

Kerry sah von einem Überblick über offene Gesetzgebungsverfahren auf. Zum erstenmal seit ihrem Zerwürfnis hatte Clayton ein freudiges Strahlen auf dem Gesicht. »Soeben hat Gage angerufen«, sagte er.

»Wegen Caroline?«

»Ja. Er will dich sprechen.«

In dem Moment verstand Kerry den Gesichtsausdruck seines Freundes. Er spürte so etwas wie Befriedigung; vielleicht erwies er sich als besserer Präsident, als Gage erwartet hatte. »Seine Aufmerksamkeit gilt uns«, bemerkte Kerry, »nun, da er uns im vollen Plenum schlagen muss.«

»Was soll ich ihm sagen?«

Kerry lächelte. »Dass ich ein vielbeschäftigter Mann bin – ich hätte die Welt zu verwalten und die Kräfte der Reaktion zu bekämpfen. Aber für meinen alten Freund aus dem Senat hätte ich immer Zeit.«

Die Männer schüttelten einander förmlich die Hände. Dann schloss Kerry die Tür hinter sich und winkte Gage zu einem Polstersessel vor dem Marmorkamin.

Kerry fühlte, wie sie einander taxierten. »Eine ganze Weile her«, sagte Kerry froh gelaunt. »Seit meiner Amtseinführung, um genau zu sein.«

Gage nickte. »Seit dem Hinscheiden von Roger Bannon. Eine Menge passiert in diesen paar Wochen.«

Kerry sah keinen Grund dafür, Gages Trauermiene nachzuahmen. »Das kann man sagen. Ab und an wird mir bewusst, wie lange es her ist, seit ich alte Freunde zum letzten Mal gesehen habe.«

»Zweifelsohne mein Fehler, Mr. President. Ich wollte mich nicht aufdrängen. Aber der Besuch war wirklich überfällig.«

»Dem kann ich nur zustimmen.«

Bei dieser Bemerkung beugte sich Gage nach vorne und verringerte so den Abstand zwischen sich und Kerry. Es war ein alter Trick Gages aus dem Senat – mit dem Einsatz von Körpermasse Überlegenheit zu demonstrieren –, hier ein Anzeichen dafür, dass sie sich in einem Machtkampf befanden. »Überfällig«, wiederholte Gage. »Und nun haben wir ein Problem.«

Kerry lächelte. »Und welches?«

Gages Augen weiteten sich vor gespieltem Erstaunen. »Caroline Masters, Mr. President. Die ehrwürdige Caroline Masters.«

»Nun«, antwortete der Präsident, »das ist sie ohne Zweifel.«

Auch beim geringsten Lächeln waren Gages Augen stets kämpferisch. »Das kommt auf den Standpunkt an.« Er hielt inne und sein Ton bekam etwas Nachdenkliches, Staatsmännisches. »Wir investieren eine Menge Energie in eine umstrittene Debatte darüber, ob sie dem Obersten Bundesgericht vorstehen soll. Egal wie der Streit ausgeht, er wird ein bitteres Erbe hinterlassen, das sich wie ein Pesthauch über sämtliche zukünftigen Anstrengungen des Senats legen wird.« Gage rückte noch näher heran und sah Kerry in die Augen; wäre nicht sein neuer Status, ahnte der Präsident, hätte Gage ihm die Hand auf die Schulter gelegt. »Und wofür, Mr. President, wofür?«

Kerrys Blick blieb fest. »Für die meiner Meinung nach beste Kandidatin.«

Gage runzelte die Stirn. »Ihr gutes Recht, natürlich. Und das Privileg Ihres Amtes. Aber die Sache muss politisch einen Sinn haben, oder sie ist am Ende wie der Vietnamkrieg – eine Menge Blutvergießen und Bitterkeit für nichts.«

Kerry hatte beschlossen, sich nicht zu erklären oder in die Defensive zu gehen. »Nicht für ›nichts‹«, antwortete er. »Für ein Prinzip.«

»Welches Prinzip soll das sein?« Gages Stimme klang geduldig und ernst. »Ich habe das Gefühl, Mr. President, Sie rechnen mit einem latent brodelnden Volksaufstand, sollte Caroline Masters scheitern. Mit Ihrem Instinkt für den Pulsschlag der Öffentlichkeit können Sie sich auf dieses Unternehmen nicht nur mit der vagen Hoffnung einlassen, sie werde gewinnen. Also würde ich gerne meine Sicht der Realität zum Besten geben.«

Hier lächelte der Präsident. »Dann berichten Sie von Ihrer Realität.«

»In Ordnung«, antwortete Gage energisch. »In meiner Realität dauert es noch genau ein Jahr und acht Monate bis zu den nächsten Kongresswahlen und danach noch zwei weitere Jahre, ehe ein neuer Präsident gewählt wird. Die Amerikaner sind ein gesegnetes Volk, und womit sie unter anderem auch gesegnet sind, ist Vergesslichkeit.

Das trifft noch mehr auf Frauen zu als auf uns Männer – nehmen Sie nur die Schießereien in Schulen. Irgendeine Umfrage besagt, sämtliche ›Soccer-Moms‹ schreien nach neuen Waffengesetzen, aber wenn es darauf ankommt, spielt dieses Thema bei ihrer Wahlentscheidung keine Rolle. Ähnlich verhält es sich mit dem Thema Abtreibung, obwohl ich ohnehin meine Zweifel daran habe, die meisten Frauen seien für Abtreibung, wie ihr Liberale euch das vorzustellen scheint.« Plötzlich wurde Gage knallhart. »Aber wissen Sie, wer sich sehr wohl erinnert? Leute, die wütend sind. Leute, die der Meinung sind, dass wir als Land in die falsche Richtung treiben – egal ob es um Abtreibung geht, um Waffenverbote, um den Zerfall unserer Kultur durch Gewalt in Filmen und Musik oder darum, dass jeder mit jedem pennt.«

Gage, nun in seinem Element, drohte Kerry mit dem Finger. »Diese Leute gehen zur Wahl. Sie schreiben mir Briefe waschkorbweise. Nie im Leben würden sie Caroline Masters auch nur die Hand geben. Sie werden Ihnen nie verzeihen, wenn Sie diese Dame mit Gewalt durchsetzen. Und mir werden sie nie verzeihen, wenn ich nicht versuche, Ihnen den Wind aus den Segeln zu nehmen.

Wir haben also eine wahrscheinlich chancenlose Kandidatin, die bis zu den nächsten Wahlen vergessen sein wird. Außer bei jenen Millionen zorniger Bürger, die in Ihnen den Antichrist sehen werden. Und zwar wortwörtlich.«

Kerry lächelte nicht wirklich amüsiert. »Eine finstere Prognose, Mac. Und wie kann ich meinen Kopf retten?«

Gage seufzte angesichts dieser feinen Ironie. »Geben Sie ihr die Chance zu einem Rückzieher. Und dann schicken Sie uns einen halbwegs vernünftigen Kandidaten.

Nicht, dass ich jetzt die Kandidaten ernennen möchte – Sie sind der Präsident. Aber machen Sie einen Vorschlag, dem ich zustimmen kann, ohne mich selbst oder die Partei in die Bredouille zu bringen.

Genau das ist uns nämlich abhanden gekommen – die Bereitschaft zur Kooperation. Im Vorfeld der Masters-Nominierung haben Sie Palmer informiert, ohne mir gegenüber auch nur ein Wort verlauten zu lassen. Ein wenig Respekt seitens des Präsidenten hätte der Senat schon verdient. Und nun müssen Sie und ich mit dem Schlamassel fertig werden.« Gage sprach leise. »Wir werden immer unterschiedliche politische Ansichten haben, aber wir können doch trotzdem konstruktiv zusammenarbeiten. Wir müssen lediglich den Schandfleck Caroline Masters aus unserem kollektiven Gedächtnis streichen.«

Kilcannon hörte aufmerksam zu. Obwohl Gage dem Präsidenten eine gewisse politische Einsichtsfähigkeit nicht absprach, sah er in ihm noch immer den für sein Amt zu jungen, unerfahrenen Heißsporn.

»Ich stimme Ihnen zu«, sagte Kilcannon. »Ich hätte mit Ihnen sprechen sollen über Masters – schon vor der Nominierung und auch in den letzten Wochen. Insofern, Mac, mea culpa ...«

Gage machte eine wegwerfende Geste mit der Hand. »Wer ist schon frei von Schuld, wie ich zu sagen pflege.«

»Das ist sehr großzügig von Ihnen. In diesem Sinne sollte ich Wiedergutmachung leisten, indem ich Sie an meiner Sicht der Realität teilhaben lasse.« Kilcannons Stimme klang sanft. »Diese wütenden Wähler, von denen Sie sprechen, werden sowieso nie für mich stimmen. Sie haben meinen Bruder schon gehasst und sie hassen auch mich. Und nicht wenige haben die geheime Hoffnung, ein überzeugter Patriot käme des Wegs und würde auch mich abknallen ...«

»So nicht«, widersprach Gage, der gar nicht so sehr von Kilcannons Ansichten überrumpelt war als von seiner Entschlossenheit, sie auch auszusprechen. »Diese Menschen sind loyale Amerikaner ...«

»Die mich verachten und alles, wofür ich ihrer Meinung nach stehe.« Kilcannon sprach gelassen weiter. »Mir ist es egal, wenn ich diese Leute auf die Palme bringe. Je mehr sie schäumen vor Wut, umso nützlicher für mich. Aber sollten Sie den Versuch machen, sich bei ihnen anzubiedern, dann werde ich dafür sorgen, dass all den vergesslichen Leuten, von denen Sie gesprochen haben, ein Licht aufgeht.

Bei jedem nächsten Blutbad in einer unserer Schulen werden Sie von mir hören. Früher oder später wird Ihnen klar sein, dass es Ihnen nicht unbedingt zugute kommt, eine hundertprozentige Tochtergesellschaft des Nationalen Schützenverbands zu sein. Und der Zeitpunkt wird kommen, glauben Sie mir das.«

Gage fühlte sein Gesicht zur Maske erstarren; wütend und überrascht, zwang er sich, nicht zu unterbrechen.

»Nun zu Masters«, fuhr der Präsident fort. »Meine Sicht der

Realität ist diese: Sie irren sich, was den Fall Tierney betrifft, und vollends zum Heuchler werden Sie, wenn es um Adoption geht. Sie haben versucht, Masters' Tochter gegen sie zu verwenden und sie selbst als Lesbe zu diffamieren. Und Sie haben versucht, sie als Mensch auf jede nur erdenkliche Art und Weise schlecht zu machen. Und nach all dem wagen Sie es, hier aufzutauchen und mir diesen Kuhhandel anzubieten.

Wir werden zu einem gedeihlichen Miteinander kommen, Mac. Aber davor besteht noch Klärungsbedarf.« Der Blick des Präsidenten wurde kalt. »Jahrelang habe ich im Senat dabei zusehen müssen, wie Sie eine Gesetzesvorlage nach der andern zu Fall bringen – Waffenbesitz, Wahlkampfreform und was auch immer. Wenn Sie wissen möchten, warum ich diesen Job so dringend haben wollte, brauchen Sie nur in den Spiegel zu sehen.

Sie haben versucht, Masters schon im Ausschuss zu erledigen. Nachdem Ihnen das nicht gelungen ist, wollen Sie, dass ich den Job für Sie übernehme. Aber Sie werden Masters schon selbst verhindern müssen. Doch bevor Sie darangehen, hören Sie mir gut zu.« Nun war es Kilcannon, der sich nach vorne beugte. »Was Sie Masters angetan haben, ist untragbar für mich. Diese Frau kann das Leben von Millionen von Amerikanern entscheidend verändern. Meine Aufgabe ist es, sie zur nächsten Obersten Bundesrichterin zu machen, und, sollte ich verlieren, dafür zu sorgen, dass Sie zahlen.«

Gage war am Ende mit seinem Latein, als er das hörte. Er fragte sich, ob er soeben einen höchst überzeugenden Auftritt erlebt hatte, oder ob der Mann vor seinen Augen schlicht und einfach den Verstand verloren hatte. In einer Sache war er sich jedoch sicher: Es bestand keine Aussicht, Kerry Kilcannon doch noch herumzubekommen. Sollte er es dennoch versuchen, würde er den Präsidenten in seinem Unmut nur bestärken.

»Mr. President«, sagte er, »das ist ein großer Fehler.«

Der Präsident lächelte. »Möglich. Fragt sich nur, wessen Fehler.«

»Und?«, fragte Clayton.

Die angespannte Atmosphäre des Treffens mit Gage hatte Kerry in seinem Instinkt, seinem Stabschef zu vertrauen, zwar bestärkt, aber er zögerte doch, die alte Vertrautheit wiederherzustellen. Schließlich antwortete Kerry: »Er fragt sich, ob ich verrückt bin, und ist sich dabei nicht ganz sicher. Dabei weiß ich das nicht einmal selbst so genau.«

»Was hat er vor?«

»Alles in seiner Macht Stehende, um sie zu vernichten. Es gibt, wie er auch selbst weiß, kein Zurück mehr. Dafür ist er schon zu weit gegangen und steht außerdem viel zu sehr in der Kreide bei Commitment und Konsorten.«

Clayton verschränkte die Arme. »Ich habe mit Chuck Hampton gesprochen – er hat uns eine Liste überlassen, alles unentschlossene Demokraten, Senatoren, die du anrufen musst.«

»Wie viele? Sieben?«

»Sechs. Er meint, die anderen neununddreißig sind uns sicher. Darüber hinaus meint er, Mac hat noch immer nicht mehr als siebenundvierzig.«

»Palmer und Jarman mit inbegriffen?«

»Ja. Aber Palmer wird Gage nicht aktiv beistehen, und Vic Coletti sagt, Kate fühle sich mit ihrer momentanen Position auch nicht wohl. Vielleicht könnten wir sie ja noch rumkriegen.«

»Wenn wir das schon wissen«, antwortete Kerry, »weiß Gage das auch.«

Damit fiel Kerry in ein nachdenkliches Schweigen. Er blieb an seinem Schreibtisch sitzen, das Kinn in die Hand gestützt, und vergaß fast, dass Clayton noch da war.

Schließlich sagte Clayton: »Meinst du, Gage plant, Obstruktion zu treiben?«

Kerry sah auf. »Ja«, sagte er. »Derartiges kam zwar noch nie vor. Aber es wurde auch noch nie versucht, eine Ernennung für das Oberste Bundesgericht schon im Ausschuss abzublocken, was Gage ja beinahe gelungen wäre.

Gage fragt sich vielleicht noch, woher er die vier Stimmen nimmt, die er braucht, um auf einundfünfzig zu kommen.«

Clayton steckte die Hände in die Taschen. »Eine Menge wird von Palmer abhängen.«

Kerry brauchte nicht zu erwähnen, wem er Palmers Misstrauen zu verdanken hatte. »Ich rufe ihn an. Er wird sich freuen wie ein Schneekönig, von mir zu hören.«

19

»Zunächst einmal wollte ich dir danken«, sagte der Präsident zu Palmer. »Du hättest sie ja schließlich schon im Ausschuss kaltstellen können.«

»So einfach nun auch wieder nicht.« Palmer sprach distanziert. »Über Harshmans Hauptgrund – die Tochter – war ich von Anfang an informiert. Wenn das nicht von vornherein ein Hinderungsgrund war, kann ich schlecht sagen, dass es jetzt einer ist.«

Die unverhohlene Anklage ließ durchklingen, dass es Kerry war, der den Tipp veranlasst und damit Chads Position unhaltbar gemacht hatte. Aber es war auch eine Missbilligung der eigenen Person: Innerhalb der eigenen Partei wäre es am besten für Chad gewesen, an seinem alten Kurs festzuhalten. »Was auch immer der Grund ist«, antwortete Kerry, »ich verstehe, dass du gegen sie sein musst, zumindest formell. Aber ich frage mich, wie weit du gehen willst.«

»Ich gedenke, gegen sie zu stimmen – basta. Das habe ich schon gesagt.« Chad hielt inne, um dann freiheraus zu fragen: »Was führst du eigentlich im Schilde, Mr. President?«

»Nicht ich – Gage. Er wollte mich sprechen.«

»Das hat deine Pressestelle verlautbaren lassen. Und?«

»Er wird langsam nervös, glaube ich.« Kerry beschloss, offen zu sein. »Ich weiß, du steckst ganz schön in der Klemme, und ich glaube, Gage hat vor, die Schrauben weiter anzuziehen. Und ich meine, du solltest das wissen.«

»Wir zumindest haben unsere Schuldigkeit getan«, sagte Barry Saunders zu Gage. »Wir haben den Fall Tierney übernommen, haben drei Millionen Dollar in einem Monat aufgebracht, und unsere Fernseh-Spots gegen Masters laufen seit fast zwei Wochen. Das alles, obwohl wir diese Partei schon im letzten Präsidentschaftswahlkampf mit mehr als zwei Millionen unterstützt haben. Wir würden gern wissen, was für uns dabei herauskommt.«

Mace Taylor, der abseits saß, blickte von Saunders zu Gage. Der Geschäftsführer von Christian Commitment hatte ein Treffen gewünscht und Gage hatte es arrangiert; Taylors Blick enthielt eine Warnung – was Caroline Masters betraf, mussten sie sich als Sieger erweisen. Aber Gage schien zu zögern; offenbar hatte der Präsident ihn entmutigt.

»Zunächst einmal habt ihr Kilcannon dafür bekommen«, antwortete Gage. »Er benutzt euch als Hintergrundfolie. Du hättest ihn hören sollen heute. Glaube mir, Barry, wir können es uns nicht leisten, so auszusehen, als würdet ihr uns eure Anweisungen auf dem Silbertablett servieren. Das kann uns Stimmen kosten.«

Saunders setzte eine Pokermiene auf. »Du klingst schon wie Palmer, Mac. Aber wenn wir uns nach einem Präsidenten umsehen, wird es ganz bestimmt nicht Palmer sein. Irgendwie haben wir gehofft, dass du der Glückliche sein würdest.«

»Das will ich doch annehmen«, sagte Gage ruhig.

»Wir können uns diese Frau nicht leisten«, sagte Saunders unvermittelt. »Sie hat nicht nur unsere Arbeit im Fall Tierney zunichte gemacht, nein, sie wird auch diese Wahlkampfreform unterstützen, die Palmer und Kilcannon so am Herzen liegt. Damit könnten wir ein für allemal nicht mehr mitspielen – und euch nicht mehr unterstützen.« Saunders schnippte mit den Fingern. »All die Millionen, die ihr euch für das nächste Mal erhofft. In Luft aufgelöst.«

Gage fühlte, wie ihn etwas – Stolz oder Vorsicht – davon abhielt, die Antwort zu bieten, die Saunders erwartete. Taylor sah ihn verwirrt an, um dann besänftigend zu Saunders zu sagen: »Mac hat einen Plan.«

Zögerlich sagte Gage: »Ich denke an eine Obstruktionstaktik. Um Masters eine Abstimmung vorzuenthalten, bräuchten wir lediglich einundvierzig entschlossene Senatoren, die sich weigern, die Debatte für beendet zu erklären. Aber das ist eine wesentlich riskantere Vorgehensweise, Barry, als nur zu sagen, du bist gegen sie.«

Saunders dachte darüber nach. »Du meinst, es ist undemokratisch.«

»Der Senat ist undemokratisch«, erwiderte Taylor. »Das ist ja das Schöne an Macs Rang als Mehrheitsführer. Er braucht lediglich zu verkünden, alles verlaufe ›nach dem ausdrücklichen Willen des Senats‹.«

Obwohl an Saunders gerichtet, stand hinter Taylors Bemerkung die Absicht, das wusste Gage, ihn zu drängen. »Mit der einzigen Ausnahme«, fügte Gage hinzu, »dass es noch nie der ›Wille des Senats‹ war, auf eine Ernennung für das Oberste Bundesgericht in dieser Weise Einfluss zu nehmen.«

Offenbar unzufrieden wandte sich Saunders an Taylor. »Ich bin mir sicher, Paul Harshman würde gerne auf diesen Zug aufspringen.«

»Sicher würde er das«, sagte Gage. »Und genau das passt Kilcannon in den Kram. Paul hat ohne Zweifel seine Vorzüge, aber er ist allzu leicht zu karikieren. Doch genau das Bild wollen wir vermeiden.« Seine Stimme wurde fest. »Ich bin ganz deiner Meinung, Barry. Ich will diese Frau nicht haben. Aber wir dürfen uns keinen Fehler leisten.«

»Manchmal«, erwiderte Saunders ebenso überzeugt, »muss man seinen Weg einfach gehen – Schluss, aus. Du kannst uns nicht behandeln wie ein Mädchen, mit dem du dich heimlich triffst.

Du hast noch immer keine gesicherten einundfünfzig Stimmen. Also sieh zu, dass du wenigstens einundvierzig bekommst.« Saunders' Stimme wurde plötzlich leiser. »Vermassel uns diese Sache nicht. Unsere Anhänger gehen alle zur Wahl und sie lassen euch Kohle zukommen. Ohne uns schaffst du es nie.«

»Oder mit euch«, sagte Gage. »Wenn Kilcannon nämlich mit seinem Plan durchkommt. An wen wollt ihr euch denn sonst wenden, wenn nicht an uns?« Er hob eine Hand und nahm die Antwort vorweg. »Wir sitzen alle in einem Boot, mein Freund. Es ist lediglich eine Frage des Blickwinkels.«

»Paul mag ja in Kilcannons Augen eine Witzfigur sein«, sagte Taylor zu Gage. »Aber ihm würde das Lachen vergehen, wenn Palmer an vorderster Front stehen würde, oder?«

Wie von Taylor garantiert beabsichtigt, fühlte Gage seinen Handlungsspielraum dahinschwinden. Christian Commitment wollte seine Hand darauf, dass er Masters mit allen zur Verfügung stehenden Mitteln verhindern würde; und für Taylor war das ein Anlass, Palmer ein für allemal als möglichen Kandidaten auszuschalten. So misstrauisch ihn das alles stimmte, so appellierten beide Männer doch auch an Gages dringlichsten Ehrgeiz – die Nominierung durch seine Partei zu sichern und gegen Kerry Kilcannon anzutreten.

»Wir werden einen Weg finden«, sagte Gage. »Zuerst muss ich mit Palmer sprechen.«

Schon zu Beginn des Treffens hatte Gage das Gefühl, dass er darauf einmal wie auf einen symbolhaften Wendepunkt zurückblicken würde – nur war er sich nicht sicher, worin die Symbolhaftigkeit bestand.

Es war spät am Nachmittag, und durch die halb zugezogenen Vorhänge in Palmers Büro drang schwaches Sonnenlicht, so dass die gelben Wände in einem gedämpften Goldton strahlten. Palmer begrüßte ihn freundlich, wenn auch vorsichtig; Gages Augen wurden von dem Foto auf dem Schreibtisch angezogen, auf dem Chad und Kyle Palmer einander zulächelten.

»Also«, sagte Chad schließlich. »Masters.«

»Hast du auch zuweilen das Gefühl, Chad, wir kennen Caroline Masters schon ewig?«

Chad lächelte zustimmend. »Sie hat binnen weniger Wochen einen ziemlichen Eindruck auf uns gemacht.« Seine Stimme nahm einen ironischen Unterton an. »Natürlich bin ich daran nicht ganz unbeteiligt.«

Gage nickte. »Das kann man sagen, Chad. Und unter beträchtlicher Beteiligung des Präsidenten.«

Chad zuckte mit den Schultern. »Unsere entente cordiale – wenn du es so nennen willst – ist beendet. Ich war dagegen, sie im

Ausschuss kaltzustellen, weil ich meine, ein derartiges Vorgehen ist nicht richtig. Aber im Plenum stimme ich gegen sie.«

Das wusste Gage bereits, weshalb er vermutete, es war Palmers Art, sich auf eine größere Auseinandersetzung vorzubereiten. Er spürte, dass Palmer mit seinem Besuch gerechnet hatte. »Ich brauche deine Hilfe, Chad. Darüber hinaus.«

Chads Lippen bildeten ein Lächeln, das die Augen nicht erreichte. »Eine feurige Rede?«

»Ja. Gegen einen Antrag auf Debattenschluss. Ich will, dass du mir hilfst, die einundvierzig Stimmen zu sammeln, die nötig sind, um ein Verzögerungsmanöver durchzuführen.«

Zu Gages Erstaunen lachte Chad laut auf. »Ein Filibuster also«, sagte er. »Unser Präsident ist doch ein kluger Junge.«

Gage fühlte sich leicht beunruhigt. »Inwiefern?«

»Vor einiger Zeit hat er angerufen und tatsächlich vorausgesagt, du würdest vorbeikommen und mich genau zu diesem Thema sprechen wollen.« Palmer fand zu seiner Ernsthaftigkeit zurück. »Erinnerst du dich, als all dies angefangen hat und ich dir geraten habe, ihn nicht zu unterschätzen?«

Gage kämpfte gegen seine Unruhe an. »Insbesonders«, antwortete er, »hast du vorhergesagt, diese Stadt sei am Ende übersät mit den Leichen derer, die ihn unterschätzt haben. Ich befürchte, ich habe übersehen, wie gut gemeint diese Warnung war.« Gage nahm einen extrakleinen Schluck Bourbon – er musste in jedem Fall einen klaren Kopf behalten. »Wovon hat Kilcannon sonst gesprochen?«

»Dass so etwas noch nie vorgekommen ist. Dass wir dastehen wie die Handlanger der äußersten Rechten, wenn wir sie mit einer Minderheit zu Fall bringen. Dass er sagen werde, jede Stimme gegen einen Debattenschluss ist eine Stimme für Masters, und dass wir einer Kandidatin, die von einer Mehrheit der Senatoren unterstützt wird, keine Chance gegeben haben …«

»Blankes Säbelrasseln. Das werden wir auch noch überleben.«

»Er hat auch gesagt, dass jede Aktion eine Reaktion nach sich zieht – dass er mit fünfundvierzig Demokraten im Senat jede Gesetzesvorlage unsererseits per Filibuster niederschmettern kann.

Dass die Vetos des Präsidenten fallen werden wie Herbstlaub. Anders ausgedrückt, er wird dich mit all seiner Macht zur Schnecke machen.«

Palmer lehnte sich zurück. »Und dann warnte er noch davor, dass du langfristig gesehen einen Präzedenzfall schaffen könntest für zukünftige Nominierungen seitens der Republikaner. Insbesondere würdest du ›den Senat in einen Hobbes-ähnlichen Naturzustand zurückversetzen‹.«

Palmers Ton, bemerkte Gage, war entspannt und neutral. »Kannst du dem zustimmen?«, fragte er.

»Zum Teil.«

»Genug, um unsere Filibuster-Pläne abzulehnen?«

Chad legte die Hände flach auf den Tisch und beugte sich nach vorne, so dass er Gage in die Augen sehen konnte. »Mac«, begann er, »vor Jahren haben wir Leute wie die Brüder von Christian Commitment ins Zelt gelassen. Dass sie einmal das Sagen darin haben würden, haben wir nie geglaubt. Nun haben sie es, oder meinen zumindest es zu haben.

Die Politik erfordert Kompromisse, ein unangenehmes Gerangel, das letztendlich dem Gemeinwohl dient. Deren Glaubenssystem jedoch kennt keine Kompromisse, was unserer Partei unendlich geschadet hat.«

Palmer sprach, wie Gage alarmiert feststellen musste, aus tiefstem Herzen. »Ich weiß«, fuhr Chad fort, »du siehst in meinen Worten nur das salbungsvolle Geschwätz eines selbst ernannten Propheten. Aber ich bin nun einmal davon überzeugt, dass das, was für unser Land nicht gut ist, langfristig auch für uns nicht gut sein kann.

Es gibt im Leben entscheidende Situationen, Mac. Hier handelt es sich um eine. Wie wir Caroline Masters zu Fall bringen – sollte es uns gelingen – ist wichtiger, als sie um jeden Preis zu Fall zu bringen.

Vielleicht stürze ich damit die religiösen Fundamentalisten ins Unglück. Vielleicht versperren sie mir den Weg ins Präsidentenamt.« Palmer lächelte kurz. »Wenn, dann wäre das ein Jammer für Amerika. Aber meine Selbstachtung hätte ich mir bewahrt.

Wie denkst du darüber, Mac? Ist dir die Sache diesen Teufelspakt wert?« Palmers Ton war gelassen. »Wie du unlängst schon gesagt hast, Freunde sind wir nicht. Wir wollen beide denselben Job und haben unterschiedliche Ansichten darüber, wie wir ihn bekommen. Im Grunde meines Herzens habe ich jedoch zu viel Respekt vor dir, als dass ich glauben könnte, du würdest deine Seele an sie verkaufen.«

Es dauerte eine Weile, ehe Gage antwortete; eine dumpfe Vorahnung hielt ihn davon ab, ebenso wie das Wissen, dass Palmers Weltsicht zumindest ein Fünkchen Realität enthielt. »Also«, zwang sich Gage zu sagen, »um über deine Position im Klaren zu sein …«

Palmer blickte ihn enttäuscht, dann resigniert an. »Ich stimme gegen sie, aber ich werde kein Filibuster unterstützen. Wir schlagen Masters ohne Tricks oder gar nicht.«

Gage faltete die Hände. Er hatte Palmer noch nie ausstehen können und scherte sich auch jetzt nicht um ihn. Und auch was die Wahl geeigneter politischer Mittel betraf, war er nicht wählerisch. Aber in diesem Moment fühlte er doch Bedauern und Niedergeschlagenheit.

Gedämpft sagte er: »Geh aus dem Weg, Chad. Dir zuliebe.«

Einen Moment schien Palmer konsterniert, erholte sich aber schnell. »Möchtest du mir etwas sagen, Mac?«

Gage spielte kurz mit dem Gedanken, ihm die Wahrheit zu sagen, besann sich aber dann eines Besseren. »Nein«, antwortete er, »nichts, was du nicht ohnehin schon weißt.«

20

Der Tag des Präsidenten war mit Terminen vollgepflastert – Telefongespräche mit Senatoren, eine Ansprache vor Anwälten über die Masters-Nominierung, eine Strategiebesprechung mit Chuck Hampton. Umso mehr war er verärgert, dass in letzter Minute ausgerechnet Katherine Jones noch mit einem Gespräch hereingeplatzt kam. Mit kaum verhohlener Ungeduld sagte Kilcannon zu ihr: »Clayton sagt, es geht um die Masters-Nominierung. Und dass es wichtig ist.«

Jones nickte eifrig. »Mehr als wichtig. Entscheidend.«

Dieser Hauch Selbstgefälligkeit reizte Kerry noch mehr. Von den bedeutenderen Pro-Choice-Aktivistinnen, Frauen, die Kerry in der Regel bewunderte, war Jones die Einzige, die er nicht ausstehen konnte. Ihre militante Gruppe, Anthony's Legions, hatte im Lauf der Vorwahlen gegen Kerry demonstriert, und obwohl er es nicht beweisen konnte, glaubte er, Jones sei persönlich dafür verantwortlich, Gerüchte über seine Beziehung zu Lara Costello verbreitet zu haben. Einzig ihre Hartnäckigkeit und Kerrys Wissen, dass sie mit ihrer begrenzten Chance auf eine private Unterredung nicht leichtfertig umgehen würde, hatten ihr diesen Termin gesichert.

Nun wirkte Jones, trotz ihrer Bestimmtheit, nervös; mit dem Zeigefinger fuhr sie die Kanten eines flachen Umschlags nach, den sie in der Hand hielt. »›Entscheidend‹?«, wiederholte Kerry. »Warum?«

Jones schob den Umschlag über seinen Schreibtisch. Mit einer ungewohnt sanften Stimme, die Zögern und vielleicht Unbehagen ausdrückte, antwortete Jones: »Lesen Sie das, und Sie wissen Bescheid.«

Obwohl Kerry keine Ahnung bezüglich des Inhalts hatte, zauderte er, ehe er den Umschlag öffnete und ein zweiseitiges Dokument herausnahm. Er blickte zu Jones, die aber ihrerseits den Blick nicht von den zwei Seiten lassen konnte. Dann begann er zu lesen.

Zuerst erkannte er, um welche Art Dokument es sich handelte, und dann erst, wen es betraf; er hatte nun eine andere Vorstellung von den Beweggründen eines Menschen – zumindest in einem Fall – und von den Kräften, die er unwissentlich in Bewegung gesetzt hatte.

Eine ganze Weile starrte er auf das erste Blatt Papier und sprach kein Wort. Als er schließlich aufsah, fragte er leise: »Woher haben Sie das?«

»Es kam per Post.«

»Von wem?«

»Ich habe keine Ahnung. Aber das zweite Blatt ist eine maschinengeschriebene Liste mit Namen, Angaben zur Person und darüber, wie die jeweilige Person zu dieser Information gekommen ist. Es ist wie eine Zeugenliste.«

Der Präsident wendete das erste Blatt um. Die Liste enthielt Adressen und Telefonnummern – das Werk, dessen war er sich sicher, eines privaten Schnüfflers. »Und Sie haben wirklich keine Ahnung?«, wiederholte er.

»Nicht im Geringsten.«

»Oh, aber Sie sind diesen Leuten offenbar bekannt. Und Sie meinen vielleicht, auch mich zu kennen.«

Die Schärfe in seiner Stimme zwang Jones, aufzusehen. »Was möchten Sie damit sagen, Mr. President?«

»Lassen Sie zuerst mich eine Frage stellen, Katherine. Was soll ich Ihrer Meinung nach damit anfangen?«

Jones schien den Augenkontakt nur unter Schwierigkeiten halten zu können. »Es handelt sich immerhin um eine entscheidende Information. Ich war der Meinung, ich darf sie Ihnen keineswegs vorenthalten.«

Kerry spürte, wie sich seine Abscheu angesichts des Dokuments in Wut verwandelte. »Was soll ich Ihrer Meinung nach damit tun?«

Jones antwortete nicht. »Verstehe«, sagte der Präsident. »Die Tat, die ihren Namen nicht zu nennen wagt. Woran ich aber zuerst denke, ist ›Erpressung‹.«

Für einen Moment starrte sie ihn mit reglosem Gesicht an. »Ich hätte die Sache an die Öffentlichkeit geben können«, antwortete sie. »Was ich nicht getan habe.«

»Stattdessen sind Sie zu mir gekommen.« Kilcannons Stimme klang flach. »Eine Veröffentlichung Ihrerseits würde ihn lediglich ruinieren. Wenn er jedoch weiß, dass ich Bescheid weiß, denken Sie nur, wie fügsam er dann wird. Besonders was Masters betrifft.«

Jones verschränkte die Arme. »Die Bande hat Masters' Tochter an die Öffentlichkeit verraten. Es ist Zeit, Mr. President, dass wir zurückschlagen.

Ich habe nicht darum gebeten – der Brief lag einfach in der Post. Es ist nicht meine Sache, zu entscheiden, was damit passieren soll. Aber unser Freund war er nie und ist es auch jetzt nicht.« Sie wurde lauter, als müsste sie sich verteidigen. »Masters ist von entscheidender Wichtigkeit, Mr. President, für uns alle.«

»In der Tat.« Kilcannons Gelassenheit schien sie mehr aus der Fassung zu bringen als seine Wut. »Entscheidend genug für Sie«, fuhr er fort, »um anzunehmen, ich würde das gegen ihn verwenden. Bevor Sie also gehen, will ich Ihnen genau sagen, was ich zu tun gedenke.«

Kerry pochte mit einem Finger auf das Dokument. »Sollte das an die Öffentlichkeit geraten, dann haben Sie zum letzten Mal in diesem Büro gesessen. Und sollten Sie von Anfang an der Drahtzieher gewesen sein, wird das Justizministerium in Ihrer Organisation das Unterste zuoberst kehren, bis Sie das Gefühl haben, Sie befinden sich im Geschworenengericht.«

Jones starrte ihn an, den Mund leicht geöffnet. Von einem Moment auf den anderen spürte er, wie sein Widerwille ihr gegenüber sich gegen ihn selbst richtete.

»Sie haben getan, was Sie tun mussten«, sagte er. »Nun weiß ich Bescheid. Ich werde mich von hier aus um die Sache kümmern.«

Er wollte, er hätte mehr Zeit. Aber als Präsident, hatte er feststellen müssen, blieb oft nur allzu wenig Zeit für weitreichendere Gedanken und noch weniger für Gefühle.

Er sah nun, was geschehen war. Chad war in die Enge getrieben, und Kerry hatte seinen Teil dazu beigetragen. Erst jetzt verstand der Präsident, wie komplex Chads Reaktion auf sein eigenes Taktieren war und, im Grunde genommen, wie einfach. Aber keineswegs einfach war die Entscheidung, vor der Kerry stand.

Ihm reinen Wein einzuschenken, erkannte der Präsident, wäre schon für sich eine Art Erpressung – die Angst, die er damit auslösen würde, die Verpflichtung, die damit verbunden wäre. Chad könnte zu Recht annehmen, dies sei ein weiterer Trick seinerseits, oder sogar, dass die Information auf Betreiben des Präsidenten beschafft wurde. Aber wenn Jones an diese Unterlagen herangekommen war, dann konnten das auch andere: Letztendlich hatte Kerry keine andere Wahl, als ihn zu warnen.

Somit griff Kerry, ungeachtet der Liste mit den unentschlossenen Senatoren, selbst zum Telefon.

»Ich hoffe, es geht nicht um Masters«, sagte Chad. »Meine neun Leben sind aufgebraucht.«

»Doch, es geht um Masters«, antwortete Kerry mit einem Kloß im Hals. »Ich muss dich sprechen, und zwar dringend.«

Der Ton in der Stimme des Präsidenten erzeugte ein kurzes Schweigen. »Wir können uns keine Heimlichkeiten mehr leisten …«

»Komm nach dem Büro hierher«, unterbrach Kerry, »durch den Besuchereingang Ost.«

»Du rührst an schmerzliche Erinnerungen«, erwiderte Chad bissig. »Mit dem letzten Arrangement dieser Art habe ich mir gehörig die Schnauze verbrannt.«

Wieder empfand Kerry tiefes Bedauern. »Ich weiß«, antwortete er. »Aber dein aktuelles Problem ist von einem ganz anderen Kaliber.« Er zögerte, um dann hinzuzufügen: »Es geht um Kyle, Chad. Und um Allie.«

Eine Zeit lang starrte Chad Palmer unablässig auf das Dokument, während der Präsident ihm dabei zusah.

Es war dunkel draußen, und im schwach erleuchteten Arbeitszimmer des Präsidenten war Chads Gesichtsausdruck von schmerzlicher Eindringlichkeit.

Behutsam fragte Kerry: »Weißt du, aus welcher Ecke das kommt?«

Als Chad aufsah, war er zwar blass, aber gefasst. »Nein«, sagte er. »Weißt du es?«

Kerry zuckte zusammen angesichts dieser Unterstellung. Aber Palmer hatte gute Gründe, ihn für den Verrat von Carolines Tochter verantwortlich zu machen.

»Nein«, antwortete der Präsident. »Ich weiß es nicht.«

In Chads kaltem Gesichtsausdruck mischte sich Misstrauen mit Abscheu. »Was willst du dann von mir?«

»Nichts.« Kerry konnte nur mit Mühe Ruhe bewahren. »Ich habe die Sache niemandem gezeigt und auch keine Kopien gemacht. Sobald du weg bist, werden wir nie wieder darüber sprechen. Das Dokument existiert für mich nicht.«

Palmers Ausdruck blieb unverändert. Die Begegnung, und das wusste Kerry zu seinem Bedauern, war von Argwohn überlagert; was auch immer er vorhatte, Palmer würde das Gefühl haben, in seiner Schuld zu stehen, und das Weiße Haus in dem Bewusstsein verlassen, der Präsident habe die Mittel, ihn zu zerstören. Konnte Palmer doch keineswegs darin sicher sein, dass der Präsident ebendiese Absicht nicht hatte – oder gar das Dokument doch selbst zutage gefördert hatte.

»Ich bitte dich nicht um deine Hilfe«, sagte Kerry, »und ich erwarte sie auch nicht. Bevor du also die Sache mir in die Schuhe schiebst, bedenke bitte die Motive dessen, der für die Postsendung verantwortlich ist.

Er will nicht nur deine Stimme, sonst hätte er das Dokument auf andere Weise benutzt. Stattdessen hat er es einer Gruppe zukommen lassen, die Masters unterstützt, einer Gruppe, die dazu geneigt ist, es mir in die Hände zu spielen.« Kerry beugte sich zu Chad, wie um seinen Worten mehr Nachdruck zu verleihen. »Warum, frage ich mich ständig? Eine Antwort ist die, dass er vielleicht denkt, wenn ich schon Caroline Masters und ihre Tochter bloßgestellt habe, würde ich auch nicht zögern, dieses Dokument entsprechend zu verwenden.

Wer auch immer dafür verantwortlich ist, will dich als Person und als Präsidentschaftskandidat ruinieren. Wenn ich dich erpresse, und du stimmst für Masters, bist du ein toter Mann für deine Partei. Und wenn sie es anschließend an die Medien weiterleiten, bist du völlig erledigt. In dieser Kombination ist die Wirkung viel verheerender als sie es wäre, wenn sie direkt an die Öffentlichkeit gingen.«

Wieder sah Chad auf das Dokument. Kerry konnte sich nur allzu gut vorstellen, wie er sich fühlen musste bei dem Anblick von Allies Unterschrift auf genau dem Formular, das seiner Tochter die Abtreibung gestattete. Er fragte sich plötzlich, ob Chad überhaupt davon gewusst hatte: Obwohl er Chads Ehe als gut einschätzte, war er sich von seiner eigenen gescheiterten Ehe her nur zu bewusst, welche Geheimnisse vor dem Partner und vor anderen möglich waren.

In Chads Augen wirkte der Präsident ruhelos; über die Gründe konnte er allerdings nur spekulieren. Die Enthüllungen über Caroline Masters und Kerrys geschickter Umgang damit hatten jegliches Vertrauen zerstört.

»Ehe du zu dem Schluss kommst, ich würde dahinterstecken«, hörte er den Präsidenten sagen, »oder einer von Masters' Fans, überlege doch bitte, wer uns sonst noch als Mittelsmann missbrauchen könnte.«

»Zum Beispiel?«

»Frage dich selbst, wer – außer mir – nicht gerade ein gesteigertes Interesse an deiner Kandidatur hat. Jemand, dem du in die Quere gekommen bist.« Die Stimme des Präsidenten wurde ruhiger. »Jemand, der sich von dir bedroht fühlt und rücksichtslos genug ist, so etwas zu tun.«

»Geh aus dem Weg«, hatte Gage zu ihm gesagt. *»Dir zuliebe.«*

»Möchtest du mir etwas sagen?«, hatte Chad gefragt.

»Nichts, was du nicht ohnehin schon weißt.«

Chad fühlte, wie sich seine Gedanken überschlugen. Vor die Wahl gestellt, ob er Kilcannon oder Gage mehr vertrauen sollte, hätte er in früheren Jahren nicht gezögert. Nun aber konnte er nicht anders. »Oder«, sagte er kühl, »ich frage mich, wem steht das Wasser so weit bis zum Hals, dass er versucht, mich auf Gage zu hetzen.«

»Wenn du immer noch glaubst, ich würde das verwenden«, antwortete Kilcannon wirklich verärgert, »dann habe ich meine Zeit hier verschwendet. Sei bloß froh, dass mir dieses Stillhalteabkommen gelungen ist. Obwohl ich natürlich letztendlich keine Kontrolle habe.« Der Präsident hielt inne. »Ich will gar nichts von dir. Es reicht, wenn du auf deine Familie aufpasst, und den Verantwortlichen kann man nur wünschen, dass ich Gnade vor Recht ergehen lassen werde. Obwohl ich selbst nicht darauf bauen würde.«

Plötzlich spürte Chad die Sorge um seine Familie auf seinen

Schultern lasten – Kyles Zerbrechlichkeit, Allies grenzenlose Liebe zu ihr. Chad faltete das Dokument zusammen, steckte es in seine Manteltasche und ging.

Kerry konnte ihm schwerlich etwas vorwerfen.

Seit Claytons zynischer Tat, von der Kerry auch noch profitierte, konnte er unmöglich Vertrauen erwarten. Als Präsident konnte er niemandem erklären, was geschehen war. In der gnadenlosen und unbarmherzigen Umgebung Washingtons käme das einer Selbstanklage gleich.

Das war das Schlimmste für Kerry; zu erkennen, dass Chad Carolines Vergangenheit auch aus Mitgefühl verdeckt gehalten hatte – Caroline hatte durch ihr Verhalten die eigene Tochter geschützt, so wie Chad seine geschützt hatte. Und auch Chads Überzeugung, dass das Privatleben eines Menschen privat bleiben solle, hatte zutiefst persönliche Gründe.

Wie auch bei Kerry. Hätte er Chad Palmer den Grund dafür sagen können, hätte Chad ihm glauben müssen. Aber das war schon aus Rücksicht auf Lara nicht möglich. So würde den beiden Männern keine andere Wahl bleiben. Jeder verschanzte sich hinter seinem Geheimnis und versuchte, sich selbst zu schützen und die Menschen, die er am meisten liebte.

Der Umschlag aus Katherine Jones' Post blieb in seinem Schreibtisch. Der Präsident öffnete die Schublade und betrachtete ihn lange, dann kehrte er zu jener Liste unentschlossener Senatoren zurück und griff zum Telefonhörer.

21

Zwei Abende später war Kerry zurück in seinem Arbeitszimmer; die Gespräche mit einzelnen Senatoren über die Masters-Nominierung waren immer noch nicht abgeschlossen. Aber es war ihm gelungen, die Unterstützung durch die Demokraten zu sichern: Einundvierzig hatten sich bereit erklärt, für Caroline zu stimmen; die anderen vier, wenn auch formell unentschlossen, hatten dem Präsidenten ihre Stimmen zugesichert, sollte dies den Spielraum für einen Sieg erweitern. Der jüngsten nationalen Umfrage zufolge sprach sich mittlerweile eine Mehrheit von siebenundvierzig zu achtunddreißig Prozent für Caroline Masters aus, wobei die Differenz sich durch einen Vorsprung von zwanzig Prozent bei den Frauen erklärte. Unter Federführung von Clayton arrangierte die Administration Kilcannon Vorträge und Zeitungsartikel, in denen die Bedeutung einer unabhängigen Justiz hervorgehoben und die Opposition gegen Masters als Angriff auf die Integrität der Justiz insgesamt bezeichnet wurde.

Das hatte seine Wirkung auf den Meinungsbildungsprozess in der Öffentlichkeit wie im Senat. In dem von ungeheuerlichem Mediengetöse begleiteten Kampf um die Gemäßigten unter den Republikanern hatte Macdonald Gage keine einzige zusätzliche Stimme gewinnen können, so dass ihm bei siebenundvierzig vorhandenen noch immer vier fehlten. Er befand sich in einer vertrackten Situation, schätzte Kerry: Ohne einundfünfzig sichere Stimmen in der Hinterhand konnte Gage keine Abstimmung über die Nominierung riskieren; und jede weitere Verzögerung schien Kerry zugute zu kommen. Darüber hinaus schwebte eine jeglicher Kontrolle unzugängliche Unwägbarkeit über dem Verfahren: die unmittelbar bevorstehende Entscheidung des Obersten Bundesgerichts über Martin Tierneys Berufungsantrag und die darauf folgende Abtreibung, sollte dem Antrag nicht stattgegeben werden.

Dies alles verstärkte den Druck auf Gage seitens der Parteirechten, die Nominierung mit dem einzig sonst noch verfügbaren Mittel zu vereiteln: Wenn es Gage gelang, vierzig seiner siebenundvierzig Getreuen dazu zu bewegen, ein Filibuster zu unterstützen und so eine Abstimmung über Masters erst gar nicht zuzulassen, wäre die Nominierung erledigt. Über die letzten beiden Tage hinweg, das wusste Kerry, hatte Gage in dieser Richtung vorgefühlt.

Genauso lang hatte Palmer kein Wort von sich hören lassen.

Andere Republikaner, die sich von Chad Hinweise erhofften, erhielten keine. Mit Äußerungen zu einem Filibuster hielt er sich strikt zurück, noch bestätigte oder widerrief er seine ablehnende

Haltung gegenüber Masters. Überhaupt gab es keinerlei öffentliche Verlautbarung seinerseits.

Und auch mit Kilcannon trat er nicht in Kontakt. Das eine oder andere Mal hatte Kerry sich Chads schmerzliche Unterhaltung mit Allie vorgestellt. Erst später hatte Kerry erfahren, dass Chad seine Familie erst nach Ablauf von zwei Tagen informiert hatte – ein Fehler, der dem Präsidenten nicht unterlaufen wäre.

Aber an jenem Abend versuchte Kerry, nicht an Chad zu denken.

»Mr. President«, sagte Leo Weller, »Sie wollen also meine Zusicherung, dass ich, falls erforderlich, ein Filibuster verhindere. Entgegen den Wünschen meines Fraktionsführers.«

Kerry verstand die Aussage als das, was sie war – ein Vorfühlen, Wellers Versuch, den Höchstbietenden ausfindig zu machen. Der Senior-Senator aus Montana, liebenswürdig und trickreich, sah harten Auseinandersetzungen um seine Wiederwahl entgegen: Nur ein Präsident konnte Wellers Anhänger mit Ämtern belohnen oder Gesetzesvorlagen in deren Interesse absegnen beziehungsweise zu Fall bringen.

»Sie können zwei Fliegen mit einer Klappe schlagen«, antwortete Kerry. »Sie können, ist Masters erst einmal im Plenum, gegen sie votieren – nachdem Sie mit Ihrem Votum sichergestellt haben, dass sie überhaupt zu einem Votum kommt. Das nenne ich Demokratie.«

Weller, am anderen Ende der Leitung, lachte vor sich hin. »Eine interessante Strategie zumindest. Zunächst überreden Sie ein paar von ihren Gegnern in unseren Reihen, ihr zu einer Abstimmung im Plenum zu verhelfen. Dann versuchen Sie, mindestens fünf Republikaner zu gewinnen, um so in der Abstimmung über Masters auf fünfzig Ja-Stimmen zu kommen. An welcher Stelle dann Ellen Penn von ihrem Recht als Senatspräsidentin Gebrauch macht und die entscheidende Stimme abgibt.«

»Schön zusammengefasst«, erwiderte der Präsident. »Bedenken Sie also die Alternative. Gage bekommt vierzig Stimmen, um Caroline Masters im Vorfeld abzuschießen. Wir, die Demokraten, haben fünfundvierzig Sitze im Senat: Ich werde die Stimmen dazu verwenden, um per Filibuster jede Gesetzesvorlage abzuwürgen – Strafrechtsreform, Steuersenkungen und was Ihnen sonst noch so einfällt.

Überlegen Sie sich also gut, was Mac Ihnen anbietet. Außer einem Deckstuhl auf der *Titanic.*«

»Eine ganze Menge«, antwortete Weller gut gelaunt. »Den Vorsitz im Agrarausschuss, die Zusicherung, dass meine Gesetzesinitiativen zur Abstimmung gelangen …«

»Nur wenn die Republikaner die Mehrheit halten können und Gage Mehrheitsführer bleibt. Ich wäre mir da in keinem Fall so sicher: Politisch gesehen ist es höchst unklug, Masters abzulehnen – ihr steht da wie ein paar Duckmäuser vor der christlichen Rechten.«

»Kann sein, kann auch nicht sein.« Weller wirkte nun eher unterkühlt, die entspannte Pose wie in Luft aufgelöst. »Sie sprechen davon, den Senat zu blockieren, Mr. President …«

»Ich spreche lediglich davon, dafür zu sorgen, dass Gage so etwas nie wieder versucht. Der einzige Ausweg für die Republikaner im Senat besteht darin, sicherzustellen, dass es von Anfang an nicht dazu kommt.« Kerrys Ton war ruhig, analytisch. »Gage will Präsident werden und glaubt, er braucht dazu die christliche Rechte. Dabei übersieht er ihr momentan dringlicheres Problem – die Wiederwahl.«

»Bei allem Respekt, Mr. President, meine Leute daheim scheren sich einen Dreck um Caroline Masters. Sie sind viel zu sehr mit ihrem Alltag beschäftigt, als dass sie sich mit Leitartikeln und vornehmen Reden abgeben würden …«

»Ein durchaus heißes Thema sind jedoch die Weiderechte. Sie haben eine Gesetzesinitiative eingebracht, nach der diese auf öffentliches Gelände ausgedehnt würden. Die Umweltschützer wollen das Gesetz vom Tisch haben, und ich bin in jedem Fall bereit, mein Veto dagegen einzulegen.«

»Schön«, sagte Weller unbeeindruckt. »Machen Sie das, und der Knabe, den Ihre Partei als Gegenkandidat aufgestellt hat, kann einpacken.«

»Wenn Sie meinen«, antwortete Kerry vergnügt. »Ich bin sicher, wenn er Sie einen Dinosaurier nennt und fragt, was Sie in jüngster Zeit für Montana getan haben, werden die vierzig Prozent, bei denen Sie gegenwärtig liegen, Sie zum Sieg führen. Einem Erdrutschsieg möglicherweise.«

Weller lachte zustimmend: Der Präsident hatte sein pausbäckiges Engelsgesicht vor Augen, die Lippen berechnend gespitzt. »Also stimme ich für einen Debattenschluss und bekomme dafür meine Weiderechte.«

»Es ist zumindest fair, zu sagen«, antwortete Kerry, »dass Sie mit mehr Bereitschaft meinerseits rechnen dürften.«

Schweigen auf beiden Enden der Leitung. Weller wog die Vorzüge eines zugänglichen Präsidenten gegen die Nachteile ab, die es mit sich bringen würde, seinen fast ebenso mächtigen Gegenspieler zu brüskieren. Schließlich sagte Weller: »Dann ist da noch diese Richterstelle. Ich würde meinem letzten Wahlkampfleiter gerne einen Gefallen tun ...«

Kerry warf einen Blick auf das Memo vor ihm. »Ein Typ namens Bob Quinn, um genau zu sein. Mir wurde gesagt, sein einziges Manko bestehe darin, dass er ein wahrlich mittelmäßiger Anwalt und natürlich obendrein konservativ ist. Nichts, was darauf schließen lassen würde, dass er einen brillanten Richter abgäbe.«

Weller lachte abermals kurz auf. »Sie sind bestens informiert, Mr. President. Nur dass Bob sehr wohl hervorragend geeignet ist ...«

»Für das Bezirksgericht vielleicht. Das Berufungsgericht – für das Sie ihn meines Wissens vorgesehen haben – wäre etwas zu hoch gegriffen.«

»Bob hat sich aber nun einmal auf das Berufungsgericht kapriziert.«

»Sagen Sie Ihrem alten Freund Bob, dass ich eine Schwäche für ihn habe. Auch ich war ein mittelmäßiger Anwalt ...«

»Das bezweifle ich, Sir.«

»Aber dass meine Solidarität nicht weiter geht als bis zum Bezirksgericht«, fuhr Kerry fort. »Fragen Sie Ihren Freund, ob das zur Not reicht.«

Wieder schwieg Weller. »Wenn es denn reichen muss«, sagte er schließlich, »dann wird es auch reichen.«

»Womit wir wieder bei Mac Gages Filibuster wären.«

»Sollte es so weit kommen«, sagte Senator Weller, »bin ich gewillt, dagegen zu stimmen.«

Der Präsident fühlte eine Erleichterung, die keinen Halt vor seiner Stimme machte. »Machen Sie das, Leo, und Sie können die gute Nachricht an Mr. Quinn weiterleiten. Und an das ganze Viehzeug.«

Als er den Hörer auflegte, sah der Präsident Lara in der Tür stehen. Lächelnd sagte sie: »Beeindruckend.«

Sie trug Lederhandschuhe und Mantel, und ihr Gesicht war von der Kälte leicht gerötet. »Wie lange bist du schon hier?«, fragte er.

»Ein paar Minuten«, antwortete sie. »Dieser Bob Quinn muss ja ein toller Hecht sein. Ich kann nur hoffen, in seinem Bezirk gibt es mehr Kühe als Menschen.«

Kerry lächelte. »Man tut, was man kann. Ich hoffe, du bleibst ein Weilchen.«

Sie durchquerte den Raum und küsste ihn. »In letzter Zeit ist das die einzige Möglichkeit, dich zu sehen.«

Kerry blickte zu ihr auf. »Es war verdammt hart«, sagte er. »Tut mir Leid.«

»Ich habe Verständnis dafür. Langsam gewöhne ich mich daran, dass du Präsident bist.«

Kerry wünschte sich, die Gespräche wären schon alle erledigt. Und mehr noch wünschte er sich, er hätte kurz Zeit, um Lara von Chad Palmer zu erzählen. Aber die Zeit hatte er nicht, und Chads Geschichte hatte so deutliche Anklänge an ihrer beider Leben, dass er sich sträubte, sie mitzuteilen.

»Es wird nicht allzu lange dauern«, sagte er. »Vielleicht noch eine Stunde.«

Lara streifte den Mantel ab und legte ihn über einen Stuhl. »Passt. Ich wollte selbst noch telefonieren, und auf deinem Nachttisch habe ich doch den neuen Stephen King liegen lassen.«

Kerry lächelte wieder. »Heirate mich«, sagte er, »und du kannst ihn vielleicht zu Ende lesen.«

Wie immer um acht Uhr abends fuhr Chad nach Hause, um zusammen mit Allie ein spätes Abendessen einzunehmen. Noch auf dem Weg in das nahe gelegene Stadthaus der Palmers überlegte er sich, ob er heute damit herausrücken sollte.

Zwei Tage waren vergangen, in denen Chad von einem, wie ihm schien, unheimlichen Schweigen umgeben war. Der Grund dafür war zum Teil sicherlich auch das Schweigen, das zwischen ihm und Allie herrschte; nach so vielen gemeinsamen Jahren war es schwer, mit einer für die ganze Familie folgenschweren Enthüllung hinter dem Berg zu halten.

Als er in East Capitol einbog, piepte sein Mobiltelefon.

Obwohl das nicht weiter ungewöhnlich war, erschrak Chad. Möglichkeiten gab es genug, erinnerte er sich; er legte großen Wert darauf, erreichbar zu sein, und von seinen Mitarbeitern und Senatskollegen hatte jeder seine Nummer; ganz zu schweigen von der nicht unbeträchtlichen Zahl von Reportern.

»Chad?«

Zu seiner Erleichterung war es Allie. »Ich bin gerade noch ein paar Häuserblocks entfernt«, antwortete er. »Noch zwei Minuten.«

»Ich habe versucht, dich zu erreichen.« Chad registrierte die Anspannung in ihrer Stimme. »Jemand vom *Internet Frontier* hat angerufen, was auch immer das ist. Er sagt, es ist persönlich und dringend noch dazu – dass er dich sofort in seinem Büro sprechen will.«

Allies Nervosität übertrug sich unwillkürlich auf Chad; der *Internet Frontier* hatte Mary Ann Tierneys Identität publik gemacht. »Und warum ausgerechnet jetzt?«, fragte er mit trügerischer Ruhe.

Allies Stimme wurde lauter. »Er steht kurz vor Redaktionsschluss – der Herausgeber, ein gewisser Henry Nielsen. Sie veröffentlichen in drei Stunden einen Bericht, und er will dich davor sprechen.«

Allie spürte, was vor sich ging, bemerkte Chad – Jahre der Angst hatten sie gelehrt, was das bedeuten musste. Er fuhr über den Bordstein rechts ran. »Wo ist Kyle?«, fragte er.

»Weiß ich nicht. Ich habe es eben in ihrem Apartment versucht.«

»Steht ihre Nummer im Telefonbuch?«

Allie zögerte. »Nein«, antwortete sie mit einer Stimme voll Sorge und Angst.

»Gut. Sprich ihr auf den Anrufbeantworter, dass sie nicht ans Telefon gehen oder sonst mit irgendjemandem sprechen soll …«

»Chad, was geht hier vor?« Allie hatte Mühe, nicht die Beherrschung zu verlieren.

»Nicht über Handy«, sagte er. »Ruf Kyle an. Ich bin gleich zu Hause.«

2

Der *Internet Frontier* verschwendete kein Geld für Ausstattungsorgien. Das spartanisch eingerichtete Großraumbüro war in erster Linie mit Filmplakaten und Veranstaltungspostern für Rockkonzerte dekoriert, worin sich das Selbstbild des *Frontier* als streitbares, liberales und respektloses Blatt spiegelte. Aber wenigstens Henry Nielsens Büro hatte Wände, die Chad und den Blattmacher vor den Augen und Ohren neugieriger Mitarbeiter schützten.

Nielsen schloss die Tür und wies Chad einen Platz zu. Das Neonlicht ließ Nielsens karamelfarbenes Haar und die blasse Haut wie ausgebleicht wirken, aber seine unterschwellige Aggressivität erinnerte Chad daran, wie er zum erstenmal auf den *Frontier* aufmerksam geworden war. Damals hatte das Blatt Gerüchte über einen namentlich nicht genannten Senator veröffentlicht – tatsächlich Gages Vorgänger als Mehrheitsführer –, der über den Wert der Familie salbaderte und sich insgeheim nebenbei jugendliche Ausreißer sexuell gefügig machte.

Schweigend legte Nielsen Chad ein fotokopiertes Dokument

vor. Abermals sah sich Chad unvermittelt mit Allies Unterschrift konfrontiert.

»Den jugendlichen Liebhaber von damals haben wir schon ausgemacht.«

Chad verlor die letzten Zweifel daran, dass die eigene Familie nun in die Hände der Sensationspresse gefallen war, die im Privatleben eines Menschen nicht mehr sah als ein Mittel zur Steigerung der Auflagenzahlen. »Und wie?«

»Mit dabei lag eine Liste. Namen, Adressen, Telefonnummern.«

Es handelte sich um die gleiche Liste, die der Präsident ihm gegeben hatte, wusste Chad. Damit war aber noch nicht ausgeschlossen, dass das Weiße Haus selbst dahintersteckte, das ihn möglicherweise gewarnt hatte, nur um das Dokument dann an Nielsen weiterzuleiten. Aber auch andere Möglichkeiten kamen in Frage: die anonyme Figur hinter dem Präsidenten; Feinde innerhalb seiner eigenen Partei. Sicher wusste er zu seinem Leidwesen nur, dass Allie und Kyle innerhalb weniger Tage, wenn nicht Stunden, im Licht der Öffentlichkeit stünden.

»Wir sind überzeugt davon«, sagte Nielsen, »– genauer, wir wissen –, dass Ihre Tochter mit der Zustimmung Ihrer Frau vor Jahren eine Abtreibung hatte.«

Unter großer Überwindung zwang Chad sich eine stoische Ruhe auf. »Haben Sie mit Kyle gesprochen?«, fragte er.

»Sie ist nicht auffindbar.«

Wenigstens darüber fühlte Chad sich erleichtert. Unklar war jedoch, was Nielsen im Schilde führte; er sprach wie ein Arzt, der klinisch distanziert einen Behandlungsverlauf beschreibt. »Uns ist klar, dass sie wohl psychische Probleme hatte«, sagte Nielsen, »in Verbindung mit Drogen- und Alkoholmissbrauch. Für unsere Geschichte hätten wir gerne Ihre oder noch besser Kyles Sicht der Dinge – dadurch bekäme mehr Tiefe, was sich in unseren Augen bis jetzt lediglich wie ein weiterer Fall politischer Heuchelei darstellt.«

Chad konnte kaum an sich halten. Er schätzte die Motive seines Gegenübers ein und roch ein Kompromissangebot – die Herstellung eines Kontakts zu Kyle gegen schonendere Behandlung. Aber es blieb wenig Zeit, dem nachzugehen, und allein der Gedanke an einen derartigen Handel ließ ihn schier verzweifeln.

»Sie haben mich also am Haken«, sagte Chad bitter. »Heuchelei – und Sie selbst als Gralshüter aller Tugendhaftigkeit. Was zählt schon meine Tochter für Sie, wenn Sie den ersten Verfassungszusatzartikel wie ein Ehrenbanner vor sich hertragen. Sie haben nur im Kopf, wie Sie noch mehr Werbekunden an Land ziehen, den Leser bei Laune halten und die Konkurrenz aus dem Felde schlagen. Egal wer Ihnen diese Sache in die Hände gespielt hat, die Ratte kennt diese Mechanismen bestens.« Im Befehlston sagte Chad: »Los, rücken Sie schon heraus damit, von wem stammen Ihre Informationen?«

Für einen Moment schien Nielsen zurückzuschrecken. »Das ist unmöglich, Senator. Unsere Quellen sind streng geheim.«

Er behauptete nicht, bemerkte Chad sofort, das Dokument sei ihm völlig überraschend mit der Morgenpost ins Haus geflogen. Gefasster sagte Chad: »Genau das wissen auch Ihre Informanten – dass Sie ihnen die Möglichkeiten geben, jemanden aus dem Hinterhalt fertig zu machen. Bedenken Sie wenigstens deren Motive.«

Nielsen verschränkte die Arme. »Das machen wir sowieso.«

»Tatsächlich. Auch als Sie Macdonald Gage zum Mehrheitsführer gekürt haben?«

»Das war nicht unsere Absicht.« Obschon deutlich angespannt, bemühte sich Nielsen um einen geduldigen Ton. »Den Namen des Senators haben wir nie veröffentlicht, sondern lediglich einen unserer Ansicht nach wahren Sachverhalt. Und plötzlich ist Gages Amtsvorgänger zurückgetreten. Was beweist, dass wir mit unserer Geschichte Recht hatten.« Nielsen fixierte Chad. »Was deren Relevanz betrifft, scheint Heuchelei ein weit verbreitetes Übel zu sein. Besagter Senator hatte dem Verkehrsminister vorgeworfen, er verheimliche eine Affäre mit einer Untergebenen, die wenigstens den Vorzug hatte, volljährig zu sein.«

»Sie stellen mich also auf eine Stufe mit einem Lügner und einem Pädophilen«, sagte Chad angewidert.

Nielsen sah auf seine Uhr, wie um Chad daran zu erinnern,

dass ihre Zeit knapp wurde. »Sie sind, um genau zu sein, eine Schlüsselfigur bei einer der umstrittensten Nominierungen für das Oberste Bundesgericht überhaupt, an dessen Spitze nun zum erstenmal eine Frau stehen soll.

Der Streit um die Ernennung entzündet sich an zwei rechtlichen Gesichtspunkten, Spätabtreibung und elterliche Zustimmungspflicht; einem persönlich-privaten, die Entscheidung einer pro Abtreibung gesinnten Richterin, ein uneheliches Kind auszutragen; und einem ethischen – ob sie in dieser Sache gelogen hat oder ob sie nicht zumindest verpflichtet gewesen wäre, mehr zu sagen, als sie tatsächlich getan hat.

Sie werden fragen, was das mit Ihnen zu tun hat.« Wie von der eigenen Rede mitgerissen, wurde Nielsen anklägerisch. »Sie haben für das Gesetz zum Schutz des Lebens gestimmt. Sie sind gegen Masters. Sie vertreten den Standpunkt, Abtreibung ist im Grunde Mord. Und dennoch haben Sie – oder zumindest Ihre Frau – der ›Ermordung‹ Ihres zukünftigen Enkels zugestimmt. Im Gegensatz zu Martin Tierney, könnte ich hinzufügen ...«

»Dessen Namen Sie ebenfalls an die Öffentlichkeit gezerrt haben. Ist er etwa auch ein Heuchler?«

»Keineswegs«, erwiderte Nielsen. »Er wollte als prominenter Abtreibungsgegner verhindern, dass seine Tochter abtreibt. Darüber mussten wir berichten. Sie jedoch haben, was Ihre eigene Tochter betrifft, privat genau entgegen Ihren öffentlichen Bekundungen gehandelt. Es sei denn, Sie behaupten, Sie hätten von all dem nichts gewusst.«

Er saß in der Falle, erkannte Chad. Eine Lüge, um den eigenen Kopf zu retten, kam nicht in Frage, und auch Allie und Kyle würde er nicht bitten, für ihn zu lügen; ihm blieben nur schonungslose Offenheit und die Hoffnung auf eine Verzögerung. Gelassen sagte Chad: »Was ich Ihnen jetzt sage, bleibt unter uns.«

Nielsen lehnte sich zurück. »In Ordnung.«

»Sie haben Recht, was Kyle betrifft. Drogen- und Alkoholmissbrauch war in der Tat ein Problem. Aber das war lediglich symptomatisch.

Von Kindheit an hatte sie psychische Probleme – Stimmungshochs, Tage tiefster Depression, ein verheerender Mangel an Selbstvertrauen. Eine Zeit lang haben wir schon gedacht, sie sei manisch-depressiv.

Es fehlte ihr an Liebe und Bestätigung, wofür zweifelsohne ich selbst mitverantwortlich war. Ehe es so weit gekommen ist, war ich als Vater ziemlich abwesend. Und als Ersatz hat sie dann diesen Jungen gefunden, der sie auch nur benutzt hat, so wie er seine Drogen benutzt hat.

Kyle war knapp sechzehn und nervlich am Ende. Kaum war sie schwanger, da hat der Bursche sich aus dem Staub gemacht.

Elterliche Zustimmung bedeutet genau das – ein Elternteil kann seine Zustimmung geben. Meine Frau war der Meinung, Kyle wäre als Mutter hoffnungslos überfordert und eine Abtreibung sei deshalb das Beste. Ich konnte sie nicht aufhalten und habe es auch nicht versucht. Mehr gibt es nicht zu sagen.«

Nielsen betrachtete ihn durchaus mit Verständnis, wie es schien. »Warum dann nicht genau diese Geschichte erzählen, Senator, anstatt weiterhin am gewohnten Standpunkt festzuhalten, als wäre nichts passiert?«

Chad seufzte. »Mr. Nielsen, meine Überzeugungen sind die gleichen geblieben. Aber ich vertrete sie nicht mehr so lautstark ...«

»In eigenem Interesse?«

»Zum Teil. Aber in erster Linie, um Kyle zu schützen.« Chad hielt inne, seine Hilflosigkeit von damals vor Augen. »Wenn ich nach Kyles Abtreibung von ›Tötung ungeborenen Lebens‹ sprach, wurde ich damit automatisch zum missbilligenden und distanzierten Vater. Und davon hatten wir schon genug.«

Nielsens Blicke ruhten auf ihm. »Ihre Worte lassen zumindest die Zusammenhänge deutlich werden«, sagte er schließlich. »Ich kann Ihnen, aber auch Ihrer Frau und Ihrer Tochter, nur raten, sich öffentlich dazu zu bekennen. Andernfalls zählen nur die nackten Tatsachen.«

Wieder empfand Chad tiefsten Abscheu gegenüber Nielsen. Richter, Scharfrichter und Beichtvater in einer Person, bot Nielsen ihm die öffentliche Bloßstellung seiner Familie an, um seinen – Chads – politischen Ruin abzufedern.

»Drucken Sie diese Geschichte und Sie werden meiner Tochter wesentlich mehr schaden als mir oder Allie. Sie hat Fortschritte gemacht, Mr. Nielsen – können Sie sich vorstellen, was das für uns bedeutet?

Wenn Sie ihr das antun, reißen Sie nicht nur alte Wunden wieder auf. Sie wird den Eindruck haben, ihr Fehler von damals sei schuld an meinem politischen Ruin.« Chad sah Nielsen mit bohrenden Blicken an. »Ich wage nicht, mir vorzustellen, was Schuldgefühle und Scham bei ihr bewirken können.«

Nielsen verschränkte die Arme. »Was schlagen Sie also vor, Senator?«

»Genauer zu bedenken, woher Sie das Dokument haben und mit welcher Absicht es Ihnen zugespielt wurde. Und ob Sie wirklich eine labile junge Frau für eine Jugendsünde bestrafen wollen.«

Nielsen schüttelte bedächtig den Kopf. »Die Motive mögen ja vielleicht interessant sein. Aber das ändert nichts an den Tatsachen oder an ihrer öffentlichen Relevanz.

Ich kann, Senator, Ihnen und Ihrer Familie lediglich die Chance anbieten, die eigene Sicht in den geplanten Artikel einzubringen. Sollten wir dagegen auf eine Veröffentlichung verzichten, wird unser Informant das Material dem nächsten Interessenten anbieten. Sie haben verdammt wenig Zeit.«

»Wenn überhaupt noch Zeit ist«, erwiderte Chad. »Wir können Kyle ebenso wenig wie Sie erreichen ...«

Nielsen sah erneut auf seine Uhr. »Wann können Sie mit Ihrer Familie sprechen?«

»Mit meiner Frau sofort, mit Kyle, sobald wir sie ausfindig gemacht haben.«

»Werden Sie ein Gespräch mit uns veranlassen?«

»Wenn die beiden dazu bereit sind.«

Nielsen begann, mit den Fingern auf den Schreibtisch zu trommeln. »Ich gebe Ihnen genau vierundzwanzig Stunden.«

»Wir haben keinerlei Kontrolle darüber«, sagte Chad leise.

Er und Allie saßen in dem verklinkerten Wohnzimmer ihres

Stadthauses auf dem Capitol Hill. Chad jedoch fühlte sich in diesem Moment an eine andere, vier Jahre zurückliegende Unterhaltung erinnert. Damals hatte Allie mit der stillen Entschlossenheit einer Mutter gesprochen, die sich schützend vor ihr Kind stellt; nun stand ihr die Angst um Kyle ins Gesicht geschrieben, die Sorge um Chad und die Bereitschaft, sich dem Kommenden zu stellen. Es war, dachte Chad, wie so oft in Allies Leben als Ehefrau und Mutter – an sich selbst dachte sie immer erst später, wenn überhaupt. »Müssen wir sie wirklich mit hineinziehen? Mir widerstrebt allein der Gedanke an Kyle auf dem Titelblatt eines Nachrichtenmagazins.«

Chad zügelte seine Ungeduld, denn immerhin war es seine Schuld, dass sie unvorbereitet war. »Ich will nicht, dass Kyle wie ein selbstsüchtiges, verantwortungsloses Ding hingestellt wird. Am besten schützen wir sie, indem wir ihre Geschichte erzählen – ausführlich –, um dann zu hoffen, sie gerät so schnell wie möglich wieder in Vergessenheit.

Wir können lediglich versuchen, zu beeinflussen, was über sie geschrieben wird. Nur auf diese Weise können wir Kyle helfen, ihr Leben weiterzuleben.«

Obwohl um Gelassenheit bemüht, hörte Chad die Verzweiflung in der eigenen Stimme. Allie sah nach unten auf den Couchtisch, dann wieder zu Chad. »Meinst du, dass ich schuld bin, Chad?«

»Nein. Du hast getan, was in deinen Augen richtig war. Und für Kyle war es das wahrscheinlich auch.«

»Aber nicht für dich.«

»Als möglicher Präsidentschaftskandidat?« Chads Stimme klang bitter – dieser Zukunftstraum gehörte plötzlich der Vergangenheit an. »Nein. Dabei ist das genau der Grund, warum wir hier sind. Weil ich Präsident werden wollte.

Ich bin aber auch Vater, Allie. Wir sind eine Familie und müssen das, was kommt, gemeinsam durchstehen.« Seine Stimme wurde sanft. »Ich habe schon Schlimmeres durchgemacht, Liebling. Mach dir keine Sorgen um mich.«

Ihre Augen füllten sich mit Tränen. »Ich kann es dir gar nicht oft genug sagen«, sagte sie mit erstickter Stimme.

»Was?«

»Wie sehr ich dich liebe. Wie gut du bist.« Sie lächelte unsicher. »Ich muss das von Anfang an gewusst haben.«

Chad war zutiefst gerührt. »Was dich zu einer ganz besonderen Frau macht«, antwortete er. »Aber das bist du ja sowieso.«

Beide schwiegen sie, einen Moment lang abgeschirmt von den Geschehnissen, die demnächst über sie hereinbrechen würden. Wie um sich selbst aus einem Traum aufzuwecken, ging Allie in die Küche, um ein weiteres Mal Kyle anzurufen.

Chad wartete nervös. Allie kehrte zurück, schüttelte schweigend den Kopf.

Chad fühlte, wie seine Spannung stieg. »Uns bleibt nicht viel Zeit«, sagte er. »Entweder wir erscheinen dort gemeinsam, und zwar spätestens morgen Nachmittag, oder der *Frontier* verwertet die Informationen, die er hat.«

»Ich weiß.« Allie klang nun, als müsste sie sich verteidigen.

Den Ton ihrer Stimme im Ohr und in der Art eines Mannes, der seine Frau so gut kannte, dass Worte sich erübrigten, fixierte Chad sie mit einem leicht vorwurfsvollen, fragenden Blick.

»Kyle hat einen neuen Freund«, sagte Allie zu guter Letzt. »Vielleicht ist sie ja bei ihm.«

Chad hatte wieder das vertraute, aber ungute Gefühl, außen vor zu stehen, ein Fremder angesichts der Intimität zwischen Mutter und Tochter. »Hast du seine Nummer?«

»Nein. Natürlich nicht.« Allie klang müde. »Kyle ist eine erwachsene Frau, Chad. Oder versucht es mindestens zu sein.«

Eine weitere Erinnerung drängte sich ihm auf: Allie nachts wach, Stunde um Stunde auf Kyles Rückkehr wartend, immer in der Angst, die Drogen- und Alkoholexzesse könnten eines Tages mit ihrem Tod enden. Als hätte sie das gespürt, sagte Allie sanft: »Es geht ihr jetzt gut. Wirklich.«

Chad hatte mittlerweile Mühe, ruhig zu sitzen. »Das hoffe ich«, sagte er.

23

Um neun Uhr am nächsten Morgen, nach einer schlaflosen Nacht, in der Kyle sich nicht gemeldet hatte, ging Chad Palmer ans Telefon.

»Chad?«

Als er die Stimme seines Stabschefs erkannte, ließ sich Chad schwerfällig am Küchentisch nieder. In dem vergeblichen Versuch, sich nichts anmerken zu lassen, sagte er: »Morgen, Brian. Was gibt's?«

»Das Oberste Bundesgericht hat soeben seine Entscheidung im Fall Tierney verkündet. Ich faxe Ihnen die Urteilsbegründung.«

Chad hörte einen besorgten Unterton in Brian Currys normalerweise phlegmatischer Stimme. »Was steht denn drin?«

»Ziemlich ungewöhnlich«, antwortete Brian. »Eigentlich habe ich etwas in dieser Art noch nie gehört.«

Clayton legte die Begründung auf Kerrys Schreibtisch. »Stimmengleichheit mit vier zu vier«, sagte er. »Vier Richter haben für einen Aufschub der Abtreibung und eine Annahme des Falles gestimmt; die anderen vier gegen beides.«

»Und das bedeutet?«

Clayton blätterte eine Seite weiter. »Richter Fini«, sagte er, »überbietet sich, genau das zu erklären – Adam Shaw meint, er habe noch nie gehört, dass ein Richter die Entscheidung kommentiert, ob ein Fall angehört wird oder nicht.«

Fini war jener Richter, wusste Kerry, der dem verstorbenen Roger Bannon am nächsten stand. Der Präsident begann zu lesen:

»*Nach der ›Viererregel‹*«, hatte Fini geschrieben, »*sind die Stimmen von vier Richtern ausreichend, damit ein Revisionsantrag angenommen wird; in diesem Fall, Professor Tierneys Berufung im Namen des Fötus anzuhören. Fünf Stimmen sind jedoch erforderlich, den von Richter Kelly gewährten Aufschub zu verlängern und somit eine Abtreibung bis zur Anhörung der Berufung zu verhindern …*«

»Kein weiterer Aufschub«, murmelte Kerry.

»Aus dem Grund sind die vier Richter, die für eine Anhörung votiert haben, nicht in der Lage, das Leben des Enkels des Intervenienten zu retten.

Gegenwärtig besteht das Gericht nur aus acht Mitgliedern, da der Stuhl des Obersten Bundesrichters verwaist ist. Wir enthalten uns einer Stellungnahme dazu, ob es klug oder auch nur angemessen war von unserer Kollegin Masters, besagte En-banc-Wiederanhörung mit vorzunehmen. Eine derartige Teilnahme disqualifiziert sie aber eindeutig, über diese Petition mitzuentscheiden …«

Kerry sah auf. »Wunderbar«, sagte er, »Fini stellt es so hin, als sei sie der Grund, warum dem Fall eine Anhörung vor dem Obersten Bundesgericht verweigert wird.« Clayton hatte dafür nur ein müdes Lächeln übrig, weshalb Kerry weiterlas.

»Jene Richter«, fuhr Fini fort, *»die sich für eine Anhörung ausgesprochen haben, bedauern, dass wir außerstande sind, die bedeutenden rechtlichen Gesichtspunkte dieses Falles zu behandeln, darunter die Frage, welchen Wert unsere Gesellschaft lebensfähigem, jedoch ungeborenem Leben beimisst, sowie die Frage nach der Pflicht der Eltern, Minderjährigen bei einer derart tiefgründigen und endgültigen Entscheidung beizustehen. Aber das ist die harte Realität des Dilemmas, in dem wir uns verfahrenstechnisch befinden.*

Ohne einen weiteren Aufschub wird diese Abtreibung vorgenommen und der Fall zu einem rein hypothetischen Fall gemacht werden. Keiner der Richter, die gegen eine gesonderte Behandlung dieses Falles sind, wird einem derartigen Aufschub zustimmen. Um es offen zu sagen: Wir haben die vier Stimmen, die für eine Entscheidung darüber nötig sind, ob ein Leben gerettet werden soll, nicht jedoch haben wir die fünf Stimmen, die nötig sind, ebendieses Leben zu retten, ehe wir darüber entscheiden.

Zögernd sehen wir uns dazu gezwungen, einzugestehen, dass eine Annahme von Professor Tierneys Petition sinnlos wäre …«

Der Präsident sah zu Clayton auf. »Es ist also Carolines Schuld.«

Clayton nickte. »Was Fini sich hier geleistet hat, ist offen politisch. Du brauchst nur zu lesen, wie Rothbard darauf reagiert hat – man sieht fast das Blut auf den Seitenrändern.«

Miriam Rothbard, eine überzeugte Abtreibungsbefürworterin, war die einzige Frau im Richtergremium. Der Präsident blätterte um und begann zu lesen:

»Ich bedaure die ungewöhnliche Stellungnahme jener Kollegen, deren Votum nicht so ausgefallen ist, wie es der Sache zuträglich wäre.

Die Stellungnahme ist in ihrer Art einzigartig: Es handelt sich dabei um ein politisches, nicht um ein juristisches Dokument, einzig und allein zu dem Zweck verfasst, beim Senat und in der Öffentlichkeit den Anschein zu erwecken, das Gericht sei unfähig, über die strittigen Fragen, einschließlich der Verfassungsmäßigkeit des Gesetzes zum Schutz des Lebens, zu entscheiden. Das hat zwangsweise zur Folge, dass die gegenwärtige Situation an diesem Gericht verquickt wird mit der anstehenden Abstimmung im Senat über die Nominierung von Ms. Masters als Oberste Bundesrichterin.

Die von diesem Verfahren aufgeworfenen Fragen sollten besser aufgeschoben werden. Die Stellungnahme unserer Kollegen wäre am besten nie erfolgt ...«

»Wenn diese Sache Folgen hat«, sagte Clayton, »dann nur negative.«

Kerry fragte sich, welche Rolle seine Entscheidung, dem Gesetz zum Schutz des Lebens die Unterstützung seitens der Regierung zu entziehen, am Ende gespielt hatte. »Möglicherweise für uns«, antwortete er. »Nicht jedoch für Mary Ann Tierney.«

In San Francisco nahm Sarah kurz nach sechs Uhr morgens die letzte Seite aus dem Faxgerät.

Es war geschafft – das Juristische, wenn auch nicht die Konsequenzen für Mary Ann, Caroline Masters und Sarah selbst. Trotz der spektakulären Zeilen, die sie eben gelesen hatte, konnte der Fall Tierney als abgeschlossen gelten. Als Anwältin hatte Sarah alles getan, was ein Anwalt nur tun kann. Sie hatte gewonnen.

Sie ging in die Küche und machte sich Kaffee; nun galt es, nach und nach das Geschehene zu verarbeiten.

Es war ein großartiges Gefühl; zusammen hatten sie ein vom Kongress verabschiedetes Gesetz zu Fall gebracht und eine völlig neue Rechtslage geschaffen. Zum Feiern war Sarah momentan allerdings nicht zumute.

Sie trank ihren Kaffee aus und beschloss, Mary Ann zu wecken. Dabei stellte sie sich vor, wie Margaret und Martin Tierney jetzt den Tag begannen, in dem Bewusstsein, dass der Prozess vorüber war und sie demnächst ihren Enkelsohn verlieren und einer entfremdeten Tochter gegenüberstehen würden. Als Sarah vor Mary Anns Bett stand, zögerte sie, als ob sie dadurch den Schmerz, der ihr nun bevorstand, aufhalten könnte.

Als das Mädchen schließlich die Augen öffnete, las Sarah darin zunächst Furcht, dann Hoffnung; Mary Ann wusste, dass Sarah sie nicht ohne Grund wecken würde.

Sarah nahm sie bei der Hand. »Wir haben gewonnen«, sagte sie. »Das Oberste Bundesgericht hat die Berufung deiner Eltern abgelehnt.«

Mary Ann wirkte zunächst erstaunt, dann ebenso ängstlich wie erleichtert. Sarah konnte sich vorstellen, wie komplex das für sie war, zu »gewinnen«: Ein Sieg musste immer auch verbunden sein mit der Angst vor Sünde, einem eingebildeten Vorgeschmack auf die Hölle. Zwei Monate konnten die religiöse Erziehung dieses Mädchens nicht rückgängig machen.

Sarah kniete vor dem Bett. »Wenn es so weit ist«, versprach sie, »dann werde ich bei dir sein.«

Instinktiv befühlte Mary Ann ihren runden Bauch; dann bedeckte sie ihr Gesicht und begann zu weinen.

Caroline erreichte die Nachricht über Clayton Slade, der sie mit seinem Anruf aus einem unruhigen Schlaf weckte. Völlig benommen setzte sie sich im Bett auf.

Was Richter Fini sich geleistet hatte, fühlte sich an wie ein Schlag in die Magengrube. *Sie sind hier unerwünscht*, las sie aus seiner Stellungnahme heraus. *Sie sind hier unerwünscht, und der*

Senat möge uns doch bitte Ihre Anwesenheit ersparen. Wenn je ein Zweifel darüber bestand, wie gespalten das Gericht war und welch entscheidendes Gewicht Caroline als Vorsitzende zukommen würde, dann durfte dieser hiermit als ausgeräumt gelten.

Innerhalb zweier Monate war ihr Privatleben publik gemacht, ihre Tochter verletzt und ihr Ruf beschädigt worden. Ihr einziger Trost bestand darin, dass sie gehandelt hatte, wie sie selbst es von einer Richterin erwartete: unter Außerachtlassung möglicher negativer Konsequenzen für sich selbst.

Und an dieser Maxime würde sie festhalten, bis der Senat entschieden hatte.

Auch in Washington, in Macdonald Gages Büro, herrschte eine eher gedrückte Stimmung. Selbst Mace Taylor, ein Mann, wie er kaltherziger und pragmatischer nicht sein konnte, war in nachdenkliches Schweigen versunken. Schließlich sagte Taylor: »Du bist nicht ganz auf der Höhe der Zeit.«

Gage sah von seinem Kaffee auf. »Du meinst wegen des Babys?«

»Genau das. Sollte sich herausstellen, dass es von Anfang an kein Gehirn hatte, gewinnt Masters noch mehr an Sympathie. Dann bekommst du die letzten paar Stimmen nie, die dir noch abgehen.« Taylors Stimme war ruhig und nüchtern. »Tony Fini hat dir mit seiner Steilvorlage geholfen, so gut er konnte. Aber das ist möglicherweise eine Sache von Tagen oder Stunden.«

Gage starrte auf den Teppich. »Ich könnte morgen eine Abstimmung anberaumen«, sagte er. »Aber dann hätten wir Kilcannons Protestgeschrei von wegen ›Überraschungscoup‹. Und wir bekommen vielleicht nicht die erforderlichen Stimmen ...«

»Und ein Filibuster?«

»Hilft uns vielleicht weiter, nachdem die Kleine abgetrieben hat. Ein paar unserer eigenen Leute äußern sich zunehmend vage mir gegenüber, als würden sie sich heimlich mit Kilcannon zusammentun.« Gage fühlte verstärktes Unwohlsein. »Und dann ist da auch noch Palmer.« Er hielt inne in seinem Grübeln und sah zu Taylor auf. »Überhaupt immer dieser Ärger mit Palmer.«

Taylor sah ihn eindringlich an. »Natürlich.«

Gage beobachtete ihn. »Wenn ich morgen zu einer Abstimmung aufrufe«, sagte Gage schließlich, »dann ist Palmer der Joker.«

Nun richtete Taylor seinen verschleierten Blick auf den Teppich. »Spielst du allen Ernstes mit dem Gedanken, dass das Baby am Ende doch normal ist?«

»Nein«, antwortete Gage. »Darauf kann man vielleicht hoffen, aber nicht bauen.«

Taylor sah zu ihm auf. »Dann lass abstimmen«, sagte er. Palmer erwähnte er dabei nicht.

Kurz vor elf hörte Palmer ein Klicken in der Leitung, das Signal, dass ein weiteres Gespräch anstand.

»Das wird sie sein«, sagte er zu Henry Nielsen. »Bleiben Sie bitte einen Moment dran.«

Eilends drückte Chad die Taste mit dem Blinklicht.

»Senator Palmer?«

Es war die Stimme eines Mannes, hoch und in Chads Ohren beinahe schmerzlich. »Ja«, sagte Chad angespannt.

»Hier spricht Charlie Trask.«

Chad stockte der Atem: Ein Anruf des Klatschkolumnisten, der behauptet hatte, Caroline Masters sei lesbisch, war ein Grund zum Fürchten, noch dazu an diesem Vormittag. Möglichst gelassen fragte Chad: »Was kann ich für Sie tun, Mr. Trask?«

»Ich komme gleich zur Sache. Wir wissen von der Abtreibung Ihrer Tochter, und ich stehe kurz davor, mit der Meldung online zu gehen. Vielleicht haben Sie ja noch etwas dazu zu sagen.«

Chad spürte, wie seine Hoffnung schwand, Kyle doch noch heraushalten zu können. »Ja und?«, sagte er. »Wo sehen Sie die Relevanz?«

»Und ob das relevant ist, Senator. Die Verkündung des Obersten Bundesgerichts macht die Sache doppelt relevant, und soeben hat Senator Gage eine Abstimmung angekündigt. Haben Sie also etwas zu sagen oder nicht?«

Chad zwang sich zu einer Unterbrechung und dachte an Kyle. »Nicht zu Ihnen«, sagte er.

Dann warf Chad ihn aus der Leitung.

24

Es dämmerte bereits, als Kyle Palmer in ihr Apartment zurückkam.

Spontan hatten sie und Matthew beschlossen, an diesem Tag einfach alles sausen zu lassen – ihren Unterricht, seinen Teilzeitjob, alles, was mit der äußeren Welt zu tun hatte. Ein schlechtes Gewissen hatte sie, ja, aber man hat auch nicht jeden Tag das Gefühl, sich im nächsten Moment Hals über Kopf zu verlieben.

Matthew war Filmstudent, hoch gewachsen und mit roten Wangen, sanften, braunen Augen und einem so unverstellten Lächeln, dass sein ganzes Gesicht davon eingenommen schien. Sie verstanden sich bestens; unterbrochen von zärtlichen Umarmungen hatten sie fast die ganze Nacht geplaudert. Sie hatte nun ein Bild von seinen Eltern, seinen Zwillingsbrüdern und der sechs Jahre alten Schwester, die Matthew eindeutig vergötterte. Kyle war ihm gegenüber noch vorsichtig, konnte sich aber durchaus vorstellen, ihm eines Tages ihre Geschichte zu erzählen. Sie wünschte es sich sogar.

In ihre Straße bog sie in einer Art Traumzustand ein. Ihre Vorstellungswelt war einzig von Matthew beherrscht, und so fuhr sie mehr aus dem Gedächtnis und dem Instinkt heraus, auch die Menschenansammlung vor ihrem Haus nahm sie kaum wahr.

Nachdem sie ihr Auto auf der anderen Straßenseite geparkt hatte, ging Kyle auf sie zu. Erst in dem Moment fielen ihr die Minicams auf und ihr war klar, obwohl sie es gar nicht wissen konnte, dass sie wegen ihr gekommen waren.

Sie drängten sich ihr entgegen. Die rothaarige Frau ganz vorne, eine Lokalreporterin, rief: »Erzählen Sie uns von Ihrer Abtreibung, Kyle. Hat Ihr Vater die Entscheidung unterstützt?«

Kyle erstarrte vor Fassungslosigkeit.

»Ihr Vater sagt«, fuhr die Frau fort, »dass Sie Probleme mit Drogen und Alkohol hatten …«

»Ihr damaliger Freund behauptet«, rief eine andere Stimme, »dass Sie psychisch äußerst labil waren. War da eine Abtreibung das Richtige für Sie?«

Kyle wurde beinahe übel. »Verschwindet«, sagte sie mit zitternder Stimme. Dann rannte sie weg, über den Rasen, zum Hintereingang ihres Hauses. Endlich in Sicherheit vor der Meute, setzte sie sich mit feuchter Stirn auf die Bettkante und starrte auf das weiße Rechteck, das ihr Zuhause war. Dass ihr Anrufbeantworter blinkte, fiel ihr kaum auf. Von draußen hörte sie das Stimmengewirr der Menschenmasse.

Wie in Trance durchquerte sie den Raum und sah, dass ihr Anrufbeantworter sechzehn Nachrichten aufgezeichnet hatte. Sie zwang sich, die Wiedergabetaste zu drücken.

»Kyle.« Die Stimme ihrer Mutter klang alarmiert. »Ruf bitte zurück ...«

Mit jeder einzelnen Nachricht verdichtete sich das Bild, bis mit der stockenden Erklärung ihres Vaters zur quälenden Gewissheit geworden war, wozu einzelne Fragen von Reportern nur mehr die allerletzte Bestätigung lieferten.

Tränen liefen Kyle übers Gesicht.

Irgendjemand hatte sie verraten. Jeder wusste nun, dass sie mit dem Einverständnis ihrer Mutter abgetrieben hatte. Eric hatte ein Interview gegeben, in dem er von der »Brutalität« ihres Vaters gesprochen hatte.

»Bitte«, hatte die Stimme ihres Vaters sie angefleht, *»komm nach Hause, sobald du diese Nachricht hörst.«*

Eric.

Ihr Vater hatte Recht gehabt: Eric war ein Schwein. Er hatte sie benutzt und dann im Stich gelassen. Nun war er in ihrer aller Leben zurückgekehrt, um Schande über ihre Mutter zu bringen und um ihren Vater beruflich zu vernichten. Und sie war schuld.

Das Telefon läutete.

Kyle stand neben dem Anrufbeantworter.

»Kyle?« Es war ihr Vater. Nie hatte sie ihn so verzweifelt gehört. Dabei war er doch Chad Palmer und in Kyles Augen so unverwundbar ...

Zitternd drehte sie dem Apparat den Rücken zu.

»Kyle?«, fragte er wieder. »Bist du da?«

Sie konnte nicht sprechen mit diesem neuen Chad Palmer, allein weil er ihr mit seiner ungewohnten Hilflosigkeit die Sprache raubte. Mit den Händen vor dem Gesicht setzte sie sich wieder aufs Bett.

Matthew. Ihr Leben würde mit allen Einzelheiten vor ihm und seiner Familie ausgebreitet werden. Kyle Palmer, das alkoholisierte, mit Drogen vollgepumpte, durchgeknallte Mädchen, das die Karriere seines Vaters ruiniert und das Leben seiner Mutter zur Hölle auf Erden gemacht hatte. Das war das Bild, das man nun für alle Zeiten von ihr haben würde; ihre Qual war so groß, das krampfartige Gefühl in ihrem Bauch, dass sie nur mehr einen Gedanken hatte: weg, weg, weg.

Aber das ging nicht – die Reporter draußen hatten ihr Haus umzingelt.

Auf dem Tisch stand eine Flasche billiger Chianti.

Matthew hatte sie dort nichts ahnend stehen gelassen; dass und warum Kyle keinen Alkohol trank, wusste er nicht. Sie bemerkte, wie sie auf die Flasche starrte.

Sie sollte die Finger davon lassen. Aber das spielte jetzt keine Rolle – es war eine Fluchtmöglichkeit, die Einzige.

Mit zitternder Hand goss sie einen Kaffeebecher voll Wein.

An der Wand tanzten Schatten, die von der Lampe auf Kyles Nachttisch erzeugt wurden. Der Raum trat zurück, wurde unwirklich; betäubt vom Alkohol lag Kyle reglos auf dem Bett. Nur wenn sie den Becher neu füllte oder zum Mund führte, bewegte sie sich. Bilder tauchten aus der Vergangenheit auf, lebendig und unmittelbar – Eric auf ihr drauf, das Toben ihres Vaters, die tröstende Hand ihrer Mutter, als der Arzt den Schlauch zwischen ihre Beine führte. Erinnerungen, die sie nun mit der ganzen Welt teilte.

Ihr Vater hatte Recht gehabt. Sie war zu nichts zu gebrauchen, ihren Eltern eine Last, eine Missgeburt.

Ihre arme Mutter, die sie so sehr liebte und die alles versucht hatte. Das hatte sie nicht verdient.

In einem Moment seltsamer Klarheit sah sie sich in ihrem jetzigen Zustand – versteckt in ihrem Zimmer, betrunken, ein Verrat an sich selbst und an ihren Eltern. Ihre Hand, die Weinflasche umfassend, zitterte; in einem gewaltigen Willensakt schleuderte sie die Flasche gegen die Wand. Das Klirren der Scherben ließ sie zusammenzucken und aufspringen.

Torkelnd schleppte sie sich ins Bad und zog sich aus.

Die Dusche war kalt, eine Bestrafung. Sie krümmte sich zusammen, zitterte unter dem eisigen Strahl, aber der Schock auf ihrer Haut würde sie wieder zum Leben erwecken. Als sie aus der Dusche stieg, die Haare feuchte Kringel, fühlte sie sich wie blau gefroren.

In diesem Zustand vor ihre Eltern zu treten oder sie anzurufen war unmöglich. Nackt durchquerte sie das Apartment, schritt, mit der übertriebenen Vorsicht einer Betrunkenen, über die Glassplitter hinweg. Als das Telefon läutete – dieses Mal ihre Mutter –, nahm sie wieder nicht ab; wenn sie erst zu Hause war, würde es ihr besser gehen.

Dann schlüpfte Kyle, die Finger steif und unsicher, wieder in ihre Kleider. Den Weingeruch in ihrem Atem überdeckte sie mit Mundwasser. Die Autoschlüssel waren noch immer in ihren Jeans.

Als sie die Tür öffnete, hörte sie nichts.

Draußen war es dunkel und kalt; Schneeregen schlug ihr ins Gesicht. So wie ein Alptraum vorübergeht, so waren auch die Reporter verschwunden.

Sie würde jetzt zu ihren Eltern fahren.

Auf dem Weg zum Auto fasste Kyle einen Plan. Sie würde die längere Route nehmen, über den Rock Creek Parkway, mit offenen Fenstern.

Als sie sich ins Auto setzte, hatte sie ihren Vater vor Augen, jenen Mann, den sie immer verehrt hatte, dessen Zuspruch sie immer gebraucht hatte, selbst wenn sie ihn hasste.

Sie liebte ihn. Diese Liebe und ihre feste Entschlossenheit, ihm keine Scherereien zu machen, war alles, was sie ihm geben konnte. Sie stellte sich vor, wie sie ihre Arme um seinen Nacken schlang.

Schließlich startete sie den Motor.

Die Straßen waren wie ein Irrgarten – ein-, zweimal versagte ihr Gedächtnis und sie versäumte eine Abzweigung. Aber ihr Instinkt war gut, und sie fand sich schließlich auf dem Rock Creek Parkway wieder.

Obwohl die Straße ruhig war, fuhr sie vorsichtig; es war glatt, und sie misstraute ihren Reflexen. Die Zeit verging. Sie reckte den Hals, das sich windende, von ihren Scheinwerfern angestrahlte Asphaltband vor Augen. Zu ihrer Rechten glitten die dunklen Silhouetten der Bäume vorbei, schräg geneigt gegen den Straßenrand. Durch das offene Fenster trieb der Schneeregen ins Wageninnere und rann ihr Gesicht hinab.

Sie fühlte sich wieder halbwegs in Ordnung.

Da bewegte sich etwas am Rand des Scheinwerferkegels. Kyle blinzelte; ein Eichhörnchen, den Rücken zum Buckel gekrümmt, rannte auf die Straße, blieb, vom Schweinwerferlicht geblendet, plötzlich stehen.

Kyle stieg auf die Bremse.

Das Auto schlitterte, dann rutschte es seitlich weg. Sie riss das Steuerrad herum und verlor endgültig die Kontrolle. Die nächsten Momente liefen vor Kyles Augen ab wie ein Film. Als sie von der Straße abkam, schienen die Bäume riesengroß, aber substanzlos. Die ersten rauschten noch an ihr vorbei; dann – der Schrecken war nun zur Realität geworden – türmte sich der Baumstamm vor der Windschutzscheibe auf.

Das Auto kam mit einem dumpfen Knall zum Stehen, Kyle nicht. Sie wünschte sich noch, sie hätte den Sicherheitsgurt angelegt, als sie durch die Frontscheibe raste. Von da an wusste sie nichts mehr.

Von der Polizei bekam Chad Palmer nur die nackten Tatsachen übermittelt. Ihre Tochter war tot; offenbar hatte sie getrunken.

Erst am nächsten Morgen kam der trauernde Vater in ihr Apartment. Der Teppich war übersät mit grünen Glasscherben; auf dem Tisch stand ein Kaffeebecher, zur Hälfte mit Wein gefüllt. Der Anrufbeantworter blinkte.

Chad drückte auf den Knopf.

Vor der letzten Nachricht – der eindringliche Klang seiner eigenen Stimme, die Kyle sagte, dass er sie liebe – lagen drei Anrufe von Reportern, die Erics Namen und ihre Abtreibung erwähnten. Da wusste er sicher, dass, wer auch immer ihn vernichten wollte, Kyle Palmer ermordet hatte.

25

An einem Tag wie diesem hielt Washington den Atem an.

Für Kerry Kilcannon hatte der Tag schon in der Nacht zuvor begonnen; Lara Costello hatte ihn angerufen und ihm mitgeteilt, was NBC eben gemeldet hatte. Im Lauf der folgenden Stunden stellte sich allmählich heraus, was passiert war, und welche Verantwortung dabei den Medien zukam.

Kerry fand keinen Schlaf. Als Lara, alarmiert von der Betroffenheit in seiner Stimme, bei ihm ankam, schilderte er ihr seine Rolle in dem Geschehen, das nun zu dieser Tragödie geführt hatte. Lara hörte betroffen zu.

»Du weißt noch immer nicht, aus welcher Ecke das kam«, sagte sie schließlich. »Und zum Teil willst du es auch nicht wissen.«

Kerry konnte sich das nur schwer eingestehen. »Ja, du hast Recht«, sagte er zuletzt, »ich halte mittlerweile alles für möglich.«

Nach diesem Eingeständnis saßen sie lange da, ohne ein Wort zu sprechen. Selbst Lara gegenüber war es schwer, den Ansturm der Gefühle in seinem Inneren zu beschreiben.

»Keine leichte Last«, sagte sie schließlich.

Vielleicht bezog sie sich damit nur auf seine letzte Äußerung, vielleicht aber auch auf die Wunden, die nach dem Bruch mit Clayton zurückgeblieben sein mussten. »Ich werde der Sache auf den Grund gehen«, sagte er. »Egal, wer dabei auf der Strecke bleibt.«

Lara war klar, dass er wusste, wovon er sprach. »Und du meinst, dass es auch uns treffen könnte?«, fragte sie.

Kerry nickte. »Was Kyle widerfahren ist, kann jederzeit auch uns widerfahren. Erst recht, wenn ich jetzt weiter am Ball bleibe.«

»Dann wird auch was passieren.«

Der Gleichmut in ihrer Stimme, erkannte Kerry, war der unmittelbare Ausdruck ihrer eigenen Empörung, aber auch ihres

Verständnisses dafür, dass Kerry sein inneres moralisches Gleichgewicht wiederherstellen musste. »Ich will nicht, dass du das alles allein durchstehen musst.«

Kerry erkannte, was in diesen Worten leise und doch unüberhörbar anklang: Lara wollte, in der Sorge um die Konsequenzen für sie, sein Amt nicht mehr länger verdrängen.

Kerry war ein kühl kalkulierender Politiker, und selbst in diesen schrecklichen Stunden verlor er die Entschlossenheit nicht aus den Augen, Caroline Masters zur nächsten Obersten Bundesrichterin zu machen. Er wusste es zwar noch nicht, aber seine Intuition sagte ihm, dass sein Vorhaben mit Kyle Palmers Tod verknüpft war.

Nachdem Lara gegangen war, weckte er Chuck Hampton. Kerry gab dem Fraktionsführer der Demokraten zunächst Gelegenheit, seiner eigenen Betroffenheit Ausdruck zu verleihen, um ihn dann zu bitten, bei Macdonald Gage angesichts dieser Umstände und aus Rücksicht auf einen trauernden Senatskollegen einen Aufschub der Abstimmung über Masters durchzusetzen.

Danach nahm Kerry einen frankierten braunen Umschlag aus einer Schublade. Anschließend rasierte er sich, zog sich an und rief, es war mittlerweile kurz nach vier Uhr morgens, Clayton ins Oval Office. Kit Pace hatte auf seine Anordnung hin bereits Ausdrucke aller Artikel, die sich mit der Abtreibung Kyle Palmers beschäftigten, auf dem Schreibtisch bereitlegen lassen.

Noch während er auf Clayton wartete, überflog er sie, von Charlie Trasks erster Meldung bis zu dem Getöse, das bald darauf einsetzte. Einen halben Tag lang hatte sich die Geschichte wie ein Lauffeuer in den Medien verbreitet: Es hatte ungefähr neun Stunden gedauert, Kyle Palmer zu vernichten. Auf die Ränder des »Trask-Berichts« begann Kerry sich Notizen zu machen.

Als Clayton erschien, dauerte es einen Moment, ehe Kerry aufsah.

»Steckst etwa du dahinter?«, fragte er.

Clayton brauchte nichts zu erklären. Selbst eindeutig fassungslos, nahm er Platz. »Nein. Und ich weiß auch nicht, wer tatsächlich dahintersteckt.« Dann fragte er: »Wofür hältst du mich?«

»Chad Palmer«, sagte Kerry, »könnte heute Präsident sein.«

»Aber du bist es geworden.« Clayton blieb ruhig. »Erst neulich hast du mich daran erinnert. Das habe ich nicht vergessen.«

Der Mensch ist ein Gewohnheitstier, und Kerry hatte sich seit dem frühen Erwachsenenalter daran gewöhnt, Clayton zu vertrauen. Umso schmerzlicher war es nun, aus dieser Sicherheit herauszutreten und Clayton Slade distanziert gegenüberzustehen.

»Wer auch immer dafür verantwortlich ist«, sagte der Präsident, »den werde ich am Spieß braten. Du kannst mir dabei helfen oder nicht.«

Bei jedem anderen Menschen hätte Clayton das als bloßes Gekläffe abgetan. Aber die beiden hatten sich als Staatsanwälte kennen gelernt; beide wussten sie, dass die Ermittlungen eines Staatsanwalts Furcht erzeugen und die Wahrheit zutage fördern. Erforderlich dafür waren ein unnachgiebiger Wille, die Tücke eines Schachspielers und der Überblick eines Feldmarschalls. Alle diese Eigenschaften besaß Kilcannon in hohem Maße.

Mit emotionsloser Stimme sagte Clayton: »Was soll ich für dich tun?«

»Ruf beim FBI an. Ich will, dass Charlie Trasks Büro durchsucht wird – nach jedem Stück Papier, auf dem der Name Kyle Palmer steht.«

»Durch die Presse wird ein Aufschrei gehen«, warf Clayton ein.

»Sollen sie. Ich will die Akten von Trask und ich will, dass ihm der Arsch auf Grundeis geht. Dann sollen sich die Jungs vom FBI Kyles damaligen Freund vorknöpfen. Ich will wissen, wie sie ihn gefunden haben und wer mit ihm gesprochen hat. Auch Kyles damalige Ärztin muss interviewt werden.« Kerrys Stimme beruhigte sich. »Wir müssen wissen, wie ein Dokument, das eigentlich vertraulich sein soll, in einen an Katherine Jones adressierten Umschlag geraten kann.« Kerry nahm den Umschlag zur Hand, den er in seinem Schreibtisch unter Verschluss gehalten hatte. »In diesen Umschlag, um genau zu sein.«

Claytons Augen weiteten sich, als würde er erst jetzt die Dimensionen dessen begreifen, was Kerry vor ihm zurückgehalten hatte. »Jones hat das Dokument dir überlassen?«

»Woraufhin ich es Chad übergeben habe. Den Umschlag habe ich behalten. Ich will, dass er auf Fingerabdrücke untersucht wird.« Kerry warf Clayton den Umschlag zu. »Inklusive der Fingerabdrücke aller ehemaliger und derzeitiger Angestellten hier im Weißen Haus.«

Die Ironie dieser letzten Bemerkung war Clayton nicht entgangen. Er starrte auf den Umschlag in seinen Händen.

»Wenn sie deine Fingerabdrücke nur darauf finden«, sagte Kerry ruhig, »aber nicht auf dem bei Trask konfiszierten Material, bist du zunächst entlastet.«

Clayton starrte ihn sprachlos an. »Sag dem FBI-Chef, dass ich das Ergebnis der Untersuchung der Fingerabdrücke bis morgen haben möchte. Es sei denn, Trask rückt in der Zwischenzeit mit den Namen der Hintermänner heraus.«

Ein Gespräch gab es, das Kerry nicht erwähnte – jenes, das er persönlich mit Henry Nielsen geführt hatte.

»Ich frage mich«, begann Kerry, »wie Sie sich an diesem Morgen fühlen.«

Nielsen war bereits wach, obwohl es noch nicht einmal sechs Uhr war. Aber es dauerte ein paar Momente, ehe er kapiert hatte, dass er tatsächlich den Präsidenten am Apparat hatte.

»Um ehrlich zu sein«, sagte Nielsen ruhig, »nicht so besonders.«

Kerry ging nicht weiter darauf ein. »Aus dem Artikel geht eindeutig hervor, dass Sie das Dokument nicht auf dem Kartoffelacker gefunden haben. Jemand hat es Ihnen in die Hände gespielt.«

»Ja.«

»Wer?«

Kerry hörte ein Seufzen. »Die Frage kann ich Ihnen nicht beantworten, Mr. President. Das wissen Sie genau. Nach dem ersten Verfassungszusatzartikel sind wir sogar dazu verpflichtet, unsere Quellen geheim zu halten.«

»Ja.« Der Ton des Präsidenten war flach. »Sie und Ihre Prinzipientreue. Das habe ich natürlich vergessen.« Er hielt inne. »Ich nehme an, Sie haben persönlich mit der Person gesprochen, die Ihnen das Dokument überlassen hat.«

»Ja.« Nielsen schlug einen entschiedeneren Ton an. »Es war ein Gespräch unter vier Augen. Keiner meiner Mitarbeiter ist involviert.«

»Im Moment liegt mir nichts an Märtyrern«, antwortete der Präsident. »Das Dokument reicht mir völlig. Insbesondere das Original dessen, was Ihnen fragliche Person hinterlassen hat.«

Nielsen zögerte, klang weniger sicher. »Aus besagten Gründen ist, befürchte ich, auch dieses Dokument vertraulich zu behandeln.«

Der Präsident stand mittlerweile. »Das bezweifle ich. Bei der von Ihnen gedeckten Person handelt es sich um einen Erpresser, der einen Menschen auf dem Gewissen hat. Der Preis, den Kyle Palmer für Ihre Prinzipientreue gezahlt hat, war zu hoch.« Abermals hielt Kerry inne. »Ich bin gewillt, Ihnen meine Absolution zu erteilen. Heute Morgen wird das FBI bei Ihnen mit einem Durchsuchungsbefehl auftauchen. Rücken Sie das Original heraus, und dann können Sie ja Ihre Anwälte noch immer tätig werden lassen. Ein Tag oder so reicht völlig.«

Kerry stellte sich die Bemühungen Nielsens vor, sein Bedauern angesichts der jüngsten Ereignisse in Einklang mit seinem Berufsethos zu bringen. »Ein Tag oder so«, antwortete er schließlich. »Und nur unter schärfstem Protest natürlich.«

Erst als diese Dinge in die Wege geleitet waren, widmete sich der Präsident der traurigen Pflicht, Chad und Allie Palmer anzurufen.

Er traf eine Frau an, die unaufhörlich weinte, und einen Mann, der vor Schmerz kaum sprechen konnte. Kerry maßte sich nicht an, zu behaupten, er könnte ihr Leid auch nur ansatzweise nachvollziehen. Er drückte lediglich sein Mitgefühl aus und sagte, dass er alles in seiner Macht Stehende tun werde, um den Fall aufzuklären.

26

Zwei Tage später, am Tag der Beerdigung von Kyle Palmer, erwartete Kerry ein Gespräch vom Direktor des FBI.

Es war ein düsterer Tag; aus dem grau verhangenen Himmel fiel unablässig ein feiner Nieselregen. Aus Respekt vor Senator Palmer blieb der Senat geschlossen, und die Debatte über die Masters-Nominierung war auf den folgenden Tag verschoben worden. Das Stimmenverhältnis schien unverändert: Alle fünfundvierzig Demokraten waren pro Masters, achtundvierzig Republikaner – darunter Chad Palmer – waren kontra Masters, die verbleibenden sieben unentschlossen. Von den achtundvierzig Kontrahenten würden Kerrys Einschätzung zufolge vierzig, vielleicht auch einundvierzig ein Filibuster unterstützen – ein entscheidender Unterschied, da einundvierzig Stimmen erforderlich gewesen wären, um die Masters-Nominierung schon im Ausschuss zu kappen.

Fieberhaft hatte Kerry herumtelefoniert, um die Stimmen der sieben Republikaner für seine Kandidatin zu sichern und um die Unterstützung eines Filibusters möglichst gering zu halten. Niemand jedoch wagte es, sich Chad Palmer auch nur zu nähern; niemand wusste, wie oder ob überhaupt Kyles Tod sein Stimmverhalten beeinflussen würde. Ebenso wie niemand außerhalb des Weißen Hauses eine Ahnung davon hatte, was Kerry mit der Vorladung an den *Internet Frontier* oder mit der Beschlagnahmung von Charlie Trasks Akten durch das FBI beabsichtigte.

Die vorhersehbaren Proteste waren natürlich nicht ausgeblieben. Die *New York Times* hatte die Aktionen als »beunruhigend« und als »Angriff auf den ersten Verfassungszusatzartikel« bezeichnet. Das Weiße Haus hatte den Protest mit eisernem Schweigen entgegengenommen; auf Anweisung des Präsidenten gab Kit Pace dem Pressecorps die lapidare Antwort, hier handle es sich um »kriminelle Machenschaften«, die keinerlei Kommentar zuließen. Diese Bemerkung schien die Mitglieder des Senats zutiefst zu verunsichern. Dazu kam noch das Ergebnis der letzten Gallup-Umfrage: Neunundvierzig Prozent der Befragten unterstützten mittlerweile die Masters-Nominierung, während gerade immer mehr Frauen aus städtischen Randbezirken – eine entscheidende Wählergruppe – sich für Masters aussprachen. Diese Tatsache schien Macdonald Gage davon abzuhalten, um die drei Gegenstimmen zu werben, die ihm für eine Ablehnung der Nominierung noch fehlten.

Kerry sah zum Fenster hinaus und dachte dabei an Chad Palmer und die bevorstehenden Kämpfe, als das Telefon läutete.

Der Direktor des FBI, Hal Bailey, hatte sich als Staatsanwalt einen Namen gemacht im Zuge der Bekämpfung des organisierten Verbrechens in New York City. Obwohl Kerry ihn für einen guten Mann hielt, hatte er noch nicht durchklingen lassen, ob Bailey seinen Job nach dem bevorstehenden Ende seiner ersten Amtszeit behalten konnte. Das, so wusste Kerry, kam ihm jetzt zupass.

»Es tut mir Leid, dass es zwei Tage gedauert hat«, sagte Bailey.

»Sie konnten Fingerabdrücke gewinnen?«

»Eine ganze Reihe, darunter auch Ihre – gerade die Vielzahl ist ja das Problem. Zur Ablösung der Abdrücke haben wir eine Chemikalie namens Ninhydrin verwendet, die extrem verlässlich ist. Der nächste Schritt bestand darin, festzustellen, welche Fingerabdrücke sowohl auf dem Umschlag als auch auf den Unterlagen von Trask und auf jenen vom *Internet Frontier* zu finden waren.« Anschließend sprach er mit leiserer Stimme, als wäre ihm nicht ganz wohl bei dieser Sache. »Die Fingerabdrücke sind das einzige definitive Beweismittel, das wir an der Hand haben. Wer auch immer Kyles damaligen Freund bestochen hat, hat sich auch hinter einem falschen Namen verschanzt. Die Ärztin wusste nicht einmal, was passiert war – dass jemand in die Praxisräume eingedrungen ist, das Zustimmungsformular kopiert und wieder das Weite gesucht hat.«

Kerry sah sich damit in seinen Befürchtungen bestätigt, dass nämlich die für Kyles Tod Verantwortlichen höchst professionell vorgegangen waren. »Aber Sie konnten zusammengehörige Abdrücke identifizieren?«

»Ja.« Die Zurückhaltung in Baileys Stimme war zurückgekehrt. »Ein Satz Fingerabdrücke erschien auf allen Dokumenten.«

»Und der gehört welcher Person?«

Bailey zögerte. »Wenn Sie nichts dagegen haben, Mr. President, würde ich Ihnen das Ergebnis gerne persönlich mitteilen.«

Fünfunddreißig Minuten später befand sich Hal Bailey im Oval Office. In der aufrechten Haltung eines ehemaligen, mittlerweile zum Fitnessfanatiker mutierten Marineinfanteristen hatte Bailey auf der Vorderkante des Sessels Platz genommen. Skeptisch musterte er Clayton Slade, der neben ihm saß.

»Ich war der Meinung«, sagte der Präsident, »Clayton sollte unbedingt dabeisein.«

Bailey sah Clayton aus den Augenwinkeln an, um dann dem Präsidenten fünf eng beschriebene Seiten zu überreichen. »Ich habe es selbst getippt«, sagte Bailey. »Um zu vermeiden, dass etwas nach außen dringt, ehe Sie es selbst gesehen haben.«

Mit ausdruckslosem Gesicht begann Kerry zu lesen. Er zwang sich durch Baileys knochentrockene Bürokraten-Prosa, ohne auch nur eine Seite zu überspringen. Es dauerte eine Weile, bis er durch war.

Fassungslos starrte er auf die letzte Seite.

»Wer ist der Kerl?«, fragte Clayton.

Einen Moment lang schüttelte Kerry nur fassungslos den Kopf, spürte, wie sich Wut mit der Einsicht in das Unvermeidliche mischte – dass es am Ende darauf hinauslaufen musste. Dann sah er auf, in das Gesicht seines ältesten Freundes.

»Mein geschätzter Exkollege«, antwortete Kerry. »Senator Mason Taylor.«

Wenige Minuten später waren die beiden Männer allein.

»Ungeschickt«, sagte Clayton. »Für jemanden, der sonst so gerissen ist.«

»Ich glaube, ich kann seine Gründe nachvollziehen«, antwortete Kerry. »Er konnte sich einfach kein Risiko leisten. Er wollte jeden Mitwisser ausschließen, selbst die eigene Sekretärin. Also musste er die Sache selbst in die Hand nehmen – nur leider hat er Ninhydrin nicht dabei berücksichtigt.«

Clayton starrte ihn an. »Wenn es Taylor war«, sagte er schließlich, »dann war es auch Gage.«

»Vermutlich. Nur beweisen können wir das nicht.«

»Du hast morgen eine Abstimmung im Senat.« Claytons Ton war erfüllt von einer unbedingten Entschlossenheit. »Ein angeschlagener Gage könnte die Lösung sein.«

»Ja«, antwortete Kerry. »Daran habe ich bereits gedacht. Von Anfang an.«

»Was gedenkst du dann damit zu tun?«

»Wenn ich das wüsste.«

Als er die Kathedrale betrat, um am Requiem für Kyle Palmer teilzunehmen, war er noch immer unentschlossen.

Lara befand sich neben ihm; auch ein Teil der Washingtoner Politprominenz war gekommen, darunter ein düster dreinblickender Macdonald Gage. Einen Moment fragte sich Kerry, warum Chad sie nicht alle ausgeschlossen hatte. Wäre es nach ihr gegangen – dessen war Kerry sich sicher –, Allie Palmer hätte gewiss so gehandelt. Aber das offizielle Washington war auch ein Teil ihrer Familie. Und wenn nach Meinung Chad Palmers irgendjemand aus diesem Kreis mitverantwortlich war für Kyles Tod, dann sollte diese Person auch Zeuge der Trauerfeier sein.

Chad trat auf in der Haltung eines grimmig gefassten Kriegers, der sich mit unermesslichem Leid konfrontiert sieht. Er wirkte abgezehrt, und, wenn sich Kerry das vielleicht auch einbildete, sein Hemdkragen saß so locker, als hätte er von innen heraus zu schrumpfen begonnen. Allie war wachsbleich, die Augen verquollen vom Weinen. Wäre er ihr auf der Straße begegnet, Kerry hätte sie nicht erkannt.

Nachdem Kerry sie von der Seite angesehen hatte, drückte Lara seine Hand. Wie ein Stromstoß förderte diese Geste einen noch dunkleren Gedanken zutage: Außer Lara wusste von den Anwesenden vielleicht noch eine weitere Person, was Kerry wusste. Aber Kerry allein konnte entscheiden, was er damit anfing.

Die Trauerfeier war eher verhalten, ohne die, wie Kerry es sich gewünscht hätte, eindringliche Wucht. Chad Palmer weinte keine einzige Träne. Er stand neben dem Sarg seiner Tochter, so völlig in sich gekehrt, dass Kerry auch auf die Entfernung spürte, wie niedergeschmettert er war. Seine Gedenkworte für Kyle, eine schlichte und hilflose Liebeserklärung des Vaters an die Tochter, rührten an Gefühle, die für Kerry nur schwer zu ertragen waren; als Allie ihre Tochter wissen ließ, dass »mit dir auch ein Teil von mir gestorben ist«, spürte Kerry die schlichte Wahrheit dieser Worte. Und, mit endgültiger Sicherheit, spürte er das Gewicht der Verantwortung, die auf ihn wartete.

Für eine gewisse Zeit trat der dunkle und schmucklose Kirchenraum in den Hintergrund. Die Palmers verschwanden hinter Schatten; Laras Hand in seinen Händen fühlte sich federleicht an. Am eindringlichsten stellte er sich einen Mann vor, der seinen Blicken entzogen war – Macdonald Gage, der zwei Reihen hinter ihm saß.

Entschlossen richtete Kerry seinen Blick wieder auf Chad und Allie Palmer, die neben dem blumengeschmückten Sarg ihrer einzigen Tochter standen. Dann wurde Kyle Palmers Sarg, gefolgt von ihren Eltern, aus der Kirche getragen, und Kerry und Lara, flankiert vom Secret Service, schritten in den Regen hinaus.

Draußen trafen sie auf Polizeiautos, Absperrungen, weitere Agenten – sichtbarer Teil jener schwerfälligen, rund um die Uhr zu seinem Schutz bemühten Maschinerie. Rechts von sich sah Kerry Macdonald Gage, dessen Blick hin- und herwechselte zwischen dem Leichenwagen und den Sicherheitsleuten; er fragte sich, was ihm wohl in diesem Augenblick durch den Kopf ging.

Als hätte er bemerkt, dass er beobachtet wurde, wandte sich Gage Kerry zu, sein Gesicht geprägt von formelhafter Pietät. Gage zögerte, ging dann ein paar Schritte nach vorne und sprach ihn an.

»Ein trauriger Tag, Mr. President.«

Kerry legte eine Hand auf Gages Schulter. »Mac«, sagte er leise, »ich glaube, Sie sind völlig ahnungslos.«

Schweigend sah Macdonald Gage zu, wie Kerry Kilcannon in die bereitstehende schwarze Limousine stieg.

Nein, korrigierte Gage, er hatte durchaus Ahnung. Der Präsident persönlich hatte das FBI eingeschaltet; hilflos konnte er sich nur fragen, was Kilcannon – in seinen besten Tagen ein nachtragender, rücksichtsloser Mann – wirklich wusste oder zu wissen glaubte. Eines jedoch konnte Kilcannon nicht wissen – Gages tiefes Bedauern angesichts des Todes von Kyle Palmer und sein inniger Wunsch, dass rückgängig gemacht werden könnte, was auch immer dazu geführt hatte.

Aber das war unmöglich, und Gage sollte tunlichst vergessen, was er wusste. Eines Tages würde Macdonald Gage selbst Präsident sein. Aber zuerst galt es, eine Kandidatin unschädlich zu machen, einen amtierenden Präsidenten zu besiegen. Morgen würde sich zeigen, welche Macht er hatte.

Gage kehrte in sein Büro und zu seiner Arbeit zurück.

Kerry und Lara saßen schweigend im Auto. Flankiert von Kerrys Eskorte fuhr die Kolonne in Richtung Arlington. Einzig das Rauschen des Regenwassers unter den Reifen war zu vernehmen.

»Was wirst du tun?«, fragte Lara.

Wie im Fall Claytons antwortete Kerry nicht. Lara ergriff wieder seine Hand.

Sie standen an der Grabstätte auf dem Nationalfriedhof Arlington, Verwandte und wenige enge Freunde, neben der Stelle, an der Chad einmal liegen würde. Da die Veteranen des Landes in Arlington ein Heiligtum sahen, hatte Kerry den zuständigen Vorsitzenden im Kongress und verschiedene Veteranengruppen an einen Tisch gebeten, um sicherzustellen, dass Kyle hier bestattet werden konnte. Vielleicht hatte Chad deshalb den Vorschlag gemacht, Kerry und Lara könnten die Trauernden bei der letzten Reise seiner Tochter begleiten.

Ein wenig abseits von den anderen beobachteten der Präsident und seine Verlobte, wie Kyles Grab zugeschaufelt wurde.

Am Ende war es Chad, der ihn ansprach.

Lara entfernte sich und ließ die beiden allein. »Es tut mir so Leid«, sagte Kerry.

Zuletzt füllten sich Chads Augen doch noch mit Tränen. »Das hätte nie passieren dürfen«, flüsterte er. »Sie hätten ihr das nicht antun dürfen.«

Kerry nickte und sah in sein mitgenommenes Gesicht; dann legte er eine Hand auf Palmers Arm. »Ich weiß, es ist schwer für dich«, sagte er. »Aber ich möchte dich gern heute Abend sehen. Es gibt da etwas, das du wissen musst.«

27

Es war schon nach zehn, als Chad Palmer ins Weiße Haus kam.

Er wirkte verhärmt, als er das Arbeitszimmer des Präsidenten betrat. Kerry schloss die Tür hinter ihm.

»Wie geht es Allie?«, fragte der Präsident.

Chad sah zu Boden und schüttelte den Kopf. »Beruhigungsmittel.«

Kerry hatte den Eindruck, dass in dieser Knappheit Chads ganze Hilflosigkeit zum Ausdruck kam. Auch jetzt schien er die Wucht der Ereignisse noch nicht gänzlich begriffen zu haben.

Er nahm Platz; dabei wirkte er müde und wie isoliert. In seiner Stimme schwang eine Art körperlose Geduld, als akzeptierte er stillschweigend, dass Kerry ihn nicht ohne Grund zu diesem Treffen gebeten hatte.

»Was gibt's denn eigentlich?«, fragte er.

Kerry spielte mit dem Gedanken an eine wie auch immer geartete Erklärung oder Entschuldigung. Aber die Worte, die ihm einfielen, wirkten selbstbezogen und leer. Ohne eine Vorrede nahm er den FBI-Bericht vom Schreibtisch und reichte ihn Chad.

Chad begann zu lesen.

Nach einer Weile bemerkte Kerry eine leichte Veränderung: Chads erschöpfter Gesichtsausdruck wich dem gespannter Aufmerksamkeit. Nachdem er auf der letzten Seite angekommen war, ließ ihn Kerry nicht mehr aus den Augen.

Als Chad schließlich aufsah, strömten Tränen über sein Gesicht. »Was verlangst du dafür?«, fragte er.

»Nichts. Es gehört dir.«

Chad nickte. Ohne ein weiteres Wort stand er auf und ging.

Allein in seinem abgedunkelten Wohnzimmer, begann Chad die Wahrheit zu begreifen.

Die letzten Verwandten waren aufgebrochen; Allie schlief noch. Da war niemand, dem er seine Schuldgefühle hätte mitteilen können.

Er hatte sich nicht schützend hinter Kyle gestellt. Er hatte bei Gage zu viel riskiert, war mit seiner Hilfe für Kilcannon zu weit gegangen. Sein Verhalten hing zum Teil mit seinen Ambitionen zusammen, zum Teil mit einer Eigenschaft ganz anderer Art – Chad Palmer hatte einfach die Angewohnheit, zu tun, was er für richtig hielt, ungeachtet der Konsequenzen. Nun hatte sein Stolz dazu beigetragen, die eigene Tochter umzubringen; mit gnadenloser Klarheit sah Chad, dass der Umschlag auch seine Fingerabdrücke aufwies.

Keinerlei Zweifel hatte er daran, dass Taylor nicht ohne das Mitwissen Gages aktiv geworden war; auf seine Art, wie verschleiert auch immer, hatte Gage versucht, Chad zu warnen. Am Ende aber hatte Gage dem Akt der Grausamkeit zugestimmt, der zu Kyles Tod führte.

Wie einen Film, dessen Ausgang er kannte, spulte Chad die letzten Wochen vor seinem geistigen Auge wieder und wieder ab. Die Beerdigung war ihm nur mit einigen wenigen verschwommenen Bildern gegenwärtig, als stünde auch er unter dem Einfluss von Beruhigungsmitteln. Am lebhaftesten hatte er das Echo der ersten Erdklumpen, Chads eigene, die auf Kyles Sarg polterten, im Ohr.

Was könnte er nun tun, fragte er sich, um seiner Tochter Gerechtigkeit widerfahren zu lassen?

Plötzlich war er sich über die Erbärmlichkeit dieses Gedankens im Klaren. Nichts gab es, was Chad tun konnte, um seiner Tochter zu helfen, oder um Allie wiederherzustellen als der Mensch, der sie einmal gewesen war. So saß er allein da, mit all der jetzt hinfälligen Liebe eines nicht perfekten Vaters, dessen Tochter nur mehr Erinnerung war.

Clayton saß auf dem Platz, an dem Chad gerade noch den FBI-Bericht gelesen hatte. Kerry, noch leicht verstört von dem Anblick, ließ sich Zeit, ehe er zu sprechen begann.

»Hast du Sarah Dash angerufen?«, fragte er.

»Ja. Der Eingriff soll morgen Vormittag vorgenommen werden.«

Kerrys bitteres Lächeln erforderte keinen Kommentar. »Wie wird Palmer reagieren?«, fragte Clayton.

»Lässt sich schwer sagen.«

Clayton warf ihm einen Blick zu, in dem Sympathie und Sorge lagen. »Weiß er denn, was wir vorhaben?«

»Er wird es sich denken können. Wenn er erst darüber nachdenkt.« Kerrys Stimme kippte leicht ins Ironische.

»Mach es so wie vor nicht allzu langer Zeit mit Caroline Masters. Nur ist dieses Mal die *Post* an der Reihe.«

28

Am nächsten Morgen um sieben Uhr saß Sarah vor einem Operationsraum im allgemeinen Krankenhaus von San Francisco. Dr. Mark Flom war im Begriff, den siebeneinhalb Monate alten Fötus von Mary Ann Tierney abzutreiben.

Sie waren noch vor Tagesanbruch eingetroffen, in einem eigens entsandten Krankenwagen, um Mary Anns Ankunft geheim zu halten. Mary Ann war äußerlich gefasst, aber dennoch verunsichert; einen letzten bewegenden Appell ihres Vaters hatte sie zurückgewiesen, aber ihre Ängste waren sowohl spiritueller wie physischer Natur. Im Zentrum stand die nachts wiederholt ausgesprochene Befürchtung »Was, wenn das Baby doch normal ist, Sarah? Was wenn er gesund gewesen wäre?«

Dass Clayton Slade angerufen hatte, erzählte Sarah ihr nicht.

Der Anruf hatte sie nicht überrascht – mittlerweile überraschte sie sowieso nichts mehr. Sie war Kerry Kilcannon vielmehr dankbar und bewunderte sein Eintreten für Caroline Masters, aber der plumpe Pragmatismus seines Stabschefs ging ihr doch auf die Nerven.

»Morgen ist der erste Tag der Debatte im Senat«, hatte er gesagt. »Sollte sich herausstellen, dass der Fötus missgebildet ist, hoffen wir, Sie informieren unverzüglich die Öffentlichkeit.«

»Und wenn er es nicht ist?«

»Dann wird es schwierig«, antwortete Slade ruhig. »Aber aus der Sicht Ihrer Klientin gesehen würde ich meinen, es ist umso besser, je weniger Sie sagen.«

So wartete Sarah nun, ihre eigenen Überlegungen im Kopf und besorgt um Mary Ann. Sie stellte sich unwillkürlich vor, was wohl jetzt hinter verschlossenen Türen vor sich ging. Die Pro-Life-Kräfte waren geschickt vorgegangen: Sie hatten ein Verfahren angeprangert, dessen schiere Schrecken die medizinischen Gründe dafür in den Schatten stellten. Mit dieser Einsicht im Kopf hatte Sarah all ihre Überredungskünste aufgeboten, um Mary Ann diesen Moment zu erleichtern. Nun aber wurde sie wie Mary Ann von der Angst verzehrt, dass sie – entgegen aller medizinischen Wahrscheinlichkeit – im Operationssaal dem Leben eines völlig gesunden Kindes ein Ende bereiteten.

Das war aber noch nicht alles, worüber Sarah sich Sorgen machte. Zwei Tage zuvor hatte Mark Flom zu ihr gesagt: »Die Leute können argumentieren, wie sie wollen. Am Ende jedoch gibt es immer Fälle, in denen man um dieses Verfahren einfach nicht herumkommt.

Darüber hinaus ist es nicht ganz unproblematisch – nur wenige Ärzte beherrschen es. Und mit jeder Schwangerschaftswoche wird es schwieriger. Die Tierneys haben es in diesem Fall um fast zwei Monate schwerer für uns alle gemacht.«

Nun, während die Operation ihren Lauf nahm, überdachte Sarah die möglichen Konsequenzen – nicht nur für Mary Ann, sondern für andere. In Washington war es jetzt kurz nach zehn, und im Senat redete man sich die Köpfe heiß über die Ernennung von Caroline Masters als Oberste Bundesrichterin der Vereinigten Staaten.

Sie widmete sich ihrer *New York Times*. Am Vorabend der Abstimmung, berichtete der Leitartikel, war es noch unklar, ob Macdonald Gage die für ein Filibuster erforderlichen einundvierzig Stimmen zusammen habe. Wenn nicht, dann fehlten zum gegenwärtigen Zeitpunkt sowohl Gage als auch Präsident Kilcannon zwei Stimmen von den einundfünfzig erforderlichen, um Caroline Masters zu Fall zu bringen beziehungsweise zu bestätigen. Nicht zuletzt wurde die Sache durch Senator Chad Palmer kompliziert: Trotz der ausführlichen Berichterstattung um den Tod seiner Tochter wusste niemand, ob er aus der selbst gewählten Versenkung auftauchen würde.

Nein, dachte Sarah, sie konnte Clayton Slade seinen Anruf nicht verübeln. Aber damit war dann auch Mary Anns öffentlicher Auftritt beendet – dass der Ausgang der Masters-Nominierung vom gesundheitlichen Zustand ihres Kindes abhing.

Immerhin war es Mary Ann, die Sarah vor allem am Herzen lag. Sarah hatte sich leicht zu der Persönlichkeit entwickeln können, die sie war: Ihre Eltern waren weltoffen, liberal und geradezu verliebt in das Unabhängigkeitsstreben ihrer Tochter. Unerklärlich war es dagegen, woher Mary Ann ihren Mut und ihre Entschlossenheit nahm. In nur zwei Monaten hatte Mary Ann Sarahs Leben so in Beschlag genommen, dass ihr diese Verantwortung manchmal zu viel war; andererseits hätte sie sie auch nie abgegeben. Nun wünschte sie sich – um des Mädchens und um ihrer selbst willen –, dass sie an einen Gott glauben würde, zu dem sie beten könnte.

Sarah schloss die Augen.

Eine Stunde war vergangen. Sarah starrte zu Boden, als sie Dr. Floms Schritte hörte.

Zitternd stand sie auf. Flom, der noch OP-Kleidung trug, wirkte erschöpft. Vielleicht war auch er sich der weitreichenden Konsequenzen bewusst, die der Gesundheitszustand des Kindes haben würde.

»Wie geht es ihr?«, fragte Sarah.

»Gut. Natürlich hält die Wirkung der Narkose noch an.« Er hielt inne. »Der Eingriff ist wie geplant verlaufen, Sarah. Mary Ann wird weitere Kinder haben können. Was ja auch der Sinn der Übung war.«

Sarah war erleichtert. Zögernd fragte sie: »Und das Kind?«

Flom setzte eine bedeutungsschwere Miene auf und schüttelte bedächtig den Kopf. »Aussichtslos. Als ich die Kanüle in den Kopf eingeführt habe, um den Inhalt abzusaugen, war so gut wie nichts vorhanden. Der Junge hätte nie überleben können.«

Sarah schluckte und sah zu Boden. Für einen Moment rang sie um Fassung – eine Entscheidung war noch zu treffen und keine Zeit, Mary Ann um Erlaubnis zu fragen. Abermals wägte sie ihre Verpflichtungen ab, ihrer Klientin gegenüber, Caroline Masters und, in gewissem Sinn, dem Präsidenten.

»Wenn ich Sie dazu bevollmächtige«, sagte sie, »sind Sie dann dazu bereit, diese Aussage öffentlich zu wiederholen?«

Flom lächelte. »Scheint ziemlich wichtig zu sein, nicht wahr? Und nicht nur für Mary Ann.«

29

Um Punkt zehn Uhr schalteten der Präsident und Clayton Slade den Fernsehapparat an, um die Senatsdebatte auf dem Nachrichtenkanal zu verfolgen.

Sie saßen in einem Konferenzraum, griffbereit zu Kerrys rechter Seite ein Telefon. Fürs Erste hatten sie getan, was sie konnten; nur auf zwei Unsicherheitsfaktoren – Mary Ann Tierneys Abtreibung und Chad Palmers Verhalten – hatten sie keinen Einfluss. In der Hoffnung, Chad würde sich Gage vorknöpfen, hatten sie den FBI-Bericht zurückgehalten und erst vor wenigen Minuten in die Presse lanciert: Die Geschichte würde nicht vor dem nächsten Morgen erscheinen, so dass Chad ein ganzer Tag Zeit zum Handeln blieb.

Aber zunächst wusste er lediglich, dass Chad in den Senat gekommen war, grimmig schweigend, empfangen von einer Meute von Presseleuten. Macdonald Gage hatte zuerst das Wort und rüstete sich für seine letzte Attacke gegen Caroline Masters.

»Schau nur, wie er die Federn spreizt«, sagte der Präsident. »Wie bequem es sein muss, so ganz ohne Gewissen zu leben.«

Macdonald Gage stand am Rednerpult, im Mittelpunkt des Saales.

Es war der Höhepunkt seiner Macht, der Tag, an dem er den Präsidenten selbst in die Schranken weisen würde. Alle einhundert Senatoren waren versammelt, und auf den überfüllten Galerien herrschte gespanntes Schweigen. Die Vizepräsidentin Ellen Penn hatte den Platz des Vorsitzenden eingenommen, womit die Administration Kilcannon ihre Bereitschaft signalisierte, bei einem Patt von fünzig zu fünfzig das entscheidende Votum abzugeben.

»Ehe ich beginne, möchte ich auf die Anwesenheit des Senior-Senators aus Ohio hinweisen, der hierher gekommen ist, um trotz des Leids, das ihm widerfahren ist, seiner Pflicht Genüge zu tun.« Nun wandte sich Gage direkt an Palmer. »Der Anteilnahme, die wir alle zum Ausdruck gebracht haben, möchte ich die Bewunderung Ihrer Kollegen hinzufügen. Mit Ihrer Anwesenheit, Senator Palmer, ehren Sie uns.«

Gage hoffte, der freundliche Empfang, die unverstellte Sympathiebekundung, würden seinen trauernden Rivalen erreichen. Die einzige Reaktion, die er jedoch erkennen konnte, war ein flüchtiges und vieldeutiges Lächeln, gefolgt von einer ungewohnten Härte im Blick eines Mannes, dem der Schmerz noch ins Gesicht geschrieben stand.

Dann wandte sich Gage, ungeachtet seiner Bedenken, dem weiteren Kreis seiner Zuhörerschaft zu. Es herrschte völliges Schweigen.

»Der Zeitpunkt ist gekommen«, sagte er, »um darüber zu befinden, ob Caroline Masters dem höchsten Gericht unseres Landes vorstehen sollte.

Dies ist nicht die Zeit für Parteipropaganda – dafür ist die Verantwortung, die auf uns allen lastet, zu schwer. Wie schwer, das hat Ms. Masters selbst klargemacht.

Die Entscheidung im Fall Tierney zeigt uns, was wir von ihr zu erwarten haben.

Das Urteil ist der pure Ausdruck richterlichen Hochmuts. Es widersetzt sich einer Kongressentscheidung und damit dem Willen des amerikanischen Volkes. Es scheut die Weisheit der Gründungsväter zugunsten einer radikalen Philosophie, nach welcher der einzelne Richter das Sagen hat – selbst wenn es um ein Menschenleben geht.«

Plötzlich nahm Gages Stimme einen leisen, klagenden Ton an. »In Caroline Masters' Welt weiß Gott allein, wen und was wir verlieren. Wer von den unschuldig gemordeten Kindern würde vielleicht später ein Mittel gegen Krebs entdecken oder Frieden in eine zerrissene Welt bringen? Wie viele von ihnen würden als Kind ihre Eltern erfreuen und später, im reifen Alter, die eigenen Kinder liebend umsorgen ...?«

Kerry Kilcannon sah mit gespannter Aufmerksamkeit zu.

»Wie viel mehr Kinder«, fuhr Gage fort, *»welchen ›Makel‹ sie nach Auffassung anderer auch haben mögen, könnten uns an unsere Verpflichtung erinnern, jene weniger vom Glück Begünstigten zu schätzen ...«*

Die Tür des Konferenzzimmers ging auf. Kit Pace kam herein und legte dem Präsidenten ein einzelnes Blatt Papier vor.

Schweigend las er es.

»Sorge bitte dafür, dass es auch Senator Hampton zu Gesicht bekommt«, sagte der Präsident.

Gage spürte, wie er sich langsam warm redete und der Strom seiner Gedanken und Worte an Nachdrücklichkeit gewann. »Und wie viele Eltern«, fragte er, »werden ihres Rechts beraubt, an einer so wichtigen moralischen Entscheidung ihrer minderjährigen Kinder mitzuwirken, nur weil Ms. Masters – nicht die eigene Familie – es besser weiß?

Aber dazu möchte ich nicht mehr sagen. Denn die Gründe für eine Ablehnung dieser Kandidatin gehen weit über ihr richterliches Ethos hinaus, wie feindlich auch immer dieses unseren tiefsten religiösen, moralischen und verfassungsrechtlichen Traditionen gesinnt sein mag.«

Mit Bedacht wandte sich Gage nun seinem eigentlichen Zielpublikum zu, den vier unentschlossenen gemäßigten Republikanern – Spencer James aus Connecticut, Cassie Rollins aus Maine, George Felton aus Washington und Clare MacIntire aus Kansas –, wobei er jeden Einzelnen nacheinander ansprach.

»Wer über einen anderen Menschen urteilt«, sagte er zu Clare MacIntire, »muss Leidenschaft und Zurückhaltung gleichermaßen walten lassen. Niemand von uns ist perfekt; niemand hat das Recht, den ersten Stein zu werfen. Aber wenn das persönliche Verhalten einer Richterin Fragen aufwirft hinsichtlich ihrer Verlässlichkeit und Ehrlichkeit, dann haben wir das Recht – ja sogar die Pflicht –, diese Beurteilung vorzunehmen.«

Senator MacIntire runzelte die Stirn und sah weg – der Frage nachgehend, vermutete Gage, ob sie einer von Christian Commitment finanzierten Kampfansage bei den Vorwahlen widerstehen könnte, sollte sie für Masters stimmen. Dann wandte sich Gage Spencer James zu und fuhr fort. »Jeder von uns, dessen bin ich mir sicher, respektiert Ms. Masters' Entscheidung, besser ein uneheliches Kind auszutragen als es abzutreiben.

Aber« – hier ließ Gage seine Stimme anschwellen – »was sagen wir all jenen jungen Menschen, denen wir Enthaltsamkeit und Respekt vor der Ehe abverlangen? Was sagen wir jenen, die wir dazu auffordern, sich abzuwenden vom Laster der Promiskuität, der jugendlichen Experimente mit Drogen und Alkohol und dem Risiko sexuell übertragbarer Krankheiten?

Was sagen wir ihnen zum Thema Ehrlichkeit? Und wie sollen wir ihnen erklären, dass eine Frau, die ihre Vergangenheit verheimlicht hat, dazu geeignet sein soll, an der Spitze eines Rechtssystems zu stehen, das auf der Verpflichtung basiert, unter Eid genommen, ›die Wahrheit und nichts als die Wahrheit‹ zu sagen?«

Kit Pace kam wieder herein. Sie sah kurz zum Fernseher und sagte beiläufig: »Phrasenhaft, aber wirkungsvoll.«

Der Präsident sah auf. »Hast du Hampton erreicht?«

»Seinen Stabschef. Er sagt, Palmer möchte eine Erklärung abgeben. Er will dafür Chucks Redezeit haben.«

»Wissen Sie wofür?«

Kit schüttelte den Kopf. »Keiner hat eine Ahnung. Aber Chuck konnte schwerlich nein sagen ...«

»Was sagen wir ihnen«, fuhr Gage fort, *»über eine Richterin, die gegen die Heiligkeit des Lebens und zugunsten einer engen Freundin entscheidet – einer Anwältin, die sie erst vor wenigen Wochen zu einem Abendessen zu sich nach Hause eingeladen hatte …?«*

Nun sah Gage zu den Galerien hinauf, wobei er sich der Millionen Fernsehzuschauer durchaus bewusst war. »Am Ende können wir nur eindeutig und klar Folgendes feststellen.

Ihr Ethos als Richterin ist befremdend.

Ihre Verdrehung der Tatsachen ist unwürdig.

Ihr richterliches Temperament ist fragwürdig.

Ihre Integrität ist beschädigt.

Somit ist sie ungeeignet für das Amt des Obersten Bundesrichters.« Gage hob noch einmal die Stimme. »Ihre Ernennung unter diesen Umständen aufrechtzuerhalten ist ein anmaßender und fahrlässiger Akt, und es ist unsere heilige Pflicht als Senatoren, das amerikanische Volk davor zu schützen.

Der Präsident hätte sie niemals nominieren dürfen. Und er hätte nicht an der Nominierung festhalten dürfen, nach allem, was wir erfahren mussten. Doch er hat es getan.« Gage blickte in die Runde der Senatoren. »Und so ist es an uns, ihm Folgendes nahezulegen: Keiner von uns, ob Mann oder Frau, steht über dem Gesetz. Und niemand, der nicht ausdrücklich dafür geeignet ist, sollte über Recht und Gesetz bestimmen.«

Mit dieser verdeckten Anspielung auf Kerrys Inanspruchnahme des FBI kam Gage zum Schluss seiner Rede.

»Dies ist eine Demokratie, und wir müssen unserer Pflicht unerschütterlich ins Auge sehen. Als integre Patrioten haben wir gar keine andere Wahl, als diese Kandidatin abzulehnen.«

Unter brandendem Applaus von den Galerien nahm Gage Platz. Er hatte seinen Teil erledigt, dachte er befriedigt – keiner der früheren Mehrheitsführer hätte diese Debatte so wirkungsvoll eröffnen können, wie er es soeben getan hatte.

»Das Wort hat nun der Senior-Senator aus Illinois«, verkündete Ellen Penn.

Mit der ihm eigenen professoralen Gelassenheit erhob sich Chuck Hampton. Es kam dem Minderheitsführer zu, die Verteidigung von Caroline Masters zu eröffnen.

»Zu Beginn«, sagte Hampton, »würde ich gerne eine Meldung von Associated Press verlesen.«

Durch den Saal ging ein überraschtes Raunen. »Es handelt sich um eine Stellungnahme von Sarah Dash, der Anwältin von Mary Ann Tierney.«

Nachdem er seine Brille zurechtgerückt hatte, begann Hampton zu lesen.

»›Heute Vormittag ließ Mary Ann Tierney den zum Zweck des Erhalts ihrer Gebärfähigkeit lange geplanten Schwangerschaftsabbruch vornehmen.

Der Eingriff ist mittlerweile beendet, und der verantwortliche Arzt, Dr. Mark Flom, hat bestätigt, dass das Kind keine Überlebenschancen hatte …‹«

In den Galerien entstand Unruhe; konsterniert sah Gage zu Clare MacIntire und bemerkte ihre wache Aufmerksamkeit, als Hampton weiterlas.

»›Zur weiteren Untersuchung der medizinischen Fakten haben wir eine Autopsie veranlasst.

Was Mary Ann Tierney betrifft, kann der Eingriff als erfolgreich bezeichnet werden. Sie wird auch in Zukunft Kinder bekommen können. Dafür sind wir dem amerikanischen Justizsystem dankbar, das sie in die Lage versetzt hat, diese schwierige – aber eindeutig gerechtfertigte – Entscheidung zu treffen …‹«

Kerry Kilcannon lachte laut auf.

»Das sollte Gage zu denken geben«, sagte er zu Clayton. »Hast du ihr das eingeflüstert?«

Clayton schüttelte den Kopf. »Nein, alles ist Originalton Dash.«

»›Bis auf weiteres‹«, las Hampton, *»›gibt es von Seiten Mary Anns nichts mehr zu sagen. Sie wünscht sich nichts sehnlicher, als endlich wieder in Ruhe leben zu können.‹«*

Wie, fragte sich Gage, würde Hampton darauf wohl reagieren?

Nach einem Blick in die Runde sagte Hampton: »Die Stellungnahme spricht für sich. Ich habe dem nichts hinzuzufügen.«

Er ließ sich Zeit, atmete tief durch. »An dieser Stelle«, sagte er ruhig, »möchte ich das Wort meinem guten Freund, dem Senior-Senator aus Ohio, übergeben.«

Macdonald Gage war sprachlos. Er hatte keine Macht, einzugreifen. Unter dem immer lauteren Stimmengewirr von den Galerien, von Ellen Penn aber schließlich unter Kontrolle gebracht, erhob sich Chad Palmer.

30

Chad Palmer ließ den Blick über seine Senatskollegen schweifen: Chuck Hampton, der sich offen fragte, was Chad vorhatte; Paul Harshman, der, die Arme verschränkt, Chad unversöhnlich anstarrte; seine Freundin Kate Jarman, die sich ernstlich Sorgen zu machen schien. Aber erst der Anblick von Macdonald Gage, sichtlich um den Ausdruck wohlwollenden Mitleids bemüht, verwandelte Chads Schmerz in für diese Rede unerlässliche kalte Entschlossenheit.

»Ich hoffe, der Senat begegnet mir mit Nachsicht«, begann er, »wenn ich vom Tod meiner Tochter spreche.«

Eine erwartungsvolle Stille umgab ihn. »Mittlerweile ist Ihnen vieles von dem bekannt, was Kyle durchgemacht hat. Aber nur ihre Mutter und ich kennen das ganze Ausmaß ihrer Depressionen und ihrer Verzweiflung, eine Selbstverachtung, die so tief ging, dass sie den Alltag oftmals nicht ertrug, ohne ihren Schmerz zu betäuben. Nur wir kennen den harten Kampf ihrer Mutter, die Tochter am Leben zu erhalten. Nur wir kennen die Tage und Nächte, Monate und Jahre, in denen ihre Mutter an ein letztes Fünkchen Hoffnung glaubte, wo keine Hoffnung war.« Chads Stimme bebte. »Niemand kann die Freude nachvollziehen, die wir empfanden, als Kyle selbst wieder Hoffnung schöpfte.

Niemand war je so dankbar wie wir, als sie stärker und stärker wurde, und niemand konnte sich so darauf freuen wie wir, sie vielleicht sogar einmal im Mittelpunkt ihrer eigenen Familie zu sehen.

Das werden wir nun nicht mehr erleben.«

In seiner Umgebung sah Chad geneigte Köpfe, Teilnahme in den Gesichtern. »Ihr Leben«, fuhr Chad fort, »und unsere Träume sind von einem Tag auf den anderen dahin – jener Tag, an dem ein paar skrupellose Zyniker beschlossen haben, das Trauma eines sechzehnjährigen Mädchens dazu zu nutzen, ihren Vater als Politiker zu vernichten.« Chad unterbrach, um dann noch leiser weiterzusprechen. »Sie haben zu viel erreicht und zu wenig. Denn Kyle ist tot, und ich stehe hier. Und ich weiß, wer sie sind.«

Gage wartete nervös ab. Er spürte den Zorn unter der vordergründigen Ruhe Palmers; die anderen Senatoren starrten wie hypnotisiert auf Palmer.

»Es handelt sich nicht um Presseleute«, sagte Palmer. »Niemand von der Presse hat besagtes Dokument gestohlen. Und es hat auch niemand von der Presse einer Pro-Choice-Aktivistin in die Hände gespielt, in der Hoffnung, sie würde jenen Vater als Heuchler bloßstellen, der aus Rücksicht auf seine Tochter Schweigen bewahrte ...«

Hier also, dachte Gage, setzte Taylors Rolle ein. Jetzt war ihm auch klar, warum er Taylor während der letzten vier Tage instinktiv mied, aus Angst nämlich, was er erfahren könnte. »Stattdessen jedoch«, sagte Palmer nicht ohne tragische Ironie, »übergibt sie das Dokument dem Präsidenten persönlich. Niemand von ihnen konnte sich vorstellen, er würde es ausgerechnet an mich weitergeben.

›Pass auf deine Familie auf‹, hat der Präsident zu mir gesagt. Aber es war zu spät.« Chads Stimme klang erstickt. »Die, die es auf mich abgesehen hatten, übersandten Kopien des Dokuments zuerst an den *Internet Frontier*, dann an Charlie Trask. Wenige Stunden später war meine Tochter tot.«

Gage beobachtete Kate Jarman. Sie konnte, die Augen voller Schmerz, den Blick nicht von Chad lassen. »Diese beiden Kopien«, sagte Chad unverhohlen, »haben ihr das Genick gebrochen. Und wie der an den Präsidenten gesandte Umschlag, so wurden auch sie vom FBI untersucht.

Der Präsident hat mir den von ihm in Auftrag gegebenen FBI-Bericht überlassen.«

Gage war schockiert, spürte, wie sich ihm Magen und Kehle gleichzeitig zusammenschnürten. Die Spannung auf den Galerien löste sich in einem aufgeregten Gemurmel, das die Vizepräsidentin nun nicht abblockte. Palmer sah nach unten, die Hände flach auf den Tisch gelegt, um Kontrolle bemüht; als er den Kopf hob, bebte seine Stimme vor Zorn.

»Einer ungeschriebenen Regel zufolge«, sagte er, »darf kein Senator einen anderen Senator angreifen. Keine Regel jedoch schützt ein ehemaliges Mitglied, dessen Fingerabdrücke auf allen drei Dokumenten gefunden wurden.« Palmer drehte sich um und sah in die erstaunten Gesichter seiner Kollegen, um dann mit eisigem Zynismus zu sagen: »Unser verehrtes ehemaliges Mitglied, den Junior-Senator aus Oklahoma, Senator Mason Taylor.«

Das Gemurmel und die Ausrufe des Erstaunens, die sich unwillkürlich im Saal breit machten, schien Gage nur wie aus der Ferne wahrzunehmen.

»Wir alle«, fuhr Palmer fort, »kennen Mason Taylor nur allzu gut. Somit kennen wir auch die andere Person, die verantwortlich ist für Kyles Tod ...«

Gage erwiderte Palmers Blick mit hartnäckiger Entschlossenheit; ihm war bewusst, dass ein Widerspruch auf wenig Gegenliebe bei Ellen Penn stoßen würde. Obwohl seine Wut grenzenlos war, schwieg Chad für einen Moment, bis er sicher sein konnte, dass alle Anwesenden wussten, wen er meinte.

»Jeder von uns weiß«, sagte er mit dem Blick auf Gage, »wer im Auftrag Taylors handelt, wessen Machtposition von Taylors Einfluss abhängt, wer nur Präsident werden kann, wenn er Taylors Kunden zufriedenstellt.« Palmer ließ Gage zappeln in der sich ausbreitenden betroffenen Stille. »Und jeder von uns weiß, wem ich vor wenigen Tagen mit meinem Verhalten in die Quere gekommen bin ...«

Der Präsident verfolgte betroffen, welche Lawine er losgetreten hatte.

»Ich weiß noch nicht«, sagte Chad, *»welche Strafe ihm dafür zukommt, in diesem oder im nächsten Leben. Angemessen ist in jedem Fall, dass, von diesem Tag an, wenn immer ihm ein Senatskollege begegnet, dieser an Kyle Palmer denkt …«*

»Nehmen sie ihm das ab?«, fragte Kit Pace den Präsidenten.

Kerry nickte bedächtig. »Die meisten werden ihm glauben. Die Frage ist, was Chad damit anfängt.«

»Aber ich bin nicht hier«, fuhr Chad fort, »Sie darum zu bitten, den Tod meiner Tochter zu betrauern. Ich werde das auf meine Art tun, mein ganzes verbleibendes Leben lang, so wie ich mich immer fragen werde, wie ich so leichtsinnig und stolz zugleich sein konnte, die mit einem öffentlichen Amt verbundenen Risiken zu verkennen …«

Gage spürte die Welle der Sympathie, die durch den Senat ging, wusste aber auch, dass Palmer – in all seinem Schmerz – an die Gefühle seiner Kollegen appelliert hatte, um diese für seine Zwecke zu nutzen.

»Vielmehr bin ich hier«, fuhr Palmer fort, »um im Zusammenhang mit der Masters-Nominierung zu fragen, wie weit wir gekommen sind.

Wir können schon lange nicht mehr behaupten, in der Politik gehe es um Ideen, Werte oder den Ausgleich widerstreitender Interessen. Nur allzu oft geht es nur noch um Geld – jenes elegante Quasi-Bestechungssystem, in dem die Geldgeber für unsere Wahlkämpfe zu unseren Aktionären werden, und Männer wie Mason Taylor Resultate sehen wollen.«

Chad unterbrach plötzlich, und seine Anstrengungen, die Fassung zu bewahren, waren spürbar. »Meine Tochter«, sagte er nun wieder ruhiger, »ist nicht das einzige Opfer, nur das jüngste und tragischste. Im Zuge dieser Nominierung wurden noch zwei Frauen – Mary Ann Tierney und Caroline Masters – auf Grund einer Entscheidung, wie sie privater nicht sein kann, an den Pranger gestellt: der Entscheidung nämlich, ein Kind zu bekommen oder nicht.

In meiner eigenen Familie«, fuhr Palmer fort, »konnte ich erfahren, wie komplex und schwierig diese Entscheidung sein kann, welche Zerwürfnisse möglicherweise heraufbeschworen werden.«

Mit diesem Eingeständnis, vorgetragen mit einer Gelassenheit, der sich weder die Senatoren noch die Gäste im Saal entziehen konnten, wandte sich Chad seinen Parteifreunden zu. »Caroline Masters«, sagte er, »war zweimal damit konfrontiert. Einmal als junge Frau und dann noch einmal als Richterin.

Was den Fall Tierney betrifft, bin ich anderer Meinung als sie. Aber eines, gestehe ich ein, ist sicher: dass der öffentliche Dialog über das Thema Abtreibung weitgehend geprägt ist von Unehrlichkeit, Entstellungen und Täuschungsmanövern. Insbesondere die Gegner von Ms. Masters stellen die Gründe für Spätabtreibungen und die Häufigkeit dieser Eingriffe bewusst falsch dar. Und ich befürchte, diese Unehrlichkeit wird so lange anhalten, wie das Thema Abtreibung als politisches und nicht als ethisches Problem diskutiert wird ...«

Das ist politischer Selbstmord, dachte Gage. Aber nun hatte der Kampf um sein eigenes Überleben begonnen, der vielleicht mit dem Votum über Masters schon beendet sein konnte.

Zum erstenmal, bemerkte Chad, nickte ihm Kate Jarman aufmunternd zu. Das machte ihm Hoffnung; Kate musste spüren, wohin sein Weg ihn führte.

»Ich glaube an meine Partei«, sagte Chad. »Wir sind nicht die Partei der Reglementierung oder der Intoleranz. Nichts liegt uns ferner als die Errichtung eines Überwachungsstaats. Und so sollten wir auch Caroline Masters eine faire Chance geben.

Mit ihrer Entscheidung im Fall Tierney hat sie die Bloßstellung ihres Privatlebens riskiert. Das Amt der Obersten Bundesrichterin, die Krönung ihrer Laufbahn, rückte damit in weite Ferne.«

Nun, wie schon Gage vor ihm, sah er in die Gesichter seiner noch unentschlossenen Parteifreunde – Clare MacIntire, George Felton, Spencer James und Cassie Rollins. »Der Fall Tierney war höchst komplex«, fuhr er fort. »Dagegen ist unsere Entscheidung heute viel klarer. Es ist eine Entscheidung zwischen Moral und

Unmoral. Ich für mein Empfinden habe die Wahl zwischen einer höchst ehrenwerten Frau und den Leuten, die meine Tochter auf dem Gewissen haben.«

Es herrschte angespanntes Schweigen. Chad sammelte sich. *Ja*, sagte er im Geiste zu Kyle, *politisch bin ich so gut wie erledigt. Vielleicht finde ich damit endlich deine Anerkennung.*

»Andere«, sagte er, »werden ihre Meinung dazu sagen. Danach werde ich für einen Debattenschluss stimmen. Und danach werde ich mit meinem Votum Caroline Masters als Oberste Bundesrichterin der Vereinigten Staaten bestätigen.«

Möglicherweise zum letzten Mal schlug der Senior-Senator aus Ohio, der der Präsidentschaft bereits so nahe gewesen war, seine Parteikollegen in Bann. »Mein Votum für Caroline Masters«, sagte er abschließend, »wird mein letztes Votum in diesem hohen Hause sein. Es wäre mir eine Ehre, wenn Sie sich mit Ihrem Votum mir anschließen könnten.«

Erschöpft nahm Chad Platz.

Er starrte vor sich hin, dachte an Kyle, dann an Allie. Er hörte das Anschwellen des Applauses oben in den Galerien, dann bemerkte er, wie immer mehr Senatoren aufstanden und applaudierten, bis sich alle Demokraten und die meisten Republikaner, viele von ihnen nur widerstrebend und aus Höflichkeit, von ihren Plätzen erhoben hatten. Chad sah in Richtung Gage, der sitzen geblieben war. Als sich ihre Blicke kreuzten, zeigte sich auf Chads Lippen ein bitteres Lächeln.

Als der Applaus langsam nachließ, suchte Gage die Aufmerksamkeit der Vorsitzenden. Seine Stimme klang flach, angestrengt. »Frau Vizepräsidentin, ich beantrage einen Aufschub der Debatte ...«

»Wozu?« Chads Stimme war leise, aber unüberhörbar. »Du kannst dich nirgendwo mehr verstecken, Mac.«

»Die Sitzung wird bis ein Uhr dreißig unterbrochen«, sagte Ellen Penn mit brüchiger Stimme.

31

In der Pressemappe, die Kit Pace dem Präsidenten am folgenden Morgen vorlegte, übertraf eine Schlagzeile die andere: »Keine Chance für das Tierney-Baby«; »Rücktritt Palmers unter Schuldvorwürfen an Gage«; »Lobbyist vom FBI überführt«; »Gage wirft dem Präsidenten Machtmissbrauch vor«; »Masters-Nominierung auf der Kippe«. Ähnlich unterschiedlich fiel die Reaktion in den Leitartikeln aus: Überlegungen zu Mary Ann Tierneys Abtreibung und deren Bedeutung; Reflexionen über den Moralverfall in der Politik; leidenschaftliche Stellungnahmen für oder gegen Masters; Kritik an Kerrys Hinzuziehen des FBI. »Zwar bedauern wir«, schrieb die *Times*, »die in dem Bericht beschriebenen Taktiken, bedenklicher jedoch ist der von der Verfassung nicht abgedeckte Missbrauch des FBI durch den Präsidenten.«

»Sie haben mich kalt erwischt«, sagte der Präsident zu Clayton, »ein Despot kurz vor der Machtergreifung. Ein Wunder, dass sie mir nicht schon früher auf die Schliche gekommen sind.«

In Wahrheit kümmerte sich Kerry wenig darum, hatte er doch auch gar nicht die Zeit dazu. Der weitere Verlauf der Debatte tags zuvor konnte nur als lustlos bezeichnet werden, gekennzeichnet von allgemeiner Ratlosigkeit. Also hatte sich Kerry wie auch an diesem Morgen ans Telefon gesetzt; es galt, das weitere Vorgehen mit Chuck Hampton zu besprechen und unentschlossene Senatoren auf seine Seite zu bringen. »Sie können jetzt nicht einfach aussteigen«, hatte er offen zu Spencer James gesagt. »Ein Filibuster wäre eine öffentliche Verhöhnung Kyle Palmers.«

Bei Chad bedankte er sich nicht. Das war auch nicht nötig.

»Reg dich nicht auf«, sagte Gage zu Mason Taylor. »Von einem Verbrechen kann keine Rede sein, was auch immer Palmer und Kilcannon vermuten. Sie können dir nicht das Geringste anhaben.«

Am anderen Ende der Leitung herrschte langes Schweigen. »Der kleine Bastard will mich vernichten«, sagte Taylor. »Ich brauche Freunde, Mac. Loyale Freunde.«

Gage machte ein ernstes Gesicht. »Du hast sie in der Tasche, glaub mir. Lass dir Zeit und lass dir vor allem nichts anmerken. In sechs Monaten …«

»Du rufst mich an? Aber du brauchst mich doch jetzt, Mac.«

Es war neun Uhr, und unter Gages Achseln bildeten sich Schweißflecken. »Ich kümmere mich um die Sache«, sagte er schroff. »Du brauchst mich ebenso.«

Damit beendete Gage das Gespräch.

Er begann zu rechnen. Nach Palmers Abfall lag das Stimmenverhältnis nun bei achtundvierzig zu achtundvierzig. Aber er spürte, wie die Unterstützung für ein Filibuster mehr und mehr abbröckelte: ein Zögern hier, eine Zustimmungsverweigerung da; eine Bitte um Bedenkzeit hier, da eine Stellungnahme, der Ausgang der Abtreibung habe ihm, Gage, die ideologische Basis für ein Filibuster entzogen. Mittlerweile hatte Palmer in einer Petition den Schluss der Debatte beantragt.

Das Problem bestand darin, dass sie Palmer glaubten – nicht dass Gage mit Kyle Palmers Tod gerechnet hätte, aber dass Gage wusste, was Taylor im Schilde führte. Darüber hinaus hatte Kyle Palmers Tod viele seiner Parteifreunde verunsichert. Wie Gage feststellen musste, als er mit Clare MacIntire sprach.

»Ich habe nichts damit zu tun«, insistierte er. »Das ist der Vorwurf einer Mitschuld.«

»Sicher ist es das, Mac. Aber wir müssen vorsichtig sein, womit wir in Verbindung gebracht werden.«

»Abtreibung? Promiskuität? Ein Präsident, der das FBI für seine Privat-Gestapo hält?«

»Tote Mädchen«, antwortete Clare schlankweg. »Es gibt Gefühlsmenschen, die darin eine Erklärung für so manches sehen. Sei also vorsichtig.« Clare wartete ab. »Ich weiß noch immer nicht, wie ich abstimmen werde. So festgefahren wie die Sache jetzt ist, werde ich mich an die allgemeine Stimmung halten.«

»In unserer Partei ist die Stimmung ziemlich klar.«

»Nicht mehr«, sagte Clare nachdenklich.

»Dann gib mir etwas mehr Zeit«, drängte Gage. »Paul soll die Sache aufschieben, bis sich die Aufregung gelegt hat.«

Clare zögerte. »Ich denke darüber nach, Mac. Das zumindest verspreche ich dir. Aber mehr nicht.«

Gage legte auf und konnte nur noch hoffen, die von Christian Commitment organisierte Kampagne – Faxnachrichten, Anrufe und E-Mails von Clares prominenten Unterstützern in Kansas – würde sie zur Räson bringen.

Dann wählte er die Nummer von Spencer James.

Um zehn Uhr, als die Senatsdebatte fortgesetzt wurde, hatte auch Kerry das Fernsehgerät wieder eingeschaltet. Über mehrere Stunden hinweg rekapitulierte ein Senator nach dem anderen seine Position; unter der Oberfläche jedoch zeichnete sich ein Wandel ab.

»Das Filibuster löst sich in Luft auf«, meldete Chuck Hampton am Telefon. »Ich glaube, das Votum geht an uns.«

Kurz vor zwei Uhr zog Gage Harshman in die Garderobe. »Die Unterstützer eines Filibusters werden immer weniger«, sagte Gage. »Das spüre ich. Sollten wir damit einen Reinfall erleben, sehe ich auch für die Endabstimmung schwarz.«

Zu Gages Verwunderung und Verärgerung behandelte ihn Harshman mit einer Haltung, die an Verachtung grenzte. »Chad Palmer«, erwiderte er, »ist nicht der einzige Senator mit Prinzipien. Ich habe meine eigenen.«

Bis um vier Uhr nachmittags hatten alle Senatoren außer Kate Jarman und den vier, die noch unentschlossen waren, ihre Meinung zu der anstehenden Nominierung kundgetan. Kerrys Zählung zufolge stand es achtundvierzig zu achtundvierzig, als Spencer James das Wort an Harshman übergab.

»Es ist Zeit«, erklärte Harshman, *»innezuhalten und statt der Gefühle wieder Vernunft herrschen zu lassen. Es ist Zeit, uns offen einzugestehen, dass wir um Kyle Palmer trauern und nicht um Caroline Masters.«* Er hob mahnend seine Stimme. *»Es ist Zeit, zu unterscheiden zwischen einer Tragödie – für die, dessen bin ich mir sicher, niemand hier die Verantwortung trägt – und dem bewussten Machtmissbrauch eines Präsidenten, der den Se-*

nat einschüchtern will und uns geradewegs in einen Polizeistaat führt …«

»Schickt ihm die Steuerprüfer«, sagte der Präsident trocken. »Ich will wissen, wie viel er für wohltätige Zwecke spendet.«

Der harmlose Scherz linderte, wenn auch nur vorübergehend, die Spannung im Konferenzraum. Clayton, Kit und Adam Shaw lächelten, ließen aber den Bildschirm nicht aus den Augen.

»Ich frage mich, was in Palmers Kopf vor sich geht«, sagte Clayton für sich.

Chad versetzte der Anblick Harshmans in einen zwischen Zorn und Erschöpfung schwankenden Zustand. Die Nacht zuvor hatte er, ohne ein Auge zuzutun, seine Frau tröstend im Arm gehalten; nun musste er sich anhören, wie dieser Kleingeist seine armseligen Reden schwang.

»Wir sind gewählte Senatoren und nicht die Handlanger des Präsidenten. Wir repräsentieren unser Volk, und es ist nicht im Sinne des amerikanischen Volkes, aus Mitleid oder Angst vorschnell zu einer Entscheidung zu kommen – in einer Sache, die von so zentraler Bedeutung ist für unser Moralverständnis und für die Zukunft unseres Landes.

Wir sind Senatoren, und der Senat muss, in dem ihm angemessenen Zeitraum, zu einer Entscheidung kommen.«

Mit einem provokativen Blick in Richtung Chad und unter tosendem Applaus von den Galerien, auf denen sich die Gegner von Caroline Masters drängten, nahm Harshman seinen Platz wieder ein. Nachdem Ellen Penn für Ruhe gesorgt hatte, sah Chad Kate Jarman in die Augen und nickte.

Die Vizepräsidentin, die darauf schon gewartet hatte, sagte unverzüglich: »Das Wort hat die Junior-Senatorin aus Vermont.«

Kate Jarman erhob sich. »Ich hätte so manches zu sagen«, erklärte sie. »Worauf ich jedoch verzichte. Ich übergebe das Wort vielmehr an Senator Palmer.«

Langsam erhob sich Chad; seine Blicke streiften über die versammelten Senatoren, um dann bei Harshman und Gage hängen zu bleiben.

»In der Tat«, begann Chad, »wir sind Senatoren. Und die meisten von uns sind dieses Titels würdig.

Der Mehrheitsführer versichert uns, dass die Machenschaften des Mason Taylor ihm ein Rätsel sind. Senator Harshman sagt uns, diese Nominierung sollte nicht von Emotionen wie Trauer, Scham oder Zorn entschieden werden. Ich schlage eine andere Haltung vor: Selbstachtung.

Diese Haltung zählt vielleicht nicht für jeden der hundert Senatoren. Eine große Mehrheit jedoch beschleicht ein ungutes Gefühl dabei, sich hinter einem Filibuster zu verschanzen. Es ist Zeit. Es wurde genug geredet. Wir sollten zu dem übergehen, wozu die Wähler uns beauftragt haben – nämlich abzustimmen.«

Das war der Zeitpunkt für Ellen Penn, zu einer Abstimmung über den Antrag Chads auf Debattenschluss aufzurufen.

Er nahm Platz. Da er selbst einige Telefongespräche geführt hatte, ahnte er den Ausgang der Abstimmung.

»Wunderbar«, sagte der Präsident zu Chuck Hampton. »Wie ist der gegenwärtige Stand?«

Hamptons Stimme am anderen Ende der Leitung klang gedämpft; Kerry stellte ihn sich in der Garderobe vor, in die Ecke gekauert. »Um ein Filibuster aufrechtzuerhalten? Ich glaube nicht, dass sie mehr als dreißig Stimmen bekommen. Das Problem ist nur, dass wir für die endgültige Abstimmung im Moment nur achtundvierzig Jastimmen haben.«

Der Präsident überlegte kurz. »Ich will Kate Jarman sprechen«, sagte er.

Im Fernsehen ging unterdessen die Abstimmung über den Antrag auf Debattenschluss weiter.

»Mr. Harshman.«

»Nein.«

»Mr. Izzo.«

»Ja.«

»Mr. James.«

»Ja.«

»Ms. MacIntire.«

»Ja.«

Als die Zahl der abgegebenen Stimmen bei fünfzig lag, zeigte der Zähler auf dem Bildschirm neunundzwanzig Jas und einundzwanzig Neins. Den Präsidenten befielen plötzlich Zweifel – von den folgenden fünfzig Stimmen brauchte er einunddreißig Jastimmen, um auf die benötigten sechzig zu kommen.

Darauf folgte eine Reihe von Jastimmen.

»Mr. Nehlen.«

»Ja.«

Mr. Palmer.

Lächelnd sagte Chad: *»Ja.«*

Das einundsechzigste Ja kam von einer unentschlossenen gemäßigten Senatorin, Cassie Rollins.

»Das wär's«, flüsterte Clayton.

Der Präsident verfolgte den weiteren Verlauf der Abstimmung. Das letzte Votum, die siebzigste Jastimme für Chads Antrag, kam von Leo Weller.

»Dafür haben wir teuer bezahlt«, bemerkte Kerry. »Denk bloß an all die Kühe, die jetzt unsere Nationalparks unsicher machen.«

Das Telefon läutete.

»Hallo, Kate«, sagte der Präsident.

»Ich grüße Sie«, antwortete sie. »Sagen Sie bloß, Sie wollen mich sprechen, um mich zu bekehren, Mr. President?«

Kerry lachte. »Was das betrifft, bin ich durchaus guter Hoffnung, Kate.«

Caroline Masters verfolgte das Geschehen zusammen mit Blair Montgomery in ihrem Penthouse in San Francisco.

»Wir können Senator Palmer auf Knien danken«, sagte Blair.

Caroline antwortete nicht darauf – sie war zu angespannt. Und es fiel schwer, dankbar dafür zu sein, was Chad Palmer letztendlich zu dieser Entscheidung veranlasst hatte.

»Achtundvierzig Jastimmen und nicht mehr«, sagte sie vor sich hin. »Und das nach allem, was passiert ist.«

Kerry legte den Telefonhörer beiseite. »Kate wartet«, sagte er zu Clayton. »Nun fehlt uns noch Clare MacIntire.«

Auf dem Bildschirm verkündete Ellen Penn: *»Auf der Tagesordnung steht die Ernennung von Caroline Masters für das Amt des Obersten Bundesrichters. Es kommt nun darauf an, ob der Senat dieser Nominierung zustimmen wird. Die Senatoren wurden zur Stimmabgabe aufgefordert, und der Saaldiener wird mit der Verlesung der Namen beginnen.«*

»Mr. Allen.«

»Nein.«

»Mr. Azoff.«

»Ja.«

»Ms. Baltry.«

»Ja.«

Der Vorgang nahm unerbittlich seinen Lauf. Da läutete das Telefon.

Im Sitzungssaal verfolgte Chad die Stimmabgabe. Als einer der noch unentschlossenen Senatoren aufgerufen wurde, George Felton, warf ihm dieser einen kurzen, um Entschuldigung bittenden Blick zu und sah dann weg.

»Nein.«

Die Hände vor dem Bauch verschränkt, nickte Gage zufrieden.

»Mr. Izzo.«

»Nein.«

Eine Stimme, erkannte Chad, brauchte Gage nur noch, und die Chancen für ein entscheidendes Votum von Ellen Penn waren dahin.

Ellen sah von ihrem Platz zu Kate Jarman hinunter.

»Ms. Jarman.«

Kate blieb sitzen, mit einem nach innen gekehrten Gesichtsausdruck, als gäbe sie vor, die Gelassenheit in Person zu sein. Zum Erstaunen der Beobachter auf der Galerie schwieg sie so lange, bis der Aufruf an den nächsten weiterging.

Nachdem sie so ihr Votum verschoben hatte, schloss sie kurz die Augen.

Inmitten eines allgemeinen Atemholens schritt die Prozedur fort, fielen die Jas und Neins wieder wie erwartet.

»Ms. MacIntire!«, rief der Saaldiener.

Gage, sichtlich angespannt, ließ sie nicht aus den Augen. Noch ein Votum und die Sache war gelaufen.

Die Hände vor sich gefaltet, zögerte Clare MacIntire zunächst; die kleine, zierliche Person bildete den Mittelpunkt in einem Meer von Schweigen.

»Ja«, sagte sie mit fester Stimme.

»Ja«, murmelte Adam Shaw vor sich hin; Kit Pace riss die Arme hoch.

»Was hast du ihr versprochen?«, fragte Clayton den Präsidenten. »Das Blaue vom Himmel?«

»Nichts. Offenbar ist sie nicht besonders gut zu sprechen auf Gage.«

Die Prozedur nahm weiter ihren Lauf, bis die letzte der unentschlossenen Senatoren an der Reihe war, Cassie Rollins. Chad fixierte sie und zog die Augenbrauen hoch.

Noch an diesem Morgen waren sie einander begegnet, allein.

»Ich werde dich vermissen«, sagte Cassie. »Ich wollte, du würdest hierbleiben.«

Er zeigte sich gerührt. »Du verstehst mich, Cassie.«

Sie nickte. »Natürlich. Wir alle verstehen dich.« Dann, zu seinem Erstaunen, lachte sie leicht. »Du willst natürlich mein Votum. Das Problem ist nur, was kannst du für mich tun, wenn du nicht mehr hier bist?«

Chad antwortete nicht. »Du weißt, dass Gage dahinter steckt, Cassie?«

»Sicher weiß ich es nicht. Was ich jedoch weiß, ist, dass wir alle besser miteinander umgehen sollten.« Sie lächelte wieder. »Betrachte es als Abschiedsgeschenk …«

»Ms. Rollins?«, rief der Saaldiener.

Cassie, hoch gewachsen und blond, hatte sich erhoben. Sie sah aus wie der Tennis-Star, der sie einmal gewesen war. »Ja«, sagte sie laut und mit einem Chad Palmer zugedachten Lächeln.

Eilends stand Gage auf und ging zu Kate Jarman, die mit verschränkten Armen an ihrem Platz saß. Das Abstimmungsverfahren steuerte dem unvermeidlichen Ende zu. Kates noch ausstehendes Votum nicht mitgezählt, standen nun fünfzig Jastimmen neunundvierzig Neinstimmen gegenüber.

Als Gage an ihre Seite trat, schien sie ihn zu ignorieren. Er berührte sie an der Schulter und flüsterte: »Kate?« Sie warf ihm einen kalten Blick zu. »Du schaffst es nicht«, sagte sie.

Chad wartete auf den letzten Aufruf.

Kate Jarman hatte sich erhoben. »Frau Präsidentin?«

Ellen Penn nickte. »Das Wort hat die Junior-Senatorin aus Vermont.« Kate Jarman stand nun im Mittelpunkt eines ehrfürchtigen Schweigens. »Wie wurde ich bei der eben zu Ende gegangenen namentlichen Abstimmung registriert?«, fragte Kate.

»Es liegt kein Votum Ihrerseits vor.«

Wie zuvor schon Cassie Rollins, wandte sich Kate Jarman an Chad. »Hiermit stimme ich mit Ja.«

Auf der Galerie erhob sich dumpfes Gemurmel, im Saal tauschte man verdutzte Blicke. Nur Macdonald Gage sagte kein Wort.

Chad dagegen war mit seinen Gedanken ganz woanders. Das Bild seiner Tochter vor Augen, erinnerte er sich an ihren letzten gemeinsam verbrachten Abend, als sie ihren Eltern voller Hoffnung ihre Mappe präsentierte …

Erst als die Vizepräsidentin mit Unterstützung ihres Elfenbein-Hammers um Ruhe bat, kehrte er in die Gegenwart zurück.

»Die Vorsitzende«, sagte sie mit kaum verhüllten Emotionen, »stimmt mit Ja.«

Das Wissen um die historische Bedeutung dieses Augenblicks ließ die Vizepräsidentin innehalten.

»Mit einem Abstimmungsergebnis von einundfünfzig zu fünfzig«, verkündete sie, »stimmt der Senat hiermit der Ernennung von Caroline Clark Masters zu.«

Die Hände vor das Gesicht gehalten, beugte sich Caroline nach vorne. Sie spürte Blair Montgomerys Arm auf ihrer Schulter.

»Du hast es geschafft«, sagte er.

Lachend und lärmend drängten sich die anderen um den Präsidenten.

Als Kerry aufgestanden war, umarmte ihn Kit; Adam Shaw, sich der Geschichtsträchtigkeit des Augenblicks bewusst, schüttelte bedächtig den Kopf. »Soeben haben Sie dem Obersten Bundesgericht eine neue Richtung gewiesen, Mr. President.«

Kerry lächelte. »Soweit ich mich erinnere, war genau das von Anfang an beabsichtigt.«

Er wandte sich Clayton zu. Vorsichtig berührte der ihn an der Schulter. »Ich gratuliere, du hast es geschafft.«

Im Oval Office, wusste der Präsident, wurde er schon erwartet, und auch die neue Oberste Bundesrichterin sollte er unverzüglich anrufen. Aber er nahm sich einen Moment Zeit für Clayton – nach allem, was passiert war, immerhin sein Freund. Leise sagte er: »Das war's, alter Junge. Hat nur ein Weilchen gedauert.«

Zum erstenmal seit Wochen verlor Clayton die Kontrolle über sich, und seine Augen wurden feucht. Aber er fasste sich schnell. »Wie geht es jetzt weiter?«, fragte er.

Kerry grinste. »Ich glaube, es ist Zeit für eine Siegesbekundung im Rosengarten. Die erste von vielen, denn es ist ein Triumph für die Demokratie.« Obwohl er lächelte, sprach er dann wieder mit Bedacht. »Anschließend werde ich ein paar Fragen stellen. Genug, um Macdonald Gage ans Messer zu liefern.«

32

Als sie zusammen mit Mary Ann auf Martin Tierney wartete, dachte Sarah daran, wie sie einander zum erstenmal begegnet waren.

Das Mädchen saß kerzengerade auf Sarahs Couch. Sarah hatte sich noch nicht so ganz daran gewöhnt, dass der Bauch nun fehlte, und auch für Mary Ann schien ihr neues Äußeres zuweilen noch ungewohnt.

»Wie hätte ich es nur ertragen können«, hatte sie Sarah am Abend zuvor gefragt, »wenn das Baby normal gewesen wäre?«

Sarah hatte keine Antwort darauf. Alles in allem jedoch war Mary Ann entschlossen, auf Selbstvorwürfe zu verzichten; der Ausgang der Abtreibung, spürte Sarah, hatte das Gleichgewicht zwischen ihr und ihren Eltern verschoben.

»Ich habe mit deinem Vater gesprochen«, hatte Sarah ihr tags zuvor gesagt. »Sie möchten, dass du zurückkommst.«

Nun wartete sie darauf, abgeholt zu werden. Und was sollte sie auch sonst anderes tun, als nach Hause zurückzugehen? Sie war mit einer Flut von Hilfsangeboten überschüttet worden – Stipendien, Unterkunftsangebote, sogar Adoptionsangebote. Aber von Fremden. Diese Leute waren ihre Eltern, und sie war gerade einmal fünfzehn Jahre alt; Kopf und Herz sagten ihr, dass sie keine andere Wahl hatte. Und so hatte Sarah ihr verschwiegen, dass sie Martin Tierney gefragt hatte, wie er denn reagieren würde.

Er schwieg. »Sie liebhaben«, sagte er leise. »Wie zuvor.«

Aber er klang nicht überzeugt – dazu war er vorher allzu überzeugt davon gewesen, das Leben seines Enkels um jeden Preis zu retten. »Aber erleichtert müssen Sie doch sein«, sagte Sarah.

Dieses Mal schwieg er wesentlich länger. »In gewisser Hinsicht«, gestand er ein, »ist es besser so. Aber der Ausgang wird dazu genutzt werden, Spätabtreibungen zu rechtfertigen. Sie haben das schon getan und auch der Präsident mit der Durchsetzung von Caroline Masters. Ich fürchte, dass damit sämtliche Schleusen geöffnet sind.«

»Dieses Risiko sind Sie eingegangen«, sagte ihm Sarah unverhohlen, »als Sie gegen Mary Ann angetreten sind.«

Tierney seufzte hörbar. »Wir werden, was unsere Weltsicht betrifft, nie zusammenfinden. Versuchen wir es also gar nicht.«

Nach all dem Streit, dachte Sarah, hatte sich nichts geändert zwischen ihnen.

Und so versuchten Mary Ann und Sarah eine zwanglose Unterhaltung zu führen, als es endlich klingelte und Sarah aufstand, um den Türöffner zu betätigen.

Draußen auf dem Gehweg waren keine Reporter zu sehen. Mary Ann schien so entschlossen wie Sarah zu sein, nicht öffentlich darüber zu sprechen und so weit wie möglich wieder ein normales Leben zu führen. Der durch eine Autopsie bestätigte Befund reichte ihr völlig; Sarahs Entschluss, dem Präsidenten und Caroline zu helfen, hatte, zu ihrer Erleichterung, auch Mary Ann geholfen.

Als Sarah sich umwandte und Mary Ann auf der Couch sitzen sah, den gepackten Koffer neben sich, dachte sie, wie schrecklich jung das Mädchen doch war.

»Nun denn«, sagte Sarah, »das Schlimmste hätten wir dann wohl hinter uns.«

Sekunden vor dem Erscheinen ihres Vaters an Sarahs Tür wirkte Mary Ann umso verunsicherter. »Ich noch nicht.«

Das stimmte natürlich, dachte Sarah, und es gab wenig, was sie nun noch für sie tun könnte.

Da klopfte es an der Tür.

Mary Ann sprang auf, Besorgnis im Gesicht. Sarah nahm sie in den Arm. »Ich hoffe, alles geht gut«, flüsterte Mary Ann.

Sarah überlegte einen Moment und Zweifel befielen sie. »Ruf mich an«, sagte sie. »Wenn sich der erste Sturm gelegt hat.«

Mary Ann lehnte sich zurück, und ihre Augen füllten sich mit Tränen. »Ich mag dich sehr, Sarah.« Dann lächelte sie, ließ Sarah los und ging zur Tür.

Dort stand Martin Tierney, die Hände vor dem Körper verschränkt. Es muss ein merkwürdiges Gefühl sein, dachte Sarah: Seine Tochter hatte Schlimmes durchgemacht, und er war nicht in der Klinik erschienen. Nun sah er an Sarah vorbei zu seiner Tochter.

»Mary Ann?«

Vorsichtig ging sie auf ihn zu.

Mit einem Blick auf den Koffer fragte ihr Vater: »Mehr hast du nicht?«

»Nein.« Mary Ann zögerte. »Meine normalen Kleider sind noch zu Hause.«

Und die Aussicht auf ein normales Leben, konnte Sarah nur hoffen.

Martin Tierney nahm den Koffer. »Alles in Ordnung?«, fragte er seine Tochter.

»Ja, mir geht es gut.«

»Dann lass uns gehen.«

Die beiden hatten einander noch nicht berührt, und auch Margaret Tierney war nicht mitgekommen. Das Gesetz zum Schutz des Lebens, dachte Sarah voller Bitterkeit, hatte gute Arbeit geleistet. Dann, eine unsichere, an Höflichkeit grenzende Geste, ergriff Martin Tierney den Arm seiner Tochter.

Sarah zugewandt, nickte er. In dem Moment war ihr klar, wie sehr sie sich noch immer ein klärendes Gespräch wünschte. Ebenso klar war ihr jedoch, dass dahin kein Weg führte. Also sagte sie weiter kein Wort zu Martin Tierney. Mary Ann gegenüber wiederholte sie: »Ruf mich an, wenn dir danach ist.«

Mary Ann schien wie festgefroren, zum letzten Mal hin- und hergerissen zwischen Sarah und ihren Eltern. Dann zeigte sich die traurige Andeutung eines Lächelns in ihrem Gesicht, und zusammen mit ihrem Vater ging sie weg.

Sarah beobachtete sie vom Fenster aus. Sie war nicht so erleichtert, wie sie es sich vorgestellt hatte, obschon das Schicksal dieses Mädchens doch über scheinbar endlose Wochen hinweg ihr Leben bestimmt hatte und sicherlich auch ihr zukünftiges Leben entscheidend prägen würde.

Martin Tierney hielt den Koffer mit einer Hand umklammert, die andere berührte seine Tochter sanft am Ellbogen. Sie blieben vor einem blauen Volvo stehen. Zu Sarahs Erstaunen öffnete sich die Beifahrertür, und Margaret Tierney stieg aus.

Mary Ann stand reglos auf dem Gehweg. Dann legten sich die Arme ihrer Mutter sanft auf ihre Schulterblätter. Sie berührten einander mit der Stirn.

Nach einem Moment setzte sich Mary Ann auf den Rücksitz des Wagens, und der blaue Volvo verschwand. Sarahs Augen füllten sich mit Tränen.

Aber nun war sie frei.

Sie stand vor der Frage, die erst in den letzten Tagen begonnen hatte, aus ihrem Unbewussten aufzusteigen: Was nun?

Die unmittelbare Antwort war die, dass Freunde, die sie in jener Zeit kaum gesehen hatte, sie für heute Abend zum Feiern eingeladen hatten; andere Freunde von der Kanzlei hatten für den Tag darauf eine Party geplant, bei der, wie man ihr im Spaß zugesichert hatte, John Nolan und der Vorstand ihr eine Auszeichnung verleihen würden.

Sie war neunundzwanzig, und doch hatte sie erreicht, was nur die wenigsten Anwälte erreichen.

Sie war frei – frei auch, um sich Gedanken darüber zu machen, was das bedeutete. Eine Teilhaberschaft bei Kenyon & Walker war aller Wahrscheinlichkeit nach nicht das, was sie anstrebte. Irgendwann in den letzten beiden Monaten hatte sie erkannt, dass die immensen Belastungen des Falles Tierney ihre Ideale, für das einzustehen, woran sie glaubte, doch getrübt hatten.

Vielleicht war gerade das die Konsequenz. Richterin, glaubte sie, würde sie nie werden wollen; dafür hatte sie auch zu früh auf einem zu umstrittenen Feld Flagge gezeigt. Aber es gab diverse andere Möglichkeiten: In absehbarer Zeit, hatte Clayton Slade angedeutet, gäbe es vielleicht eine Stelle für sie im Weißen Haus – der Präsident bewunderte ihre Fähigkeiten.

Sarah hatte gelächelt: Sie hatte genug Erfahrung, um das Kompliment als pures Lockmittel zu sehen – der Stabschef hatte etwas gewollt von ihr. Aber vielleicht stimmte es ja auch, und letztendlich spielte es auch keine Rolle; egal was kommen würde, Kerry Kilcannon hatte sich als Präsident gezeigt, für den zu arbeiten es sich lohnte.

Einer Sache war sie sich sicher. F. Scott Fitzgerald hatte sich getäuscht: Es gibt zweite Akte in amerikanischen Lebensläufen – und dritte Akte, und tausend Zwischenstadien. Wo auch immer ihr Weg sie hinführen würde, Sarah glaubte, dem gelassen entgegensehen zu können.

Und all das, dachte sie, wegen eines fünfzehnjährigen Mädchens.

33

Am späten Nachmittag erwartete Macdonald Gage drei Kollegen, die ihn vertraulich sprechen wollten.

Seit vierundzwanzig Stunden stand Kerry Kilcannons Sieg im Zentrum der Nachrichtensendungen – die Hauptattraktion natürlich seine improvisierte Pressekonferenz im Rosengarten. Obwohl Gage mittlerweile weite Passagen davon auswendig hätte vorsagen können, ertappte er sich doch dabei, wie er abermals Ausschnitte von Kilcannons Auftritt gespannt verfolgte.

Der Präsident wirkte erholt und gestärkt. Begonnen hatte er wie schon erwartet: Die Bestätigung von Caroline Masters habe »die Unabhängigkeit der Justiz neu gestärkt, indem persönliche Integrität über politisches Zweckdenken gestellt wurde«. Die dahinterstehende Absicht wurde erst mit den Fragen der Journalisten klar.

»Ihnen wird vorgeworfen«, rief Sam Donaldson, »Sie hätten das FBI missbraucht. War nicht dessen Sicherstellung von Dokumenten, die der ehemalige Senator Taylor weitergeleitet haben soll, selbst ein Verbrechen?«

Die Großaufnahme zeigte einen gespannten, aber auch, wie Gage meinte, leicht amüsierten Kilcannon. »Lassen Sie uns mit den Fakten beginnen. Erstens: In einem verbrecherischen Akt wurde Kyle Palmers Bestätigungsformular gestohlen, eine massive Verletzung ihrer Privatsphäre. Zweitens: Drei Kopien dieses Formulars wurden an die Öffentlichkeit weitergeleitet; jede Kopie weist die Fingerabdrücke Mason Taylors auf. Das«, sagte Kilcannon mit spürbarer Verachtung, »ist nicht nur verwerflich. Damit wurde nicht nur ihr Tod besiegelt, nein, die Tat ist ein Anschlag auf Kyle Palmers Bürgerrechte – ein Verbrechen, das in die Zuständigkeit des Bundes fällt. Das Justizministerium sucht in meinem Auftrag nach weiteren Beteiligten an dieser Verschwörung, die dann in jedem Fall zur Rechenschaft gezogen werden.« Kilcannons Blick war kalt, der Tonfall gelassen.

»Könnte mit ›weiteren Beteiligten‹ Senator Gage gemeint sein?«, fragte Kelly Wallace von CNN.

Der Präsident zuckte mit den Schultern. »Gemeint sind alle möglichen Beteiligten. Wer auch immer.«

»Sind Sie denn der Meinung, er ist als Mehrheitsführer weiterhin tragbar?«

Der Präsident verzog den Mund zu einem Lächeln. »Ich maße mir nicht an, die Untersuchungsergebnisse bereits jetzt zu kennen, und ich werde meinen republikanischen Freunden im Senat sicherlich nicht vorschreiben, wer sie anführen soll.« Kilcannon schien nach Worten zu suchen – oder, dessen war Gage sich sicher, tat zumindest so. »Ich sage nur dies«, schloss er. »Wer auch nur im Entferntesten mit dem Tod von Kyle Palmer zu tun hat, ist hier nicht willkommen.«

Gage schaltete den Fernseher ab.

Der Vorwurf entbehrte jeglicher Grundlage, dachte er wütend – zwei der scharfsinnigsten Anwälte Washingtons hatten ihm versichert, die Verschwörungstheorie sei lediglich der Versuch eines gnadenlosen Strafverfolgers, ein extra engmaschiges Netz zu knüpfen. Und Mace Taylor war seit vierundzwanzig Stunden untergetaucht.

Verärgert wählte er abermals Taylors Nummer.

Keine Antwort.

Gage knallte den Hörer auf und begann, nervös auf und ab zu tigern. Er hatte keine Ahnung gehabt von Taylors Absichten. Dass er wusste, welche Informationen Taylor zur Verfügung standen und er diese früher oder später verwenden würde, reichte nicht aus für einen Vorwurf der Mittäterschaft, ganz zu schweigen von »Verschwörung«.

Aber Taylor könnte ihn mit hineinziehen, wenn der Boden für ihn zu heiß würde. Taylor könnte sich auf einen Deal mit Kilcannon einigen oder, um den Kopf ganz aus der Schlinge zu ziehen, Gages Rolle bewusst falsch darstellen; einen derartigen Fall könnte die Regierung zwar nicht gewinnen, aber etwas würde doch immer hängen bleiben. Einmal mehr bedauerte er seine Entscheidung, Taylors Hilfe zu akzeptieren. Besser er hätte sich verlassen auf seine wohl begründeten Bedenken, er könnte mit hineingezogen werden in Taylors Methoden.

Taylors Methoden und – wie er zu spät erkannt hatte – auch die Kilcannons.

»Diese Stadt«, hatte Chad Palmer zu ihm gesagt, *»sei am Ende übersät mit den Leichen derer, die Kerry Kilcannon unterschätzt haben.«*

Dass etwas im Busch war, hatte Gage schon den ganzen Tag gespürt – Treffen, von denen er ausgeschlossen war, Gerüchte über sich abzeichnende Unruhen in der Fraktion, die sein Stellvertreter nicht bestätigen wollte, ja sogar Telefonate mit dem Weißen Haus sollte es gegeben haben. Und nun wartete er auf seine Besucher: Leo Weller, Paul Harshman und Kate Jarman.

Diese drei zusammen waren eine merkwürdige Mischung – Weller, ein traditioneller Konservativer; Harshman, ein Heißsporn mit einer kleinen, aber umso fanatischeren Gefolgschaft; Jarman, eine Repräsentantin der kampfbereiten Gemäßigten in der Partei. Dass irgendetwas sie vereinen sollte, war Grund genug zur Besorgnis.

Schon beim Eintreten, bemerkte Gage, wirkten sie anders als sonst. Harshman vermied konsequent jedes Lächeln, während Wellers Lächeln entstellt war bis zur Fratzenhaftigkeit. Kate Jarman übte sich zunächst in peinlichem Schweigen. Mit einem Minimum an Gesprächsaufwand nahmen sie Platz.

»Ich vermute, du weißt, warum wir hier sind«, sagte Weller.

»Ich kann es mir nicht denken.« Gage war zufrieden, dass er, selbst jetzt, lässig und kalt entschlossen zugleich klang. »Gestern haben wir ums Haar eine Abstimmung verloren, und heute scheint Kilcannon seinen kleinen großen Tag zu haben. Für euch ist das anscheinend Grund genug, geschlossen und mit Begräbnismiene bei mir im Büro aufzukreuzen.«

»Das Begräbnis, um das es geht«, sagte Kate Jarman unverhohlen, »ist Kyle Palmers.«

»Womit ich nichts zu tun habe.« Gage biss sich förmlich auf die Lippen. »Hast du kein Rückgrat, Kate? Kilcannon versucht, uns fertig zu machen …«

»Dich will er fertig machen.« Dieses Mal war es Harshman. »Was Palmer bis zu einem gewissen Grad schon geschafft hat.«

»Palmer«, höhnte Gage. »Er spricht von einer Spirale der Gewalt, während er sich mit Kilcannon zusammentut, um uns zu vernichten. Das ist die einzige ›Verschwörung‹ weit und breit, und wir müssen uns geschlossen dagegen wehren.«

»Wer bitte ist ›wir?‹« Leo Weller klang betroffen, aber überlegt. »Du hast ohne Zweifel Recht, Mac – Kilcannon hat deine Beziehung zu Taylor aufgegriffen und verzerrt dargestellt. Aber der Wähler macht sich trotzdem seine Gedanken darüber.

Taylor repräsentiert eine Menge für uns wichtiger Leute, von Christian Commitment bis zur Waffenlobby. Er finanziert private Schnüffeleien, die aus der Sicht des einen oder anderen doch ein Stück zu weit gegangen sind.« Weller sah kurz zu Harshman. »Paul hat von der Stimmung an der Basis gehört. Sie wollen keine Kampagne gegen Taylor. Sie wollen nicht beschmutzt werden mit seinen Machenschaften. Sie wollen nur diese Vorwürfe schnellstens vom Tisch haben.«

»Wo wir schon von der Basis sprechen«, sagte Kate Jarman mit einem gewissen Unterton. »Es gibt eine andere Gruppe, die ich gerne zu unserer Basis zählen würde – die der in Ballungsgebieten wohnenden Frauen. Sie verabscheuen unsere Haltung zu den Themen Abtreibung und Waffenbesitz.

Wie soll ich es sagen, Mac? Die Tochter eines Mannes aus den eigenen Reihen wird in den Tod getrieben wegen einer legalen Abtreibung; dafür verantwortlich gemacht zu werden ist keine positive Entwicklung.«

Sie hielt ihn für schuldig, dachte Gage voller Zorn. Noch gefasst, sagte er zu Harshman: »Wir haben lediglich die Prinzipien gewahrt.«

»Gegen Abtreibung«, sagte Harshman ernst. »Gegen Liberalismus, Lasterhaftigkeit und Lügen. Mit Kyle Palmers Tod haben wir das alles verspielt.«

Weller aktivierte seine onkelhafte Art. »Es ist vielleicht ungerecht. Aber diese tote Maus, guter Freund, liegt nun einmal auf deinem Küchenboden. Und die Leute wollen keine strafrechtliche Verfolgung Taylors.«

»Was soll ich in der Situation tun?«

An der Stelle sahen die anderen zu Weller.

»Zurücktreten«, sagte Weller schließlich. Er klang gefasst, zögerlich. »Es ist viel verlangt, und niemand von uns verlangt das gerne. Aber dir fehlt jeglicher Rückhalt.«

»Und für die Partei ist es das Beste, Mac. Wir glauben, wenn du jetzt gehst, erspart sich Kilcannon möglicherweise den Rest.«

Das war es also, erkannte Gage. Sie hatten mit Kerry Kilcannon gesprochen – oder vielmehr mit Clayton Slade. Es war fast zum Lachen.

Der kleine Bastard hatte sie in der Tasche.

Am nächsten Morgen verlas Senator Macdonald Gages Pressesekretärin ein kurzes Statement, laut dessen er den Tod Kyle Palmers abermals bedauere, gleichzeitig jede Mitverantwortung an den Ereignissen im Vorfeld ablehne und, aus Rücksicht auf seine Partei, die er in allen Ehren halte, von seinem Amt als Mehrheitsführer zurücktrete.

34

An dem Tag, als sie für das Amt der Obersten Bundesrichterin vereidigt werden sollte, frühstückten Caroline Masters und ihre Tochter gemeinsam in Carolines Suite im Hay-Adams.

Später würden noch Jackson Watts und Blair Montgomery dazukommen, und so wollten die beiden Frauen wenigstens diese kurze Zeit für sich haben.

»Noch vor zwei Monaten«, sagte Caroline, »hätte ich nie im Traum daran gedacht.«

Brett legte den Kopf schräg. Dabei hatte sie den fragenden, selbstbewussten Blick, der Caroline an ihre Mutter Nicole erinnerte. »Um dich habe ich mir die größten Sorgen gemacht«, sagte Caroline.

Brett sah versonnen und mit feuchten Augen auf ihre Kaffeetasse. »Manchmal, Caroline, muss ich mich daran erinnern, wer ich eigentlich bin. Das ist das Merkwürdigste an der Geschichte, nicht genau zu wissen, wer man ist.« Als sie aufsah, lächelte sie fragend. »Die andere merkwürdige Sache ist die, dass du nun auf eine Weise zu mir gehörst wie früher eben nicht. Ich empfinde diesen irrationalen Stolz, als hätte ich einen Anteil daran, wer du bist.«

»Das hattest du«, antwortete Caroline. »Und hast ihn immer noch.« Sie zögerte, versuchte das auszudrücken, was sie empfand. »Jedesmal, wenn ich dich gesehen habe, war ich dankbar, dass ich mich damals so entschieden habe. Aber es tat so weh, es dir nicht sagen zu können. Nun kann ich es.«

Brett, den Blick wieder gesenkt, ergriff langsam die Hand ihrer Mutter. Caroline schloss die Augen.

Bald würden sie sich auf den Weg machen ins Weiße Haus; Caroline, so mächtig und doch auch so unverstanden, würde eintauchen in die Welt des Obersten Bundesgerichts. Aber Vergangenheit und Gegenwart in ihrem Leben waren nun endlich zu einer Einheit geworden. Das würde ihr den größten Halt geben.

CNN übertrug das Ereignis aus dem Ostzimmer. Chad Palmer war nicht unter den Zuschauern; auch die Einladung des Präsidenten, persönlich teilzunehmen, hatte er abgelehnt. Er hatte seinen Beitrag geleistet und spürte erst jetzt, auf sich selbst zurückgeworfen, die ganze Wucht des Todes seiner Tochter.

Er saß im Frühstückszimmer, und als er seine Frau hinter sich hörte, sah er auf.

Sie wirkte blass und abwesend; Tage und Nächte waren für sie eins, und sie schien noch mehr aus dem Alltagsleben geworfen als er. Das erinnerte ihn an eine schmerzliche Tatsache: Wie sehr er auch unter Kyles Tod litt – Allie litt noch stärker.

»Setz dich zu mir«, sagte er.

Das tat sie auch. Wortlos starrte sie auf die vor ihm ausgebreitete *Washington Post*, deren Schlagzeile verkündete »Gage tritt als Mehrheitsführer zurück«.

Macdonald Gage konnte nun aus erster Hand nachempfinden, vermutete Chad, wie es ist, wenn eine ganze Lebensplanung über Nacht einstürzt wie ein Kartenhaus. Dass Chad darüber so gut wie keine Befriedigung empfand, überraschte ihn nicht; kein noch so großes Leid auf Gages Seite konnte Kyle Palmer wieder zum Leben erwecken oder Allies Wunden heilen. Aber zumindest gab es so etwas wie ausgleichende Gerechtigkeit; nicht zuletzt der Präsident hatte dafür gesorgt, und Chad und Allie war das grausame Schicksal erspart geblieben, zusehen zu müssen, wie Gage auch noch profitierte vom Tod Kyles. Dafür wenigstens musste er versuchen, dankbar zu sein.

Allie sah ihm in die Augen; zum erstenmal, seit sie diesen Verlust erlitten hatten, schien sie ihn überhaupt wahrzunehmen. »Was gedenkst du nun zu tun?«, fragte sie.

Er dachte über seine Antwort nach; schon unter wesentlich weniger tragischen Umständen hatte der Verlust eines Kindes zum Bruch einer Ehe geführt.

»Ich weiß es nicht«, sagte er. »Fürs Erste will ich nur mit dir zusammen sein, wir beide ganz allein.« Er streichelte ihr Gesicht. »Ich schätze dich über alles, Allie. Ich will jetzt kein Risiko mehr eingehen.«

Den Kopf gesenkt, schwieg sie lange. »Du warst ein großer Senator«, sagte sie schließlich.

Was auch immer mir das jetzt bedeutet, dachte Chad. In der Zukunft würde es sich zumindest herausstellen, denn nicht zuletzt durch seinen Beitrag wurde Caroline Masters Oberste Bundesrichterin.

»Ja«, antwortete er. »Das war ich.«

Präsident Kerry Kilcannon saß zwischen Lara und Caroline Masters im Ostzimmer und sah zu, wie Ellen Penn die einleitenden Worte sprach. Das Recht dazu hatte Ellen sich verdient, dachte Kerry, und nicht zuletzt gaben sie ihm die Möglichkeit, Rückschau zu halten.

Präsident war er nun seit zwei Monaten und sieben Tagen, und passiert war so manches in dieser Zeit – das meiste geplant, vieles aber auch nicht. Er war verantwortlich dafür, dass Macdonald Gage das Handwerk gelegt wurde. Aber er würde kein Aufhebens davon machen. Gage selbst hatte die Sache ins Rollen gebracht; was passiert war, eine Art ausgleichender Gerechtigkeit, kam in der Politik viel zu selten vor. Dass sich dadurch das Machtgefüge zugunsten Kerrys verschoben hatte, war umso besser.

Als Rivale Kerrys und gar als möglicher Präsident kam Gage nicht mehr in Frage. Dasselbe galt, aus ganz unterschiedlichen Gründen, für Palmer. Die Tatsache, dass Kerry Chads Rückzug aus dem politischen Geschehen unbeabsichtigt ausgelöst hatte, und nur, um Caroline Masters zu schützen, entlastete sein Gewissen nur zum Teil.

Aber Chads Ende als Kandidat in spe, musste Kerry sich eingestehen, war auch in seinem Interesse; zwei Monate nach Amtsantritt waren seine zwei gefährlichsten Rivalen von heute auf morgen verschwunden. Für Chad gab es trotzdem noch viel zu tun. Diesen Nachmittag wollte Kerry ihn besuchen, um ihn dazu zu bewegen, Senator zu bleiben. Die Zeit würde kommen, in der Kerry und das Land Chad wieder brauchen würden; ein Präsident konnte nie genug gute Leute um sich haben, und es gab immer zu wenig.

Caroline Masters im Blickfeld, ließ er noch einmal die Tatsache auf sich wirken, dass er gewonnen hatte.

Aber was genau?

Eine hervorragende Oberste Bundesrichterin, so viel war klar. Mehr Macht im Kongress. Die wachsende Überzeugung in der Politszene, dass Kerry Kilcannon ein Präsident war, den man respektierte, ja fürchtete.

Und zu welchem Preis?

Die Winkelzüge waren an einer Hand abzuzählen; schwerer ließen sich die Kosten im menschlichen Bereich beziffern. Die Welt, in der er lebte, war zerrissen, ein Tanz von Licht und Schatten, umso mehr für den Präsidenten. Er hatte seine Macht eingesetzt, um Macdonald Gage auszuschalten; auch wenn einige Zeter und Mordio schrien, hatte er doch nichts verheimlicht und sein Vorgehen konnte jederzeit rechtlich überprüft werden. Und wenn er auch Chad Palmer für seine eigenen Zwecke benutzt hatte, dann nicht ohne dass Chad von Anfang an selbst darüber Bescheid gewusst hatte; beide hatten sie so gehandelt, wie es die jeweiligen Umstände erforderten. Er musste lernen, mit seinen Entscheidungen in Frieden zu leben; schließlich war er ja auch mit den Folgen zufrieden.

Momente nur noch, dann würde Caroline Masters Oberste Bundesrichterin der Vereinigten Staaten werden.

Neben ihr saßen ihre Tochter sowie Richter Montgomery vom Neunten Bezirk und ihr Freund Jackson Watts. Sarah Dash war natürlich nicht anwesend. Aber Kerry wusste, dass sie und Caroline Masters miteinander gesprochen hatten, und was auch immer gesagt worden war, schien Caroline froh zu stimmen.

Er berührte Laras Hand. Lara lächelte ihm zu, und dann bat Ellen Penn Caroline ans Rednerpult.

Sie stand, gerade und Ehrfurcht gebietend, aber demütig in ihrer Sprache – ein paar schlichte Dankesworte, die Versicherung, sie werde dem Gesetz und den Bürgern ihres Landes nach besten Kräften dienen und das Gericht, dem sie vorstehen werde, mit neuem Teamgeist erfüllen.

Hoch gesteckte Ziele, dachte Kerry, für eine Kandidatin, deren Ruf so schwer beschädigt worden war. Aber sie hatte das Talent, den Willen und die Zeit, sie durchzusetzen.

Lächelnd trat Kerry nach vorne und stellte sich neben Ellen Penn.

Auf dem Rednerpult lag eine Bibel. Als Caroline eine Hand darauflegte, lächelte sie Kerry wissend zu. Vielleicht dachte sie, wie Kerry, an den Preis; vielleicht auch daran, wie wahr doch Chads Lieblingsmaxime war: »Es gibt Schlimmeres im Leben, als eine Wahl zu verlieren.« Was auch immer sie jetzt dachte, der Präsident wusste, dass sie beide eine Mischung aus Bedauern, Trauer, Befriedigung und, letztendlich, Stolz darüber empfanden, dass sie es nach einem weiten Weg doch bis hierher geschafft hatten.

Anschließend würde er sich, gestärkt, zahllosen anderen Herausforderungen zuwenden, und sie würde ihre Aufgabe fern von der Regierung in einem anderen Teilbereich der Staatsgewalt wahrnehmen und Recht und Gesetz auf eine Weise beeinflussen, die noch für Generationen nach ihnen Gültigkeit haben würde. Aber diesen Moment noch wollten sie zusammen genießen und auskosten.

»Bereit?«, flüsterte Kerry.

Caroline nickte feierlich. Dann, nachdem sie durchgeatmet hatte, sprach sie der Vizepräsidentin nach:

»Ich, Caroline Clark Masters ...«

Dank

Gleich zu Beginn der Arbeit an *Im Namen der Ehre* stellte sich heraus, dass ich dafür über eine Reihe komplexer Themengebiete Bescheid wissen musste, wie zum Beispiel das politische Taktieren im Rahmen einer umstrittenen Ernennung für das Oberste Bundesgericht; den Instanzenweg, den die Justiz in einem Fall wie dem Mary Ann Tierneys vorsieht; die faszinierenden, oft undurchschaubaren Machenschaften im Senat der Vereinigten Staaten; die rechtlichen, moralischen und medizinischen Fragen, die sich aus Spätabtreibung und elterlicher Zustimmungspflicht ergeben; die gezielte Zerstörung öffentlicher Karrieren durch die Medien; den zunehmenden Einfluss des Geldes auf die Politik. Niemand kann sich in all diesen Gebieten gleichzeitig auskennen; ich für mein Teil – obwohl ich als ehemaliger Prozessanwalt das politische Geschehen sehr genau verfolge – sicherlich nicht.

So wurde die Recherche zu einer spannenden und befriedigenden Erfahrung; die jeweiligen Kenner der vielgestaltigen Materie dieser Geschichte überraschten mich mit ihrer großzügigen Hilfe. So weit zumindest sollte ich mich ihnen gegenüber erkenntlich zeigen, dass ich sie von jeglicher Verantwortung für Irrtümer oder Voreingenommenheiten freispreche: Sämtliche Fehler gehen zu meinen Lasten, und die Meinungen einzelner Personen im Buch sind von mir erfunden. Insbesondere von den Persönlichkeiten aus der Politik, die mir geholfen haben, sollte nicht angenommen werden, sie würden dieses Buch in jedem Fall für gut befinden oder gar den einen oder anderen der oft widerstreitenden Standpunkte, die darin zum Ausdruck kommen.

Nachdem klar ist, bei wem der schwarze Peter liegt, möchte ich mich bei all jenen bedanken, die es mir ermöglicht haben, *Im Namen der Ehre* zu schreiben:

Rich Bond, Mark Childress, Sean Clegg, Ken Duberstein, John Gomperts, C. Boyden Gray, Mandy Grunwald, Harold Ickes, Joel Klein, Peter Knight, Tom Korologos, Mark Paoletta sowie Ace Smith – sie alle halfen mir, die politischen Zusammenhänge einer Nominierung für das Oberste Bundesgericht zu verstehen. Der verstorbene Dan Dutko und mein verehrter Freund Ron Kaufman standen mir nicht nur mit ihrem Rat zur Seite, sondern vermittelten mir die Bekanntschaft weiterer hilfsbereiter Personen. Ein anderer alter Freund, Präsident George Bush, war so freundlich, das Nominierungsverfahren zu kommentieren, und ein neuer Freund, Bruce Lindsey, war großzügiger mit seiner Zeit, als ich zu hoffen gewagt hätte. Mein besonderer Dank gebührt dem ehemaligen Präsidenten Bill Clinton, der mich an seinen Gedanken teilhaben ließ und der mir etliche Türen öffnete.

Der Senat der Vereinigten Staaten ist eine Institution ganz eigener Art. Zu meinen Führern gehörte die Senatorin Barbara Boxer, deren unermüdlicher Einsatz eine Teilnahme an den Erfahrungen jener Frauen ermöglicht hat, die vor einer Spätabtreibung stehen, und Senator Bob Dole, nach der Überzeugung aller einer der größten Mehrheitsführer, den es im Senat je gegeben hat. Mathew Baumgart und Diana Huffman ließen mir ihren aufschlussreichen Rat zuteil werden, sowohl über die Institution an sich wie deren Regeln. Als besonders großzügig erwies sich Mark Gitenstein; auch von der Lektüre von Marcs fesselnder Studie über die Bork-Nominierung habe ich profitiert.

Um den Themenbereichen Spätabtreibung und Gesetze zur elterlichen Zustimmungspflicht auch nur annähernd gerecht zu werden, sind eine Reihe von Aspekten zu berücksichtigen – medizinisch, psychologisch, ethisch, persönlich. Zu großem Dank verpflichtet bin ich Claudia Ades, Dr. Nancy Adler, Coreen Costello, Dr. Philip Darney, Dr. Jim Goldberg, Dr. Laurie Green, Erik Parens und Dr. Laurie Zaben. Von zentraler Bedeutung war auch ein von Erik Parens und Adrienne Asch für das Hastings Center verfasstes Thesenpapier, das die ethischen Implikationen der Möglichkeiten pränataler Diagnostik beinhaltete. Besonders danken möchte ich Dr. Robert Bitonte für all seine Zeit, seine Hilfe und Teilnahme.

Drei Vertreter der Pro-Choice-Bewegung waren so gütig, mich an ihrer politischen und philosophischen Weltsicht teilhaben zu lassen – Maureen Britell, Judith Lichtman und Kate Michelman. Eine Reihe von Anwälten, die diese Sichtweise in richtungsweisenden Fällen vertraten, waren ebenfalls hilfreich: Mein Dank gebührt Janet Benshoof, Joanne Hustead, Beth Parker, Lori Schecter und besonders Margaret Crosby. Profitiert habe ich auch von meiner Lektüre der Pro-Choice-Schriften von NARAL, Professor Nadine Strossen und anderen.

Zu meinem Bedauern haben die Vertreter zweier führender Pro-Life-Gruppen ein Treffen mit mir abgelehnt; ich bin mir sicher, der Roman hat dadurch an Tiefenschärfe verloren. Besonders dankbar für seinen Rat bin ich deshalb Robert Melnick, der die Pro-Life-Perspektive in mehreren bedeutenden Fällen vertreten hat. Auch Douglas Johnson vom Nationalen Komitee für das Recht auf Leben hat mir einiges an Material überlassen. Darüber hinaus habe ich extensive Lektüre betrieben, um mein Verständnis für die Pro-Life-Perspektive in einem Fall wie dem Mary Ann Tierneys zu vertiefen: Besonders hilfreich waren das Parens-Asch-Thesenpapier, Cynthia Gorneys Buch *Articles of Faith* und Lucinda Franks' im *New Yorker* veröffentlichter Artikel mit dem Titel »Wonder Kid«.

Sehr viel schwieriger ist es, ein tiefer gehendes Verständnis juristischer Verfahrenswege und Perspektiven sowie der Möglichkeiten und Unwägbarkeiten eines Berufungsverfahrens zu erlangen. Mein Dank gebührt Richter Maxine Chesney und meinem scharfsichtigen Freund, Richter Thelton Henderson; Richter Robert Henry vom Berufungsgericht für den Zehnten Bezirk; dem ehemaligen Richter Milton Mollen vom New Yorker Bezirksgericht und Sol Wachtler, ehemals vorsitzender Richter am höchsten Gericht in New York – der mir auch dankenswerterweise die drollige Urteilsbegründung im Fall Pierce versus Delamater zugesandt hat. Mein besonderer Dank für sein Interesse und seinen Rat gebührt Richter Stephen Reinhardt vom Berufungsgericht für den Neunten Bezirk.

Einige großartige Anwälte und Juraprofessoren haben mir darüber hinaus geholfen, die strittigen Punkte und den Ablauf des Falles Tierney zu entwerfen: Erwin Chemerinsky, Leslie Landau, Stacey Leyton, Deirdre Von Dornum und ganz besonders Alan Dershowitz. Um mich vorzubereiten, habe ich viele Stunden damit zugebracht, die rechtliche Ausgangssituation zu erarbeiten; mit den für ein Laienpublikum nötigen Einschränkungen habe ich versucht, die rechtlichen Streitfragen und möglichen Lösungswege darzustellen. An der Stelle sollte ich auf eine erzähltechnisch bedingte Abweichung hinweisen: Im Gegensatz zu den meisten Gerichten in den Einzelstaaten haben die Bundesgerichte aufgrund der Erfahrungen im Fall Simpson das Fernsehen aus den Gerichtssälen verbannt. Ich vermute jedoch, dass dieses Verbot nicht von Dauer sein wird, und mein Roman, der in der Zukunft spielt, trägt dem Rechnung.

Zuweilen erfordert die Erschaffung einer Figur mehr als das bloße freie Spiel der Fantasie. Senator Chad Palmer mit seinem militärischen Hintergrund, einschließlich der Folgen von Entführung und Gefangenschaft, ist ein derartiger Fall. Ich bedanke mich bei allen, die mir mit ihrem Beitrag geholfen haben, Chad Palmer zu dem Charakter zu machen, der er ist: mein geschätzter Freund William Cohen, Schriftsteller und Verteidigungsminister in einer Person, der Natokommandeur General Joseph Ralston, General Ed Eberhardt, Vize-Stabschef der Luftwaffe, Colonel Ron Rand, Colonel Bob Stice, Colonel Rowdy Yates, Major J. C. Connors, Larry Benson, Dick Hallion, mein Cousin Bill Patterson und mein Freund Bob Tyrer. Ich hatte das besondere Privileg, mit zwei ehemaligen Kriegsgefangenen zu sprechen, deren Erfahrungen von ausschlaggebender Bedeutung waren: General Charles Boyd, USAF und Colonel Norman McDaniel, USAF, beide jetzt im Ruhestand.

Schließlich waren da noch zahllose andere, die verbleibende Lücken gefüllt haben. Assistant District Attorney Al Giannini machte mich mit Ninhydrin bekannt, der Substanz, die Mason Taylor zum Verhängnis wurde; Dr. Ken Gottlieb und Dr. Rodney Shapiro haben mir geholfen, Kyle Palmer und Mary Ann Tierney zu gestalten; David Talbot, Herausgeber des Internet-Magazins

Salon, hat mir geholfen, Kyles Vergangenheit aus journalistischer Sicht zu betrachten, obwohl seiner Ansicht nach kein zwingender Grund bestand, Kyles Geheimnis öffentlich zu machen. Interessante Hintergrundinformationen zum Thema Geld und Politik lieferte eine Lektüre des Fallrechts sowie der von Common Cause, der herausragenden Bürgerrechtsgruppe in den USA, zu diesem Thema veröffentlichten Schriften.

Jeder Autor ist unter anderem darauf angewiesen, mit seiner Besessenheit nicht allein dazustehen. Meine Assistentin Alison Porter Thomas hat sich, was dieses Buch betrifft, selbst übertroffen: Ihre aufmerksamen, detaillierten, manchmal enervierend hartnäckigen redaktionellen Kommentare haben mich täglich neu dazu herausgefordert, mich zu bessern – was auch, dank Alison, der Fall war. Des weiteren sorgten mein Freund und Agent Fred Hill dafür, dass ich den Überblick nicht verlor, sowie meine geschätzten Freunde Anna Chavez und Philip Rotner und meine Lebensgefährtin Laurie Patterson. Schließlich haben meine herausragenden Verleger, Sonny Mehta und Gina Centrello, nicht nur ihre anfängliche Reserviertheit bezüglich des Konzepts dieses Buches ablegen können, nein, sie begrüßten den fertigen Roman mit einer Begeisterung, die Ermutigung und Bestätigung zugleich war. Ihnen allen gebührt mein aufrichtiger Dank.